Nachtleven

Van Dennis Lehane verscheen eveneens bij uitgeverij Anthos

Mystic River

Dennis Lehane

Nachtleven

Vertaald uit het Engels
door Bert Meelker

Anthos|Amsterdam

MIX
Papier van verantwoorde herkomst
FSC® C004472

Eerste druk 2012
Tweede druk 2013

ISBN 978 90 414 2405 1

Oorspronkelijke titel *Live By Night*
Oorspronkelijke uitgever HarperCollins *Publishers*
Omslagontwerp Roald Triebels, Amsterdam
Omslagillustratie © Peeter Vilsimaa/Vetta/Getty Images
Foto auteur © Diana Lucas Leavengood

Verspreiding voor België:
Veen Bosch & Keuning uitgevers n.v., Antwerpen

Voor Angie
zou ik de hele nacht doorrijden...

Priesters en soldaten hebben een vreemd soort verwantschap.

– Cormac McCarthy, *Meridiaan van Bloed*

Het is te laat om nog een goed mens te worden.

– Lucky Luciano

I

Boston

1926 – 1929

1

Uitslaper in een ochtendstad

Een paar jaar later, op een sleepboot in de Golf van Mexico, werd Joe Coughlin met zijn voeten in een kuip met cement gezet. Om hem heen stonden twaalf gewapende mannen te wachten tot ze ver genoeg uit de kust waren om hem overboord te gooien terwijl Joe naar het pruttelen van de motor luisterde en over de achterplecht naar het wit kolkende water staarde. En op dat moment drong het tot hem door dat bijna al het opzienbarende in zijn leven – goede en slechte dingen – in gang was gezet op de ochtend dat hij Emma Gould ontmoette.

Ze kwamen elkaar tegen even na een zonsopgang in 1926, toen Joe en de gebroeders Bartolo het speellokaal achter een clandestiene kroeg van Albert White in Boston overvielen. Voor ze er binnen gingen hadden Joe en de Bartolo's geen idee dat Albert White de eigenaar was. Was dat wel zo geweest, dan waren ze er in drie verschillende richtingen vandoor gegaan om het spoor zo lastig mogelijk te volgen te maken.

De trap aan de achterkant van het gebouw was geen probleem geweest. Het verlaten bargedeelte hadden ze zonder problemen doorkruist. De bar en het casino waren gevestigd in het achterste gedeelte van een meubelpakhuis aan de kade. Joe's baas, Tim Hickey, had hem verzekerd dat de eigenaar een ongevaarlijke, pas uit Maryland overgekomen Griek was. Maar toen ze de achterkamer binnen liepen, vielen ze midden in een rondje poker. De vijf spelers dronken Canadese whisky uit zware kristallen glazen. Boven hun hoofden hing een grijs tapijt van sigarettenrook. Midden op tafel lag een berg geld.

Geen van de mannen zag er Grieks uit. Of ongevaarlijk. Ze hadden allemaal het jasje van hun kostuum over de rugleuning van hun stoel gehangen, zodat je de revolvers op hun heup zag. Toen Joe, Dion en Paolo met getrokken pistool het vertrek binnen liepen, greep geen van de mannen meteen naar zijn wapen, maar Joe zag dat ze het overwogen.

Een meisje had net drankjes geserveerd. Ze zette het dienblad weg, pakte haar sigaret uit een asbak, nam een trek en keek alsof ze op het punt stond te gapen terwijl er drie pistolen op haar gericht waren. Alsof ze ging vragen of er hopelijk nog wat spannends kwam bij wijze van toegift.

Joe en de Bartolo's hadden hun hoed diep over hun ogen getrokken en de onderste helft van hun gezicht bedekt met een zwarte zakdoek. En dat was maar goed ook, want als ook maar een van deze aanwezigen hen zou herkennen, was het gauw met ze gedaan.

Een makkie, had Tim Hickey gezegd. Gewoon je slag slaan bij zonsopgang, als er in het hele gebouw alleen nog een paar negers in de telruimte zitten.

In plaats van vijf pokerende gangsters.

Een van de spelers zei: 'Weten jullie van wie deze tent is?'

Joe herkende de vent niet, maar die ernaast wel: Brenny Loomis, ex-bokser en lid van de clan van Albert White, Tim Hickeys grootste concurrent in de clandestiene drankhandel. De laatste tijd ging het gerucht dat Albert bezig was een voorraad Thompson-machinegeweren aan te leggen voor een dreigende clanoorlog. Het sein was al gegeven: kies partij, of kies een grafsteen.

Joe zei: 'Allemaal doen wat ik zeg en er zal je niks gebeuren.'

De vent naast Loomis deed opnieuw zijn mond open: 'Ik vroeg of je wist wie hier de baas is, rund.'

Dion Bartolo gaf hem met zijn pistool een klap in zijn gezicht. Hij raakte hem zo hard dat hij bloedend op de grond viel. Dat bracht de anderen ertoe te bedenken hoeveel prettiger het was om er niet met een pistool van langs te krijgen.

Joe zei: 'Iedereen behalve het meisje op zijn knieën. Handen achter je hoofd en vingers in elkaar.'

Brenny Loomis keek Joe strak aan. 'Als dit achter de rug is bel ik je moeder, jongen. Ik zal haar een mooi donker pak aanbevelen voor in je kist.'

Loomis, een voormalig clubbokser in de Mechanics Hall en de

sparringpartner van Mean Mo Mullins, had volgens de verhalen een rechtse als een zak biljartballen. Hij voerde liquidaties uit in opdracht van Albert White. Nog niet fulltime, maar het gerucht ging dat hij van plan was Albert te laten weten dat hij de oudste rechten had, mocht de baan vrijkomen.

Joe had nooit eerder zo'n angst gevoeld als toen hij in Loomis' kleine bruine ogen keek, maar wees niettemin met zijn pistool naar de vloer, zelf verbaasd dat zijn hand niet trilde. Brendan Loomis verstrengelde zijn vingers achter zijn hoofd en liet zich op zijn knieën zakken. Zijn voorbeeld deed de anderen volgen.

Joe zei tegen het meisje: 'Deze kant op, juffrouw, we zullen u niks doen.'

Ze drukte haar sigaret uit en keek hem aan alsof ze overwoog er nog een op te steken of haar glas nog eens vol te schenken. Ze liep naar hem toe, een meisje van ongeveer zijn eigen leeftijd, een jaar of twintig, met koele ogen en zo'n bleke huid dat hij er bijna doorheen kon kijken naar het weefsel en bloed eronder.

Hij keek haar aan terwijl ze op hem af kwam en de gebroeders Bartolo de kaartspelers van hun wapens ontdeden. De pistolen werden met een zware dreun op de nabije blackjacktafel gesmeten, maar het meisje vertrok geen spier. In haar ogen dansten vlammen achter het decembergrijs.

Ze kwam recht voor zijn pistool staan en zei: 'En wat had meneer gewenst bij zijn overval vanochtend?'

Joe gaf haar een van de twee canvas tassen waarmee hij binnengekomen was. 'Het geld van de tafel graag.'

'Komt eraan, meneer.'

Terwijl ze naar de tafel terugliep, haalde hij uit de andere tas een paar handboeien en gooide Paolo de tas toe. Paolo bukte zich naast de eerste kaartspeler, boeide zijn polsen in de holte van zijn rug en ging door naar de volgende.

Het meisje veegde de pot uit het midden van de tafel – Joe zag niet alleen papiergeld, maar ook horloges en sieraden – en verzamelde toen de inzet van de vijf spelers. Paolo had de mannen op de vloer hun handboeien omgedaan en duwde ze een voor een een prop in de mond.

Joe liet zijn blik door het vertrek gaan: achter hem stond de roulette; de dobbeltafel stond tegen de muur onder de trap. Hij telde drie blackjacktafels en een baccarattafel. Zes speelkasten vulden de achterwand. Een lage tafel met daarop een tiental telefoons vormde de belservice; op een bord erachter stond nog de uitslag van de paardenrace van de vorige avond in Readville. De enige andere deur behalve die waardoor ze binnen waren gekomen, was voorzien van een krijtletter T, voor toilet – begrijpelijk, want wie drinkt moet pissen.

Maar toen ze eerder door de bar liepen had Joe al twee toiletten gezien, wat zeker genoeg moest zijn. En dit toilet was voorzien van een hangslot.

Hij keek naar Brenny Loomis, die met een prop in zijn mond op de vloer lag maar vast en zeker de raderen in Joe's hoofd kon zien draaien. Joe zag op zijn beurt de raderen in Loomis' hoofd malen. En hij wist wat hij had geweten op het moment dat hij dat hangslot zag: dat toilet was geen toilet.

Het was de telkamer.

Albert Whites telkamer.

Afgaand op de drukte in Hickeys casino's in de afgelopen twee dagen – het eerste koude weekend van oktober – vermoedde Joe dat er een klein vermogen achter die deur lag.

Albert Whites kleine vermogen.

Het meisje kwam met een zak vol pokerbuit bij hem terug. 'Uw dessert, meneer,' zei ze, terwijl ze hem de tas aanreikte. Hij kon maar niet aan die indringende blik van haar wennen. Ze keek niet gewoon naar hem, ze keek dwars door hem heen. Hij was ervan overtuigd dat ze zijn gezicht achter de zakdoek en de laaggetrokken hoed kon zien. Op een ochtend, op weg om sigaretten te halen zou hij haar voorbijlopen en haar horen roepen: 'Dat is 'm!' En nog voor hij zijn ogen had kunnen dichtdoen, zouden de kogels hem al te pakken hebben.

Hij nam de tas aan en zwaaide met de handboeien. 'Draai je om.'

'Ja, meneer. Meteen, meneer.' Ze keerde hem haar rug toe en kruiste haar armen achter zich. Haar knokkels duwden in haar onderrug, haar vingertoppen kwamen tot boven haar kont, en Joe bedacht dat naar iemands kont kijken wel het laatste was wat hij nu zou moeten doen.

Hij klikte de eerste handboei om haar pols. 'Ik zal voorzichtig zijn.'

'Je hoeft je voor mij niet uit te sloven.' Ze keek hem over haar schouder aan. 'Probeer het alleen wel zo te doen dat ik geen striemen krijg.'

Jezus.

'Hoe heet je?'

'Emma Gould,' zei ze. 'En jij?'

'Gezocht.'

'Door de vrouwen of alleen de politie?'

Hij kon haar niet aftroeven en tegelijkertijd het vertrek in de gaten houden, dus draaide hij haar naar zich toe en trok de prop uit zijn zak. Het was een van de herensokken die Paolo Bartolo achterover had gedrukt bij de Woolworth waar hij werkte.

'Je wou een sok in mijn mond proppen?'

'Ja.'

'Een sok. In mijn mond.'

'Hij is nog nooit gedragen,' zei Joe. 'Dat garandeer ik je.'

Ze trok een wenkbrauw op. Die was net zo koperkleurig als haar haar, en zacht en glanzend als hermelijn.

'Tegen jou zou ik niet liegen,' zei Joe, en op dat ogenblik had hij echt het gevoel dat hij de waarheid sprak.

'Dat zeggen leugenaars meestal.' Toen ze haar mond opendeed als een kind voor een lepel levertraan, wilde hij nog iets anders tegen haar zeggen, maar hij kon niets bedenken. Hij overwoog even haar iets te vragen, alleen om haar stem nog eens te horen.

Haar ogen trilden een beetje toen hij de sok in haar mond propte, waarna ze hem probeerde uit te spuwen – dat deden ze meestal – en met haar hoofd schudde toen ze het stuk tape in zijn hand zag, maar hij was op haar voorbereid. Hij vouwde zijn hand stevig over haar mond en streek de uiteinden van de tape tegen haar wangen. Ze keek hem aan alsof de hele handeling tot dan toe volstrekt eerzaam was geweest – opwindend zelfs – en hij het nu te bont had gemaakt.

'Vijftig procent zijde,' zei hij.

Opnieuw ging er een wenkbrauw omhoog.

'De sok,' zei hij. 'Ga maar bij je vrienden zitten.'

Ze knielde neer bij Brendan Loomis, die zijn ogen niet van Joe af had gehouden, niet één keer in al die tijd.

Joe keek naar de deur van de telkamer, naar het hangslot op de deur. Hij liet Loomis meekijken en keek toen Loomis recht aan. Loomis' blik werd vlak terwijl hij afwachtte wat zijn volgende zet zou zijn.

Joe keek niet weg en zei: 'Kom, jongens. We zijn klaar.'

Loomis knipperde één keer traag met zijn ogen, waar Joe een gebaar van verzoening in besloot te zien – althans in aanleg misschien – en ze maakten dat ze wegkwamen.

Ze reden langs de kade. De hemel was hardblauw, doorregen met waaiers hardgeel. Meeuwen stegen en daalden krijsend. De bak van een scheepskraan zwenkte snel over de kade, zwenkte toen terug met een langgerekte knars terug op het moment dat Paolo over de schaduw reed. Havenarbeiders, stuwadoors en vrachtwagenchauffeurs stonden op hun vaste plekken te roken in de knisperende kou. Een groepje gooide stenen naar de meeuwen.

Joe draaide zijn raampje naar beneden en liet de koude wind over zijn gezicht en ogen blazen. Hij rook zout, vissenbloed en benzine.

Dion Bartolo keek vanaf de voorbank naar hem om. 'Hoorde ik jou dat blondje nou vragen hoe ze heet?'

Joe zei: 'Gewoon een praatje maken.'

'En je boeit haar handen alsof je haar een broche opspeldt en ten dans vraagt.'

Joe leunde even met zijn hoofd uit het open raam en snoof de vuile lucht op zo diep hij kon. Paolo reed de haven uit in de richting van Broadway; de Nash Roadster liep moeiteloos vijftig kilometer per uur.

'Ik heb 'r eerder gezien,' zei Paolo.

Joe trok zijn hoofd weer naar binnen. 'Waar?'

'Geen idee. Maar ik heb haar al eens gezien. Ik weet het zeker.' Hij stuurde de Nash stuiterend Broadway op en ze stuiterden met z'n allen mee. 'Misschien moet je een gedicht voor haar schrijven.'

'Een gedicht, lul niet,' zei Joe. 'Wat dacht je van gas terugnemen en niet meer rijden alsof we iets gedaan hebben?'

Dion draaide zich om naar Joe, legde zijn arm over de rugleuning van de stoel. 'Dat heeft hij inderdaad al eens gedaan, mijn broer, een gedicht schrijven voor een meisje.'

'Serieus?'

Paolo's blik kruiste de zijne in de achteruitkijkspiegel en hij knikte plechtig.

'En toen?'

'En toen niks,' zei Dion. 'Ze kon niet lezen.'

Toen ze zuidwaarts richting Dorchester reden, kwamen ze vast te zitten in het verkeer. Net voor Andrew Square was een paard dood neergevallen. Al het verkeer moest om het beest en de gekantelde ijswagen heen geleid worden. IJsscherven glinsterden als ijzervijlsel in de voegen tussen de kinderkopjes. De ijsverkoper stond naast het karkas en schopte het beest tegen zijn ribben. Joe dacht de hele tijd aan haar. Haar handen hadden droog en zacht gevoeld. Ze waren heel klein, en roze onder aan haar handpalmen. De aderen in haar polsen waren lichtpaars. Ze had een zwarte sproet achter op haar rechteroor, maar niet op haar linker.

De gebroeders Bartolo woonden aan Dorchester Avenue, boven een slager en een schoenmaker. De slager en de schoenmaker waren met twee zussen getrouwd en ze haatten elkaar net iets minder hevig dan ze hun vrouwen haatten. Toch vormde dit voor hen geen belemmering om in hun gedeelde kelder een clandestien dranklokaal te drijven. In de avonduren kwamen de mensen uit alle wijken van Dorchester en zelfs helemaal uit North Shore om de beste sterkedrank ten zuiden van Montreal te drinken en een zwarte zangeres genaamd Delilah Deluth te horen zingen over liefdesverdriet in een gelegenheid die alom werd aangeduid als 'De schoenveter', een bijnaam waarover de slager zich zo opwond dat hij er kaal van was geworden. De gebroeders Bartolo zaten bijna elke avond in De schoenveter, wat op zich prima was, maar om er dan ook nog eens boven te gaan wonen leek Joe oerstom. Eén legitieme inval door een paar eerlijke agenten of de fiscale recherche, hoe onwaarschijnlijk ook, en voor je het wist trapten ze ook even de deur in bij Dion en Paolo en vonden geld, wapens en sieraden waarvoor twee simpele spaghettivreters met een baantje bij respectievelijk een warenhuis en een kruidenier zich nooit zouden kunnen verantwoorden.

Toegegeven, de sieraden gingen gewoonlijk meteen de deur weer uit naar Hymie Drago, de heler met wie ze al sinds hun vijftiende zaken deden, maar het geld kwam meestal niet verder dan een speeltafel achter in De schoenveter, of in een van hun matrassen.

Joe leunde tegen de ijskast en keek hoe Paolo het gedeelte van de opbrengst dat zijn broer en hem toekwam wegwerkte in een matras, waarvan je het gelige laken maar hoefde op te tillen om een van de vele inkepingen te zien die ze in de zijkant hadden gemaakt. Dion reikte Paolo de stapeltjes biljetten aan, en Paolo propte ze erin alsof hij een kerstkalkoen vulde.

Met zijn drieëntwintig jaar was Paolo de oudste van hen drieën. Dion was twee jaar jonger, maar leek ouder, misschien omdat hij slimmer was, of gemener. Joe, die de volgende maand twintig zou worden, was de jongste, maar werd erkend als het brein achter hun acties sinds ze, toen Joe dertien was, hun krachten hadden gebundeld om kiosken te beroven.

Paolo kwam overeind. 'Nou weet ik waar ik haar gezien heb.' Hij klopte het stof van zijn knieën.

Joe kwam los van de ijskast. 'Waar dan?'

'Nee hoor, hij valt niet op 'r,' zei Dion.

'Waar dan?' herhaalde Joe.

Paolo wees naar de vloer. 'Beneden.'

'In De schoenveter?'

Paolo knikte. 'Ze was met Albert.'

'Albert wie?'

'Albert, de koning van Montenegro,' zei Dion. 'Welke Albert dacht je?'

Helaas was er maar één Albert in Boston die geen achternaam behoefde. Albert White, de man die ze zojuist beroofd hadden.

Albert was een veteraan uit de Spaans-Amerikaanse oorlog en een oud-politieman, die net als Joe's eigen broer na de staking van 1919 zijn baan was kwijtgeraakt. Tegenwoordig was hij eigenaar van White Garage and Automotive Glass Repair (voorheen Halloran's Tire and Automotive), White's Downtown Café (voorheen Halloran's Lunch Counter) en White's Freight and Transcontinental Shipping (voorheen Halloran's Trucking). Hij zou Bitsy Halloran eigenhandig hebben uitgeschakeld. Bitsy incasseerde elf kogels toen hij stond te bellen in een eikenhouten telefooncel in een Rexal Drugstore op Eggleston Square. Het waren zoveel schoten, van zo dichtbij, dat de telefooncel in brand vloog. Het gerucht ging dat Albert de verkoolde resten van de telefooncel had opgekocht en dat hij het ding had laten restaureren en in de studeerkamer van zijn huis in Ashmont Hill had laten plaatsen om van daaruit al zijn telefoongesprekken te voeren.

'Dus ze is Alberts meisje.' De gedachte haar als een gewoon gangsterliefje te zien, vond Joe ontmoedigend. Hij had zich al met haar in een gestolen auto door het land zien scheuren, ongehinderd door verleden of toekomst een rode hemel en de ondergaande zon achterna tot helemaal in Mexico.

'Ik heb ze drie keer samen gezien,' zei Paolo.

'Dus nou is het al drie keer.'

Paolo keek naar zijn vingers om het na te tellen. 'Ja.'

'Wat doet ze dan in de bediening op die pokeravondjes?'

'Wat moet ze anders?' vroeg Dion. 'Met pensioen?'

'Nee. Maar...'

'Albert is getrouwd,' zei Dion. 'Wie zal zeggen hoe lang zo'n partygirl het volhoudt aan zijn arm.'

'Leek ze jou een partygirl dan?'

Met een vlakke blik op Joe draaide Dion traag de dop van een fles Canadese gin. 'Ze leek mij een meisje dat ons geld in een zak deed, dat is alles. Ik zou niet eens weten wat voor kleur haar ze had. Ik zou niet...'

'Donkerblond. Bijna lichtbruin, maar net niet helemaal.'

'Ze is Alberts meisje.' Dion schonk voor iedereen een borrel in.

'Ik hoor het,' zei Joe.

'Het is al erg genoeg dat we net die gast z'n tent hebben beroofd. Dus haal het niet in je hoofd nog iets van hem af te pakken. Oké?'

Joe zei niets.

'Oké?' herhaalde Dion.

'Oké.' Joe pakte zijn glas. 'Best.'

De daaropvolgende drie avonden kwam ze niet naar De schoenveter. Joe wist het zeker want hij had er elke avond van begin tot eind gezeten.

Albert kwam binnen in een van zijn typische crèmekleurige streepjespakken. Alsof hij in Lissabon was of zo. Hij droeg ze met een bruine gleufhoed die bij zijn bruine schoenen pasten, die bij weer bij de bruine streepjes kleurden. In de winter, als er sneeuw lag, droeg hij bruine pakken met crèmekleurige streepjes, een crèmekleurige hoed en wit-bruine slobkousen. In februari koos hij voor donkerbruine pakken en donkerbruine schoenen met een zwarte hoed, maar Joe stelde zich voor dat hij normaal gesproken bij avond eenvoudig neer te schieten moest zijn. Dat je hem in een steeg vanaf een meter of twintig met een goedkoop pistool nog zou kunnen raken. Een straatlantaarn om te zien hoe het wit in rood veranderde zou niet eens nodig zijn.

Albert, Albert, dacht Joe toen Albert op de derde avond langs zijn barkruk in De schoenveter gleed, ik zou je kunnen vermoorden als ik daar ook maar een beetje verstand van had.

De ellende was dat Albert niet regelmatig een steeg in liep en als hij het al deed, dan met vier lijfwachten om zich heen. En zelfs als je die voorbijkwam en hem omlegde – en Joe, geen geboren moordenaar, vroeg zich af hoe het in godsnaam kwam dat hij überhaupt met de gedachte rondliep om Albert White om te leggen – was het enige wat je zou bereiken dat je een heel zakenimperium zou laten ontsporen ten nadele van Albert Whites partners, onder wie de politie, de Italianen, de joodse clans in Mattapan en een paar legitieme zakenlui, onder wie bankiers en investeerders met suikerrietbelangen op Cuba en in Florida. Op die manier een zaak laten ontsporen in zo'n kleine stad zou hetzelfde zijn als beesten in de dierentuin voeren met een open wond aan je handen.

Albert keek hem één keer aan. Met een blik die Joe deed denken: hij weet het, hij weet het. Hij weet dat ik hem heb beroofd. Hij weet dat ik op zijn meisje uit ben. Hij weet het.

Maar Albert zei: 'Heb je een vuurtje voor me?'

Joe streek een lucifer af aan de bar en stak Albert Whites sigaret aan.

Toen Albert de lucifer uitblies, blies hij Joe de rook in zijn gezicht. Hij zei: 'Dank je, knul,' en liep weg, met zijn huid zo wit als zijn pak, zijn lippen zo rood als het bloed dat zijn hart in en weer uit stroomde.

Op de vierde dag na de overval had Joe een ingeving en ging terug naar het meubelpakhuis. Hij liep haar bijna mis; kennelijk hadden de secretaresses en handarbeiders dezelfde werkuren, en te midden van de heftruckchauffeurs en stuwadoors met hun grote schaduwen waren de secretaresses maar klein. De mannen kwamen de poort uit met hun dokwerkershaak over de schouder van hun vuile jack. Ze waren luidruchtig, floten, maakten grappen waar alleen zijzelf om lachten en cirkelden om de jonge vrouwen heen. Maar de vrouwen leken eraan gewend, ze slaagden erin hun eigen groep uit de grotere te manoeuvreren, terwijl sommige mannen achterbleven, andere ieder hun eigen kant op gingen en nog een stel zich afscheidde om naar het slechtst bewaarde geheim van de haven te gaan: een woonboot waar ze alcohol schonken sinds de eerste zonsopgang in Boston na de drooglegging.

De vrouwen liepen als een hechte groep verder over de kade en Joe zag haar slechts bij toeval doordat een ander meisje met dezelfde kleur haar bleef staan om de hiel van haar schoen goed te doen, waarop Emma's gezicht in plaats van het hare kwam in de menigte.

Joe verliet de plek waar hij had staan wachten, bij het laadplatform van de Gillette Company, en volgde de groep op een pas of vijftig. Hij zei bij zichzelf dat ze Albert Whites meisje was. Hij zei bij zichzelf dat hij niet goed bij zijn hoofd was en dat hij hier nu mee moest stoppen. Hij zou niet alleen niet achter Albert Whites meisje aan moeten lopen over een kade in Boston, hij zou zelfs minstens ergens honderd kilometer verder weg moeten zijn totdat hij zeker wist dat niemand hem kon aanwijzen als dader achter de pokeroverval. Tim Hickey was in het zuiden om rum in te kopen en kon niet ophelderen hoe het mogelijk was geweest dat ze het verkeerde kaartspelletje hadden verstoord; de gebroeders Bartolo hielden zich gedeisd en spookten niets uit tot ze wisten hoe de vork in de steel zat, maar Joe, die toch geacht werd de slimste te zijn van het stel, ging snuffelend achter Emma Gould aan zoals een uitgehongerde hond de geur van een kampvuur volgt.

Maak dat je wegkomt, maak dat je wegkomt.

Joe wist dat de stem gelijk had. Het was de stem van het verstand. En anders die van zijn beschermengel.

De moeilijkheid was dat hij vandaag niet geïnteresseerd was in beschermengelen. Hij was geïnteresseerd in haar.

De groep vrouwen verliet de kade en verspreidde zich bij het metrostation op Broadway. De meesten namen de tram, maar Emma daalde de trap af naar de ondergrondse. Joe gaf haar een voorsprongetje en volgde haar toen door het draaihek en een volgende trap af, tot in een gereedstaande trein richting het noorden van de stad. Het was druk en warm in de coupé, maar hij verloor haar geen moment uit het oog, maar goed ook, want al op het volgende station stapte ze uit: South Station.

South Station was een overstapstation waar drie metrolijnen, twee bovengrondse lijnen, een tramlijn, twee buslijnen en de forenzentrein allemaal samenkwamen. Zodra hij uit de coupé op het perron stapte, veranderde hij in een snookerbal tijdens de openingsstoot: hij werd rond gestuiterd, klemgezet en opnieuw in het rond gestuiterd. Hij verloor haar uit het oog. Hij was niet lang, zoals zijn broers, van wie de ene lang en de andere uitzonderlijk lang was. Maar goddank was hij ook niet klein, maar gewoon gemiddeld. Hij ging op zijn tenen staan en probeerde zich op die manier door de menigte te wringen. Dit vertraagde hem enigszins, maar hij ving wel een glimp op van haar geelbruine haar – vlak bij de tunnel naar de Atlantic Avenue Elevated.

Toen hij het perron bereikte reed de trein net binnen. Ze stond twee deuren voor hem in dezelfde wagon toen de trein het station uit reed en de stad zich voor hen openbaarde in schakeringen van blauw, bruin en baksteenrood die dieper van toon werden in de invallende schemering. De ramen van de kantoorgebouwen waren geel geworden. Straat voor straat floepten de lantaarns aan. De haven was een vage gloed aan de horizon. Emma leunde tegen een raam en Joe zag hoe alles zich achter haar rug ontvouwde. Ze staarde uitdrukkingsloos naar de overvolle wagon, zonder haar blik op iets specifieks te richten, en toch op haar hoede. Ze waren intens bleek, haar ogen, zelfs bleker dan haar huid. De bleekheid van ijskoude gin. Haar kin en neus waren allebei enigszins spits en bezaaid met sproeten. Er was niets aan haar wat uitnodigde tot toenadering. Ze leek opgesloten achter haar eigen kille en mooie gezicht.

En wat had meneer gewenst bij zijn overval vanochtend?

Probeer het alleen wel zo te doen dat ik geen striemen krijg.

Dat zeggen leugenaars meestal.

Toen ze Batterymarch Station passeerden en over North End ratelden, keek Joe omlaag naar het getto, waar het wemelde van de Italianen – Italiaanse mensen, Italiaanse dialecten, Italiaanse gewoonten en Italiaanse gerechten – en dacht onwillekeurig aan zijn oudste broer, Danny, de Ierse politieman die zo van het Italiaanse getto hield dat hij er was gaan wonen en werken. Danny was een grote man, en Joe kende niemand die zo lang was als hij. Hij was een geweldige bokser geweest en een geweldige politieman. Angst kende hij nauwelijks. Als medewerker en vicevoorzitter van de politievakbond had hem hetzelfde lot getroffen als iedere agent die er in september 1919 voor had gekozen om te gaan staken: hij was zonder kans op terugkeer in de dienst ontslagen en op de zwarte lijst gezet voor elke politiebaan langs de hele oostkust. Hij ging eraan onderdoor. Tenminste, naar men zei. Hij was beland in een zwarte wijk in Tulsa, Oklahoma, die tijdens rellen vier jaar geleden tot de grond toe was afgebrand. Sinds die tijd had Joe's familie alleen geruchten vernomen over plekken waar hij en zijn vrouw Nora opgedoken zouden zijn: Austin, Baltimore en Philadelphia.

In zijn jongensjaren had Joe zijn broer op handen gedragen. Daarna was hij hem gaan haten. Inmiddels dacht hij nauwelijks meer aan hem. En als hij aan hem dacht, moest hij toegeven, miste hij zijn lach.

Verderop in de wagon zei Emma Gould: 'Pardon, pardon,' terwijl ze zich in de richting van de deur werkte. Joe keek uit het raam en zag dat ze City Square in Charlestown naderden.

Charlestown. Geen wonder dat ze niet onder de indruk was geweest van de bedreiging met een pistool. In Charlestown gingen ze met hun .38 aan tafel en roerden ze hun koffie met de loop.

Hij volgde haar naar een huis met een bovenverdieping, achteraan in Union Street. Net voor ze bij het huis kwam, nam ze een pad rechtsaf dat erlangs liep, en tegen de tijd dat Joe de steeg achter het huis bereikte, was ze verdwenen. Hij keek om zich heen in de steeg en zag niets dan identieke huizen, de meeste van hout, met rottende kozijnen en schuine daken die met een vlugge hand met teer waren opgelapt. Ze had in elk ervan binnen kunnen gaan, maar ze had het laatste gangetje in de straat genomen. Hij nam aan dat haar huis het blauwgrijze was, tegenover hem, met metalen deuren boven een dubbel houten luik.

Even voorbij het huis was een houten poortje. Omdat het op slot zat greep hij het bovenaan vast, hees zichzelf op en keek in een volgende steeg, die smaller was dan die waarin hij stond. Op een paar vuilnisbakken na was er niets te zien. Nadat hij zich weer had laten zakken, zocht hij in zijn zak naar een haarspeld; hij ging zelden de deur uit zonder.

Even later stond hij aan de andere kant van het poortje, en wachtte.

Het duurde niet lang. Op deze tijd van de dag, als de mensen uit hun werk kwamen, duurde het nooit lang. Twee paar voetstappen kwamen door de steeg zijn kant op: twee mannen in gesprek over het laatste vliegtuig dat was neergestort in een poging de Atlantische Oceaan over te steken, geen spoor van de Engelse piloot of van wrakstukken. Het ene moment was het nog in de lucht, het volgende was het voorgoed verdwenen. Een van de mannen klopte op het luik en kort daarop hoorde Joe hem zeggen: '*Blacksmith.*'

Een van de luikdeuren werd met een klaaglijk geluid opengeduwd en even later viel het weer dicht en ging de grendel erop.

Nadat Joe vijf minuten had gewacht, geklokt op zijn horloge, verliet hij de tweede steeg en klopte op het kelderluik.

Een gedempte stem vroeg: 'Wat?'

'*Blacksmith.*'

Er klonk een ratelend geluid toen iemand de grendel terugschoof. Joe tilde de luikdeur op. Hij stapte op de kleine trap eronder en ging naar beneden, het kelderluik achter zich dichttrekkend. Onder aan de trap kwam hij bij een tweede deur, die openging op het moment dat hij zijn hand uitstak naar de knop. Een oude kale vent met een bloemkoolneus en gesprongen adertjes op zijn wangen nodigde hem met een norse frons binnen.

Het was een kale kelder met een aarden vloer en een houten bar in het midden. De tafels bestonden uit houten vaten, de stoelen waren gemaakt van het goedkoopste vurenhout.

Joe nam plaats aan de bar, zo dicht mogelijk bij de deur, waar een vrouw met vetkwabben als zwangere buiken aan haar bovenarmen hem een groot glas lauw bier serveerde dat een beetje naar zeep en zaagsel smaakte, maar niet erg naar bier of naar iets alcoholisch. Hij keek in de kelderschemering om zich heen naar Emma Gould, maar zag alleen havenwerkers, een paar zeelui en prostituees. Onder de trap, tegen de bakstenen muur, stond een werkloze piano met een paar kapotte toetsen. Dit was niet het soort clandestiene kroeg waar het vermaak beperkt bleef tot een knokpartij tussen zeelui en havenarbeiders zodra die zich realiseerden dat ze twee prostituees te kort kwamen.

Door de deur achter de bar kwam ze binnen, bezig een hoofddoek vast te knopen in haar nek. Ze had haar blouse en rok verruild voor een crèmewitte visserstrui en een bruine tweedbroek. Ze liep asbakken legend en houtwerk afnemend langs de tap terwijl de vrouw die Joe had bediend haar schort afdeed om door dezelfde deur te verdwijnen.

Toen ze bij Joe kwam, keek ze naar zijn zo goed als lege glas. 'Nog een?'

'Jazeker.'

Ze liet haar blik over zijn gezicht gaan en scheen niet blij met wat ze zag. 'Wie heeft je over deze tent verteld?'

'Dinny Cooper.'

'Die ken ik niet,' zei ze.

Dan zijn we met z'n tweeën, dacht Joe, terwijl hij zich afvroeg hoe hij in godsnaam met zo'n stomme naam op de proppen had kunnen komen. Dinny? Waarom had hij die vent niet meteen 'Lunch' genoemd?

'Die komt uit Everett.'

Ze veegde zijn stuk van de bar schoon en maakte nog steeds geen aanstalten om een biertje voor hem te gaan halen. 'O ja?'

'Ja. We werkten aan de Chelsea-kant van de Mystic vorige week. Baggerwerk, zegt je dat iets?'

Ze schudde haar hoofd.

'Maar goed, Dinny wees naar de overkant van de rivier en vertelde me over deze tent. Hij zei dat jullie lekker bier tappen.'

'Nou weet ik zeker dat je liegt.'

'Omdat iemand zei dat jullie een lekker biertje tappen?'

Ze keek hem aan zoals ze ook in het pokerhol had gedaan, alsof ze de kronkelingen in zijn ingewanden, het roze van zijn longen en de gedachten die door zijn hersenkwabben trokken kon zien.

'Zo slecht is het bier nou ook weer niet,' zei hij, en hij hief zijn glas. 'Ik dronk ooit eens een biertje ergens, ik zweer je...'

'Allemaal mooie woorden,' zei ze.

'Pardon?'

'Niet dan?'

Hij besloot tot gelaten verontwaardiging. 'Ik lieg niet, juffrouw. Maar ik kan ook weggaan. Ik kan opstaan en vertrekken.' Hij stond op. 'Wat krijgt u van me voor dat ene biertje?'

'Twintig cent.'

Ze hield haar hand uit, waarop hij er zijn kleingeld in legde, dat zij in de zak van haar mannenbroek liet glijden. 'Je doet het toch niet.'

'Wat niet?' vroeg hij.

'Vertrekken. Wat jij wilt is dat ik zo ondersteboven ben van dat je zei dat je zou vertrekken, dat ik bedenk dat je een eerlijke vent bent en vraag of je blijft.'

'Nee.' Hij schoot zijn jas aan. 'Ik ga echt.'

Ze leunde over de bar. 'Kom eens hier.'

Hij hield zijn hoofd schuin.

Ze kromde een vinger naar hem. 'Kom hier.'

Hij zette een paar krukken aan de kant en leunde tegen de bar.

'Zie je die jongens daar in de hoek, bij die tafel van een cidervat?'

Hij hoefde niet om te kijken. Ze waren hem meteen bij binnenkomst al opgevallen: drie mannen. Dokwerkers zo te zien, scheepsmasten van schouders, handen als veldkeien, blikken die je niet wilde kruisen.

'Die had ik al gezien.'

'Dat zijn mijn neefjes. Familie, dat kun je wel zien, toch?'

'Nee.'

Ze haalde haar schouders op. 'Weet je wat voor werk ze doen?'

Hun lippen waren zo dicht bij elkaar dat de puntjes elkaar zouden raken als ze allebei hun tong uitstaken.

'Ik heb geen idee.'

'Ze pakken graag jongens zoals jij, die liegen over kerels die Dinny heten, en slaan ze dood.' Ze liet haar ellebogen een centimeter naar voren kruipen, zodat hun gezichten nog dichter bij elkaar kwamen. 'En dan gooien ze ze in de rivier.'

Joe voelde een tinteling op zijn kruin en achter op zijn oren. 'Fijn beroep.'

'Maar nog altijd beter dan pokeravondjes overvallen, toch?'

Heel even wist Joe niet meer hoe hij zijn gezicht moest bewegen.

'Zeg iets intelligents,' zei Emma Gould. 'Misschien over de sok die je in mijn mond propte. Ik wil iets glads en slims horen.'

Joe zei niets.

'En terwijl je erover nadenkt,' zei Emma Gould, 'is het goed om te weten dat ze op dit moment naar ons kijken. Zie je dit oorlelletje? Als ik eraan trek, haal jij de trap niet eens.'

Hij keek naar het oorlelletje, dat ze met een snelle draai van haar bleke ogen had aangewezen. Het rechter. Het deed denken aan een kikkererwt, maar dan zachter. Hij vroeg zich af hoe het zou smaken, 's morgens bij het wakker worden.

Joe keek omlaag naar de bar. 'En als ik deze trekker overhaal?'

Ze volgde zijn blik, zag het pistool dat hij tussen hen had neergelegd.

'Dan haal jij jouw oorlelletje niet,' zei hij.

Haar blik ging omhoog van het pistool en klom langs zijn onderarm naar boven, op zo'n manier dat hij zijn haartjes voelde wijken. Ze roeide over het midden van zijn borst, langs zijn keel en over zijn kin. Toen ze bij zijn ogen kwam, waren die van haar voller en sprekender geworden, ontvlamd door iets wat eeuwen geleden in de wereld was gekomen, voor de beschaving had toegeslagen.

'Om twaalf uur ben ik vrij,' zei ze.

2

Wat zij mist

Joe woonde op de bovenste verdieping van een pension in West End, op een paar minuten lopen van de drukte op Scollay Square. Het pension was eigendom van Tim Hickeys clan, die het ook uitbaatte en een lange historie had in de stad, maar pas was opgebloeid in de zes jaar sinds het begin van de drooglegging.

De begane grond werd gewoonlijk bewoond door vers uitgescheepte Ieren, nog op hun vilten brogues en met hun stijve vest. Het behoorde tot Joe's taken om hen op te pikken bij de haven en naar een van Hickeys gaarkeukens te brengen voor bruin brood, witte mosselsoep en grauwe aardappelen. Daarna nam hij ze mee naar het pension, waar ze er drie op een kamer legden, met harde, maar schone matrassen en waar ondertussen in de kelder door de hoeren op leeftijd hun kleren werden gewassen. Als ze na ongeveer een week een beetje op krachten waren gekomen en hun haar hadden bevrijd van luizen en hun mond van rotte tanden, tekenden ze een stemkaart en beloofden plechtig hun onvoorwaardelijke steun aan de kandidaten van Hickey bij de eerstvolgende verkiezingen. Vervolgens werden ze de wereld in gestuurd voorzien van namen en adressen van andere immigranten uit hetzelfde dorp of dezelfde provincie van herkomst, die gegarandeerd meteen werk voor hen zouden regelen.

Op de eerste verdieping van het pension, alleen toegankelijk via een aparte opgang, was het casino. De tweede was de verdieping van de prostituees. Joe woonde op de derde, in een kamer aan het eind van de gang. De verdieping had een mooie badkamer, die hij deelde met welke rijke gokverslaafde er op dat moment maar in de stad was, en met Penny Palumbo, de topprostituee uit de stal van Tim Hickey. Penny was vijfentwintig, maar ze zag eruit als zeventien, en haar

haar had de kleur van honing in een pot als er zonlicht doorheen viel. Er was al eens man om Penny Palumbo van het dak gesprongen, een andere was van een boot gestapt en een derde had geen eind gemaakt aan zijn eigen leven maar aan dat van een ander. Joe mocht haar graag: ze was aardig en een lust voor het oog. Maar als haar gezicht eruitzag als zeventien, zagen haar hersens eruit als tien, durfde hij te wedden. Die waren, voor zover Joe kon nagaan, volledig gevuld met drie liedjes en vage ideeën om naaister te worden.

Soms, afhankelijk van wie 's ochtends als eerste in het casino kwam, bracht de een de ander koffie. Deze ochtend kwam zij ermee aan, en ze gingen bij het raam in zijn kamer naar Scollay Square zitten kijken, met de vele gestreepte markiezen en grote billboards, terwijl de eerste melkwagens over Tremont Row kwamen aanhobbelen. Penny vertelde hem dat een waarzegger haar de vorige avond had verzekerd dat ze was voorbestemd om jong te sterven, of om pinkstergelovige te worden in Kansas. Toen Joe haar vroeg of ze bang was om dood te gaan, zei ze natuurlijk wel, maar niet half zo bang als voor verhuizen naar Kansas.

Toen ze weer op weg was naar haar eigen kamer, hoorde hij haar praten met iemand in de gang, en het volgende moment stond Tim Hickey in de deuropening. Tim droeg een donker streepjesvest met de knoopjes los, een bijpassende broek en een wit overhemd waarvan de boord openstond, geen das. Tim was een slanke man met een mooie kop grijs haar en de droeve, hulpeloze blik van een gevangenispredikant voor ter dood veroordeelden.

'Dag meneer Hickey.'

'Goedemorgen Joe.' Hij dronk koffie uit een ouderwets glas waarin het ochtendlicht glinsterde dat via de vensterbank naar binnen scheen. 'Zeg, even over die bank in Pittsfield.'

'Ja?' zei Joe.

'De vent die je wilt spreken komt hier elke donderdag, maar verder zit hij meestal 's avonds in die tent bij Upham's Corner. Hij zal zijn hoed op de bar leggen, rechts naast zijn glas. 't Is een Homberg, die hoed. Hij zal de plattegrond van het gebouw voor je uittekenen, en ook de vluchtweg.'

'Dank u, meneer Hickey.'

Hickey maakte een gebaar met zijn glas. 'En nog iets... Weet je nog die croupier waar we het afgelopen maand over hadden?'

'Carl,' zei Joe, 'ja.'

'Hij is weer bezig.'

Carl Laubner, een van hun croupiers aan de blackjacktafels, kwam uit een tent waar geknoeid werd, en ze konden hem maar niet aan zijn verstand brengen dat hij het spel in eerlijke banen moest leiden, tenminste niet zolang een van de spelers er minder dan honderd procent blank uitzag. Dus zodra er een Italiaan of een Griek aan tafel plaatsnam, viel hij op slag terug in zijn oude gedrag. Carls gesloten kaarten bleken de hele avond op magische wijze tienen en azen, althans tot de donkerder getinte heren de tafel verlieten.

'Stuur hem de laan uit,' zei Hickey. 'Meteen als hij binnenkomt.'

'Ja, meneer.'

'Aan dat soort gekloot doen we hier niet. Mee eens?'

'Volledig, meneer Hickey. Volledig.'

'En doe alsjeblieft iets aan die ene fruitmachine. Dat ding draait veel te soepel. We mogen dan een bonafide tent runnen, maar we zijn verdomme geen liefdadigheidsinstelling, toch, Joe?'

Joe maakte een aantekening. 'Nee, meneer, zijn we zeker niet.'

Tim Hickey exploiteerde een van de weinige deugdelijke casino's in Boston, waardoor het een van de populairste van de stad was, in het bijzonder voor het spel met de hogere inzet. Tim had Joe geleerd dat je door te sjoemelen een sukkel misschien twee, hoogstens drie keer kon uitkleden voordat hij het in de gaten kreeg en ophield met spelen. Tim was niet geïnteresseerd in iemand een paar keer kaalplukken; hij wilde ze voor de rest van hun leven uitmelken. Hou ze aan de tafel en hou hun glas gevuld, zei hij tegen Joe, dan zullen ze hun laatste dollar voor je neertellen en je bovendien dankbaar zijn dat je ze van hun last hebt bevrijd.

'De mensen die wij bedienen?' zei Tim meer dan eens. 'Die komen op bezoek in de nacht. Maar wij wonen erin. Zij huren wat wij bezitten. Dat betekent dat als ze in onze zandbak komen spelen, wij op elke korrel verdienen.'

Tim Hickey was een van de slimste mannen die Joe ooit had ontmoet. Aan het begin van de drooglegging, toen de bendes in de stad langs etnische lijnen gescheiden waren – Italianen gingen alleen om met Italianen, joden alleen met joden, Ieren alleen met Ieren – zag je

Hickey met iedereen omgaan. Hij sloot een verbond met Giancarlo Calabrese, die de Pescatore-clan runde zolang de oude Pescatore in de gevangenis zat, waarna ze gezamenlijk in rum uit de Caraïben begonnen terwijl alle anderen in whisky deden. Tegen de tijd dat de bendes uit Detroit en New York hun macht hadden aangewend om van alle andere spelers zetbazen in de whiskyhandel te maken, hadden de clans van Hickey en Pescatore de markt in suiker en melasse naar zich toe getrokken. Het spul kwam vooral uit Cuba, stak de Straat van Florida over, werd op Amerikaanse bodem tot rum verwerkt en maakte middernachtelijke reizen langs de oostkust omhoog, om daar met een winstmarge van tachtig procent te worden verkocht.

Meteen na zijn laatste reis naar Tampa had Tim met Joe over de mislukte klus in het meubelpakhuis gesproken. Tim prees Joe dat hij zo verstandig was geweest de weekomzet in de telkamer te laten schieten ('Daarmee heb je ter plekke een oorlog voorkomen,' zei Tim), en verzekerde hem dat iemand ervoor aan de hoogste kerktoren zou hangen, zodra hij precies wist waarom ze zo'n risicovolle slechte tip hadden gekregen.

Joe wilde hem graag geloven, want het alternatief was geloven dat Tim hem naar dat pakhuis had gestuurd, juist omdát hij uit was op een oorlog met Albert White. Tim zou ertoe in staat zijn om zelfs mannen die hij als jongens onder zijn hoede had genomen op te offeren aan zijn doel de rumhandel voorgoed te kunnen monopoliseren. Eigenlijk was er niets waartoe Tim niet in staat was, helemaal niets. Dit was wat je nodig had om aan de top te blijven in het milieu: iedereen moest weten dat je je geweten sinds jaar en dag aan de kant had geschoven.

Nu, in Joe's kamer, schonk Tim een scheutje rum uit zijn flacon in zijn koffie en nam een slok. Hij hield Joe de flacon voor, maar Joe schudde zijn hoofd. Tim liet de flacon weer in zijn zak glijden. 'Waar heb je uitgehangen de laatste tijd?'

'Gewoon hier.'

Hickey staarde hem aan. 'Je bent alle avonden weggeweest deze week. En de vorige. Heb je een meisje?'

Joe overwoog een leugen, maar zag de zin er niet van in.

'Ja.'

'Is ze leuk?'

'Ze is levendig. Ze is...' Joe kon niet op het goede woord komen, '... speciaal.'

Hickey stapte uit de deuropening. 'Dat klinkt alsof je een verslaving hebt opgelopen, nietwaar?' Hij maakte een gebaar alsof hij een naald in zijn arm stak. 'Ik kan het aan je zien.' Hij liep naar Joe toe en legde zijn hand in diens nek. 'Een goeie tref je niet zo vaak. Niet in onze branche. Kookt ze?'

'Ja.' In feite had Joe geen idee.

'Dat is belangrijk. Niet of ze goed of slecht zijn, maar wel of ze bereid zijn om het te doen.' Hickey liet zijn nek los en liep terug naar de deur. 'Praat met die knaap over die klus in Pittsfield.'

'Zal ik doen, meneer.'

'Goed zo,' zei Tim, waarna hij de trap af ging naar zijn kantoor achter de kassier van het casino.

Carl Laubner werkte uiteindelijk nog twee avonden voor Joe eraan dacht om hem te ontslaan. Joe was wel meer dingen vergeten de laatste tijd, waaronder twee afspraken met Hymie Drago om de buit van de kraak in Karshman Furs te verhandelen. Aan de fruitmachine had hij wel gedacht. Hij had het raderwerk goed aangedraaid, maar tegen de tijd dat Laubner binnenkwam om aan zijn dienst te beginnen, was Joe alweer met Emma op stap.

Sinds de keer in de kelderkroeg in Charlestown, hadden Emma en hij de meeste avonden samen doorgebracht. De meeste, niet alle. De resterende was ze met Albert White geweest, een toestand die Joe tot dusverre had weten aan te merken als ergerlijk, hoewel het snel richting onverdraaglijk ging.

Wanneer Joe niet bij Emma was, kon hij alleen maar denken aan wanneer hij wel weer bij haar zou zijn. En als ze elkaar zagen ging van elkaar afblijven langzaam over van een onwaarschijnlijke toestand in een onmogelijke. Zodra de kroeg van haar oom dicht was, hadden ze er seks. Als haar ouders en broers en zussen niet thuis waren in de flat die ze met hen deelde, hadden ze er seks. Ze hadden seks in Joe's auto en ze deden het in zijn kamer nadat hij haar stiekem via de achtertrap naar boven had geloodst. Ze hadden seks op een kille heuvel, tussen de kale bomen die uitkeken over de Mystic en op een koud strand in november onder de rook van Savin Hill Cove in Dorchester. Staand, zittend, liggend – het maakte hun niet uit. Binnen, buiten – idem dito. Elk luxe uurtje samen vulden ze met alle nieuwe trucjes en standjes die ze konden bedenken. En hadden ze maar een paar minuten, dan hadden ze daar ook genoeg aan.

Praten deden ze zelden. Althans niet over dingen die de grenzen van hun schijnbaar onuitputtelijke verslaving aan elkaar overstegen.

Achter Emma's bleke ogen en bleke huid lag iets opgerolds en gekooids. Maar niet gekooid in de zin dat het eruit wilde. Gekooid in de zin dat het niets binnen liet. De kooi opende wanneer ze hem in haar liet, voor zolang als ze hun vrijpartij volhielden. Tijdens die momenten waren haar ogen open en zoekend. Dan keek hij recht in haar ziel en zag het rode licht van haar hart en alle dromen waar ze zich als kind aan had vastgeklampt, nu even niet geketend en aangelijnd, maar bevrijd uit hun kelder met de donkere muren en vergrendelde deur.

Maar zodra hij weer uit haar was en haar ademhaling zijn normale, tragere ritme herkregen had, zag hij hoe al die dingen zich terugtrokken als het tij.

Het deed er niet toe. Hij begon te vermoeden dat hij verliefd op haar was. In de zeldzame momenten dat de kooi openging en hij binnen werd genodigd, vond hij iemand die niets liever wilde dan haar vertrouwen schenken, liefhebben en, verdomd, niets liever wilde dan leven. Ze moest alleen zien of hij het waard was om dat vertrouwen, die liefde en dat leven te riskeren.

En hij zou zorgen dat hij het waard was.

Die winter werd hij twintig, en hij wist wat hij met de rest van zijn leven wilde. Hij wilde die ene man ter wereld worden in wie Emma Gould al haar vertrouwen stelde.

Met het vorderen van de winter waagden ze zich een paar keer samen in het openbaar. Alleen op de avonden waarvan zij uit betrouwbare bron wist dat Albert White en zijn belangrijkste handlangers de stad uit waren, en alleen in gelegenheden van Tim Hickey of een van zijn partners.

Een van die partners was Phil Cregger, de eigenaar van restaurant Venetian Garden, op de begane grond van het Bromfield Hotel. Joe en

Emma gingen erheen op een koude avond. Er stond een heldere hemel, maar de geur in de lucht voorspelde sneeuw. Ze hadden net hun jas en hoed afgegeven toen er uit de privékamer achter de keuken een groep mannen naar buiten kwam die Joe, nog voor hij ze had gezien, aan hun sigaarrook en de joviale klank in hun stemmen herkende als politici.

Wethouders, raadsleden, commandanten van brandweer en politie en openbaar aanklagers – de hele opgetooide, glimlachende, gore bende die de straatlantaarns in de stad liet branden, maar amper. Die de treinen aan de praat hield en de verkeerslichten intact, maar amper. Die het volk er voortdurend aan herinnerde dat het zonder hun nooit aflatende waakzaamheid met al die diensten en nog duizend andere, groot of klein, gedaan kon zijn –gedaan zou zijn.

Hij zag zijn vader op hetzelfde moment als zijn vader hem zag. Het had iets ongemakkelijks, zoals gewoonlijk als ze elkaar een tijdje niet gezien hadden, alleen al om de mate waarin ze elkaars evenbeeld waren. Joe's vader was zestig. Hij had Joe nog laat verwekt nadat hij op meer respectabele jonge leeftijd twee zonen had geproduceerd. Maar terwijl Connor en Danny de genetische eigenschappen van de beide ouders in hun gezicht en lichaam hadden meegekregen, en zeker hun lengte (afkomstig van de Fennesy-kant van de familie, die uitsluitend lange mannen voortbracht), was Joe een exacte kopie van zijn vader. Hij had dezelfde lengte en bouw, dezelfde scherpe onderkaak, dezelfde neus en uitstekende jukbeenderen en ogen die net iets dieper lagen dan normaal, wat het voor zijn omgeving des te moeilijker maakte om te raden wat er in hem omging. Het enige verschil tussen Joe en zijn vader zat hem in de kleuren. Joe's ogen waren blauw, terwijl die van zijn vader groen waren; Joe's haar was tarwekleurig en dat van zijn vader had de kleur van vlas. Voor het overige kon Joe's vader hem aankijken en zijn eigen jeugd een lange neus naar hem zien maken. Als Joe zijn vader aankeek zag hij levervlekken en lubberend vel: Magere Hein aan zijn voeteneind om drie uur in de nacht, rusteloos met zijn voet op de vloer tikkend.

Na wat handen schudden en een paar schouderklopjes ten afscheid maakte zijn vader zich los van de rest van de heren, die in de rij gingen staan voor hun jassen. Hij kwam voor zijn zoon staan. Hij stak een hand uit. 'Hoe is het?'

Joe nam zijn hand aan. 'Ik mag niet klagen. En u?'

'Top. Vorige maand heb ik promotie gemaakt.'

'Waarnemend hoofdcommissaris,' zei Joe. 'Ik hoorde het.'

'En jij? Waar werk jij tegenwoordig?'

Je zou Thomas Coughlin lange tijd gekend moeten hebben om het effect van alcohol aan hem af te zien. Aan zijn spraak was het nooit te merken, die bleef soepel, vast en gelijkmatig van volume, zelfs na een halve fles goede Ierse whisky. Ook van een glazige blik was hoe dan ook geen sprake. Maar als je wist waar je op moest letten, zag je iets roofdierachtigs en ondeugends in de gloedvolle uitdrukking op zijn knappe gezicht, iets wat jou taxeerde, je zwakheden blootlegde en de afweging maakte er al dan niet misbruik van te maken.

'Pap,' zei Joe, 'dit is Emma Gould.'

Thomas Coughlin nam haar hand en drukte een kus op haar knokkels. 'Aangenaam, juffrouw Gould.' Hij keek met een schuine blik naar de kelner. 'Gerard, de tafel in de hoek, graag.' Hij glimlachte naar Joe en Emma. 'Bezwaar als ik aanschuif? Ik ben uitgehongerd.'

Het voorgerecht doorstonden ze in goede harmonie.

Thomas vertelde verhalen over Joe's jeugd die er onveranderlijk op neerkwamen dat Joe een onverbeterlijke, niet te stuiten en overenthousiaste deugniet was geweest. Zoals zijn vader ze vertelde waren het fantastische verhalen die als *Boefjes*-avonturen rijp waren voor de bioscoop. Wat zijn vader wegliet was hoe de verhalen gewoonlijk afliepen: met klappen of met de riem.

Emma glimlachte en grinnikte op alle juiste momenten, maar Joe kon aan haar zien dat ze deed alsof. Ze deden allemaal alsof. Joe en Thomas deden alsof ze met elkaar verbonden waren door de liefde tussen vader en zoon, en Emma deed alsof haar ontging dat het niet zo was.

Na het verhaal over de zesjarige Joe in zijn vaders tuin – een verhaal dat in de loop der jaren al zo vaak was verteld dat Joe tot op een ademtocht nauwkeurig de pauzes van zijn vader kon voorspellen – vroeg Thomas waar Emma's familie vandaan kwam.

'Charlestown,' zei ze, en Joe vroeg zich angstig af of hij een vleugje opstandigheid in haar stem hoorde.

'Nee, ik bedoel voordat ze hierheen kwamen. Jij bent Iers, dat zie je zo. Weet je waar je voorouders geboren zijn?'

Terwijl de ober het voorgerecht afruimde, zei Emma: 'Mijn moeders vader kwam uit Kerry en de moeder van mijn vader kwam uit Cork.'

'Ik kom van net buiten Cork,' zei Thomas verrassend opgetogen.

Emma nipte van haar water maar zei niets omdat een deel van haar plotseling elders was. Joe had het eerder meegemaakt: ze kon zich op een bepaalde manier losmaken uit een situatie als die haar niet beviel. Haar lichaam was er wel, als een ding dat was achtergebleven in haar stoel tijdens haar ontsnapping, maar haar wezen, of wat het ook maar was dat Emma *Emma* maakte, ontbrak.

'Hoe luidde haar meisjesnaam, die van je grootmoeder?'

'Weet ik niet,' zei ze.

'Weet je dat niet?'

Emma haalde haar schouders op. 'Ze leeft niet meer.'

'Maar het is je afkomst.' Thomas was verbijsterd.

Emma reageerde door nog eens haar schouders op te halen. Ze stak een sigaret op. Thomas liet niets blijken, maar Joe wist dat hij ontzet was. Geëmancipeerde vrouwen joegen hem op talloze manieren schrik aan: door te roken, een bloot bovenbeen te laten zien, diepe decolletés te dragen of schaamteloos en zonder angst voor publieke afkeuring te veel te drinken in het openbaar.

'Hoe lang ken je mijn zoon al?' vroeg Thomas met een glimlach.

'Een paar maanden.'

'Zijn jullie...'

'Pa.'

'Joseph?'

'We weten niet wat we zijn.'

Heimelijk had hij gehoopt dat Emma de gelegenheid zou benutten om te vertellen wat ze feitelijk waren, maar nee, ze wierp hem een snelle blik toe waarin de vraag besloten lag hoe lang ze hier nog moesten zitten, en gaf zich opnieuw over aan haar sigaret terwijl haar ogen vrij door de zaal zwierven.

Nadat de hoofdmaaltijd was geserveerd, brachten ze twintig minuten door met een gesprek over de kwaliteit van de biefstuk, de bearnaisesaus en de raamdecoraties die Cregger pasgeleden had opgehangen.

Tijdens het dessert stak Thomas zelf een sigaret op. 'Zeg eens meisje, wat doe jij?'

'Ik werk bij Papadikis Furniture.'

'Welke afdeling?'

'Kantoor.'

'Heeft mijn zoon een bank gejat? Hebben jullie elkaar daardoor ontmoet?'

'Pa,' zei Joe.

'Ik vroeg me alleen af hoe jullie elkaar hebben ontmoet,' zei zijn vader.

Emma stak een sigaret op en keek om zich heen. 'Dit is echt een chique tent.'

'Ik weet gewoon maar al te goed hoe mijn zoon de kost verdient. Ik kan er alleen maar van uitgaan dat je hem tijdens een misdaad of in een gelegenheid vol ruw volk hebt ontmoet.'

'Pa,' zei Joe, 'ik had op een gezellig etentje gehoopt.'

'En volgens mij hadden we dat ook. Nietwaar, juffrouw Gould?'

Emma keek hem aan.

'Voel je je ongemakkelijk door mijn vragen?'

Emma nam hem op met die koele blik van haar, de blik waarmee ze een verse laag dakteer kon bevriezen. 'Ik weet niet waar u het over hebt. En het boeit me ook niet zo.'

Thomas liet zich achterover zakken in zijn stoel en nam een slok van zijn koffie. 'Ik heb het erover dat jij het soort meisje bent dat met criminelen omgaat, wat misschien niet zo heel bevorderlijk is voor je goeie naam. Dat de crimineel in dit geval toevallig mijn zoon is, doet er niet toe. Want crimineel of niet, hij is wel mijn zoon, en ik koester vaderlijke gevoelens voor hem, gevoelens die mij dwingen vraagtekens te zetten bij zijn omgang met het soort vrouw dat willens en wetens met criminelen omgaat.' Thomas zette zijn koffiekopje weer op het schoteltje en glimlachte haar toe. 'Kon je dat volgen of ging het te snel?'

Joe stond op. 'Goed, we gaan.'

Maar Emma verroerde zich niet. Ze liet haar kin op de muis van haar hand zakken en nam Thomas een poosje in zich op, de sigaret smeulend naast haar oor. 'Mijn oom had het over een smeris die op zijn loonlijst staat, ene Coughlin. U, misschien?' Ze schonk hem een stijve glimlach in reactie op de zijne, en nam een trek van haar sigaret.

'Is die oom toevallig je oom Robert, die iedereen Bobo noemt?'

Ze sloeg haar oogleden neer ter bevestiging.

'De agent over wie je het hebt heet Elmore Conklin, juffrouw Gould. Hij werkt in Charlestown en staat erom bekend dat hij smeergeld aanneemt van clandestiene gelegenheden zoals die van Bobo. Zelf kom ik zelden in Charlestown. Maar als waarnemend hoofdcommissaris zou ik met plezier eens wat beter naar je ooms etablissement willen kijken.' Thomas drukte zijn sigaret uit. 'Zou je dat op prijs stellen, meisje?'

Emma stak haar hand uit naar Joe. 'Ik wil me even opfrissen.'

Joe gaf haar kleingeld voor de toiletjuffrouw. Ze keken haar na terwijl ze het restaurant door liep. Joe vroeg zich af of ze nog naar hun tafel terug zou komen of dat ze haar jas zou pakken en in één keer doorlopen.

Zijn vader haalde zijn horloge uit zijn vestzak, klapte het open, knipte het even snel weer dicht en stopte het terug. Het horloge was zijn meest geliefde bezit, een achttien karaats Patek Phillippe, dat hij meer dan twintig jaar geleden cadeau had gekregen van een dankbare bankdirecteur.

Joe vroeg: 'Moest dat nou?'

'Ik was niet degene die begon, Joseph, dus hou je mond over hoe ik het heb afgemaakt.' Zijn vader leunde achterover in zijn stoel en sloeg zijn ene been over het andere. Sommige mannen bekleedden zich met hun macht alsof het een jas was die maar niet wilde passen of die bleef kriebelen. Thomas Coughlin droeg de zijne alsof hij hem op maat had laten maken in Londen. Hij keek de zaal rond, knikte naar een paar bekenden en richtte zijn blik weer op zijn zoon. 'Als ik dacht dat je gewoon bezig was op een onconventionele manier je weg in de wereld te vinden, denk je dat ik er dan een punt van zou maken?'

'Ja,' zei Joe, 'dat denk ik zeker.'

Zijn vader reageerde met een flauwe glimlach en een nauwelijks zichtbaar schouderopalen. 'In mijn zevenendertig jaar als politieman heb ik vooral één ding geleerd.'

'Dat misdaad nooit loont,' zei Joe, 'tenzij je het op bestuurlijk niveau doet.'

Opnieuw een flauwe glimlach en een schuin knikje. 'Nee, Joseph. Nee. Wat ik heb geleerd is dat geweld zich voortplant. En de kinderen van je geweld zullen als wrede en gewetenloze monsters weer bij je terugkomen. Jij zult hen niet herkennen als van jou, maar zij herkennen jou wel. En ze zullen jou aanwijzen als degene met wie ze iets te vereffenen hebben.'

Joe had in de loop der jaren al verschillende variaties van deze toespraak gehoord. Maar behalve het feit dat hij in herhaling viel wilde zijn vader niet inzien dat een algemene theorie niet hoeft op te gaan voor een specifiek iemand. Niet als die iemand voldoende vastbesloten is om zijn eigen regels te maken en slim genoeg om iedereen zover te krijgen die te accepteren.

Joe was pas twintig, maar hij wist al dat hij zo iemand was.

Maar om de oude man toch een plezier te doen vroeg hij: 'En waarvoor precies kwam dat gewelddadige nageslacht mij ook weer straffen?'

'De achteloosheid waarmee je ze op de wereld hebt gezet.' Zijn vader leunde voorover, zijn ellebogen op tafel, handen gevouwen. 'Joseph.'

'Joe.'

'Joseph, geweld kweekt geweld. Dat is een wetmatigheid.' Hij maakte zijn handen los en keek zijn zoon aan. 'Wat je op de wereld zet zal altijd bij je terugkomen.'

'Ja hoor, pa, ik ken mijn bijbel.'

Zijn vader hield zijn hoofd schuin toen hij Emma uit de toiletten zag komen en rechtstreeks doorlopen naar de garderobe. Terwijl hij haar volgde met zijn blik zei hij tegen Joe: 'Maar het komt nooit terug op de manier die je had verwacht.'

'Ik geloof u.'

'Je bent nergens zeker van, behalve van je eigen zekerheid. Zekerheid die je niet hebt verdiend schittert altijd het mooist.' Thomas zag dat Emma haar fiche aan het meisje bij de jassen gaf. 'Ze is best mooi.'

Joe zei niets.

'Maar afgezien daarvan begrijp ik niet wat je in haar ziet,' zei zijn vader.

'Omdat ze uit Charlestown komt?'

'Nou ja, dat is zeker geen pre,' zei zijn vader. 'Haar vader was vroeger een pooier en haar oom heeft voor zover wij weten ten minste twee mannen vermoord. Maar daar zou ik nog overheen kunnen stappen, Joseph, als ze niet zo...'

'Zo wat?'

'Dood was vanbinnen.' Zijn vader keek nogmaals op zijn horloge en wist de rillingen van een gaap nauwelijks te onderdrukken. 'Het is al laat.'

'Ze is niet dood vanbinnen,' zei Joe. 'Er slaapt gewoon iets in haar.'

'En dat iets,' zei zijn vader terwijl Emma terugkwam met hun jassen. 'Dat zal nooit meer wakker worden, jongen.'

Buiten op weg naar de auto zei Joe: 'Had je niet een beetje meer...?'

'Meer wat?'

'Mee kunnen doen aan het gesprek? Je een beetje socialer kunnen opstellen?'

'Al zolang wij samen zijn,' zei ze, 'hoor ik je alleen maar over hoe je die man haat.'

'Echt de héle tijd?'

'Zo ongeveer.'

Joe schudde zijn hoofd. 'En dat ik mijn vader haat heb ik nooit gezegd.'

'Wat heb je dan gezegd?'

'Dat we elkaar niet liggen. We hebben nooit goed met elkaar kunnen opschieten.'

'En hoe komt dat?'

'Omdat we te veel op elkaar lijken.'

'Of omdat je hem haat.'

'Ik haat hem niet,' zei Joe, terwijl hij meer dan wat ook wist dat het wel zo was.

'Nou, dan moest je misschien maar bij hem onder de dekens kruipen vannacht.'

'Wat?'

'Hij zit daar en kijkt me aan alsof ik een stuk vuil ben. Hij vraagt naar mijn familie alsof hij weet dat we in de Oude Wereld al niet deugden. En hij zegt verdomme "meisje" tegen me. Wat dacht je?' Ze stond trillend van woede op het trottoir terwijl uit het donker boven hen de eerste sneeuwvlokken neerdaalden. En de tranen in haar stem welden nu ook op in haar ogen. 'Wij zijn geen mensen. We zijn niet fatsoenlijk. We zijn maar de Goulds uit Union Street. Uitschot uit Charlestown. Wij klossen de kant voor jullie klotegordijnen.'

Joe hield zijn handen op. 'Waar komt dit ineens vandaan?' Hij wilde haar vastpakken, maar ze deed een stap terug.

'Raak me niet aan.'

'Goed.'

'Het komt gewoon door die eeuwige arrogante kop van mensen zoals je vader. Mensen die, die, die... Die het meezit in het leven en die daarom denken dat ze beter zijn. Wij zijn niks minder dan jullie. We zijn geen tuig.'

'Dat zei ik ook niet.'

'Maar hij wel.'

'Nee.'

'Ik ben geen tuig,' fluisterde ze met haar mond halfopen naar het donker, terwijl de sneeuw zich mengde met de tranen die over haar wangen rolden.

Hij hield zijn armen naar haar uit en kwam vlak voor haar staan. 'Mag ik?'

Ze stapte zijn omarming binnen maar hield zelf haar armen stijf tegen haar zij. Toen hij haar tegen zich aan drukte, snikte ze tegen zijn borst en hij zei keer op keer dat ze geen tuig was, dat ze niet minder was dan wie ook, en dat hij van haar hield, hij hield van haar.

Later lagen ze in zijn bed terwijl grote, natte sneeuwvlokken zich als nachtvlinders tegen het venster wierpen.

'Dat was zwak van me,' zei ze.

'Wat?'

'Op straat. Ik was zwak.'

'Je was niet zwak. Je was eerlijk.'

'Ik huil niet waar anderen bij zijn.'

'Bij mij mag dat.'

'Je zei dat je van me hield.'

'Ja.'

'Is dat zo?'

Hij keek haar diep in haar lichte ogen. 'Ja.'

Na een poosje zei ze: 'Ik kan het niet tegen jou zeggen.'

Hij hield zichzelf voor dat dat niet hetzelfde was als zeggen dat ze het niet voelde.

'Oké.'

'Weet je dat wel zeker? Want sommige mannen moeten het per se horen.'

Sommige mannen? Hoeveel mannen vóór hem hadden tegen haar gezegd dat ze van haar hielden?

'Ik ben harder dan zij,' zei hij, en hij wilde dat het waar was.

De donkere februariwind rammelde aan de ruit, een misthoorn baste en beneden op Scollay Square klonken nijdige claxons.

'Wat wil je?' vroeg hij.

Ze haalde haar schouders op, beet op een nagelriem en staarde over hem heen uit het raam.

'Dat een hoop dingen me nooit overkomen waren.'

'Welke dingen?'

Ze schudde haar hoofd en dreef van hem weg.

'En zon,' mompelde ze na een tijdje met gezwollen lippen van de slaap. 'Eindeloos veel zon.'

3

Hickeys termiet

Tim Hickey had ooit tegen Joe gezegd dat de kleinste fout soms de langste schaduw vooruit kon werpen. Joe vroeg zich af wat Tim gezegd zou hebben over dagdromen achter het stuur van een vluchtauto terwijl je voor een bank geparkeerd stond. Misschien niet dagdromen, maar ergens op gefixeerd zijn. Op de rug van een vrouw. In het bijzonder: Emma's rug. Op de moedervlek die hij daar had gezien. Tim zou in dat geval waarschijnlijk gezegd hebben dat bij nader inzien soms ook de grootste fouten de langste schaduw werpen, stomme idioot.

Een andere favoriete uitspraak van Tim was dat wanneer een huis instort de eerste termiet die een hap neemt daar evenveel schuld aan heeft als de laatste. Joe snapte 'm niet, want de eerste termiet zou toch verdomme zeker al lang dood zijn tegen de tijd dat de laatste zijn tanden in de balken zette. Of niet soms? Telkens wanneer Tim zijn vergelijking maakte, nam Joe zich voor zich eens te verdiepen in de levensverwachting van de gemiddelde termiet, om er vervolgens niet meer aan te denken, totdat Tim er opnieuw mee kwam, meestal als hij dronken was en er een stilte viel in het gesprek, en iedereen aan tafel trok dan hetzelfde gezicht: wat is dat toch altijd met Tim en die stomme termieten?

Tim Hickey liet een keer per week bij Aslem's zijn haar knippen, in Charles Street. Op een dinsdag kreeg hij er een pluk van in zijn mond toen hij op weg naar de kappersstoel recht in zijn achterhoofd werd geschoten. Hij lag languit op het tegelzeil terwijl het bloed langs het puntje van zijn neus liep en de schutter met trillende ledematen en grote ogen vanachter de kapstok tevoorschijn kwam. De kapstok viel met een klap op de vloer, waarop een van de kappers opsprong. De schutter stapte over het lichaam van Tim Hickey heen, knikte de getuigen een aantal keer verontschuldigend toe alsof hij er zelf mee in zijn maag zat, en liep de zaak uit.

Joe kreeg het telefoontje toen hij in bed lag met Emma. Nadat hij had opgehangen zat Emma overeind terwijl hij haar het nieuws vertelde. Ze rolde een sigaret, keek Joe aan terwijl ze aan het vloeitje likte – ze keek hem altijd aan wanneer ze aan het vloeitje likte – en stak hem op. 'Was hij belangrijk voor je? Tim?'

'Ik weet het niet,' zei Joe.

'Hoezo, je weet het niet?'

'Het is niet het een of het ander, denk ik.'

Tim kende Joe en de gebroeders Bartolo van toen ze als kwajongens kiosken in brand staken. Op de ene ochtend namen ze geld aan van *The Boston Globe* om een kiosk van de *The Evening Standard* in de fik te steken en de dag daarop lieten ze zich door *The American* betalen om die van *The Boston Globe* te doen. Tim huurde hen in om brand te stichten in het 51 Café. Ze klommen op tot inbraken in Beacon Hill in de late namiddag, waar rond die tijd achterdeuren werden opengelaten door werksters of klussers die bij Tim op de loonlijst stonden. Als ze een klus voor Tim deden, kregen ze een vast bedrag, maar als ze een klus voor zichzelf deden, betaalden ze Tim zijn tipgeld en hielden ze het leeuwendeel voor zichzelf. In dat opzicht was Tim een geweldige baas geweest.

Maar Joe had hem wel Harvey Boule zien wurgen. Dat had te maken gehad met opium, een vrouw of een kortharige Duitse staande; tot op de dag van vandaag kende Joe alleen de geruchten. Harvey was het casino binnen komen lopen en hij en Tim waren aan de praat geraakt en toen had Tim plotseling het snoer van een van de groene schemerlampen gerukt en om Harveys nek gewikkeld. Harvey was een kolossale kerel en hij sleepte Tim wel een minuut door het casino, alle hoeren zochten hollend dekking en alle lijfwachten van Hickey richtten hun wapens op Harvey. Joe zag het besef langzaam doordringen in Boules ogen – zelfs als hij Tim kon laten ophouden hem te wurgen, zouden de jongens van Tim hun vier revolvers en één machinegeweer op hem leegschieten. Hij zakte op zijn knieën en bevuilde zich toen hij een knallende wind liet. Hij lag op zijn buik en hapte naar adem terwijl Tim zijn knie tussen zijn schouderbladen zette en het losse eind van het snoer om zijn hand wikkelde. Hij draaide en trok des te harder, terwijl Harvey hem hard zijn beide schoenen uit trapte.

Tim knipte met zijn vingers. Een van zijn lijfwachten gaf hem een pistool, dat Tim tegen Harveys oor drukte. Een hoer zei: 'O god,' maar net op het moment dat Tim de trekker wilde overhalen, vulden Harveys ogen zich met wanhoop en verwarring en blies hij kreunend zijn laatste adem uit in het namaak Perzische tapijt. Tim liet zich op Harveys rug zakken en gaf het pistool terug aan zijn lijfwacht. Hij staarde naar het profiel van de man die hij had gedood.

Joe had nog nooit iemand zien doodgaan. Amper twee minuten daarvoor had Harvey het meisje dat hem zijn martini bracht gevraagd te informeren hoe de Red Sox gespeeld hadden. Hij had haar zelfs een vette fooi gegeven. Hij had op zijn horloge gekeken, het weer in zijn vestzak laten glijden en een slok van zijn martini genomen. Amper twee minuten geleden, en nu was die man verdomme wég? Waarheen? Niemand die het wist. Naar God, naar de duivel, het vagevuur of erger misschien, naar nergens. Tim kwam overeind, streek zijn sneeuwwitte haren glad en wees met een vaag gebaar naar de manager van het casino. 'Schenk iedereen maar bij. Harvey betaalt.'

Een paar mensen lachten nerveus, de rest zag er misselijk uit.

Hij was niet de enige die Tim de afgelopen vier jaar had vermoord of laten vermoorden, maar het was degene waarvan Joe getuige was geweest.

En nu Tim zelf. Weg. Om nooit meer terug te komen. Alsof hij er nooit was geweest.

'Heb je ooit iemand zien ombrengen?' vroeg Joe aan Emma.

Ze keek hem een poosje onbewogen aan terwijl ze haar sigaret rookte en op haar nagel beet. 'Jawel.'

'Waar denk jij dat ze naartoe gaan?'

'De aula van de begrafenisondernemer.'

Hij staarde haar aan tot ze haar nauwelijks zichtbare glimlachje trok, terwijl haar krullen voor haar ogen hingen.

'Volgens mij gaan ze nergens heen,' zei ze.

'Ik begin het ook te geloven,' zei Joe. Hij ging rechtop zitten en gaf haar een harde kus die zij even stevig beantwoordde. Ze sloot haar enkels om zijn rug, liet haar vingers door zijn haar glijden en rookte haar sigaret, terwijl hij naar haar keek met het gevoel dat als hij ophield met kijken, hem iets zou ontgaan, iets belangrijks dat van haar gezicht zou zijn af te lezen, iets wat hij nooit meer zou vergeten.

'Wat als er geen hiernamaals is? En dit,' ze perste zich tegen hem aan, 'alles is wat we krijgen?'

'Ik hou hiervan,' zei hij.

Ze lachte. 'Ik ook.'

'In het algemeen? Of met mij?'

Ze doofde haar sigaret en nam zijn gezicht in haar handen toen ze hem kuste. Ze wiegde heen en weer. 'Met jou.'

Maar hij was niet de enige met wie ze dit deed, toch?

Albert was er ook nog. Albert, nog steeds.

Een paar dagen later speelde Joe in de biljartzaal achter het casino in zijn eentje een potje pool, toen Albert White binnen kwam lopen met het zelfvertrouwen van iemand die verwachtte dat obstakels vanzelf voor hem zouden worden verwijderd voor hij erover struikelde. Naast hem liep zijn belangrijkste zware jongen, Brenny Loomis, die Joe recht aankeek, zoals hij hem ook vanaf de vloer in het speellokaal had aangekeken.

Joe's hart vouwde zich om het lemmet van een mes – en stopte.

Albert White zei: 'Jij moet Joe zijn.'

Joe moest zichzelf tot een reactie dwingen. Hij schudde Alberts uitgestoken hand. 'Joe Coughlin, ja. Aangenaam.'

'Goed om een gezicht bij een naam te hebben, Joe.' Albert zwengelde aan zijn hand alsof hij water voor een brand stond op te pompen.

'Jawel, meneer.'

'Dit is Brendan Loomis,' zei Albert, 'een vriend van me.'

Joe schudde Loomis' hand, wat voelde alsof hij zijn hand tussen twee auto's stak die op elkaar inreden. Loomis hield zijn hoofd schuin en tastte met zijn kleine bruine ogen Joe's gezicht af. Toen Joe de vrije beschikking over zijn hand terugkreeg, moest hij zich bedwingen om hem niet samen te knijpen. Loomis bette zijn eigen hand ondertussen met een zijden zakdoek en vertrok geen spier. Zijn blik gleed weg van Joe en ging de zaal door alsof hij er plannen mee had. Hij was handig met een pistool, zeiden ze, en heel goed met een mes, maar zijn meeste slachtoffers sloeg hij gewoon dood.

Albert zei: 'Ik heb je al eens gezien, toch?'

Joe zocht zijn gezicht af op tekenen van een lach. 'Ik geloof het niet.'

'Nee, zeker wel. Bren, heb jij deze jongen al eens gezien?'

Brenny Loomis nam de zwarte bal van de pooltafel en keek ernaar. 'Nee.'

Joe voelde zo'n overweldigende opluchting dat hij bang was dat hij de controle over zijn blaas zou verliezen.

'De schoenveter.' Albert knipte in zijn vingers. 'Daar zit jij soms, of niet?'

'Ja,' zei Joe.

'Dat is het dus, dat is het.' Albert gaf Joe een klap op zijn schouder. 'Ik ben hier nu de baas. Weet je wat dat betekent?'

'Geen idee.'

'Dat betekent dat je de kamer leegruimt waar je woonde.' Hij stak zijn wijsvinger op. 'Maar ik wil niet dat je het idee hebt dat ik je op straat zet.'

'Oké.'

'Dit is een fantastische tent, dat is het gewoon. En we hebben er een hoop plannen mee.'

'Natuurlijk.'

Albert legde zijn hand op Joe's arm, net boven de elleboog. Zijn trouwring glinsterde in het licht. Hij was van zilver. Joe zag dat er een Keltisch slangenpatroon in was gegraveerd. Hij zag ook een paar diamanten, kleintjes.

'Denk maar eens na over hoe je je geld wilt gaan verdienen. Oké? Laat je gedachten erover gaan. Neem de tijd. Maar bedenk wel: voor jezelf werken is er niet bij. Niet hier in deze stad. Dat was vroeger.'

Joe weekte zijn blik los van de trouwring en de hand op zijn arm en keek Albert in zijn vriendelijke ogen. 'Ik wil helemaal niet voor mezelf werken, meneer White. Ik hoorde bij Tim Hickey, in goeie en slechte tijden.'

Albert White trok een gezicht alsof hij het niet leuk vond om Tim Hickeys naam te horen noemen in de gelegenheid die nu van hem was. Hij gaf Joe een klopje op zijn arm. 'Dat weet ik. En ik weet ook dat je goed werk leverde. Van de bovenste plank. Maar we doen geen zaken met buitenstaanders. En een onafhankelijke aannemer? Dat is een buitenstaander. We zijn een mooi team aan het opbouwen, Joe. Dat garandeer ik je, een prachtig team.' Hij schonk zich een borrel in uit Tims karaf, zonder iemand anders iets aan te bieden. Hij nam zijn glas mee naar de pooltafel, hees zich op de rand en keek Joe aan. 'Laat me over één ding heel duidelijk zijn: jij bent te slim voor het soort werk waar je je mee bezighoudt. Wat jij doet is kinderspel, samen met twee sukkels – hé, prima vrienden natuurlijk, daar niet van, maar ze zijn dom, en het zijn Italianen en ze zullen dood zijn voor hun dertigste. En jij? Jij kunt gewoon zo doorgaan. Geen verplichtingen, maar ook geen vrienden. Een huis, maar geen thuis.' Hij liet zich van de pooltafel zakken. 'Als je geen thuis wilt, best. Maar binnen de stadsgrenzen is er geen plaats voor je. Als je iets voor jezelf wilt beginnen in South Shore, ga je gang. Of probeer North Shore, als de Italianen je laten leven als ze erachter komen. Maar hier in de stad?' Hij wees naar de vloer. 'Dat is allemaal strak geregeld nu, Joe. Geen aanhangers meer, alleen nog werknemers. En werkgevers. Ben ik ergens onduidelijk over geweest?'

'Nee.'

'Of vaag?'

'Nee, meneer White.'

Albert White sloeg zijn armen over elkaar, knikte en keek naar zijn schoenen. 'Heb je nog iets in het vat zitten? Een klus waarvan ik zou moeten weten?'

Joe had het laatste geld van Tim Hickey gebruikt om de vent te betalen die hem informatie had gegeven over de klus in Pittsfield.

'Nee,' zei Joe. 'Niks in het vat.'

'Heb je geld nodig?'

'Meneer White, hoe bedoelt u?'

'Geld.' Albert voelde in zijn zak met een hand die ook op Emma's schaambeen had gelegen. Haar bij haar haren had gepakt. Hij trok twee briefjes van tien uit de rol en legde die met een klets in Joe's hand. 'Nadenken op een lege maag is niet goed voor je.'

'Dank u.'

Albert gaf Joe een klapje op zijn wang met alweer diezelfde hand. 'Laten we hopen op een goede afloop.'

'We zouden kunnen weggaan,' zei Emma.

'Weggaan?' vroeg hij. 'Jij en ik, bedoel je?'

Ze waren in haar slaapkamer, midden op de dag, het enige moment waarop het huis leeg was, zonder de drie zussen, de drie broers, de verbitterde moeder en de boze vader.

'We zouden kunnen weggaan,' zei ze nogmaals, alsof ze het zelf niet geloofde.

'En waarheen dan? Waar leven we van? En bedoel je samen?'

Ze zei niets. Hij had de vraag twee keer gesteld en twee keer had ze niet gereageerd.

'Ik heb niet zoveel verstand van eerlijk werk,' zei hij.

'Wie zei dat het eerlijk moest zijn?'

Hij keek om zich heen in de sombere kamer die ze deelde met haar twee zussen. Het behang liet los van de paardenharen ondergrond bij het raam en in twee ruiten zat een barst. Ze konden hun adem zien.

'We zouden een heel eind weg moeten gaan,' zei hij. 'New York is een gesloten stad. Philly ook. Detroit, niet eens aan denken. Chicago, Kansas City, Milwaukee – allemaal potdicht voor een jongen als ik, of ik moet als uitschot onderaan bij een bende willen beginnen.'

'Dan westwaarts, zoals ze zeggen. Of afzakken naar het zuiden.' Ze duwde haar neus opzij tegen zijn hals en haalde diep adem; er leek iets zachts over haar te komen. 'We hebben startkapitaal nodig.'

'We hebben een klus aanstaande zaterdag. Ben je zaterdag vrij?'

'Om weg te gaan?'

'Ja.'

'Ik heb 's avonds een afspraak met je weet wel.'

'Klotezooi.'

'Tja,' zei ze, 'daar zal het wel op neerkomen.'

'Nee, ik bedoel...'

'Ik weet wat je bedoelt.'

'Die vent is een waardeloze rotzak,' zei Joe, met zijn blik op haar rug, op die moedervlek met de kleur van nat zand.

Ze draaide zich om en keek hem aan met een vriendelijk soort teleurstelling, die door dat vriendelijke iets heel neerbuigends kreeg. 'Nee, dat is hij niet.'

'Neem je het voor hem op?'

'Ik zeg alleen dat hij geen rotzak is, geen sléchte vent. Het is niet míjn vent. Hij is niet iemand van wie ik hou of die ik bewonder of zo. Maar slecht is hij niet. Maak niet alles zo zwart-wit.'

'Hij heeft Tim vermoord. Of laten vermoorden.'

'En Tim dan, hoe kwam die aan zijn geld, zeker door kalkoenen uit te delen aan weeskindjes?'

'Nee, maar...'

'Maar wat? Niemand is goed, niemand is slecht. Iedereen probeert zich gewoon op zijn eigen manier te redden.' Ze stak een sigaret op en liet de lucifer helemaal opbranden. 'Hou verdomme op met iedereen te beoordelen.'

Hij kon zijn ogen niet van haar moedervlek afhouden, raakte verloren in dat zand, draaide erin mee. 'Maar je gaat nog wel naar hem toe.'

'Nou niet weer beginnen. Als we echt de stad uit gaan, dan...'

'We gaan de stad uit.' Joe zou zelfs het land uit gaan als dat zou betekenen dat geen andere man haar ooit nog zou aanraken.

'Waarheen?'

'Biloxi,' zei hij, en terwijl hij het zei bedacht hij dat het eigenlijk geen slecht idee was. 'Tim had daar een hoop vrienden. Mannen die ik ook ontmoet heb. Rumjongens. Albert krijgt aangeleverd vanuit Canada. Hij is een whiskyman. Dus als we naar de Golf gaan – Biloxi, Mobile, misschien zelfs New Orleans – en bij de juiste mensen inkopen, dan redden we het wel. Dat is daar allemaal rumland.'

Ze dacht er even over na; telkens als ze zich uitstrekte op het bed om de as van haar sigaret te tikken, rimpelde haar moedervlek. 'Hij verwacht me bij de opening van dat nieuwe hotel. Je weet wel, in Providence Street.'

'Het Statler?'

Ze knikte. 'Ik hoor dat ze op alle kamers een radio hebben. En Italiaans marmer.'

'En dus?'

'Dus als ik dat doe, dan is zijn vrouw bij hem. Hij wil gewoon dat ik er ook ben omdat, weet ik het, omdat hij het spannend vindt om me te zien als hij zijn vrouw aan de arm heeft. En daarna weet ik zeker dat hij voor een paar dagen naar Detroit gaat om met nieuwe leveranciers te praten.'

'Dus?'

'Dus, dat geeft ons de tijd die we nodig hebben. Tegen de tijd dat hij me weer komt opzoeken hebben we een voorsprong van drie of vier dagen.'

Joe dacht erover na. 'Niet slecht.'

'Ik weet het,' zei ze, opnieuw glimlachend. 'Denk je dat je je een beetje kunt oppoetsen en naar het Statler komen op zaterdag? Om een uur of zeven?'

'Natuurlijk.'

'Dan gaan we,' zei ze, en ze keek hem aan over haar schouder. 'Maar dan wil ik niks meer horen over dat Albert een slechte man is. Mijn broer heeft via hem een baan gekregen. En de afgelopen winter heeft hij voor mijn moeder een jas gekocht.'

'Kijk eens aan.'

'Ik wil geen ruzie.'

Joe wilde ook geen ruzie. Telkens als ze ruzie maakten verloor hij en begon hij zich te verontschuldigen voor dingen die hij niet eens had gedaan, zelfs niet had overwogen, of verontschuldigde hij zich omdat hij ze niet had gedaan en zelfs niet had overwogen. Hij werd er stapelgek van.

Hij kuste haar schouder. 'Dan maken we geen ruzie.'

Ze knipperde lief met haar ogen. 'Hoera.'

Toen Dion en Paolo in de auto waren gesprongen en ze weg wilden rijden van de klus in de First National in Pittsfield, schoot Joe in de achteruit tegen een lantaarnpaal omdat hij aan de moedervlek had zitten denken. De kleur van nat zand en de manier waarop die bewoog tussen haar schouderbladen als ze naar hem achteromkeek en tegen hem zei dat ze misschien wel van hem hield en hoe die moedervlek hetzelfde deed als ze zei dat Albert White zo slecht niet was. Het was verdomme een lieve schat, die ouwe Albert. De vriend van de gewone man, die een winterjas voor je moeder kocht, zolang jij je lichaam maar gebruikte om hem warm te houden. De moedervlek had de vorm van een vlinder, maar met een gekartelde en scherpe rand en dat leek Joe een mooie samenvatting van Emma zelf, waarna hij besloot er verder maar niet meer over na te denken, want ze gingen de stad uit vanavond, alle problemen de wereld uit. Ze hield van hem. Was dat niet waar het om ging? De rest was materiaal voor de achteruitkijkspiegel. Wat Emma Gould ook te bieden had, hij wilde het voor zijn ontbijt, lunch, avondmaal en tussendoor. Hij wilde het voor de rest van zijn leven: de sproeten op haar jukbeenderen en de brug van haar neus, het neuriënde geluidje op het eind van haar lach, de manier waarop ze van het woord 'vier' een tweelettergrepig woord maakte.

Dion en Paolo kwamen de bank uit rennen.

Ze stapten achterin.

'Rijen!' zei Dion.

Een lange kale man in een grijs T-shirt, zwarte bretels, kwam gewapend met een knuppel uit de bank. Een knuppel was geen geweer, maar kon nog altijd problemen geven als de man dichtbij kwam.

Joe ramde de versnellingspook in z'n één met de muis van zijn hand en trapte het gaspedaal in, maar de auto schoot achteruit in plaats van vooruit. Vijf meter achteruit. De ogen van de man met de knuppel puilden uit van verbazing.

Dion riep: 'Ho! Ho!'

Joe ging op de rem en de koppeling staan. Hij knalde de pook uit de achteruit en in z'n één, maar toch raakten ze de lantaarnpaal nog. Hard was het niet, wel beschamend. Die boer met de bretels zou zijn vrouw en zijn vrienden voor de rest van zijn leven blijven vertellen hoe hij drie gewapende schurken zo de schrik op het lijf had gejaagd dat ze om van hém weg te komen hun vluchtauto in de achteruit hadden gezet.

Toen de auto naar voren schoot, spuwden de banden stof en grit van de onverharde weg in het gezicht van de man met de knuppel. Ondertussen stond er ook een andere kerel voor de bank. Hij droeg een wit overhemd en een bruine broek. Hij stak zijn arm uit. Joe zag hem in zijn achteruitkijkspiegel terwijl zijn arm op- en neerging. Heel even wist Joe niet waarom, en toen begreep hij het. Hij zei: 'Koppen omlaag.' Dion en Paolo doken naar beneden op de achterbank. De arm van de vent schoot weer omhoog, en toen een derde of vierde keer, en de zijspiegel vloog aan scherven en het glas viel op het wegdek.

Joe sloeg af naar East Street, vond de steeg die ze de vorige week hadden verkend, schoot erin met een scherpe bocht naar links en trapte het gaspedaal helemaal in. Hij reed een flink eind evenwijdig aan het spoor dat achter de fabrieken liep. Ondertussen mocht hij aannemen dat de politie was ingeschakeld, niet met zo velen dat ze wegversperringen of iets dergelijks hadden opgezet, maar genoeg om vanaf de bank hun sporen op de onverharde weg te volgen en te zien welke kant ze op waren gegaan.

Ze hadden drie auto's gestolen die ochtend, alle drie in Chicopee, ongeveer honderd kilometer naar het zuiden: de Auburn waar ze nu in zaten, een zwarte Cole met kale banden en een '24 Essex Coach met een schrapende motor.

Joe stak de spoorlijn over en reed nog een goeie kilometer langs Silver Lake naar een ijzergieterij die een paar jaar geleden was afgebrand; het zwarte casco stond naar rechts overhellend in een veld met onkruid en lisdodden. Toen Joe de achterkant van het gebouw in reed waarvan de muur sinds lang verdwenen was, stonden beide auto's daar op hen te wachten. Ze parkeerden naast de Cole en stapten uit de Auburn.

Dion trok Joe bij de kraag van zijn jas overeind en duwde hem tegen de kap van de Auburn. 'Wat is er verdomme met je aan de hand?'

'Het was een vergissing,' zei Joe.

'Vorige week was het een vergissing,' zei Dion. 'Deze week is het godverdomme een patroon.'

Joe kon er niets tegen inbrengen, maar zei toch: 'Haal je handen weg.'

Dion liet Joe's kraag los. Hij ademde zwaar door zijn neus en wees met een gestrekte vinger naar Joe. 'Jij bent de boel aan het verkloten.'

Joe pakte de hoeden, de maskers en de wapens en stopte ze samen met het geld in een zak. De zak legde hij achter in de Essex Coach. 'Ik weet het.'

Dion hield zijn dikke handen op. 'We werken nou al samen sinds we rotjochies waren, maar dit is niet goed.'

'Ja.' Joe gaf hem gelijk omdat het hem zinloos leek te liegen over iets wat zo voor de hand lag.

De politieauto's – vier in getal – kwamen door een muur van bruinige begroeiing langs de rand van het veld achter de gieterij. De begroeiing had de kleur van een rivierbedding en was een meter of twee hoog. De patrouillewagens reden het plat en onthulden een tentenkampje erachter. Een vrouw met een grijze sjaal stond met haar baby boven een pas gedoofd kampvuur gebogen en probeerde het laatste beetje warmte in hun jas te wuiven.

Joe sprong in de Essex en reed de gieterij uit. De gebroeders Bartolo reden hem voorbij in hun Cole; hun achterwielen slipten zijwaarts toen ze op een stuk droge rode aarde kwamen. Het opwaaiende stof bedekte Joe's voorruit. Hij leunde half uit het raampje en veegde het stof weg met zijn linkerarm terwijl hij stuurde met rechts. De Essex stuiterde hoog op van de oneffen bodem en iets beet een hap uit Joe's oor. Toen hij zijn hoofd weer naar binnen trok, had hij veel beter zicht, maar uit zijn oor kwam een stroompje bloed, dat zijn kraag in liep en over zijn borst naar beneden kroop.

Een reeks pingelende en tikkende geluiden klonk tegen de achterruit, alsof er iemand kleingeld op een zinken dak gooide, en vervolgens ging de ruit aan scherven en ketste er een kogel tegen het dashboard. Links van Joe verscheen een patrouillewagen, en toen rechts nog een. Op de achterbank van de wagen rechts zat een smeris die de loop van een Thompson op de sponning van het raampje liet rusten en het vuur opende. Joe trapte zo hard op de rem dat de stalen veren in de rug van zijn stoel in zijn ribbenkast prikten. Het raampje in het rechterportier barstte. Daarop ging de voorruit eraan. Het dashboard spoot in stukken uiteen over Joe en de voorbank.

De wagen rechts probeerde te remmen terwijl hij Joe's kant op zwenkte. Hij schoot met zijn neus omlaag en kwam als door een windvlaag opgetild van de grond. Joe zag hem nog net op zijn zij neerkomen voordat de andere wagen de achterkant van de Essex ramde en er een grote kei uit de begroeiing net voor de bomenrij tevoorschijn kwam.

De voorkant van de Essex klapte in elkaar en de rest schoot naar rechts, en Joe vloog mee. Pas toen hij de boom raakte merkte hij dat hij uit de auto was gelanceerd. Hij bleef een hele tijd liggen, onder de glasscherven en dennennaalden, kleverig van zijn eigen bloed. Hij dacht aan Emma en hij dacht aan zijn vader. Het bos rook naar verbrand haar. Hij voelde aan het haar op zijn armen en hoofd, voor het geval dat, maar alles was in orde. Hij kwam half overeind op de dennennaalden en wachtte tot de politie van Pittsfield hem zou arresteren. Tussen de bomen dwarrelde rook. Het was vette, zwarte en niet al te dichte rook die zich rond de bomen slingerde: als op zoek naar iemand. Na een tijdje realiseerde hij zich dat de politie misschien helemaal niet kwam.

Toen hij opstond en langs de verminkte Essex keek, kon hij de tweede patrouillewagen nergens ontdekken. De eerste, die van waaruit met het Tommy-geweer op hem was geschoten, zag hij wel. Die lag op zijn kant in het veld, op een dikke twintig meter van de plek waar hij hem het laatst had zien stuiteren.

Zijn handen waren gehavend door glasscherven of de stukken die hadden rondgevlogen in de auto. Zijn benen waren in orde. Zijn oor bloedde nog steeds. Toen bleek dat het achterraampje aan de chauffeurskant van de Essex nog heel was, keek hij naar zijn spiegelbeeld en zag waarom: geen linkeroorlelletje meer. Het was verwijderd als door een uithaal van het scheermes bij de kapper. Door zijn spiegelbeeld heen zag Joe de leren buidel met het geld en de wapens. Het portier ging niet meteen open en hij moest zijn beide voeten tegen het linkervoorportier zetten, dat nog amper als een portier herkenbaar was. Hij trok hard, met zoveel inspanning dat hij er misselijk en draaierig van werd. Net toen hij bedacht dat hij maar een flinke steen moest zoeken, opende het portier met een luide kreun.

Hij pakte de buidel, verliet het veld en liep het bos in. Hij kwam bij een kleine dode boom die in brand stond; de twee hoofdtakken waren omhooggekruld naar de vuurbal in het hart van de boom, als de armen van een man die de vlammen op zijn hoofd probeerde te doven. De ondergroei voor hem was platgewalst door een paar olieachtige, zwarte bandensporen en in de lucht dwarrelden brandende stukjes blad. Hij stuitte op een tweede brandende boom en een kleine struik, en de zwarte bandensporen werden zwarter en olieachtiger. Na een meter of vijftig kwam hij bij een vijver. Langs de oever en van het wateroppervlak kringelde damp op en het duurde even voor Joe begreep wat hij zag. De politiewagen die hem had geramd, was brandend te water geraakt en lag nu midden in de vijver, met het water tot aan de raampjes. Het deel dat boven het water uitstak was verkoold en alleen op het dak dansten nog een paar vettige vlammetjes. De raampjes waren eruit gesprongen. De gaten die het Thompson-geweer in de achterkap had gemaakt leken op de bodem van geplette bierblikjes. De chauffeur hing half uit zijn portier. Het enige aan hem wat niet zwart was, waren zijn ogen, die extra wit afstaken tegen zijn verkoolde lichaam.

Joe liep de vijver in tot bij het rechterportier van de auto. Het water kwam tot vlak onder zijn middel. Er waren geen andere inzittenden. Hij stak zijn hoofd door het raampje naar binnen, ook al kwam hij daardoor nog dichter bij het lijk. De hitte sloeg in vlagen van het geroosterde vlees van de chauffeur af. Hij trok zich terug. Hij was er toch van overtuigd dat hij twee agenten in de auto had gezien toen ze over dat veld raceten. Hij kreeg een volgende vleug geroosterd vlees in zijn neus en bewoog zijn hoofd naar beneden.

De andere agent lag aan zijn voeten in de vijver. Hij keek hemelwaarts vanaf de zanderige bodem. De linkerkant van zijn lichaam was net zo zwart als dat van zijn collega; de huid van zijn rechterkant was gerimpeld, maar nog wel wit. Hij leek van Joe's leeftijd, misschien een jaar ouder. Zijn rechterarm wees omhoog. Die had hij waarschijnlijk gebruikt om zich uit de brandende auto te hijsen, waarna hij achterover in het water was gevallen en met gestrekte arm was gestorven.

Maar toch leek het alsof hij beschuldigend naar Joe wees met een duidelijke boodschap:

Jij hebt dit gedaan.

Jij. Niemand anders. In ieder geval niet iemand die nog in leven is.

Jij bent de eerste termiet.

4
Een gat in het midden

Terug in de stad dumpte hij de gestolen auto in Lenox en verving hem door een Dodge 126, die hij geparkeerd had aangetroffen in Pleasant Street in Dorchester. Hij reed ermee naar K Street in South Boston, waar hij vlak bij zijn ouderlijk huis stilhield om zijn keuzes te overwegen. Veel waren het er niet. En tegen de avond zou er wel geen een meer over zijn.

Het stond in alle avondkranten:

DRIE POLITIEMANNEN IN PITTSFIELD GEVELD
(*The Boston Globe*)
BRUTE MOORD OP DRIE AGENTEN IN MASSACHUSETTS
(*The Evening Standard*)
SLACHTING ONDER AGENTEN IN WEST-MASSACHUSETTS
(*The American*)

De twee mannen die Joe in de vijver had gevonden waren geïdentificeerd als Donald Belinski en Virgil Orten. Beiden lieten een vrouw achter, en Orten ook twee kinderen. Na hun foto's wat beter te hebben bekeken, meende Joe te weten dat Orten de chauffeur was geweest en dat Belinski degene was die vanaf de bodem van de vijver naar hem had gewezen.

Hij wist dat de werkelijke doodsoorzaak was dat een van hun collega-wetshandhavers zo stom was geweest om godbetert met een Tommy-geweer uit een auto te schieten die over hobbelig terrein reed. Dat wist hij. Ook wist hij dat hij Hickeys termiet was en dat Donald en Virgil nooit in dat veld terecht waren gekomen als hij en de gebroeders Bartolo niet naar hun kleine stadje waren gekomen om een van hun kleine banken te beroven.

De derde dode agent, Jacob Zobe, was een motoragent die bij het October Mountain State Forest een automobilist had aangehouden. Hij was een keer in de buik geschoten en daarop voorover geklapt, waarna een schot in zijn kruin hem de das om had gedaan. In de haast om weg te komen was de moordenaar, of waren de moordenaars, over zijn enkel gereden en was het bot gebroken.

Die schietpartij klonk als Dion. Het was zijn manier van vechten: hij gaf een gozer een stomp in zijn maag zodat hij dubbelsloeg, om vervolgens zijn hoofd te bewerken tot hij definitief tegen de vloer ging. Dion had voor zover hij wist nooit eerder iemand gedood, al had het een paar keer niet veel gescheeld, en hij had een hekel aan politiemensen.

Rechercheurs hadden nog geen verdachten op het oog, althans voor de buitenwereld. Twee van de drie verdachten werden omschreven als 'zwaargebouwd' en 'van buitenlandse afkomst en geur', terwijl de derde – mogelijk ook een buitenlander – een schotwond aan zijn gezicht had opgelopen. Joe keek naar zichzelf in de achteruitkijkspiegel. Formeel klopte dat, bedacht hij, want het oorlelletje zat vast aan het gezicht. Of, in zijn geval: had vastgezeten aan het gezicht.

Nog niemand wist hun namen, maar een rechtbanktekenaar van het bureau van politie in Pittsfield had al wel portretten gemaakt. Dus toonden de meeste kranten foto's van de drie dode agenten op de onderste helft van de voorpagina en de schetsen van Dion, Paolo en Joe op de bovenste. Dion en Paolo hadden een zwaardere kaak dan in werkelijkheid en Joe zou aan Emma moeten vragen of zijn gezicht er in het echt ook zo mager en vals uitzag, maar voor het overige was de gelijkenis treffend.

Er was een vangnet in werking gezet dat zich uitstrekte over vier staten. De Nationale Inlichtingendienst was geraadpleegd en werkte naar men zei mee aan de jacht.

Ondertussen zou zijn vader de kranten wel gezien hebben. Zijn vader, Thomas Coughlin, waarnemend hoofdcommissaris van politie te Boston.

Zijn zoon, betrokken bij een politiemoord.

Sinds Joe's moeder twee jaar geleden was overleden, werkte zijn vader zes dagen per week tot hij erbij neerviel. Met een vangnetoperatie van kracht voor zijn eigen zoon, was het waarschijnlijk dat hij een bed op zijn kantoor had laten neerzetten en niet naar huis zou gaan tot de zaak rond was.

Het ouderlijk huis telde drie verdiepingen. Het was een indrukwekkend pand met een halfronde gevel van rode baksteen, waarin alle middenvertrekken, trots voorzien van erkerbanken, uitkeken op straat. Het was een huis met mahoniehouten trappen, schuifdeuren, parketvloeren, zes slaapkamers, twee badkamers – beide voorzien van een vast toilet – en een eetkamer die in een Engels kasteel niet zou misstaan.

Toen een vrouw eens aan Joe vroeg hoe het mogelijk was dat hij was opgegroeid in zo'n prachtig huis, in zo'n goed gezin en toch gangster was geworden, had Joe een tweeledig antwoord gegeven: a) Hij was geen gangster, maar een vogelvrije; b) Hij kwam uit een prachtig huis, niet uit een prachtig thuis.

Vanaf de telefoon in de keuken belde Joe de Goulds, maar er werd niet opgenomen. De buidel die hij mee naar binnen had genomen bevatte tweeënzestigduizend dollar. Zelfs in drie porties verdeeld was het genoeg voor iedere redelijk spaarzame man om tien jaar van te leven, misschien zelfs vijftien. Joe was niet spaarzaam, dus meende hij er vier normale jaren mee toe te kunnen. Maar op de vlucht moest je op niet meer dan anderhalf jaar rekenen. Hoogstens. Tegen die tijd zou hij wel iets verzonnen hebben. Daar was hij goed in: nadenken terwijl de zaken zich al voordeden.

Ongetwijfeld, zei een stem die verdacht veel klonk als die van zijn oudste broer. *Tot nu toe is het prima gegaan.*

Hij belde oom Bobo's clandestiene kroeg, maar met hetzelfde resultaat. Toen herinnerde hij zich dat Emma om zes uur bij de opening van Hotel Statler zou zijn. Joe haalde zijn horloge uit zijn vestzak: tien minuten voor vier.

Nog twee uur in een stad die op zijn bloed uit was.

Dat was veel te veel tijd om rond te lopen. In die tijd zouden ze achter zijn naam en adres komen, een lijst opstellen van de mensen met wie hij optrok en van de plekken waar hij graag kwam. Ze zouden alle trein- en busstations afsluiten, inclusief die in de provincie, en overal en nergens wegversperringen opzetten.

Maar zoiets kon op twee manieren uitpakken. Uitgaand van de logische gevolgtrekking dat hij nog buiten de stad verbleef, zouden de wegversperringen bedoeld zijn om te voorkomen dat hij de stad in kwam. Niemand zou op het idee komen dat hij al binnen was, met het voornemen om er weer tussenuit te knijpen. En de reden dat ze niet op dat idee zouden komen was de wetenschap dat alleen 's werelds domste crimineel het zou wagen om, nadat hij de grootste misdaad van de hele regio in de afgelopen vijf of zes jaar had begaan, terug te keren naar de enige stad die hij ooit zijn thuisstad had genoemd.

Hetgeen hem de domste crimineel ter wereld maakte.

Of de slimste. Want de enige plek waar ze nu niet liepen te zoeken was pal voor hun neus.

Althans, dat maakte hij zichzelf wijs.

Wat hij nog steeds kon doen – wat hij had moeten doen in Pittsfield – was verdwijnen. Niet over twee uur. Nu. Niet wachten op een vrouw die er gezien de huidige omstandigheden misschien niet voor zou kiezen met hem mee te gaan. Gewoon vertrekken met niets anders dan een zak geld in de hand. Alle wegen werden in de gaten gehouden, zeker. Hetzelfde gold voor de treinen en de bussen. En zelfs als hij het platteland ten zuiden of westen van de stad kon bereiken en een paard stelen, zou hij daar niet veel mee opschieten, want paardrijden kon hij niet.

Dan restte slechts de zee.

Hij zou een boot nodig hebben, maar geen pleziervaartuig en geen al te herkenbare rumboot zoals een zeesloep of een platbodem. Wat hij nodig had was een werkschip, een ding met verroeste klampen en verweerd tuig, een dek met stapels gebutste kreeftenvallen, zoals ze aangemeerd lagen in Hull, Green Harbor of Gloucester. Als hij tegen zevenen aan boord ging, zou het waarschijnlijk al drie of vier uur in de nacht zijn voordat de visser zijn boot miste.

Dus nu stal hij al van de arbeider.

Maar zo'n boot moest geregistreerd zijn. Dat was een voorwaarde, anders nam hij een andere. Hij zou het bij de registratie behorende adres opzoeken en de eigenaar voldoende geld sturen om twee boten van te kopen of helemaal uit die ellendige kreeftenvisserij te stappen.

Het kwam in hem op dat deze manier van denken verklaarde waarom hij, zelfs na alle klussen die hij had gedaan, zelden veel geld op zak had. Soms was het net alsof hij geld op de ene plek stal, om het ergens anders weer weg te geven. Maar hij stal ook omdat het leuk was en hij er goed in was en omdat het leidde tot andere dingen waar hij goed in was, zoals de clandestiene handel in alcohol en het smokkelen van rum, hetgeen verklaarde waarom hij überhaupt kon omgaan met een boot. Afgelopen juni had hij een boot van een onbeduidend vissersdorp in Ontario over Lake Huron naar Bay City, in Michigan, gevaren, en in oktober nog een van Jacksonville naar Baltimore en tijdens de laatste winter had hij kisten met pasgestookte rum vanuit Sarasota via de Golf van Mexico naar New Orleans gebracht, waar hij zijn gehele winst er in de loop van één weekend in de Franse wijk had doorgejaagd aan zonden waarvan hij zich tot op de dag van vandaag slechts fragmenten kon herinneren.

Dus de meeste boten kon hij wel varen, wat betekende dat hij ook de meeste boten wel kon stelen. Hij kon hier de deur uit lopen en over een halfuur in South Shore zijn. North Shore zou wat meer tijd kosten, maar rond deze tijd van het jaar zouden daar vast meer boten liggen om uit te kiezen. Als hij van wal stak in Gloucester of Rockport, zou hij over drie tot vier dagen in Nova Scotia kunnen zijn. En dan zou hij over een paar maanden Emma laten overkomen.

Wat aan de lange kant leek.

Maar ze zou op hem wachten. Ze hield van hem. Ze had het nooit gezegd, dat was waar, maar hij voelde aan haar dat ze het wilde. Ze hield van hem. Hij hield van haar.

Ze zou wachten.

Misschien moest hij even langs het hotel gaan. Even zijn hoofd naar binnen steken, kijken of hij haar kon ontdekken. Als ze allebei verdwenen zou het onmogelijk zijn hen op te sporen. Maar als hij verdween en haar later liet overkomen, zou tegen die tijd de politie of de Inlichtingendienst hebben kunnen uitpuzzelen wie ze was en wat ze voor hem betekende, en dan zou ze met een hele politiemacht op de hielen in Halifax aankomen. Op het moment dat hij de deur voor haar zou opendoen om haar te begroeten, zouden ze allebei in een regen van kogels neervallen.

Ze zou niet wachten.

Óf hij ging nu mét haar, óf voor altijd zonder haar.

Hij keek naar zichzelf in het glas van zijn moeders porseleinkast en herinnerde zich waarom hij in de eerste plaats hierheen gekomen was: waar hij ook besloot te gaan, in deze kleren zou hij niet ver komen. De linkerschouder van zijn jas was zwart van het bloed, zijn schoenen en broekomslagen zaten vol aangekoekte modder, zijn overhemd was opengehaald aan takken en zat vol bloedspetters.

In de keuken trok hij de broodtrommel open en haalde een fles A. Finke's Widow Rum tevoorschijn. Of, zoals de meesten het noemden: Finke's. Hij trok zijn schoenen uit en nam ze samen met de rum mee de achtertrap op naar zijn vaders slaapkamer. In de badkamer waste hij zo goed en zo kwaad als dat ging het opgedroogde bloed van zijn oor, behoedzaam, om het korstje niet los te maken. Toen hij er zeker van was dat het niet zou gaan bloeden, deed hij een paar stappen terug en beoordeelde het resultaat in vergelijking met zijn andere oor en de rest van zijn gezicht. Het was een misvorming, maar niemand die het zou opvallen als de korst eenmaal verdwenen was. En zelfs nu kleefde het grootste deel van de donkere korst aan de onderkant van zijn oor. Het was zonder twijfel zichtbaar, maar niet zo opvallend als een blauw oog of een gebroken neus zou zijn geweest.

Terwijl hij een pak uitkoos uit zijn vaders kast, nam hij een paar slokken Finke's. Er hingen er vijftien, ongeveer dertien te veel voor het salaris van een politieman. Hetzelfde gold voor de schoenen, de overhemden, de dassen en de hoeden. Joe koos een gestreept geelbruin pak met een enkele rij knopen van Hart Schaffner & Marx, met daarbij een wit Arrow-overhemd. De zijden das was zwart met diagonale rode banen om de ongeveer tien centimeter, de schoenen waren een zwart paar Nettletons, en de hoed een Knapp-Felt, zo glad als een duivenborst. Hij trok zijn eigen kleren uit en legde ze netjes opgevouwen op de vloer. Hij legde zijn pistool en zijn schoenen erbovenop, trok zijn vaders kleren aan en stak het pistool achter de band van de broek, in de holte van zijn rug.

Te oordelen naar de lengte van de broek waren zijn vader en hij toch niet even lang. Zijn vader was net iets langer. En zijn hoedmaat was een beetje kleiner dan die van Joe. Joe loste het probleem met de hoed op door hem een beetje achterover te laten leunen, zodat het er zwierig uitzag. De te lange broekspijpen pakte hij aan door de omslagen dubbel te vouwen en vast te zetten met veiligheidsspelden uit de naaitafel van zijn overleden moeder.

Hij nam zijn oude kleren en de fles goede rum mee naar beneden naar de studeerkamer van zijn vader. Zelfs nu kon hij niet ontkennen dat het hem een gevoel van heiligschennis bezorgde om de drempel naar die kamer over te stappen zonder dat zijn vader er was. Hij bleef op de drempel staan en luisterde naar het huis: het tikken van de gietijzeren radiatorbuizen, het ratelen van de uurwerkhamers in de grootvaderklok verderop in de gang, die op het punt stonden vier uur te slaan. Hij wist dat er niemand anders in huis was, maar voelde zich toch bespied.

Toen de hamers daadwerkelijk op de klokken vielen, stapte Joe het vertrek binnen.

Het bureau stond voor het hoge erkerraam dat uitkeek op de straat. Het was een mooi bewerkt victoriaans dubbel bureau, halverwege de vorige eeuw gemaakt in Dublin. Het soort bureau waarvan geen enkele zoon van een pachtboer uit de armeluisbuurt van Clonakilty had durven dromen dat het ooit zijn eigen huis zou sieren. Hetzelfde kon worden gezegd van het bijpassende dressoir onder het raam, het Perzische tapijt, de zware bruine gordijnen, de Waterford-karaffen, de eikenhouten boekenplanken met de in leer gebonden boeken waar zijn vader nooit in keek, de bronzen gordijnroeden, de antieke leren bank en leunstoelen en de notenhouten sigarenkist.

Joe opende een van de kastjes onder de boekenplanken en ging op zijn hurken voor de kluis zitten die hij daar aantrof. Hij draaide de combinatie – 3-12-10, de maanden waarin hij en zijn twee broers waren geboren – en trok de deur open. Er lag een gedeelte van zijn moeders sieraden, vijfhonderd dollar in contanten, de eigendomsakte van het huis, de geboortebewijzen van zijn ouders, een stapel papieren die Joe ongemoeid liet en een kleine duizend dollar in staatsobligaties. Joe haalde het er allemaal uit en legde het rechts naast de kastdeur op de vloer. Achter in de kluis was een schot van hetzelfde dikke staal als de rest. Joe maakte het schot los door stevig met zijn beide duimen tegen de twee bovenhoeken te duwen, liet het op de bodem van de voorste kluis zakken en keek naar de draaischijf van de achtergelegen kluis.

De cijfercombinatie van die volgende was een stuk lastiger geweest om te ontdekken. Hij had de verjaardagen van de hele familie geprobeerd, maar dat leverde niets op. Hij probeerde de nummers van de politiebureaus waar zijn vader in de loop der jaren had gewerkt. Met hetzelfde resultaat. Toen hij zich herinnerde dat zijn vader soms zei dat geluk, tegenslag en dood altijd met z'n drieën tegelijk kwamen, probeerde hij elke combinatie van dat getal. Niets. Hij was begonnen met puzzelen op zijn veertiende. Toen hij zeventien was, zag hij op een dag een paar brieven die zijn vader op zijn bureau had laten liggen, waaronder een brief aan een vriend die brandweerchef was geworden in Lewiston, in Maine. De brief was getikt op zijn vaders Underwood en stond vol met leugens die als linten over het papier kronkelden: 'Ellen en ik zijn gezegend, want nog steeds even verliefd als op de dag dat we elkaar voor het eerst zagen...' 'Aiden heeft zich goed hersteld van de zwarte gebeurtenissen van 9/19...' 'Connor heeft opmerkelijke vooruitgang geboekt met zijn kwaal...' en 'Het ziet ernaar uit dat Joseph deze herfst naar Boston College zal gaan. Hij heeft het over een baan in de effectenhandel.' En al die onzin had hij ondertekend met 'Hartelijke groeten, TXC'. Zo tekende hij alles. Hij zette nooit zijn volledige naam ergens onder, alsof dat hem op de een of andere manier zou compromitteren.

TXC.

Thomas Xavier Coughlin.

TXC.

20-24-3.

Joe draaide die nummers nu, waarop de tweede kluis met een scherpe piep van de scharnieren opengging.

Hij was ongeveer een halve meter diep. Driekwart van die ruimte was gevuld met geld. Dikke pakken, strak bijeengehouden door elastiek. Sommige van die biljetten lagen al in die kluis sinds voor Joe's geboorte en sommige waren er waarschijnlijk de afgelopen week nog in gelegd. Een heel leven van steekpenningen, provisies en omkoperij. Zijn vader – een steunpilaar van de Stad op de Heuvel, het Athene van Amerika, de As van het Universum – was een grotere misdadiger dan Joe ooit zou durven hopen te worden. Want Joe was er nooit achtergekomen hoe je meer dan één gezicht kon tonen aan de wereld, terwijl zijn vader zoveel gezichten tot zijn beschikking had dat het de vraag was welk echt was en welk nep.

Joe wist dat als hij vanavond deze kluis plunderde, hij genoeg zou hebben om tien jaar van te kunnen leven op de vlucht. Of anders, als hij zo ver weg kon komen dat ze het zoeken zouden staken, kon hij zich inkopen in de raffinage van Cubaanse suiker en/of het distilleren van melasse, en zichzelf binnen drie jaar omscholen tot een piratenkoning die zich voor de rest van zijn leven geen zorgen meer hoefde te maken over onderdak of een warme maaltijd.

Maar hij moest zijn vaders geld niet. Zijn kleren had hij gestolen omdat het hem een aantrekkelijke gedachte leek de stad gekleed als die ouwe klootzak achter zich te laten, maar hij zou liever zijn eigen handen breken dan er zijn vaders contanten mee uitgeven.

Hij legde zijn keurig opgevouwen kleren en bemodderde schoenen boven op zijn vaders vuile geld. Even overwoog hij een briefje achter te laten, maar hij kon niets bedenken dat hij nog had willen zeggen, dus deed hij de deur dicht en gaf een zwengel aan de draaischijf. Hij zette de nepwand terug en sloot ook de eerste deur.

Hij liep nog eventjes door het vertrek, alles nog eens grondig overdenkend. Een poging om Emma te spreken op een bijeenkomst die door het merendeel van de groten van de stad werd bijgewoond, waar de gasten uitsluitend per limousine en op uitnodiging zouden arriveren, zou het toppunt van waanzin zijn. In de koelte van zijn vaders studeerkamer sprong er misschien eindelijk iets van het pragmatisme, hoe meedogenloos ook, van de oude man op hem over. Joe moest nemen wat de goden hem gegeven hadden: een vluchtroute uit de stad terwijl men vermoedde dat hij ernaar onderweg was. Maar het was kort dag. Hij moest maken dat hij de voordeur uit kwam, in de gestolen Dodge springen en naar het noorden rijden alsof de weg in brand stond.

Hij keek uit het raam naar K Street op deze vochtige voorjaarsavond en herinnerde zichzelf eraan dat ze van hem hield en op hem zou wachten.

Vanuit de Dodge staarde hij achterom naar zijn geboortehuis, het huis dat hem had gemaakt tot de man die hij nu was. Naar Ierse maatstaven in Boston was hij in luxe opgegroeid. Hij was nooit met honger naar bed gegaan en had nooit de straatstenen door zijn schoenzolen heen gevoeld. Hij was eerst naar school gegaan bij de nonnen en toen bij de jezuïeten, tot hij op zijn zestiende school de rug toekeerde. Vergeleken met de meesten die hij in zijn branche tegenkwam, had hij absoluut een gerieflijke jeugd gehad.

Maar middenin gaapte een gat, een grote afstand tussen Joe en zijn ouders die een weerspiegeling was van de afstand tussen zijn moeder en zijn vader, en tussen zijn moeder en de buitenwereld. Voor zijn geboorte hadden zijn ouders een strijd uitgevochten, een strijd die was geëindigd in een zo kwetsbare vrede dat die van de eerste de beste verwijzing ernaar in duigen kon vallen, dus had niemand het er ooit over. Maar het slagveld lag nog wel steeds tussen hen in; zij stond aan haar kant en hij aan de zijne. En Joe stond ergens in het midden, tussen de beide loopgraven, op de geschroeide aarde. Het gat in het hart van zijn huis was een gat tussen zijn ouders geweest en op een dag had het gat zijn weg gevonden naar het binnenste van Joe. Er was een tijd geweest, een paar volle jaren tijdens zijn jeugd in feite, waarin hij had gehoopt dat alles kon veranderen. Maar waarom hij dat gevoel had gehad, wist hij niet meer. Niets was ooit zoals het moest zijn; het was wat het was, en dat was de simpele waarheid, een werkelijkheid die niet zomaar veranderde omdat jij dat wilde.

Hij reed naar het station van de East Coast Bus Line in St. James Street. Het was een geel bakstenen gebouwtje te midden van veel grotere. Joe nam de gok dat eventuele agenten die naar hem uitkeken op wacht zouden staan bij de haltes aan de noordkant van het gebouw en niet bij de kluisjes in de zuidwesthoek.

Hij glipte door de uitgang naar binnen en belandde midden in de spitsuurmenigte. Hij liet zich meedrijven in de massa, ging niet tegen de stroom in en deed geen pogingen anderen voorbij te gaan. Voor één keer hoefde hij zich niet te beklagen over zijn geringe lengte. Zodra hij midden in het gewoel zat, was hij gewoon een hoofd dat meedeinde met de andere. Hij zag twee agenten bij de klapdeuren naar de haltes en een in de menigte, een kleine twintig meter verderop.

Hij glipte uit de stromende massa naar de rust van de kluisjeswand. Dit was de plek waar hij, al was het maar omdat hij alleen was, het meest opviel. Hij had al drieduizend dollar uit de buidel gehaald en sloot hem weer. De sleutel van kluisje 217 had hij in zijn rechterhand, de buidel in zijn linker. In 217 lag 7435 dollar, en er lagen twaalf zakhorloges, dertien polshorloges, twee massief zilveren geldclips, een gouden dasspeld en een verzameling vrouwensieraden die hij nog niet had willen verkopen omdat hij vermoedde dat de helers hem probeerden af te zetten. Hij liep met soepele passen naar het kluisje, deed zijn rechterhand omhoog, die slechts licht trilde, en draaide hem open.

Achter hem riep iemand: 'Hé!'

Joe bleef recht voor zich uit kijken. De trilling in zijn hand ging over in een sidderende beweging toen hij het deurtje naar zich toe trok.

'Ik zei, "hé!"'

Joe duwde de buidel in de kluis en sloot de deur.

'Hé, jij! Hé!'

Joe draaide de sleutel om en liet de sleutel in zijn zak glijden.

'Hé!'

Joe draaide zich om, zich voorstellend dat de agent met getrokken dienstrevolver voor hem klaarstond, waarschijnlijk jong, waarschijnlijk zenuwachtig...

Op de grond naast een prullenbak zat een zuiplap. Vel over been, niets dan rode ogen, rode wangen en pezen. Hij wees met zijn kaak in Joe's richting.

'Wat sta je verdomme te kijken?' vroeg hij.

Joe's lach kwam eruit als een blaf. Hij voelde in zijn zak, haalde een briefje van tien tevoorschijn. Hij bukte en gaf het aan de oude zuiplap.

'Op je gezondheid, ouwe. Proost.'

De man reageerde met een boer, maar Joe liep al weg en verdween in de massa.

Buiten liep hij oostwaarts door St. James in de richting van de twee enorme schijnwerpers die heen en weer zwaaiden in de laaghangende wolken boven het nieuwe hotel. De gedachte dat zijn geld veilig en wel in een kluisje lag totdat hij besloot om het op te halen bezorgde hem een ogenblik rust. Een besluit, dacht hij, toen hij Essex Street in sloeg, dat aan de onorthodoxe kant was voor een vent die zich voorbereidde op een levenlang op de vlucht.

Als je het land uit wilt, waarom laat je het geld dan hier?

Zodat ik het kan komen ophalen.

Waarom zou je het moeten komen ophalen?

Voor het geval ik het vanavond niet red om de stad uit te komen.

Ziedaar je antwoord.
Er is geen antwoord. Welk antwoord?
Je wilde niet dat ze het geld op je aantreffen.
Precies.
Omdat je weet dat je gepakt zult worden.

5
Ruw werk

Hij liep Hotel Statler binnen via de personeelsingang. Toen een portier en vervolgens een afwasser hem vreemd aankeken, tilde hij zijn hoed op, schonk hun een zelfverzekerde glimlach en zwaaide met twee vingers bij wijze van groet, als een bon vivant die de menigte op de stoep meed, waarop ze hem glimlachend toeknikten.

Toen hij door de keuken liep, hoorde hij een piano, een energieke klarinet en een monotone bas uit de hal klinken. Hij beklom een donkere betonnen trap, opende de deur bovenaan en kwam uit in een marmeren trappenhuis dat leidde naar een koninkrijk van licht, rook en muziek.

Joe had in zijn leven verschillende chique hotellobby's gezien, maar nog nooit zoiets als dit. De klarinettist en de cellist stonden vlak bij de koperen toegangsdeuren, die zo smetteloos waren dat het weerkaatsende licht de stofdeeltjes in de lucht goud kleurde. Korinthische zuilen rezen van marmeren vloeren naar smeedijzeren balkons. Het lofwerk was van crèmekleurig albast en om de tien meter hing een zware kroonluchter naar beneden die een pendant was van de kandelaar op zijn bijna twee meter hoge voet eronder. Op Perzische tapijten stonden bloedrode banken. Aan elk uiteinde van de lobby stond een met witte bloemen bezaaide vleugel. De pianisten tinkelden licht op de toetsen en maakten luchtige grapjes met het publiek en met elkaar.

Voor de centrale trap had de radiozender WBZ drie microfoons geplaatst op zwarte microfoonhouders. Naast een ervan stond een grote vrouw in een lichtblauwe jurk te overleggen met een man in een beige pak en een gele vlinderdas. De vrouw beklopte om de haverklap de knotjes in haar haar en nam kleine slokjes uit een glas met een bleeknevelige vloeistof.

De meeste mannen waren in jacquet of smoking. Maar sommigen droegen een gewoon pak, zodat Joe niet als enige uit de toon viel, hoewel hij wel de enige was die nog een hoed droeg. Hij overwoog hem af te zetten, maar daarmee zou hij het gezicht dat iedereen in de avondbladen had gezien openlijk tonen. Hij keek omhoog naar de tussenverdieping, waar talloze hoeden rondliepen, omdat het de plek was waar de verslaggevers en fotografen zich onder de sterren begaven.

Met zijn kin op de borst liep hij naar de dichtstbijzijnde trap. Hij vorderde moeizaam doordat de menigte zich begon te verdringen nu men de microfoons en de goed gevulde vrouw in haar blauwe jurk had gezien. Zelfs met zijn hoofd naar beneden merkte hij Chappie Geygan en Boob Fowler op, die stonden te praten met Red Ruffing. Joe, al zolang hij zich kon herinneren een fanatieke fan van de Red Sox, moest zichzelf erop wijzen dat het voor een voortvluchtige misschien niet zo'n goed idee was om op drie baseballspelers af te stappen voor een praatje over hun slaggemiddelde. Hij perste zich achter hen langs, in de hoop een flard op te vangen die helderheid zou geven over geruchten die de ronde deden over Geygan en Fowler, maar het enige wat hij hoorde was een gesprekje over de aandelenmarkt, waarbij Geygan zei dat je alleen echt geld kon verdienen door op prolongatie te kopen, elke andere manier was voor stakkers die arm wilden blijven. Op dat moment stapte de vrouw in de lichtblauwe jurk naar de microfoon en schraapte haar keel. De man naast haar stapte naar de andere microfoon en hief zijn arm naar de menigte.

'Dames en heren, voor uw luisterplezier,' zei de man, 'is hier WBZ Radio, Boston, 1030 op uw toestel, live vanuit de grote lobby van het markante Hotel Statler. Mijn naam is Edwin Mulver en het is mij een groot genoegen u te mogen aankondigen: mademoiselle Florence Ferrel, mezzosopraan bij het San Francisco Philharmonic.'

Edwin Mulver deed met geheven kin een stap naar achteren terwijl Florence Ferrel nog een keer haar kapsel beklopte en adem uitblies in haar microfoon. De uitademing ging zonder dat iemand erop verdacht was over in een torenhoge noot die door de menigte sneed en drie verdiepingen omhoog klom naar het dak. Het was zo'n bizar maar toch oorspronkelijk geluid dat het Joe vervulde met een akelig gevoel van eenzaamheid. De vrouw bracht iets ten gehore wat van de goden kwam, en terwijl het van haar lichaam naar het zijne bewoog, realiseerde Joe zich dat hij op een dag zou sterven. En hij wist het nu op een andere manier dan hij had geweten toen hij hier binnenstapte. Toen hij door de deur kwam was dat een mogelijkheid in de verre toekomst. Nu was het een kille werkelijkheid die zich niets aantrok van zijn angst. Geconfronteerd met zulk helder bewijs van het bovenaardse wist hij nu met absolute zekerheid dat hij sterfelijk en nietig was en bezig deze wereld te verlaten sinds zijn allereerste dag.

Naarmate ze vorderde met haar aria werden de noten steeds hoger, steeds langer, en Joe stelde zich haar stem voor als een donkere oceaan zonder horizon, zonder bodem. Hij keek om zich heen naar de mannen in hun smokings en de vrouwen in hun glanzende tafzijden of nauwsluitende zijden jurken en kanten kragen, naar de champagne die opborrelde uit een fontein in het midden van de lobby. Hij herkende een rechter, burgemeester Curley, gouverneur Fuller en nog een binnenvelder van de Sox: Baby Doll Jacobson. Bij een van de vleugels zag hij dat Constance Flagstead, een beroemde plaatselijke actrice, stond te flirten met Ira Bumtroth, een bekende rokkenjager. Sommige mensen lachten en anderen deden zo hun best om achtenswaardig te lijken dat het om te lachen was. Hij zag strenge heren met grote bakkebaarden en gerimpelde matrones in rokken als kerkklokken. Hij herkende leden van de voornaamste families, blauw bloed en Daughters of the American Revolution. Hij zag drankstokers met hun advocaten en zelfs de tennisser Rory Johannsen, die het vorig jaar tot de kwartfinales van Wimbledon had gebracht en toen werd uitgeschakeld door de Fransman Henri Cochet. Hij zag bebrilde intellectuelen die stiekem probeerden te gluren naar frivole jonge vrouwen met een beperkt conversatievermogen maar sprankelende ogen en oogverblindende benen... en allemaal zouden ze over niet al te lange tijd van de aardbodem verdwijnen. Over vijftig jaar zou iemand naar een foto van deze avond kijken en zouden de meeste aanwezigen dood zijn, en de rest een aardig eind op weg.

Toen Florence Ferrel de laatste noot van haar aria zong, keek hij op naar de tussenverdieping en zag Albert White. Plichtsgetrouw achter zijn rechterelleboog stond zijn vrouw. Ze was van middelbare leeftijd, graatmager en had niets van de weelderige vormen van een welgestelde matrone. Haar ogen waren nog wel het grootst aan haar, zichtbaar zelfs vanaf de plek waar Joe stond. Het waren uitpuilende ogen met een krankzinnige blik, zelfs als ze glimlachte om iets wat Albert zei tegen een grinnikende burgemeester Curley, die met een glas whisky in de hand zijn weg naar boven had gevonden.

Joe liet zijn blik verder langs de reling gaan, en daar was Emma. Ze droeg een nauwsluitende zilverkleurige jurk en stond met een glas champagne in haar linkerhand in een groepje vlak bij de smeedijzeren balustrade. In dit licht was haar huid wit als het albasten plafond en ze zag er aangedaan en alleen uit, verzonken in haar particuliere verdriet. Was ze zo als ze niet wist dat hij keek? Kleefde er een onnoembare pijn aan haar hart? Heel even vreesde hij dat ze over de balustrade zou springen, maar toen sloeg de somberheid in haar gezicht om in een glimlach. En op dat moment begreep hij het verdriet op haar gezicht: ze had gedacht dat ze hem nooit meer zou zien.

Haar glimlach werd breder en ze deed haar hand voor haar mond om het te verbergen. Het was de hand waarin ze haar glas hield, zodat het glas overhelde en er druppels in de menigte onder haar vielen. Een man keek op terwijl hij aan zijn achterhoofd voelde. Een statige dame veegde over haar wenkbrauw en knipperde een paar keer met haar rechteroog.

Emma deed een stapje terug van de balustrade en wees met haar kin naar de trap aan zijn kant in de lobby. Joe knikte. Ze liep weg van de reling.

Terwijl hij zich door de menigte beneden werkte, verloor hij haar uit het oog tussen de mensen boven. Hij had gezien dat de meeste verslaggevers op de tussenverdieping hun hoed schuin achterover droegen en dat hun das scheef zat. Dus duwde hij zijn hoed achterover en trok zijn das iets losser terwijl hij zich door de laatste kluwen mensen wrong en de trap bereikte.

Agent Donald Belinski kwam zijn kant op de trap naar beneden rennen, een spookverschijning die op de een of andere manier van de bodem van de vijver was opgestegen, die het verbrande vlees van zijn botten had geschraapt en nu op Joe af kwam – hetzelfde blonde haar, dezelfde vlekkerige huidskleur, dezelfde belachelijk rode lippen en bleke ogen. Nee, wacht, deze vent was molliger, en zijn blonde haar werd al wat dun en neeg meer naar rood dan zuiver blond. En ook al had Joe alleen een op zijn rug liggende Belinski gezien, hij was er behoorlijk zeker van dat de smeris langer was dan deze man. En waarschijnlijk ook beter rook, want deze vent rook naar uien, zo dicht naderden ze elkaar op de trap. De vent kneep zijn ogen samen en veegde een lok olieachtig roodblond haar van zijn voorhoofd. In zijn vrije hand hield hij zijn hoed, een perskaart van de *Boston Examiner* achter de zijden band gestoken. Joe deed op het laatste moment een stap opzij en de man maakte een onhandige beweging met zijn hoed.

'Neem me kwalijk,' zei Joe.

'Sorry,' zei de ander, maar Joe voelde zijn blik aan hem kleven terwijl hij de trap op liep, geschokt over zijn eigen domheid dat hij niet alleen iemand recht in het gezicht had gekeken, maar dat hij het nota bene bij een verslaggever had gedaan.

De vent riep hem iets na. 'Pardon, pardon. U hebt iets laten vallen,' maar Joe had verdomme niks laten vallen. Hij liep door terwijl er boven hem een groepje naar beneden kwam van wie een licht aangeschoten vrouw als een losse sjaal over haar buurvrouw hing, en Joe drong zich tussen hen door zonder om te kijken, zonder om te kijken, alleen vooruitkijkend.

Naar haar.

Ze droeg een damestasje dat bij haar jurk en de zilveren veer en band in haar haar paste. In haar hals klopte een adertje. Ze trok met haar schouders en haar ogen schitterden. Hij kon zich nauwelijks bedwingen om die schouders vast te pakken en haar op te tillen tot ze haar benen om hem heen sloeg en haar gezicht omlaag bracht naar het zijne. Maar hij hield zijn pas niet in en zei in het voorbijgaan tegen haar: 'Ik ben net herkend. We moeten weg.'

Toen hij over een rode loper langs de grote balzaal liep, haalde ze hem in. Ook hier waren veel mensen, maar het was er niet zo vol als beneden. Je kon je zonder al te veel moeite om de menigte heen begeven.

'Net voorbij het volgende balkon is een dienstlift,' zei ze. 'Die gaat naar de kelder. Ik kan niet geloven dat je gekomen bent.'

Bij de volgende gang sloeg hij met gebogen hoofd rechts af. Hij schoof zijn hoed diep over zijn gezicht en drukte hem stevig aan. 'Wat moest ik anders?'

'Vluchten.'

'Waarheen?'

'Weet ik veel. Jezus. Dat doen mensen nou eenmaal.'

'Ik niet.'

Naarmate ze vorderden op de tussenverdieping, werd de menigte dichter. Beneden had de gouverneur de microfoon gepakt. Hij verklaarde deze dag officieel tot Hotel Statler-dag voor heel Massachusetts, waarna er gejuich opklonk uit het inmiddels beschonken publiek en Emma naast hem kwam en hem met haar elleboog naar links duwde.

Nu zag hij het, voorbij waar hun gang een volgende kruiste: een donkere hoek achter de buffettafels, de lampen, het marmer en rood tapijt.

Beneden barstten de koperblazers van een fanfare los, waarop de hele tussenverdieping met de voeten van de vloer ging en overal flitslicht flitste, plofte en siste. Hij vroeg zich af of er fotojournalisten bij waren die straks op hun redactie de vent op de achtergrond op sommige van hun foto's zouden opmerken, de vent in het geelbruine pak en de prijs op zijn hoofd.

'Links, links,' zei Emma.

Hij ging linksaf tussen twee buffettafels door, waar de marmeren vloer overging in zwarte tegels. Nog een paar stappen en hij was bij de lift. Hij drukte op de knop met 'neer'.

Vier dronken mannen liepen langs de rand van de tussenverdieping. Ze waren een paar jaar jonger dan Joe en zongen 'Soldiers Field'.

'*O'er the stands of flaming Crimson*,' zongen de mannen vals, '*the Harvard banners fly*.'

Joe drukte nogmaals op de knop.

Een van de mannen keek hem aan, en toen met een schuinse blik naar Emma's kont. Hij stootte een van zijn kameraden aan terwijl ze verder zongen: '*Cheer on like volleyed thunder echoes to the sky*.'

Emma liet de zijkant van haar hand zacht langs de zijne glijden. 'Shit, shit, shit,' zei ze.

Hij drukte opnieuw op de knop.

Door de dubbele keukendeur links van hen kwam een ober banjeren die een groot dienblad boven zijn hoofd hield. Hij passeerde hen op minder dan een meter maar keek niet eens hun kant op.

De Harvard-studenten waren voorbij, maar ze konden ze nog steeds horen: '*Then fight, fight, fight! For we win tonight*.'

Emma reikte voor hem langs en drukte op de knop.

'Old Harvard forever more!'

Joe overwoog door de keuken te sluipen, maar hij vermoedde dat die niet veel meer voorstelde dan een kamertje met een keukenlift om eten omhoog te sturen van de hoofdkeuken twee verdiepingen lager. Terugkijkend zou het toch slimmer zijn geweest als Emma naar hem toe was gekomen, in plaats van andersom. Had hij maar helder nagedacht, maar hij wist niet meer wanneer hij dat voor het laatst had gedaan.

Toen hij opnieuw zijn hand uitstak naar de knop, hoorde hij de cabine naar boven komen.

'Als er iemand in staat, keer je ze gewoon je rug toe,' zei hij. 'Ze zullen wel haast hebben.'

'Niet meer als ze eenmaal mijn achterkant hebben gezien,' zei ze, en hij lachte, ondanks de last van zijn zorgen.

De cabine kwam, en hij wachtte, maar de deuren bleven gesloten. Hij telde vijf hartslagen, schoof het hekwerk opzij, en opende de deur. De lift was leeg. Hij keek over zijn schouder naar Emma. Ze stapte voor hem naar binnen. Hij volgde en sloot het hekwerk en de deur. Zodra hij de hendel omzette begonnen ze te zakken.

Ze legde haar vlakke hand op zijn pik, die meteen stijf werd terwijl ze haar lippen op de zijne drukte. Hij liet zijn vrije hand onder haar jurk glijden en zocht de warmte tussen haar dijen. Ze kreunde in zijn mond. Haar tranen vielen op zijn wangen.

'Waarom huil je?'

'Omdat ik misschien wel van je hou.'

'Misschien?'

'Ja.'

'Lach dan.'

'Kan ik niet, kan ik niet,' zei ze.

'Ken je het busstation in St. James?'

Ze keek hem met samengeknepen ogen aan. 'Wat? Tuurlijk. Wat dacht je.'

Hij stopte de sleutel van het kluisje in haar hand. 'Voor het geval er iets gebeurt.'

'Wat?'

'Tussen hier en de vrijheid.'

'Nee, nee, nee, nee,' zei ze. 'Nee, nee. Pak aan. Ik wil hem niet.'

Hij maakte een afwijzend gebaar. 'Stop maar in je tasje.'

'Joe, ik wil dit niet.'

'Het is geld.'

'Ik weet wat het is en ik wil het niet hebben.' Ze probeerde de sleutel aan hem terug te geven, maar hij hield zijn handen omhoog.

'Die moet je bij je houden.'

'Nee,' zei ze. 'We gaan het samen uitgeven. Ik ben nu bij je. Ik ben bij je, Joe. Pak die sleutel.'

Ze probeerde opnieuw de sleutel terug te geven, maar ze waren in de kelder aangekomen.

Het raampje in de deur was zwart omdat om de een of andere reden het licht uit was.

Het was niet uit om 'de een of andere' reden, besefte Joe. Er was maar één mogelijke reden.

Terwijl hij zijn hand uitstak naar de hendel werd de deur van de andere kant geopend en meteen schoot de arm van Brendan Loomis naar binnen en sleurde Joe aan zijn das uit de cabine. Hij trok Joe's pistool uit de band van zijn broek en smeet het in het donker ver weg op de betonnen vloer. Toen stompte hij Joe vaker dan hij kon tellen op zijn gezicht en slaap. Het gebeurde allemaal zo snel dat Joe nauwelijks zijn handen omhoog kreeg.

Toen hij daar eenmaal in geslaagd was voelde hij achter zich naar Emma, in de gedachte dat hij haar op de een of andere manier kon beschermen. Maar Brendan Loomis had een vuist als een voorhamer. Elke keer als hij Joe's hoofd raakte – báf báf báf báf – voelde Joe zijn hersens verdoven en werd zijn blikveld een witte vlek. Zij ogen tuurden in het wit en vonden nergens houvast. Hij hoorde zijn neus breken, waarna Loomis hem nog drie keer op dezelfde plek raakte.

Toen Loomis zijn das losliet, zakte Joe op handen en voeten op de cementen vloer. Hij hoorde een regelmatige drup, als van een lekkende kraan, en toen hij zijn ogen opende zag hij zijn eigen bloed op het cement druppen, in druppels zo groot als een stuiver, maar ze volgden elkaar zo snel op dat ze in amoebes veranderden en de amoebes werden plasjes. Hij keek om om te zien of Emma op de een of andere manier tijdens zijn pak slaag kans had gezien om de liftdeur dicht te trekken en ervandoor te gaan, maar de liftdeur was niet waar hij hem het laatst had gezien, of hij was niet waar hij uit de lift was gekomen, want het enige wat hij zag was een betonnen muur.

Op dat moment schopte Brendan Loomis hem zo hard in zijn maag dat hij loskwam van de vloer. Toen hij in een foetushouding neerkwam, kon hij geen adem krijgen. Hij hapte naar lucht maar het wilde niet komen. Hij probeerde zich op te richten op zijn knieën, maar zijn benen gleden onder hem weg, dus gebruikte hij zijn ellebogen om zijn borst van het cement te tillen en hapte naar lucht als een vis in een poging iets door zijn luchtpijp binnen te halen, maar zijn lichaam was als een zwarte steen, zonder openingen, zonder ruimtes, er was niets daarbinnen dan die steen, geen plaats voor iets anders, want hij kon verdomme niet ademhalen.

De steen perste zijn slokdarm omhoog als een ballon door een rietje terwijl het ding zijn hart beklemde, zijn longen samenkneep en zijn keel versperde, maar toen, eindelijk, schoot hij omhoog, langs zijn amandelen en door zijn mond naar buiten. Hij had een fluit aan zijn staart, een fluit en een reeks zuchten, maar dat was best, dat was goed, want nu kon hij weer ademen, ten minste weer ademen.

Loomis schopte hem van achteren in zijn kruis.

Joe maalde zijn hoofd in de cementen vloer en hoestte en kotste misschien zelfs, hij had geen idee, de pijn was zoals hij zich tot nu toe niet had kunnen voorstellen dat pijn kon zijn. Zijn ballen zaten in zijn ingewanden; vlammen likten aan zijn maagwand; zijn hart sloeg zo snel dat het er binnenkort wel mee op moest houden, dat kon niet anders; zijn schedel voelde aan alsof iemand die met zijn blote handen had opengewrikt; zijn ogen bloedden. Hij kotste, kotste daadwerkelijk, kotste gal en vuur over de vloer. Hij dacht dat hij klaar was en toen begon het opnieuw. Hij viel op zijn rug en keek op naar Brendan Loomis.

'Je ziet er,' zei Loomis terwijl hij een sigaret opstak, 'betreurenswaardig uit.'

Brendan zwaaide samen met de ruimte heen en weer. Joe bleef waar hij was, maar al het overige hing aan een slinger. Brendan keek omlaag naar Joe. Hij trok een paar zwarte handschoenen aan en deed een soort vingergymnastiek tot ze precies zaten zoals hij wilde. Albert White verscheen naast hem, Albert aan dezelfde slinger, en ze keken allebei naar Joe.

Albert zei: 'Ik zal je ten voorbeeld moeten stellen, ben ik bang.'

Joe keek door het bloed in zijn ogen op naar Albert in zijn witte smokingjasje.

'Voor iedereen daarbuiten die denkt dat hij met een gerust hart kan negeren wat ik zeg.'

Joe zocht naar Emma, maar hij kon de lift niet vinden te midden van al het geslinger en gezwaai.

'Een fraaie boodschap zal het niet worden,' zei Albert White. 'En dat spijt me.' Albert hurkte voor Joe neer, een bedroefde, vermoeide uitdrukking op zijn gezicht. 'Mijn moeder zei altijd dat overal een reden voor is. Ik weet niet zeker of ze gelijk had, maar ik geloof wel dat mensen vaak datgene worden wat ze ook moesten worden. Ik dacht dat ik agent moest worden, maar toen stuurde de stad me de laan uit en werd ik dit. En meestal vind ik het niet eens leuk, Joe. Om eerlijk te zijn heb ik er de pest aan, maar ik kan niet ontkennen dat het me allemaal als vanzelf afgaat. Het past me. Wat jou als vanzelf afgaat, ben ik bang, is de boel verkloten. Je hoefde er alleen maar vandoor te gaan, maar dat deed je niet. En ik weet zeker... kijk me aan.'

Joe's hoofd was naar links gezakt. Hij draaide het terug, ontmoette Alberts vriendelijke blik.

'Ik weet zeker dat je jezelf, als je straks doodgaat, zult wijsmaken dat je het uit liefde hebt gedaan.' Hij keek Joe met een quasi meelevende glimlach aan. 'Maar dat is niet waarom je het hebt verkloot. Je hebt het verkloot omdat dat in jouw aard ligt. Omdat je je in je hart schuldig voelt over wat je doet, dus wil je gepakt worden. Maar in onze branche kijk je je schuldgevoel aan het eind van elke avond in de ogen. Je keert het om in je handen, je kneedt er een bal van. En dan gooi je die bal in het vuur. Maar jij, jij doet dat niet, en dus heb jij je korte leven doorgebracht in de hoop dat iemand je voor je zonden wil straffen. Nou, en die iemand ben ik.'

Albert kwam overeind uit zijn hurkzit en heel even werd alles wazig voor Joe. Hij ving een glimp op van iets zilverigs, en nog een keer, en hij kneep zijn ogen samen tot de wazigheid vormen kreeg en alles zich opnieuw scherp stelde.

En hij wilde dat dat niet zo was.

Albert en Brendan deinden nog een beetje, maar de slinger was weg. Emma stond naast Albert. Haar hand rustte op zijn arm.

Heel even begreep Joe het niet. Maar toen begreep hij het.

Hij keek op naar Emma en nu kon het hem niet meer schelen wat ze met hem zouden doen. Hij legde zich neer bij de dood, want doorleven was te pijnlijk.

'Het spijt me,' fluisterde ze. 'Het spijt me.'

'Het spijt haar,' zei Albert White. 'Het spijt ons allemaal.' Albert wees naar iemand die Joe niet kon zien. 'Neem haar mee hiervandaan.'

Een gespierde kerel in een ruw wollen jack en met een diep over zijn voorhoofd getrokken wollen muts op, legde een hand op Emma's arm.

'Je zei dat je hem in leven zou laten,' zei Emma tegen Albert.

Albert haalde zijn schouders op.

'Albert,' zei Emma, 'dat was de afspraak.'

'En daar zal ik me aan houden,' zei Albert. 'Maak je geen zorgen.'

'Albert,' zei ze, haar stem haperde.

'Lieverd?' Alberts stem klonk veel te kalm.

'Ik zou hem hier nooit naartoe gebracht hebben als...'

Albert gaf haar met zijn ene hand een klap in het gezicht en streek met de andere zijn overhemd glad. De klap was zo hard dat haar lippen openbarstten.

Hij keek omlaag naar zijn overhemd. 'Dacht je dat jij veilig was? Dacht je dat ik me liet vernederen door een hoer? Jij denkt dat ik als was in jouw handen ben. Misschien was ik dat ook wel, gisteren, maar ik ben de hele nacht op geweest. En ik heb je al vervangen. Begrijp je? Dat zul je wel zien.'

'Je zei...'

Albert veegde met een zakdoek haar bloed van zijn hand. 'Zet haar in de auto, Donnie. Nu, Donnie.'

De gespierde kerel nam Emma in een houdgreep en begon achteruit te lopen. 'Joe! Doe hem alsjeblieft niet nog meer pijn! Joe, het spijt me. Het spijt me.' Ze gilde en schopte en krabde Donnie in zijn gezicht. 'Joe, ik hou van je! Ik hou van je!'

Het hek voor de lift ging dicht en de cabine steeg op uit de kelder.

Albert hurkte naast hem neer en stak een sigaret tussen zijn lippen. Een lucifer ontvlamde, de tabak knisperde en Albert zei: 'Inhaleren. Dan ben je sneller weer bij je positieven.'

Joe inhaleerde. Zittend op de vloer rookte hij een tijdje terwijl Albert gebukt naast hem stond en zijn eigen sigaret rookte en Brendan Loomis stond toe te kijken.

'Wat ben je met haar van plan?' vroeg Joe zodra hij zich voldoende hernomen had om wat te zeggen.

'Met haar? Die heeft jou er net bijgelapt.'

'Daar zal ze dan wel een goeie reden voor hebben gehad, neem ik aan.' Hij keek Albert aan. 'En die was er ook, of niet?'

Albert grinnikte. 'Jij bent wel een heel simpele gozer, niet?'

Joe trok een gebarsten wenkbrauw op, waarop het bloed in zijn oog kwam. Hij veegde het weg. 'Wat ga je met haar doen?'

'Jij zou je meer zorgen moeten maken over wat ik met jou ga doen.'

'Doe ik ook,' gaf Joe toe, 'maar wat ik vraag is wat je met haar gaat doen.'

'Weet ik nog niet.' Albert haalde zijn schouders op, plukte een stukje tabak van zijn tong en schudde het van zijn vingers. 'Maar jij, Joe, jij wordt mijn boodschap aan de buitenwereld.' Hij wendde zich tot Brendan. 'Pak hem op.'

'Wat voor boodschap?' vroeg Joe terwijl Brendan Loomis zijn armen onder hem schoof en hem overeind hees.

'Wat Joe Coughlin overkwam zal jou ook gebeuren als je Albert White en zijn mensen tegenwerkt.'

Joe zei niets. Er schoot hem niets te binnen. Hij was twintig. Dat was de tijd die hem toebedeeld zou zijn in dit leven: twintig jaar. Sinds zijn veertiende had hij niet meer gehuild, maar nu hij Albert in de ogen keek moest hij zijn uiterste best doen om niet in snikken uit te barsten en om genade te smeken.

Alberts blik verzachtte. 'Ik kan je niet in leven laten, Joe. Als ik daar ook maar enigzins de mogelijkheid toe zag, zou ik het proberen. En het gaat me niet om dat meisje, als je daar iets aan hebt. Een nieuwe hoer is zo gevonden. Er zit een leuke nieuwe op me te wachten zodra ik hier met jou klaar ben.' Hij keek een ogenblik in gedachten verzonken naar zijn handen. 'Maar jij hebt helemaal buiten mij om een provinciestadje overhoop geschoten, zestigduizend dollar gestolen, en drie smerissen voor dood laten liggen. Dat zal een hoop stront geven, voor ons allemaal. Want nu denkt iedere smeris in heel New England dat gangsters in Boston gevaarlijke gekken zijn die als gevaarlijke gekken moeten worden omgelegd. En nou moet ik al die lui aan hun verstand proberen te brengen dat dat gewoon niet waar is.' Hij wendde zich tot Loomis en vroeg: 'Waar is Bones?'

Bones was Julian Bones, een van Alberts lijfwachten.

'In de steeg, motor loopt.'

'Dan gaan we.'

Albert ging hem voor naar de lift. Hij deed de deur open en Brendan Loomis sleepte Joe naar binnen.

'Draai hem om.'

Joe werd een halve slag in de rondte gedraaid, en toen Loomis hem bij zijn achterhoofd greep en zijn gezicht tegen de wand duwde, viel de sigaret uit zijn mond. Ze trokken zijn handen op zijn rug. Een ruw eind touw werd om zijn polsen gewonden in lussen die door Loomis stuk voor stuk hard werden aangehaald voor hij de eindknoop legde. Joe, die wel het een en ander van knopen wist, herkende een goede vaste knoop aan het gevoel. Als ze hem alleen in deze lift achterlieten om pas in april terug te komen, zou hij zich nog steeds niet hebben losgemaakt.

Loomis draaide hem weer terug en ging aan de slag met de bedieningshendel terwijl Albert een nieuwe sigaret uit zijn houder nam om tussen Joe's lippen te duwen en voor hem aan te steken. Bij de gloed van de lucifer zag Joe aan Alberts gezicht dat hij aan dit alles geen plezier beleefde, dat het hem, wanneer Joe met een leren lus om zijn hoofd en zakken vol stenen aan zijn voeten naar de bodem van de Mystic River zonk, verdriet deed dat hij zaken moest doen in een vuile wereld.

Althans, zolang de avond duurde.

Op de begane grond stapten ze vanuit de lift een verlaten dienstgang binnen. Door de muren heen hoorden ze de geluiden van het feest: tegen elkaar in spelende piano's, een kopersectie die zich uitleefde en een heleboel vrolijk gelach.

Ze kwamen bij de deur aan het eind van de gang. LEVERANCIERS, stond er in verse gele sjabloonletters midden op de deur.

'Ik kijk even of de kust veilig is.' Loomis opende de deur naar een maartse avond die nu een stuk guurder was dan eerst. Er viel een lichte regen en de ijzeren brandtrappen roken naar aluminiumfolie. Joe kon het gebouw ook ruiken, het nieuwe van de buitenkant, alsof het kalksteenstof dat de boormachines hadden opgeworpen nog steeds in de lucht hing.

Albert keerde Joe naar zich toe en deed zijn das goed. Hij likte aan zijn handen en streek Joe's haar glad. Hij leek diep getroffen. 'Ik heb nooit een man willen worden die anderen doodt om zijn marktaandeel zuiver te houden, en toch ben ik zo geworden. Een fatsoenlijke nacht slaap is er voor mij niet bij – nooit, Joe. Elke ochtend word ik wakker met angst en 's avonds leg ik mijn hoofd met dezelfde angst weer op het kussen.' Hij fatsoeneerde Joe's kraag. 'En jij?'

'Wat?'

'Heb je ooit iets anders willen zijn?'

'Nee.'

Albert plukte iets van Joe's schouder en schoot het weg met zijn vinger. 'Tegen haar heb ik gezegd dat ik je zou laten leven als ze je bij ons zou afleveren. Niemand wilde geloven dat je zo stom zou zijn om hier vanavond je gezicht te laten zien, maar ik durfde de weddenschap wel aan. Dus stemde ze erin toe om jou naar mij toe te brengen, om jou te redden. In ieder geval maakte ze zichzelf dat wijs. Maar jij en ik weten dat ik je moet... Hè Joe?' Hij keek Joe aan met diepbedroefde ogen, glazig van vochtigheid. 'Toch?'

Joe knikte.

Albert knikte ook. Hij boog zich naar Joe toe en fluisterde in zijn oor: 'En daarna vermoord ik haar ook.'

'Wat?'

'Omdat ik ook van haar hield.' Albert bewoog zijn wenkbrauwen op en neer. 'En omdat jij maar op één manier die ochtend mijn pokertafel hebt kunnen overvallen, namelijk doordat zij jou getipt had.'

Joe zei: 'Wacht.' Hij zei: 'Luister. Ze heeft me helemaal niet getipt.'

'Wat moet je anders zeggen?' Albert fatsoeneerde zijn kraag, streek zijn overhemd glad. 'Probeer het eens van een andere kant te bekijken: als het ware liefde is tussen jullie, dan zien jullie elkaar vannacht nog terug in de hemel.'

Hij stootte zijn vuist diep in Joe's maag. Joe sloeg dubbel en had opnieuw geen adem meer. Hij rukte aan het touw om zijn polsen en probeerde Albert een kopstoot te geven, maar Albert sloeg zijn hoofd eenvoudig weg en opende de deur naar de steeg.

Hij greep Joe bij zijn haren en trok hem overeind, zodat Joe de klaarstaande auto kon zien, met de achterdeur open en Julian Bones ernaast. Loomis stak de steeg over en pakte Joe bij zijn elleboog, waarna ze hem samen over de drempel sleurden. Joe kon de voetenplank van de auto ruiken. Hij rook poetskatoen en vuil.

Net op het moment dat ze hem naar binnen wilden duwen, lieten ze hem los. Toen hij op zijn knieën op de kinderkopjes viel, hoorde hij Albert roepen: 'Weg! Weg! Weg!' En daarop hoorde hij hun voetstappen over de kinderkopjes wegrennen, en misschien hadden ze hem al in de rug geschoten, want de hemel daalde in lichtbanen over hem neer.

Zijn gezicht baadde in het licht, de gebouwen in de steeg explodeerden in blauw en rood, banden gierden, iemand riep iets door een megafoon en er klonk een pistoolschot, en nog een.

Door het witte licht kwam er een man naar Joe toe gelopen, een slanke en zelfverzekerde man, een man die zijn gezag droeg als een geboorterecht.

Zijn vader.

Er kwamen meer mensen opdoemen uit het licht achter hem, en Joe was algauw omringd door een tiental stedelijke politieagenten.

Zijn vader keek hem met een schuine blik aan. 'Dus Joe, nu ben je een politiemoordenaar.'

Joe zei: 'Ik heb niemand vermoord.'

Zijn vader negeerde dat. 'En het leek erop dat je handlangers net van plan waren je mee te nemen op een dodenritje. Hadden ze besloten dat je een te groot risico vormde?'

Verschillende agenten hadden hun wapenstok getrokken.

'Emma zit achter in die auto. Ze gaan haar vermoorden.'

'Wie?'

'Albert White, Brendan Loomis, Julian Bones en een vent die Donnie heet.'

In de aangrenzende straat hoorden ze vrouwen gillen. Een claxon loeide, gevolgd door de doffe klap van een botsing. Meer gegil. In de steeg ging de motregen over in een zware plensbui.

Zijn vader keek naar zijn mannen en toen weer naar Joe. 'Prettig gezelschap hou je eropna, jongen. Had je nog meer sprookjes voor me?'

'Het is geen sprookje.' Joe spuwde een hap bloed uit. 'Pap, ze gaan haar vermoorden.'

'Nou, wij zullen jou niet vermoorden, hoor, Joseph. Ik zal je zelfs met geen vinger aanraken. Maar een paar van mijn collega's hier willen je vast wel even spreken.'

Thomas Coughlin boog zich voorover, handen steunend op zijn knieën, en keek zijn zoon langdurig aan.

Ergens achter die stalen blik leefde een man die drie nachten achtereen op de vloer naast Joe's bed in het ziekenhuis had geslapen toen Joe in 1911 tyfus had opgelopen, die alle acht dagbladen die de stad rijk was van voor tot achter aan hem had voorgelezen, die tegen hem had gezegd dat hij van hem hield en dat als God zijn zoon terugwilde, hij dan eerst langs hem moest, langs Thomas Xavier Coughlin, en dan zou God er wel achterkomen hoe akelig zoiets kon uitpakken.

'Pap, luister naar me. Ze is...'

Zijn vader spuwde hem in zijn gezicht.

'Hij is voor jullie,' zei hij tegen zijn mannen terwijl hij wegliep.

'Zorg dat u die auto vindt!' riep Joe. 'Zoek Donnie! Ze zit in de auto bij Donnie!'

De eerste klap – een vuist – kwam op Joe's kaak. De tweede, een haal met een wapenstok, raakte hem op zijn slaap. Daarna trok al het licht weg uit de nacht.

6
Alle zondaren heilig

De chauffeur van de ambulance bezorgde Thomas een voorproefje van de publiciteitsnachtmerrie die zijn korps boven het hoofd hing.

Toen ze Joe op een houten brancard bonden en in de ambulance schoven, zei de chauffeur: ‘Hebben jullie die knul van het dak gegooid of zo?’

De regen kletterde zo hard neer dat ze moesten schreeuwen om elkaar te verstaan.

Thomas’ hulp en chauffeur, brigadier Michael Pooley, zei: ‘Die verwondingen had hij al voor wij aankwamen.’

‘O ja?’ De ambulancechauffeur keek van de een naar de ander terwijl het water van de zwarte klep van zijn witte pet drupte. ‘Gelul.’

Thomas voelde de temperatuur in de steeg omhoog gaan, zelfs ondanks de regen, dus wees hij naar zijn zoon op de brancard. ‘Deze man was betrokken bij de moord op die drie agenten in New Hampshire.’

Brigadier Pooley zei: ‘Helpt dat een beetje, klootzak?’

De ambulancechauffeur had zijn blik op zijn polshorloge en controleerde Joe’s pols. ‘Ik lees de krant. Veel meer heb ik meestal niet te doen – ik zit in m’n wagen en ik lees al die rotkranten. Deze knul was de chauffeur. En terwijl ze hem achternazaten hebben ze een andere politiewagen finaal aan gort geschoten.’ Hij legde Joe’s pols op zijn borst. ‘Maar deze heeft het niet gedaan.’

Thomas keek naar Joe’s gezicht: gebarsten zwarte lippen, geplette neus, dichtgeslagen ogen, een ingeklapt jukbeen, zwarte bloedkorsten op zijn ogen, oren, neus en rond zijn mondhoeken. Bloed van zijn bloed. Zijn schepping.

‘Maar als hij die bank niet had beroofd,’ zei Thomas, ‘zouden ze nu niet dood zijn.’

'Als die achterlijke smerissen geen machinegeweer hadden gebruikt, zouden ze nu net zo goed niet dood zijn.' De chauffeur sloot de deuren en keek Pooley en Thomas aan. Thomas stond versteld van de walging in zijn blik. 'Jullie mannen hebben deze knul daarnet waarschijnlijk doodgeslagen. En híj is de misdadiger?'

Twee surveillancewagens stopten achter de ambulance, waarop de drie voertuigen gezamenlijk de nacht in reden. Thomas moest zichzelf er telkens aan herinneren aan de mishandelde man in de auto te denken als 'Joe'. Aan hem denken als 'mijn zoon' was te overweldigend. Zijn eigen vlees en bloed, en een hoop van dat bloed en een beetje van dat vlees lag een eindje verderop in deze steeg.

Tegen Pooley zei hij: 'Heb je dat opsporingsbevel voor Albert White laten uitgaan?'

Pooley knikte. 'En voor Loomis, Bones en die Donnie zonder achternaam, maar we nemen aan dat het om Donnie Gishler gaat, een van Whites kerels.'

'Richt je vooral op Gishler. Laat alle eenheden weten dat hij wellicht een vrouw in de auto heeft. Waar is Forman?'

Pooley wees met zijn kin. 'In de steeg.'

Thomas liep die kant op en Pooley kwam achter hem aan. Toen ze bij de groep agenten voor de dienstingang kwamen, vermeed Thomas het om naar de plas met Joe's bloed bij zijn rechtervoet te kijken, een zo rijk gevulde plas dat die zelfs na verdunning door het regenwater helderrood bleef. In plaats daarvan richtte hij zijn aandacht op het hoofd van de recherche: Steve Forman.

'Weet je al iets over die auto's?'

Forman sloeg zijn stenoschrift open. 'De afwasser zei dat er tussen kwart over acht en halfnegen een Cole Roadster in de steeg stond. Daarna was hij weg, volgens de afwasser, die ook zei dat de Dodge ervoor in de plaats kwam.'

De Dodge was de auto waar ze Joe in hadden willen sleuren toen Thomas en zijn hulptroepen aankwamen.

'Ik wil een dringend aanhoudingsbevel voor die Roadster,' zei Thomas. 'De chauffeur is Donald Gishler. En mogelijk zit achterin een vrouw, Emma Gould. Steve, dat is er een van de Goulds uit Charlestown. Weet je wie ik bedoel?'

'O, zeker,' zei Forman.

'Maar geen dochter van Bobo. Zij is er eentje van Ollie Gould.'

'Oké.'

'Maar laat iemand even in Union Street gaan kijken of ze niet veilig en wel in haar bed ligt. Brigadier Pooley?'

'Ja, chef.'

'Heb jij die Donnie Gishler weleens in levenden lijve gezien?'

Pooley knikte. 'Hij is ongeveer een meter vijfenzestig lang, een kilo of vijfennegentig. Loopt meestal rond met een zwarte muts op. De laatste keer dat ik hem zag had hij een flinke snor. Bij het zestiende zullen ze wel een foto hebben.'

'Laat iemand die halen. En geef zijn signalement door aan alle eenheden.'

Hij keek naar de plas bloed van zijn zoon. Er dreef een tand in.

Hij en zijn oudste zoon, Aiden, hadden elkaar in geen jaren gezien, al kreeg hij sporadisch een brief vol oppervlakkige mededelingen maar zonder iets persoonlijks. Hij wist niet waar hij woonde, niet eens of hij nog leefde. Zijn tweede zoon, Connor, was blind geworden tijdens de rellen rond de politiestaking in 1919. Lichamelijk had hij zich bewonderenswaardig snel aangepast aan zijn gebrek, maar in geestelijk opzicht had het zijn neiging tot zelfmedelijden aangewakkerd en al snel was hij aan de drank geraakt. Toen het hem niet gelukt was om zichzelf dood te drinken, had hij het geloof gevonden. Niet lang nadat hij die korte flirt had opgegeven (God eiste kennelijk meer van zijn volgelingen dan liefde voor het martelaarschap), nam hij zijn intrek in een instituut voor blinden en invaliden. Daar gaven ze hem een baan als conciërge – let wel, aan de man die ooit als jongste hulpofficier van justitie in de geschiedenis van Massachusetts was aangesteld als hoofdaanklager in een moordzaak – en zo bracht hij nu zijn tijd door met het dweilen van vloeren die hij niet kon zien. Af en toe boden ze hem een baan aan als onderwijzer op het blindeninstituut, die hij telkens weigerde met verlegenheid als excuus. Geen van Thomas' zonen was verlegen. Connor had eenvoudig besloten om zich af te keren van iedereen die van hem hield. Wat in zijn geval neerkwam op Thomas.

Nu had zijn jongste zoon zich overgegeven aan een leven van misdaad, een leven vol hoeren, dranksmokkelaars en om zich heen schietende overvallers. Een leven dat altijd glamour en rijkdom in het vooruitzicht leek te stellen, maar meestal niet een van beide opleverde. En nu, dankzij zijn vakbroeders en Thomas' eigen mannen, was het de vraag of hij de ochtend zou halen.

Thomas stond in de regen en rook niets dan de stank van zijn eigen bederf.

'Vind dat meisje,' zei hij tegen Pooley en Forman.

Een dienstdoende agent in Salem herkende Donnie Gishler en Emma Gould. Tegen het eind van de achtervolging waren er negen patrouillewagens bij betrokken, allemaal uit stadjes langs de noordelijke kust: Beverly, Peabody en Marblehead. Verschillende agenten zagen een vrouw op de achterbank, andere niet; een agent beweerde dat hij twee of drie meisjes zag, maar van hem werd later bevestigd dat hij gedronken had. Nadat Donnie Gishler met hoge snelheid twee patrouillewagens van de weg had gedrukt en uitgeschakeld, en nadat de agenten door hem beschoten waren (zij het nog zo slecht gericht) hadden ze teruggevuurd.

Om twintig uur vijftig, bij zware regenval, was Donnie Gishlers Cole Roadster van de weg geschoten. Ze joegen over Ocean Avenue in Marblehead, langs Lady's Cove, toen een van de agenten met een gelukstreffer Gishlers band raakte of – wat waarschijnlijker was bij zestig kilometer per uur over een nat wegdek – die band eenvoudig klapte als gevolg van slijtage. Op dat traject van Ocean Avenue was maar een heel smal strookje avenue en eindeloos veel oceaan. De Cole vloog op drie wielen de berm in, en zonder dat de wielen de grond nog raakten aan de zeekant er weer uit. Hij kwam met twee kapotgeschoten raampjes in drie meter diep water en was gezonken voordat de meeste agenten uit hun voertuigen hadden kunnen komen.

Een agent uit Beverly, Lew Burliegh, kleedde zich uit tot op zijn ondergoed en dook in het water. Maar het was te donker, zelfs nadat iemand op de gedachte was gekomen om de koplampen van een patrouillewagen op het water te richten. Lew Burliegh dook vier keer onder in het ijskoude water – voldoende om een dag met onderkoelingsverschijnselen in het ziekenhuis te belanden –, maar de auto vond hij niet.

De duikers vonden hem de volgende dag, even na tweeën, met Gishler nog achter het stuur. Er was een stuk van het stuur afgebroken en via zijn oksel zijn lichaam binnengedrongen. De versnellingspook had zijn kruis doorboord. Maar de doodsoorzaak was een andere. Een van de meer dan vijftig kogels die de politie de vorige avond op hem had afgevuurd, had zijn achterhoofd geraakt. Zelfs zonder klapband zou de auto te water zijn geraakt.

Tegen het dak geplakt vonden ze een zilveren lint en een bijpassende veer, maar afgezien daarvan was er geen enkel teken van Emma Gould.

De schietpartij tussen de politie en drie gangsters achter Hotel Statler werd al een minuut of tien na het gebeurde opgenomen in de historische nevelen van de stad – ook al was er in alle verwarring niemand geraakt en waren er in feite maar een paar kogels afgevuurd. De misdadigers hadden de mazzel om de steeg te ontvluchten op het moment dat de grote stroom theaterbezoekers de restaurants verliet om naar het Colonial of het Plymouth te gaan. In het Colonial liep al drie weken een uitverkochte reprise van *Pygmalion*, en het Plymouth had zich de woede van militant en fatsoenminnend Boston op de hals gehaald door *Playboy of the Western World* op te voeren. De tientallen demonstranten – onelegant geklede vrouwen met zure gezichten en onvermoeibare stembanden – deden hun werk, waarmee ze het stuk alleen maar meer aandacht bezorgden. De luidruchtige en opdringerige aanwezigheid van de vrouwen was behalve een zegen voor de kaartverkoop vooral een godsgeschenk voor de gangsters. Het trio kwam slippend de steeg uit, met de politie op hun hielen, maar toen de demonstrerende vrouwen de wapens zagen, begonnen ze te gillen en te wijzen. Verschillende echtparen op weg naar de voorstelling zochten in het wilde weg een veilig heenkomen in de portieken, en een chauffeur stuurde de Pierce-Arrow van zijn werkgever tegen een lantaarnpaal toen een motregentje omsloeg in een plensbui. Tegen de tijd dat de agenten van de schrik bekomen waren, hadden de gangsters in Piedmond Street een auto gevorderd en waren opgegaan in een door regen gegeselde stad.

De 'Statler-schietpartij' zorgde voor veel kopij. Het verhaal begon eenvoudig: heldhaftige agenten raken betrokken bij een schietpartij met een bende gewapende bandieten annex politiemoordenaars en krijgen er een te pakken. Maar algauw werd het gecompliceerder. Oscar Fayette, een ambulancechauffeur, verklaarde dat de gearresteerde crimineel door de politie zo ernstig was mishandeld dat het maar zeer de vraag was of hij de ochtend zou halen. Kort na middernacht ging in alle redacties in Washington Street het niet-bevestigde gerucht dat er een gegijzelde vrouw was gesignaleerd in een auto die op topsnelheid bij Lady's Cove, in Marblehead, te water was geraakt en in minder dan een minuut naar de bodem gezonken.

Daarop volgde het gerucht dat een van de bij de Statler-schietpartij betrokken gangsters niemand minder was dan de zakenman Albert White. Albert White had, tot op dat moment, een benijdenswaardige positie ingenomen in het maatschappelijk verkeer in Boston, namelijk die van mogelijke dranksmokkelaar, waarschijnlijke rumdealer en eventuele misdadiger. Iedereen nam aan dat hij betrokken was bij gangsterpraktijken, maar tegelijkertijd was bijna iedereen bereid te geloven dat hij zich verre hield van de rotzooi die tegenwoordig het leven in elke grote stad verpestte. Albert White werd gezien als een 'goede' dranksmokkelaar. Een hoffelijke leverancier ten behoeve van een onschuldig soort ondeugd, die daarbij in zijn lichte pakken een opvallende verschijning was en een heel gezelschap wist te boeien met verhalen over zijn heldendaden in de oorlog en zijn carrière bij de politie. Maar na de Statler-schietpartij (een term die E.M. Statler de kranten, tevergeefs, verzocht niet langer te gebruiken) sloeg die opvatting om. De politie liet een arrestatiebevel voor Albert uitgaan. Of hij de beschuldigingen uiteindelijk zou kunnen weerleggen of niet deed er niet toe, zijn dagen van vriendschappelijke omgang met het voorname en fatsoenlijke deel van de samenleving waren geteld. De kick van een indirecte connectie met de prikkelende onderwereld, zo werd in de salons en woonkamers van rijk en invloedrijk Boston erkend, had zijn grenzen.

En dan was er nog het lot dat waarnemend hoofdcommissaris Thomas Coughlin trof, de man die ooit werd gezien als de volgende hoofdcommissaris en mogelijk zelfs kandidaat voor het gouverneurschap. Toen in de middagedities van de volgende dag werd onthuld dat de ter plekke opgepakte en in elkaar geslagen misdadiger Coughlins bloedeigen zoon was, onthielden de meeste lezers zich van een oordeel omtrent de kwaliteit van zijn ouderschap omdat ze wel wisten hoe lastig het was om in deze bandeloze tijden een deugdzaam kind groot te brengen. Maar toen schreef een columnist van de *Examiner*, Billy Kelleher, over zijn ontmoeting met Joseph Coughlin op een van de trappen in het Statler. Kelleher was degene geweest die de politie had gebeld om te zeggen dat hij hem gezien had, en diezelfde Kelleher was ook op tijd in de steeg aangekomen om Thomas Coughlin zijn zoon aan de leeuwen te zien voeren die onder zijn bevel stonden. Het publiek trok zijn handen van hem af: je kind niet goed opvoeden was tot daaraan toe, maar hem in coma laten slaan was ongehoord.

Tegen de tijd dat Thomas op Pemberton Square bij de hoofdcommissaris werd ontboden, wist hij dat hij die nooit zou opvolgen.

Hoofdcommissaris Herbert Wilson stond achter zijn bureau en gebaarde naar een stoel. Wilson runde het korps sinds 1922, nadat de vorige hoofdcommissaris – Edwin Upton Curtis, die onder het plaatselijk gezag meer kwaad had aangericht dan de Duitsers in België – genadig aan een hartaanval was bezweken.

'Tom, ga zitten.'

Thomas Coughlin had er een hekel aan als iemand hem Tom noemde, hij haatte het verkleinwoordachtige ervan, dat botte familiaire.

Hij ging zitten.

'Hoe gaat het met je zoon?' wilde hoofdcommissaris Wilson weten.

'In coma.'

Wilson knikte en blies langzaam uit door zijn neus. 'En elke dag erbij in die toestand, Tom, zal hij meer van een heilige krijgen.' De hoofdcommissaris keek hem vanachter zijn bureau aan. 'Je ziet er akelig uit. Slaap je wel?'

Thomas schudde zijn hoofd. 'Niet sinds...' De afgelopen twee nachten had hij aan het ziekenhuisbed van zijn zoon gezeten en ondertussen zijn zonden overdacht en gebeden tot een god in wie hij amper meer geloofde. Joe's dokter had gezegd dat hij, zelfs als Joe uit zijn coma mocht bijkomen, rekening moest houden met een hersenbeschadiging. Thomas had, in een aanval van woede – die kokende onbesuisde woede waarvoor iedereen, van zijn waardeloze zak van een vader tot zijn vrouw en zijn zonen, terecht doodsbang was geweest – anderen opgedragen zijn eigen zoon af te tuigen. Nu zag hij zijn schaamte voor zich als een lemmet dat op gloeiende kolen was gelegd tot het staal zwart zag en rookslierten slangachtig oprezen langs de randen. De punt ging net onder zijn ribbenkast zijn maag binnen, gleed door zijn ingewanden en sneed net zo lang tot hij niet meer kon zien of ademen.

'Is er nog nieuws over die andere twee, de Bartolo's?' vroeg de hoofdcommissaris.

'Ik ging ervan uit dat u het ondertussen wel gehoord zou hebben.'

Wilson schudde zijn hoofd. 'Ik heb de hele ochtend in een begrotingsvergadering gezeten.'

'Het is net binnengekomen over de telex. Ze hebben Paolo Bartolo gevonden.'

'Wie zijn zij?'

'De politie in Vermont.'

'Levend?'

Thomas schudde zijn hoofd.

Om een of andere onbegrijpelijke reden, die misschien voorgoed onhelder zou blijven, bestuurde Paolo Bartolo een met blikken ham volgeladen auto; ze vulden de hele achterbank en stonden in stapels in de beenruimte voor de passagiersstoel. Toen hij in South Main Street in St. Alban's, op ongeveer vijfentwintig kilometer van de Canadese grens, door rood reed, werd hij aangehouden door een Canadese agent. Maar Paolo ging ervandoor. De agent zette de achtervolging in, gaandeweg bijgestaan door collega's, en ten slotte hadden ze de auto nabij een zuivelboerderij in Enosburg Falls van de weg geduwd.

Of Paolo een pistool trok toen hij op die mooie voorjaarsmiddag uit zijn auto stapte moest nog worden onderzocht. Mogelijk maakte hij een gebaar naar de band van zijn broek. Mogelijk deed hij gewoon zijn handen niet snel genoeg omhoog. In de wetenschap dat óf Paolo óf zijn broer Dion aan de kant van een zeer vergelijkbare weg motoragent Jacob Zoe had geëxecuteerd, namen de agenten geen enkel risico. Ze losten ieder ten minste twee schoten met hun dienstrevolver.

'Hoeveel agenten waren erbij?' vroeg Wilson.

'Zeven, geloof ik.'

'En hoeveel kogels troffen hem?'

'Elf, heb ik gehoord, maar de precieze toedracht moet nog blijken uit een degelijke lijkschouwing.'

'En Dion Bartolo?'

'Ondergedoken in Montreal, neem ik aan. Of daar in de buurt. Dion was altijd al de slimste van de twee. Paolo is degene van wie je verwacht dat hij zich ergens laat zien.'

De hoofdcommissaris nam een vel papier van een kleine stapel op zijn bureau en legde het boven op een andere kleine stapel. Hij keek uit het raam, schijnbaar gehypnotiseerd door de toren van het douanekantoor een paar blokken verderop. 'Het korps kan je hier niet de deur uit laten gaan met dezelfde rang als waarmee je binnenkwam, Tom. Begrijp je dat?'

'Ja, dat begrijp ik wel.' Thomas keek om zich heen naar het kantoor waarnaar hij al tien jaar zo had verlangd, maar zonder gevoel van verlies.

'En als ik je zou degraderen tot commandant zou ik je een afdeling moeten geven.'

'En die hebt u niet.'

'En die heb ik niet.' De hoofdcommissaris boog zich met ineengeslagen handen naar voren. 'Nu hoef je uitsluitend nog voor je zoon te bidden, Thomas, want je carrière heeft zojuist zijn hoogste niveau bereikt.'

'Ze is niet dood,' zei Joe.

Hij was vier uur eerder bijgekomen uit zijn coma. Thomas was tien minuten na het telefoontje van de dokter in het ziekenhuis aangekomen. Hij was in gezelschap van een advocaat, Jack D'Jarvis. D'Jarvis was een kleine, wat oudere man en drager van kamgaren pakken in de wel zeer onuitgesproken kleuren boombastbruin, natzandgrijs en zonverkleurd zwart. Zijn dassen kleurden gewoonlijk bij de pakken; de boorden van zijn overhemden waren vergeeld, en bij zeldzame gelegenheden droeg hij een hoed die hem een paar maten te groot leek en op zijn oren leek te steunen. Jack D'Jarvis leek hard toe aan zijn pensionering, en zo had hij er al het grootste deel van de afgelopen dertig jaar uitgezien, maar niemand die hem kende was zo stom om zich daardoor op het verkeerde been te laten zetten. Hij was de beste strafpleiter van de stad en maar weinigen konden iemand bedenken die aan hem kon tippen. In de loop van de tijd had Jack D'Jarvis op z'n minst twintig waterdichte zaken onderuitgehaald die Thomas voor het Openbaar Ministerie had gebracht. Er werd gezegd dat als Jack D'Jarvis doodging, hij zijn tijd in de hemel zou doorbrengen met het vrijpleiten uit de hel van al zijn voormalige cliënten.

De doktoren onderzochten Joe twee uur terwijl Thomas en D'Jarvis liepen te ijsberen op de gang en een jonge agent de wacht hield bij de deur van Joe's kamer.

'Ik kan hem niet vrijkrijgen,' zei D'Jarvis.

'Dat weet ik.'

'Maar wees gerust, die aanklacht wegens doodslag is een farce en de officier weet dat ook. Maar je zoon zal zeker moeten zitten.'

'Hoe lang?'

D'Jarvis haalde zijn schouders op. 'Tien jaar zou mijn gok zijn.'

'In Charlestown?' Thomas schudde zijn hoofd. 'Dan zal er niks van hem over zijn tegen de tijd dat hij eruit mag.'

'Er zijn drie politiemannen dood, Thomas.'

'Maar hij heeft ze niet gedood.'

'En daarom zal hij niet de doodstraf krijgen. Maar stel je voor dat het om iemand anders ging dan jouw zoon, dan zou jij willen hij twintig jaar kreeg.'

'Maar hij is wel mijn zoon,' zei Thomas.

De doktoren kwamen de kamer uit.

Een van hen bleef staan om iets tegen Thomas te zeggen. 'Ik weet niet waar de schedel van die jongen van gemaakt is, maar we vermoeden dat het iets anders is dan bot.'

'Hoe bedoelt u, dokter?'

'Het gaat goed met hem. Geen hersenbloeding en geen geheugenverlies of spraakproblemen. Zijn neus en de helft van zijn ribben zijn gebroken, en het zal nog wel even duren voor hij weer kan plassen zonder dat er bloed meekomt, maar voor zover ik kan zien is er geen hersenletsel.'

Thomas en Jack D'Jarvis gingen naar binnen en namen plaats aan Joe's bed, en hij keek hen aan met zijn gezwollen blauwe ogen.

'Ik zat fout,' zei Thomas. 'Verschrikkelijk fout. En, zeker, dat valt niet goed te praten.'

Joe praatte door zwarte lippen, voorzien van een zigzag van hechtingen. 'U had ze mij niet moeten laten slaan?'

'Nee, dat was fout.'

'Ga je nou een beetje soft lopen doen hier, ouwe?'

Thomas schudde zijn hoofd. 'Ik had het zelf moeten doen.'

Joe grinnikte zacht door zijn neus. 'Met alle respect, pa, ik ben blij dat het uw mannen waren. Als u het had gedaan was ik misschien wél dood geweest.'

Thomas glimlachte. 'Dus je haat me niet?'

'Dit is geloof ik voor het eerst in tien jaar dat ik u mag.' Joe probeerde zich op te richten van het kussen maar kreeg het niet voor elkaar. 'Waar is Emma?'

Jack D'Jarvis deed zijn mond open, maar Thomas maakte een gebaar met zijn hand. Hij keek zijn zoon recht aan terwijl hij hem vertelde wat er in Marblehead was gebeurd.

Joe liet de informatie tot zich doordringen, dacht erover na. Toen zei hij met iets wanhopigs in zijn stem: 'Ze is niet dood.'

'Ze is dood, jongen. En zelfs als we die avond meteen in actie waren gekomen... Donnie Gishler was er de man niet naar om zich levend te laten pakken. Op het moment dat ze in die auto terechtkwam was ze ten dode opgeschreven.'

'Er is geen lijk,' zei Joe. 'Dus dan is ze niet dood.'

'Joseph, de helft van de lijken van de Titanic hebben ze ook nooit gevonden, maar die arme zielen zijn evengoed niet langer onder ons.'

'Ik kan het niet geloven.'

'Kun je het niet? Of wil je het niet?'

'Dat is hetzelfde.'

'Helemaal niet.' Thomas schudde zijn hoofd. 'We hebben een deel van wat er die avond is gebeurd kunnen reconstrueren. Ze was Alberts liefje. Ze heeft je verraden.'

'Dat klopt,' zei Joe.

'En?'

Joe glimlachte, ondanks de hechtingen in zijn lippen. 'En het kan me geen ruk schelen. Ik ben stapelgek op haar.'

'Stapelgek is nog geen liefde,' zei zijn vader.

'Wat is het dan?'

'Stapelgek, punt.'

'Met alle respect, pa, ik ben achttien jaar lang getuige geweest van jullie huwelijk, en dat was geen liefde.'

'Nee,' stemde zijn vader in, 'je hebt gelijk. Dus ik weet waar ik het over heb.' Hij zuchtte. 'Maar hoe dan ook, ze is er niet meer, jongen. Ze is zo dood als je moeder, God hebbe haar ziel.'

Joe zei: 'En Albert?'

Thomas ging op de rand van het bed zitten. 'In rook opgegaan.'

Jack D'Jarvis zei: 'Maar bezig met onderhandelingen over zijn terugkeer, heb ik gehoord.'

Thomas keek naar hem om, en D'Jarvis knikte.

'En wie bent u?' vroeg Joe aan D'Jarvis.

De advocaat stak zijn hand uit. 'John D'Jarvis, meneer Coughlin. De meeste mensen noemen me Jack.'

Joe opende zijn gezwollen ogen verder dan tot nu toe tijdens het bezoek van Thomas en Jack.

'Verdomd,' zei hij. 'Ik heb van u gehoord.'

'Ik ook van u,' zei D'Jarvis. 'Net als jammer genoeg het hele land. Aan de andere kant: een van de slechtste beslissingen die uw vader ooit heeft genomen kon weleens uitpakken als het beste wat u had kunnen overkomen.'

'Hoe dat zo?' vroeg Thomas.

'Door hem tot moes te laten slaan, heb je een slachtoffer van hem gemaakt. Het Openbaar Ministerie zal hem niet graag vervolgen. Ze zullen het zeker wel doen, maar liever niet.'

'Is Bondurant niet de officier van justitie tegenwoordig?' vroeg Joe.

D'Jarvis knikte. 'Kent u hem?'

'Van horen zeggen,' zei Joe, terwijl de angst van zijn kapotte gezicht af te lezen was.

'Thomas?' vroeg D'Jarvis, hem nauwlettend aankijkend, 'ken jij Bondurant?'

'Ja,' zei Thomas, 'die ken ik.'

Calvin Bondurant was getrouwd met een van de meisjes Lenox, uit het chique Beacon Hill, en had drie slanke dochters, van wie er kortgeleden een onder veel belangstelling van de roddelpers met een Lodge was getrouwd. Bondurant was een onvermoeibare voorvechter van de drooglegging, een onverschrokken strijder tegen elke vorm van verdorvenheid, waarvan hij beweerde dat die een product was van de lagere klassen en rassen die de laatste zeventig jaar aan wal waren gespoeld in dit prachtige land. Maar de laatste zeventig jaar was de immigratie hoofdzakelijk beperkt gebleven tot twee nationaliteiten – Ieren en Italianen –, zodat Bondurants boodschap niet uitblonk door fijnzinnigheid. Maar als hij over een paar jaar in de race zou zijn voor gouverneur, zouden zijn donateurs in Beacon Hill en Back Bay alvast weten dat hij de juiste man voor hen was.

Bondurants secretaresse ging Thomas voor naar zijn kantoor in Kirby Street en sloot de dubbele deur achter hem. Calvin stond bij het raam. Hij draaide zich om en keek Thomas uitdrukkingsloos aan.

'Ik had u al verwacht.'

Tien jaar geleden had Thomas Calvin Bondurant opgepakt bij een inval in een pension. Bondurant had zich er vermaakt met verschillende flessen champagne en een naakte jongeman van Mexicaanse afkomst. De Mexicaan was niet alleen begonnen aan een snelle carrière in de prostitutie maar bleek ook lid te zijn geweest van de División del Norte, de bende van Pancho Villa, en werd in zijn land van herkomst gezocht wegens verraad. Thomas had de revolutionair op transport gezet naar Chihuahua en ervoor gezorgd dat Bondurants naam uit het arrestantenboek verdween.

'En daar ben ik dan,' zei Thomas.

'U hebt uw zoon van een crimineel tot een slachtoffer gemaakt. Dat is verbazingwekkend handig. Bent u werkelijk zo sluw, waarnemend hoofdcommissaris?'

Thomas zei: 'Zo sluw is niemand.'

Bondurant schudde zijn hoofd. 'Dat is niet waar. Sommige mensen wel. En u zou zo iemand kunnen zijn. Laat hem schuld bekennen. Ze hebben drie dode agenten daar in die stad. Morgen staan de voorpagina's vol over die begrafenissen. Als hij schuld bekent over die bankroof en, wat zal ik zeggen, roekeloos handelen, zal ik twaalf voorstellen.'

'Jaar?'

'Voor drie dode agenten? Dat is licht, Thomas.'

'Vijf.'

'Pardon?'

'Vijf,' zei Thomas.

'Geen schijn van kans.' Bondurant schudde zijn hoofd.

Thomas bleef roerloos in zijn stoel zitten.

Bondurant schudde opnieuw zijn hoofd.

Thomas leunde achterover en sloeg zijn enkels over elkaar.

Bondurant zei: 'Luister.'

Thomas hield zijn hoofd iets schuin.

'Laat me u even uit de droom helpen over een paar denkbeelden, waarnemend hoofdcommissaris.'

'Hoofdinspecteur.'

'Pardon?'

'Ik ben sinds gisteren weer hoofdinspecteur.'

De glimlach haalde het niet tot Bondurants lippen, maar verscheen wel in zijn ogen. Een korte schittering. 'Dan kunnen we het denkbeeld waar ik u van af wilde helpen verder onbesproken laten.'

'Ik koester geen denkbeelden of illusies,' zei Thomas. 'Ik ben een praktisch ingesteld mens.' Hij haalde een foto uit zijn zak en legde die op Bondurants bureau.

Bondurant keek naar de foto. Een vaalrode deur met midden erop het nummer 29. Het was de deur van een rijtjeshuis in Back Bay. Wat er nu in Bondurants ogen oplichtte was het tegenovergestelde van vrolijkheid.

Thomas zette een vinger op het bureaublad. 'Als je je buitenechtelijke escapades naar een andere plek verhuist, dan weet ik dat binnen het uur. Ik heb begrepen dat je een verkiezingskas aan het opbouwen bent voor je race om het gouverneurschap. Ik zou zeggen: flink spekken die kas, raadsman. Een man met een vette verkiezingskas kan tegen een stootje.' Thomas zette zijn hoed op en trok aan het midden van de rand tot hij voelde dat hij rechtzat.

Bondurant keek naar de foto op zijn bureau. 'Ik zal zien wat ik kan doen.'

'Zien wat je kunt doen, daar koop ik niets voor.'

'Ik heb het niet alleen voor het zeggen.'

'Vijf jaar,' zei Thomas. 'Hij krijgt vijf jaar.'

Twee weken later spoelde er in Nahant een onderarm aan van een vrouw. Drie dagen daarna haalde een visser voor de kust van Lynn een dijbeen op in zijn net. De patholoog-anatoom stelde vast dat het dijbeen en de onderarm van een en dezelfde persoon waren: een vrouw van begin twintig, waarschijnlijk van Noord-Europese afkomst, met sproeten en een bleke huidskleur.

In de zaak Massachusetts versus Joseph Coughlin, bekende Joe schuld aan medeplichtigheid aan een gewapende overval. Hij werd veroordeeld tot een gevangenisstraf van vijf jaar en vier maanden.

Hij wist dat ze nog in leven was.

Hij wist het omdat hij er niet mee zou kunnen leven als dat niet zo was. Hij bleef erop vertrouwen dat ze nog leefde, want zonder zijn geloof daarin voelde alles kaal en leeg.

'Ze is dood,' zei zijn vader tegen hem vlak voordat ze hem van de Suffolk-gevangenis overplaatsten naar die in Charlestown.

'Nee.'

'Moet je jezelf nou horen.'

'Niemand heeft haar in die auto zien zitten toen hij van de weg reed.'

'Bij hoge snelheid? In de regen? In het donker? Ze hebben haar in die auto gezet, jongen. De auto is van de weg geraakt. Ze is verongelukt en naar zee gedreven.'

'Pas als ik haar lichaam heb gezien.'

'Waren délen van haar lichaam dan niet voldoende?' Zijn vader stak verontschuldigend een hand op. Toen hij verderging, werd zijn toon zachter. 'Wat moet er gebeuren voor je voor rede vatbaar wordt?'

'Het is onredelijk te denken dat ze dood is. Niet zolang ik weet dat ze leeft.'

Hoe vaker Joe het zei, hoe zekerder hij wist dat ze dood was. Hij voelde het op dezelfde manier als hij voelde dat ze van hem had gehouden, ook al had ze hem verraden. Maar als hij toegaf, als hij de waarheid onder ogen zag, wat restte hem dan behalve vijf jaar in de ergste gevangenis van het hele noordoosten? Zonder vrienden, zonder God, zonder familie.

'Ze leeft, pa.'

Zijn vader keek hem een tijdje aan. 'Waarom hield je zoveel van haar?'

'Sorry?'

‘Waarom hield je zoveel van die vrouw?’

Joe zocht naar de juiste woorden. Uiteindelijk vond hij er een paar die minder onbeholpen leken dan andere. ‘Ze begon bij mij anders te worden dan zoals ze zich aan de rest van de wereld liet zien. Zachter of zo, ik weet het niet.’

‘Dan hou je van een mogelijkheid, niet van een vrouw.’

‘Hoe zou u dat weten?’

Zijn vader keek hem met een schuine blik aan. ‘Jij was het kind dat de afstand tussen je moeder en mij moest overbruggen. Was je je daarvan bewust?’

‘Ik wist dat wel, van die afstand,’ zei Joe.

‘Dan heb je ook gezien wat er van dat plan geworden is. Mensen kunnen elkaar niet beter maken, Joseph. En ze zullen nooit iets anders worden dan wat ze altijd al waren.’

Joe zei: ‘Dat geloof ik niet.’

‘Kun je het niet of wil je het niet?’ Zijn vader sloot zijn ogen. ‘Elke ademtocht, jongen, is een meevaller.’ Toen hij opkeek zag Joe dat zijn ooghoeken roze waren. ‘Succes? Een kwestie van geluk – op de juiste plek en het juiste moment geboren worden, de juiste huidskleur hebben. Lang genoeg leven om op de juiste plaats en het juiste moment terecht te komen om fortuin te maken. En ja, hard werken en talent doen er zeker toe. Die zijn cruciaal, en je weet dat ik nooit iets anders zou beweren. Maar de basis van alles in het leven is toch geluk hebben. Of pech. Die toevalligheid is het leven en het leven is die toevalligheid. En geluk begint al weg te lekken zodra het je in de schoot valt. Verspil het jouwe niet aan verdriet om een dode vrouw die jou toch al niet verdiende.’

Joe’s kaak verstrakte, maar hij zei alleen: ‘Je maakt je eigen geluk, pa.’

‘Soms,’ zei zijn vader. ‘Maar soms is het ook andersom.’

Ze zaten een poosje zwijgend bij elkaar. Joe’s hart had nog nooit zo hard geklopt. Het bonsde als een dolle vuist tegen zijn borst. Hij had medelijden met zijn hart alsof het iets buiten hemzelf was, een straathond op een regenachtige nacht, bijvoorbeeld. Ze waren nu allebei opgesloten, zijn hart en hij, en ze bonsden allebei tegen tralies die hen niet door zouden laten.

Zijn vader keek op zijn horloge en stopte het terug in zijn vestzak.

'Je eerste week daarbinnen zal iemand je waarschijnlijk bedreigen. Op z'n laatst in de tweede. Je zult aan zijn ogen kunnen zien wat hij wil, zeggen hoeft hij het niet.'

Joe voelde zijn mond kurkdroog worden.

'Iemand anders – een echte goedzak van een vent – zal het voor je opnemen, op de luchtplaats of in de eetzaal. En nadat hij die andere man op z'n nummer heeft gezet, zal hij jou voor de duur van je straf zijn bescherming aanbieden. Joe? Luister naar me. Dat is de man die je in elkaar slaat. En wel zo stevig, dat hij niet meer sterk genoeg kan worden om jou iets aan te doen. Je pakt zijn elleboog of zijn knieschijf. Of beide.'

Joe's hartslag trof een ader in zijn keel. 'En dan laten ze me met rust?'

Zijn vader schonk hem een zuinig glimlachje en begon te knikken, maar de glimlach verdween, met medeneming van het hoofdknikken. 'Nee.'

'Wat zal er wel voor zorgen dat ze ophouden?'

Zijn vader wendde zich een ogenblik af; zijn onderkaak trilde. Toen hij Joe weer aankeek, had hij droge ogen. 'Niets.'

7
In de muil

De afstand tussen het huis van bewaring in Suffolk en de penitentiaire inrichting van Charlestown bedroeg niet meer dan een kleine twee kilometer. In de tijd die het kostte om hen in de bus te krijgen en hun enkels aan de vloer te ketenen, hadden ze die ook kunnen lopen. Ze gingen met z'n vieren over die ochtend: een magere neger en een dikke Rus van wie Joe de namen nooit te weten kwam, Norman, een zachtaardige en nerveuze blanke knul, en Joe. Norman en Joe hadden een paar keer met elkaar gepraat omdat Normans cel tegenover die van Joe lag. Norman had de pech gehad in de ban te raken van de dochter van zijn baas, een stalhouder in Pickney Street, in het vlakke deel van de wijk Beacon Hill. Het meisje, vijftien, raakte zwanger en Norman, zeventien en al wees sinds zijn twaalfde, kreeg drie jaar onder zwaarbeveiligd regime voor verkrachting.

Hij vertelde Joe dat hij in de Bijbel las en bereid was te boeten voor zijn zonden. Hij zei tegen Joe dat de Heer hem zou vergezellen en dat er in ieder mens wel iets goeds schuilde, niet in het minst in de allerslechtsten, en dat hij vermoedde achter die gevangenismuren meer goeds aan te treffen dan erbuiten.

Een angstiger wezen was Joe van zijn leven nog niet tegengekomen.

Terwijl de bus over de Charles River Road stuiterde controleerde een bewaker die zich voorstelde als meneer Hammond hun enkelboeien. Hij vertelde hun dat ze zouden worden ondergebracht in de oostelijke vleugel, behalve natuurlijk de nikker, die bij zijn eigen soort in de zuidelijke vleugel kwam.

'Maar de regels zijn gelijk voor jullie allemaal, ongeacht kleur of gezindte. Nooit een bewaker recht aankijken. Nooit tegen een bevel van een bewaker ingaan. Nooit het pad langs de muur oversteken. Nooit jezelf of een ander op een ongezonde manier aanraken. Als jullie je gewoon als brave groentjes gedragen, zonder te klagen of tegen te werken, dan zullen we in harmonie samenwerken op weg naar jullie terugkeer in de maatschappij.'

De gevangenis was meer dan honderd jaar oud; de oorspronkelijke donkere granieten gebouwen waren met elkaar verbonden door roodbakstenen constructies van recentere datum. Het geheel was opgezet als een kruis, met een centrale toren van waaruit zich vier vleugels zich uitstrekten. Boven op de toren was een koepel, die dag en nacht bemand werd door vier bewakers met geweren, één voor elke richting waarin een gevangene kon vluchten. De gevangenis was tot in de wijde omtrek omringd door spoorlijnen, fabrieken, gieterijen en spinnerijen. De fabrieken produceerden kachels, de spinnerijen stoffen en de gieterijen stonken naar magnesium, koper en ijzergassen. Toen de bus over de heuvel het dal in reed, verschuilde de hemel zich achter een plafond van rook. Een stoomfluit klonk, waarop ze een ratelende goederentrein moesten laten passeren voor ze het spoor konden oversteken om de laatste driehonderd meter naar het gevangenisterrein af te leggen.

De bus stopte, waarna Hammond en een andere bewaker hun enkelboeien losmaakten. Norman begon te rillen en te snotteren en de tranen rolden als dikke zweetdruppels over zijn wangen.

'Norman,' zei Joe.

Norman keek hem van opzij aan.

'Niet doen.'

Maar Norman kon niet ophouden.

Zijn cel was op de bovenste verdieping van Oost. De zon stond er de hele dag op te branden en 's nachts bleef de warmte hangen. In de cellen zelf was geen elektriciteit. Die was er alleen voor de gangen, de eetzaal en de elektrische stoel bij de dodencellen. De cellen zelf hadden kaarslicht. Inpandige sanitaire voorzieningen waren nog niet doorgedrongen tot de penitentiaire inrichting van Charlestown, zodat de celbewoners in houten emmers poepten en pisten. Zijn cel was gebouwd voor één gevangene, maar ze hadden er vier bedden in gepropt. Zijn drie celgenoten heetten Oliver, Eugene en Tooms.

Oliver en Eugene waren huis-tuin-en-keukenovervallers, de eerste uit Revere en de tweede uit Quincy. Ze hadden allebei zaken gedaan met de Hickey-clan. Ze waren nooit in de gelegenheid geweest om met Joe te werken en hadden niet eens van hem gehoord, maar nadat ze samen een rijtje namen hadden doorgenomen, wisten ze dat hij oké genoeg was om hem er niet zomaar voor de lol uit te gooien.

Tooms was ouder en bedaarder. Hij had sprietig haar en sprietige ledematen, en achter zijn ogen broeide iets vals waar je liever niet naar keek. Toen de zon onderging op hun eerste avond samen, zat hij met zijn benen bungelend over de rand op zijn bovenste stapelbed. Af en toe merkte Joe dat zijn lege blik op hem gericht was en dan deed hij zijn best om terug te kijken en vervolgens zo terloops mogelijk weer weg te kijken.

Joe sliep in een onderbed, tegenover Oliver. Hij had de slechtste matras, de spiraal was doorgezakt en zijn laken was ruw en mottig en rook als een natte vacht. Nu en dan dutte hij even weg, maar van echt slapen kwam het niet.

's Ochtends kwam Norman op de luchtplaats naar hem toe. Hij had twee blauwe ogen en zijn neus leek gebroken, en op het moment dat Joe hem ernaar wilde vragen trok Norman een kwaaie blik, beet op zijn onderlip en gaf Joe een stomp tegen zijn nek. Joe week uit naar rechts, negeerde de aanval en overwoog te vragen wat er aan de hand was, maar daar kreeg hij de tijd niet voor. Norman vloog met klungelig geheven vuisten op hem af. Als Norman niet voor zijn hoofd ging en op zijn lichaam begon te slaan, kon Joe het wel schudden. Zijn ribben waren nog niet genezen. Als hij 's morgens overeind kwam deed dat nog steeds zo'n pijn dat hij sterretjes zag. Hij schuifelde heen en weer; zijn hakken trokken sporen in het zand. Hoog boven hen keken de bewakers in hun wachttoren uit naar de rivier in het westen of de zee in het oosten. Norman boorde zijn vuist nu in de andere kant van zijn nek, waarop Joe zijn voet optilde en Norman een schop tegen zijn knie gaf.

Norman viel op zijn rug, met zijn rechterbeen onder een rare hoek. Hij rolde om in het stof en probeerde vervolgens om op zijn elleboog overeind te komen. Toen Joe nogmaals op zijn knie stampte, kon de halve luchtplaats Normans been horen breken. Het geluid dat hij uitstootte was geen heuse schreeuw. Het was zachter en dieper, een snuivend geluid, als van een hond die was weggekropen onder een huis om dood te gaan.

Norman lag op de grond met zijn armen slap langs zijn lijf, en zijn tranen rolden van zijn ogen in zijn oren. Joe wist dat hij Norman nu wel overeind kon helpen, nu hij geen bedreiging meer voor hem was, maar dat zou als een zwakheid worden beschouwd. Hij liep weg. Terwijl hij de luchtplaats overstak, waar het om negen uur in de ochtend al om te stikken was, voelde hij alle ogen op zich gericht, meer dan hij kon tellen; iedereen keek toe, in gedachten al bezig met de volgende beproeving, met de vraag hoe lang ze nog met de muis zouden spelen voor ze serieus zouden uithalen met hun klauwen.

Norman was niets. Norman was een opwarmertje. En als ook maar iemand enig idee had van hoe erg Joe's ribben eraan toe waren – elke ademhaling was goddomme een kwelling, elke stap die hij zette deed pijn –, zou er de volgende ochtend alleen nog een hoopje botten van hem over zijn.

Joe had Oliver en Eugene bij de westelijke muur zien staan, maar nu zag hij hun ruggen opgaan in de menigte. Ze wilden niets met hem te maken hebben totdat ze wisten hoe dit zou uitpakken. Dus liep hij naar een groep mannen die hij niet kende. Als hij plotseling zou blijven staan om rond te kijken, zou dat een rare indruk maken. En hierbinnen stond raar gelijk aan zwak.

Hij bereikte het groepje mannen aan de overkant van de luchtplaats, bij de muur, maar ook zij liepen weg.

Zo ging het de hele dag door – niemand wilde met hem praten. Wat het ook was wat hij had, niemand wilde ermee besmet raken.

Die avond trof hij zijn cel leeg aan. Zijn matras, dat met de bobbels, lag op de vloer. De andere matrassen waren weg. De stapelbedden verdwenen. Op het ene matras, de pluizige deken en de strontemmer na was alles weggehaald. Joe keek om naar Hammond toen die de deur achter hem sloot.

'Waar is iedereen heen?'

'Weg,' zei Hammond terwijl hij zijn weg over de afdeling vervolgde.

Voor de tweede achtereenvolgende nacht lag Joe in de warme ruimte terwijl hij nauwelijks een oog dichtdeed. Dat had niet alleen te maken met zijn ribben of zijn angst: de stank in de gevangenis werd alleen geëvenaard door de stank van de fabrieken buiten de poort. Helemaal boven in de cel, drie meter hoog, zat een raampje. Misschien was de gedachte achter juist die plek om de gevangene heel genadig een staaltje van de buitenwereld te gunnen. Maar nu was het niet meer dan een toegangskanaal voor de fabrieksrook, voor de vieze lucht van textiel en brandende kolen. In de hitte van zijn cel, met kruipend ongedierte over de muren en kreunende mannen in het donker, kon Joe zich niet voorstellen hoe hij het hier vijf dagen zou overleven, laat staan vijf jaar. Hij was Emma kwijt, hij was zijn vrijheid kwijt en nu voelde hij zijn ziel flakkeren en kwijnen. Wat ze hem afnamen was alles wat hij had.

De volgende dag bracht meer van hetzelfde, net als die daarop. Iedereen die hij benaderde liep weg. Iedereen die hij aankeek, keek weg. Maar hij voelde dat ze naar hem keken, zodra hij zijn blik verlegde. Dat was het enige wat ze deden, al die mannen in de gevangenis: ze observeerden hem.

Ze wachtten.

'Waarop?' vroeg hij toen het licht uitging en Hammond de sleutel in zijn celdeur omdraaide. 'Waar wachten ze op?'

Hammond staarde hem met zijn lichtloze ogen door de tralies aan.

'Het punt is,' zei Joe, 'ik zou het graag rechtzetten met wie ik maar beledigd mag hebben. Als ik tenminste iemand beledigd heb. Want als dat zo is, dan heb ik dat onbewust gedaan. Dus ik ben bereid om...'

'Je zit in de muil van het beest,' zei Hammond. Hij keek om zich heen, doelend op het hele gebouw. 'Het besluit om je even op zijn tong te laten buitelen. Of het slaat zijn kaken dicht, zet zijn tanden in je. Of het laat je over die tanden heen klimmen en naar buiten springen. Maar het beest beslist. Jij niet.' Hammond maakte een zwaaiende beweging met zijn enorme sleutelbos en haakte hem aan zijn riem. 'Gewoon afwachten.'

'Maar hoe lang?' vroeg Joe.

'Tot het van zich laat horen.' Hammond liep weg door de gang.

De volgende jongen die hem aanviel was inderdaad nog een jongen. Bevend en met schichtige ogen, maar daarom niet minder gevaarlijk. Joe was op weg naar zijn zaterdagse douche toen het joch zich een man of tien verder naar voren losmaakte uit de rij om naar Joe toe te komen.

Op het moment dat de jongen uit de rij stapte wist Joe dat hij hem te grazen ging nemen, maar hij kon niets doen om het te voorkomen. De jongen droeg een gestreepte gevangenisbroek en een gestreept jack zoals iedereen en had net als de rest een handdoek en een stuk zeep bij zich, en in zijn rechterhand bovendien een aardappelschilmesje dat flink was aangescherpt met een slijpsteen.

Joe stapte op de jongen toe, de jongen deed alsof hij doorliep, maar toen liet hij zijn handdoek en zeep vallen, zette zijn voet stevig neer en haalde met zijn arm uit naar Joe's hoofd. Joe maakte een schijnbeweging naar rechts, waar de jongen op gerekend moest hebben want hij sloeg links toe en plantte het mesje in Joe's binnenbeen. Nog voor Joe zelfs maar aan zijn pijn had kunnen denken, hoorde hij de jongen het mes eruit trekken. Het was dat geluid wat hem razend maakte. Het klonk als visafval dat door een putje gezogen werd. Zijn vlees, zijn bloed, zijn vlees kleefde aan de rand van dat wapen.

Bij zijn volgende uitval mikte de jongen op Joe's onderbuik of kruis: Joe kon het niet opmaken te midden van het rauwe gehijg en wilde heen-en-weer maaien. Hij stapte in de armen van de jongen, greep hem bij zijn achterhoofd en trok hem tegen zijn borst. De jongen stak hem opnieuw, deze keer in de heup, maar het was een lichte steek zonder veel kracht erachter, maar nog altijd pijnlijker dan een hondenbeet. Toen de jongen zijn arm terugtrok voor een betere stoot, slingerde Joe hem naar achteren tot hij met zijn hoofd tegen de granieten muur sloeg.

De jongen zuchtte en liet het mesje los. Om het af te maken sloeg Joe zijn hoofd nog twee keer tegen de muur. Het joch zakte ineen op de vloer.

Joe had hem nooit eerder gezien.

In de ziekenboeg maakte een dokter zijn wonden schoon. Hij hechtte de snee in zijn been en legde een strak gaasverband aan. De dokter, die een chemisch luchtje om zich heen had, raadde hem aan zijn been en heup een tijdje niet te belasten.

'Hoe gaat me dat lukken?' vroeg Joe.

De dokter ging door alsof hij Joe niet had gehoord. 'En hou die wonden schoon. Twee keer per dag het verband verschonen.'

'Hebt u extra verband voor me?'

'Nee,' zei de dokter, alsof hij zich ergerde aan de domheid van de vraag.

'Dus...'

'Zo goed als nieuw,' zei de dokter terwijl hij een stap naar achteren deed.

Hij wachtte tot de bewakers kwamen om hem hun straf uit te meten voor de vechtpartij. Hij wachtte om te horen of de jongen die hem had aangevallen dood was of nog in leven. Maar niemand zei iets tegen hem. Het was alsof hij zich het hele voorval had ingebeeld.

Toen het licht uitging vroeg hij Hammond of hij iets had gehoord over een gevecht op weg naar de douches.

'Nee.'

'Nee, daar hebt u niks over gehoord?' vroeg Joe. 'Of, nee, er was geen gevecht?'

'Nee,' zei Hammond terwijl hij wegliep.

Een paar dagen na de steekpartij werd hij aangesproken door een gevangene. Er was niets bijzonders aan diens stem – behalve een licht accent (Italiaans, vermoedde Joe) en een wat gruizige klank – maar na een week van bijna volledige stilte klonk het zo mooi dat Joe er een brok van in zijn keel kreeg.

Het was een oude man met dikke glazen in een bril die te groot was voor zijn gezicht. Hij kwam op Joe toe terwijl die over de luchtplaats hinkte. Hij had zaterdag in de rij naar de douches gestaan. Joe kon zich hem herinneren omdat hij er zo zwak uitzag dat je niet moest denken aan de verschrikkingen die dit oord hem in de loop der jaren had aangedaan.

'Denk je dat ze binnenkort zonder mannen komen te zitten om op je los te laten?'

Hij was van ongeveer Joe's lengte. Hij had een kale kruin en een grijs waas aan de zijkanten dat bij zijn potlooddunne snor kleurde. Lange benen en een kort en gezet bovenlijf. Kleine handen. Er schuilde iets elegants in de manier waarop hij liep, of haast sloop, als een geveltoerist, maar zijn ogen waren onschuldig en hoopvol als die van een kind op zijn eerste schooldag.

'Ik geloof niet dat ze er zomaar doorheen zullen raken,' zei Joe. 'Kandidaten genoeg.'

'Zul je niet moe worden?'

'Tuurlijk,' zei Joe. 'Maar ik hou het vol zolang ik kan, zal ik maar zeggen.'

'Je bent erg snel.'

'Ik ben snel, maar niet erg snel.'

'Toch wel.' De oude man opende een canvas buideltje en haalde er twee sigaretten uit. Hij gaf er een aan Joe. 'Ik heb je beide gevechten gezien. Je bent zo snel dat het de meeste kerels hier niet is opgevallen dat je je ribben beschermt.'

Joe bleef staan terwijl de man hun sigaretten aanstak met een lucifer die hij afstreek aan zijn duimnagel. 'Ik bescherm helemaal niks.'

De oude man glimlachte. 'Heel lang geleden, in een vorig leven,' hij maakte een gebaar voorbij de muren en het prikkeldraad, 'heb ik een paar boksers begeleid. Een paar worstelaars ook. Veel geld heb ik er nooit mee verdiend, maar ik kwam wel veel mooie vrouwen tegen. Boksers trekken mooie vrouwen aan.' Hij haalde zijn schouders op, en ze liepen verder. 'Dus ik weet echt wel wanneer een man zijn ribben beschermt. Zijn ze gebroken?'

Joe zei: 'Er is niks mee aan de hand.'

'Ik beloof je,' zei de oude man, 'als ze mij op jou afsturen, zal ik me beperken tot het grijpen van je enkels en die stevig vasthouden.'

Joe grinnikte. 'Ja ja, alleen mijn enkels.'

'Misschien je neus, als ik mijn kans schoon zie.'

Joe keek hem aan. Hij moest hier al zo lang gezeten hebben dat hij elke hoop had laten varen en elke vorm van vernedering had meegemaakt, en nu lieten ze hem met rust omdat hij alles had overleefd wat ze op hem hadden losgelaten. Of omdat hij een gerimpelde ouwe vent was, niet meer geschikt voor handelsdoeleinden. Ongevaarlijk.

'Nou ja, om mijn neus te beschermen...' Joe nam een lange trek van zijn sigaret. Hij was vergeten hoe lekker een sigaret kon smaken als je niet wist wanneer je er weer een kreeg. 'Een paar maanden geleden heb ik zes gebroken ribben opgelopen en de rest gescheurd of gekneusd.'

'Een paar maanden geleden. Dan heb je nog maar een paar manden voor de boeg.'

'O, echt?'

De oude man knikte. 'Een gebroken rib is net als een gebroken hart, ze doen er op z'n minst een halfjaar over om te genezen.'

Duurt dat zo lang? dacht Joe.

'Duurde een maaltijd maar zo lang.' De oude man wreef over zijn bescheiden buikje. 'Hoe noemen ze jou?'

'Joe.'

'Nooit Joseph?'

'Alleen mijn vader.'

De man knikte en blies langzaam en genietend zijn rook uit. 'Het is zo'n uitzichtloos oord hier. En ook al ben je hier nog maar kort, ik weet zeker dat jij ook tot die conclusie gekomen bent.'

Joe knikte.

'Je wordt hier opgegeten en niet eens meer uitgespuugd.'

'Hoe lang zit u hier al?'

'O,' zei de oude man, 'dat hou ik al jaren niet meer bij.' Hij keek omhoog naar de vettig blauwe hemel en spuwde een tabaksliertje van zijn tong. 'Er is hier ondertussen niets meer wat ik niet ken of weet. Als je iets niet snapt, vraag gerust.'

Joe betwijfelde of de oude man wel zo de vinger aan de pols had als hij zelf dacht, maar zei toch maar: 'Dat zal ik doen. Dank voor uw aanbod.'

Ze kwamen bij het eind van de luchtplaats. Toen ze omdraaiden om dezelfde weg terug te lopen, legde de oude man zijn arm om Joe's schouder.

De hele luchtplaats keek toe.

De oude man wierp zijn sigaret in het stof en stak hem zijn hand toe, die Joe aannam.

'Ik heet Tommaso Pescatore, maar iedereen noemt me Maso. Zie jezelf maar als mijn beschermeling.'

Joe kende de naam. Maso Pescatore runde de hele wijk North End en het overgrote deel van de speellokalen en bordelen in North Shore. Vanachter deze muren ging hij over een groot deel van de drank die uit Florida kwam. Tim Hickey had in de loop der jaren veel met hem samengewerkt en had vaak gezegd dat uiterste voorzichtigheid de enige verstandige houding was in de omgang met deze man.

'Daar vroeg ik niet om, Maso.'

'Maar hoeveel dingen krijg je niet in het leven, zowel goed als kwaad, ook al heb je er niet om gevraagd?' Maso haalde zijn arm van Joe's schouder en zette een hand boven zijn ogen tegen de zon. Daar waar Joe zojuist onschuld in zijn ogen had gezien, zag hij nu sluwheid. 'Voortaan is het meneer Pescatore, Joseph. En geef dit aan je vader als je hem de volgende keer ziet.'

Joe keek naar het neergekrabbelde adres: 1417 BLUE HILL AVENUE. Dat was het – geen naam, geen telefoonnummer, alleen een adres.

'Overhandig dit aan je vader. Alleen deze ene keer. Meer vraag ik niet van je.'

'En als ik het niet doe?' vroeg Joe.

Maso leek oprecht van zijn stuk door die vraag. Hij hield zijn hoofd schuin, keek Joe aan en er gleed een verbaasde glimlach over zijn lippen. De glimlach ging over in zacht lachen. Hij schudde een paar keer zijn hoofd, stak twee vingers in de lucht bij wijze van groet en liep terug naar de muur, waar zijn mannen stonden te wachten.

In de bezoekersruimte zag Thomas zijn zoon hinkend aankomen en gaan zitten.

'Wat is er gebeurd?'

'Ik ben door een vent in mijn been gestoken.'

'Waarom?'

Joe schudde zijn hoofd. Hij liet zijn hand over tafel glijden. Thomas zag het stukje papier eronder. Hij legde zijn hand even over die van zijn zoon, koesterde het moment van contact en probeerde zich te herinneren waarom hij dat al meer dan tien jaar niet gezocht had. Hij pakte het stukje papier en stopte het in zijn zak. Hij keek naar zijn zoon, zag de wallen onder zijn ogen, zijn verwelkte vitaliteit, en plotseling viel alles op z'n plaats.

'Ik moet iets voor iemand doen,' zei hij.

Joe keek op van de tafel en keek zijn vader in de ogen.

'Wie is het, Joseph?'

'Maso Pescatore.'

Thomas leunde achterover en vroeg zich af hoeveel hij precies hield van zijn zoon.

Joe las de vraag in zijn ogen. 'Probeer me niet te vertellen dat jij schone handen hebt, pa.'

'Ik doe beschaafde zaken met beschaafde mensen. Wat jij van me vraagt is dat ik me de wet laat voorschrijven door een stel pas uit een grot gekropen spaghettivreters.'

'Je hoeft je de wet niet te laten voorschrijven.'

'O, nee? Wat staat er op dat briefje?'

'Een adres.'

'Alleen een adres?'

'Ja. Meer weet ik ook niet.'

Zijn vader knikte een aantal keren en slaakte een lange zucht. 'Omdat je een klein kind bent. Een of andere Italiaan stopt jou een adres in je handen om aan je vader te geven, die een hoge positie bij de politie heeft, en jij hebt niet in de gaten dat zo'n adres niets anders kan zijn dan de plek van de illegale voorraad van een concurrent?'

'Van wat?'

'Hoogstwaarschijnlijk gaat het om een pakhuis barstensvol sterkedrank.' Zijn vader richtte zijn blik op het plafond en streek met zijn hand over zijn kortgeknipte grijze haar.

'Hij zei dat het maar om één keer ging.'

Zijn vader glimlachte laatdunkend. 'En jij geloofde dat?'

Hij verliet de gevangenis.

Omgeven door de geur van chemicaliën volgde hij het pad naar zijn auto. Rook steeg op uit de fabriekspijpen. Die was voornamelijk donkergrijs maar het spul kleurde de hemel bruin en de aarde zwart. De treinen die langs de periferie puften, deden Thomas om een of andere vreemde reden denken aan wolven die rond een veldhospitaal trokken.

In de loop van zijn werkzame leven had hij minstens duizend mannen hierheen gestuurd. Velen van hen hadden achter die granieten muren het leven gelaten. Als ze bij binnenkomst nog enige illusies koesterden over menselijk fatsoen, dan waren ze die op slag kwijtgeraakt. Er waren te veel gevangenen en te weinig bewakers om van deze inrichting iets anders te maken dan wat het was: een stortplaats, en vervolgens een proefterrein – voor beesten. Ging je erin als mens, kwam je er als een beest weer uit. Ging je er als een beest in, dan scherpte je je vaardigheden.

Hij was bang dat zijn zoon te zachtaardig was. Ondanks zijn misdaden in de loop der jaren, zijn bandeloosheid en zijn onvermogen om zijn vader te gehoorzamen, of regels en wetten of wat dan ook, was Joseph de meest toegankelijke van zijn zonen. Dwars door de dikste winterjas keek je recht in zijn hart.

Thomas kwam bij de politietelefoon aan het eind van het weggetje en gebruikte de sleutel aan zijn horlogeketting om de cel te openen. Hij las het adres in zijn hand: 1417 BLUE HILL AVENUE. Dat was in Mattapan. Jodengebied. Wat betekende dat het pakhuis waarschijnlijk eigendom was van Jacob Rosen, een bekende leverancier van Albert White.

White was weer in de stad. Hij had nog geen nacht in de cel hoeven doorbrengen, waarschijnlijk omdat hij Jack D'Jarvis in de arm had genomen.

Thomas keek om naar de gevangenis waar zijn zoon verbleef. Tragisch, maar niet verwonderlijk. Tegen Thomas' jarenlange, onvermoeibare protest en afkeuring in, had zijn zoon de weg naar hier gekozen. Als Thomas nu deze telefooncel gebruikte, zat hij voor de rest van zijn leven vast aan de Pescatore-clan, aan een slag mensen dat dit land het anarchisme met de bijbehorende bommengooiers, moordenaars en de Zwarte Hand had gebracht, en dat nu, georganiseerd in een club die naar het scheen *omertà organiza* werd genoemd, met geweld de hele illegale drankhandel had overgenomen.

En van hem werd verwacht dat hij hen nog groter maakte?

Dat hij voor hen werkte?

Hun ringen kuste?

Hij deed de deur van de telefooncel weer dicht, liet zijn horloge in zijn vestzak glijden en liep naar zijn auto.

Twee dagen lang liep hij rond met dat adres. Twee dagen lang bad hij tot een god van wie hij vreesde dat hij niet bestond. Hij bad om raad. Hij bad voor zijn zoon achter die granieten muren.

Zaterdag was zijn vrije dag. Thomas stond op een ladder om de zwarte raamlijsten van zijn huis in K Street bij te verven, toen er een man omhoog riep die de weg wilde weten. Het was een broeierige namiddag; een paar paarse wolken dreven deinend zijn kant op. Hij keek door het raam op de tweede verdieping naar wat ooit Aidens kamer was geweest. Na drie jaar leegstand had zijn vrouw Ellen het vertrek als naaikamer in gebruik genomen. Twee jaar geleden was ze in haar slaap overleden, dus nu stond hij weer leeg, afgezien van een trapnaaimachine en een houten rek met het verstelwerk dat al twee jaar lag te wachten. Thomas doopte zijn kwast in het blik. Het zou altijd Aidens kamer blijven.

'Ik ben de weg kwijt, geloof ik.'

Thomas keek omlaag naar de man die tien meter lager op het trottoir stond. Hij droeg een lichtblauw pak, met een wit overhemd en een rode vlinderdas, geen hoed.

'Wat kan ik voor u doen?' vroeg Thomas.

'Ik ben op zoek naar het badhuis in L Street.'

Vanwaar hij stond kon Thomas het badhuis zien, niet alleen het dak maar het hele bakstenen gebouw. Hij zag de lagune erachter en daar weer achter de Atlantische Oceaan, die zich uitstrekte tot aan zijn geboorteland.

'Eind van de straat.' Thomas wees, knikte de man toe en richtte zich weer op zijn verfwerk.

De man zei: 'Dus recht de straat uit? Daar aan het eind?'

Thomas draaide zich om en knikte, zijn ogen nu op de man gericht.

'Soms loop ik mezelf voor de voeten,' zei de man. 'Kent u dat? Je weet wat je moet doen, maar je blijft jezelf maar in de weg staan?'

De man was blond en nietszeggend, knap zonder kenmerken. Niet lang, niet kort, dik noch dun.

'Ze zullen hem niet vermoorden,' zei hij op vriendelijke toon.

Thomas zei: 'Pardon?' Hij liet de kwast in de verf vallen.

De man legde een hand op de ladder.

Vanwaar hij stond zou het een koud kunstje zijn.

De man tuurde omhoog naar Thomas en toen de straat uit. 'Maar ze zullen hem wel zover krijgen dat hij erom zal smeken. Elke dag opnieuw.'

'U kent mijn rang bij het politiekorps hier in Boston,' zei Thomas.

'Hij zal overwegen zichzelf van kant te maken,' zei de man. 'Dat spreekt. Maar ze zullen hem in leven houden met de belofte dat ze u ombrengen als hij dat zou doen. En elke dag? Ja, elke dag zullen ze weer iets nieuws verzinnen om op hem uit te proberen.'

Midden op straat stopte een zwarte T-Ford die met draaiende motor bleef wachten. De man liep erheen en stapte in, waarna ze wegreden en de eerste de beste straat naar links namen.

Thomas klom de ladder af, verbaasd over het trillen van zijn onderarmen, zelfs toen hij eenmaal binnen was. Hij begon oud te worden, erg oud. Hij moest niet meer op een ladder staan. Hij moest minder principieel worden.

Oude mensen hoorden de jeugd de gelegenheid te geven hen opzij te zetten, en wel met alle gratie die je kon opbrengen.

Hij belde Kenny Donlan, districtshoofd in Mattapan. Kenny had vijf jaar lang onder Thomas gediend in South Boston. Net als veel van zijn collega's in de leiding van het korps had hij zijn succes aan Thomas te danken.

'En dat op je vrije dag,' zei Kenny toen zijn secretaresse Thomas naar hem doorschakelde.

'Ach, vrije dagen bestaan voor ons niet.'

'Dat is waar,' zei Kenny. 'Wat kan ik voor je doen, Thomas?'

'1417 Blue Hill Avenue,' zei Thomas. 'Een pakhuis waar zogenaamd apparatuur voor speelhallen staat.'

'Maar dat staat er niet,' zei Kenny.

'Nee.'

'Hoe serieus wil je dat we het aanpakken?'

'Tot en met de laatste fles,' zei Thomas terwijl er in zijn diepste binnenste iets schreeuwend de geest gaf. 'Tot en met de laatste druppel.'

8
In de schemering

Die zomer trof de staat Massachusetts in de penitentiaire inrichting van Charlestown voorbereidingen voor de executie van twee beroemde anarchisten. Wereldwijde protesten konden de gouverneur van Massachusetts niet op andere gedachten brengen, evenmin als een regen van oproepen, verzoeken om uitstel en meer oproepen. In de weken nadat Sacco en Vanzetti van Dedham naar Charlestown waren overgeplaatst en in afwachting van de elektrische stoel in dodencellen ondergebracht, werd Joe in zijn slaap gestoord door een menigte van woedende burgers aan de andere kant van de donkere granieten muren. Soms gingen ze de hele nacht door met liederen zingen, door megafoons roepen en leuzen scanderen. Een paar keer vermoedde Joe dat ze fakkels bij zich hadden om een middeleeuwse sfeer te creëren, want dan werd hij wakker van de geur van brandend pek.

Maar afgezien van een paar nachten onrustig slapen had het lot van de twee veroordeelde mannen geen effect op het leven van Joe of dat van zijn bekenden, behalve op Maso Pescatore, die zijn nachtelijke wandelingetjes over de gevangenismuren had moeten opgeven tot het oog van de wereld er niet langer op gericht zou zijn.

Die beruchte avond tegen het eind van augustus vergde het bovenmatige voltage dat door de ongelukkige Italianen werd gejaagd zoveel kracht uit de stroomvoorziening voor de rest van de gevangenis, dat het licht op de gangen flikkerde, verflauwde of er helemaal mee ophield. De dode anarchisten werden naar Forest Hill gebracht om gecremeerd te worden. Het aantal betogers nam af en ten slotte vertrokken ze.

Maso hernam de routine die hij al tien jaar trouw volgde: een nachtelijke wandeling over de gevangenismuren, langs de zware draadspiralen en de donkere wachttorens, die uitkeken over de luchtplaats binnen de muren en het godvergeten landschap van fabrieken en sloppenwijken erbuiten.

Vaak nam hij Joe mee. Tot zijn eigen verbazing was Joe voor Maso een soort symbool geworden: als trofee vanwege de scalp van de hoge politiefunctionaris die hij nu in zijn zak had, als potentieel lid van zijn organisatie, of als jonge hond – Joe wist het niet en hij vroeg er ook niet naar. Waarom vragen stellen als zijn aanwezigheid 's nachts op de muur naast Maso vooral één ding duidelijk maakte: hij genoot bescherming.

'Denkt u dat ze schuldig waren?' vroeg Joe op een avond.

Maso haalde zijn schouders op. 'Het maakt niet uit. Waar het om gaat is de boodschap.'

'Welke boodschap? Ze hebben twee kerels geëxecuteerd die misschien onschuldig waren.'

'Dat was precies de boodschap,' zei Maso. 'En iedere anarchist op de hele wereld heeft het begrepen.'

Die zomer vloeide het bloed rijkelijk in de penitentiaire inrichting van Charleston. Joe dacht eerst dat die gewelddadigheid erbij hoorde, die zinloze, meedogenloze valsheid van mannen die elkaar doodden uit eergevoel om hun plaats in de rij, om hun recht om naar de luchtplaats te lopen via de weg die zij wilden, om niet geduwd te worden, geen elleboog in de zij te krijgen of een rauwe neus van hun schoen op te lopen.

Het bleek allemaal een stuk ingewikkelder te liggen.

Een man in de oostelijke vleugel verloor het licht in beide ogen omdat iemand er handenvol glas in had gedrukt. In de zuidelijke vleugel vonden de bewakers een vent die een keer of tien net onder zijn ribben was gestoken, dwars door zijn lever, te oordelen naar de lucht. Twee verdiepingen lager konden de gevangenen zijn dood ruiken. Joe hoorde over nachtenlange verkrachtingsfeestjes op de Lawson-afdeling, die zo heette omdat er eens gelijktijdig drie generaties Lawson hadden gezeten: de grootvader, een van zijn zonen en drie kleinzonen. De laatste, Emil Lawson, was eens de jongste van de Lawson-gedetineerden geweest, maar altijd de ergste en hij kwam nooit meer vrij. Bij elkaar opgeteld bedroeg zijn strafmaat honderdveertien jaar. Goed nieuws voor Boston, slecht nieuws voor de gevangenis in Charleston. Als hij niet bezig was de groepsverkrachting van een nieuwkomer te leiden, deed Emil een moord voor wie hem er maar voor wilde betalen, hoewel het verhaal ging dat hij tijdens de recente onlusten exclusief voor Maso aan het werk was.

De oorlog ging over rum. Hij werd natuurlijk buiten de muren uitgevochten, wat tot de nodige publieke opschudding leidde, maar ook binnen, daar waar niemand ernaar omkeek of er ook maar een traan om zou laten als hij wel keek. Albert White, een importeur van whisky uit het noorden, had besloten zijn zaken uit te breiden naar de import van rum uit het zuiden voordat Maso Pescatore vrij zou komen. Tim Hickey was het eerste slachtoffer geweest in de oorlog van White tegen Pescatore. Maar tegen het eind van de zomer was hij de eerste van twaalf.

In de whiskybranche werd de strijd uitgevochten in Boston en Portland en op de achterafwegen langs de Canadese grens. Chauffeurs werden van de weg gedrukt in steden als Massena, in de staat New York, Derby, in Vermont en Allagash, in Maine. Sommigen werden beroofd en kwamen er met een pak slaag van af, hoewel een van Whites snelste chauffeurs gedwongen werd te knielen op een bed van dennennaalden, waarop ze hem de onderkaak van zijn gezicht schoten omdat hij praatjes had gehad.

Wat betreft de rum werd zo ver mogelijk van huis slag geleverd. Vrachtwagens werden in het zuiden onderschept tot in de beide Carolina's en in het noorden tot in Rhode Island. Nadat ze de berm in waren gedwongen en de chauffeurs inzagen dat ze hun cabines maar beter konden verlaten, staken de bendes van White de trucks in brand. Vrachtwagens vol rum brandden als de crematieboten van de Vikingen en deden de avondhemel tot vele kilometers in alle richtingen geel oplichten.

'Hij heeft ergens een reservevoorraad,' zei Maso tijdens een van hun wandelingen. 'Hij wacht tot hij heel New England heeft laten leegbloeden van de rum, en dan komt hij als de grote weldoener binnenrijden met zijn eigen voorraad.'

'Maar wie zou zo stom zijn om hem te bevoorraden?' Joe kende de meeste leveranciers in het zuiden van Florida.

'Dat is niet zo stom,' zei Maso. 'Het is slim. Ik zou het ook doen als ik moest kiezen tussen een uitgeslapen ondernemer als Albert en een oude man die al vastzit sinds de tsaar Rusland kwijtraakte.'

'Maar u hebt overal ogen en oren.'

De oude man knikte. 'Maar dat is niet hetzelfde als mijn eigen ogen en oren. Ze zitten niet vast aan mijn eigen hand. En mijn hand oefent de macht uit.'

Die avond ging een bewaker op Maso's loonlijst die buiten diensttijd in een clandestiene kroeg in South End zat, de deur uit met een vrouw die niemand ooit eerder had gezien. Maar ze was een echte schoonheid en beslist van lichte zeden. De bewaker werd drie uur later zittend op een bankje aangetroffen op Franklin Square, een gapende afgrond dwars door zijn adamsappel, dooier dan Thomas Jefferson.

Over drie maanden zat Maso's straf erop, wat Albert enige vertwijfeling bezorgde, en die angst maakte het er allemaal alleen maar gevaarlijker op. De vorige avond nog was Maso's meestervervalser Boyd Holter van het Ames Building in het centrum gesmeten. Bij zijn landing op zijn staartbeentje waren er splinters van zijn ruggengraat als steenslag omhooggeschoten naar zijn hersenpan.

Maso's mensen reageerden door een van Alberts façades op te blazen: een slagerswinkel in Morton Street. De kapper en de herenmodezaak aan weerszijden van de slager brandden tot de grond toe af en van verschillende geparkeerde auto's werden de ramen en de lak vernield.

Tot dusverre geen winnaar, alleen een hoop rotzooi.

Op de muur bleven Joe en Maso staan om een oranje maan zo groot als de hemel zelf op te zien komen boven de fabrieksschoorstenen en terreinen vol as en zwart gif. Maso gaf Joe een dubbelgevouwen stukje papier.

Joe keek niet eens meer. Hij vouwde de briefjes gewoon nog een paar keer dubbel en verborg ze in de door hem gemaakte uitholling in zijn schoenzool tot de eerstvolgende keer dat hij zijn vader trof.

'Maak open,' zei Maso voor Joe het kon wegstoppen.

Joe keek hem aan, door het maanlicht leek het bijna overdag.

Maso knikte.

Joe keerde het stukje papier om in zijn hand en duwde de bovenrand terug met zijn duim. Eerst begreep hij de betekenis niet van de twee woorden die hij zag: BRENDAN LOOMIS.

Maso zei: 'Gisteravond is hij opgepakt. Hij had op de stoep voor Filene's een man verrot geslagen omdat ze allebei dezelfde jas wilden kopen. Omdat hij een halve wilde is die niet nadenkt. Het slachtoffer heeft vrienden, dus komt Albert Whites rechterhand de komende tijd even niet terug bij Alberts pols.' Hij keek Joe aan, zijn gezicht oranje in het maanlicht. 'Haat je hem?'

'Natuurlijk,' zei Joe.

'Mooi.' Maso gaf hem een klopje op zijn arm. 'Geef het briefje aan je vader.'

Onder het scherm van kopergaas tussen Joe en zijn vader was een kier die groot genoeg was om briefjes uit te wisselen. Joe wilde Maso's briefje aan zijn kant van de kier leggen en schuiven, maar hij kon zich er niet toe zetten het van zijn knie te pakken.

Die zomer was zijn vaders gezicht doorschijnend geworden, als de schil van een ui, en de aderen in zijn handen werden onwaarschijnlijk helder – helderblauw, felrood. Hij had wallen onder zijn ogen, afhangende schouders. Zijn haar was dun geworden. Hij zag er ouder uit dan de negenenvijftig jaar die hij was.

Maar die ochtend zat er weer wat pit in zijn stem en gloorde er een sprankje leven in het doffe groen van zijn ogen.

'Je raadt nooit wie er naar de stad komt,' zei hij.

'Wie dan?'

'Je broer, Aiden, in eigen persoon.'

Ah. Dat was het dus. De favoriete zoon. De geliefde verloren zoon.

'Dus Danny komt? Waar heeft hij gezeten?'

Thomas zei: 'O, overal en nergens. Ik kreeg een brief van hem die me een kwartier kostte om te lezen. Hij heeft in Tulsa, Austin en zelfs in Mexico gewoond. De afgelopen tijd was hij kennelijk in New York. Maar morgen komt hij hierheen.'

'Met Nora?'

'Haar noemde hij niet,' zei Thomas op een toon alsof hij dat ook liever niet deed.

'Schreef hij ook waarom hij komt?'

Thomas schudde zijn hoofd. 'Alleen dat hij langskwam, op doorreis.' Zijn stem zakte weg terwijl hij om zich heen keek naar de muren, alsof hij er nog steeds niet aan gewend was. En dat was hij waarschijnlijk ook niet. En wie zou dat wel zijn, tenzij je moest? 'Hou je het een beetje vol?'

'Ik...' Joe haalde zijn schouders op.

'Wat?'

'Ik doe m'n best, pa. Ik doe m'n best.'

'Tja, meer kun je niet doen.'

'Nee.'

Ze staarden elkaar aan door het scherm, totdat Joe de moed opbracht om het briefje van zijn knie te pakken en naar zijn vader te schuiven.

Zijn vader vouwde het open en las de naam. Heel even wist Joe niet of hij nog ademde. En toen...

'Nee.'

'Wat?'

'Nee.' Thomas schoof het briefje terug over de tafel en zei opnieuw: 'Nee.'

'"Nee" is niet een woord dat Maso bevalt, pa.'

'Dus het is al "Maso" tegenwoordig.'

Joe zei niets.

'Ik ben geen huurmoordenaar, Joseph.'

'Maar dat vragen ze niet,' zei Joe terwijl hij dacht: of wel?

'Hoe naïef kun je zijn voordat het onvergeeflijk wordt?' Zijn vader slaakte een zucht. 'Als ze je de naam geven van een man in bewaring, dan willen ze dat die man hangend in zijn cel wordt aangetroffen, of in zijn rug geschoten "tijdens een poging om te ontsnappen". Dus, Joseph, omdat je zo halsstarrig lijkt te willen vasthouden aan die mateloze onwetendheid van je in dit soort zaken, zul je heel precies moeten luisteren naar wat ik je te zeggen heb.'

Joe keek zijn vader aan, verrast door de peilloze diepte van liefde en verdriet die hij las op zijn gezicht. Zijn vader, dat leek hem volstrekt helder, was aan de grenzen van zijn levensreis beland en de woorden die hij op het punt stond uit te spreken waren daar een samenvatting van.

'Ik weiger iemand zonder reden om het leven te brengen.'

'Zelfs een moordenaar?' vroeg Joe.

'Zelfs een moordenaar.'

'En de man die verantwoordelijk is voor de dood van een vrouw van wie ik hield.'

'Tegen mij zei je dat je denkt dat ze nog leeft.'

'Daar gaat het niet om,' zei Joe.

'Nee,' stemde zijn vader in, 'dat is waar. Waar het om gaat is dat ik geen moord op mijn geweten wil hebben. Voor niemand. En al zeker niet voor de smerige Italiaan aan wie jij trouw gezworen hebt.'

'Ik moet hier zien te overleven,' zei Joe. 'Híér.'

'En je moet doen wat je moet doen.' Zijn vader knikte, zijn groene ogen feller dan gewoonlijk. 'En ik zal je er nooit om veroordelen. Maar een moord begaan, dat weiger ik.'

'Zelfs voor mij?'

'Juist voor jou.'

'Pa, dan ga ik dood hier.'

'Dat is mogelijk, ja.'

Joe staarde naar het tafelblad. Het hout begon wazig te worden. Alles werd wazig. 'Binnenkort.'

'En als dat gebeurt,' zei zijn vader bijna fluisterend, 'zal ik niet lang daarna ook sterven, van verdriet. Maar ik pleeg geen moord voor jou, jongen. Voor jou doden? Ja. Maar een moord plegen? Nooit.'

Joe keek op. Hij schaamde zich voor de tranen in zijn stem toen hij zei: 'Alsjeblieft.'

Zijn vader schudde zijn hoofd. Nauwelijks zichtbaar. Langzaam.

Goed dan. Er viel niets meer te zeggen.

Joe ging staan.

Zijn vader zei: 'Wacht.'

'Wat?'

Zijn vader keek naar de bewaker die achter Joe bij de deur stond. 'Die bewaker achter je, is die er een van Maso?'

'Ja. Hoezo?'

Zijn vader haalde zijn horloge uit zijn vestzak. Hij maakte de ketting los van het horloge.

'Pa, nee. Nee.'

Thomas liet de ketting weer in zijn zak glijden en schoof het horloge over de tafel.

Joe deed zijn best om zijn tranen te bedwingen. 'Ik kan het niet.'

'Jawel. Je moet.' Zijn vader keek hem door de gazen afscheiding vol vuur aan, alle vermoeidheid was uit zijn gezicht gevaagd, net als zijn wanhoop. 'Dat stuk metaal is een vermogen waard. Maar meer is het niet: een stuk metaal. Je kunt er je leven mee kopen. Begrijp je? Geef het aan die Italiaanse duivel en koop je leven terug.'

Joe klemde zijn hand stevig om het horloge dat nog warm was van zijn vaders vestzak en dat tikkend als een hart in zijn handpalm lag.

Hij vertelde het Maso in de eetzaal. Dat was niet zijn bedoeling geweest maar hij had niet gedacht dat het ter sprake zou komen. Hij had gedacht dat het juiste moment ervoor nog wel zou komen. Tijdens de maaltijden zat Joe bij de leden van Pescatores clan, alleen niet bij degenen die samen met Pescatore zelf aan de eerste tafel zaten. Joe zat aan de tafel ernaast tussen jongens als Rico Gastemeyer, die de dagelijkse loterij verzorgde, en Larry Kahn, die stortbakgin stookte in de kelder onder de verblijfsruimte van de bewakers. Toen hij terugkwam van de ontmoeting met zijn vader nam hij plaats op de bank tegenover Rico en Ernie Rowland, een valsemunter uit Saugus, maar die werden gedwongen op te schuiven door Hippo Fasini, een van de soldaten die het dichtst bij Maso stonden, zodat Joe plotseling oog in oog met Maso zelf zat, aan de ene kant geflankeerd door Naldo Aliente en aan de andere door Hippo Fasini.

'En, wanneer gaat het gebeuren?' vroeg Maso.

'Wat zegt u?'

Maso keek geërgerd, zoals altijd wanneer hij iets een tweede keer moest zeggen. 'Joseph.'

Joe voelde zijn borst en keel om zijn antwoord samenknijpen. 'Hij doet het niet.'

Naldo Aliente grinnikte zacht en schudde zijn hoofd.

Maso zei: 'Hij weigerde?'

Joe knikte.

Maso keek Naldo aan, en vervolgens Hippo Fasini. Een poosje zei niemand iets. Joe keek strak naar zijn bord, zich ervan bewust dat zijn eten koud werd, zich ervan bewust dat hij moest eten omdat je binnen de kortste keren zou verzwakken als je hierbinnen een maaltijd oversloeg.

'Joseph, kijk me aan.'

Joe keek naar de overkant van de tafel. Het gezicht dat terugstaarde stond vrolijk en nieuwsgierig, zoals een wolf zou kijken die een nest pasgeboren kuikens aantrof waar hij dat allerminst verwachtte.

'Waarom ben je niet wat overtuigender geweest tegen je vader?'

Joe zei: 'Meneer Pescatore, ik heb het geprobeerd.'

Maso liet zijn blik heen en weer langs zijn mannen gaan. 'Hij heeft het geprobeerd.'

Toen Naldo Aliente lachte liet hij een rij tanden zien die deed denken aan vleermuizen die in een grot hingen. 'Niet erg hard geprobeerd.'

'Kijk,' zei Joe, 'hij heeft me iets gegeven.'

'Hij...?' Maso hield een hand achter zijn oor.

'Hij gaf me iets om aan u te geven.' Joe reikte hem over de tafel het horloge aan.

Maso bekeek het gouden deksel. Hij opende het, bekeek het uurwerk zelf en vervolgens de binnenkant van het deksel, waarop in sierlijke letters PATEK PHILLIPPE was gegraveerd. Hij trok waarderend zijn wenkbrauwen op.

'Het is de achttien karaats uit 1902,' zei hij tegen Naldo. Hij richtte zich tot Joe: 'Hiervan zijn er in totaal maar tweeduizend gemaakt. Dit ding is meer waard dan mijn hele huis. Hoe komt een smeris daaraan?'

'Hij voorkwam een bankroof in 1908,' zei Joe, en hij herhaalde het verhaal dat zijn oom Eddie hem al honderd keer had verteld, hoewel zijn vader het er nooit over had. 'Dat was op Codman Square. Hij doodde een van de overvallers voor die de chef kon neerschieten.'

'En die chef heeft hem dit horloge gegeven?'

Joe schudde zijn hoofd. 'Dat was de directeur. De chef was zijn zoon.'

'En hij geeft het aan mij om zijn eigen zoon te redden?'

Joe knikte.

'Zelf heb ik drie zonen. Wist je dat?'

Joe zei: 'Ja, dat heb ik gehoord.'

'Dus je begrijpt: ik weet wel het een en ander over vaders en hoeveel ze van hun zonen houden.'

Maso ging achterover zitten en keek nog een poosje naar het horloge. Ten slotte slaakte hij een zucht, waarna hij het horloge in zijn zak stopte. Hij stak zijn hand uit over de tafel en gaf Joe drie klopjes op zijn hand. 'Zorg dat je die ouwe van je weer te spreken krijgt. Bedank hem namens mij voor het cadeau.' Maso stond op van tafel. 'En dan zeg je tegen hem dat hij verdomme doet wat ik heb gezegd dat hij moest doen.'

Maso's mannen stonden allemaal tegelijk op en verlieten de eetzaal.

Toen Joe na het werk in zijn ploeg naar zijn cel terugkeerde, was hij bezweet en vuil en werd hij binnen opgewacht door drie mannen die hij nog nooit had gezien. De stapelbedden waren nog steeds weg, maar de matrassen waren weer neergelegd. De mannen zaten op de matrassen. Zijn matras lag tegen de muur onder het hoge raam, het verst van de tralies. Twee van de kerels had hij nooit eerder gezien, daar was hij van overtuigd, maar de derde kwam hem bekend voor. Hij was een jaar of dertig, klein van stuk, maar met een uitzonderlijk langwerpig gezicht en een kin die even spits was als zijn neus en zijn spits naar boven uitlopende oren. In gedachten racete Joe langs alle namen en gezichten die hij in deze gevangenis had leren kennen en hij realiseerde zich dat hij oog in oog stond met Basil Chigis, een lid van Emil Lawtons clan, een vent die net als zijn baas levenslang zat, zonder uitzicht op vervroegde vrijlating. Hij zou de vingers hebben opgegeten van een jongen die hij had vermoord in een souterrain in Chelsea.

Joe keek de mannen stuk voor stuk lang genoeg aan om te laten zien dat hij niet bang was, ook al was hij dat wel. De mannen staarden terug, af en toe knipperend, maar zonder een woord te zeggen. Dus zei hij ook niets.

Toen de mannen het staren moe leken te worden, begonnen ze te kaarten. Het betaalmiddel bestond uit botjes: kwartelbotjes, kuikenbotjes of die van kleine roofvogels. Ze hadden de botjes bij zich in kleine canvas zakjes. Ze waren gekookt tot ze wit waren en maakten een klakkend geluid als ze na een winnend potje bij elkaar werden geveegd. Ook toen het begon te schemeren gingen de mannen door met spelen, zonder iets anders te zeggen dan 'Ik ga mee' of 'Laat maar zien' of 'Pas'. Om de zoveel tijd wierp een van hen een korte blik op Joe, om zich meteen daarna weer in zijn spel te verdiepen.

Toen het buiten helemaal donker werd, gingen de lichten op de gang uit. De drie mannen probeerden hun spelletje af te maken, maar toen klonk de stem van Basil Chigis op in het donker: 'Genoeg gekloot.' De kaarten werden schrapend over de vloer verzameld en de botjes klakten toen ze weer in de zakjes gestopt werden.

Ze zaten stil in het donker en ademden.

Die avond was tijd een onmeetbaar begrip voor Joe. Hij wist niet of hij een halfuur of twee uur zo in het donker had gezeten. Hij had geen idee. De mannen zaten in een halve kring tegenover hem. Hij kon hun adem en lichaamsgeur ruiken. Vooral de man rechts van hem rook heel beroerd, naar opgedroogd zweet dat zo oud was dat het was verzuurd.

Naarmate zijn ogen zich aanpasten werd het diepe donker een soort schemering en kon hij ze zien. Ze zaten met hun armen over hun opgetrokken knieën gevouwen, enkels gekruist. Alle ogen waren op hem gericht.

In een van de fabrieken achter hen klonk een sirene.

Zelfs al had hij een steekwapen gehad, dan nog betwijfelde hij of hij ze alle drie had kunnen neersteken. Daar kwam bij dat hij van zijn leven nog niemand neergestoken had, zodat er een grote kans bestond dat ze hem het wapen nog voor hij nummer één had kunnen raken al uit handen hadden gerukt en tegen hem zelf gebruikt.

Hij wist dat ze wachtten tot hij iets zei. Hij wist niet waarom hij dat wist, maar hij wist het. Dat zou voor hen het teken zijn om te doen waarvoor ze gekomen waren. Spreken stond gelijk aan smeken. Ook al vroeg hij helemaal nergens om en smeekte hij niet om zijn leven, je mond opendoen tegen deze mannen was een smeekbede op zich. Ze zouden hem vermoorden, maar eerst nog even uitlachen.

Basil Chigis' ogen waren van het blauw van een rivier vlak voor het water bevroor. In het donker duurde het een tijdje voor de kleuren terugkwamen, maar uiteindelijk kwamen ze terug. Joe dacht aan het brandende gevoel van die kleur aan zijn duimen op het moment dat hij ze in Basils ogen stak.

Het zijn mannen, bedacht hij, geen duivels. Een man is te doden. Zelfs drie mannen. Je moet gewoon iets doen.

Terwijl hij in Basil Chigis' lichtblauwe vlammen keek, voelde hij dat de macht die ze over hem hadden minder werd naarmate hij zichzelf eraan herinnerde dat deze mannen geen bijzondere krachten hadden, in elk geval niet meer dan hij – als zijn geest, ledematen en wil goed samenwerkten –, en dat het dus best mogelijk was dat hij deze mannen aankon.

Maar dan? Waar moest hij dan heen? Zijn cel was twee meter lang en drie meter breed.

Je moet bereid zijn ze te doden. Sla nu toe. Voor zij dat doen. En als je ze op de grond hebt, breek je ze goddomme alle drie hun nek.

Maar zelfs terwijl hij zich dat voorstelde wist hij al dat het onmogelijk was. Was het slechts één man geweest en sloeg hij bij verrassing toe, dan maakte hij misschien een kans. Maar vanuit een zithouding met succes drie mannen aanvallen?

De angst verbreidde zich door zijn ingewanden, kwam omhoog tot in zijn keel en omklemde zijn hersenen als een ijzeren hand. Hij zweette aan één stuk door en voelde zijn armen trillen tegen zijn mouwen.

De beweging kwam gelijktijdig van rechts en links. Tegen de tijd dat hij in de gaten had wat er gebeurde, waren de punten van de zelfgemaakte steekwapens al tegen zijn oren gedrukt. Hij zag ze niet, maar wel het steekwapen dat Basil Chigis uit een plooi in zijn gevangenisuniform trok. Het was een dunne metalen stang, ongeveer half zo lang als een biljartkeu. Basil moest zijn elleboog buigen om het ding met de punt in Joe's hals te kunnen zetten. Toen hij een hand naar achteren bewoog en iets uit de band van zijn broek trok, deed Joe alsof hij het ding niet gezien had omdat hij niet wilde geloven dat het er was. Hoog boven het uiteinde van de lange staaf hield Basil Chigis een houten voorhamer in de lucht.

Heilige Maria, dacht Joe, vol van genade...

De rest wist hij niet meer. Zes jaar was hij misdienaar geweest, maar hij was het vergeten.

Basil Chigis' ogen waren nog precies hetzelfde. Er stond geen duidelijke bedoeling in te lezen. In zijn linkervuist had hij de metalen stang, in zijn rechter de hamer. Eén beweging met zijn arm en de metalen punt zou Joe's keel doorboren en rechtstreeks zijn hart binnendringen.

... God zij met u. Zegen ons, Heer, en wat wij van u mogen ontvangen...

Nee, nee. Dat was voor aan tafel. Een weesgegroet ging anders. Het ging...

Hij wist het niet meer.

Onze vader die in de hemelen zijt, vergeef ons onze schulden, gelijk ook wij...

De celdeur ging open en Emil Lawson kwam binnen. Hij liep naar de kring mannen, knielde rechts van Basil Chigis neer en keek Joe schuin aan.

'Ik had gehoord dat je een knappe vent bent,' zei hij. 'Daar was geen woord van gelogen, zie ik.' Hij wreef over de stoppels op zijn kin. 'Zou jij iets kunnen bedenken wat ik je niet op dit moment zou kunnen afpakken?'

Mijn ziel? dacht Joe. Maar die konden ze op deze plek en in dit donker waarschijnlijk ook krijgen.

Maar verdomd als hij het zeggen zou.

Emil Lawson zei: 'Geef antwoord, of anders ruk ik je een oog uit om aan Basil te voeren.'

'Nee,' zei Joe, 'niets wat je me niet af kunt pakken.'

Voor hij ging zitten veegde Emil Lawson met zijn vlakke hand een stukje vloer schoon. 'Wou je dat we weggingen? Dat we vanavond nog uit je cel vertrokken?'

'Ja.'

'Je was gevraagd om iets te doen voor meneer Pescatore en dat heb je geweigerd.'

'Ik heb niet geweigerd. Het uiteindelijke besluit was niet aan mij.'

De stang op Joe's keel gleed uit op zijn zweet en schoot weg langs zijn hals, een stukje huid meenemend. Basil Chigis zette hem terug op zijn plek onder aan zijn keel.

'Je vader.' Emil Lawson knikte. 'De smeris. Wat moest die ook alweer doen?'

'Wát?'

'Je weet wat hij moest doen.'

'Doe maar alsof ik het niet weet en geef antwoord.'

Joe haalde langzaam en diep adem. 'Brendan Loomis.'

'Wat is er met hem?'

'Hij zit vast. Overmorgen wordt hij voorgeleid.'

Emil Lawson verstrengelde zijn handen achter zijn hoofd en glimlachte. 'En jouw papa moest hem koud maken maar hij zei nee.'

'Ja.'

'Nee, hij zei "ja".'

'Hij zei "nee".'

Emil Lawson schudde zijn hoofd. 'Jij gaat het eerste het beste bendelid van Pescatore dat je voor de voeten komt vertellen dat je vader jou dat via een bewaker heeft laten weten. Hij zal het in orde maken met Brenny Loomis. Hij heeft ook ontdekt waar Albert White de laatste tijd de nacht doorbrengt. En nu heb jij het adres voor die ouwe Pescatore. Maar dat ga je alleen aan hemzelf geven. Tot zover alles duidelijk, mooie jongen?'

Joe knikte.

Emil Lawson gaf Joe een in wasdoek gewikkeld voorwerp. Joe pakte het uit: nog een pin, bijna zo dun als een naald. Ooit was het een schroevendraaier geweest, van het soort waarmee je de schroefjes in je bril aandraait. Die waren niet scherp, deze was dat wel. De punt was zo fijn als de doorn van een roos. Toen Joe hem lichtjes over zijn handpalm haalde, kon je een spoor zien.

Ze haalden de staven van zijn oren en keel.

Emil bracht zijn gezicht vlak bij het zijne. 'Als je zo dicht bij Pescatore bent dat je het adres in zijn oor kunt fluisteren, steek je hem die pin dwars door z'n botte hersens.' Hij haalde zijn schouders op. 'Of door zijn keel. Zolang hij er maar dood aan gaat.'

'Ik dacht dat je voor hem werkte,' zei Joe.

'Ik werk voor mezelf.' Emil Lawson schudde zijn hoofd. 'Ik heb een paar klusjes voor zijn mensen gedaan toen ik daarvoor betaald werd. Nu is er een ander die betaalt.'

'Albert White,' zei Joe.

'Dat is mijn baas.' Emil Lawson gaf Joe een klopje op zijn wang. 'En nu ook jouw baas.'

Op het lapje grond achter zijn huis in K Street had Thomas Coughlin een moestuintje. Zijn pogingen er iets van te maken waren in de loop der jaren beloond met wisselend succes, maar sinds Ellen was overleden had hij zeeën van tijd gehad. Nu was de overvloed die eraf kwam zo groot dat hij jaarlijks een kleine winst haalde uit de verkoop van zijn oogst.

Jaren geleden, toen Joe een jaar of zes was, had hij besloten zijn vader te helpen oogsten in mei. Thomas lag uit te slapen na een dubbele dienst en de meerdere borrels die hij na afloop had genuttigd met Eddie McKenna. Hij werd wakker van het gepraat van zijn zoon in de achtertuin. Joe praatte regelmatig hardop tegen zichzelf in die tijd, of misschien was het tegen een denkbeeldige vriend. Hoe dan ook, hij moest met iemand praten, durfde Thomas nu wel aan zichzelf toe te geven, want veel werd er thuis niet tegen hem gezegd. Thomas werkte te veel, en Ellen, tja, tegen die tijd was ze al behoorlijk verslingerd aan haar laudanum, een allround geneesmiddel waarmee ze voor het eerst in aanraking was gekomen na een van de miskramen die aan Joe's geboorte voorafgingen. In die tijd was laudanum nog niet het probleem dat het later voor Ellen zou worden, althans zo beeldde Thomas zich het in. Maar toch moest hij meer dan hij zichzelf wilde toegeven over die aanname hebben getwijfeld, want hij was er die ochtend meteen van doordrongen geweest dat er niet op Joe werd gelet. Hij lag in bed te luisteren naar zijn in zichzelf babbelende jongste, die maar af en aan bleef lopen naar de veranda, tot Thomas zich plotseling afvroeg waar hij toch steeds vandaan kwam.

Hij stond op, schoot in zijn ochtendjas en deed zijn pantoffels aan. Hij liep door de keuken (waar Ellen met een wazige blik in haar ogen, maar glimlachend achter een kop thee zat) en deed de achterdeur open.

Toen hij de veranda zag was zijn eerste opwelling om te gaan schreeuwen. Letterlijk. Hij wilde op zijn knieën zakken en uitvaren tegen hemel en aarde. Zijn wortelen, pastinaken en tomaten – alles nog zo pril als maar kon – lagen op de plankenvloer van de veranda met hun worteltjes uitgespreid tussen de aarde. Joe kwam net uit de tuin met een volgende lading oogst in zijn handen: bietjes, deze keer. Met zijn huid en haren onder de aarde had hij de gedaante van een mol aangenomen. De enige stukjes wit aan hem waren zijn ogen en zijn tanden toen hij lachte, wat hij deed zodra hij Thomas zag.

'Hoi, papa.'

Thomas was sprakeloos.

'Ik help je, papa.' Joe legde een biet voor Thomas' voeten en ging terug om meer te halen.

Thomas, die na een jaar van ploeteren de opbrengst van de komende herfst in rook zag opgaan, keek toe terwijl zijn zoon op weg ging om de vernietiging compleet te maken, en de lach die schuddend uit zijn middenrif oprees verraste niemand zozeer als hemzelf. Hij lachte zo hard dat de eekhoorns op de laaghangende takken van de dichtstbijzijnde boom wegvluchtten. Hij lachte zo hard dat hij de veranda voelde schudden.

Hij glimlachte bij de herinnering.

Pasgeleden had hij zijn zoon verteld dat het leven een kwestie van geluk was. Maar het leven, was hij zich met het vorderen van de jaren gaan realiseren, was ook de herinnering. De herinnering bleek vaak kostbaarder dan het ogenblik zelf.

Gewoontegetrouw wilde hij zijn horloge pakken, tot hij zich herinnerde dat het niet meer in zijn zak zat. Hij miste het ding, ook al lag het echte verhaal erachter iets genuanceerder dan de legende die eromheen was ontstaan. Het was inderdaad een cadeau van Barrett W. Stanford senior. En Thomas had, zoveel was zeker, met gevaar voor eigen leven dat van Barrett W. Stanford II, de chef van de First Boston Bank op Codman Square, gered. En het was ook waar dat Thomas tijdens het uitvoeren van zijn plicht zijn dienstwapen een keer had afgevuurd op het hoofd van een zekere zesentwintigjarige Maurice Dobson, die als gevolg daarvan op slag de dood had gevonden.

Maar een tel voordat hij de trekker overhaalde, had Thomas iets gezien wat alle anderen was ontgaan: namelijk wat Maurice Dobsons bedoeling was. Hij zou de gegijzelde, Barrett W. Stanford II, eerst zijn verhaal doen, en vervolgens hetzelfde zeggen tegen Eddie McKenna, daarna tegen zijn wachtcommandant en daarna tegen de leden van de hoorcommissie. Met hun toestemming vertelde hij hetzelfde verhaal aan de pers en ook tegen Barrett W. Stanford senior, die zich zo liet meeslepen door gevoelens van dankbaarheid dat hij Thomas een horloge gaf dat hij in Zürich uit handen van Joseph Emile Philippe in hoogsteigen persoon had mogen ontvangen. Thomas had drie pogingen gedaan een zo buitenproportioneel cadeau te weigeren, maar Barrett W. Stanford senior wilde er niet van horen.

Dus droeg hij het horloge, alleen niet met de trots die velen vermoedden, maar met een diep en innig respect. In het vertelde verhaal stond Maurice Dobson op het punt Barrett W. Stanford II te doden. En niemand die wist dat hij een pistool op Barretts keel gericht hield zou ook maar iets tegen die lezing kunnen inbrengen.

Maar wat Thomas op dat laatste moment in Maurice Dobsons

ogen had gezien – en het was werkelijk zo kort geweest: een tel – was overgave. Thomas had anderhalve meter van hem vandaan gestaan, zijn dienstrevolver vast in zijn hand, zijn vinger aan de trekker en zozeer bereid om over te halen – en dat moest ook wel, want waarom zou je anders je wapen trekken? – dat toen hij in Maurice Dobsons leisteengrijze ogen aanvaarding las omtrent zijn lot, de aanvaarding dat hij naar de gevangenis zou gaan en dat dit nu voorbij was, Thomas zich tekortgedaan voelde. Waarin tekortgedaan, dat kon hij eerst niet goed zeggen. Maar zodra hij de trekker had overgehaald, wist hij het.

De kogel drong binnen door het linkeroog van de ongelukkige Maurice Dobson, die dood was nog voordat hij de vloer raakte, en trok een gloeiend brandspoor net onder Barrett W. Stanford II's slaap. Toen de onontkoombaarheid van het doel van de kogel samenviel met de onontkoombaarheid van het gebruik ervan, begreep Thomas waarin hij tekortgedaan was, en waarom hij zo'n definitieve stap had genomen om dat recht te zetten.

Als twee mannen hun wapen op elkaar richtten, kwam er onder Gods oog een contract tot stand waarvan de enige acceptabele naleving was dat een van beiden de ander naar Hem terugstuurde.

Tenminste, zo had hij dat destijds ervaren.

Al die jaren had hij zelfs in zijn diepste dronkenschap niemand, zelfs Eddie McKenna niet – die toch de meeste van zijn geheimen kende – in vertrouwen genomen over de werkelijke bedoeling die hij in Maurice Dobsons ogen had gelezen. En hoewel hij niet trots was op wat hij die dag had gedaan en dus ook niet op het bezit van zijn zakhorloge, ging hij nooit zonder zijn uurwerk de deur uit, omdat het een getuigenis was van de zware verantwoordelijkheid die zijn beroep kenmerkte: wij handhaven niet de wetten van de mens, maar de wil van de natuur. Want wat was Gods zuiverste manifestatie anders dan de grootsheid van een oceaan en de wreedheid van de winter? God was niet een of andere wolkenkoning in een witte mantel met een neiging tot sentimentele inmenging in menselijke kwesties. Hij was het wezen van de wereld, het ijzeren hart ervan, en de smeltovens die honderd jaar lang het ijzer omsmolten met hun vlammen die aan de nachthemel likten. God was de wet van het ijzer, het vuur en de natuur. Zonder elkaar konden ze niet bestaan.

En jij, Joseph, mijn jongste, mijn eigenzinnige romanticus, mijn doornig hart – nu ben jij degene die mannen aan die wetten moet herinneren. De slechtste mannen. Of sterven uit zwakheid, uit morele zwakte, uit gebrek aan wilskracht.

Ik zal voor je bidden, want het gebed is het enige dat overblijft als de macht afsterft. En ik heb geen macht meer. Ik heb geen bereik meer tot achter die granieten muren. Ik kan de tijd niet vertragen of stilzetten. Verdomd, ik kan de tijd inmiddels niet eens meer aflezen.

Hij grinnikte zachtjes terwijl hij uitkeek over zijn tuin, zo vlak voor de oogst. Hij bad voor Joe. Hij bad voor een vloedgolf van zijn voorouders, van wie hij de meesten niet kende en die hij toch zo helder voor ogen had: een diaspora van zielen die gebukt gingen onder drank, honger en inktzwarte neigingen. Hij wenste dat ze zacht rustten in de eeuwigheid en hij wenste zich een kleinzoon.

Joe trof Hippo Fasini op de luchtplaats en zei tegen hem dat zijn vader zich had bedacht.

'Zat eraan te komen,' zei Hippo.

'Hij heeft me ook een adres gegeven.'

'O ja?' De dikzak leunde iets achterover op zijn hielen en staarde in het niets. 'Van wie?'

'Albert White.'

'Albert White woont in Ashmont Hill.'

'Ik heb gehoord dat hij er niet veel is de laatste tijd.'

'Geef maar hier dat adres dan.'

'Val maar dood.'

Hippo Fasini keek naar de grond, zodat alle drie zijn onderkinnen zich over zijn gevangenisstrepen plooiden. 'Wat?'

'Zeg tegen Maso dat ik het bij me zal hebben op de muur vanavond.'

'Jij staat niet sterk genoeg om te onderhandelen, knul.'

Joe keek hem aan totdat hij Hippo's blik te pakken had. Hij zei: 'Dat sta ik zeker,' waarna hij over de luchtplaats wegliep.

Een uur voor hij Pescatore zou ontmoeten, moest hij twee keer overgeven in de eiken emmer. Zijn armen trilden, net als af en toe zijn kin en lippen. Zijn bloed bonsde met gestage vuistslagen tegen zijn trommelvliezen. De pin had hij met een leren veter die Emil Lawson hem gegeven had aan zijn pols gebonden. Even voor hij zijn cel verliet moest hij hem van die plek naar zijn bilspleet verplaatsen. Lawson had hem met klem aangeraden hem helemaal in zijn kont te duwen, maar toen hij zich bedacht dat een van Maso's jongens hem misschien om wat voor reden ook zou dwingen te gaan zitten, besloot hij dat het de bilspleet moest worden of anders niks. Hij had gedacht het ding een minuut of tien van tevoren te verplaatsen, om te kijken hoe je er het beste mee kon rondlopen, maar veertig minuten van tevoren kwam er een bewaker naar zijn cel met de boodschap dat er bezoek voor hem was.

Het schemerde al. Het bezoekuur was lang voorbij.

'Wie?' vroeg hij, terwijl hij de bewaker volgde over de gang en zich op dat moment pas realiseerde dat de pin nog aan zijn pols zat.

'Iemand die wat smeergeld in de juiste handen weet te stoppen.'

'Zal wel.' Joe moest zijn best doen om de bewaker, die de pas erin had, bij te houden. 'Maar wie?'

De bewaker opende de poort en liet Joe erdoor. 'Hij zei dat hij je broer was.'

Hij kwam de kamer binnen en nam zijn hoed af. Hij was een flinke kop groter dan de meeste mensen en had zich moeten bukken bij de deur. Zijn donkere haar was wat dunner geworden en licht grijzend bij de slapen. Joe rekende uit dat hij nu vijfendertig moest zijn. Hij zag er nog altijd razend knap uit, hoewel hij meer rimpels in zijn gezicht had dan Joe zich kon herinneren.

Hij droeg een donker, enigszins versleten driedelig pak met hartvormige revers. Het was het pak van een chef in een graanpakhuis of van iemand die veel op de weg zat: een handelsreiziger of een vakbondsbestuurder. Danny droeg er een wit overhemd onder, zonder das.

Hij legde zijn hoed op de plank en keek door het scherm dat hen scheidde.

'Shit,' zei Danny, 'je bent echt geen dertien meer, wel?'

Zijn broers ogen waren rood, zag Joe. 'En jij geen vijfentwintig.'

Danny stak een sigaret op. De lucifer trilde tussen zijn vingers. Over de rug van zijn hand liep een groot rimpelig litteken. 'Ik kan je nog steeds makkelijk aan.'

Joe haalde zijn schouders op. 'Misschien wel niet. Ik leer gemeen te vechten hier.'

Danny trok zijn wenkbrauwen op en blies een rookpluim uit. 'Hij is er niet meer, Joe.'

Joe wist wie 'hij' was. Diep in zijn hart had hij het geweten toen hij hem de laatste keer in deze kamer zag. Maar tegelijkertijd kon of wilde hij het niet accepteren.

'Wie?'

Zijn broer keek een moment naar het plafond en toen weer naar hem. 'Pa, Joe. Pa is dood.'

'Waaraan?'

'Als ik het moet zeggen? Hartaanval.'

'Heb je...?'

'Hè?'

'Was je erbij?'

Danny schudde zijn hoofd. 'Ik kwam een halfuur te laat. Hij was nog warm toen ik hem vond.'

Joe zei: 'Weet je zeker dat er geen...?'

'Wat?'

'Was het geen misdaad?'

'Wat spoken ze in godsnaam met jou uit hierbinnen?' Danny keek om zich heen. 'Nee, Joe, het was een hartaanval of een beroerte.'

'Hoe weet je dat?'

Danny kneep zijn ogen samen. 'Hij had een glimlach op zijn gezicht.'

'Wat?'

'Ja.' Danny grinnikte. 'Dat kleine glimlachje van hem? Alsof hij een binnenpretje had of zich iets herinnerde van heel vroeger, voor wij er waren. Ken je dat lachje?'

'Ja, ken ik,' zei Joe, en tot zijn eigen verbazing hoorde hij het zichzelf fluisterend herhalen: 'ken ik.'

'Alleen, geen horloge.'

'Hè?' Het gonsde in Joe's hoofd.

'Zijn horloge,' zei Danny. 'Dat had hij niet bij zich. Ik heb nog nooit meegemaakt dat hij...'

'Ik heb het,' zei Joe. 'Hij heeft het aan mij gegeven. Voor het geval ik in moeilijkheden kwam. Hierbinnen, zeg maar.'

'Dus jij hebt het.'

'Ik heb het,' zei hij. De leugen brandde in zijn maag. Hij zag weer voor zich hoe Maso's hand zich om het horloge sloot en wilde zijn eigen hoofd tegen het beton bonken tot het aan stukken barstte.

'Mooi,' zei Danny. 'Dat is mooi.'

'Helemaal niet,' zei Joe. 'Het is waardeloos. Maar zo staan de zaken ervoor nu.'

Ze zaten een poosje zwijgend tegenover elkaar. In de verte, aan de andere kant van de muren, loeide een fabriekssirene.

Danny zei: 'Weet je waar Con zit?'

Joe knikte. 'In het Abbotsford.'

'Die blindenschool? Wat doet hij daar?'

'Daar woont hij,' zei Joe. 'Op een dag werd hij wakker en heeft hij overal een streep onder gezet.'

'Tja,' zei Danny, 'van zulk letsel zou iedereen bitter kunnen worden.'

'Dat was hij al lang voor het ongeluk,' zei Joe.

Danny haalde instemmend zijn schouders op, en ze zwegen een poosje.

Joe zei: 'Waar heb je hem gevonden?'

'Waar dacht je?' Danny liet zijn sigaret op de vloer vallen en trapte hem uit terwijl de laatste rook onder de krul in zijn bovenlip zijn mond uit kwam. 'Achter het huis, je weet wel, in die stoel op de veranda. Te kijken naar zijn...' Danny liet zijn hoofd zakken en maakte een zwaaiend gebaar met zijn hand.

'Tuin,' zei Joe.

9

De weg van de oude man

Zelfs in de gevangenis sijpelde nieuws uit de buitenwereld binnen. Dat jaar ging al het sportnieuws over de New York Yankees en hun 'rij killers' Combs, Koenig, Ruth, Gehrig, Meusel en Lazzeri. Ruth was in zijn eentje goed voor een duizelingwekkende zestig homeruns en de andere vijf slagmannen waren zo spelbepalend dat het alleen nog ging over de vraag met welk vernederend verschil ze de Pirates zouden wegvagen in de World Series.

Joe, die een wandelende honkbalencyclopedie was, zou dolgraag zijn team hebben zien spelen, omdat hij wist dat ze misschien nooit meer zo'n prachtopstelling bij elkaar zouden krijgen. En toch had hij door zijn verblijf in Charlestown ook een soort tegendraadse minachting ontwikkeld voor mensen die het over een groep honkballers kon hebben als over een 'rij killers'.

Als je een rij killers zoekt, dacht hij die avond net na zonsondergang, kom dan maar kijken: ik zit er middenin. De toegang naar de omloop over de gevangenismuur was door een deur aan het eind van blok F, op de bovenste verdieping van de noordelijke vleugel. Die deur ongezien bereiken was onmogelijk. Je kon niet eens op de bovenste verdieping komen zonder eerst drie verschillende poorten door te gaan. Toen hij die gehad had, stond hij in een lege gang. Zelfs in een gevangenis die zo overbevolkt was als deze, hielden ze twaalf cellen leeg en schoner dan een doopvont vlak voor een doop.

Terwijl Joe door de gang liep, zag hij hoe ze het er zo schoon hielden: elke cel werd gedweild door een geprivilegieerde gevangene. De raampjes hoog in de celmuur, net als in die van hem, gaven uitzicht op een vierkant stukje hemel. Alle vierkantjes waren zo donkerblauw dat het zwart leek, zodat Joe zich afvroeg hoeveel die dweilers eigenlijk konden zien daarbinnen. Alleen op de gang was licht. Misschien dat de bewakers met lantaarns aankwamen als het over een paar minuten helemaal donker was buiten.

Maar er waren geen bewakers. Alleen de ene die hem voorging door de gang, dezelfde die hem ook naar de bezoekersruimte had gebracht, en weer terug, en die te snel liep, wat hem op een dag nog duur zou komen te staan, want je moest er altijd voor zorgen de gevangene voor je te houden. Als jij voor de gevangene uit liep, kon die allerlei snode zaken uithalen, zoals Joe vijf minuten geleden, door de pin van zijn pols naar zijn bilspleet te verplaatsen. Hij wilde alleen dat hij geoefend had, want lopen met samengeknepen billen en toch normaal overkomen was verre van gemakkelijk.

Maar waar waren de andere bewakers? Op de avonden dat Maso zijn muurwandeling maakte, lieten ze zich hierboven nauwelijks zien. Niet dat iedere bewaker op Pescatores loonlijst stond, maar degenen die er niet op stonden zouden hun collega's nooit verraden. Joe keek om zich heen terwijl ze door de gang liepen en zag bevestigd wat hij al vreesde: er waren op dit moment geen andere bewakers boven. En toen keek hij nog eens goed naar de gevangenen die de cellen schoonmaakten:

Een rij killers.

Basil Chigis' puntige hoofd verried hem. Zelfs zijn standaard gevangenispet kon dat niet verhullen. Basil hanteerde een zwabber in de zevende cel op de gang. De stinkende vent die zijn staaf tegen Joe's rechteroor had gezet dweilde nummer acht. De man die met een emmer in de weer was in de onbewoonde cel met nummer tien was Dom Pokaski, die zijn eigen familie levend had verbrand: zijn vrouw, zijn twee dochters, zijn schoonmoeder en niet te vergeten de drie katten die hij had opgesloten in de kelder.

Aan het eind van de gang stonden Hippo en Naldo Aliente naast de deur bij de trap. Als ze al dachten dat er iets vreemds was aan het bovengemiddelde aantal gevangenen en historisch lage aantal bewakers op de gang, dan wisten ze dat uitstekend te verbergen. Hun gezichten verrieden niets, behalve het zelfgenoegzame gelijk van de heersende klasse.

Jongens, dacht Joe, misschien moesten jullie je voor de verandering maar eens voorbereiden op een schok.

'Doe je handen omhoog,' zei Hippo tegen Joe. 'Ik moet je fouilleren.'

Joe aarzelde niet, maar betreurde het nu dat hij de pin niet helemaal in zijn gat had geduwd. Het heft, zo klein als het was, lag tegen zijn stuitbeentje, maar Hippo zou een afwijkende vorm kunnen voelen op die plek, zijn hemd optrekken en vervolgens de pin tegen hem gebruiken. Joe hield zijn armen in de lucht, verrast door zijn eigen vastheid: geen gebeef, geen gezweet, geen uiterlijke tekenen van angst. Hippo kletste zijn klauwen over zijn benen omhoog, toen over zijn ribben en daarop de ene over zijn borst naar beneden en de andere over zijn rug. Zijn vingertoppen schraapten vlak langs het heft. Joe voelde dat het langzaam naar achteren gleed. Hij kneep nog harder, zich ervan bewust dat zijn leven afhing van zoiets absurds als hoe krachtig hij zijn billen kon samenknijpen.

Hippo greep Joe bij zijn schouders en draaide hem met zijn gezicht naar zich toe. 'Doe je mond open.'

Joe opende zijn mond.

'Verder.'

Joe gehoorzaamde.

Hippo tuurde in zijn mond. 'Hij is oké,' zei hij terwijl hij een stap naar achteren deed.

Toen Joe verder wilde lopen, blokkeerde Nando Aliente de deur. Hij keek Joe strak aan, alsof hij alle leugens achter zijn ogen kon zien.

'Als die ouwe eraan gaat ben jij er ook geweest,' zei hij. 'Begrepen?'

Joe knikte. Wat er ook met hem of Pescatore gebeurde, wist hij, Naldo was op dit moment bezig met de laatste minuten van zijn leven. 'Wat dacht je.'

Naldo stapte opzij, Hippo deed de deur open en Joe liep door. Aan de andere kant was alleen een ijzeren wenteltrap. Deze leidde vanuit de betonnen doos naar een valdeur die openstond naar de avondhemel. Joe trok de pin tussen zijn billen vandaan en stopte hem in de borstzak van zijn gestreepte ruwkatoenen gevangenisjas. Boven aan de trap balde hij zijn rechterhand tot een vuist, waarna hij zijn wijs- en middelvinger opstak en zijn hand door de luikopening hield tot de bewaker in de dichtstbijzijnde toren hem goed had gezien. De lichtstraal van de toren zwaaide naar links, naar rechts en nog eens in een snelle zigzag van links naar rechts – het teken dat hij naar buiten kon komen. Joe klom door de opening naar de omgang en keek vluchtig om zich heen tot hij een meter of vijftien verderop op de muur, voor de centrale wachttoren, Maso ontwaarde.

Terwijl hij naar hem toe liep voelde hij de pin licht tegen zijn heup veren. De enige blinde vlek voor de centrale wachttoren was de ruimte er vlak onder. Zolang Maso bleef staan waar hij stond, zouden ze onzichtbaar zijn. Toen Joe hem bereikte, rookte Maso een van die bittere Franse sigaretten waar hij van hield, die gelige, en staarde uit over alle afzichtelijkheid in het westen.

Hij keek Joe een tijdje aan zonder iets te zeggen, inhaleerde de rook van zijn sigaret en blies uit met een vochtige rochel.

En toen zei hij: 'Het spijt me van je vader.'

Joe onderbrak het tasten naar zijn eigen sigaret. De avondhemel viel als een cape over zijn gezicht; de lucht om hem heen verdampte, tot het gebrek aan zuurstof zijn hoofd beknelde.

Maso kon het onmogelijk weten. Ook al was hij nog zo machtig en had hij nog zoveel bronnen. Danny had Joe verteld dat hij contact had opgenomen met niemand minder dan hoofdcommissaris Michael Crowley, die samen met hun vader vanaf straatdienst was opgeklommen en wiens baan hun vader tot die avond achter Hotel Statler had verwacht te zullen overnemen. Thomas Coughlin was schielijk vanachter zijn huis weggehaald en in een anonieme politiewagen afgevoerd naar het gemeentelijk lijkenhuis, waar ze hem door de kelderingang naar binnen hadden gebracht.

Het spijt me van je vader.

Nee, zei Joe tegen zichzelf. Nee. Hij kan het niet weten. Onmogelijk.

Joe vond zijn sigaret en stak hem tussen zijn lippen. Maso streek een lucifer af tegen de reling en gaf hem vuur, waarbij de ogen van de oude man de vriendelijke glans kregen die ze op afroep konden krijgen.

Joe zei: 'En wat spijt u dan?'

Maso haalde zijn schouders op. 'Je zou van niemand ooit mogen verlangen iets te doen wat indruist tegen zijn aard, Joseph, zelfs niet als dat een dierbare zou helpen. Wat we van hem hebben verlangd, en van jou, dat was niet eerlijk. Maar wat is goddomme nog wel eerlijk vandaag de dag?'

Joe's hartslag zakte weg uit zijn oren en keel.

Maso en hij leunden met hun ellebogen op de reling en rookten. De lichtjes van de boten op de Mystic snelden als verbannen sterren door het dichte grijs in de verte. Slierten witte smeltovenrook dreven kronkelend hun kant op. De lucht rook naar opgesloten hitte en regen die maar niet wilde vallen.

'Ik zal nooit meer iets vragen wat zo moeilijk is voor jou of je vader, Joseph.' Maso knikte hem vastberaden toe. 'Dat beloof ik je.'

Joe keek hem strak aan. 'Natuurlijk, Maso.'

'Meneer Pescatore, Joseph.'

Joe zei: 'Neem me niet kwalijk.' Zijn sigaret glipte uit zijn vingers. Hij bukte zich om hem op te pakken.

Maar in plaats daarvan sloeg hij zijn armen om Maso's enkels en kwam met een ruk omhoog.

'Niet schreeuwen.' Hij rechtte zich, waardoor het hoofd van de oude man in het luchtledige voorbij de reling kwam te hangen. 'Eén schreeuw en ik laat u vallen.'

De oude man ademde snel. Zijn voeten schopten tegen Joe's ribben.

'Ik zou ook maar ophouden met dat geschop, want zo kan ik u niet vasthouden.'

Het duurde even, maar toen hielden Maso's voeten op met bewegen.

'Hebt u een wapen bij u? Niet liegen.'

De stem klonk van over de rand: 'Ja.'

'Hoeveel?'

'Eén maar.'

Joe liet zijn enkels los.

Maso zwaaide met zijn armen alsof hij ter plaatse hoopte te kunnen leren vliegen. Hij gleed naar voren op zijn borst, zodat het donker zijn hoofd en bovenlijf opslokte. Hij zou waarschijnlijk geschreeuwd hebben, als Joe zijn hand niet diep in de band van zijn gevangenisbroek had gezet. Hij plaatste zijn hak stevig tegen de muur en leunde achterover.

Maso uitte een reeks vreemde pufgeluiden, op een ijle hoge toon, als van een in het veld achtergelaten baby.

'Hoeveel?' herhaalde Joe.

Een poosje niets dan gepuf en toen: 'Twee.'

'Waar heb je ze?'

'Scheermes op mijn enkel, spijkers in mijn zak.'

Spijkers? Dat moest Joe zien. Hij klopte met zijn vrije hand op de zakken en stuitte op een vreemde klomp. Joe stak behendig zijn hand naar binnen en kwam tevoorschijn met een ding dat hij op het eerste gezicht voor een kam had kunnen aanzien. Vier korte spijkers gesoldeerd op een staaf die op zijn beurt was vastgesoldeerd aan vier onregelmatige ringen.

'Gaat dit over je vuist?' vroeg Joe.

'Ja.'

'Wat een rotding.'

Hij legde het op de reling, waarna hij het scheermes in Maso's sok vond, een Wilkinson met een parelmoeren handvat. Hij legde het naast de boksbeugel.

'Word je al licht in het hoofd?'

Een gesmoord 'ja'.

'Dat zal best.' Joe verstevigde zijn grip op de broekband. 'Zijn we het erover eens, Maso, dat jij een dooie Italiaan bent zodra ik loslaat?'

'Ja.'

'Door jou heb ik godverdomme een gat in mijn been van een schilmesje.'

'Ik... Ik... gred.'

'Wat? Duidelijker praten.'

Het kwam er kreunend uit: 'Ik heb je gered.'

'Ja, omdat je mijn vader wilde gebruiken,' zei Joe en hij duwde zijn elleboog tussen Maso's schouderbladen. De oude man piepte.

'Wat wil je?' Maso's stem werd zweverig door ademnood.

'Weleens van Emma Gould gehoord?'

'Nee.'

'Ze is vermoord door Albert White.'

'Ik ken 'r niet.'

Joe zette hem weer op zijn benen en draaide hem op zijn rug. Hij deed een stap terug om de oude man wat lucht te geven.

Joe hield zijn hand op en knipte met zijn vingers. 'Geef me het horloge.'

Maso aarzelde niet. Hij haalde het uit zijn broekzak en gaf het aan

Joe. Joe klemde er zijn vingers omheen; het tikken drong via zijn handpalm door in zijn bloed.

'Vandaag is mijn vader overleden,' zei hij, zich ervan bewust dat hij door dat gespring van zijn vader naar Emma en weer terug nauwelijks te volgen zou zijn. Maar het kon hem niet schelen. Hij moest iets verwoorden waarvoor geen woorden bestonden.

Maso's ogen schoten snel heen en weer, waarna hij doorging met het masseren van zijn keel.

Joe knikte. 'Hartaanval. Ik verwijt het mezelf.' Hij gaf een tik tegen Maso's schoen, wat de oude man zo uit zijn evenwicht bracht dat hij zich met beide armen aan de reling vastklemde. 'Maar u verwijt ik het ook. En niet zo'n klein beetje.'

'Maak er een eind aan dan,' zei Maso, maar er klonk weinig overtuiging door in zijn stem. Hij keek over zijn schouder, en vervolgens weer naar Joe.

'Met die opdracht was ik gekomen.'

'Van wie?'

'Lawson,' zei Joe. 'Die staat beneden met een leger voor je klaar. Met Basil Chigis, Pokaski en al die bizarre kermisklanten van Emil. En jouw jongens? Naldo en Hippo?' Joe schudde zijn hoofd. 'Die liggen ondertussen beslist met hun tepels omhoog. Er staat je een hele lynchclub op te wachten daar onder aan de trap, voor het geval ik het verpruts.'

Er sloop iets van de oude opstandigheid terug in Maso's blik. 'En jij denkt dat ze jou laten gaan?'

Joe had daar lang over nagedacht. 'Waarschijnlijk wel. Die oorlog van jou heeft al een hoop slachtoffers gemaakt. Er zijn er niet al te veel van ons over die het woord kauwgom kunnen spellen en er ondertussen ook op kauwen. Daar komt bij, ik ken Albert. We hadden iets gemeen. Dit was zijn vredesoffer, geloof ik: maak Maso af en kom weer bij de club.'

'En waarom heb je 't niet gedaan?'

'Omdat ik daar geen zin in heb.'

'Nee?'

Joe schudde zijn hoofd. 'Ik wil Albert kapotmaken.'

'Afmaken?'

'Dat weet ik nog niet,' zei Joe. 'Maar hoe dan ook kapotmaken.'

Maso voelde in zijn zak naar zijn Franse sigaretten. Hij pakte er een en stak hem op; zijn ademhaling was nog steeds niet hersteld. Toen hij Joe ten slotte aankeek, knikte hij. 'Daarvoor heb je mijn zegen.'

'Uw zegen heb ik niet nodig,' zei Joe.

'Ik zal het niet uit je hoofd proberen te praten,' zei Maso, 'maar in wraak heb ik nooit veel profijt gezien.'

'Met profijt heeft het niks te maken.'

'Alles in het leven draait om profijt. Profijt, of opvolging.' Maso keek omhoog naar de lucht, en weer naar hem. 'Maar goed, hoe komen we levend beneden?'

'Is er een torenbewaker die volledig bij u in het krijt staat?'

'Die ene recht boven ons,' zei Maso. 'De andere twee luisteren alleen naar geld.'

'Kan uw bewaker contact opnemen met de bewakers binnen en die jongens van Lawton nu meteen laten pakken?'

Maso schudde zijn hoofd. 'Als er ook maar één van de bewakers hier bij Lawton hoort, gaat er meteen een melding naar die gasten hieronder en komen ze naar boven gestormd.'

'Nou ja, klote dus.' Joe blies langzaam zijn adem uit en keek om zich heen. 'Dan maar op de vuile manier.'

Terwijl Maso met de bewaker in de toren praatte, liep Joe over de muur terug naar de valdeur. Als hij eraan zou gaan, dan was dit waarschijnlijk het moment. Hij kon het angstige vermoeden niet van zich afschudden dat hij bij elke stap onderbroken kon worden door een kogel die zijn hersenpan doorboorde of zijn ruggengraat versplinterde.

Hij keek achterom naar waar hij vandaan kwam. Maso was aan de kant gegaan, zodat in het dichter wordende donker alleen nog de wachttorens te onderscheiden waren. Geen sterren, geen maan – niets dan diepe duisternis.

Hij opende de valdeur en riep naar beneden. 'Hij is er geweest.'

'Ben je gewond?' riep Basil Chigis naar boven.

'Nee. Maar ik heb wel schone kleren nodig.'

Er werd gegrinnikt in het donker.

'Kom maar beneden dan.'

'Kom liever naar boven. We moeten dat lichaam hier weg krijgen.'

'We kunnen...'

'Het teken is je rechterhand ophouden, met je wijs- en middelvinger omhoog en tegen elkaar aan. Als je daar iemand hebt zonder die vingers, dan niet naar boven sturen.'

Voor iemand met hem in discussie kon gaan rolde hij bij het valluik weg.

Na een poosje hoorde hij de eerste man de trap op komen. Er kwam een hand met twee uitgestoken vingers naar buiten, precies volgens Joe's instructies. De lichtstraal van de toren zwaaide over de hand en weer terug. Joe zei: 'Kom maar.'

Het was Pokaski – de man die zijn gezin had verbrand – die voorzichtig zijn hoofd over de rand stak en om zich heen keek.

'Opschieten,' zei Joe. 'En zorg dat je de rest naar boven krijgt. We hebben nog twee man nodig om hem weg te slepen. Het is dood gewicht en ik heb een stel kapotte ribben.'

Pokaski lachte. 'En ik dacht dat je niet gewond was.'

'Niet dodelijk, nee,' zei Joe. 'Vooruit.'

Pokaski leunde het trapgat in. 'Nog twee man naar boven.'

Na Pokaski kwam Basil Chigis boven, gevolgd door een kleine vent met een hazenlip. Joe herinnerde zich dat iemand hem tijdens het eten eens had aangewezen – Eldon Douglas –, maar waarvoor hij zat, wist hij niet meer.

'Waar is het lijk?' vroeg Basil Chigis.

Joe wees.

'Oké, laten we...'

De lichtstraal bereikte Basil Chigis een tel voor de kogel zijn achterhoofd binnendrong en midden in zijn gezicht een uitweg vond, met medeneming van zijn neus. Pokaski's laatste handeling op aarde was een knippering met zijn ogen. Toen ging er een deur open in zijn keel, een deur die klapperde en waarachter een klotsend rood gat opdook, waarna Pokaski met trekkende benen op de grond viel. Eldon Douglas maakte een sprong naar de trap, maar de derde kogel van de bewaker deed zijn schedel in elkaar klappen als onder een voorhamer. Hij viel neer en bleef rechts van het trapgat liggen, zonder zijn kruin.

Joe keek in het licht. Hij zat onder het bloed van de drie dode mannen. Beneden werd geschreeuwd. Hij hoorde mannen wegrennen. Hij wilde dat hij met hen mee kon rennen. Het was een naïef plan geweest. In de oogverblindende gloed voelde hij de geweren op zijn borst gericht. De kogels zouden het wraakzuchtige nageslacht zijn waarvoor zijn vader hem had gewaarschuwd. Hij stond niet alleen op het punt zijn schepper onder ogen te komen, maar ook zijn kinderen. De enige troost die hij zichzelf in het vooruitzicht kon stellen was dat het een snelle dood zou zijn. Over een kwartier zou hij een biertje zitten drinken met zijn vader en oom Eddie.

Het licht ging uit.

Iets zachts raakte hem in zijn gezicht en gleed op zijn schouder. Hij stond te knipperen in het donker: een kleine handdoek.

'Veeg je gezicht af,' zei Maso. 'Je ziet er niet uit.'

Toen hij klaar was, hadden zijn ogen zich voldoende aangepast aan het donker om een meter bij hem vandaan Maso te kunnen onderscheiden, een Franse sigaret in zijn mond.

'Dacht je dat ik je af zou maken?'

'Schoot wel even door me heen.'

Maso schudde zijn hoofd. 'Ik ben maar een lullige boer uit Endicott Street. In een dure tent weet ik nog steeds niet welke vork ik moet gebruiken. Dus klasse of beschaving zal ik wel niet hebben, maar ik zal nooit iemand belazeren. Ik ga recht op mijn doel af. Net zoals jij daarnet.'

Joe knikte, en keek naar de drie lijken voor hun voeten. 'En deze drie dan? Die hebben we toch flink belazerd, zou ik zeggen.'

'Niks aan te doen,' zei Maso. 'Die vroegen erom.' Hij stapte over Pokaski's lichaam op Joe af. 'Jij staat sneller weer buiten dan je denkt. Ben je dan bereid om wat geld te gaan verdienen?'

'Natuurlijk.'

'Je loyaliteit zal altijd in de eerste plaats bij de Pescatores liggen en dan pas bij jezelf. Kun je je daarin vinden?'

Joe keek de oude man recht aan en was ervan overtuigd dat ze samen een heleboel geld zouden gaan verdienen en dat hij hem nooit zou kunnen vertrouwen.

'Daar kan ik me wel in vinden.'

Maso stak hem zijn hand toe. 'Dat is dan afgesproken.'

Joe veegde zijn hand eerst af aan zijn broek en schudde toen die van Maso. 'Afgesproken.'

'Meneer Pescatore,' riep iemand van beneden.

'Ik kom eraan.' Maso liep naar de trap, gevolgd door Joe. 'Kom, Joseph.'

'Noemt u me Joe. De enige die mij Joseph noemde, was mijn vader.'

'Geen probleem.' Terwijl hij in het donker de wenteltrap afdaalde, zei Maso: 'Gek is dat met vaders en zonen – je kan je de wereld in gaan en een imperium stichten. Koning worden. Keizer van de Verenigde Staten. God. Maar je doet het allemaal in zijn schaduw. Daar ontkom je niet aan.'

Joe volgde hem door het donker naar beneden. 'Hoeft voor mij ook niet zonodig.'

10

Bezoekers en bezoekingen

Na een rouwdienst 's ochtends in The Gate of Heaven in South Boston, vond Thomas Coughlin zijn laatste rustplaats op Cedar Grove in Dorchester. Joe mocht niet naar de begrafenis maar las erover in het exemplaar van de *Traveller* dat een van de bewakers op Maso's loonlijst hem die avond had bezorgd.

Er waren twee oud-burgemeesters aanwezig, Honey Fitz en Andrew Peters, evenals de huidige: James Michael Curley. Ook waren er twee ex-gouverneurs, vijf voormalige officieren van justitie en twee procureurs-generaal.

De politiemensen kwamen overal vandaan: lokale en regionale agenten, zowel gepensioneerd als in actieve dienst, vanuit het zuiden vanaf Delaware tot zo ver noordelijk als Bangor, in Maine. Van alle denkbare rangen en alle soorten afdelingen. Op de foto bij het artikel was de Neponset River, die langs de verre kant van de begraafplaats kronkelde, nauwelijks zichtbaar vanwege al het politieblauw dat ervoor stond.

Dit is macht, dacht hij. Dit is nalatenschap.

En bijna in dezelfde ademtocht: en dus?

Dus had zijn vaders begrafenis duizend mensen naar een begraafplaats aan de oever van de Neponset getrokken. En mogelijk zouden er op een goeie dag agenten worden opgeleid in de Thomas X. Coughling-vleugel van de Bostonse politieacademie of zouden forenzen 's ochtends over de Coughlin-brug naar hun werk treinen.

Fantastisch.

En toch, dood was dood. Weg was weg. Geen gebouw, geen nalatenschap of brug die jouw naam droeg kon daar iets aan veranderen.

Je kreeg gegarandeerd maar één leven, en dat kon je maar beter goed benutten.

Hij legde de krant naast zich op zijn bed. Het had een nieuwe matras, die hem samen met een bijzettafeltje, een stoel en een petroleumlamp in zijn cel opwachtte toen hij van zijn corvee terugkeerde. De lucifers vond hij in de la van het bijzettafeltje, naast een nieuwe kam.

Hij blies de lamp uit en bleef in het donker zitten roken. Hij luisterde naar het geluid van de fabrieken en de boten op de rivier die naar elkaar seinden. Hij klapte het deksel van zijn vaders horloge open, dicht en weer open. Open-dicht, open-dicht, terwijl de chemische lucht van de fabrieken door zijn hoge raam naar binnen klom.

Zijn vader was er niet meer. Hij was geen zoon meer.

Hij was een man. Zonder verleden of toekomstverwachting. Een schone lei, aan niemand iets verplicht.

Hij voelde zich als een pelgrim die scheep gegaan was vanuit een vaderland dat hij nooit meer terug zou zien, die onder een donkere hemel een donkere zee was overgestoken en aankwam in een nieuwe wereld die op hem wachtte, ongerept, alsof die sinds het begin der tijden op hem had gewacht. Op hem.

Om het land een naam te geven, om het naar zijn denkbeelden te vormen, opdat het zijn waarden kon omarmen en over de aardbol verbreiden.

Hij klapte het horloge dicht, vouwde zijn hand eromheen en sloot zijn ogen, tot hij de kust van zijn nieuwe land zag; tot hij de zwarte hemel erboven zag wijken voor een weidsheid van witte sterren die neerschenen op hem en het laatste stukje water dat nog tussen hen in lag.

Toen zijn vader stierf, had hij Joe's verleden meegenomen.

Ik zal u missen. Ik zal om u rouwen. Maar ik ben nu herboren. En werkelijk vrij.

Twee dagen na de begrafenis kwam Danny voor het laatst op bezoek.

Hij boog zich voorover naar het scherm en vroeg: 'Hoe gaat het, broertje van me?'

'Ik red me steeds beter,' zei Joe. 'En jij?'

'Nou ja, je weet wel,' zei Danny.

'Nee,' zei Joe, 'geen idee. Ik weet helemaal niets. Je bent acht jaar geleden met Nora en Luther naar Tulsa vertrokken en sindsdien heb ik alleen maar geruchten opgevangen.'

Danny gaf dat met een knikje toe. Hij tastte naar zijn sigaretten, stak er een op en wachtte even voor hij begon. 'Luther en ik zijn daar een eigen bedrijf begonnen. Een bouwbedrijf. We bouwden woonhuizen in de gekleurde wijk. Het ging goed. Niet om over te juichen, maar oké. Ik was ook nog hulpsheriff. Niet te geloven, toch?'

Joe glimlachte. 'Compleet met cowboyhoed?'

'*Son*,' zei Danny met een slepend zuidelijk accent, 'compleet met op elke heup een zesschieter.'

Joe lachte. 'Veterstropdas?'

Danny lachte ook. 'Jazeker. En laarzen.'

'Met sporen?'

Danno kneep zijn ogen half dicht en schudde zijn hoofd. 'Je moet het niet te gek maken.'

Joe zat nog steeds te grinniken toen hij vroeg: 'Maar wat is er gebeurd? We hoorden iets over rellen.'

Het vuur doofde in Danny. 'Ze hebben het tot de grond toe afgebrand.'

'Tulsa?'

'Zwart Tulsa, ja. De wijk waar Luther woonde, Greenwood. Op een avond kwam er een stel blanken naar de gevangenis om een zwarte jongen te lynchen die in een lift een blank meisje bij haar kont zou hebben gepakt. Maar in werkelijkheid ging ze al bijna vier maanden in het geheim met die jongen om. De jongen maakte het uit, en dat vond ze niet leuk, dus kwam ze met die onzinaangifte en moesten we hem oppakken. We zouden hem net weer laten lopen bij gebrek aan bewijs, toen plotseling alle blanke fatsoensrakkers van Tulsa op de stoep stonden met hun touwen. Toen kwam er ook een club zwarten opdagen, inclusief Luther. Die zwarten, tja, die waren gewapend. Daar had niemand op gerekend. Dus toen droop die lynchbende af. Voor die avond.' Danny trapte zijn sigaret uit met de hak van zijn schoen. 'De volgende ochtend staken de blanken het spoor over om die zwarten eens even duidelijk te maken wat ervan komt als je een wapen op ze richt.'

'Dus dat was dat opstootje.'

Danny schudde zijn hoofd. 'Opstootje is niet het goeie woord. Het was een slachting. Ze knalden iedere zwarte neer die ze zagen, of staken ze in brand – kinderen, vrouwen en oude mannen, alles om het even. En let wel, dit waren de steunpilaren van hun gemeenschap die daar liepen te schieten, de gelovigen en de lui van de Rotary. Ten slotte kwamen die klootzakken overvliegen in sproeivliegtuigjes en lieten granaten en molotovcocktails op de gebouwen vallen. De zwarten vluchtten naar buiten en de blanken stonden klaar met machinegeweren. Ze maaiden ze godverdomme domweg neer op straat. Honderden mensen dood. Honderden die daar lagen op straat, als hoopjes rood verkleurde kleren in de was.' Danny verstrengelde zijn vingers achter zijn hoofd en blies een lange zucht over zijn lippen. 'Ik heb er naderhand rondgelopen om de lijken op karren te laden. En ik dacht maar steeds: waar is mijn land? Waar is het gebleven?'

Geen van beiden sprak een tijdje, tot Joe zei: 'En Luther?'

Danny stak een hand omhoog. 'Hij heeft het overleefd. De laatste keer dat ik hem zag was hij met vrouw en kind op weg naar Chicago.' Hij ging verder: 'Weet je wat het is met zo'n... gebeurtenis, Joe? Als je het overleeft dan is het net alsof je volzit met schaamte. Ik kan het niet eens uitleggen. Gewoon die schaamte, zo groot als je hele lijf. En weet je, anderen die het overleefd hebben, die hebben dat ook. En je kunt elkaar niet eens meer recht in de ogen kijken. Je draagt allemaal de rotlucht van die toestand met je mee en probeert te verzinnen hoe je er de rest van je leven mee verder kunt. Dus het laatste wat je wilt is iemand met dezelfde rotlucht om zich heen zo dichtbij laten komen dat zijn stank die van jou nog verergert.'

Joe vroeg: 'En Nora?'

Danny knikte. 'We zijn nog bij elkaar.'

'Kinderen?'

Danny schudde zijn hoofd. 'Dacht je dat ik hier tegenover een oom zou zitten zonder hem dat te vertellen?'

'Ik heb je de afgelopen acht jaar maar één keer gezien, Dan. Ik heb geen idee.'

Toen Danny knikte zag Joe iets wat hij tot nu toe alleen maar had vermoed: er was iets gebroken in zijn broer, ergens in zijn diepste binnenste.

Maar op het moment dat hij dat dacht, kwam met een geslepen grijns de oude Danny weer boven. 'Nora en ik zitten al een paar jaar in New York.'

'En wat doe je daar?'

'We maken shows.'

'Shows?'

'Films. Maar zo noemen ze dat hier: shows. Ik weet het, het is een beetje verwarrend omdat een hoop mensen tegenwoordig een toneelstuk ook een show noemen. Maar goed, ja, films, Joe. Bewegende beeldjes.'

'Dus jullie zitten bij de film?'

Danny knikte en leefde zienderogen op. 'Nora begon ermee. Ze kreeg een baan bij een bedrijf dat Silver Frame heet. Joden, maar goeie jongens. Ze deed hun hele boekhouding en toen vroegen ze of ze er misschien wat naast wilde doen in de publiciteit en zelfs op het gebied van kostuums. Toen was het nog het soort bedrijf waarin iedereen zich gewoon inzette waar hij maar kon. Regisseurs die koffie rondbrachten, cameramensen die de hond van de hoofdrolspeelster uitlieten.'

'Fílms?' zei Joe.

Danny lachte. 'Wacht, het wordt nog mooier. Ik kwam in contact met haar bazen, en een van die lui, Herm Silver, geweldige vent, een hoop capaciteit, die vroeg me – hou je vast – die vroeg of ik ooit stuntwerk deed.'

'Stuntwerk? Nooit van gehoord.' Joe stak een sigaret op.

'Heb je weleens een acteur van een paard zien donderen? Dat doet hij niet zelf. Dat doet een stuntman. Een beroeps. Zie je een acteur uitglijden over een bananenschil, struikelen over een stoeprand, jezus, gewoon een straat uit rennen? Dan moet je de volgende keer nog maar eens goed opletten, want dat is hij niet. Dat ben ik, of iemand zoals ik.'

'Wacht even,' zei Joe, 'in hoeveel films heb je al gezeten?'

Danny dacht een ogenblik na. 'Vijfenzeventig, zou ik zeggen.'

'Vijfenzeventig?' Joe nam de sigaret uit zijn mond.

'Nou ja, sommige daarvan zijn *shorts*. Dat zijn...'

'Jezus, wat shorts zijn weet ik wel.'

'Wat stunts waren wist je anders niet, nee toch?'

Joe stak zijn middelvinger naar hem op.

'Dus, ja, ik heb er in een heel stel gezeten. En ik heb zelfs een paar van die shorts geschreven.'

Joe's mond viel open. 'Geschreven...?'

Danny knikte. 'Klein spul. Een stel kinderen van de Lower East Side probeert het hondje van een rijke dame te wassen, die hond gaat ervandoor, de rijke dame belt de politie en dan volgt er allerlei spektakel, dat werk.'

Net voor Joe zijn vingers zou branden liet hij zijn sigaret op de vloer vallen. 'Hoeveel heb je er geschreven?'

'Tot nu toe vijf, maar Herm vindt dat ik talent heb. Hij wil dat ik binnenkort een hele film doe en scenarioschrijver word.'

'Wat is een scenarioschrijver?'

'Dat is de vent die een film schrijft, slimmerik,' zei Danny, die nu zijn middelvinger opstak naar Joe.

'Maar ho, waar is Nora ondertussen?'

'Die is in Californië.'

'En ik dacht dat jullie in New York zaten?'

'Daar záten we. Maar Silver Frame heeft de laatste tijd een paar heel goedkope films gemaakt die geweldig gescoord hebben. En ondertussen doet die lul van een Edison half New York een proces aan over camerapatenten, maar in Californië trekt niemand zich daar ook maar iets van aan. En bovendien is het daar driehonderdzestig dagen van het jaar mooi weer, dus gaat iedereen die kant op. Zo ook de gebroeders Silver. De tijd is rijp, dachten ze. Nora is een week geleden vertrokken omdat ze hoofd productie is geworden – die schiet door de rangen omhoog bij dat bedrijf – en ik sta op de rol als stuntman in een show die *The Lawmen of the Pecos* heet, over drie weken. Ik was alleen langsgekomen om pa te vertellen dat ik weer naar de westkust ging, en dat hij maar eens op bezoek moest komen of zo, als hij met pensioen was. Ik wist niet wanneer ik hem ooit weer zou zien. Of jou.'

'Ik ben blij voor je,' zei Joe, nog steeds hoofdschuddend over het absurde van dit alles. Danny's leven, van bokser tot smeris, vakbondsman, zakenman, hulpsheriff, stuntman en ontluikend scenarioschrijver, was een Amerikaans leven bij uitstek.

'Kom ook,' zei zijn broer.

'Wat?'

'Als je hieruit komt. Kom dan bij ons.'

'Wat?'

'Ik meen het. Voor geld van een paard vallen, doen alsof je neergeschoten wordt en door een raam van suiker valt dat eruitziet als echt glas. En de rest van de tijd in de zon liggen, een filmsterretje ontmoeten aan de rand van het zwembad.'

Heel even zag Joe het voor zich: een ander bestaan, een droomleven vol blauwe zee, honingkleurige vrouwen en palmbomen.

'Twee weekjes in de trein en je bent er, broertje.'

Joe lachte even terwijl hij het zich voorstelde.

'Het is mooi werk,' zei Danny. 'Mocht je willen komen, dan kun je bij mij in de leer.'

Joe schudde zijn hoofd, nog steeds met een glimlach op zijn gezicht.

'Het is eerlijk werk,' zei Danny.

'Weet ik,' zei Joe.

'Je zou niet meer de hele tijd over je schouder hoeven kijken.'

'Daar gaat het niet om.'

'Waar gaat het dan om?' Danny leek oprecht nieuwsgierig.

'De nacht. Die heeft zijn eigen wetten.'

'De dag anders ook.'

'O, dat weet ik wel,' zei Joe, 'maar die bevallen me niet.'

Ze keken elkaar langdurig aan door het scherm.

'Ik begrijp het niet,' zei Danny zacht.

'Dat weet ik,' zei Joe. 'In jouw wereld draait het allemaal om de goeien en de slechten. Een woekeraar breekt een vent z'n been omdat hij zijn schuld niet aflost, een bankier gooit iemand zijn huis uit om dezelfde reden, en dan denk jij dat er een verschil is: die bankier doet gewoon zijn werk, maar de woekeraar is een schurk. Ik mag die woekeraar juist omdat hij zich niet beter voordoet dan hij is, en ik vind dat die bankier hoort te zitten waar ik nu zit. Ik zie mezelf echt geen belasting betalen, limonade halen voor de baas op het bedrijfsuitje en een levensverzekering afsluiten. En dan maar ouder worden, en dikker, zodat ik bij een herensociëteit in Back Bay samen met een paar klootzakken sigaren kan gaan zitten roken ergens in een achterkamertje en kletsen over mijn partijtje squash en de schoolrapporten van de kinderen. En ten slotte achter mijn bureau de geest geven, en dat ze dan mijn naam al van het glazen raampje in de deur hebben gehaald nog voor de eerste handvol aarde op mijn kist dondert.'

'Maar zo is het leven,' zei Danny.

'Dat is *een* leven. Wou je het volgens hun regels spelen? Ga je gang. Maar als je het mij vraagt is het één grote onzin, die regels van hen. Voor mij bestaan er geen andere regels dan die je voor jezelf maakt.'

Weer keken ze elkaar vragend aan door het gaas. Zijn hele jeugd was Danny Joe's held geweest. Zijn god, verdomme. En nu was zijn god een doodgewone man die van paarden viel voor de kost, die deed alsof hij werd neergeschoten voor de kost.

'Tjonge,' zei Danny zacht, 'wat ben jij groot geworden.'

'Ach, ja,' zei Joe.

Danny stopte zijn sigaretten in zijn zak en zette zijn hoed op.

'Jammer,' zei hij.

Binnen de gevangenismuren was de oorlog tussen White en Pescatore gedeeltelijk beslecht op de avond dat drie soldaten van White 'tijdens een vluchtpoging' op het dak werden doodgeschoten.

Maar schermutselingen bleven zich voordoen en onderhuids broeide rancune. In de loop van het halfjaar dat erop volgde leerde Joe dat oorlogen geen definitief einde kennen. Ook al consolideerden Maso en hij samen met de rest van de Pescatore-clan binnen de muren hun macht, je wist nooit of deze of gene bewaker geld had aangenomen om iets tegen je te ondernemen of welke veroordeelde al of niet te vertrouwen was.

Micky Bear werd op de luchtplaats neergestoken door een vent die, naar het bleek, getrouwd was met een zus van wijlen Dom Pokaski. Micky overleefde het maar zou de rest van zijn leven niet meer probleemloos kunnen pissen. Van buiten hoorden ze dat bewaker Colvin weddenschappen onderbracht bij Syd Mayo, uit het kamp van White. En Colvin was aan de verliezende hand.

Toen lootte Holly Peletos, een voetsoldaat van White, in voor vijf jaar achter de tralies wegens onopzettelijke doodslag en begon praatjes rond te strooien over wisseling van de wacht. Dus die moesten ze wel van de hoogste verdieping gooien.

Er waren weken waarin Joe het twee of drie nachten zonder slaap stelde vanwege de angst, of omdat hij alle mogelijke scenario's probeerde uit te puzzelen, of doordat zijn hart aan één stuk door tekeerging alsof het uit zijn borst wilde springen.

Je bleef jezelf voorhouden dat het jou niet te pakken zou krijgen.

Je bleef jezelf voorhouden dat deze omgeving niet je ziel zou verslinden.

Maar wat je jezelf boven alles voorhield, was: ik kom hier levend uit.

Op een dag loop ik hier de poort uit.

Koste wat het kost.

Op een voorjaarsochtend in 1928 kwam Maso vrij.

'De volgende keer dat je me ziet,' zei hij tegen Joe, 'is op een bezoekdag. En dan zit ik aan de andere kant van dat gaas.'

Joe gaf hem een hand. 'Hou je goed.'

'Ik heb iemand op je zaak gezet. Jij zit hier niet lang meer. Hou je kop erbij, jongen, blijf leven.'

Joe probeerde troost te putten uit die woorden, maar hij wist ook dat als het bij woorden bleef de rest van zijn straf twee keer zo lang zou aanvoelen omdat hij de hoop een kans had gegeven. Voor Maso zou uit het oog heel gemakkelijk ook uit het hart kunnen betekenen.

Of hij kon Joe net genoeg van de worst laten happen om hem zijn zaken achter deze muren te laten behartigen zonder dat hij de bedoeling had om hem in dienst te nemen als hij buiten kwam.

Hoe dan ook restte Joe niets anders dan af te wachten en maar te zien hoe alles zou lopen.

Maso's vrijlating was een gebeurtenis die zich nauwelijks liet negeren. Wat binnen had liggen smeulen kreeg buiten een benzinedouche. Na die 'moordzuchtige meimaand', zoals het heette in de tabloids, drong zich voor het eerst de vergelijking op tussen Boston en steden als Detroit en Chicago. Maso's soldaten overvielen Albert Whites bookmakers, stokers, vrachtwagens en soldaten alsof het jachtseizoen officieel geopend was. En dat was ook zo. In minder dan een maand wist Maso Albert White uit Boston te verjagen, met zijn laatste paar soldaten struikelend achter hem aan.

In de gevangenis was het alsof ze eendracht in het leidingwater hadden gedaan. De steekpartijen hielden op. De hele rest van 1928 werd er niemand meer van een verdieping gekieperd, of neergestoken in de rij voor het eten. Toen Joe erin slaagde om twee van Albert Whites beste gedetineerde stokers over te halen hun vak binnen de muren uit te oefenen, wist Joe dat het echt vrede was geworden in de penitentiaire inrichting van Charlestown. Binnen de kortste keren smokkelden de bewakers gin de gevangenis uit! En wel zulk topspul dat het een geuzennaam verwierf: Strafrecht.

Voor het eerst sinds Joe in de zomer van 1927 door de hoofdpoort naar binnen was gekomen sliep hij rustig. Hij vond bovendien de tijd om te rouwen om zijn vader en Emma, een proces dat hij had afgehouden in tijden dat het zijn gedachten zou hebben geleid naar waar ze niet heen moesten terwijl anderen tegen hem samenspanden.

De meest hardvochtige grap die God met hem uithaalde in de tweede helft van 1928 was dat Hij Emma in zijn slaap bij hem langs stuurde. Dan voelde hij hoe haar been zich tussen de zijne kronkelde, rook hij de druppeltjes parfum die ze gebruikte, één achter elk oor, sloeg hij zijn ogen op en keek in haar ogen vlak voor zijn gezicht, en voelde hij haar adem op zijn lippen. Op dat moment tilde hij zijn armen op van het matras zodat hij zijn handen over haar blote rug naar beneden kon laten glijden. En dan opende hij zijn ogen pas echt.

Niemand.

Niets dan duisternis.

En dan bad hij. Hij vroeg God of ze alsjeblieft nog in leven mocht zijn, zelfs als hij haar nooit meer te zien zou krijgen. Laat haar alsjeblieft in leven zijn.

Maar God, zou je haar – levend of dood – alsjeblieft niet meer mijn dromen binnen willen laten komen? Ik hou het niet vol om haar telkens weer kwijt te raken. Het is al te erg. Al te wreed. Heer, vroeg Joe, heb meelij.

Maar dat had Hij niet.

De bezoekingen gingen door, en zouden de verdere rest van Joe's verblijf in de penitentiaire inrichting van Charlestown niet meer ophouden.

Zijn vader kwam nooit. Maar Joe voelde zijn aanwezigheid zoals hij die nooit had gevoeld toen hij nog leefde. Soms als hij op zijn stapelbed zat en het horloge eindeloos open- en weer dichtklapte, stelde hij zich gesprekken voor die ze hadden kunnen hebben als al die oude zonden en verwelkte verwachtingen niet tussen hen in hadden gestaan.

Vertel eens wat over ma.

Wat wil je weten?

Hoe was ze?

Een bang meisje. Een doodsbang meisje, Joseph.

Waar was ze bang voor?

De buitenwereld.

Wat was daar dan?

Alles wat ze niet begreep.

Hield ze van me?

Op haar manier.

Dat is geen liefde.

Voor haar wel. Probeer het niet te zien alsof ze je in de steek heeft gelaten.

Hoe moet ik het dan zien?

Dat ze het heeft volgehouden omwille van jou. Anders had ze ons al jaren eerder verlaten.

Ik mis haar niet.

Gek. Ik wel.

Joe keek in het donker. Ik mis jou.

Je zult me gauw genoeg weerzien.

Toen Joe de gevangenisstokerij, de smokkelroutes en de betaalde beschermingshandel eenmaal soepel op de rails had, had hij tijd te over om te lezen. Hij las zo ongeveer de hele collectie van de gevangenisbibliotheek, wat dankzij Lancelot Hudson III geen geringe prestatie was.

Lancelot Hudson III was de enige rijke die, zover de herinnering reikte, ooit was veroordeeld tot een langdurig verblijf in Charlestown. Maar Lancelots misdaad was dan ook zodanig verschrikkelijk en publiek geweest – hij had zijn overspelige vrouw, Catherine, van het dak van hun drie verdiepingen tellende huis in Beacon Street gegooid, midden in de feestelijke optocht voor de Onafhankelijkheidsdag van 1919, toen die Beacon Hill afdaalde – dat zelfs de Bostonse elite zijn dure porselein even had neergezet om te besluiten dat als het er ooit van moest komen dat een van henzelf aan de massa opgeofferd zou moeten worden, de tijd daarvoor nu gekomen was. Lancelot Hudson III zat zeven jaar uit in Charlestown voor onopzettelijke doodslag. Ook al was het nou niet precies wat je noemt zwaar regime, het was toch een zware tijd, die alleen werd verzacht door de boeken die hij de gevangenis had laten binnenbrengen – een gunst die hem was verleend onder de voorwaarde dat hij ze achter zou laten bij zijn vertrek. Joe las minstens honderd boeken uit de Hudson-collectie. Je kon zien dat ze van Hudson waren, want in de rechterbovenhoek van de titelpagina had hij in priegelig schoonschrift gekrabbeld: OORSPRONKELIJK EIGENDOM VAN LANCELOT HUDSON III. KRIJG DE TERING. Joe las Dumas, Dickens en Twain. Hij las Malthus, Adam Smith, Marx & Engels, Machiavelli, de *Economische Sofismen* van Bastiat en *De federalistische documenten*. Toen hij klaar was met de Hudson-collectie las hij wat er verder maar voorhanden was: vooral stuiverromans, cowboyverhalen en elke krant en elk tijdschrift dat ze binnenlieten. Hij ontwikkelde zich tot een soort specialist in het terughalen van woorden of zelfs hele zinnen die weggecensureerd waren.

Toen hij een oud nummer van *The Boston Traveller* doorbladerde, stuitte hij op een verhaal over een brand in het busstation van de East Coast Line in St. James. Van een kapotte elektriciteitsleiding waren vonken in de kerstboom in de aankomsthal gesprongen. Binnen de kortste keren had het hele gebouw in brand gestaan. Terwijl Joe de foto's van de schade bekeek stokte de adem in zijn keel. In de hoek van een van de foto's herkende hij het kluisje waarin hij al zijn spaargeld en de tweeënzestigduizend dollar van de overval in Pittsfield had opgeborgen. Het lag op zijn kant onder een dakbalk en het metaal was zo zwart als aarde.

Even wist Joe niet wat erger was: het gevoel dat hij nooit meer zou kunnen ademen of de angst dat hij vlammen zou kotsen uit zijn luchtpijp.

Het gebouw was volledig verloren gegaan, meldde het artikel. Er was niets gered, wat Joe betwijfelde. Ooit, als hij er de tijd voor had, zou hij nog eens onderzoeken welke werknemer van de East Coast Bus Line op jonge leeftijd met pensioen was gegaan en nu naar verluidde ergens in stijl in het buitenland woonde.

Tot het zover was, zou hij een baan moeten vinden.

Die werd hem tegen het eind van de winter door Maso aangeboden, op dezelfde dag dat hij Joe liet weten dat er schot zat in zijn verzoek om vervroegde vrijlating.

‘Jij zit hier niet lang meer,’ zei Maso door het gaas.

‘Met alle respect,’ zei Joe, ‘maar hoe lang is “niet lang”?’

‘Tegen de zomer.’

Joe glimlachte. ‘Echt?’

Maso knikte. ‘Maar rechters zijn niet goedkoop. Daar zul je nog wat werk tegenover moeten stellen.’

‘En als we er nou eens een streep onder zetten omdat ik je in leven heb gelaten?’

Maso kneep zijn ogen samen. Hij zag er gelikt uit in zijn kasjmieren overjas en wollen pak compleet met witte anjer op de revers die bij zijn zijden hoedenband kleurde. ‘Oké, dan laten we het zo. Trouwens, onze vriend White roert zich behoorlijk in Tampa.’

‘Tampa?’

Maso knikte. ‘Hij heeft nog steeds een paar zaken lopen hier. Ik kan ze niet allemaal in handen krijgen omdat New York er voor een deel inzit en die hebben me duidelijk gemaakt dat ik hen nu even niet dwars moet zitten. Hij verdeelt zijn rum via onze lijnen en ook daar kan ik nu even niks aan doen. Maar omdat hij daar in het zuiden op mijn terrein komt, hebben de jongens in New York toestemming gegeven om hem daar aan de kant te zetten.’

‘Hoe zwaar is die toestemming?’ vroeg Joe.

‘Zolang we hem niet afmaken.’

‘Oké. Dus wat ga je eraan doen?’

‘De vraag is niet wat ga ik eraan doen, Joe, maar wat ga jij eraan doen. Ik wil dat je de boel daar overneemt.’

‘Maar Lou Ormino zit in Tampa.’

‘Hij zal tot de conclusie komen dat hij zich het hoofd er niet langer over wil breken.’

‘En wanneer komt hij tot die conclusie?’

‘Ongeveer tien minuten voor jij daar aankomt.’

Joe dacht er even over na. ‘Tampa, dus.’

‘Het is er heet.’

‘Heet kan me niks schelen.’

‘Dan heb je nog nooit echte hitte gevoeld.’

Joe haalde zijn schouders op. De oude man had een sterke neiging tot overdrijven. ‘Ik zal daar iemand moeten hebben die ik kan vertrouwen.’

'Ik wist dat je dat ging zeggen.'

'O ja?'

Maso knikte. 'Het is al geregeld. Hij zit er al een halfjaar.'

'Waar heb je hem vandaan?'

'Montreal.'

'Een halfjaar?' zei Joe. 'Hoe lang ben je hier al mee bezig?'

'Sinds Lou Ormino een deel van mijn winst in eigen zak begon te steken en Albert White opdook om de rest achterover te drukken.' Hij leunde naar voren. 'Als jij daarheen gaat en de boel rechtzet, Joe, dan ben je voor de rest van je leven vorstelijk onder de pannen.'

'Stel, ik stap erin, zijn we dan gelijke partners?'

'Nee,' zei Maso.

'Maar Lou Ormino is wel een gelijke partner.'

'En moet je kijken hoe dat gaat aflopen.' Maso toonde Joe zijn ware gezicht door het gaas.

'Hoeveel krijg ik dan?'

'Twintig procent.'

'Vijfentwintig,' zei Joe.

'Best,' zei Maso, terwijl de twinkeling in zijn ogen verried dat hij ook tot dertig zou zijn gegaan. 'Maar zorg dat je het waard bent.'

II

Ybor

1929 – 1933

11

De beste in de stad

Toen Maso hem het voorstel deed om zijn zaken in westelijk Florida over te nemen, had hij hem gewaarschuwd voor de hitte. Maar toch was Joe niet voorbereid op de muur van broeierigheid die hem in het gezicht sloeg toen hij op een ochtend in augustus in 1929 voet zette op het perron van Union Station in Tampa. Hij droeg een zomerpak van Glenn Plaid. Het gilet had hij in zijn koffer gelaten, maar terwijl hij op het perron stond te wachten – jasje over de arm, das los – tot de kruier hem zijn bagage bracht, was hij al doorweekt van het zweet voor hij zijn eerste sigaret had opgerookt. Toen hij uit de trein stapte had hij meteen zijn Wilton afgezet, bang dat de pommade uit zijn haar zou lopen van de hitte en in de zijden voering trekken, maar nu zette hij hem weer op om zijn hoofd te beschermen tegen de stekende zon, terwijl steeds meer poriën in zijn borst en armen de sluizen openzetten.

Het kwam niet alleen door de zon, hoog en wit aan een hemel waar de wolken zo grondig uit waren weggeveegd dat je zou denken dat er nooit wolken hadden bestaan (en misschien had je die hier ook wel niet, Joe wist het niet), maar vooral ook door de oerwoudachtige vochtigheid. Hij had een gevoel alsof hij gevangenzat in een grote bol staalwol die iemand in een pan met frituurolie had gegooid terwijl om de minuut het gas een tikje hoger werd gezet.

De andere mannen die uit de trein waren gestapt deden net als Joe het jasje van hun pak uit. Een paar hadden ook hun gilet uitgetrokken en hun das afgedaan, en rolden nu hun mouwen op. Sommigen hadden hun hoed opgezet, terwijl anderen hem juist hadden afgenomen om zich er koelte mee toe te wuiven. De vrouwelijke passagiers droegen breedgerande fluwelen hoeden, vilten dophoedjes of strooien tuithoeden. Sommige stakkers hadden zelfs voor nog zwaarder materiaal en oorbedekking gekozen. Ze droegen jurken van velours en zijden sjaals, maar schenen zich er niet erg goed in te voelen, met hun rood aangelopen gezichten, de uit hun zorgvuldig opgemaakte kapsels losrakende haarsliertjes en krullen; de uitgezakte wrong in een enkele nek.

De echte inwoners waren eenvoudig te onderscheiden: de mannen droegen een platte strohoed, een overhemd met korte mouwen en een lichte zomerbroek. Hun schoenen waren tweekleurig, zoals die van de meeste mannen tegenwoordig, alleen feller van kleur dan die van de treinreizigers. Als de vrouwen al iets op hun hoofd droegen, dan een strooien hoedje. Ze gingen gekleed in een eenvoudige jurk, veelal in het wit, zoals het meisje dat juist langs hem liep in een witte rok met bijpassende blouse zonder enige opsmuk, en allebei enigszins versleten. Maar allejezus, dacht Joe, wat een lichaam bewoog er onder die dunne stof, als iets verbodens dat hoopte de stad uit te kunnen glippen voor de puriteinen er lucht van kregen. Het paradijs, dacht Joe, is schemerig en welig en verbergt ledematen die bewegen als water.

Door de hitte moest hij trager zijn geworden dan normaal, want de vrouw zag hem kijken, iets waarop hij zich thuis nog nooit had laten betrappen. Maar de vrouw – een kleurlinge, misschien zelfs een negerin, dat wist hij niet, maar hoe dan ook donker, koperkleurig donker – wierp hem een verwijtende blik toe en liep door. Misschien kwam het door de hitte, misschien had het te maken met zijn twee jaar in de gevangenis, maar Joe kon zijn ogen niet afhouden van haar bewegingen onder die dunne stof. Haar heupen gingen in dezelfde lome beweging op en neer als haar kont; alles bij elkaar had het iets muzikaals, want ook de botten en spieren in haar rug speelden mee in het concert van haar lichaam. Jezus, dacht hij, ik heb te lang vastgezeten. Haar donkere weerbarstige haar was opgestoken in een knot achter op haar hoofd, maar één donkere lok danste vrij in haar nek. Ze draaide zich met een boze blik naar hem om. Hij keek naar beneden voor ze oogcontact konden maken, en voelde zich als een jongetje van negen dat was betrapt op paardenstaarttrekken bij de meisjes op het schoolplein. En toen vroeg hij zich af waarvoor hij zich zou moeten schamen. Zij had omgekeken, toch?

Toen hij weer opkeek was ze opgegaan in de menigte aan de overkant van het perron. Van mij heb je niets te vrezen, wilde hij tegen haar zeggen. Jij zult mijn hart nooit breken en ik zal nooit het jouwe breken. Ik heb me voorgoed teruggetrokken uit de wereld van het liefdesverdriet.

De afgelopen twee jaar had Joe zich er niet alleen bij neergelegd dat Emma dood was, maar ook dat er voor hem nooit meer een andere liefde zou zijn. Op een dag zou hij misschien trouwen, maar dat zou een verstandshuwelijk zijn, om hogerop te komen en hem erfgenamen te bezorgen. Hij hield van dat woord: erfgenamen. (Arbeiders kregen zonen, succesvolle mannen kregen erfgenamen.) In de tussentijd zou hij wel naar de hoeren gaan. Misschien was de vrouw met het venijn in haar blik een hoer die van kuisheid haar spel maakte. Als dat zo was, moest hij haar absoluut eens uitproberen: een pracht van een halfbloedhoer geknipt voor een misdaadprins.

Toen de kruier Joe's tassen voor hem neerzette, beloonde Joe hem met een paar biljetten die net zo nattig waren als alles wat je aanpakte. Iemand zou hem van de trein halen, was hem verteld, maar het was hem ontschoten te vragen hoe ze hem tussen alle andere reizigers moesten herkennen. Hij maakte een trage draai om zijn as, uitkijkend naar een voldoende onguur uitziend iemand, maar zag alleen de donkere vrouw over het perron zijn kant weer op komen. Ook langs haar slaap zakte een haarlok uit, die ze met haar vrije hand uit haar gezicht veegde. Aan haar andere arm liep een latino met een strohoed, gekleed in een bruine zijden broek met lange, messcherpe vouwen en een kraagloos wit overhemd dat tot boven toe was dichtgeknoopt. Ondanks de hitte vertoonde zijn gezicht geen spoortje zweet, en ook zijn overhemd was kurkdroog, zelfs bovenaan, waar het knoopje van de boord strak dichtzat vlak onder zijn adamsappel. Hij bewoog zich net zo licht en soepel als de vrouw; het was iets in zijn kuiten en enkels, ook al waren zijn passen zo kordaat dat zijn schoenen over het perron klakten.

Joe hoorde ze in het voorbijgaan Spaans spreken; de woorden rolden snel en makkelijk over elkaar heen, en de vrouw schonk Joe een zo vluchtige blik dat hij even dacht dat hij het zich had ingebeeld, hoewel hij dat betwijfelde. De man wees naar iets verderop op het perron, zei iets in zijn snelle Spaans waar ze allebei om moesten grinniken en toen waren ze voorbij.

Hij draaide zich weer om om te ontdekken wie hem kwam oppikken, toen iemand dat inderdaad letterlijk deed: hem optillen van het zinderende perron alsof hij niet meer woog dan een bundel wasgoed. Hij keek omlaag naar de twee gespierde armen rond zijn middel en snoof een vertrouwde lucht van rauwe uien en eau de cologne van het merk Arabian Sheik op.

Hij werd weer op het perron gezet, een halve slag in de rondte gedraaid en stond voor het eerst sinds die akelige dag in Pittsfield oog in oog met zijn oude vriend.

'Dion,' zei hij.

Hij had zijn molligheid omgezet in corpulentie. Hij droeg een champagnekleurig krijtstreeppak. Zijn paarsblauwe overhemd had een hoge en sterk contrasterende witte boord boven een bloedrode das met zwarte strepen. Zijn zwart met witte schoenen waren geveterd tot boven de enkels. Zou je een slechtziende oude man vragen vanaf honderd meter de gangster op het perron aan te wijzen, dan zou hij zonder aarzelen een bevende vinger naar Dion uitsteken.

'Joseph,' zei hij formeel, waarop zijn ronde gezicht zich plotseling tot een brede glimlach plooide en hij Joe nogmaals van de grond tilde, deze keer met het gezicht naar hem toe, en hem zo stevig omarmde dat Joe het ergste vreesde voor zijn ruggengraat.

'Gecondoleerd met je vader,' fluisterde hij.

'Gecondoleerd met je broer.'

'Dank je,' zei Dion op vreemd opgewekte toon. 'En dat alles vanwege ham in blik.' Hij zette Joe neer, en glimlachte. 'Ik had zo een paar eigen varkens voor hem gekocht.'

Ze liepen in de hitte het perron af.

Dion nam een van Joe's tassen van hem over. 'Toen Lefty Downer contact met me opnam in Montreal en zei dat de Pescatores wilden dat ik voor ze kwam werken, dacht ik eerst dat het bedrog was, dat durf ik gerust te bekennen. Maar toen zeiden ze dat jij bij die ouwe in het gevang zat, en ik dacht: als er één iemand is die de duivel zelf weet om te lullen, dan wel mijn ouwe partner.' Hij gaf Joe een zware klap op zijn schouder. 'Mooi dat je er weer bent.'

Joe zei: 'Mooi om weer vrij te kunnen ademhalen.'

'Was Charlestown...?'

Joe knikte. 'Misschien wel erger dan ze zeggen. Maar ik heb ten slotte wel een manier gevonden om het uit te houden.'

'Dat geloof ik meteen.'

Op de parkeerplaats was het nog heter. De hitte kaatste terug van het schelpengruis op de grond en van de auto's. Joe zette een hand boven zijn wenkbrauwen, maar veel hielp het niet.

'Jezus,' zei hij tegen Dion, 'en jij loopt in driedelig.'

'Ik zal je het geheim vertellen,' zei Dion, toen ze bij een Marmon 34 kwamen en hij Joe's tas op het schelpengruis liet vallen, 'de eerste de beste keer dat je in een kledingzaak komt, pak je alle overhemden in jouw maat. Ik draag er vier per dag.'

Joe keek naar zijn paarsblauwe overhemd. 'Heb je er vier in die kleur gevonden?'

'Acht.' Hij opende het achterportier van de auto om Joe's bagage erin te leggen. 'Het is maar een paar straten, maar bij deze hitte...'

Joe stak zijn hand uit naar het rechtervoorportier, maar Dion was hem te snel af. Joe keek hem aan. 'Je maakt een grapje.'

'Ik werk nu voor jou,' zei Dion. 'Jij bent de baas, Joe Coughlin.'

'Hou op.' Joe schudde zijn hoofd over zoiets absurds en stapte in.

Terwijl ze de parkeerplaats van het station uit reden, zei Dion: 'Voel eens onder je stoel. Daar ligt een vriendje van je.'

Joe deed het en haalde een automatische Savage .32 tevoorschijn. Het pistool had een indianenkop op de kolf en een loop van acht centimeter. Joe liet het in zijn rechterbroekzak glijden. En nog terwijl hij tegen Dion zei hij dat hij er een holster voor nodig zou hebben, voelde hij een lichte ergernis opkomen over het feit dat Dion daar niet aan had gedacht.

'Wil je die van mij?' vroeg Dion.

'Nee,' zei Joe. 'Het gaat prima zo.'

'Want ik kan je die van mij geven.'

'Nee,' zei Joe, terwijl hij bedacht dat de baas zijn nog wel wat gewenning zou vergen. 'Ik wil er gewoon snel een hebben.'

'Aan het eind van de dag heb je er een,' zei Dion. 'Uiterlijk, dat beloof ik je.'

Het verkeer ging al even traag als de rest hier. Dion reed West Tampa uit en Ybor City in. Het wit in de hemel werd minder scherp en kreeg een bronzen zweem door de uitstoot van rook uit de fabrieken. Sigaren, legde Dion uit, hadden deze wijk grootgemaakt. Hij wees naar de bakstenen gebouwen met hun hoge schoorstenen en de kleinere gebouwtjes – sommige niet meer dan schuurtjes zonder voor- of achterdeur – waar arbeiders over tafels gebogen bezig waren sigaren te rollen.

Hij ratelde de namen op: El Reloj en Cuesta-Rey, Bustillo, Celistino Vega, El Paraiso, La Pila, La Trocha, El Naranjal, Perfecto Garcia. Hij legde Joe uit dat in al die fabrieken de meest gewaardeerde baan die van de 'voorlezer' was, een man die op een stoel in het midden van de werkvloer zat en hardop voorlas uit grote romans terwijl de arbeiders voort zwoegden. Hij vertelde ook dat een sigarenmaker een *tabaquero* genoemd werd, dat de kleine fabrieken *chinchals* of *buckeyes* heetten en dat de etenslucht die hij ondertussen misschien door de geur van de rook heen had opgesnoven waarschijnlijk van *bolos* of *empanadas* kwam.

'Moet je jou nou horen,' Joe floot. 'Je spreekt de taal als de koning van Spanje.'

'Dat moet hier wel,' zei Dion. 'Italiaans ook. Dat kun je beter maar ophalen.'

'Jij spreekt Italiaans, mijn broer ook, maar ik heb het nooit goed geleerd.'

'Nou, dan hoop ik dat je nog steeds de snelle leerling bent die je vroeger was. De reden dat we juist in Ybor zaken doen is dat de rest van de stad ons hier met rust laat. Wat hen betreft zijn we gewoon vuile latino's en vuile spaghettivreters en zolang we maar niet te veel kabaal veroorzaken en de sigarenmakers niet weer in staking gaan, zodat de bazen de politie en de jongens met de knuppels erbij moeten halen, laten ze ons gewoon onze gang gaan.' Hij draaide Seventh Avenue op, kennelijk een doorgaande weg, want de mensen schoven in grote bedrijvigheid langs elkaar heen over de plankentrottoirs voor de hoge huizen met brede balkons, smeedijzeren hekwerken en bakstenen of gestuukte voorgevels die Joe deden denken aan zijn dronken weekend in New Orleans een paar jaar geleden. Over het midden van de straat liep een spoor en een paar straten verderop zag Joe een tram die hun kant op kwam; de neus van het voertuig was met tussenpozen bijna onzichtbaar achter de hittewervelingen boven het wegdek.

'Je zou denken dat we het allemaal met elkaar kunnen vinden,' zei

Dion, 'maar in de praktijk valt dat nog vies tegen. De Italianen en Cubanen zijn nogal op zichzelf. Maar de zwarte Cubanen haten de blanke Cubanen en de blanke Cubanen beschouwen de nikker-Cubanen als gewone nikkers, terwijl ze allebei hun neus optrekken voor de rest. Alle Cubanen hebben een rothekel aan Spanjaarden. En de Spanjaarden vinden de Cubanen arrogante rotzakken die hun plaats niet meer kennen sinds de Amerikanen ze destijds in 1898 hebben bevrijd. En verder kijken de Cubanen én de Spanjaarden neer op de Porto Ricanen en schijten ze met z'n allen op de Dominicanen. De Italianen respecteren je alleen als je vanuit het vooronder aan wal bent gestapt, en een *Americano* gelooft echt dat er mensen zijn die zich soms iets aantrekken van wat hij denkt.'

'Noemde je ons nou Americano's?'

'Ik ben Italiaan,' zei Dion terwijl hij links afsloeg en ze in een volgende brede straat kwamen, hoewel deze nog niet verhard was. 'En ik zal je vertellen, hier ben ik daar trots op.'

Joe zag het blauw van de Golf van Mexico, de schepen in de haven en de hoge kranen. Het rook er naar zout, stookolie en laagwater.

'De haven van Tampa,' zei Dion met een weids gebaar terwijl ze verder reden over rode klinkerstraten waar vorkheftrucks onder het uitstoten van dieselwalmen hun pad kruisten en hijskranen pallets met twee ton lading hoog boven hun hoofd heen en weer zwaaiden waarvan de overhangende veiligheidsnetten een glijdende schaduw over hun voorruit wierpen. Ergens ging een stoomfluit.

Dion stopte bij een laad- en loskade. Ze stapten uit en zagen hoe de mannen beneden een vracht jutezakken losmaakten die voorzien waren van het stempel ANSAMENTE, GUATEMALA. Uit de geur maakte Joe op dat er in sommige zakken koffie en in andere cacao zat. Het zestal mannen had de zakken in een mum van tijd gelost, waarna de kraan het net met de lege pallet weer ophees en de mannen in het ruim door een deur verdwenen.

Dion nam Joe mee naar de ladder en ging naar beneden.

'Waar gaan we heen?'

'Zul je wel zien.'

Onder in het ruim hadden de mannen de deur achter zich dichtgetrokken. Dion en hij stonden op een aarden vloer die rook naar alles wat er ooit onder de zon in Tampa was uitgeladen: bananen, ananas en graan. Olie, aardappelen, gas en azijn. Kruit. Bedorven fruit en koffiebonen, waarvan het maalsel onder je voeten knerpte. Dion zette zijn handpalm tegen de betonnen muur tegenover de ladder en bewoog zijn hand naar rechts, waarop de muur in dezelfde richting meegaf – gewoon tevoorschijn kwam uit een naad die Joe vanaf een halve meter niet had gezien. Dion klopte twee keer op de deur die nu zichtbaar was geworden en wachtte; zijn lippen bewogen terwijl hij telde. Toen klopte hij nog eens vier keer, waarop een stem aan de andere kant vroeg: 'Wie is daar?'

'Fireplace,' zei Dion. De deur ging open.

Ze keken een gang in die even breed was als de man aan de andere kant van de deur. Hij had een overhemd aan dat wit moest zijn geweest voordat het voorgoed door zweet geelbruin was geworden. Zijn broek was van bruine spijkerstof. Hij droeg een doek om zijn hals, een cowboyhoed op zijn hoofd. Uit de band van zijn broek stak een pistool. De cowboy knikte tegen Dion, waarna hij hen doorliet en de muur weer op zijn plek duwde.

De gang was zo smal dat Dions schouders langs de wanden schuurden terwijl hij voor Joe uit liep. Aan een buis boven hen hing een rij fletse lichtjes, om de vijf meter een zwak peertje, waarvan de helft het niet deed. Joe wist bijna zeker dat hij in de verte een deur zag. Een meter of vijfhonderd verderop, schatte hij, en dus kon het voor hetzelfde geld een illusie zijn. Ze sjokten verder over een modderige ondergrond; het water dat van het plafond drupte bleef in plassen in de gang staan en Dion vertelde dat de tunnels regelmatig onderliepen. Af en toe stuitten ze 's ochtends op een dode dronkenlap: een achtergebleven nachtbraker die dom genoeg had besloten een dutje te doen.

'Echt waar?' vroeg Joe.

'Ja. En weet je wat het erger maakt? Soms krijgen de ratten ze te pakken.'

Joe keek om zich heen. 'Dat is verdomme het smerigste wat ik de afgelopen maand heb gehoord.'

Dion haalde zijn schouders op en bleef lopen, terwijl Joe de muren aftastte met zijn blik en vervolgens het pad dat voor hem lag. Geen ratten. Nog niet.

'Het geld van de bank in Pittsfield,' zei Dion al lopend.

Joe zei: 'Dat is veilig.' Boven hem hoorde hij het ratelen van tramwielen over de rails, gevolgd door het zware geklop van, naar hij aannam, een paard.

'Waar, veilig?' Dion keek hem over zijn schouder aan.

'Hoe wisten ze het?' vroeg Joe.

Boven hen klonken meerdere claxons en een motor brulde.

'Wisten ze wat?' vroeg Dion, en Joe zag dat hij kaal begon te worden; opzij was zijn donkere haar nog altijd dik en glanzend, maar bovenop was het touwachtig en dun.

'Waar ze ons in de val moesten laten lopen.'

Dion keek weer om. 'Ze wisten het gewoon.'

'Onmogelijk dat ze dat "gewoon wisten". We hadden die plek wekenlang in de gaten gehouden. Er kwam geen smeris die kant op omdat ze daar helemaal niets te doen hadden –niets om te bewaken en geen hond om te beschermen.'

Dion knikte met zijn grote hoofd. 'Zal wel, maar van mij hebben ze niks gehoord.'

'Van mij ook niet,' zei Joe.

Bijna aan het eind van de tunnel gekomen, zag Joe dat de deur van geruwd staal was en voorzien van een metalen cilinderslot. De straatgeluiden hadden plaatsgemaakt voor de verre klanken van bestek, borden die werden opgestapeld en voetstappen van haastig heen en weer lopende obers. Joe haalde zijn vaders horloge uit zijn zak en klikte het open: twaalf uur in de middag.

Dion viste een flinke sleutelring van ergens uit zijn wijde broek. Hij opende het slot op de deur en schoof de grendels weg. Hij maakte de sleutel los van de ring en gaf hem aan Joe. 'Pak aan. Die zul je nog nodig hebben, geloof me maar.'

Joe stak de sleutel in zijn zak.

'Van wie is het hier?'

'Het was van Ormino.'

'Was?'

'O, heb je nog geen krant gezien vandaag?'

Joe schudde zijn hoofd.

'Daar hebben ze een zeef van gemaakt, gisteravond.'

Dion opende de deur, waarna ze een ladder beklommen naar een volgende deur, die niet op slot was. Ze gingen door de deur en betraden een grote, klamme ruimte met een betonnen vloer en betonnen muren. Langs de wanden stonden tafels en op die tafels stond wat Joe had verwacht te zullen zien: fermenteerketels, distilleertoestellen, bunsenbranders, bekerglazen, vaten en afschuimgereedschap.

'Beter dan dit is er niet te koop,' zei Dion. Hij wees naar de thermometers aan de muur, die via rubberslangen aan de distilleervaten waren gekoppeld. 'Als je lichte rum wilt, moet je de alcohol aftappen tussen de vijfenzeventig en vijfentachtig graden Celsius. Dat is wel belangrijk om in de gaten te houden, tenminste als je niet wilt dat je klanten zeg maar het loodje leggen als ze je spul drinken. Deze jongens hier liegen niet, die...'

'Ik weet hoe je rum maakt,' zei Joe. 'Na twee jaar zitten kun je het zo gek niet bedenken, Dion, of ik distilleer het. Zelfs van die stomme schoenen van je zou ik nog wel iets drinkbaars kunnen maken. Maar wat ik hier niet zie zijn twee dingen die toch essentieel zijn om rum te maken.'

'O?' zei Dion. 'Welke dan?'

'Melasse en personeel.'

'Da's waar ook,' zei Dion, 'dat ligt wat moeilijk.'

Ze liepen door een verlaten clandestiene bar, zeiden bij een volgende gesloten deur nogmaals 'fireplace' en betraden de keuken van een Italiaans restaurant aan East Palm Avenue. Ze liepen door de keuken de eetzaal binnen, waar ze een tafeltje vonden aan de straatkant, vlak bij een hoge zwarte ventilator die zo kolossaal was dat het leek of je een man en een span ossen nodig zouden hebben om het ding op gang te krijgen.

'Onze tussenhandelaar levert niet.' Dion vouwde zijn servet open, stopte het in bij zijn kraag en streek het glad over zijn das.

'Dat lijkt me duidelijk,' zei Joe. 'Waarom niet?'

'Ik hoor dat er boten vergaan.'

'Wie is die tussenhandelaar ook alweer?'

'Ene Gary L. Smith.'

'Ellsmith?'

'Nee,' zei Dion. 'L. is zijn tweede initiaal. Hij wil per se dat je die gebruikt.'

'Waarom?'

'Dat is iets van hier, iets zuidelijks.'

'Is het niet gewoon iets zeikerigs?'

'Dat ook, denk ik.'

De ober bracht de menukaarten en Dion bestelde twee glazen limonade, met de verzekering aan Joe dat hij vast nog nooit zulke lekkere limonade had geproefd.

'Wat moeten we met een tussenhandelaar?' vroeg Joe. 'Waarom doen we niet meteen zaken met de producent?'

'Nou ja, daar zijn er heel veel van. En het zijn allemaal Cubanen. Smith doet de handel met de Cubanen, zodat wij dat niet hoeven te doen. Hij doet ook de zaken met de Dixies.'

'De runners.'

Dion knikte terwijl de ober hun limonade op tafel zette. 'Ja, de plaatselijke jongens, van hier tot Virginia. Ze bezorgen het spul door heel Florida en omhoog langs de kust.'

'Maar van die ladingen raken jullie er de laatste tijd ook nogal wat kwijt.'

'Tja.'

'En dus: hoeveel boten moeten er zinken en hoeveel auto's moeten er overvallen worden voor het geen stomme pech meer is?'

'Tja,' zei Dion nogmaals, kennelijk omdat hij niets anders bedenken kon.

Joe nam een slokje van zijn limonade. Hij wist niet zeker of hij ooit zoiets lekkers had geproefd, en zelfs als het wel zo was, het bleef wel limonade. Enthousiast worden over een glas limonade viel verdomme niet mee.

'Heb je gedaan wat ik voorstelde in mijn brief?'

Dion knikte. 'Tot op de laatste letter.'

'Hoeveel zijn er terechtgekomen waar ik dacht?'

'Een hoog percentage.'

Joe liet zijn ogen over de kaart gaan op zoek naar iets herkenbaars.

'Probeer de ossobuco,' zei Dion. 'De beste in de hele stad.'

'Alles is bij jou "het beste in de hele stad",' zei Joe. 'De limonade, de thermometers.'

Dion haalde zijn schouders op en sloeg zijn eigen menukaart open. 'Ik heb een verfijnde smaak.'

'Dat zal het zijn,' zei Joe. Hij klapte zijn kaart dicht en maakte oogcontact met de ober. 'Maar laten we gaan eten, en dan op naar Gary L. Smith.'

Dion bestudeerde de kaart. 'Met genoegen.'

De ochtendeditie van *The Tampa Tribune* lag op een tafel in de wachtkamer van het kantoor van Gary L. Smith. Het lichaam van Lou Ormino zat in een auto met verbrijzelde ramen en bebloede stoelen. In zwart-wit zag de doodsfoto eruit zoals allemaal: respectloos. De kop luidde:

LIQUIDATIE BEKENDE ONDERWERELDFIGUUR

'Kende je hem goed?'

Dion knikte. 'Ja.'

'Mocht je hem?'

Dion haalde zijn schouders op. 'Het was geen kwaaie vent. Hij knipte soms tijdens een vergadering zijn teennagels, maar ik kreeg een gans van hem voor kerst.'

'Een levende?'

Dion knikte. 'Ja, wel tot ik hem thuis had.'

'Waarom wilde Maso van hem af?'

'Heeft hij je dat nooit verteld?'

Joe schudde zijn hoofd.

Dion haalde zijn schouders op. 'Mij ook niet.'

Een poosje deed Joe niets dan luisteren naar een tikkende klok en het omslaan van de stijve pagina's van een nummer van *Photoplay* door de secretaresse van Gary L. Smith. De donkerharige secretaresse heette Miss Roe. Ze had bebophaar en droeg een zilverkleurige hemdblouse met korte mouwen en een zwartzijden sjaal die als een verhoord gebed over haar borsten viel. Ze zat in een vrijwel bewegingloze pose in haar stoel – in een soort halve draai – die Joe dwong zijn krant op te vouwen om er zich koelte mee toe te waaien.

Grote god, dacht hij, wat moet ik nodig van bil.

Hij boog zich weer voorover. 'Had hij een gezin?'

'Wie?'

'Lou.'

'Lou? Ja, die had een gezin.' Dion trok een grimas. 'Wat kan het je schelen?'

'Ik vroeg het me gewoon af.'

'Ik wed dat hij zijn teennagels ook knipte waar zij bij waren. Ze zullen wel blij zijn dat ze die niet meer hoeven op te vegen.'

De intercom op het bureau van de secretaresse ging en een dunne stem zei: 'Miss Roe, stuur de jongens maar door.'

Joe en Dion stonden op.

'Jongens,' zei Dion.

'Jongens,' zei Joe terwijl hij zijn manchetten fatsoeneerde en zijn haar gladstreek.

Gary L. Smith had kleine tanden, als maïskorrels en bijna net zo geel. Hij glimlachte toen ze binnenkwamen en Miss Roe de deur achter hen dichtdeed, maar hij stond niet op en zijn glimlach was evenmin erg uitbundig. De zware luiken achter zijn bureau lieten net genoeg van het heldere daglicht in West Tampa binnen om de kamer een okerachtige gloed te verlenen. Smith kleedde zich als een zuidelijke man van stand: wit pak, wit overhemd en een smalle zwarte stropdas. Terwijl ze plaatsnamen keek hij toe met een afstandelijk soort verstrooidheid waarin Joe angst las.

'Dus u bent Maso's nieuwe man.' Smith schoof een sigarenkistje naar hen toe. 'Neem gerust. De beste sigaren in de stad.'

Dion bromde.

Joe maakte een afwijzend gebaar, maar Dion nam vier sigaren uit het kistje, deed er drie in zijn zak deed en beet het puntje van de vierde. Hij spuugde het uit in zijn hand en legde het op het bureau.

'Wat kan ik voor u doen?'

'Ze hebben me gevraagd een poosje in Ormino's zaken te duiken.'

'Maar dat is niet blijvend,' zei Smith terwijl hij zijn eigen sigaar aanstak.

'Wat niet?'

'U, als vervanger van Lou. Sorry, ik zeg het maar, want de mensen hier doen het liefst zaken met iemand die ze kennen, en niemand kent u.'

'En wie binnen de organisatie zou u willen voorstellen?'

Smith dacht hier even over na. 'Rickie Pozzetta.'

Dion hield zijn hoofd schuin. 'Pozzetta is te stom om voor de duvel te dansen.'

'Dan Delmore Sears.'

'Ook een malloot.'

'Nou best, ik dan.'

'Dat lijkt me geen slecht idee,' zei Joe.

Gary L. Smith hief zijn handen. 'Alleen als u denkt dat ik de juiste man voor die baan zou zijn.'

'Waarom niet? Maar we moeten absoluut weten waarom de laatste drie bevoorradingsruns overvallen zijn.'

'U bedoelt die naar het noorden?'

Joe knikte.

'Pech,' zei hij. 'Iets anders kan ik er niet van maken. Zulke dingen gebeuren gewoon.'

'Maar waarom verandert u de routes dan niet?'

Smith haalde een pen tevoorschijn en krabbelde iets op een papiertje. 'Zou dat een goed idee zijn, denkt u, meneer Coughlin?'

Joe knikte.

'Een geweldig idee. Ik zal het beslist overwegen.'

Joe observeerde de man, keek hoe hij rookte in het diffuse licht dat door de luiken viel en zich boven zijn hoofd verspreidde, en bleef kijken tot Smith er enigszins ongemakkelijk onder werd.

'Waarom komen de boten zo onregelmatig binnen?'

'O,' zei Smith losjes, 'dat komt door de Cubanen. Daar hebben wij geen enkele controle over.'

'Twee maanden geleden,' zei Dion, 'had u veertien zendingen per week, drie weken later waren het er vijf, en vorige week was het er geen een.'

'Het is niet als bij cementmixen,' zei Gary L. Smith. 'Het is niet een derde deel water toevoegen en steeds maar weer dezelfde stevigheid krijgen. Je hebt te maken met verschillende producenten met allemaal hun eigen agenda en wie weet doen zij daar zaken met een suikerproducent die met een staking zat. Of de vent die de boot vaart wordt ziek.'

'Dan ga je naar een andere producent,' zei Joe.

'Zo makkelijk is dat niet.'

'Waarom niet?'

Smith klonk vermoeid, alsof hij de werking van een vliegtuigmotor moest uitleggen aan een kat. 'Omdat ze allemaal onder de plak zitten bij dezelfde groep.'

Joe haalde een aantekenboekje uit zijn zak en sloeg het open. 'En dan hebben we het over de Suarez-familie, als ik het goed heb?'

Smith keek naar het boekje. 'Ja. Die zijn eigenaren van de Tropicale, aan Seventh Avenue.'

'Dus zij zijn de enige toeleveranciers.'

'Nee, zei ik net.'

'Wat zei u net?' Joe keek hem met half toegeknepen ogen aan.

'Ik bedoel, ze leveren inderdaad een deel van wat wij verkopen, maar daarnaast zijn er nog al die anderen. Neem die ene vent met wie ik zaken doe, Ernesto? Een ouwe kerel met een houten hand. Je zou het niet geloven. Hij...'

'Als alle andere leveranciers vastzitten aan één leverancier, dan is die leverancier de enige leverancier. Hij bepaalt de prijs en de rest volgt hem daarin, zo gaat dat toch?'

Smith reageerde met een zucht van ergernis. 'Ik neem het aan.'

'Wat neemt u aan?'

'Het ligt gewoon niet zo simpel.'

'Waarom niet?'

Joe wachtte. Dion wachtte. Smith stak zijn sigaar opnieuw aan. 'Er zijn andere leveranciers. Ze hebben boten, ze hebben...'

'Dat zijn onderaannemers,' zei Joe. 'Meer niet. Ik wil zaken doen met de hoofdaannemer. Ik wil zo snel mogelijk met die mensen van Suarez om de tafel.'

'Nee,' zei Smith.

'Nee?'

'Meneer Coughlin, u begrijpt gewoon niet hoe het werkt, hier in Ybor. Ik doe de zaken met Esteban Suarez en zijn zus. Ik doe de zaken met alle tussenhandelaren.'

Joe schoof de telefoon op het bureau naar de elleboog van Smith. 'Bel die lui.'

'U luistert niet naar me, meneer Coughlin.'

'O, jawel,' zei Joe zacht. 'U pakt nu die hoorn, u belt Suarez en u vertelt die mensen dat mijn partner en ik vanavond in de Tropicale komen eten, en dat we blij zouden zijn met het beste tafeltje en een paar minuten van hun kostbare tijd als we uitgegeten zijn.'

Smith zei: 'Waarom zou u niet een paar dagen de tijd nemen om de gewoonten van hier te leren kennen? U zult zien dat u hier dan terugkomt om me te bedanken dat ik niet heb gebeld. Daarna gaan we er samen heen. Dat beloof ik u.'

Joe stak zijn hand in zijn zak. Hij haalde wat kleingeld tevoorschijn en legde dat op het bureau. Toen zijn sigaretten, zijn vaders horloge en ten slotte zijn .32, die hij voor het vloeiblad legde, met de loop naar Smith toe. Joe tikte een sigaret uit het pakje, zijn ogen gericht op Smith, die de hoorn oppakte en om een buitenlijn vroeg.

Joe rookte terwijl Smith in het Spaans telefoneerde en Dion er flarden van vertaalde. Smith hing op.

'Hij heeft een tafel voor ons om negen uur,' zei Dion.

'Ik heb een tafel voor u geregeld om negen uur,' zei Smith.

'Dank u.' Joe legde zijn enkel over zijn knie. 'Dat zijn een broer en een zus, toch, die Suarezjes?'

Smith knikte. 'Esteban en Ivelia Suarez, ja.'

'Zeg eens, Gary,' zei Joe terwijl hij een draadje van zijn sok plukte, 'werk jij rechtstreeks voor Albert White?' Hij zwaaide wat met het draadje, waarna hij het op Gary L. Smith' kleed liet vallen. 'Of is er nog een tussenpersoon die we niet kennen?'

'Wat?'

'We hebben je flessen gemerkt, Smith.'

'Wat?'

'Alles wat u hebt gestookt, hebben we gemerkt,' zei Dion. 'Een paar maanden geleden. Een klein stipje rechtsboven op het etiket.'

Gary glimlachte naar Joe alsof hij nog nooit zoiets geks had gehoord.

'Al die bevoorradingstochten die fout liepen?' zei Joe. 'Daarvan is zo'n beetje elke fles in een van Albert Whites kroegen terechtgekomen.' Hij tikte zijn sigaret af op het bureau. 'Hoe zou dat komen, denk je?'

'Ik begrijp het niet.'

'Echt niet...?' Joe zette zijn voet terug op de vloer.

'Nee, ik bedoel, echt niet... Wat?'

Joe pakte zijn pistool. 'Tuurlijk wel.'

Gary lachte. Hij verstrakte. Glimlachte opnieuw. 'Nee, echt niet. Hé. Hé.'

'Je hebt Albert White over onze runs naar het noordoosten geïnformeerd.' Joe liet het magazijn van de .32 in zijn hand glijden. Hij zette zijn duim op de bovenste kogel.

Gary viel in herhaling. Hij zei: 'Hé.'

Joe keek langs de loop. Tegen Dion zei hij: 'Er zit er nog eentje in de kamer.'

'Je moet er altijd een in laten zitten. Voor het geval dat.'

'Voor het geval wat?' Joe wipte de kogel uit de kamer en ving hem op. Hij legde hem op het bureau, met de punt naar Gary L. Smith.

'Weet ik het?' zei Dion. 'Dingen die je niet ziet aankomen.'

Joe duwde het magazijn weer in de kolf. Hij laadde door en legde het pistool in zijn schoot. 'Op weg hierheen heeft Dion me langs je huis gereden. Dat had ik hem gevraagd. Je hebt een leuk huis. Dion vertelde dat de buurt Hyde Park heet.'

'Dat klopt.'

'Grappig.'

'Wat?'

'In Boston hebben we ook een Hyde Park.'

'Inderdaad. Heel grappig.'

'Nou ja, het is niet om je te bescheuren of zo. Het is gewoon op een bepaalde manier wel interessant.'

'Ja.'

'Stuc?'

'Sorry?'

'Stuc. Dat is waar je huis van gemaakt is, toch?'

'Nou ja, het heeft een houten skelet, maar goed, stucwerk buitenom.'

'O, dus ik had het fout?'

'Nee, u had het niet fout.'

'Hout, zei je.'

'Het frame is van hout, maar de buitenkant, de huid, zeg maar, ja, dat is stucwerk. Dus eigenlijk, ja... in feite is het een stucwerkhuis.'

'Bevalt het?'

'Hè?'

'Je houten stucwerkhuis – of het je bevalt.'

'Het is wat aan de grote kant, nu mijn kinderen...'

'Ja?'

'Groot zijn. De deur uit.'

Joe krabde zich op zijn achterhoofd met de loop van de .32. 'Je zult je biezen moeten pakken daar.'

'Ik begrijp niet...'

'Of iemand inhuren die het voor je doet.' Hij keek met opgetrokken wenkbrauwen in de richting van de telefoon. 'Dan kunnen ze je rommel naar je nieuwe adres sturen.'

Smith was op zoek naar datgene wat zijn kantoor een kwartier geleden verlaten had: de illusie dat hij de zaak onder controle had. 'Nieuw adres? Ik ga niet weg.'

Terwijl Joe opstond voelde hij in de zak van zijn jasje. 'Neuk je d'r?'

'Wat? Wie?'

Joe wees met zijn duim naar de deur achter zijn rug. 'Miss Roe.'

'Wat?' zei Smith.

Joe keek naar Dion. 'Hij neukt 'r.'

Dion kwam overeind. 'Geen twijfel aan.'

Joe haalde een paar treinkaartjes uit zijn jasje. 'Ze is een kunstwerk, die daar. In haar in slaap vallen moet zijn als het licht van God zien. Daarna weet je zeker dat alles goed komt.'

Hij legde de kaartjes op het bureau.

'Het kan me niet schelen wie je meeneemt. Je vrouw, Miss Roe, godsamme, al wil je ze allebei meenemen, of geen van twee, ook goed. Maar jij zit op de Seaboard van elf uur. Vanavond, Gary.'

Smith lachte. Het was een kort lachje. 'Ik geloof niet dat u begrij...'

Joe gaf Gary L. Smith zo'n harde klap in zijn gezicht dat hij uit zijn stoel vloog en met zijn hoofd tegen de radiator sloeg.

Ze wachtten tot hij opstond van de vloer. Hij zette zijn stoel overeind. Hij ging zitten. De enige kleur in zijn gezicht kwam nu van de bloedspetters op zijn wang en lip. Dion gooide een zakdoek tegen zijn borst.

'Of jij zorgt dat je in die trein zit, Gary,' Joe pakte zijn kogel van het bureau, 'of wij leggen je eronder.'

Terwijl ze naar de auto liepen zei Dion: 'Meende je dat echt?'

'Ja.' Joe was opnieuw geprikkeld, maar wist niet waarom. Soms kwam er gewoon iets duisters over hem. Hij zou het liefst beweren dat deze plotselinge sombere buien hem pas sinds zijn tijd in de gevangenis overkwamen, maar in werkelijkheid had hij ze al zolang hij zich kon herinneren. Soms zonder reden of teken vooraf. Maar in dit geval kwam het misschien doordat Smith het zijdelings over zijn kinderen had gehad, en Joe dacht niet graag aan een man die hij zojuist had vernederd als iemand met een bestaan buiten zijn werk.

'Dus als hij vanavond niet op die trein zit, ben jij bereid om hem om te leggen?'

Of misschien was hij gewoon een sombere man met aanleg voor sombere buien.

'Nee.' Joe bleef bij de auto staan. 'Zoiets laten we doen.' Hij keek Dion aan. 'Ik ben toch verdomme geen knecht?'

Dion deed het portier voor hem open, waarna Joe instapte.

12

Muziek en pistolen

Joe had Maso gevraagd een hotelkamer voor hem te regelen. Tijdens zijn eerste maand hier wilde hij geen andere dingen aan zijn hoofd hebben dan zaken – en dus geen zorgen over zijn maaltijden, hoe hij zijn kleren en beddengoed gewassen kreeg en hoe lang een vent die voor hem naar de badkamer was vertrokken daar nog zou blijven. Maso zei dat hij hem in het Tampa Bay Hotel zou onderbrengen, wat Joe goed in de oren klonk, zij het een beetje fantasieloos. Hij nam aan dat het een doorsnee gelegenheid was met redelijk goede bedden, flauw maar pruimbaar eten en platte kussens.

Maar Dion stopte voor een paleis aan een meer. Toen Joe dat hardop zei, antwoordde Dion: 'Zo noemen ze het hier ook precies: Plant's Palace.' Henry Plant had het laten neerzetten, net zoals hij het grootste deel van Florida had gebouwd, om grondspeculanten te lokken, die de afgelopen twee decennia in zwermen in het zuiden waren neergestreken.

Voordat Dion kon optrekken naar de hoofdingang, moesten ze een trein voor laten gaan. Geen pleziertreintje, hoewel hij durfde te wedden dat ze die hier ook hadden, maar een transcontinentale locomotief met een sleep van vierhonderd meter wagons. Joe en Dion stonden vlak bij hun bestemming op de parkeerplaats en keken hoe de trein rijke mannen, rijke vrouwen en hun rijke kinderen uitbraakte. Terwijl ze wachtten, telde Joe meer dan honderd ramen in het gebouw. Boven in de gevel van rode baksteen was een rij dakkapellen waarvan Joe aannam dat ze van de suites waren. Boven de dakkapellen uit rezen zes torentjes die in de scherpe witte lucht prikten: een Russisch winterverblijf midden in een drooggemalen moeras in Florida.

Een chic stel in gesteven witte kleren stapte de trein uit. Hun drie kindermeisjes en drie chique kinderen volgden. Meteen daarachter duwden twee zwarte kruiers bagagekarren die hoog waren opgetast met hutkoffers.

'We komen later wel terug,' zei Joe.

'Wat?' zei Dion. 'We kunnen hier parkeren en je bagage naar binnen brengen. Dan ben je vast...'

'We komen later terug.' Joe zag het stel naar binnen wandelen alsof ze waren opgegroeid in huizen die twee keer zo groot waren. 'Ik ga niet ergens in de rij staan.'

Dion keek alsof hij nog niet klaar was met het onderwerp, maar zuchtte toen, waarna ze dezelfde weg terugreden, over een aantal houten bruggetjes en langs een golfbaan. In een riksja die werd getrokken door een kleine latino in een wit hemd met lange mouwen en een witte broek, zagen ze een ouder echtpaar zitten. Kleine houten richtingborden wezen naar shuffleboardvelden, het jachtgebied, kano's, tennisbanen en een renbaan. De golfbaan was groener dan Joe bij deze hitte voor mogelijk had gehouden, de meeste mensen gingen in het wit gekleed en droegen een parasol, zelfs de mannen, en hun gelach klonk droog en ver.

Via Lafayette reden ze het centrum binnen. Dion zei dat de familie Suarez heen en weer pendelde tussen Florida en Cuba en dat maar weinig mensen hen goed kenden. Ivelia, zei men, was getrouwd geweest met een man die was omgekomen tijdens de opstand van de suikerarbeiders in 1912. Maar tegelijkertijd ging het gerucht dat dat een verzinsel was om haar lesbische geaardheid te verdoezelen.

'Esteban,' zei Dion, 'is eigenaar van een hoop bedrijven, zowel hier als daarginds. Een jonge vent nog, een stuk jonger dan zijn zus. Maar slim. Zijn vader deed zaken met Ybor zelf, toen Ybor...'

'Wacht even,' zei Joe, 'is deze stad naar een persoon genoemd?'

'Ja,' zei Dion, 'Vicente Ybor. Een sigarenmagnaat.'

'Kijk,' zei Joe, 'dat is nou wat ik noem macht.' Hij tuurde uit het raam naar Ybor City in het oosten, dat er vanuit de verte mooi uitzag. De stad deed hem denken aan New Orleans, alleen een veel kleinere versie.

'Tja,' zei Dion, 'Coughlin City?' Hij schudde zijn hoofd. 'Dat klinkt toch niet echt lekker.'

'Nee,' stemde Joe in, 'maar Coughlin County?'
Dion grinnikte. 'Ja, helemaal niet slecht.'
'Klinkt goed, toch?'
'Je hebt wel een flink hogere pet van jezelf op gekregen daar in die gevangenis, vind je ook niet?' zei Dion.
'Moet jij weten,' zei Joe, 'droom vooral klein.'
'Wat dacht je van Coughlinland? Of, nee, Coughlin Continent?'
Joe lachte en Dion brulde en trommelde op het stuur, en Joe merkte tot zijn verrassing hoezeer hij zijn vriend had gemist en hoe het zijn hart zou breken als hij hem tegen het eind van de week moest laten ombrengen.
Terwijl Dion Jefferson Avenue volgde in de richting van de rechtbank en de bestuursgebouwen, belandden ze in een verkeersopstopping en nam de hitte opnieuw bezit van de auto.
'Wat staat er nu op het programma?' vroeg Joe.
'Wou je heroïne? Morfine? Cocaïne?'
Joe schudde zijn hoofd. 'Die heb ik allemaal opgegeven voor de vasten.'
Dion zei: 'Nou, mocht je ooit besluiten je eraan te verslingeren, ouwe jongen, dan zit je hier helemaal goed. Tampa, Florida, hét illegale narcoticacentrum van het Zuiden.'
'Weet de Kamer van Koophandel ervan?'
'En het zit ze lang niet lekker. Maar goed, de reden waarom ik erover begin is...'
'O, je hebt een réden,' zei Joe.
'Af en toe heb ik die wel.'
'Gaat u dan vooral verder, meneer.'
'Een van die jongens van Esteban is een zekere Arturo Torres. Ooit van gehoord? Vorige week is hij opgepakt wegens cocaïnebezit. En normaal gesproken staat hij een halfuur later weer op straat, maar nu hebben ze zo'n speciale eenheid van de federale overheid die hier overal zijn neus in steekt. In het begin van de zomer kwam de fiscale recherche met een stel rechters, en toen liep de temperatuur flink op. Arturo wordt het land uit gezet.'
'Wat kan ons dat schelen?'
'Hij is Estebans beste stoker. Voor een fles rum met Torres' initialen op de kurk betaal je in Ybor en omgeving al snel het dubbele.'

'Wanneer wordt hij uitgezet?'

'Over een uur of twee.'

Joe trok zijn hoed over zijn voorhoofd en liet zich onderuitzakken in zijn stoel. Hij voelde zich plotseling doodmoe door de lange treinreis, de hitte, het denken en het oogverblindende vertoon van welvarende witte mensen in hun welvarende witte kleren. 'Maak me maar wakker als we er zijn.'

Na een bespreking met de rechter, verlieten ze het gerechtsgebouw om een beleefdheidsbezoekje te brengen aan commissaris Irving Figgis van het politiekorps van Tampa.

Het hoofdbureau bevond zich op de hoek van Florida Avenue en Jackson Street; Joe had zich voldoende georiënteerd om te weten dat hij er onderweg van zijn hotel naar zijn werk in Ybor elke dag langs zou komen. Agenten waren in dat opzicht precies als nonnen: ze lieten je altijd weten dat ze je in de gaten hielden.

'Hij vroeg of jij bij hem wilde komen,' legde Dion uit terwijl ze de trap naar het bureau op liepen, 'zodat hij niet naar jou toe hoefde.'

'Wat is het voor man?'

'Een echte smeris,' zei Dion, 'en dus een klootzak. Maar verder is hij oké.'

In zijn kamer had Ferris zich omringd met foto's van steeds dezelfde drie personen: zijn vrouw, zijn zoon en zijn dochter. Ze waren alle drie roodblond en verrassend aantrekkelijk. De huid van de kinderen was zo smetteloos dat het was alsof ze door engelen waren schoongeboend. De commissaris schudde Joe de hand, keek hem recht in zijn ogen en vroeg hem plaats te nemen. Irving Figgis was geen lange man, of iemand met omvang en spierkracht. Hij was tenger en klein, en had een vrijwel kaalgeschoren grijs hoofd. Hij leek een man die jou een eerlijke deal zou geven als jij hem hetzelfde bood, maar ook iemand die het je twee keer zo lastig zou maken als waar je om had gevraagd als je hem niet serieus nam.

'Ik zal u niet beledigen door te vragen naar de aard van uw zaken,' zei hij, 'zodat u mij niet hoeft te beledigen door tegen me te liegen. Fair of niet?'

Joe knikte.

'Is het waar dat uw vader commandant van politie was?'

Joe knikte. 'Ja.'

'Dus dan begrijpt u het.'

'Hoe bedoelt u?'

'Wat ik bedoel' – hij wees heen en weer van zijn eigen borst naar die van Joe – 'is hoe wij hier met elkaar omgaan. Maar voor de rest?' Hij maakte een gebaar naar zijn verzameling foto's. 'Dat is waarvoor we leven.'

Joe knikte. '*And never the twain shall meet.*'

Figgis glimlachte. 'Ik had al gehoord dat u een belezen man bent ook.' Hij keek zijdelings naar Dion. 'Dat kom je in uw branche niet veel tegen.'

'Of in de uwe,' zei Dion.

Figgis glimlachte en knikte waarderend. Hij staarde Joe aan met iets milds in zijn blik. 'Voordat ik hier kwam, was ik militair en daarna sheriff. Ik heb zeven mannen gedood in mijn leven,' zei hij zonder enig teken van trots.

Zéven? dacht Joe. Jezus.

Figgis' blik bleef mild, gelijkmatig. 'Ik heb ze gedood omdat dat het mijn werk was. Ik ontleen er geen vreugde aan, en om eerlijk te zijn word ik 's nachts nog vaak wakker omdat ik hun gezichten zie. Maar als ik morgen nummer acht zou moeten doden ter bescherming van en in dienstbaarheid aan deze stad? Beste meneer, dan deed ik het met vaste hand en een helder oog. Begrijpt u?'

'Ja,' zei Joe.

Figgis liep naar een stadsplattegrond aan de muur achter zijn bureau en trok met een trage vingerbeweging een kring om Ybor City. 'Als u uw zaken beperkt tot dit gebied – ten noorden van Second, ten zuiden van Twenty-Seventh, ten westen van Thirty-Fourth en ten oosten van Nebraska – zullen u en ik weinig met elkaar te stellen hebben.' Hij trok licht een wenkbrauw op terwijl hij Joe aankeek. 'Hoe lijkt u dat?'

'Lijkt me prima,' zei Joe, die zich begon af te vragen wanneer de man zijn prijs zou noemen.

Figgis las de vraag in Joe's ogen en die van hem kregen iets donkers. 'Ik ben niet te koop. Als ik dat wel was, zouden er drie van de zeven over wie ik het had nog in leven zijn.' Hij liep rond zijn bureau, ging op de rand zitten en sprak uiterst zacht: 'Ik maak me geen illusies, jongeheer Coughlin, over hoe er in deze stad zaken worden gedaan. Als u mij persoonlijk zou vragen hoe ik over de drooglegging denk, dan zou u me een aardige imitatie van een aan de kook rakende ketel zien doen. Ik weet dat veel van mijn agenten geld aannemen om de andere kant op te kijken. Ik weet dat ik een stad dien die overloopt van de corruptie. Ik weet dat we met z'n allen in een zondige wereld leven. Maar u moet nooit de fout begaan te denken dat ik omkoopbaar ben omdat ik toevallig corrupte lucht inadem en met corrupte mensen omga.'

Joe speurde het gezicht van de man af naar tekenen van bluf, trots of zelfverheerlijking – de gebruikelijke zwaktes die hij was gaan associëren met selfmade mannen.

Hij zat oog in oog met niets dan kalme standvastigheid.

Figgis, besloot hij, was een man die je nooit mocht onderschatten.

'Die fout zal ik niet maken,' zei Joe.

Figgis stak hem zijn hand toe en Joe nam hem aan.

'Bedankt voor uw bezoek. En pas op voor de zon.' Figgis' gezicht verried gevoel voor humor. 'Die huid van u is nogal brandgevoelig, lijkt me.'

'Het was een genoegen u te ontmoeten, commissaris.'

Toen Joe naar de deur liep, die Dion voor hem opendeed, stond er een tienermeisje, bruisend van energie, aan de andere kant. Het was de dochter van alle foto's, met haar mooie appelblonde haar en rozegouden huid die zo smetteloos was dat er een zacht zonlicht van leek te stralen. Joe schatte haar een jaar of zeventien. Haar schoonheid deed zijn adem stokken in zijn keel, verlamde de woorden die hij op het punt stond uit te spreken, waardoor hij niet verder kwam dan een aarzelend: 'Juffrouw...' Toch was het geen schoonheid die iets vleselijks in hem wakker riep. Om de een of andere reden was die zuiverder dan dat. De schoonheid van Irving Figgis' dochter was niet iets wat je wilde bezoedelen, ze was van het soort dat je nog mooier wilde maken.

'Vader,' zei ze, 'sorry. Ik dacht dat u alleen was.'

'Het is niet erg, Loretta. Deze heren gingen net weg. Denk aan je manieren,' zei hij.

'Ja, vader, het spijt me.' Ze draaide zich om en maakte een buiginkje naar Joe en Dion. 'Ik ben Loretta Figgis, heren.'

'Joe Coughlin, juffrouw Loretta. Aangenaam.'

Toen Joe haar zacht de hand schudde, voelde hij de bizarre neiging om te knielen. Hij raakte het de hele middag niet meer kwijt, hoe onbedorven ze was en hoe breekbaar, en hoe moeilijk het voor een ouder moest zijn om zoiets kwetsbaars groot te brengen.

Later die avond dineerden ze bij Vedado Tropicale, aan het tafeltje vlak bij het podium, zodat ze vrij uitzicht hadden op de danseressen en de band. Het was vroeg, en de band – een drummer, een pianist, trompetspeler en schuiftrombonist – hield het tempo erin maar ging nog niet voluit. De danseressen hadden weinig meer aan dan een fladderig ijsbleek hemdje in de kleur van hun uiteenlopende hoofdtooien. Een paar droegen een lovertjeshaarband waaruit midden op het voorhoofd een sierlijk gebogen veer stak. Anderen droegen een zilveren haarnetje met een glanzende kralenrozet en franje. Ze dansten met een hand op de heup en de andere in de lucht of naar het publiek wijzend. Ze boden de eetgasten net niet te veel blote huid en heupgewieg om de dames voor het hoofd te stoten maar voldoende om te garanderen dat de heren een uurtje later zouden terugkomen.

Joe vroeg Dion of hun eten het beste van de stad was.

Dion glimlachte met zijn mond vol *lechon asado* en gefrituurde yucca. 'Van het land.'

Joe lachte. 'Het is niet slecht, dat moet ik toegeven.' Joe had *ropa vieja* met zwarte bonen en gele rijst genomen. Hij at zijn bord leeg en had nog wel meer gelust.

De ober kwam om te vertellen dat de koffie voor hen klaarstond bij hun gastheren, waarop Joe en Dion hem volgden over de witte tegelvloer, langs het podium en door een donker fluwelen gordijn. Ze liepen een gang door die was afgewerkt met het rode eikenhout van rumvaten, en Joe vroeg zich af of ze er een paar honderd de Golf over hadden laten komen alleen om deze gang te maken. Een paar honderd zou trouwens niet genoeg zijn geweest, want het kantoor was van hetzelfde hout.

Het was er koel binnen. De vloer was van een donkere soort steen en aan het plafond hingen ijzeren ventilatoren die klakkend en knarsend hun werk deden. De latten van de honingkleurige luiken stonden open en lieten avondlucht en het onophoudelijke gezoem van libellen binnen.

Esteban Suarez was een slanke man met een gave huid die qua kleur aan slappe thee deed denken. Zijn ogen waren lichtgeel, als die van een kat, en zijn glad achterovergekamde haar was net zo donker als de rum in de fles op zijn koffietafel. Hij droeg een smokingjasje en een zwartzijden vlinderstrik, en verwelkomde hen met een brede grijns en een stevige handdruk. Hij ging hen voor naar een paar hoge leunstoelen rond een koperen koffietafel. Op de tafel stonden vier minikopjes Cubaanse koffie, vier glazen en een fles oude Suarez-rum in een rieten mandje.

Estebans zus, Ivelia, stond op uit haar stoel en stak haar hand uit. Joe boog, nam haar hand in de zijne en drukte er heel licht zijn lippen op. Haar hand rook naar een mengsel van gember en zaagsel. Ze was een stuk ouder dan haar broer; haar huid lag strak over haar lange onderkaak, scherpe jukbeenderen en voorhoofd. Haar zware wenkbrauwen golfden naar elkaar toe als zijderupsen, en haar wijd uiteen staande ogen leken gevangen in haar schedel, uitpuilend in een poging te ontsnappen, maar daartoe niet in staat.

'Was het eten naar wens?' vroeg Esteban toen ze zaten.

'Het was voortreffelijk,' zei Joe. 'Dank u.'

Esteban schonk iedereen rum in en hief zijn glas voor een toost. 'Op een vruchtbare samenwerking.'

Ze namen een slok. Joe was ondersteboven van de zachte en volle smaak. Zo smaakte drank als je meer dan een uur had om het te distilleren, meer dan een week voor de gisting. Jezus.

'Deze is echt buitengewoon.'

'Dit is er een van vijftien jaar,' zei Esteban. 'Ik ben het nooit eens geweest met de Spaanse verordening uit vroeger tijden die lichtere rum superieur verklaarde.' Hij schudde zijn hoofd bij de gedachte en legde zijn enkels over elkaar. 'Maar natuurlijk gingen wij Cubanen erin mee vanwege onze overtuiging dat lichter in alle gevallen beter is: haar, huid, ogen.'

De beide Suarezzen zelf stamden niet af van de Afrikaanse tak, maar van de Spaanse, en hadden een lichte huidskleur.

'Ja,' zei Esteban, die Joe's gedachten raadde. 'Mijn zus en ik behoren niet tot de onderklasse. Maar dat wil niet zeggen dat we het eens zijn met de maatschappelijke verhoudingen op ons eiland.'

Hij nam nog een slok rum en Joe volgde zijn voorbeeld.

Dion zei: 'Het zou mooi zijn als we dit ook in het noorden konden verkopen.'

Ivelia lachte scherp en kort. 'Ooit misschien. Als uw overheid besluit om u weer als volwassenen te behandelen.'

'Daar is geen haast bij,' zei Joe. 'Dan zitten wij allemaal zonder werk.'

Esteban zei: 'Mijn zus en ik zouden ons wel redden. We hebben dit restaurant, plus twee in Havana en een in Key West. We hebben een suikerplantage in Cardenas en een koffieplantage in Marianao.'

'Maar waarom doet u dit dan nog?'

Esteban haalde zijn schouders op in zijn perfecte smokingjasje. 'Geld.'

'Meer geld, bedoelt u.'

Daarop hief hij zijn glas. 'Er zijn andere dingen waaraan je je geld kunt uitgeven,' hij gebaarde de kamer rond, 'dan aan spullen.'

'Aldus de man met veel spullen,' zei Dion, waarop Joe hem een dreigende blik toewierp.

Joe zag nu pas dat de westelijke wand van het kantoor volledig in beslag werd genomen door zwart-witfoto's: straatscènes, de voorgevels van nachtclubs, enkele portretten en een paar dorpen, die er zo vervallen uitzagen dat ze bij de eerste de beste storm leken te zullen omwaaien.

Ivelia volgde zijn blik. 'Mijn broer fotografeert.'

Joe zei: 'O ja?'

Esteban knikte. 'Tijdens mijn reizen naar huis. Het is een hobby van me.'

'Een hobby,' zei zijn zus spottend. 'De foto's van mijn broer hebben in *Time* gestaan.'

Esteban haalde er wat verlegen zijn schouders over op.

'Ze zijn goed,' zei Joe.

'Wie weet zal ik op een dag een foto van u nemen, meneer Coughlin.'

Joe schudde zijn hoofd. 'Wat dat aangaat sluit ik me aan bij de indianen, ben ik bang.'

Esteban reageerde met een dun glimlachje. 'Over gestolen zielen gesproken, wat een droevig nieuws over het overlijden van señor Ormino, gisteravond.'

'Vond u?' vroeg Dion.

Esteban grinnikte even zo licht dat het bijna niet van normale uitademing te onderscheiden was. 'En van vrienden hoor ik dat Gary L. Smith voor het laatst is gezien aan boord van de Seaboard Limited. Hij en zijn vrouw samen in een coupé en zijn *puta maestra* in een volgende. Ze zeggen dat je aan zijn bagage kon zien dat ze haastig gepakt hadden, maar veel was het wel.'

'Soms kan een verandering van omgeving iemand nieuwe levenskansen bieden,' zei Joe.

'Geldt dat ook voor u?' vroeg Ivelia. 'Bent u naar Ybor gekomen om een nieuw leven te beginnen?'

'Ik ben gekomen voor het raffineren, distilleren en verspreiden van rum. Maar dat zal me niet makkelijk afgaan zolang de importplanning onbetrouwbaar is.'

'We hebben niet elke boot, iedere douanebeambte en elke haven onder controle,' zei Esteban.

'Natuurlijk wel.'

'We gaan niet over de getijden.'

'Geen getij heeft ooit een schip naar Miami vertraagd.'

'Met boten naar Miami heb ik niets te maken.'

'Dat weet ik.' Joe knikte. 'Maar Nestor Famosa wel. En hij heeft mijn partners verzekerd dat de zee de afgelopen zomer kalm en voorspelbaar is geweest. Ik begrijp dat Nestor Famosa een man van zijn woord is.'

'Waarmee u suggereert dat ik dat niet ben.' Esteban schonk de glazen nog eens bij. 'U brengt señor Famosa ook ter sprake om mij bang te maken dat hij mijn bevoorradingsroutes zou kunnen overnemen als u en ik niet tot overeenstemming komen.'

Joe pakte zijn glas op en nam een slokje van zijn rum. 'Ik noem Famosa alleen – jezus, wat een ongelooflijke rum is dit toch – om mijn punt te onderstrepen dat we deze zomer een kalme zee hebben gehad. Abnormaal kalm, is mij verteld. Ik heb geen gespleten tong, señor Suarez, en ik spreek ook niet in raadselen. Vraagt u maar aan Gary L. Smith. Ik wil alle tussenhandelaren omzeilen en rechtstreeks zakendoen met u. Voor die gunst mag u uw prijs iets verhogen. Ik zal alle melasse en suiker die u hebt van u kopen. Verder wil ik u voorstellen dat u en ik samen geld steken in een betere distilleerderij dan die waarmee we al die ratten aan Seventh Avenue vetmesten. Ik heb niet alleen alle verantwoordelijkheden van wijlen Lou Orsino geërfd, maar ook de raadsleden, agenten en rechters die hij in zijn zak had. Veel van die heren zullen niet met u willen praten omdat u Cubaan bent, ondanks uw hoge komaf. U kunt ze bereiken via mij.'

'Meneer Coughlin, de enige reden waarom señor Orsino toegang had tot die rechters en politieagenten was dat hij señor Smith als spreekbuis had. Die mannen zullen niet alleen weigeren zaken te doen met een Cubaan, ze zullen ook geen zaken willen doen met een Italiaan. Voor hen zijn wij allemaal latino's, allemaal honden met een donkere vacht, goed voor het harde werk, maar voor weinig anders.'

'Maar goed dat ik Iers ben,' zei Joe. 'Ik begrijp dat u iemand kent die Arturo Torres heet.'

Esteban trok heel even zijn wenkbrauwen op.

'Ik hoorde dat ze hem vanmiddag hebben uitgewezen,' zei Joe.

'Dat heb ik ook gehoord,' zei Esteban.

Joe knikte. 'Als gebaar van goed vertrouwen is Arturo een halfuur geleden vrijgelaten, en hij zal ondertussen wel hier beneden zitten.'

Een ogenblik werd Ivelia's lange platte gezicht van pure verbazing en zelfs verrukking nog langer. Ze wierp een snelle blik op Esteban, die knikte. Ivelia liep om zijn bureau heen naar de telefoon. Terwijl ze wachtten nipten ze van hun rum.

Ivelia hing op en ging weer zitten. 'Hij zit beneden aan de bar.'

Esteban leunde achterover in zijn stoel, stak zijn armen uit naar Joe en keek hem recht aan. 'Ik neem aan dat u het alleenrecht op onze melasse wilt.'

'Dat is niet nodig,' zei Joe. 'Maar ik wil niet dat u levert aan de organisatie van White of aan wie dan ook die met hem samenwerkt. Alle kleine clubjes die geen banden hebben met hem of ons kunnen gewoon doorgaan. Uiteindelijk zullen we ze toch wel binnenhalen.'

'En in ruil krijg ik toegang tot uw politici en uw politie.'

Joe knikte. 'En mijn rechters. Niet alleen degenen die we al hebben maar ook die we nog gaan krijgen.'

'De rechter die u vandaag bezocht, heeft een landelijke benoeming.'

'En drie kinderen bij een zwarte vrouw in Ocala waarover zijn vrouw en Herbert Hoover erg verrast zouden zijn als ze het hoorden.'

Esteban keek een poos naar zijn zus, waarna hij zich weer tot Joe wendde: 'Albert White is een goede klant. Al een tijd.'

'Twee jaar om precies te zijn,' zei Joe. 'Sinds ze Clive Greens hals hebben doorgesneden in een bordeel in East Twenty-Fourth.'

Esteban trok een verbaasd gezicht.

'Ik heb sinds maart 1927 vastgezeten, señor Suarez. Ik had niet veel anders te doen dan mijn huiswerk. Kan Albert White u bieden wat ik u bied?'

'Nee,' gaf Esteban toe. 'Maar door hem uit te sluiten haal ik me een oorlog op de hals die ik me niet kan veroorloven. Werkelijk waar niet. Had ik u maar twee jaar eerder ontmoet.'

'Maar we ontmoeten elkaar nu,' zei Joe. 'Ik bied u rechters, agenten, politici en een centrale distilleerinrichting, zodat we alle opbrengsten gelijk kunnen verdelen. Ik heb de twee zwakste schakels in mijn organisatie geëlimineerd en uw eigen hooggewaardeerde stoker gered van uitwijzing. En dat alles heb ik gedaan opdat u zou overwegen uw embargo op de organisatie van Pescatore in Ybor te laten vervallen, omdat ik dacht dat u ons een boodschap stuurde. Ik ben gekomen om u te vertellen dat ik uw boodschap heb begrepen. En als u mij vertelt wat u nodig hebt, zal ik het voor u regelen. Maar u moet mij geven wat ik nodig heb.'

Opnieuw een blik van verstandhouding tussen Esteban en zijn zus.

'Er is iets wat u voor ons zou kunnen regelen,' zei ze.

'Mooi.'

'Maar het wordt goed bewaakt en zal niet zonder slag of stoot worden opgegeven.'

'Goed, prima,' zei Joe. 'Komt in orde.'

'U weet niet eens wat het is.'

'Als we het voor elkaar krijgen, zult u dan alle banden met Albert White en zijn partners verbreken?'

'Ja.'

'Zelfs als er bloed vloeit?'

'O, er zal hoe dan ook bloed vloeien,' zei Esteban.

'Ja,' zei Joe, 'zeker.'

Esteban treurde even bij die gedachte; zijn droefenis vulde het vertrek. Maar meteen daarop klaarde hij de lucht. 'Als u doet wat ik vraag, zal Albert White nooit meer een druppel melasse of klare rum van Suarez ontvangen. Geen een.'

'Maar zal hij nog suiker in bulklading van u kunnen kopen?'

'Nee.'

'Afgesproken,' zei Joe. 'Wat hebt u nodig?'

'Wapens.'

'Oké. Welk type, u zegt het maar.'

Esteban stak zijn arm naar achteren en pakte een stuk papier van zijn bureau. Terwijl hij ernaar keek, zette hij zijn bril goed. 'Browning machinegeweren, automatische handwapens en .50 machinegeweren met statief.'

Joe keek Dion aan en beiden grinnikten.

'Verder nog iets?'

'Ja,' zei Esteban. 'Granaten. En zeemijnen.'

'Wat is een zeemijn?'

'Die liggen op het schip,' zei Esteban.

'Welk schip?'

'Het militaire transportschip,' zei Ivelia. 'Pier zeven.' Ze wees met een schuin hoofd naar de achterwand. 'Negen straten die kant op.'

'Dus u wilt dat we een marineschip beroven,' zei Joe.

'Ja.' Esteban keek op zijn horloge. 'Graag binnen twee dagen, want anders is het vertrokken.' Hij gaf Joe een dubbelgevouwen stuk papier. Toen Joe het openvouwde kreeg hij een hol gevoel vanbinnen; hij dacht aan de soortgelijke briefjes die hij zijn vader had bezorgd. Twee jaar lang had hij zichzelf voorgehouden dat de last van die briefjes zijn vader niet noodlottig was geworden. Soms was hij er 's nachts bijna in geslaagd zichzelf te overtuigen.

CIRCULO CUBANO, 8.00 UUR.

'U gaat daar morgenochtend heen,' zei Esteban. 'U zult er een vrouw ontmoeten die Graciela Corrales heet. U doet wat zij en haar partner zeggen.'

Joe deed het papier in zijn zak. 'Ik neem geen bevelen aan van een vrouw.'

'Als u Albert White weg wilt hebben uit Tampa,' zei Esteban, 'dan doet u wat zij zegt.'

13

Het gat in de borst

Dion bracht Joe voor de tweede keer naar zijn hotel. Joe vroeg hem te blijven wachten tot hij besloten had of hij die avond wel of niet uit zou gaan.

In zijn roodfluwelen smoking met bijpassende fez zag de portier eruit als een circusaap. Hij kwam vanachter een kuippalm op het bordes tevoorschijn gesprongen, nam Dion de tassen van Joe uit handen en leidde Joe naar binnen terwijl Dion bij de auto bleef wachten. Joe checkte in bij de marmeren ontvangstbalie en tekende het register met een gouden vulpen die hem werd aangereikt door een strenge Fransman met een stralende glimlach en een paar dode poppenogen. Hij kreeg een koperen sleutel aan een fluwelen koordje overhandigd. Aan het uiteinde van het koordje hing een zwaar gouden vierkant met zijn kamernummer: 509.

Het was in feite een suite, met een bed zo groot als half Boston, sierlijke Franse stoelen en een sierlijk Frans bureau dat uitkeek over het meer. En hij had zijn eigen badkamer, die groter was dan zijn cel in Charlestown. De piccolo wees hem waar de stopcontacten waren en waar en hoe je de lampen en de plafondventilator aan moest doen. Hij liet hem de cederhouten kast zien, waarin Joe zijn kleren kon opbergen. Hij wees hem de radio, standaard op alle kamers, die Joe herinnerde aan Emma en de feestelijke opening van Hotel Statler. Hij gaf de piccolo een fooi, werkte hem de deur uit en ging in een van de sierlijke Franse stoelen zitten om een sigaret te roken en uit te kijken over het donkere meer en de weerspiegeling daarin van het kolossale hotel: tientallen lichte rechthoekjes gekanteld op het zwarte wateroppervlak. Hij vroeg zich af wat zijn vader op dit moment kon zien en wat Emma kon zien. Zagen ze hem? Zagen ze het verleden en de toekomst of de uitgestrekte werelden die buiten het bereik van zijn voorstellingsvermogen lagen? Of konden ze helemaal niets zien? Ze waren immers niets. Ze waren dood, ze waren stof, beenderen in een kist, die van Emma niet eens aan elkaar vast.

Hij vreesde dat dit alles was wat er was. Het was meer dan vrezen. Terwijl hij daar zo in die belachelijke stoel zat te kijken naar de hellende gele ramen in het zwarte water, wist hij het zeker. Je ging niet dood en dan naar een plek waar het beter was; hier was de betere plek, omdat je niet dood was. De hemel was niet in de wolken; die was de lucht in je longen.

Hij keek om zich heen in de kamer met het hoge plafond, de kroonluchter boven het enorme bed en de gordijnen zo dik als zijn bovenbeen, en wilde wel uit zijn vel barsten.

'Het spijt me,' fluisterde hij tegen zijn vader, ook al wist hij dat die hem niet kon horen, 'het was niet de bedoeling dat het...' hij keek nogmaals de kamer rond, '... zoiets zou worden.'

Hij drukte zijn sigaret uit en vertrok.

Buiten Ybor was Tampa uitsluitend blank. Dion nam hem mee naar een paar plekken ten noorden van Twenty-Fourth Street met houten uithangborden waarop een en ander duidelijk werd gemaakt. Een kruidenier in Nineteenth Avenue wilde dat iedereen wist dat bij hem HONDEN EN LATINO'S GEEN TOEGANG hadden, en een drogist in Columbus had GEEN LATINO'S aan de linkerkant van zijn deur en GEEN ITALO'S aan de rechterkant.

Joe keek Dion aan. 'Kun jij daartegen?'

'Natuurlijk niet, maar wat doe je eraan?'

Joe nam een slok uit Dions heupfles en gaf hem terug. 'Er moeten hier toch ergens wel een paar stenen liggen.'

Het was begonnen te regenen, maar verkoeling bracht het niet. In deze streken voelde regen aan als nog meer zweet. Het liep tegen middernacht en door de vochtigheid als een wollen omhelzing bij alles wat je deed, leek het alleen maar warmer te worden. Joe ging achter het stuur zitten om de motor aan de praat te houden terwijl Dion beide etalageruiten van de drogist aan diggelen gooide en snel in de auto sprong, waarna ze terugreden naar Ybor. Dion legde uit dat in deze buurt, in de straten met de hogere nummers tussen Fifteenth

Street en Twenty-Third, de Italianen woonden. De lichtere latino's zaten tussen Tenth en Fifteenth, de zwarte latino's ten zuiden van Tenth Street en ten westen van Twelfth Avenue, waar je de meeste sigarenateliers had.

Aan het eind van een bijna-weg die langs de Vayo Cigar Factory voerde en doodliep in een pluk mangrovebomen en cipressen, vonden ze een kroeg. Het was niet veel meer dan een kippenhok op stelten dat uitkeek over een moeras. Ze hadden netten gespannen vanuit de bomen langs de oever, en het netwerk overspande het huisje, de goedkope houten tafels ernaast en de achterveranda.

Binnen werd muzíék gemaakt: Joe had nog nooit zoiets gehoord – Cubaanse rumba, vermoedde hij, maar brutaler en gevaarlijker, en wat de mensen op de dansvloer deden had meer weg van neuken dan van dansen. Bijna iedereen daarbinnen was zwart – sommigen Amerikaans zwart maar de meesten Cubaans zwart, en zij die gewoon bruin waren, hadden niet de indiaanse trekken van de voorname Cubanen of Spanjaarden. Hun gezichten waren ronder, hun haar touwiger. De helft van de aanwezigen kende Dion. De kastelein, een oudere vrouw, gaf hem zonder iets te vragen een kan rum met twee glazen.

'Ben jij de nieuwe baas?' vroeg ze Joe.

'Ik geloof het wel,' zei Joe. 'Ik heet Joe. En u bent?'

'Phyllis.' Ze liet een droge hand in de zijne glijden. 'Ik ben de eigenaar hier.'

'Het ziet er mooi uit. Hoe heet het?'

'Phyllis's Place.'

'Natuurlijk.'

'Wat vind je van hem?' vroeg Dion aan Phyllis.

'Hij is te mooi,' zei ze, met een blik op Joe. 'Iemand moet hem eens flink onderhanden nemen.'

'We gaan ons best doen.'

'Doe dat,' zei ze, waarna ze doorging naar een volgende klant.

Ze namen de fles mee naar de achterveranda, zetten hem op een tafeltje, installeerden zich in twee schommelstoelen en keken door het net naar het moeras. Terwijl de regen langzaam minder werd en de libellen zich weer lieten zien, hoorde Joe iets zwaars door de bosjes bewegen. En nog iets anders, net zo zwaar, onder de veranda.

'Reptielen,' zei Dion.

Joe tilde zijn voeten van de vloer. 'Wat?'

'Krokodillen,' specificeerde Dion.

'Je neemt me in de maling, zeker?'

'Ik niet,' zei Dion, 'maar die jongens wel.'

Joe trok zijn knieën nog wat verder op. 'Godsamme, wat doen wij in vredesnaam in een tent met krokodillen?'

Dion haalde zijn schouders op. 'Je kunt er niet omheen hier. Die beesten zitten overal. In elke plas die je ziet zitten er een stuk of tien, met van die grote starende ogen.' Hij liet zijn vingers kronkelen en sperde zijn ogen. 'Te wachten tot er een domme yank een duik komt nemen.'

Joe hoorde het beest onder zijn voeten wegsluipen en toen dwars door de mangroven stampen. Hij was met stomheid geslagen.

Dion grinnikte. 'Gewoon niet het water in gaan.'

'Of in de buurt komen,' zei Joe.

'Ook dat niet.'

Terwijl ze op de veranda zaten te drinken, dreven de laatste regenwolken over en keerde de maan terug, zodat Joe Dion voor zich zag alsof ze bij lamplicht binnen zaten. Hij merkte dat zijn oude vriend naar hem staarde, dus staarde hij terug. Geruime tijd zei geen van beiden iets, maar niettemin had Joe het gevoel alsof er een heel gesprek tussen hen plaatsvond. Hij was opgelucht, en hij wist dat Dion het ook was, dat het er eindelijk van ging komen.

Dion nam een slok van de inferieure rum, veegde zijn lippen af met de rug van zijn hand. 'Hoe wist je dat ik het was?'

'Omdat ik wist dat ik het niet was,' zei Joe.

'Het had mijn broer kunnen zijn.'

'God hebbe zijn ziel,' zei Joe, 'maar je broer kon nog geen kind voor de gek houden.'

Dion knikte en staarde wat naar zijn schoenen. 'Het zou een zegen voor me zijn.'

'Wat?'

'Doodgaan.' Dion keek hem aan. 'Door mij is mijn broer omgekomen, Joe. Weet je hoe het is om met zoiets te moeten leven?'

'Ik kan me er wel iets bij voorstellen.'

'Hoezo?'

'Geloof me maar,' zei Joe, 'echt.'

'Hij was een jaar ouder dan ik,' zei Dion, 'maar ik was de oudste broer, snap je? Ik moest op hem passen. Weet je nog, in het begin? Dat Paolo en ik, toen we begonnen samen op te trekken en kiosken beroofden, dat we een broertje hadden dat we Seppi noemden?'

Joe knikte. Grappig, hij had in geen jaren aan het joch gedacht. 'Hij kreeg polio.'

Dion knikte. 'Hij ging dood. Acht jaar oud. Daarna is het met mijn moeder nooit meer goed gekomen. In die tijd heb ik tegen Paolo gezegd dat we niks hadden kunnen doen om Seppi te redden; dat was gewoon de wil van God, en God krijgt Zijn zin. Maar wij? Elkaar?' Hij haakte zijn duimen in elkaar en bracht zijn vuisten naar zijn lippen. 'Wij zouden elkaar beschermen.'

Achter hen dreunde de kroeg van de bastonen en de dansers. Voor hen stegen muskieten als stofwolken op uit het moeras, op weg naar het maanlicht.

'Dus hoe nu verder? Je hebt vanuit de gevangenis om mij gevraagd. Je hebt me laten opsporen in Montreal, helemaal naar hier laten slepen, een goeie baan bezorgd. Maar waarvoor?'

'Waarom heb je het gedaan, Dion?'

'Omdat hij me betaalde.'

'Albert?' fluisterde Joe.

'Wie anders?'

Joe sloot heel even zijn ogen. Hij prentte zichzelf in om langzaam adem te halen. 'Hij heeft je betaald om ons allemaal te verlinken?'

'Ja.'

'Werk je nog steeds voor hem?'

'Nee.'

'Waarom zou ik je moeten geloven, Dion?'

Dion trok een stiletto uit zijn schoen. Hij legde hem tussen hen in op het tafeltje, waarna hij er twee lange .38'ers en een .32 met een korte loop naast legde. Hij voegde er nog een ploertendoder en een koperen boksbeugel aan toe, veegde zijn handen af en hield ze op naar Joe.

'Als ik er niet meer ben,' zei hij, 'vraag dan in Ybor eens rond naar een vent die Brucie Blum heet. Soms tref je hem in de buurt van Sixth Avenue. Hij loopt raar, praat raar, weet niet meer dat hij vroeger een belangrijke jongen was. Hij werkte voor Albert. Een halfjaar geleden nog. Een hit bij de vrouwtjes, een kast vol mooie pakken. Nu schuifelt hij rond met een bakje en bedelt om kleingeld. Hij pist in zijn broek en kan verdomme zijn eigen veters niet meer strikken. Weet je wat hij als laatste deed toen hij nog aan de top stond? Hij kwam naar me toe in een clandestiene kroeg, in Palm Street was dat, en hij zegt tegen me: "Albert wil je spreken. Of anders... snap je wel?" Dus ik koos voor "of anders" en sloeg die rotkop van hem aan gort. Dus nee, ik werk niet meer voor Albert. Dat was eens maar nooit meer. Vraag maar aan Brucie Blum.'

Joe nipte van de verschrikkelijke rum en zei niets.

'Ga je het zelf doen of laat je het iemand anders doen?'

Joe keek hem recht aan. 'Jou om zeep helpen? Dat doe ik zelf.'

'Oké.'

'Áls ik het doe.'

'Ik zou het wel prettig vinden als je de knoop doorhakte, hoe het ook uitvalt.'

'Wat jij prettig vindt houdt me niet zo bezig, Dion.'

Nu was het Dions beurt om te zwijgen. Achter hen werden de dansgeluiden en basdreunen minder. Steeds meer auto's verlieten het erf en namen het modderpad in de richting van de sigarenfabriek.

'Mijn vader is overleden,' zei Joe ten slotte. 'Emma is dood. Jouw broer is dood. Mijn broers zitten overal. Shit, Dion, jij bent een van de weinigen die ik nog ken. Als ik jou kwijtraak, wie ben ik godverdomme dan nog?'

Dion keek hem aan; de tranen rolden als kralen over zijn wangen.

'Maar om geld zou je me niet verraden hebben,' zei Joe. 'Dat geloof ik niet.'

Dion schudde zijn hoofd, zodat zijn tranen in het rond vlogen.

'Dus, waarom dan wel?'

'Jij zou ons allemaal de dood in gejaagd hebben,' zei hij na een poosje, na heel diep ademhalen. 'Dat meisje. Je was jezelf niet. Zelfs die dag bij de bank. Je zou ons ergens in sleuren waar we niet meer uit konden komen. En mijn broer zou degene zijn die het niet zou overleven, want hij was traag, Joe. Hij was niet zoals wij. Ik dacht, ik dacht...' Hij haalde nog een paar keer diep adem. 'Ik dacht dat ik ons er allemaal een jaar mee van de straat zou krijgen. Dat was de deal.

Albert kende een rechter. We zouden allemaal een jaar krijgen, daarom trokken we ook geen wapen bij die klus. Een jaar. Lang genoeg voor dat meisje van Albert om jou te vergeten en misschien zou jij haar ook vergeten.'

'Jezus,' zei Joe. 'En dat allemaal omdat ik op die man z'n vriendin viel?'

'Jij en Albert waren allebei helemaal gestoord als het om haar ging. Zelf had je het niet in de gaten, maar toen zij eenmaal in beeld kwam, was jij wég. En ik zal het wel nooit begrijpen. Ze was echt geen haar beter dan een miljoen andere meiden.'

'Jawel,' zei Joe, 'dat was ze wel.'

'Hóé dan? Wat had ze dat ik niet zag?'

Joe nam de laatste slok van zijn rum. 'Voor ik haar kende? Toen wist ik niet dat ik dit kogelgat hier midden in mij had.' Hij tikte op zijn borst. 'Precies hier. Ik besefte het niet, totdat zij langskwam en het vulde. Nu is ze dood en is het gat teruggekomen. Alleen is het nu zo groot als een melkfles. En het wordt almaar groter. En het enige wat ik wil is dat ze terugkomt uit de dood om het op te vullen.'

Dion staarde hem aan terwijl de tranen op zijn wangen droogden. 'Een opmerking van een buitenstaander, Joe? Zíj was dat gat.'

Terug in het hotel kwam de nachtportier achter zijn balie vandaan om Joe een stapel berichten te overhandigen. Het waren allemaal telefoontjes van Maso.

'Hebt u een vierentwintiguursservice?' vroeg Joe hem.

'Vanzelfsprekend, meneer.'

Weer terug op zijn kamer belde hij de receptie, die hem doorverbond, waarop er een telefoon in North Shore, Boston, overging en Maso opnam. Joe stak een sigaret op en vertelde hem alles over zijn lange dag.

'Een schip?' vroeg Maso. 'Willen ze echt dat je een schip berooft?'

'Een marineschip,' zei Joe. 'Ja.'

'En die andere kwestie? Heb je je antwoord gekregen?'

'Ja.'

'En?'

'Dion heeft me niet verraden.' Joe trok zijn overhemd uit en liet het op de vloer vallen. 'Het was zijn broer.'

14
Boem

De Circulo Cubano was de nieuwste in de reeks van Ybors gezelligheidsverenigingen. De Spanjaarden hadden ooit, rond 1890, de eerste gebouwd, het Centro Español aan Seventh Avenue. Rond de eeuwwisseling had zich een groepje noordelijke Spanjaarden van het Centro Español afgesplitst om het Centro Asturiano op te richten, op de hoek van Ninth en Nebraska.

De Italian Club was ook aan Seventh Avenue, een paar straten ten zuiden van het Centro Español; beide adressen waren toplocaties in Ybor. De Cubanen hadden echter conform hun lage status in de gemeenschap genoegen moeten nemen met een veel minder chic stadsdeel. De Circulo Cubano was op de hoek van Ninth Avenue en Fourteenth Street. Aan de overkant van de straat had je een naaister en een drogist, die beiden nog net door de beugel konden, maar daarnaast was het bordeel van Silvana Padilla, met een klantenkring van voornamelijk sigarenarbeiders, en niet hun bazen, zodat er nog al eens een mes getrokken werd, en de hoeren waren er vaak ziek en onverzorgd.

Toen ze langs de stoeprand parkeerden, kwam er uit een steeg twee deuren verderop een hoer in een gekreukte jurk tevoorschijn. Langs hen lopend streek ze haar ruches glad; ze zag er oud en geknakt uit en leek erg aan een borrel toe. Joe schatte haar een jaar of achttien. De vent in zijn pak en witte strohoed die na haar uit de steeg kwam, begaf zich fluitend in tegenovergestelde richting. Joe voelde de onzinnige aandrang opkomen om uit de auto te stappen, achter de vent aan te gaan en hem met zijn kop tegen een van de bakstenen gevels in Fourteenth Street te rammen. En door te rammen tot het bloed uit zijn oren liep.

'Is dat van ons?' Joe knikte naar het bordeel.

'Voor een deel.'

'Dan geldt vanaf nu voor ons deel dat de meisjes geen stegen doen.'

Dion keek hem aan om zeker te weten dat hij het meende. 'Prima. Ik zal ervoor zorgen, meneer pastoor. Maar zullen we ons concentreren op waar we mee bezig zijn?'

'Dat doe ik ook.' Joe keek in de achteruitkijkspiegel of zijn das goed zat, en stapte uit. Ze liepen over een trottoir, dat om acht uur 's ochtends al zo heet was dat hij het aan zijn voetzolen voelde, ondanks zijn prima schoenen. De hitte bemoeilijkte het denken. En Joe moest nadenken. Talloze kerels waren sterker, moediger en beter met een pistool, maar qua slimheid kon hij zich met iedereen meten, dus kansloos voelde hij zich niet. Al zou het wel helpen als er even iemand langskwam om die klotehitte op nul te zetten.

Concentreer je. Concentreer je. Je staat tegenover een probleem dat je moet zien op te lossen. Hoe maak je de Amerikaanse marine zestig kratten wapens lichter zonder dat ze je doodschieten of verminken?

Toen ze de traptreden naar de Circulo Cubano op liepen kwam er een vrouw door de voordeur om hen te begroeten.

In feite had Joe wel een idee hoe hij die wapens te pakken moest krijgen, maar nu schoot dat compleet uit zijn hoofd omdat hij de vrouw aankeek en zij hem, beiden met een toenemend gevoel van herkenning. Het was de vrouw die hij de dag tevoren op het perron had gezien, de vrouw met de koperkleurige huid en het lange dikke haar dat zwarter was dan al het zwart dat hij ooit had gezien, behalve misschien haar ogen, die even donker waren en hem strak aankeken terwijl hij dichterbij kwam.

'Señor Coughlin?' Ze stak hem haar hand toe.

'Ja.' Hij schudde haar hand.

'Graciela Corrales.' Ze liet haar hand uit de zijne glijden. 'U bent laat.'

Ze nam hen mee over een zwart-witte tegelvloer naar een witmarmeren trap. Hierbinnen was het een stuk koeler doordat de hoge plafonds, de donkerhouten lambriseringen en al het marmer en tegelwerk de warmte een paar uur langer op afstand wisten te houden.

Graciela Corrales sprak met haar rug naar Joe en Dion gekeerd. 'U komt toch uit Boston?'

'Ja,' zei Joe.

'Staren alle mannen in Boston zo naar vrouwen op perrons?'

'We doen wel ons best om er niet echt een vak van te maken.'

Ze keek hen over haar schouder aan. 'Het is erg onbeleefd.'

Dion zei: 'Ik kom eigenlijk uit Italië.'

'Ook een onbeleefd oord.' Ze ging hen voor door een balzaal boven aan de trap waar portretten van verschillende groepen Cubanen aan de muur hingen. Sommige foto's waren geposeerd, andere ademden de sfeer van bruisende dansavondjes en toonden zwaaiende armen, uitdagend wiegende heupen en wervelende rokken. Ze liepen snel, maar Joe wist bijna zeker dat hij Graciela op een van de foto's zag staan. De enige reden waarom hij aarzelde was dat de vrouw op de foto lachte, met haar hoofd in de nek en losse haren, en hij kon zich deze vrouw niet voorstellen met haar haar los.

Toen na de balzaal een biljartkamer kwam, begon Joe te geloven dat sommige Cubanen een behoorlijk prettig bestaan moesten leiden, en na de biljartkamer kwam een bibliotheek met zware witte gordijnen en vier houten stoelen. De man die hen opwachtte trad met een brede glimlach op hen toe en gaf een stevige hand.

Esteban. Hij schudde hen de hand alsof ze elkaar niet de vorige avond nog gesproken hadden.

'Esteban Suarez, heren. Goed dat u gekomen bent. Neem plaats.'

Ze gingen zitten.

Dion zei: 'Bent u met z'n tweeën?'

'Pardon?'

'We hebben gisteravond een uur met u zitten praten. U geeft ons een hand alsof we elkaar nog nooit ontmoet hebben.'

'Maar gisteravond sprak u de eigenaar van El Vedado Tropicale. Vanochtend hebt u de secretaris van de Circulo Cubano voor u.' Hij glimlachte als een bovenmeester die aardig was tegen twee leerlingen die waarschijnlijk zouden blijven zitten. 'Maar goed,' zei hij, 'ik dank u voor uw hulp.'

Joe en Dion knikten, maar zeiden niets.

'Ik heb dertig mannen,' zei Esteban, 'maar ik schat dat ik er nog dertig extra nodig zal hebben. Hoeveel kunt u...'

Joe zei: 'Wij stellen geen mannen ter beschikking. We leggen ons nog helemaal nergens op vast.'

'Nee?' Graciela keek naar Esteban. 'Ik begrijp het niet.'

'We zijn gekomen om uw verhaal te horen,' zei Joe. 'Of we daarna instappen blijft nog even de vraag.'

Graciela nam plaats in de stoel naast Esteban. 'U zou niet moeten doen alsof u iets te kiezen hebt. Als gangsters bent u afhankelijk van een product dat maar door één man geleverd wordt. Als u ons afwijst, zal uw voorraad opdrogen.'

'En in dat geval, Esteban, wordt het oorlog,' zei Joe. 'Die wij zullen winnen omdat wij mankracht hebben en u niet. Ik heb er nog eens wat beter naar gekeken. Als ik het goed begrijp wilt u dat ik mijn leven riskeer tegen de Amerikaanse marine. Tegen een stuk of twintig Cubanen in de straten van Tampa zou ik het erop wagen. Dan weet ik tenminste waar ik voor vecht.'

'Winst,' zei Graciela.

Joe zei: 'Een manier om aan de kost te komen.'

'Een illegale manier.'

'En wat doet u?' Hij boog zich voorover, keek de kamer rond. 'Hier een beetje rondhangen en uw Perzische tapijten tellen?'

'Ik rol sigaren, meneer Coughlin, in La Trocha. Ik ga op een houten stoel zitten en dan doe ik dat iedere dag van tien uur in de ochtend tot acht uur 's avonds. Toen u gisteren op het perron zo naar me staarde...'

'Ik staarde niet naar u.'

'... had ik mijn eerste vrije dag in twee weken. En als ik niet werk, werk ik hier als vrijwilligster.' Ze schonk hem een bitter glimlachje. 'Dus laat u niets wijsmaken door mijn mooie jurk.'

Deze jurk was zo mogelijk nog meer versleten dan de jurk die ze de vorige dag aan had gehad. Het was een katoentje met een zigeunerband boven een geplooide rok, zeker al een jaar uit de mode, misschien wel twee, en zo afgedragen en verwassen dat de oorspronkelijke kleur was verschoten naar iets wat het midden hield tussen wit en beige.

'Deze club is opgericht met behulp van donaties,' zei Esteban rustig. 'En op dezelfde manier houden we de deuren open. Als een Cubaan op vrijdag uitgaat, wil hij naar een plek waar hij zich op z'n mooist kan laten zien, een gelegenheid waar hij het gevoel heeft dat hij weer in Havana is, een gelegenheid met klasse. *Pizzazz*, oké?' Hij knipte met zijn vingers. 'Binnen deze muren noemt niemand ons latino of iets anders fraais. We kunnen ongestoord onze eigen taal spreken, onze liederen zingen en onze poëzie voordragen.'

'Nou, dat is dan fijn voor u. Maar waarom legt u me nou niet eens uit waarom ik voor u op poëtische wijze een marineschip zou moeten overvallen in plaats van dat ik simpelweg uw hele organisatie omverwerp?'

Bij die opmerking deed Graciela haar mond open. Haar ogen schoten vuur. Maar Esteban legde een sussende hand op haar knie. 'U hebt gelijk – mijn organisatie omverwerpen zou u waarschijnlijk wel lukken. Maar wat zou het u opleveren behalve een paar gebouwen? Mijn bevoorraders, mijn contacten in Havana, alle mensen met wie ik samenwerk op Cuba – die zouden nooit met u samenwerken. Dus, wilt u echt het gouden kalf slachten voor wat oude gebouwen en een paar kratten rum?'

Joe beantwoordde zijn glimlach met zijn eigen. Ze begonnen elkaar te begrijpen. Er was nog geen sprake van wederzijds respect, maar de weg ernaartoe lag open.

Joe wees met zijn duim over zijn schouder. 'Zijn die foto's in de gang van u?'

'De meeste wel.'

'Is er ook iets wat u niet kunt, Esteban?'

Esteban haalde zijn hand van Graciela's knie en leunde achterover. 'Bent u een beetje op de hoogte van de Cubaanse politiek, meneer Coughlin?'

'Nee,' zei Joe, 'en dat is niet nodig ook. Dat gaat me niet helpen deze klus te klaren.'

Esteban legde zijn enkels over elkaar. 'En Nicaragua?'

'Daar hebben we een paar jaar geleden een opstand de kop ingedrukt, als ik me goed herinner.'

'Daar gaan de wapens naartoe,' zei Graciela. 'En een opstand was er niet. Uw land bezet hun land net zoals ze dat van mij zullen bezetten als ze dat zo uitkomt.'

'Ik zou zeggen: kijk eens naar het Platt-amendement.'

Die opmerking ontlokte een opgetrokken wenkbrauw. 'Een intellectuele gangster?'

'Ik ben geen gangster, ik ben een vogelvrije,' zei hij, hoewel hij niet wist of dat nog klopte. 'En op de plek waar ik de afgelopen twee jaar heb doorgebracht was niet veel anders te doen dan lezen. Maar waarom verscheept de marine wapens naar Nicaragua?'

'Omdat ze daar een militair trainingskamp hebben opgezet,' zei Esteban. 'Om het leger en de politie van Nicaragua, Guatemala en Panama de beste methoden bij te brengen om de boeren onder de duim te houden, wat anders?'

Joe zei: 'Dus u wilt wapens stelen van de Amerikaanse marine om ze uit te delen onder de Nicaraguaanse rebellen?'

'Nicaragua is niet mijn strijd,' zei Esteban.

'De Cubaanse rebellen dan.'

Een knikje. 'Machado is geen president. Dat is een ordinaire dief met een geweer.'

'Dus u steelt van ons leger om uw leger aan de kant te zetten?'

Esteban knikte nauwelijks zichtbaar.

'Hebt u daar moeite mee?' vroeg Graciela.

'Het zal me worst wezen.' Joe keek Dion aan. 'Jou?'

Dion vroeg aan Graciela: 'Als jullie zelf de orde een beetje konden handhaven en misschien niet een leider kozen die jullie op alle mogelijke manieren bedondert zodra hij aan de macht is, zouden wij jullie dan bezet moeten houden, denk je?'

Graciela keek hem vlak en strak aan: 'Als ons nationale product iets was wat jullie niks kon schelen, hadden jullie nog nooit van Cuba gehoord, dat denk ik.'

Dion keek naar Joe. 'Wat maakt het uit? Laat ze vertellen wat ze van plan zijn.'

Joe draaide zich naar Esteban. 'U hebt toch wel een plan, hoop ik?'

In Estebans ogen was nu voor het eerst ongenoegen te lezen. 'Iemand van ons gaat er vanavond heen, naar die boot. Hij zal voor afleiding zorgen in het voorste gedeelte en...'

'Wat voor soort afleiding?' vroeg Dion.

'Brand. Als ze erop afgaan om te blussen, gaan wij naar het ruim om die wapens eruit te halen.'

'Het ruim zal afgesloten zijn.'

Esteban trok een zelfverzekerde glimlach. 'Daar hebben we een speciale tang voor.'

'Want u hebt dat slot gezien.'

'Ik heb er een beschrijving van gekregen.'

Dion boog zich voorover. 'Maar u weet niet van wat voor materiaal het is. Het kon weleens sterker zijn dan uw tang.'

'Dan schieten we het kapot.'

'Daarmee trek je de aandacht van de mensen die bezig zijn met blussen,' zei Joe. 'En waarschijnlijk verlies je een man door een terugkaatsende kogel.'

'We zullen snel te werk gaan.'

'Hoe stelt u zich dat voor met zestig kisten geweren en granaten?'

'We zijn met z'n dertigen. En nog eens dertig, als u die wilt leveren.'

'Zij zijn met driehonderd,' zei Joe.

'Maar dat zijn geen driehonderd *Cubanos*. Een Amerikaanse soldaat vecht voor zijn eigen trots. Een Cubano vecht voor zijn land.'

'Jezus,' zei Joe.

Esteban glimlachte nu nog zelfgenoegzamer. 'Twijfelt u aan onze moed?'

'Nee,' zei Joe. 'Aan uw verstand.'

'Ik ben niet bang om te sterven,' zei Esteban.

'Ik wel.' Joe stak een sigaret op. 'En als ik het niet was, zou ik liever voor een betere zaak sterven dan deze. Je hebt twee jongens nodig om een kist met geweren te tillen. Dat betekent dus dat je met zestig jongens twee keer aan boord moet gaan van een brandend marineschip. En u denkt dat zoiets kan.'

'We weten pas twee dagen van dat schip,' zei Graciela. 'Met meer tijd hadden we meer mannen en een beter plan gehad, maar dat schip vertrekt morgen.'

'Niet per se,' zei Joe.

'Hoe bedoelt u?'

'U zei dat u een vent op het schip kon krijgen.'

'Ja.'

'Dus u hebt al iemand aan boord?'

'Waarom wilt u dat weten?'

'Jezus, omdat ik het godverdomme vraag, Esteban, oké? Staat een van die matrozen op uw loonlijst of niet?'

'Ja,' zei Graciela.

'Wat is zijn taak?'

'Hij zit in de machinekamer.'
'En wat ging hij voor u doen?'
'Een motorstoring veroorzaken.'
'Dus die man die jullie eropaf sturen is een technicus?'
Eenstemmig geknik.
'Hij komt aan boord om het motorprobleem te verhelpen, veroorzaakt die brand en dan halen jullie het ruim leeg.'
Esteban zei: 'Ja.'
'Nou, ik heb weleens een slechter plan gehoord,' zei Joe.
'Dank u.'
'Dat lijkt me voorbarig. Niet slecht wil nog niet zeggen dat het niet beter kan. Wanneer waren jullie dit van plan?'
'Vanavond,' zei Esteban. 'Om tien uur. Er zou maar een flauw maantje staan vannacht.'
Joe zei: 'Midden in de nacht of rond een uur of drie 's ochtends zou ideaal zijn. De meeste mensen slapen dan. Geen helden om over in te zitten, nauwelijks getuigen. Dat is de enige kans die ik uw man geef om die boot weer af te komen.' Hij verstrengelde zijn vingers achter zijn hoofd en dacht er nog verder over na. 'Die technicus van u, is dat een Cubaan?'
'Ja.'
'Hoe donker is hij?'
'Ik zie niet in...' zei Esteban.
'Lijkt hij meer op u of meer op haar?'
'Hij is erg licht.'
'Dus hij zou ook voor een Spanjaard door kunnen gaan?'
Esteban keek van Graciela naar Joe. 'Zeker.'
'Waarom is dat zo belangrijk?' vroeg Graciela.
'Omdat ze zich, nadat we de Amerikaanse marine hebben aangedaan wat we van plan zijn, zijn gezicht zullen herinneren. En jacht op hem zullen maken.'
'En wat gaan we de Amerikaanse marine precies aandoen?' vroeg Graciela.
'Om te beginnen, een gat in dat schip blazen.'

De bom was geen kistje spijkers en metalen ringetjes die je voor een prikkie op de kop tikte bij een straathoekanarchist. Het was een veel verfijnder en geavanceerder ding. Althans, dat werd hun verteld.

Een kastelein in een kroeg van Pescatore aan Central Avenue, in St. Petersburg, een zekere Sheldon Boudre, had zich tussen zijn twintigste en zijn dertigste grotendeels beziggehouden met het onschadelijk maken van bommen voor de marine. Destijds, op Haïti in 1915, had hij door haperend communicatiematerieel tijdens de bezetting van Port-au-Prince een been verloren, en dat kon hij nog steeds niet verkroppen. Hij had een juweel van een explosief voor hen gemaakt: een metalen kistje ter grootte van een schoenendoos. Hij zei tegen Joe en Dion dat hij het ding had volgestouwd met kogellagers, koperen deurknoppen en genoeg buskruit om een tunnel door het Washington Monument te boren.

'Zorg ervoor dat je hem direct onder de motor aanbrengt,' zei Sheldon terwijl hij de in bruin papier verpakte bom over de bar naar hen toe schoof.

'We willen niet alleen de motor opblazen,' zei Joe. 'We moeten een gat in die romp hebben.'

Met zijn blik op de bar gericht zoog Sheldon zijn rij valse boventanden heen en weer langs zijn tandvlees. Joe besefte dat hij de man beledigd had, en gaf hem even de tijd.

'Wat denk je dat er zal gebeuren,' zei Sheldon, 'als een motor zo groot als een Studebaker door die romp de Hillsborough Bay in vliegt?'

'Maar de hele haven opblazen willen we nou ook weer niet,' zei Dion.

'Dat is nou juist de schoonheid van deze dame.' Sheldon klopte op het pakket. 'Ze is doelgericht. Ze regent niet aan alle kanten op je neer. Je moet alleen zorgen dat je niet voor d'r gaat staan als ze afgaat.'

'Hoe gevoelig is, eh, deze dame precies?' vroeg Joe.

Sheldons ogen schoten vol. 'Bewerk haar een hele dag met een hamer, en ze zal het je vergeven.' Hij streelde het bruine pakpapier alsof hij een kat over zijn rug aaide. 'Gooi haar een eind in de lucht, en je hoeft zelfs geen stap opzij te doen als ze neerkomt.'

Hij knikte een paar keer, met nog steeds bewegende lippen, en Joe en Dion keken elkaar aan. Als deze vent niet helemaal goed bij z'n hoofd was, reden ze straks wel met een bom van zijn hand over de Tampa Bay.

Sheldon hield een waarschuwende vinger op. 'Er is één klein voorbehoud.'

'Een klein wat?'

'Een klein detail dat je moet weten.'

'En dat is?'

Hij trok een verontschuldigende glimlach. 'Degene die haar aansteekt kan maar beter snelle benen hebben.'

De rit van St. Petersburg naar Ybor was veertig kilometer. Joe was zich bewust van elke meter. Elk schokje, elke zwenking van de auto. Elk rammeltje in het chassis werd het geluid van zijn onmiddellijke dood. Dion en hij hoefden geen woorden vuil te maken aan hun angst. Die stond in hun ogen geschreven, vulde de auto, gaf hun zweet iets metaligs. Het grootste deel van de tijd keken ze recht voor zich uit, durfden ze alleen nu en dan een snelle zijwaartse blik op de baai te werpen toen ze de Gandy Bridge overgingen en de smalle kuststrook aan weerszijden van hen helderwit afstak tegen het diepblauwe water. Pelikanen en reigers vlogen op van de relingen. De pelikanen konden plotseling in volle vlucht stilvallen en uit de lucht tuimelen alsof ze aangeschoten waren. Ze kwamen met een plons in het vlakke water terecht om met een spartelende vis dwars in hun bek weer op te duiken, waarna ze hun snavel openden en de vis, ongeacht zijn omvang, spoorloos verdween.

Dion nam een kuil, een bobbel en toen nog een kuil. Joe sloot zijn ogen.

Zonlicht stortte zich op de voorruit en ademde vlammen door het glas.

Dion bereikte de overkant van de brug, waar het asfalt plaatsmaakte voor schelpengruis en grind, de twee rijbanen samenvloeiden tot één en het wegdek plotseling een lappendeken van verschillende kwaliteiten en consistenties bleek.

'Ik bedoel maar,' zei Dion, zonder verder iets te zeggen.

Ze reden nog een eindje stuiterend door totdat ze in het verkeer tot stilstand kwamen en Joe zich moest bedwingen om niet uit de auto te springen, Dion de rug toe te keren en deze hele operatie voor gezien te houden. Welke idioot haalde het in zijn harses om goddomme een bóm van A naar B te brengen, in een auto? Wie deed zoiets?

Een gek. Iemand die levensmoe was. Iemand die meende dat geluk een leugen was om mensen mee onder de duim te houden. Maar Joe had aan het geluk geroken; hij had het gekend. En nu riskeerde hij elke kans het ooit weer te voelen door een bom te vervoeren die krachtig genoeg was om een scheepsmotor van dertig ton door een plaatstalen romp te rammen.

Er zou niets van hem overblijven om te bergen. Geen auto, geen kleren. Zijn dertig tanden en kiezen zouden in de baai verstrooid raken als gelukscenten in een fontein. Het zou een meevaller zijn als ze één knokkel vonden om terug te sturen voor in het familiegraf in Cedar Grove.

Het laatste stukje was het ergst. Ze lieten Gandy achter zich en reden over een onverharde weg die parallel liep aan een spoorlijn. Het wegdek was aan de rechterkant pokdalig geworden en door de hitte op elke denkbare onhandige plek gebarsten. Het rook er naar schimmel, naar dingen die in warme modder rondkropen en erin doodgingen en achterbleven tot ze versteend waren. Ze reden een bosje met hoge mangroven binnen waar de bodem was bezaaid met plassen en plotseling opduikende diepe kuilen, en na nog een paar minuten rijden over dat ruwe terrein kwamen ze bij het huisje van Daniel Desouza, een van de betrouwbaarste makers van camouflagemiddelen van de clan.

Hij had een gereedschapskist met een dubbele bodem voor hen gemaakt. Op Joe's aanwijzingen had hij de gereedschapskist smoezelig gemaakt en met vuil bewerkt tot hij niet slechts meer naar olie, smeer en vuil rook, maar ook naar ouderdom. Maar de gereedschappen die hij erin had gelegd waren van de beste kwaliteit en keurig verzorgd, sommige gewikkeld in wasdoek, allemaal pasgeleden gereinigd en ingevet.

Staand rondom de keukentafel in zijn hutje liet hij hun zien hoe je de dubbele bodem in de doos opende. Zijn zwangere vrouw liep schommelend om hen heen naar de buitenplee en zijn twee kinderen speelden op de vloer met een paar poppen die niet veel meer voorstelden dan een paar slordig aan elkaar geflanste lappen. Joe zag een matras op de vloer voor de kinderen en een voor de ouders, beide zonder lakens of kussens. Een mormel van een hond liep snuffelend in en uit, en overal zoemden vliegen, muskieten ook. Daniel Desouza onderzocht uit ordinaire nieuwsgierigheid of uit onvervalste krankzinnigheid het werk van Sheldon, Joe wist het niet meer, verdoofd als hij ondertussen was door het wachten op de dood terwijl Desouza met een schroevendraaier in de bom wroette en zijn vrouw weer binnenkwam en de hond een mep verkocht. De kinderen begonnen te ruziën over een van de lappenpoppen en gingen schel gillend tegen elkaar tekeer, totdat Desouza zijn vrouw een dreigende blik toewierp. Ze liet de hond met rust en richtte haar geweld nu op de kinderen, met een regen van klappen in hun gezicht en nek.

De kinderen jammerden van schrik en verontwaardiging.

'Jullie hebben een mooi stukje vakwerk te pakken gekregen, ik kan niet anders zeggen,' merkte Desouza mompelend op. 'Deze zal flink indruk maken.'

De jongste van de twee kinderen, een jochie van een jaar of vijf, hield op met huilen. Hij had machteloze woede uitgebruld, maar toen hij ophield was het alsof er diep in zijn binnenste een lucifer was uitgeblazen, waarna alle uitdrukking uit zijn gezicht vloeide. Hij pakte een van zijn vaders moersleutels van de vloer en gaf de hond een rake klap opzij tegen zijn kop. De hond begon te grommen. Even leek hij uit te gaan vallen naar de jongen, maar het dier bedacht zich en schoot de deur uit.

'Die hond of dat joch,' zei Desouza, zonder ook maar een seconde op te kijken van de gereedschapskist. 'Een van tweeën. Maar ik sla er nog een dood.'

Joe ontmoette hun bommengooier, Manny Bustamente, in de bibliotheek van de Circulo Cubano, waar iedereen behalve Joe een sigaar rookte, zelfs Graciela. Buiten op straat ging het er al net zo aan toe – negen en tien jaar oude jochies liepen rond met een sigaar in hun mond zo dik als hun bovenbeen. Telkens wanneer Joe een van zijn miezerige Murads opstak, had hij het gevoel dat de hele stad hem uitlachte, maar van sigaren kreeg hij hoofdpijn. Toen hij die avond om zich heen keek naar de bruine deken van rook die boven hun hoofd hing, bedacht hij dat hij maar beter kon leren wennen aan die hoofdpijn.

Manny Bustamente was civiel ingenieur geweest in Havana. Ongelukkigerwijs was zijn zoon lid van de studentenvereniging van de

Universiteit van Havana die zich openlijk uitsprak tegen het Machado-regime. Machado sloot de universiteit en verbood de studentenvereniging. Op een dag, vlak na zonsopgang, meldden zich meerdere geüniformeerde mannen bij het huis van Manny Bustamente. Ze zetten zijn zoon op zijn knieën in de keuken en schoten hem recht in zijn gezicht, waarna ze ook de vrouw van Manny doodschoten toen die hen een stel beesten noemde. Manny werd naar de gevangenis gestuurd. Bij zijn vrijlating werd hem te verstaan gegeven dat het een bijzonder goed idee zou zijn als hij het land verliet.

Manny vertelde dit verhaal aan Joe om tien uur 's avonds in de bibliotheek. Het was, naar Joe aannam, bedoeld om hem te overtuigen van Manny's toewijding aan de zaak. Joe twijfelde niet aan zijn toewijding, maar wel aan zijn snelheid. Manny was een meter vijfenvijftig en had het postuur van een weckpot. Van een trap op lopen moest hij hijgend bijkomen.

Ze bespraken de indeling van het schip. Manny had de motor een onderhoudsbeurt gegeven op de eerste dag in de haven.

Dion vroeg waarom de marine geen eigen technici had.

'Die hebben ze wel,' zei Manny. 'Maar als ze een... *especialista* voor zo'n oude machine kunnen krijgen, zullen ze geen nee zeggen. Dit schip is vijfentwintig jaar oud. Het is ooit ontworpen als een...' hij knipte met zijn vingers en rebbelde iets in het Spaans tegen Graciela.

'Een cruiseschip,' zei ze tegen iedereen.

'Ja,' zei Manny. Hij sprak opnieuw in rap Spaans tegen haar, een heleboel zinnen lang. Toen hij klaar was, legde ze aan de anderen uit dat het schip tijdens de Eerste Wereldoorlog aan de marine was verkocht en omgebouwd tot een hospitaalschip. Pas kortgeleden hadden ze er een transportschip van gemaakt, met een driehonderdkoppige bemanning.

'Waar is de machinekamer?' vroeg Joe.

Opnieuw richtte Manny zich tot Graciela, die vertaalde wat hij zei, wat het een stuk eenvoudiger maakte.

'Onder in het schip, in het vooronder.'

Hij vroeg Manny: 'Als je midden in de nacht naar het schip wordt geroepen, wie ontvangt je dan?'

Hij begon tegen Joe te praten, maar wendde zich toen met een vraag tot Graciela.

'De politie?' zei ze fronsend.

Hij schudde zijn hoofd, begon opnieuw.

'O,' zei ze, '*veo, veo, sí.*' Ze richtte zich tot Joe: 'Hij bedoelt de scheepspolitie.'

'De kustwacht,' zei Joe terwijl hij Dion aankeek. 'Hou je die in de gaten?'

Dion knikte. 'Ik zit erbovenop.'

'Dus je komt langs de kustwacht,' zei Joe tegen Manny, 'en je gaat de machinekamer binnen. Waar zijn de dichtstbijzijnde kooien?'

'Een dek hoger, aan het andere eind,' zei Manny.

'Dus het enige personeel in de buurt zijn de twee machinisten?'

'Ja.'

'En hoe krijg je die daar weg?'

Vanaf zijn plaats bij het raam zei Esteban: 'Uit betrouwbare bron weten we dat de eerste machinist een drankprobleem heeft. Zelfs als hij naar de machinekamer gaat om het werk van onze man te controleren, dan nog zal hij niet blijven.'

'Maar wat als hij toch blijft?' vroeg Dion.

Esteban haalde zijn schouders op. 'Dan improviseren ze wel iets.'

Joe schudde zijn hoofd. 'Er wordt niet geïmproviseerd.'

Manny verraste iedereen toen hij in zijn laars voelde en een éénschot-Derringer met een parelmoeren kolf tevoorschijn haalde. 'Als die man niet weggaat, regel ik dat.'

Joe rolde met zijn ogen naar Dion, die dichter bij Manny zat.

Dion zei: 'Laat eens zien,' waarop hij de Derringer uit Manny's hand griste.

'Heb je ooit iemand neergeschoten?' vroeg Joe. 'Ooit iemand doodgeschoten?'

Manny leunde achterover. 'Nee.'

'Mooi. Want dat is niet iets om vanavond mee te beginnen.'

Dion wierp Joe het wapen toe. Hij ving het en hield het op naar Manny. 'Het kan me niet schelen wie je doodt,' zei hij terwijl hij zich afvroeg of dat waar was, 'maar als ze je hadden gefouilleerd, hadden ze dit ding gevonden. En dan zouden ze eens extra goed naar die gereedschapskist van je hebben gekeken en de bom gevonden. Jouw enige zorg vanavond, Manny, is dat je dit niet verkloot. Denk je dat je dat redt?'

'Ja,' zei Manny. 'Ja.'

'Als de eerste machinist blijft rondhangen, dan repareer je die motor en je vertrekt.'

Esteban stond op uit de vensterbank. 'Nee!'

'Ja,' zei Joe. 'Ja. Dit is een actie van verraad tegen de Amerikaanse regering. Begrijp je dat? Ik doe hier niet aan mee om me te laten pakken en ophangen in Leavenworth. Als er ook maar iets scheef loopt, Manny, dan loop jij als de sodemieter die boot af en verzinnen we iets anders. Wat je niet moet doen – kijk me aan, Manny – onder geen beding, is improviseren. *¿Comprende?*'

Manny knikte ten slotte.

Joe wees naar de bom in de tas aan zijn voeten. 'Dit ding heeft een erg korte lont.'

'Dat begrijp ik.' Manny knipperde tegen een zweetdruppel die van zijn voorhoofd rolde, waarna hij de rug van zijn hand over zijn voorhoofd haalde. 'Ik zet me voor honderd procent in voor deze actie.'

Geweldig, dacht Joe, hij is te zwaar én te gretig.

'Dat is mooi van je,' zei Joe terwijl hij Graciela's blik opving en in haar ogen dezelfde bezorgdheid las als die er in die van hem te zien moest zijn. 'Maar Manny. Jouw inzet moet zijn om die actie te volbrengen én levend weer van die boot af te komen. Ik zeg dat niet omdat ik zo'n toffe vent ben en om je geef. Want geen van beide is het geval. Maar als jij omkomt en ze identificeren je als een Cubaanse nationalist, dan valt het hele plan op dat moment uit elkaar.'

Manny boog zich voorover, een sigaar zo dik als een hamersteel tussen zijn vingers. 'Ik wil vrijheid voor mijn land, ik wil Machado dood en de Verenigde Staten weg uit mijn land. Ik ben hertrouwd, meneer Coughlin. Ik heb drie *bambinas*, alle drie nog onder de zes. Ik hou van mijn vrouw, God vergeve, nog meer dan van mijn overleden vrouw. Ik ben oud genoeg om liever als een zwakkeling te leven, dan als een held te sterven.'

Joe schonk hem een dankbare glimlach. 'Dan ben jij de man voor deze bom.'

De USS Mercy woog tienduizend ton. Het was een honderddertig meter lang en vijftien meter breed schip met een rechte boeg, twee schoorsteenpijpen en twee masten. In de hoofdmast hing een kraaiennest dat naar Joe's idee thuishoorde op een schip uit de tijd dat zeerovers de wereldzeeën afschuimden. De pijpen werden gesierd door twee verbleekte kruisen, die nog verwezen naar het verleden van het schip als hospitaalschip, net als trouwens de overheersende witte kleur waarin het was geverfd. Het zag er opgelapt uit, knarsend, maar het vele wit stak glanzend af tegen het zwarte water en de nachtelijke hemel.

Ze stonden op de omloop van de graansilo aan het eind van McKay Street – Joe, Dion, Graciela en Esteban –, vanwaar ze uitzicht hadden op het schip aan steiger 7. Er stond een tiental silo's bij elkaar, een kleine twintig meter hoog, waarin het laatste graan die middag was gelost door een Cargill-schip. De nachtwaker was betaald om de volgende dag tegen de politie te zeggen dat hij door Spanjaarden was overmeesterd, waarop Dion hem voor de geloofwaardigheid met twee klappen van een loden pijp buiten westen had geslagen.

Graciela vroeg Joe hoe hij erover dacht.

'Waarover?'

'Onze kansen.' Graciela's sigaar was lang en dun. Ze blies kringen over de reling van de omloop en keek ze na terwijl ze wegdreven boven het water.

'Wou je een eerlijk antwoord?' vroeg Joe. 'Zo goed als nul.'

'Toch is het uw plan.'

'Iets beters kon ik niet bedenken.'

'Het lijkt een prima plan.'

'Is dat een compliment?'

Ze schudde haar hoofd, hoewel hij dacht te zien dat ze heel even haar lippen krulde. 'Het is een mededeling. Als u goed gitaar speelde, zou ik dat tegen u zeggen en u nog steeds niet mogen.'

'Vanwege mijn staren?'

'Vanwege uw arrogantie.'

'O.'

'Net als alle Amerikanen.'

'En alle Cubanen, wat zijn die dan?'

'Trots.'

'Joe glimlachte. 'Volgens de kranten die ik heb gelezen zijn jullie ook lui, snel boos, niet in staat te sparen en kinderachtig.'

'En is dat waar, denkt u?'

'Nee,' zei hij. 'En als je het mij vraagt zijn aannames over een heel land of een heel volk in het algemeen behoorlijk stom.'

Ze nam een trekje van haar sigaar en nam hem een poosje op. Ten slotte richtte ze haar aandacht weer op het schip.

De lantaarns langs de kade legden een bleke, grijsrode glans over het wolkendek. Aan de overkant van de zee-engte sliep de in nevel gehulde stad. In de verte doorsneden ijle bliksemschichten als grillige witte aderen de huid van de wereld. Het flauwe en plotselinge licht onthulde gezwollen, pruimblauwe wolken die zich als een vijandig leger samenpakten aan de horizon. Op een gegeven moment kwam er een vliegtuigje recht overvliegen: vier lichtjes tegen de hemel, een bescheiden motor, op honderd meter hoogte, mogelijk voor iets legaals, hoewel zich moeilijk liet raden wat dat zou kunnen zijn om drie uur 's nachts. Bovendien was Joe in de korte tijd die hij tot nu toe in Tampa had doorgebracht maar heel weinig activiteiten tegengekomen die hij als legaal zou willen omschrijven.

'Meende u wat u vanavond tegen Manny zei over dat het u niet uitmaakt of hij het overleeft of niet?'

Inmiddels zagen ze hem; hij liep over de steiger naar het schip, gereedschapskist in de hand.

Joe leunde op zijn ellebogen op de reling. 'Zo ongeveer.'

'Hoe kan iemand zo ongevoelig worden?'

'Daar is minder oefening voor nodig dan je zou denken,' zei Joe.

Manny hield stil bij de treeplank, waar twee leden van de kustwacht hem tegemoetkwamen. Hij deed zijn armen omhoog terwijl een van de kustwachten hem van top tot teen beklopte en de andere de gereedschapskist opende. Hij ging snel door de bovenste lade, waarna hij hem eruit haalde en op de steiger zette.

'Als dit goed afloopt,' zei Graciela, 'zult u de rumhandel in Tampa overnemen.'

'In half Florida, liever gezegd,' zei Joe.

'Veel macht.'

'Het zal wel.'

'Dan zal uw arrogantie naar nieuwe hoogten stijgen.'

'Tja,' zei Joe, 'we kunnen alleen maar hopen.'

Toen de kustwacht klaar was met fouilleren en Manny zijn handen liet zakken, voegde hij zich bij zijn collega, waarna ze gezamenlijk naar iets in de gereedschapskist keken en begonnen te overleggen, de een met zijn hand op de kolf van zijn .45.

Joe keek langs de reling naar Dion en Esteban. Ze stonden als aan de grond genageld, hun nek uitgestoken, ogen gefixeerd op die gereedschapskist.

Nu bevalen de kustwachten Manny bij hen te komen. Hij ging tussen hen in staan en keek ook omlaag. Een van hen wees, waarop Manny zijn hand in de gereedschapskist stak en er twee flessen rum uit haalde.

'Verdomme,' zei Graciela. 'Van wie moest hij die lui omkopen?'

'Niet van mij,' zei Esteban.

'Die man verzint ze waar je bij staat,' zei Joe. 'Dit is verdomme fraai. Geweldig.'

Dion gaf een klap op de reling.

'Ik heb niet gezegd dat hij dat moest doen,' zei Esteban.

'Ik heb hem uitdrukkelijk gezegd zoiets niet te doen,' zei Joe. '"Niet improviseren," zei ik. Jullie stonden er...'

'Ze nemen het aan,' zei Graciela.

Joe kneep zijn ogen half dicht. Hij zag hoe de kustwachten allebei een fles onder hun uniform stopten en een stap opzij deden.

Manny deed zijn gereedschapskist dicht en liep de treeplank over. Heel even was het doodstil op het dak.

Toen zei Dion: 'Ik heb het gevoel alsof ik net mijn eigen aars heb opgehoest.'

'Het werkt,' zei Graciela.

'Hij is aan boord,' zei Joe. 'Nu moet hij die klus nog doen en weer van boord zien te komen.' Hij keek op zijn vaders horloge: drie uur precies.

Hij keek naar Dion, die zijn gedachten raadde. 'Ik ga ervan uit dat ze tien minuten geleden zijn begonnen met herrie schoppen in die tent.'

Ze wachtten. Het metaal van de omloop was nog warm van een dag in de blakende augustushitte.

Vijf minuten later liep een van de kustwachten naar een overgaande telefoon op het dek. Even later rende hij de treeplank af en gaf zijn partner een klap op zijn arm. De kustwachten renden een stukje over de steiger naar een patrouillewagen. Ze reden de steiger af en gingen links, richting Ybor, naar de club in Seventeenth Street waar tien van Dions mannen op dat moment bezig waren een stuk of twintig matrozen in elkaar te slaan.

'Tot dusver,' zei Dion grijnzend tegen Joe, 'geef toe.'

'Hoezo, geef toe.'

'Alles loopt op rolletjes.'

'Tot dusver,' zei Joe.

Naast hem nam Graciela een trekje van haar sigaar.

Het geluid bereikte hen als de echo van een verrassend doffe dreun. Het klonk niet als veel bijzonders, maar de omloop deinde licht heen en weer, en allemaal staken ze hun armen uit om hun evenwicht te bewaren. De USS Mercy trilde. Het water eromheen kwam in beroering en er ontstond golfslag tegen de steiger. Rook zo dicht en grijs als staalwol wervelde op uit een gat in de romp ter grootte van een piano.

De rook werd dichter, donkerder, en na even staren kon Joe er een gele bal doorheen zien gloeien en pulseren als een kloppend hart. Hij bleef kijken tot hij zag dat rode vlammen zich mengden met het geel, maar toen verdwenen beide kleuren achter de rookpluimen, die inmiddels zo zwart als warme teer waren. De rook vulde de zee-engte en wiste de stad op de achtergrond uit, wiste de hemel uit.

Dion lachte. Joe's blik kruiste de zijne, en Dion hield niet meer op met lachen, hoofdschudden en knikken naar Joe.

Joe wist wat dat knikken betekende: dit is de reden waarom wij in de misdaad zijn gegaan. Om momenten te beleven die de verzekeringsagenten, vrachtwagenchauffeurs, advocaten, bankbedienden, timmerlui en makelaars van deze wereld nooit zouden meemaken. Ogenblikken in een wereld zonder netten – geen net om je op te vangen en geen om je in te verstrikken. Joe keek naar Dion. Hij herinnerde zich wat hij had gedacht nadat ze op hun dertiende hun eerste kiosk hadden beroofd, in Bowdoin Street: we gaan vast jong dood.

Maar hoeveel mannen, als ze de nachtelijke wereld van hun eigen overlijden binnenstapten en de donkere velden overstaken naar de mistige oevers van welke wereld er maar voorbij deze lag, konden nog een laatste keer over hun schouder kijken en zeggen: ik heb eens een vrachtschip van tienduizend ton laten opblazen?

Joe en Dions blikken kruisten elkaar opnieuw, en hij grinnikte.

‘Hij is er niet meer uitgekomen.’ Graciela stond naast hem naar het schip te kijken, dat nu zo goed als onzichtbaar was geworden door de rook.

Joe zei niets.

‘Manny,’ zei ze, maar dat was niet nodig.

Joe knikte.

‘Is hij dood?’

‘Ik weet het niet,’ zei Joe, maar hij dacht: ik mag het hopen.

15

De ogen van zijn dochter

In alle vroegte losten de matrozen de wapens en plaatsten ze op de steiger. De dauwdruppels op de kratten losten dampend op in de ochtendzon. Er liepen verschillende kleinere boten binnen; matrozen en officieren stapten aan wal, en allemaal bekeken ze het gat in de romp. Joe, Esteban en Dion zwierven rond in de menigte achter de afzetting die was opgesteld door de politie van Tampa. Ze vernamen dat het schip op de bodem van de baai rustte en dat het nog maar de vraag was of het geborgen kon worden. Er scheen een marinebark met een kraan onderweg uit Jacksonville om die vraag te beantwoorden. Wat betreft de wapens werd onderzocht of er een schip in Tampa was dat de lading aankon. Ondertussen moesten ze ze ergens opslaan.

Joe liep de steiger af. In een café op Ninth Avenue trof hij Graciela. Ze gingen buiten in de stenen zuilengang zitten en keken hoe een tram over de rails in het midden van de straat ratelde om recht voor hen tot stilstand te komen. Een paar passagiers stapten in, een paar stapten uit, waarna de tram ratelend zijn weg vervolgde.

'Weet je al iets over hem?' vroeg Graciela.

Joe schudde zijn hoofd. 'Maar Dion houdt zijn ogen open. En bovendien heeft hij een paar van zijn jongens in de menigte rondlopen, dus...' Joe haalde zijn schouders op en nam een slok van zijn Cubaanse koffie. Hij was de hele nacht op geweest en had ook de voorgaande nacht niet veel slaap gehad, maar zolang er genoeg Cubaanse koffie was, dacht hij wel een week wakker te kunnen blijven.

'Wat stoppen ze in dit bocht? Cocaïne?'

'Het is gewoon koffie,' zei Graciela.

'Dat is net zoiets als zeggen dat wodka gewoon aardappelsap is.' Hij dronk het op en zette zijn kop terug op het schoteltje. 'Mis je het?'

'Cuba?'

'Ja.'

Ze knikte. 'Heel erg.'

'Maar waarom ben je dan hier?'

Ze keek naar de straat alsof ze Havana aan de overkant kon zien liggen. 'Jij houdt niet van de hitte hier.'

'Wat?'

'Jij,' zei ze. 'Je zit steeds met je hand te wapperen, of je zwaait met je hoed. Ik zie je gezichten trekken en opkijken naar de zon alsof je hem wil zeggen eerder onder te gaan.'

'Ik had niet door dat het zo duidelijk was.'

'Je doet het nu.'

Ze had gelijk. Hij had met zijn hoed langs zijn hoofd gewaaierd. 'Dit soort hitte? Je hebt mensen die zouden zeggen dat het net is als op de zon wonen. Maar ik zeg als ín de zon wonen. Godsamme. Ik snap niet hoe jullie ook maar iets gedaan krijgen hier.'

Ze leunde achterover in haar stoel, haar mooie bruine hals gebogen tegen het gietijzer. 'Voor mij kan het niet warm genoeg worden.'

'Dan ben je gek.'

Ze lachte. Hij zag haar lach langs haar keel omhoog gaan. Ze sloot haar ogen. 'Dus je haat de hitte maar toch ben je hier.'

'Ja.'

Ze opende haar ogen, hield haar hoofd schuin, keek hem aan. 'Waarom?'

Hij vermoedde – nee, hij wist – dat wat hij voor Emma had gevoeld liefde was. Het was liefde. Dus moesten de gevoelens die Graciela Corrales in hem wakker riepen wel lust zijn. Maar een soort lust die verschilde van alle lustgevoelens die hij ooit gekoesterd had. Had hij ooit zulke donkere ogen gezien? Er lag iets zo nadrukkelijk looms in alles wat ze deed – van lopen tot sigaren roken tot zelfs een potlood optillen – dat het niet moeilijk was om je die lome beweging voor te stellen tijdens het liefdesspel, wanneer haar lichaam zich over dat van hem vouwde en hem in zich opnam terwijl ze traag haar adem uitblies in zijn oor. Haar loomheid leek niet op luiheid, maar eerder op precisie. De tijd had er geen vat op, integendeel: haar loomheid dwong de tijd zich te ontvouwen zoals zij verlangde.

Geen wonder dat de nonnen zich zo fel tegen de zonden van lust en begeerte hadden gekeerd. Die konden je in een vastere greep nemen dan kanker en je kon er twee keer zo snel aan doodgaan.

‘Waarom?’ vroeg hij, heel even de draad van het gesprek kwijt.

Ze keek hem nieuwsgierig aan. ‘Ja, waarom?’

‘Gewoon werk,’ zei hij.

‘En ik ben hier om dezelfde reden.’

‘Om sigaren te rollen?’

Ze rechtte zich in haar stoel en knikte. ‘De lonen zijn hier een stuk hoger dan waar dan ook in Havana. Het meeste stuur ik naar mijn familie thuis. Als mijn man vrijkomt zullen we wel kijken waar we gaan wonen.’

‘O,’ zei Joe, ‘je bent getrouwd.’

‘Ja.’

Hij zag een schittering van triomf in haar ogen, of verbeeldde hij het zich?

‘Maar je man zit in de gevangenis.’

Weer een knikje. ‘Alleen niet voor hetzelfde als wat jij doet.’

‘Wat doe ik dan?’

Ze zwaaide met haar hand. ‘Kleine vuile criminaliteit.’

‘O, dus dat doe ik.’ Hij knikte. ‘Ik vroeg het me al af.’

‘Adan vecht voor iets groters dan zijn eigen gewin.’

‘En wat voor straf levert dat op?’

Haar gezicht betrok, de luchtigheid was weg. ‘Hij is gemarteld om hun te vertellen wie zijn medeplichtigen waren – Esteban en ik. Maar hij heeft niets losgelaten. Wat ze hem ook aandeden.’ Ze had haar kin naar voren gestoken, en de flikkering in haar ogen deed Joe denken aan de verre bliksemschichten die ze de vorige avond hadden gezien. ‘Ik stuur geen geld naar mijn eigen familie omdat ik geen familie meer heb. Ik stuur het naar de familie van Adan, zodat die hem uit die stinkgevangenis kunnen halen en naar mij terugsturen.’

Was het gewoon lust wat hij voelde, of iets wat hij nog niet had kunnen benoemen? Misschien was het een combinatie van uitputting, twee jaar opsluiting en hitte. Misschien was het dat. Waarschijnlijk. Maar toch kon hij zich niet losmaken van de gedachte dat hij zich aangetrokken voelde tot iets in haar wat grondig kapot was, iets bangs, boos en hoopvols tegelijk. Iets in haar diepste binnenste wat hem raakte.

'Hij mag blij zijn,' zei Joe.

Ze had haar mond al open voor ze besefte dat er niets was om tegen in te gaan.

'Erg blij.' Joe stond op en legde wat kleingeld op het tafeltje. 'Het wordt tijd voor dat telefoontje.'

Ze belden vanaf een telefoon achter in een failliet sigarenatelier in oostelijk Ybor. Ze zaten op een stoffige vloer in een lege kantoorruimte en Joe draaide het nummer terwijl Graciela nog een keer snel het bericht doorlas dat hij de vorige avond rond middernacht had uitgetikt.

'Stadsredactie,' zei de vent aan de andere kant van de lijn, waarop Joe de hoorn aan Graciela gaf.

Graciela zei: 'Ik eis de verantwoordelijkheid op voor de overwinning van gisteravond op het Amerikaanse imperialisme. Hebt u gehoord van het opblazen van de USS Mercy?'

Joe kon de stem van de man horen. 'Ja, jazeker.'

'De verenigde volkeren van Andalusië eisen de verantwoordelijkheid op. Verder zweren wij de directe strijd tegen de matrozen zelf en alle Amerikaanse strijdkrachten totdat Cuba is teruggegeven aan de rechtmatige eigenaren, de volkeren van *España*. Tot ziens.'

'Wacht, wacht. De matrozen. Vertel meer over de aanval op de...'

'Die zijn dood tegen de tijd dat ik deze hoorn neerleg.'

Ze hing op en keek Joe aan.

'Dat zou de zaak aan het rollen moeten brengen,' zei hij.

Joe was op tijd terug om de legertrucks over de steiger te zien rijden. De bemanning kwam in groepen van een man of vijftig van boord. Ze liepen snel en hielden hun blik op de daken gericht.

De legertrucks denderden de een na de ander de pier af, waarna ze zich onmiddellijk verspreidden, elke vrachtwagen met ongeveer twintig matrozen erin. De eerste ging naar het oosten, de volgende naar het zuidwesten, die daarop naar het noorden enzovoort.

'Heb je enig teken van Manny opgevangen?' vroeg Joe aan Dion.

Dion knikte somber en wees. Joe tuurde door de menigte, tot voorbij de kratten met wapens. Daar, op de rand van de steiger, lag een lijkenzak van canvas die was afgebonden bij de benen, over de borst en bij de nek. Na een tijdje arriveerde er een witte bestelbus die het lijk oppikte en vervolgens onder begeleiding van de kustwacht de steiger af reed.

Niet lang daarna kwam er leven in de laatste legertruck op de steiger. Hij keerde, kwam terugschakelend met het geluid van een roepende zeemeeuw tot stilstand en reed vervolgens achteruit tot vlak bij de kratten. Een matroos sprong naar buiten om de achterklep open te doen. Op dat moment gingen de paar matrozen die nog op de USS Mercy waren achter elkaar van boord. Ze droegen allemaal een Browning-machinegeweer over de schouder en de meesten hadden ook nog een pistool op de heup. Ze werden op de steiger opgewacht door een adjudant.

Sal Urso, die op het hoofdkantoor van Pescatores wedlokalen in South Tampa werkte, wrong zich door de menigte naar hen toe en overhandigde Dion een set sleutels.

Dion stelde hem voor aan Joe, waarop ze elkaar een hand gaven.

Sal zei: 'Hij staat een meter of twintig achter ons. Volle tank, uniformen op de zitting.' Hij nam Dion van top tot teen op. 'Uw maat vinden was geen makkie, meneer.'

Dion gaf hem een vriendelijke klap tegen zijn hoofd. 'Hoe is het, daarginds?'

'Overal uniformen. Maar ze zoeken Spanjaarden.'

'Geen Cubanen?'

Sal schudde zijn hoofd. 'Je hebt de stad flink op stang gejaagd, jongen.'

De laatste matroos stond nu op de steiger en de adjudant deelde bevelen uit terwijl hij naar de kratten wees.

'Tijd om op te stappen,' zei Joe. 'Het was me een genoegen, Sal.'

'Insgelijks, meneer. Ik zie u daar.'

Ze keerden de menigte de rug toe en vonden de truck waarbij Sal had gezegd dat hij zou staan. Het was een tweetonner met een diepe, stalen laadbak en stalen rolbeugels waarover een canvas doek was gespannen. Ze sprongen voorin. Joe duwde de pook in de eerste versnelling, waarna ze met een slinger Nineteenth Street op draaiden.

Twintig minuten later hielden ze stil in de berm van Route 41. Hier was een bos met moerasdennen die hoger waren dan Joe zich ooit had voorgesteld dat een boom kon worden, en kleinere pijnbomen en baaidennen, die allemaal oprezen uit een dichte wirwar van waaierpalmen, doornstruiken en dwergeiken. Afgaand op de geur vermoedde hij dat er net ten oosten van hen een moeras lag. Graciela stond op hen te wachten bij een boom die kortgeleden tijdens een storm was afgeknapt. Ze had de jurk die ze eerder droeg verwisseld voor een opzichtige zwartmousselinen avondjapon met getande zoom. Door haar namaakgouden kralen, zwarte lovertjes en diepe decolleté waarin de randen van haar bh zichtbaar waren werd de indruk van een partygirl die tot lang na het feest was gebleven en in het daglicht naar veel donkerder oorden was afgedwaald compleet.

Joe keek naar haar door de voorruit van de auto en stapte niet uit. Hij hoorde zijn eigen ademhaling.

'Ik kan het voor je doen,' zei Dion.

'Nee,' zei Joe. 'Het is mijn plan, mijn verantwoordelijkheid.'

'Andere dingen laat je wel zomaar aan mij over.'

Hij draaide zich om en keek Dion aan. 'Wou je beweren dat ik het leuk vind om dit te doen?'

'Ik heb gezien hoe jullie naar elkaar kijken.' Dion haalde zijn schouders op. 'Misschien houdt ze van het wildere werk. En misschien jij ook wel.'

'Wat lul je nou: "hoe jullie naar elkaar kijken". Hou jij je ogen maar op je werk en niet op haar.'

'Met alle respect,' zei Dion, 'maar dat geldt ook voor jou.'

Het is verdomme fraai, dacht Joe, hij weet nauwelijks dat ik hem niet zal afmaken of hij krijgt al een grote mond.

Joe stapte uit. Graciela volgde hem met haar blik terwijl hij naar haar toe kwam. Ze had zelf al het nodige voorwerk verricht: er zat een scheur in haar jurk ter hoogte van haar linkerschouderblad, haar linkerborst was licht geschramd en ze had haar tanden zo hard in haar onderlip gezet dat het bloed eruit kwam. Ze pakte een zakdoek en begon te betten.

Toen Dion aan zijn kant uit de auto stapte, keken ze allebei naar hem. Hij hield het uniform op dat Sal Urso voor hen op de zitting had achtergelaten.

'Jij redt je wel,' zei Dion. 'Ik ga me verkleden.' Hij grinnikte en liep naar de achterkant van de truck.

Graciela stak haar rechterarm uit. 'Je hebt niet veel tijd.'

Plotseling wist Joe niet hoe hij iemands hand moest aannemen. Het leek onnatuurlijk.

'Echt niet,' zei ze.

Hij nam haar hand in de zijne. Die was harder dan hij ooit een vrouwenhand had gevoeld. De muis van haar duim was als steen van het hele dagen sigaren rollen en haar slanke vingers voelden hard als ivoor.

'Nu?' vroeg hij.

'Lijkt me wel.'

Hij greep haar pols met zijn linkerhand en kromde de vingers van zijn rechter in haar schouder. Hij haalde zijn nagels neerwaarts over haar arm. Bij de elleboog hield hij op om een hap lucht te nemen want hij had het gevoel dat zijn hoofd gevuld was met natte kranten.

Ze rukte haar pols los en keek naar de schrammen op haar arm. 'Je moet zorgen dat ze echt lijken.'

'Ze zien er anders behoorlijk echt uit.'

Ze wees naar haar biceps. 'Ze zijn roze. En bij mijn elleboog houden ze op. Er moet bloed uitkomen, *bobo niño*, en je moet doorgaan tot aan mijn hand. Ja? Weet je nog?'

'Natuurlijk weet ik het nog,' zei Joe. 'Het is mijn plan.'

'Wees dan een kerel.' Ze hield haar arm op. 'Inslaan en trekken.'

Joe wist het niet zeker, maar hij dacht dat hij hoorde lachen achter de truck. Deze keer klemde hij zijn hand stevig om haar biceps en priemde zijn nagels in de flauwe sporen die hij zonet had gemaakt. Graciela bleek niet zo dapper als haar woorden deden vermoeden. Haar ogen trilden in hun kassen en ze beefde over haar hele lijf.

'Verdomme. Het spijt me.'

'Schiet op, vlug.'

Ze keek hem recht in zijn ogen en hij trok zijn hand langs de binnenkant van haar arm naar beneden, haar huid openhalend tot in haar vlees. Toen hij vlak bij haar elleboog gekomen was, siste ze en draaide haar arm, zodat zijn nagels langs de bovenkant van haar arm verder ploegden tot bij haar pols.

Toen hij haar hand losliet, gaf ze hem een klap.

'Jezus,' zei hij, 'ik doe dit niet omdat ik het leuk vind.'

'Dat zeg jij.' Ze gaf hem nog een klap, nu tegen zijn onderkaak en nek.

‘Hé! Ik kan verdomme niet met een gezicht vol striemen bij een wachtpost aankomen.’

‘Dan moet je me maar tegenhouden,’ zei ze, en ze haalde opnieuw naar hem uit.

Deze wist hij met een stap opzij te ontwijken doordat ze hem had ingeseind, waarop hij deed wat ze hadden afgesproken en wat zeker makkelijker was geweest om af te spreken dan om uit te voeren, totdat ze hem twee keer had geslagen om zijn bloed aan de kook te brengen. Zijn vuist, een en al knokkel, raakte haar wang. Haar bovenlichaam draaide met een schok opzij en haar haar viel voor haar gezicht. Heel even bleef ze hevig hijgend in die houding staan. Toen ze zich oprichtte was haar gezicht rood en trilde de huid rond haar rechteroog. Ze spuwde in de palmstruiken langs de kant van de weg.

Ze keek hem niet aan. ‘Zo is het wel genoeg.’

Hij wilde iets zeggen, maar kon niet bedenken wat, dus liep hij terug naar de truck, waar Dion zijn bewegingen vanaf de bijrijdersstoel volgde. Met zijn hand op het portier bleef hij staan, keek naar haar om en zei: ‘Dat was klote om te doen.’

‘En toch,’ zei ze, en ze spuwde op het wegdek, ‘was het jouw plan.’

Weer onderweg zei Dion: ‘Weet je, ik vind het ook niet leuk om ze een mep te verkopen, maar soms is dat het enige waar zo’n meid naar luistert.’

‘Ik sloeg haar niet omdat ze het verdiend had,’ zei Joe.

‘Nee, je sloeg haar om haar aan een stel Brownings en Thompsons te helpen om naar haar lieve vriendjes op Cuba te sturen.’ Dion haalde zijn schouders op. ‘Dit is een goor zaakje en dus doen wij gore dingen. Zij vroeg jou om die wapens. Jij kwam met een plan om ze te krijgen.’

‘We hebben ze nog niet,’ zei Joe.

Ze stopten nog een keer langs de kant van de weg, om Joe zijn uniform te laten aantrekken. Dion roffelde met zijn vuist op de wand tussen de cabine en de laadbak en zei: ‘Iedereen daarbinnen zo stil als een kat in een hondenhok. *¿Comprende?*’

Uit de laadbak klonk een eenstemmig ‘*Sí*’, waarna het enige geluid dat ze hoorden het nooit-aflatende concert van insecten in de bomen was.

‘Ben je d’r klaar voor?’ vroeg Joe.

Dion gaf een klap op zijn portier. ‘Jongen, dit is nou waarvoor ik elke ochtend mijn bed uit kom.’

Het wapendepot van het leger lag een flink eind buiten Tampa, tegen de noordelijke rand van Hillsborough County, in een dor landschap met citrusboomgaarden, cipresmoerassen en velden vol zongedroogd en broos geworden bezemgras dat bij de eerste de beste gelegenheid vlam zou vatten en de hele streek onder de zwarte rook zou zetten.

Bij de poort stonden twee wachten, een gewapend met een Colt .45, de ander met een Browning-machinegeweer, precies de wapens waarvoor ze gekomen waren. De wacht met de revolver was lang en slungelachtig met donker spriethaar en de ingevallen wangen van een bejaarde of van een jonge man met een slecht gebit. De jongen met de Browning leek net droog achter zijn oren. Hij had vaal oranje haar en fletse ogen. Zijn gezicht zat onder de zwarte pukkels, net peperkorrels.

Die laatste was geen probleem, maar de tanige jongen baarde Joe zorgen. Hij leek gespannen als een veer en veel te gretig. Hij nam alle tijd om je op te nemen zonder zich iets van je aan te trekken.

‘Zijn jullie die lui die zijn opgeblazen?’ Zoals Joe al had vermoed had hij grijze en scheve tanden, waarvan er een paar achteroverleunden in zijn mond, als oude grafstenen op een ondergelopen kerkhof.

Dion knikte. ‘Een heel gat in de romp.’

De tanige jongen keek langs Joe heen naar Dion. ‘Jezus, dikke, hoeveel heb jij gedokt om door je laatste conditietest te komen?’

De kleinere jongen kwam uit het wachthokje, de Browning losjes in zijn armen, met de loop schuin langs zijn heup. Hij liep met zijn mond halfopen alsof hij op regen hoopte langs de zijkant van de truck.

De jongen bij het portier zei: ‘Ik vroeg je wat, dikke.’

Dion glimlachte vriendelijk: ‘Vijftig dollar.’

‘O ja?’

‘Ja,’ zei Dion.

‘Dat was een koopje dan. En aan wie precies had je dat betaald?’

'Sorry?'

'Naam en rang van de man aan wie je betaald hebt,' zei de jongen.

'Onderofficier Brogan,' zei Dion. 'Hoezo, wou je ook bij de marine?'

De jongen knipperde, glimlachte koel naar hen beiden, maar zei niets en bleef stil staan terwijl zijn glimlach verdampte. 'Zelf neem ik geen smeergeld aan.'

'Prima,' zei Joe, die last begon te krijgen van zijn zenuwen.

'Prima?'

Joe knikte en bedwong zijn neiging om als een malloot te gaan zitten glimlachen om die gozer te laten merken hoe aardig hij was.

'Natuurlijk is het prima. Dat weet ik zelf ook.'

Joe wachtte af.

'Natuurlijk is het prima,' herhaalde de vent. 'Had je de indruk dat ik op een oordeel van jou stond te wachten of zo?'

Joe zei niets.

'Want dat is niet zo,' zei de jongen.

Toen er iets in de bak van de truck bonsde, draaide de jongen zich om om te zien waar zijn partner was, en toen hij Joe weer aankeek, zette Joe zijn Savage .32 tegen de neus van de jongen.

De jongen keek met schele ogen naar de loop en hij begon zwaar en traag door zijn mond te ademen. Dion stapte uit, liep voor om naar de jongen en pakte hem zijn revolver af.

'Een vent met jouw soort tanden,' zei Dion, 'zou geen opmerkingen moeten maken over de onvolkomenheden van anderen. Een vent met jouw soort tanden moet gewoon zijn smoel houden.'

'Ja, meneer,' fluisterde de jongen.

'Hoe heet je?'

'Perkin, meneer.'

'Goed, Perkinmeneer,' zei Dion, 'mijn maat en ik zullen het er nog over hebben of we je vandaag sparen. Mochten we in je voordeel beslissen kom je er vanzelf wel achter, want dan ben je niet dood. En anders, ja, dan is dat om je te leren een beetje aardiger te zijn tegen de mensen. En nou verdomme snel je handen op je rug.'

De mannen van Pescatore kwamen als eersten uit de laadbak: vier kerels in zomerpakken met opzichtige dassen. Ze duwden de jongen met het oranjerode haar voor zich uit. Sal Urso hield het eigen geweer van de jongen in zijn rug terwijl die jammerde dat hij vandaag niet dood wilde, niet vandaag. De Cubanen, een man of dertig, kwamen daarna naar buiten, de meesten gekleed in een wijde witte broek met een koordsluiting om het middel en een wit hemd dat Joe aan een pyjama deed denken. Allemaal droegen ze een geweer of een pistool. Eén had een machete en een ander twee grote messen in de aanslag. Esteban ging ze voor. Hij droeg een donkergroen uniformjasje en een bijpassende broek, het velduniform van een revolutionair in een bananenrepubliek, nam Joe aan. Hij knikte naar Joe terwijl hij en zijn mannen het terrein betraden en zich achter het gebouw verspreidden.

'Hoeveel mannen zijn er binnen?' vroeg Joe aan Perkin.

'Veertien.'

'Waarom maar zo weinig?'

'Het is midden in de week. Moet je hier in het weekend komen.' Een vleugje valsheid sloop terug in zijn ogen. 'Dan zou u nog eens een paar mannen zijn tegengekomen.'

'Ik geloof je zo.' Joe stapte de truck uit. 'Maar voorlopig, Perkin, zal ik het even met jou moeten doen.'

De enige vent die verzet bood toen hij dertig gewapende Cubanen de gangen van het wapendepot zag binnenkomen, was een reus. Zo rond de twee meter, schatte Joe. Misschien langer. Een man met een enorme kop, een reusachtige onderkaak en schouders als een scheepsmast. Hij vloog op drie Cubanen af, die de opdracht hadden niet te schieten. Ze schoten toch. Presteerden het de reus niet te raken. Misten vanaf zes meter. Raakten een andere Cubaan. Een jongen die van achteren op de reus toeschoot.

Joe en Dion stonden pal achter de Cubaan toen die werd geraakt. Hij draaide een keer in de rondte en viel vlak voor hun voeten als een kegel om. Joe riep: 'Hou op met schieten!'

Dion schreeuwde: '*¡Dejar de disparar! ¡Dejar de disparar!*'

Ze stopten, maar Joe wist niet zeker of ze hun gammele grendelgeweren niet toch herlaadden. Hij greep het geweer van de man die was neergeschoten, greep het bij de loop en kromde zijn arm terwijl de reus overeind kwam uit de verdedigende hurkhouding die hij had aangenomen toen ze op hem begonnen te schieten. Joe sloeg het geweer met een zwaai tegen zijn slaap, waarop de reus tegen de muur stuiterde en met zwaaiende armen op hem af kwam. Joe nam het wapen anders in de hand en stootte de kolf tussen de wiekende armen van de man door tegen zijn neus. Hij hoorde het neusbeen breken, hoorde ook zijn jukbeen breken toen de kolf zijwaarts van zijn gezicht ketste. Toen de grote man de grond raakte liet Joe het geweer vallen en haalde een paar handboeien uit zijn zak. Dion greep de ene pols van de reus, Joe de andere, en ze boeiden ze op zijn rug, onder veel geblaas en gesteun van de man, wiens bloed een plasje vormde op de vloer.

'Ga je het redden?' vroeg Joe hem.

'Ik maak je af.'

'Dat klinkt alsof je het gaat redden.' Joe richtte zich tot de drie schietgrage Cubanen. 'Haal er nog iemand bij en breng deze hier naar de cellen.'

Hij keek naar de jongen die ze hadden geraakt. Hij lag opgekruld op de vloer en hapte met wijdopen mond naar adem. Hij klonk niet goed en hij zag er niet goed uit ook: lijkwit, terwijl er veel te veel bloed uit zijn buik stroomde. Joe knielde naast hem neer, maar terwijl hij dat deed stierf de jongen. Zijn ogen stonden open en keken schuin omhoog naar rechts, alsof hij zich probeerde te herinneren wanneer zijn vrouw jarig was of waar hij zijn portemonnee had gelaten. Hij lag op zijn zij, met een arm raar onder zich gevouwen en de andere achter zijn hoofd langs van hem af. Zijn hemd zat omhoog geplooid om zijn ribben en liet een stuk buik onbedekt.

Toen de drie mannen die geschoten hadden de reus langs Joe en hun slachtoffer sleepten, sloegen ze een kruis. Joe sloot de ogen van de jongen. Hij zag er nog erg jong uit, misschien twintig, maar hij had net zo goed zestien kunnen zijn. Joe rolde hem op zijn rug en kruiste zijn armen over zijn borst. Vlak bij zijn handen, net iets lager dan het punt waar zijn laagste ribben bij elkaar kwamen, stroomde donker bloed uit een klein rond gaatje.

Dion en zijn mannen zetten de soldaten in een rij langs de muur, waarop Dion hun opdroeg alles uit te trekken behalve hun ondergoed.

De dode jongen droeg een trouwring van tin, leek het. Hij had vast ook ergens op zijn lichaam een foto van haar bij zich, maar Joe was niet van plan ernaar te zoeken.

Hij was ook een schoen kwijt. Die moest hij verloren hebben toen hij geraakt werd, maar Joe zag hem nergens in de buurt van het lichaam liggen. Terwijl ze de mannen van de garde in hun ondergoed langs hem afmarcheerden, zocht hij de gang af naar de schoen.

Zonder resultaat. Misschien lag hij onder de jongen. Joe overwoog het lichaam nog eens om te rollen en te kijken – die schoen vinden leek om de een of andere reden van belang – maar hij werd bij de poort verwacht en moest weer een ander uniform aantrekken.

Toen hij het hemd van de jongen weer over zijn buik trok en hem vervolgens liet liggen, met een schoen aan en een schoen uit, in een plas van zijn eigen bloed, voelde hij zich door verveelde of onverschillige goden bekeken.

De wapens arriveerden vijf minuten later, toen de vrachtwagen stilhield bij de poort. De chauffeur was een matroos die niet ouder leek dan de jongen die Joe net had zien sterven, maar naast hem zat een onderofficier van een jaar of vijfendertig met een bruin verweerd gezicht. Op zijn heup droeg hij een 17 inch Colt.45 met een door veelvuldig gebruik gesleten kolf. Eén blik in zijn lichte ogen en Joe wist dat als de drie Cubanen hem in die gang hadden aangevallen, zij nu met een laken over zich heen op de grond zouden liggen.

Uit de identiteitskaarten die ze overhandigden bleek dat het om matroos tweede klasse Orwitt Pluff en onderofficier Walter Craddick ging. Joe gaf hem beide identiteitskaarten terug, met het getekende orderformulier dat Craddick hem had gegeven.

Craddick reageerde met een knik naar het orderformulier en liet Joe's uitgestoken hand doelloos in de lucht hangen. 'Die is voor het archief van je commandant.'

'Natuurlijk.' Joe trok zijn hand terug. Hij glimlachte verontschuldigend, zonder het er al te dik bovenop te leggen. 'Het was nog lang leuk gisteravond, in Ybor. U weet hoe dat gaat.'

'Geen idee.' Craddick schudde zijn hoofd. 'Ik drink niet. Dat is verboden.' Hij keek door de voorruit. 'Moeten we in de achteruit naar die laadhelling?'

'Ja,' zei Joe. 'Als u wilt kunt u gewoon lossen, dan brengen wij alles wel naar binnen.'

Craddick telde de strepen op Joe's schouder. 'We hebben opdracht de wapens af te leveren en veilig te stellen, korporaal. We gaan mee tot in het depot.'

'Uitstekend,' zei Joe. 'Zet hem maar met z'n kont tegen het laadplatform.' Hij deed de slagboom omhoog, en ving een blik op van Dion. Dion zei iets tegen Lefty Downer, de slimste van het viertal dat met hem mee was gekomen, waarna hij wegliep in de richting van het wapenmagazijn.

Joe, Lefty en de andere drie mannen van Pescatore, alle vier in korporaalsuniform, volgden de truck naar het laadplatform. Lefty was gekozen omdat hij slim was en altijd zijn kalmte wist te bewaren. De andere drie – Cormarto, Fasani en Parone – waren geselecteerd vanwege hun accentloze Engels. Ze konden moeiteloos doorgaan voor reservisten, al viel het Joe tijdens het lopen op dat Parones haar te lang was, zelfs voor een lid van de nationale garde.

Hij had al twee dagen niet of nauwelijks geslapen, en dat voelde hij nu bij elke stap en elke gedachte die hij probeerde te formuleren.

Terwijl de truck achteruit naar het platform manoeuvreerde, zag Joe dat Craddick naar hem keek, en hij vroeg zich af of de oudere man gewoon van nature achterdochtig was of dat hij hem reden tot achterdocht had gegeven. En op dat moment besefte Joe iets waarvan zijn maag samenkromp.

Hij had zijn post verlaten.

Hij had de poort onbemand achtergelaten. Geen soldaat zou dat ooit doen, zelfs een gardist na een wild avondje stappen niet.

Hij keek achterom en verwachtte de poort verlaten te zien, verwachtte een schot in de rug uit Craddicks .45 en verwachtte alarmgeroep, maar in plaats daarvan zag hij Esteban Suarez kaarsrecht voor het wachthokje staan. In zijn korporaalsuniform leek hij, behalve misschien voor de meest kritische blik, op-en-top een soldaat.

Esteban, dacht Joe, ik ken je nauwelijks maar ik kan je kop wel kussen.

Joe draaide zich weer naar de vrachtauto en zag dat Craddick al niet meer naar hem keek. Hij zat dwars op zijn stoel en zei iets tegen de matroos tweede klasse terwijl die remde en vervolgens de motor afzette.

Craddick sprong uit de cabine, riep bevelen naar de achterkant van de truck, en tegen de tijd dat Joe ter plaatse was, stonden de matrozen op het platform en was de laadklep neergelaten.

Craddick gaf Joe een klembord. 'Paraferen op het eerste en derde vel en het tweede voluit tekenen graag. Daar staat in duidelijke taal dat we deze wapens voor ten minste drie en ten hoogste zesendertig uur onder jullie hoede laten.'

Joe tekende ALBERT WHITE, SSG, USANG en zette zijn paraaf op de aangewezen plekken, waarna hij het klembord teruggaf.

Craddick keek naar Lefty, Cormati, Fasano en Parone, en toen weer naar Joe. 'Vijf mannen? Meer heb je niet?'

'Men had ons gezegd dat de spierkracht van u kwam.' Joe maakte een gebaar naar het tiental matrozen op het laadplatform.

'Typisch het leger,' zei Craddick, 'met de benen omhoog gaan zitten als het op hard werken aankomt.'

Joe kneep zijn ogen half dicht tegen de zon. 'Dus dat is de reden dat u zo laat was – vanwege al dat harde werken.'

'Pardon?'

Joe nam een dreigende houding aan, niet alleen omdat zijn bloed kookte, maar ook omdat hij zich verdacht zou maken als hij het niet zou doen. 'U had hier een halfuur geleden al moeten zijn.'

'Een kwartier,' zei Craddick, 'we werden opgehouden.'

'Door?'

'Dat gaat je geen snars aan, korporaal.' Cradding kwam vlak voor hem staan. 'Maar de waarheid is: we werden opgehouden door een vrouw.'

Joe wierp een blik achterom naar Lefty en zijn mannen, en begon te lachen. 'Een vrouw kan inderdaad handenvol werk geven.'

Lefty grinnikte, gevolgd door de rest.

'Oké, oké.' Craddick stak een bezwerende hand op en glimlachte om te laten zien dat hij er de grap wel van kon inzien. 'Nou jongens, en deze was een beauty. Heb ik gelijk of niet, Pluff?'

'Jazeker. Ze was een echte schoonheid. Maar ook een halfbloedje.'

'Iets te donker voor mijn smaak,' zei Craddick. 'Maar plotseling stond ze midden op de weg. Ze was flink afgetuigd door haar latinovriendje. Nog een geluk dat hij haar niet heeft gestoken, als je weet hoe dol die lui op messen zijn.'

'Hebt u haar daar achtergelaten?'

'Samen met een matroos. Op de terugweg pikken we ze weer op, tenminste als je ons eindelijk die wapens laat lossen.'

'Oké,' zei Joe, en hij deed een stap terug.

Craddick mocht een tikje losser geworden zijn, hij was nog steeds op zijn hoede. Zijn ogen registreerden alles. Joe bleef bij hem in de buurt en pakte de touwlus van een krat waarvan Craddick de andere vastgreep. Terwijl ze door de gang langs de laadplatformen naar de opslag liepen, konden ze door de raampjes de volgende gang en de aangrenzende kantoorruimtes zien. Dion had alle lichtgekleurde Cubanen met hun rug naar het raam gekeerd in de kantoren gezet, allemaal bezig onzin te tikken op hun Underwood of met een hoorn tegen hun oor gedrukt en een duim op de haak. Maar toch, tijdens de tweede keer lopen viel het Joe op dat elk hoofd dat ze daarginds zagen zwart haar had. In de hele groep was geen blonde of rossige kop te bekennen.

Tijdens het lopen hield Craddick zijn ogen op de raampjes gericht; tot nu toe had hij geen idee dat de ruimte tussen hen en die kantoorruimtes zojuist het toneel van een gewapende overval met een dodelijk slachtoffer was geweest.

'Waar overzee hebt u gediend?' vroeg Joe.

Craddick hield zijn ogen op het raam gericht. 'Hoe wist je dat ik overzee zat?'

Kogelgaten, dacht Joe. Die klote Cubanen met hun snelle vingers hadden natuurlijk kogelgaten in de muren gemaakt. 'U ziet eruit als een man met gevechtservaring.'

Craddick keek Joe aan. 'Kun jij aan een vent zien of hij aan het front is geweest?'

'Tegenwoordig wel,' zei Joe. 'In uw geval zeker.'

'Het had niet veel gescheeld of ik had dat latinovrouwtje langs de kant van de weg doodgeschoten,' zei Craddick op vriendelijke toon.

'Echt?'

Hij knikte. 'Het waren latino's, die ons gisteravond probeerden op te blazen. En de jongens die ik bij me heb weten het nog niet, maar we hebben een dreigtelefoontje gehad van een paar latino's. Het was tegen de hele bemanning gericht en vandaag zouden we er met z'n allen aangaan.'

'Dat wist ik niet.'

'Omdat het nog niet is vrijgegeven,' zei Craddick. 'Dus toen ik een latinomeid zag die ons probeerde te stoppen, ergens in niemandsland langs Highway 41, toen dacht ik: Walter? Jaag dat mokkel een kogel tussen d'r tieten.'

Ze kwamen bij de opslag en zetten het krat boven op de eerste stapel aan de linkerkant. Ze deden een stap opzij. Craddick haalde een zakdoek over zijn gezicht in de snikhete ruimte en ze keken toe hoe de laatste kratten door een hele rij matrozen door de gang werden binnengebracht.

'En ik zou het gedaan hebben ook, maar ze had de ogen van mijn dochter.'

'Wie?'

'Dat meisje, die latino. Ik heb een dochter uit mijn tijd in de Dominicaanse Republiek. Niet dat ik haar nog zie of zo, maar haar moeder stuurt me soms nog een foto. Ze heeft van die grote donkere ogen die ze daar allemaal hebben. En toen ik vandaag de ogen van die meid zag, stak ik mijn wapen terug in de holster.'

'U had hem er al uit dus?'

'Half.' Hij knikte. 'Ik had het al in mijn hoofd, snap je? Waarom risico's nemen? Neerleggen die griet. Blanken krijgen voor zoiets hier niet meer dan een berisping. Maar...' Hij haalde zijn schouders op. 'Maar ja, de ogen van mijn dochter.'

Joe zei niets, zijn hart ruiste in zijn oren.

'Ik heb er een van de jongens achteraan gestuurd.'

'Hè?'

Hij knikte. 'Een van onze jongens, Cyrus, geloof ik. Die was op zoek naar een oorlog maar kon er even geen vinden. Onze latinodame zag de blik in zijn ogen en ging er hard hollend vandoor. Maar Cyrus is een halve jachthond, opgegroeid in het moerasgebied bij de grens met Alabama. Die heeft haar zo gevonden.'

'Waar wilt u haar heen brengen?'

'Nergens heen brengen. Zij heeft ons aangevallen. Haar landgenoten in ieder geval. Cyrus moet maar doen wat hij wil met haar en de krokodillen doen de rest.' Hij stak de peuk van een sigaar tussen zijn lippen en streek een lucifer af aan zijn schoen. Over het vlammetje heen keek hij Joe aan. 'En je veronderstelling klopt: ik heb nogal wat gevechtsactie meegemaakt, jongen, zeker. Ik heb ooit een Dominicaan omgelegd. En zat Haïtianen, niet te vergeten. En een paar jaar later met één salvo uit een Thompson drie Panamezen. Maar dat was geen kunst want die zaten bij mekaar op een kluitje te smeken dat ik het niet zou doen. Om je de waarheid te zeggen, en laat je door niemand wijsmaken dat het niet zo is,' hij stak de sigaar aan en gooide de lucifer over zijn schouder, 'het was best een kick.'

16

Gangster

Zodra de matrozen weg waren, rende Esteban naar de parkeerplaats om een voertuig uit te zoeken. Terwijl Joe zijn uniform verruilde voor zijn gewone kleren zette Dion de truck tegen het laadplatform en begonnen de Cubanen de kratten weer uit het depot te slepen.

'Red jij je hiermee?'

Dion straalde. 'Of ik me hiermee red? De boel is van ons. Ga jij haar maar halen. We zien je daar over een uur.'

Esteban kwam voorrijden in een jeep, Joe sprong erin en ze reden weg over Highway 41. Binnen vijf minuten zagen ze de truck ongeveer een kilometer voor hen uit denderen over een weg die zo recht en vlak was dat je Alabama aan het eind ervan praktisch kon zien liggen.

'Als wij hen kunnen zien,' zei Joe, 'dan kunnen zij ons zien.'

'Niet lang meer,' zei Esteban.

Tussen de palmopslag en het lage struikgewas doemde een weg op die de hunne kruiste. Esteban sloeg stuiterend links af. De weg was van steenslag en zand, en de helft van het zand was modder, waarover Esteban naar Joe's idee woest en roekeloos voortreed.

'Hoe heette hij?' vroeg Joe. 'De jongen die dood is?'

'Guillermo.'

Joe zag de ogen van de jongen voor zich op het moment dat hij ze dichtdeed; hij wilde die van Graciela niet net zo aantreffen.

'We hadden haar niet alleen moeten laten daar,' zei Esteban.

'Weet ik.'

'We hadden moeten bedenken dat ze iemand bij haar zouden achterlaten.'

'Wéét ik.'

'We hadden daar ook iemand moeten hebben om samen met haar te wachten.'

'Jezus, dat weet ik,' zei Joe. 'Maar daar hebben we nu niks meer aan.'

Esteban reed plankgas over een hobbel in de weg en ze kwamen zo hard neer dat Joe even bang was dat de jeep op zijn voorwielen omhoog zou komen en een achterwaartse salto maken.

Maar hij vroeg Esteban niet om gas terug te nemen.

'Ik ken haar al sinds we zo groot waren als de honden op de boerderij van mijn familie.'

Joe zei niets. Achter de pijnbomen aan hun linkerhand lag een moeras. Cipressen, eucalyptussen en allerlei planten die Joe op geen stukken na herkende, schoten aan weerszijden langs hen heen en vervaagden tot het groen en geel het groen en geel van een schilderij was.

'Ze kwam uit een familie van seizoensarbeiders. Je zou het dorp moeten zien dat ze een paar maanden per jaar haar thuis noemde. Een Amerikaan weet niet wat armoede is tot hij dat dorp heeft gezien. Mijn vader had in de gaten hoe intelligent ze was. Hij vroeg haar familie of ze bij ons kon komen wonen als aankomend dienstmeisje. Maar in werkelijkheid regelde hij een kameraad voor me. Ik had niemand, alleen de paarden en koeien.'

Weer een hobbel in de weg.

'Vreemde timing om me dat nu te vertellen,' zei Joe.

'Ik hield van haar,' zei Esteban, die zijn best moest doen om boven de motor uit te komen. 'Nu hou ik van iemand anders, maar jarenlang heb ik gedacht dat ik verliefd was op Graciela.'

Hij keek opzij naar Joe, maar Joe schudde zijn hoofd en wees. 'Let op de weg, Esteban.'

Weer een hobbel, dit keer een waarvan ze uit hun stoel omhoog schoten.

'Zij zegt dat ze dit allemaal doet voor haar man. Is dat zo?' Door te praten leek Joe's angst beheersbaar, het gaf hem een minder hulpeloos gevoel.

'Ach,' zei Esteban. 'Hij is geen man voor haar. Geen man zelfs.'

'Ik dacht dat hij een rebel was.'

Nu gooide Esteban de woorden eruit. 'Hij is een dief… een… een *estafador*. Een oplichter, zouden jullie zeggen. Toch? Hij kleedt zich als een rebel, heeft de juiste dichtregels op de tong, en zij trapte erin. Alles is ze kwijtgeraakt door die man: haar familie, het beetje geld dat ze had en de meeste van haar vrienden behalve mij.' Hij schudde zijn hoofd. 'Ze weet niet eens waar hij is.'

'Ik dacht dat hij gevangenzat.'

'Hij is al twee jaar vrij.'

Nog een hobbel. Deze keer maakten ze een slinger naar opzij, waarbij het achterstuk van de auto aan Joe's kant tegen een jonge pijnboom sloeg en ze met een schok weer op de weg raakten.

'Maar ze stuurt nog steeds geld naar zijn familie.'

'Die liegen tegen haar. Ze zeggen dat hij ontsnapt is, dat hij zich schuilhoudt in de bergen, dat er een groep *chacales* van de gevangenis in Nieves Morejon achter hem aan zit en dat Machado's mannen achter hem aan zitten. Ze zeggen tegen haar dat ze niet terug kan naar Cuba om hem te zien omdat ze dan allebei gevaar lopen. Maar, Joseph, er zit helemaal niemand achter deze man aan, behalve zijn schuldeisers. Maar dat kun je Graciela niet vertellen, want die wil geen kwaad woord over hem horen.'

'Waarom niet? Ze is een intelligente vrouw.'

Hij wierp een snelle blik op Joe, haalde zijn schouders op. 'We geloven allemaal liever in leugens die troost brengen dan in de waarheid. Zij is geen uitzondering. Haar leugen is alleen groter.'

Ze misten de afslag, maar Joe zag hem vanuit een ooghoek en waarschuwde Esteban, die zo plotseling remde dat ze pas na twintig meter slippend tot stilstand kwamen. Ze reden een stukje terug en draaiden de zijweg in.

'Hoeveel mannen heb je gedood?' vroeg Esteban.

'Geen een,' zei Joe.

'Maar je bent een gangster.'

Het leek Joe niet zinvol om in te gaan op het verschil tussen gangsters en bandieten, want hij wist niet meer zo zeker of dat er wel was. 'Niet iedere gangster is een moordenaar.'

'Maar dat moet je wel willen zijn.'

Joe knikte. 'Net als jij.'

'Ik ben zakenman. Ik lever een product waar vraag naar is. Ik maak geen slachtoffers.'

'Je bewapent Cubaanse opstandelingen.'

'Dat is voor een doel.'

'Waarbij doden zullen vallen.'

'Er is een verschil,' zei Esteban. 'Ik dood voor iets.'

'Voor wat? Voor een stom ideaal?'

'Precies.'

'En welk ideaal is dat dan, Esteban?'

'Dat niemand het leven van een ander bepaalt.'

'Grappig,' zei Joe, 'dat is ook waarom bandieten doden.'

Ze was er niet.

Toen ze uit het naaldbos opdoken en Highway 41 bereikten was er geen spoor te bekennen van Graciela of van de matroos die was achtergelaten om haar te pakken te krijgen. De hitte, de zoemende libellen en de witte weg, dat was alles.

Ze reden een halve kilometer over de 41, toen terug tot de onverharde weg, vervolgens een halve kilometer naar het noorden. Toen ze opnieuw terugreden dacht Joe de roep van een havik of een kraai te horen.

'Zet de motor uit. Motor uit.'

Esteban deed het, ze kwamen beiden overeind in de jeep en keken naar de weg, de pijnbomen, het cipresmoeras erachter en het harde wit van de lucht dat overeenkwam met de kleur van het wegdek.

Niets. Niets dan het gezoem van de libellen waarvan Joe inmiddels vermoedde dat het nooit ophield – alsof je 's ochtends, 's middags en 's avonds met je oor op een spoorrail lag nadat er net een trein was gepasseerd.

Ze lieten zich weer op hun stoel zakken, maar Joe stopte halverwege.

Hij dacht dat hij net ten oosten van hen iets zag, daar waar ze net vandaan waren gekomen, iets wat...

'Daar.' Hij wees, en tegelijkertijd kwam ze hollend tevoorschijn vanachter een pijnboombosje. Ze rende niet hun kant op, daar was ze te slim voor, bedacht Joe. Als ze het wel had gedaan, dan had ze vijftig meter voluit door de lage palmen en pijnboomopslag moeten rennen.

Esteban startte de motor en stuurde de jeep door de berm en de aangrenzende greppel. Joe hield zich vast aan de bovenkant van de voorruit. Hij hoorde nu ook schoten: droge knallen die zelfs hier, zonder iets om hen heen, op een vreemde manier gedempt klonken. Vanuit zijn overzichtspositie zag hij nog steeds de schutter niet, maar wel het moeras, en hij wist dat ze die kant op ging. Hij stootte Esteban aan met zijn voet en wees met zijn arm naar links, iets meer naar het zuidwesten dan de richting die ze nu volgden.

Toen Esteban een draai aan het stuur gaf ving Joe een glimp donkerblauw op, een flits slechts, en tegelijkertijd zag hij het hoofd van de man en hoorde hij zijn geweer. In de verte viel Graciela op haar knieën in het moeras. Joe kon niet opmaken of ze viel omdat ze struikelde of omdat ze was geraakt. Ze hadden nauwelijks nog vaste grond voor de wielen, met de schutter vlak rechts van hen. Esteban minderde snelheid terwijl hij het moeras in stuurde, en Joe sprong uit de jeep.

Het was als op de maan springen tenminste als de maan groen was. De kale moerascipressen rezen als grote eieren uit het troebele groene water op en de prehistorische banyans met hun meer dan tien verschillende stammen stonden als paleiswachten in de houding. Toen Esteban naar rechts draaide, zag Joe Graciela links van hem wegduiken tussen twee moerascipressen. Op het moment dat hij iets onprettig zwaars over zijn voeten voelde kruipen, hoorde hij de knal van een geweer, veel dichterbij nu. De kogel nam een stuk bast mee van de cipres waarachter Graciela zich schuilhield.

De jonge matroos kwam tevoorschijn vanachter een cipres op drie meter afstand. Hij was ongeveer van Joe's lengte en postuur, had felrood haar en een ingevallen gezicht. Hij hield zijn Springfield tegen zijn schouder, het vizier op ooghoogte en de loop in de richting van Graciela's cipres. Joe richtte zijn .32 en ademde lang uit terwijl hij op de man schoot. Het geweer schokte en draaide zo vreemd in het rond dat Joe dacht dat hij alleen dat geraakt had. Maar toen het in het theekleurige water viel, viel de jongen ook, en het bloed dat uit zijn linkeroksel stroomde kleurde het water donker.

'Graciela,' riep hij, 'ik ben het, Joe. Is alles goed?'

Ze kwam voorzichtig vanachter de boom tevoorschijn. Joe knikte. Esteban kwam naar haar toe in de jeep en ze klom erin, waarna hij naar Joe reed.

Joe pakte het geweer op en keek naar de matroos, die met zijn armen over zijn knieën gevouwen en met hangend hoofd in het water zat, alsof hij op adem wilde komen.

Graciela stapte uit de jeep. In feite was het half vallen en half tegen Joe aan wankelen. Toen hij zijn arm om haar heen sloeg om haar overeind te houden voelde hij hoe de adrenaline haar lichaam verlamde, alsof ze een stroomstoot met een veeprikker had gekregen.

Achter de matroos bewoog iets tussen de mangroven. Iets langs en zo donkergroen dat het bijna zwart was.

De matroos keek Joe aan, zijn mond open terwijl hij oppervlakkig ademhaalde. 'Je bent een blanke.'

'Ja,' zei Joe.

'Waarom moest je me dan godverdomme neerschieten?'

Joe keek naar Esteban en toen naar Graciela. 'Als we hem daar laten zitten wordt hij binnen een paar minuten opgegeten door het een of ander. Dus we nemen hem mee, of...'

Hij hoorde opnieuw geruis, terwijl steeds meer bloed van de matroos zich mengde met het groene moeraswater.

Joe zei: 'Dus óf we nemen hem mee...'

Esteban zei: 'Hij heeft haar veel te goed gezien.'

'Weet ik,' zei Joe.

Graciela zei: 'Hij maakte er een spelletje van.'

'Waarvan?'

'Mij opjagen. Hij lachte de hele tijd als een meisje.'

Joe keek de matroos aan, die terugstaarde. Heel diep in de ogen van deze jonge jongen glansde angst, maar voor de rest was het vooral minachting en moeraslandlef.

'Als je me wou horen smeken, dan ben je aan het verkeerde ad...'

Joe schoot hem recht in zijn gezicht, de uitschotwond gaf een roze nevel over de varens en de krokodillen roerden zich verwachtingsvol.

Graciela slaakte een kreet en Joe kon zich nog net bedwingen. Esteban ving zijn blik en knikte, uit dankbaarheid, realiseerde Joe zich, dat hij had gedaan waarvan ze alle drie wisten dat het moest gebeuren maar wat geen van drieën had willen doen. En Joe – met het geluid van het schot nog in zijn oren, de kruitlucht om zich heen en zijn blik op de rook die uit de loop van de .32 kringelde, zo ijl als van een van zijn sigaretten – die kon verdomme zelf niet geloven dat hij het echt had gedaan.

Aan zijn voeten lag een dode man. Dood, als je er goed over nadacht, alleen omdat Joe geboren was.

Ze stapten zonder verder nog iets te zeggen in de jeep. Alsof ze op toestemming hadden gewacht kwamen er meteen twee krokodillen op het lichaam af – de ene gestaag waggelend als een te dikke hond van tussen de mangroven, de andere glijdend door het water en de leliebladeren vlak naast de jeep.

Terwijl Esteban wegreed bereikten beide reptielen tegelijkertijd het lichaam. De ene nam een arm, de andere koos een been.

Terug tussen de pijnbomen reed Esteban in zuidoostelijke richting langs de rand van het moeras, parallel aan de weg, maar nog niet erheen.

Joe en Graciela zaten op de achterbank. Krokodillen en mensen waren die dag niet de enige roofdieren in het moeras: aan de rand slurpte een panter van het koperkleurige water. Hij had dezelfde geelbruine kleur als sommige bomen, zodat Joe hem waarschijnlijk niet eens gezien zou hebben als hij niet toevallig had opgekeken toen ze hem op een meter of twintig passeerden. Hij was minstens anderhalve meter lang, een en al sierlijkheid en spieren, met zijn natte poten. Zijn onderbuik en hals waren roomwit en damp steeg op uit zijn vacht terwijl hij naar de auto staarde. Eigenlijk staarde hij niet naar de auto, maar naar hem. Joe keek recht in zijn vochtige oeroude ogen, geel en meedogenloos als de zon, en heel even dacht hij in zijn dronken uitputting dat hij de stem van het dier in zijn hoofd hoorde.

Dit kun je niet ontlopen.

Wat bedoel je met 'dit', wilde hij vragen, maar op dat moment gaf Esteban een draai aan het stuur, waarna ze van het moeras wegreden en over de wortels van een omgevallen boom stuiterden, en toen Joe nog eens keek was de panter verdwenen. Hij spiedde het bos af om nog een glimp van het dier op te vangen, maar zag hem niet meer terug.

'Zag je die kat?'

Graciela keek hem niet-begrijpend aan.

'Die panter,' zei hij, zijn armen wijd uit elkaar houdend.

Ze kneep haar ogen half dicht, alsof ze bang was dat hij een zonnesteek had opgelopen. Ze schudde haar hoofd. Ze zag er vreselijk uit, meer schrammen dan huid, leek het. Haar gezicht vertoonde een zwelling van de klap die hij haar had gegeven, natuurlijk, en de muskieten en horzels hadden zich aan haar te goed gedaan – en niet alleen die, maar ook de rode steekmieren, die hun witte blaasjes met een rode ring op haar voeten en kuiten hadden achtergelaten. Haar jurk was gescheurd op de schouder en linkerheup en de zoom was aan flarden. Ze had geen schoenen meer aan.

'Je mag hem nu wel wegleggen,' zei ze.

Joe volgde haar blik en zag dat hij nog steeds het pistool in zijn rechterhand had. Hij zekerde het met zijn duim en liet het in de holster op zijn rug glijden.

Esteban draaide Highway 41 op en trapte zo hard op het gaspedaal dat de jeep even op zijn plek stond te schudden alvorens over de weg vooruit te schieten. Joe keek achterom naar het schelpengruis dat onder hen door flitste, en naar de meedogenloze zon in de meedogenloze hemel.

'Hij zou me vermoord hebben.' Haar natte haren waaiden over haar gezicht en hals.

'Weet ik.'

'Hij joeg me op als op een eekhoorn voor zijn lunch. Hij zei steeds maar: "Wacht maar, schatje, ik schiet je in je been, schatje, en dan neem ik je." Dat "neem ik je", betekent dat...?'

Joe knikte.

'En als je hem had laten leven,' zei ze, 'zouden ze me opgepakt hebben. En daarna jou ook.'

Hij knikte. Hij bekeek de insectenbeten op haar enkels, stuurde zijn ogen toen omhoog over haar kuiten, haar jurk, tot recht in haar ogen. Ze hield zijn blik net lang genoeg vast om als eerste weg te kunnen kijken. Ze keek opzij naar een sinaasappelboomgaard die langs flitste. Na een tijdje keek ze hem weer aan.

'Denk je dat ik me slecht voel?' vroeg hij.

'Ik kan het niet aan je zien.'

'Ik voel me niet slecht,' zei hij.

'Dat hoeft ook niet.'

'En niet goed.'

'Zo hoef je je ook niet te voelen.'

'Maar ik voel me niet slecht.'

Dat was het wel zo'n beetje.

Nu ben ik geen bandiet meer, dacht hij, ik ben een gangster. En dit is mijn clan.

Achter in de jeep maakte de doordringende citrusgeur opnieuw plaats voor de lucht van moerasgassen. Ze hield zijn blik een volle kilometer vast, en geen van beiden sprak een woord tot ze West Tampa binnenreden.

17

Over vandaag

Toen ze in Ybor terugkwamen, zette Esteban Graciela en Joe af bij het gebouw waar Graciela een kamer boven een café had. Joe liep met haar mee naar boven terwijl Esteban en Sal Urso de jeep gingen dumpen in South Tampa.

Graciela's kamer was heel klein en heel netjes. Het smeedijzeren bed had dezelfde witte kleur als de wastafel onder een bijpassende ovale spiegel. Haar kleren hingen in een gebutste grenenhouten kledingkast die ouder leek dan het gebouw zelf, maar ze hield hem vrij van stof en schimmel, wat Joe voor zo goed als onmogelijk hield in dit klimaat. Het enige raam keek uit over Eleventh Avenue. Ze had de markies neergelaten om de kamer koel te houden. Ze had een kamerscherm van hout met dezelfde ruwe nerf als de kledingkast, en ze gebood Joe met zijn gezicht naar het raam te gaan staan terwijl zij achter het scherm verdween.

'Dus nu ben je een koning,' zei ze terwijl hij de markies optrok en uitkeek over de avenue.

'Hoe bedoel je?'

'Je hebt de rummarkt veroverd. Dan word je een koning.'

'Prins misschien,' gaf hij toe. 'Ik moet nog wel met Albert White afrekenen.'

'Hoe zou het komen dat ik denk dat je allang heb bedacht hoe je dat gaat doen?'

Hij stak een sigaret op en ging in de vensterbank zitten. 'Plannen zijn niet meer dan fantasieën tot je ze uitvoert.'

'Is dit waar je altijd naar hebt verlangd?'

'Ja,' zei hij.

'Nou dan, gefeliciteerd.'

Hij keek om. De besmeurde avondjurk hing over het scherm en haar schouders waren bloot. 'Je klinkt niet alsof je het meent.'

Ze gebaarde dat hij zich weer moest omdraaien. 'Toch wel. Het is iets wat jij wilde. En dat heb je bereikt. Dat valt in zekere zin te bewonderen.'

Hij grinnikte. 'In zekere zin.'

'Maar hoe hou je de macht vast, nu je die eenmaal hebt? Dat lijkt me een interessante vraag.'

'Denk je dat ik daar niet sterk genoeg voor ben?' Hij keek opnieuw naar haar om, wat ze hem ditmaal toestond omdat ze inmiddels een witte blouse had aangetrokken.

'Ik weet niet of je er wel wreed genoeg voor bent.' Haar donkere ogen waren helder als glas. 'Maar zo ja, dan zou ik dat verdrietig vinden.'

'Machtige mannen hoeven niet wreed te zijn.'

'Maar gewoonlijk zijn ze het wel.' Haar hoofd verdween achter het scherm terwijl ze in haar rok stapte. 'Nu je mij me hebt zien aankleden en ik jou iemand heb zien doodschieten, vind je het goed als ik je iets persoonlijks vraag?'

'Natuurlijk.'

'Wie is ze?'

'Wie?'

Haar hoofd kwam weer boven het scherm uit. 'Je grote liefde.'

'Wie zegt dat ik die heb?'

'Ik.' Ze haalde haar schouders op. 'Een vrouw voelt dat. Is ze in Florida?'

Hij glimlachte, schudde zijn hoofd. 'Ze is er niet meer.'

'Ze is niet meer bij jou?'

'Ze is dood.'

Ze knipperde en staarde hem aan om te zien of hij haar voor de gek hield. Toen ze besefte dat dat niet zo was zei ze: 'Dat spijt me.'

Hij veranderde van onderwerp. 'Ben je blij met de wapens?'

Ze legde haar armen op de rand van het kamerscherm. 'Ontzettend blij. Als de dag aanbreekt om een eind te maken aan het gezag van Machado – en die dag zal zeker komen – hebben we een...' Ze knipte met haar vingers, keek hem aan. 'Help eens.'

'Een arsenaal,' zei hij.

'Arsenaal, dat is het.'

'Dus jullie hebben al meer wapens.'

Ze knikte. 'Dit zijn niet de eerste en het zullen ook niet de laatste zijn. Als het zover is, zijn we er klaar voor.' Ze kwam achter het scherm vandaan in het standaardtenue van de vrouwelijke sigarenarbeider: witte blouse met een strikje boven een lichtbruine rok. 'Jij vindt het belachelijk wat ik doe.'

'Helemaal niet. Ik vind het heel idealistisch van je. Het is alleen niet mijn zaak.'

'Wat dan wel?'

'Rum.'

'Zou je geen nobel iemand willen zijn?' Ze hield haar duim en wijsvinger een klein stukje van elkaar naar hem op. 'Zelfs niet zo'n klein beetje?'

Hij schudde zijn hoofd. 'Ik heb niks tegen nobele mensen, maar het is me wel opgevallen dat ze zelden ouder dan veertig worden.'

'Gangsters ook niet.'

'Dat is waar,' zei hij, 'maar wij eten in betere restaurants.'

Ze koos een paar platte schoenen in de kleur van haar rok uit de kast, ging op het bed zitten en trok ze aan.

Hij bleef bij het raam staan. 'Laten we eens aannemen dat jullie op een dag je revolutie krijgen.'

'Ja.'

'Zal er dan ook maar iets veranderen?'

'Mensen kunnen veranderen.' Ze trok een schoen aan.

Hij schudde zijn hoofd. 'De wereld kan veranderen, maar mensen, nee, mensen blijven in grote trekken hetzelfde. Dus zelfs als je Machado vervangt is er een grote kans dat je hem inruilt tegen een ergere versie. En ondertussen zou je verminkt kunnen raken of...'

'Of sterven.' Ze draaide haar bovenlichaam om de andere schoen aan te trekken. 'Ik weet wel hoe dit waarschijnlijk zal aflopen, Joseph.'

'Joe.'

'Joseph,' zei ze. 'Ik zou kunnen omkomen doordat een van mijn kameraden me verraadt om geld. Ik zou opgepakt kunnen worden door beschadigde mannen, net zo beschadigd als die van vandaag of zelfs erger, en ze zullen me martelen tot mijn lichaam het niet langer verdraagt. En mijn dood zal helemaal niet nobel zijn, want dat is de dood nooit. Je huilt en smeekt en de stront loopt uit je gat en je gaat dood. En je beulen staan er lachend bij en spuwen op je lijk. En ik zal al snel vergeten zijn. Alsof' – ze knipte met haar vingers – 'ik er nooit was geweest. Al die dingen weet ik.'

'Waarom doe je het dan?'

Ze ging staan en streek haar rok glad. 'Ik hou van mijn land.'

'Ik van dat van mij, maar...'

'Er is geen maar,' zei ze. 'Dat is het verschil tussen jou en mij. Jouw land is wat je ziet als je door dat raam kijkt, toch?'

Hij knikte. 'Zo ongeveer.'

'Mijn land zit hierbinnen.' Ze tikte op haar borst en toen tegen haar slaap. 'En ik weet zeker dat het me niet zal bedanken voor mijn inzet. Het is een onbeantwoorde liefde. En dat kan ook niet anders, want ik hou niet alleen van de mensen, de gebouwen en hoe het er ruikt. Ik hou van het idee van mijn land. En dat is iets wat ik heb verzonnen, dus ik hou van iets wat er niet is. Net zoals jij van dat dode meisje houdt.'

Daar had hij geen antwoord op, zodat hij alleen maar toekeek hoe ze naar het kamerscherm ging en er de jurk af nam die ze in het moeras had aangehad. Bij het verlaten van de kamer gaf ze de jurk aan hem.

'Wil je die voor me verbranden?'

De wapens waren bestemd voor de provincie Pinar del Rio, ten westen van Havana. Ze verlieten St. Petersburg in vijf vissersboten en voeren om drie uur in de middag de baai van Boca Ciega uit. Dion, Joe, Esteban en Graciela zwaaiden ze uit. Joe had zijn in het moeras bedorven pak verwisseld voor het lichtste uit zijn kast. Graciela had toegekeken terwijl hij zijn vuile pak tegelijk met haar jurk verbrandde, maar nu begon haar vlucht als prooidier in een cipresmoeras zijn tol te eisen. Ze zat te vechten tegen de slaap op het bankje onder de kadelamp maar sloeg elk aanbod af om in een van de auto's te gaan zitten of zich te laten terugbrengen naar Ybor.

Toen de laatste van de kapiteins hun de hand had geschud en zijn boot afduwde, keken ze elkaar aan. Joe besefte dat ze geen idee hadden wat ze nu moesten doen. De laatste twee dagen leken met geen mogelijkheid te overtreffen. De hemel kleurde rood. Ergens verderop langs de grillige kust, voorbij een mangrovebosje, klapperde een canvas zeil of een dekkleed in de zinderende wind. Joe keek naar Esteban. Hij keek naar Graciela, die met haar ogen dicht tegen de lantaarnpaal leunde. Hij keek naar Dion. Een pelikaan vloog over, zijn snavel groter dan zijn buik. Joe keek naar de boten, die nu nog slechts als drijvende puntmutsjes te zien waren in de verte, en schoot in de lach. Hij kon er niets aan doen. Dion en Esteban lieten zich er vrijwel onmiddellijk door aansteken en binnen de kortste keren stonden ze met z'n drieën te brullen. Graciela sloeg even haar handen voor haar gezicht, maar begon ook te lachen, te lachen én te huilen, zag Joe, terwijl ze als een klein meisje eerst tussen haar vingers door keek en ten slotte haar handen liet zakken. Ze lachte en huilde, haalde beide handen een paar keer achter elkaar door haar haar en veegde met de kraag van haar blouse haar gezicht af. Terwijl ze naar de rand van de kade liepen stierf hun gelach langzaam weg tot gegrinnik en toen de naklank van gegrinnik, en ze staarden naar het paars kleurende water onder de rode hemel. De boten verdwenen een voor een achter de horizon.

Van de rest van die dag herinnerde Joe zich maar weinig. Ze gingen naar een van Maso's kroegen achter het pand van een dierenarts op de hoek van Fifteenth en Nebraska. Esteban liet een krat op eikenhout gerijpte rum aanrukken, iets wat algauw aan alle deelnemers aan de overval bekend was, zodat Pescatores criminelen zich mengden met Estebans revolutionairen. Daarna verschenen de vrouwen in hun zijden jurken en lovertjeshoeden. Toen ten slotte een band het podium betrad stond de hele tent binnen de kortste keren zo te swingen dat het stucwerk van de muren viel.

Dion danste met drie vrouwen tegelijkertijd, liet ze met verbazingwekkende handigheid achter zijn brede rug langs draaien en tussen zijn mollige benen door zwieren. Maar als het echt op dansen aankwam, bleek Esteban de kunstenaar van de groep te zijn. Hij was licht van tred, als een kat op een hoge tak, maar met zo'n beheersing dat de band het tempo al na een tijdje aan hem aanpaste in plaats van andersom. Hij deed Joe denken aan Valentino in de film waarin hij een stierenvechter speelde: diezelfde mate van mannelijke gratie. Algauw probeerde de helft van de vrouwen in de kroeg zijn pas te volgen of hem te strikken voor de nacht.

'Ik heb nog nooit een vent zo zien bewegen,' zei Joe tegen Graciela.

Zij zat op een bankje in de hoek, hij op de vloer ervoor. Ze boog zich voorover om iets in zijn oor te zeggen. 'Toen hij pas hier was deed hij dat.'

'Hoe bedoel je?'

'Het was zijn werk,' zei ze. 'Je kon hem inhuren als danspartner, in de stad.'

'Je houdt me voor de gek.' Hij keek met een schuin hoofd naar haar op. 'Is er ook iets wat die vent niet goed afgaat?'

Ze zei: 'In Havana was hij een professionele danser. Hij was verschrikkelijk goed. Niet dat hij ooit ergens een hoofdrol danste, maar ze wilden hem altijd graag hebben. Hij heeft zijn hele rechtenstudie bij elkaar gedanst.'

Joe verslikte zich bijna in zijn rum. 'Is hij advocaat?'

'In Havana, ja.'

'Tegen mij zei hij dat hij op een boerderij was opgegroeid.'

'Is ook zo. Mijn familie werkte voor de zijne. Wij waren, eh...' Ze keek hem aan.

'Seizoensarbeiders?'

'Heet dat zo?' Ze trok een moeilijk gezicht, bijna net zo dronken als hijzelf. 'Nee, nee, we waren pachters.'

'Dus jouw vader huurde land van zijn vader en betaalde de pacht met een deel van de oogst?'

'Nee.'

'Want dat is pachten. Mijn grootvader in Ierland deed dat.' Hij probeerde nuchter en geleerd over te komen, wat gezien zijn toestand nogal wat inspanning vergde. 'Seizoensarbeiders trekken van boerderij naar boerderij, met de oogst mee.'

'O,' zei ze, niet blij met zijn opheldering. 'Slimme Joseph. Die weet álles.'

'Je vroeg het zelf, *chica*.'

'Zei je nou "chica" tegen me?'

'Ik geloof het wel.'

'Je uitspraak is belazerd.'

'Net als jouw Keltisch.'

'Wat?'

Hij wuifde het weg. 'Ik werk er nog aan.'

'Zijn vader was een groot man.' Haar ogen glansden. 'Hij nam me bij hen in huis, gaf me mijn eigen slaapkamer met schone lakens. Ik kreeg Engelse les van een privéleraar. Ik, een dorpsmeisje.'

'En wat vroeg zijn vader ervoor terug?'

Ze las de blik in zijn ogen. 'Je bent walgelijk.'

'Het is een eerlijke vraag.'

'Helemaal niets. Misschien dat hij even naast zijn schoenen liep van trots om wat hij allemaal voor dat kleine dorpsmeisje deed, maar dat was alles.'

Hij hield een hand op. 'Sorry, sorry.'

'Jij ziet het slechtste in de beste mensen,' zei ze hoofdschuddend, 'en het beste in de slechtste mensen.'

Daarop had hij zo gauw geen antwoord, dus haalde hij zijn schouders op en liet de stilte en de rum de stemming in zachtere sferen brengen.

'Kom.' Ze stond op. 'Dansen.' Ze pakte hem bij zijn handen.

'Ik dans niet.'

'Vanavond,' zei ze, 'danst iedereen.'

Hij liet zich door haar overeind trekken ook al was het een halve godslastering om de dansvloer te delen met iemand als Esteban of, in mindere mate, Dion, en wat hij deed ook dansen te noemen.

En inderdaad lachte Dion hem openlijk uit, maar hij was te dronken om het zich aan te trekken. Hij liet Graciela leiden. Hij volgde, en algauw ontdekte hij een ritme dat hij zo'n beetje kon bijbenen. Ze bleven een hele tijd op de dansvloer, ondertussen een fles donkere Suarez-rum aan elkaar doorgevend. Op een gegeven moment raakte hij volkomen de weg kwijt in botsende beelden van haar; in het ene rende ze als een wanhopige prooi door het cipresmoeras en in het andere danste ze een armlengte van hem af, met wiegende heupen, schouders en hoofd terwijl ze de fles aan haar lippen zette.

Hij had iemand gedood voor deze vrouw. En voor zichzelf. Maar als er een vraag was die hij de hele dag nog niet had kunnen beantwoorden, dan was het waarom hij de matroos in zijn gezicht had geschoten. Zoiets deed je niet zomaar, dan je moest je al woedend zijn. Je schoot iemand in zijn borst. Maar Joe had hem recht in zijn gezicht geschoten. Daarmee was het iets persoonlijks geworden. En dat, realiseerde hij zich terwijl hij zich verloor in haar wiegende lichaam, was omdat hij duidelijk in de ogen van de matroos had gezien dat hij Graciela minachtte. Omdat ze bruin was, was het geen zonde om haar te verkrachten; het was niet meer dan je te goed doen aan oorlogsbuit. Of ze nog had geleefd of niet terwijl hij het deed, dat zou voor Cyrus weinig uitgemaakt hebben.

Graciela hief haar armen boven haar hoofd, fles in top, onderarmen als slangen langs elkaar, scheve glimlach op haar gehavende gezicht, ogen halfstok.

'Waar denk je aan?' vroeg ze.

'Aan vandaag.'

'Wat is er met vandaag?' vroeg ze, maar toen zag ze het in zijn ogen. Ze liet haar armen zakken en gaf hem de fles. Ze verlieten de dansvloer, gingen weer bij hun tafeltje staan en dronken van de rum.

'Die jongen kan me niets schelen,' zei Joe. 'Maar ik had geloof ik liever een andere oplossing gehad.'

'Die was er niet.'

Hij knikte. 'Daarom heb ik ook geen spijt van wat ik gedaan heb. Alleen spijt dat het gebeurd is.'

Ze nam de fles van hem over. 'Hoe bedank je de man die je leven heeft gered nadat hij het zelf gevaar gebracht heeft?'

'Gevaar gebracht?'

Ze veegde haar mond af met haar knokkels. 'Ja. Hoe?'

Hij keek haar schuin aan.

Ze las zijn blik en lachte. 'Nee, niet zo, chico.'

'Je zegt gewoon "dank je wel".' Hij pakte de fles terug en nam een slok.

'Dank je wel.'

Hij maakte een zwierig gebaar en een buiging en viel tegen haar aan. Ze gilde, gaf hem een klap op zijn hoofd en hielp hem weer opstaan. Lachend en buiten adem liepen ze naar een tafeltje.

'Wij zullen nooit minnaars worden,' zei ze.

'Waarom niet?'

'We houden allebei van een ander.'

'Nou ja, de mijne is dood.'

'Die van mij zou het net zo goed kunnen zijn.'

'O.'

Ze schudde een paar keer haar hoofd tegen de werking van de alcohol. 'Dus we houden allebei van een schim.'

'Ja.'

'En dat maakt van ons ook schimmen.'

'Je bent dronken,' zei hij.

Ze lachte en wees over de tafel heen naar hem. 'Jij bent dronken.'

'Absoluut.'

'Wij worden geen minnaars.'

'Dat had je al gezegd.'

De eerste keer dat ze de liefde bedreven in haar kamer boven het café was als een frontale verkeersbotsing. Ze verpulverden elkaars botten, vielen van het bed, stootten een stoel omver en toen hij in haar ging zette ze haar tanden zo hard in zijn schouder dat het begon te bloeden. Het was voorbij in de tijd die je nodig had om een bord af te drogen.

De tweede keer, een halfuur later, goot ze rum over zijn borst en likte het eraf, waarna hij hetzelfde bij haar deed; ze haastten zich niet en leerden elkaars ritmes kennen. Ze had niet willen kussen, maar daarmee liep het net als met hun voornemen om geen minnaars te worden. Ze probeerden het traag en ze probeerden het ruw, kussen met happende lippen en kussen waarbij alleen hun tongen elkaar raakten.

Wat hem verraste was hoeveel plezier ze hadden. Joe was in zijn leven met zeven vrouwen naar bed geweest, maar de liefde, volgens zijn definitie ervan, had hij slechts bedreven met Emma. En hoewel hun seks wild en af en toe bevlogen was geweest, had Emma altijd een deel van zichzelf achtergehouden. Soms betrapte hij haar als toeschouwer van hun eigen liefdesspel terwijl ze bezig waren. En na afloop trok ze zich altijd nog verder terug in haar vergrendelde zelf.

Graciela hield niets achter, wat de kans op verwondingen groot maakte: ze trok aan zijn haar, ze greep zijn nek zo stevig in haar sterke handen van een sigarenrolster dat hij soms heel even bang was dat ze die zou breken, en ze zette haar tanden in zijn huid, zijn spieren en zijn botten. Maar het was allemaal onderdeel van haar totale omarming van hem. Ze voerde haar spel door tot aan de grenzen van iets wat voor Joe gelijkenis vertoonde met verdwijnen, alsof hij de volgende ochtend wakker zou worden in zijn eentje omdat zij was opgelost in zijn lichaam of hij in het hare.

Toen hij die ochtend inderdaad wakker werd, moest hij lachen om de idiotie van die gedachte. Ze lag op haar zij te slapen, met haar rug naar hem toe, haar haar in een wilde bos over het kussen en de bovenrand van het bed. Hij vroeg zich af of hij moest opstaan, zijn kleren pakken en vertrekken voor het onvermijdelijke gesprek over te veel alcohol en warrige gedachten. Voordat de spijt zou uitharden. In plaats daarvan kuste hij heel zacht haar schouder, waarop zij haastig zijn kant op rolde. Ze kwam boven op hem liggen. En die spijt, besloot hij, kon nog wel een dagje wachten.

'Het wordt een zakelijke afspraak,' zei ze aan het ontbijt in het café beneden.

'Hoe bedoel je?' Hij kauwde op zijn toast. Hij zat aan één stuk door te glimlachen als een idioot.

'We gaan onze...' Ook zij glimlachte terwijl ze naar het woord zocht. '... behoefte aan elkaar vervullen tot een zodanig moment...'

'Zodanig moment?' merkte hij op. 'Die taallessen hebben een hoop opgeleverd.'

Ze leunde achterover. 'Dank je.'

'Behalve dan dat je het over "gevaar brengen" had, toen je "in gevaar brengen" bedoelde. Maar voor de rest, prima.'

Ze werd zichtbaar groter in haar stoel. 'Dank je.'

Hij grijnsde nog steeds als een idioot. 'Alsjeblieft. Dus wij gaan onze wederzijdse, eh, zucht naar elkaar vervullen tot wanneer?'

'Tot ik naar terugga naar Cuba, naar mijn man.'

'En ik dan?'

'Jij?' Ze prikte een stukje gebakken ei aan haar vork.

'Ja. Jij gaat terug naar een echtgenoot. Maar ik?'

'Jij wordt koning van Tampa.'

'Prins,' zei hij.

'Prins Joseph,' zei ze. 'Niet slecht, maar ik ben bang dat het niet helemaal bij je past. En hoort een prins niet vrijgevig te zijn?'

'In plaats van?'

'Een gangster die alleen maar op zijn eigen voordeel uit is.'

'En dat van zijn bende.'

'En dat van zijn bende.'

'Wat je ook een soort vrijgevigheid kunt noemen.'

Ze keek hem aan met een blik die het midden hield tussen teleurstelling en afkeer. 'Ben je nu een prins of een gangster?'

'Ik weet het niet. Ik zie mezelf graag als iemand die buiten de wet staat: een bandiet. Maar ik weet niet meer zo zeker of dat niet gewoon maar een fantasie van me is.'

'Goed, dan ben je mijn prinsbandiet tot ik weer naar huis ga. Wat vind je?'

'Ik zou niets liever willen dan jouw prinsbandiet zijn. En hoe zit het met mijn plichten?'

'Je moet geven.'

'Oké.' Als ze hem op dat moment om zijn alvleesklier op een bordje had gevraagd, zou hij gezegd hebben: 'Prima.' Hij keek haar aan over de tafel. 'Waar beginnen we?'

'Manny.' Ze hield hem gevangen in haar donkere ogen die plotseling serieus stonden.

'Hij had een gezin,' zei Joe. 'Een vrouw en drie dochters.'

'Dus dat weet je nog.'

'Natuurlijk weet ik dat nog.'

'Je zei dat het je niet kon schelen of hij het er levend afbracht of niet.'

'Ik overdreef een beetje.'

'Wil je voor zijn gezin zorgen?'

'Hoe lang?'

'Levenslang,' zei ze, alsof dat een volstrekt logisch antwoord was. 'Hij heeft zijn leven opgeofferd voor jou.'

Hij schudde zijn hoofd. 'Met alle respect, maar dat heeft hij voor jou gedaan. Voor jou en je ideaal.'

'Dus...' Haar hand met toast bleef vlak onder haar kin in de lucht hangen.

'Dus,' zei hij, 'zal ik uit naam van jouw ideaal met plezier een zak geld naar de familie Bustamente sturen zodra ik een zak met geld heb. Word je daar blij van?'

Ze schonk hem een glimlach en nam een hap van haar toast. 'Daar word ik blij van.'

'Afgesproken, dan. Trouwens, noemen ze je weleens iets anders dan Graciela?'

'Hoe zouden ze me anders moeten noemen?'

'Weet ik veel. Gracie?'

Ze trok een gezicht alsof ze op gloeiende kolen zat.

'Grazi?'

Weer een gezicht.

'Ella?' probeerde hij.

'Waarom zouden ze dat doen? Graciela is de naam die ik van mijn ouders gekregen heb.'

'Mijn ouders hebben mij ook een naam gegeven.'

'Maar daarvan heb je de helft weggegooid.'

'Het is Joe,' zei hij. 'Zoals José.'

'Ik weet wat het betekent,' zei ze terwijl ze de rest van haar ontbijt at. 'Maar José betekent Joseph. En geen Joe. Ze zouden je Joseph moeten noemen.'

'Je klinkt al net als mijn vader. Die weigerde om me iets anders te noemen dan Joseph.'

'Omdat je zo heet,' zei ze. 'Je eet heel erg langzaam, als een vogel.'

'Dat krijg ik wel vaker te horen.'

Ze keek op naar iets achter zijn rug. Joe draaide zich om op zijn stoel. Door de achterdeur zag hij Albert White binnenkomen. Hij leek geen dag ouder geworden, hoewel hij iets zachts over zich had wat Joe zich niet herinnerde, en boven zijn riem spande een beginnend bankiersbuikje. Zijn voorliefde voor een wit pak, witte hoed en witte slobkousen had hij kennelijk behouden. En ook had hij nog steeds dat slentergangetje waarmee hij leek te willen zeggen dat de wereld een speelplaats was voor zijn vermaak alleen. Hij was in gezelschap van Bones en Brenny Loomis en pakte in zijn loop een stoel mee. Zijn jongens volgden zijn voorbeeld. Ze zetten hun stoelen bij Joe's tafeltje en namen plaats – Albert naast Joe, Loomis en Bones aan weerszijden van Graciela, hun uitdrukkingsloze gezicht op Joe gericht.

'Hoe lang is het nou geleden?' vroeg Albert. 'Iets meer dan twee jaar?'

'Tweeënhalf,' zei Joe tussen twee slokjes van zijn koffie door.

'Als jij het zegt,' zei Albert. 'Je hebt gezeten, en als ik één ding weet over gedetineerden, dan is het wel dat ze heel precies zijn in de dagen tellen.' Hij pakte over Joe's arm heen een worstje van zijn bord en zette er zijn tanden in alsof het een kippenboutje was. 'Waarom greep je niet naar je proppenschieter?'

'Misschien heb ik er wel geen bij me.'

Albert zei: 'Nee, serieus.'

'Ik dacht: Albert is een zakenman en bovendien is het hier veel te openbaar voor een vuurgevecht.'

'Dat ben ik niet met je eens.' Albert keek vluchtig om zich heen. 'Ziet er prima uit, in mijn ogen. Goeie verlichting, mooie zichtlijnen, niet al te veel rommel.'

De eigenares van het café, een nerveuze Cubaanse van een jaar of vijftig, werd nu dubbel zo nerveus. Ze voelde de spanning tussen de mannen, en zag die spanning het liefst zo snel mogelijk vertrekken – door de deur of door het raam, zolang het maar snel was. Bij haar aan de bar zat een ouder echtpaar onbekommerd te ruziën over of ze die avond naar een film in het Tampa Theatre zouden gaan of naar een show van Tito Broca in het Tropicale.

Verder was er niemand.

Joe wierp een blik op Graciela. Haar ogen stonden een stuk groter dan normaal en in haar hals klopte een adertje dat hij daar nog niet eerder had gezien, maar verder leek ze de rust zelve, haar handen even vast als haar ademhaling.

Albert nam een tweede hap van het worstje en boog zich naar haar toe. 'Zeg eens, schatje, hoe heet je?'

'Graciela.'

'En ben jij nou een lichte negerin of een donkere spanjool? Help me eens.'

Ze glimlachte naar hem. 'Ik kom uit Oostenrijk. Zie je dat niet?'

Albert schoot brullend in de lach. Hij sloeg op zijn dij en timmerde op het tafeltje, waarop zelfs het ruziënde oude echtpaar omkeek.

'Dat is een goeie,' zei hij tegen Loomis en Bones, 'Oostenrijk.'

Ze snapten het niet.

'Oostenrijk!' zei hij terwijl hij beide handen naar hen uitstak, met in de ene nog steeds dat worstje. Hij zuchtte. 'Laat ook maar.' Hij wendde zich opnieuw tot Graciela: 'Dus onze Graciela komt uit Oostenrijk. Hoe heet je verder?'

'Graciela Domingo Maela Corrales.'

Albert floot. 'Dat is een hele mond vol, maar ik neem aan dat je je mondje wel vaker vol hebt, hè, schatje?'

'Niet doen,' zei Joe. 'Gewoon... Albert? Niet doen. Laat haar erbuiten.'

De laatste hap van zijn worstje kauwend richtte Albert zich nu tot Joe. 'In het verleden is wel gebleken dat ik daar niet zo goed in ben, Joe.'

Joe knikte. 'Wat kom je doen?'

'Ik wil weten hoe het komt dat je geen haar wijzer bent geworden in die gevangenis. Te druk met je kont op te houden? Je komt vrij, reist af naar hier en binnen twee dagen ben je bezig me eruit te werken? Hoe godvergeten achterlijk hebben ze je daarbinnen gekregen, Joe?'

'Misschien probeerde ik gewoon je aandacht te krijgen,' zei Joe.

'Daar ben je dan geweldig in geslaagd,' zei Albert. 'Vandaag begonnen er berichten binnen te komen van mijn bars, mijn restaurants, mijn biljartlokalen en elke rotkroeg in elke rothoek van hier tot Sarasota dat ze voortaan niet meer aan mij afdragen, maar aan jou. Dus ja, toen ging ik maar eens langs bij Esteban Suarez, die plotseling beter bewaakt wordt dan de Bank of England. Hoeft me niet te zien, hoor ik. Jij denkt dat jij en een bende latino's en, wat hoor ik, negers...?'

'Cubanen.'

Albert pakte een snee toast van Joe's bord. 'Jij denkt dat je me eruit kunt werken?'

Joe knikte. 'Ik geloof dat ik dat al gedaan heb, Albert.'

Albert schudde zijn hoofd. 'Zodra jij dood bent, zullen de Suarezzen weer netjes in de pas gaan lopen, en de handelaren al helemaal.'

'Als je me dood wilde hebben, had je daar al voor gezorgd. Jij bent gekomen om te onderhandelen.'

Albert schudde zijn hoofd. 'Ik wil jou inderdaad dood en van onderhandelen is geen sprake. Ik wilde alleen maar dat je ziet dat ik veranderd ben. Ik ben wat milder geworden. Wij lopen hier straks samen de achterdeur uit en laten je meisje hier zitten. Haar zullen we geen haar krenken, al heeft ze er genoeg, hemel.' Albert ging staan. Hij knoopte zijn jasje dicht over zijn uitdijende buik. Zette zijn hoed recht. 'Als je kabaal maakt, nemen we haar ook mee en gaan jullie er allebei aan.'

'Dat is het voorstel?'

'Ja.'

Joe knikte. Hij haalde een stuk papier uit zijn zak, legde het op tafel, streek het glad. Toen keek hij op naar Albert en begon de namen op te lezen die daar stonden: 'Pete McCafferty, Dave Kerrigan, Gerard Mueler, Dick Kipper, Fergus Dempsey, Archibald...'

Albert griste de lijst uit Joe's vingers om zelf de rest te lezen.

'Die kun je allemaal niet vinden, toch, Albert? Al je beste soldaten, die hun telefoon niet meer opnemen of de deurbel niet horen. Jij blijft jezelf maar voorhouden dat dat toeval is, terwijl je weet dat het onzin is. Wij hebben ze. Allemaal. En Albert, ik vind het niet leuk om je te moeten vertellen, maar ze komen niet bij je terug.'

Albert grinnikte, maar zijn anders zo blozende gezicht zag bleek als ivoor. Hij keek naar Bones en Loomis, en grinnikte nog wat. Bones grinnikte met hem mee, maar Loomis trok wit weg.

'Nu we het toch over de mensen in jouw organisatie hebben,' zei Joe, 'hoe wist je waar je me zoeken moest?'

Albert wierp een blik op Graciela; de kleur in zijn gezicht herstelde zich iets. 'Je bent een open boek, Joe – gewoon het kutje volgen.'

Graciela's blik verstrakte, maar ze zei niets.

'Leuk geprobeerd,' zei Joe, 'maar als je niet wist waar ik gisteravond was – en dat wist je niet, want dat wist niemand – dan zou je me niet hebben kunnen volgen tot hier.'

'Nou heb je me.' Albert hield zijn handen op. 'Dan zal ik wel een andere methode hebben.'

'Zoals een vent in mijn organisatie?'

De glimlach glom in Alberts ogen voor hij hem had kunnen wegknipperen.

'Dezelfde vent die je vertelde dat je me in dit café moest pakken en niet op straat?'

Weg was de glimlach in Alberts ogen. Ze werden platter dan een cent.

'Als je me in het café zou pakken, zou ik niet moeilijk doen vanwege het meisje, is dat wat hij zei? En zei hij ook dat ik je zelfs naar een zak met geld zou brengen die ik had verstopt in een logement in Hyde Park?'

Brendan Loomis zei: 'Knal hem neer, baas. Nu.'

Joe zei: 'Dat had je meteen toen je hier binnenstapte moeten doen.'

'Wie zegt dat ik het niet alsnog doe?'

'Ik,' zei Dion, die met een .38 geweer achter Loomis en Bones opdoemde. Sal Urso kwam door de voordeur, gevolgd door Lefty Downer, beiden op deze stralend blauwe dag gehuld in een lange regenjas.

De eigenares van het café en het echtpaar aan de bar waren nu zichtbaar overstuur. De oude man klopte steeds met zijn hand op zijn hartstreek. De bazin bad met razende lippen haar rozenkrans.

Joe vroeg aan Graciela: 'Wil je tegen ze zeggen dat we ze geen kwaad zullen doen?'

Ze knikte en stond op.

Albert zei tegen Dion: 'Dus verraad is echt een karaktertrekje van je, hè, dikkerd?'

'Maar één keer, ijdele zak,' zei Dion. 'Je had eens uitgebreid moeten nadenken over wat ik jouw mannetje Blum heb aangedaan vorig jaar, voordat je nu weer in mijn onzinverhaal stonk.'

'Hoeveel mensen hebben we nog buiten,' vroeg Joe.

'Vier auto's vol,' zei Dion.

Joe ging staan. 'Albert, ik voel er niks voor om hier in het café iemand om te leggen, maar dat wil niet zeggen dat ik het niet doe als je me er ook maar de geringste reden toe geeft.'

Albert glimlachte zelfvoldaan als altijd, zelfs in de verloren positie waarin hij zich bevond. 'We zullen braaf meewerken. Wat zeg je daarvan?'

Joe spuwde hem in het gezicht.

Alberts ogen werden klein als peperkorrels.

Een langgerekt moment verroerde niemand in het café een vin.

'Ik pak even mijn zakdoek,' zei Albert.

'Als jij iets pakt dan knallen we je ter plekke af,' zei Joe. 'Gebruik verdomme je mouw.'

Terwijl hij dat deed keerde de glimlach terug op Alberts gezicht, maar moordzucht vulde nog steeds zijn ogen. 'Dus je gaat me of doodschieten of de stad uit jagen.'

'Klopt.'

'Welke van de twee?'

Joe keek naar de eigenares met haar rozenkrans, en naar Graciela, die naast haar stond met haar hand op de schouder van de vrouw.

'Ik voel er geloof ik weinig voor om je vandaag al af te maken, Albert. Je hebt niet genoeg bewapende mannen of geld om een oorlog te beginnen en je zult nog jaren nodig hebben om genoeg nieuwe vrienden te vinden voordat ik weer over mijn schouder hoef te kijken.'

Albert ging zitten. Alsof het allemaal de gewoonste zaak van de wereld was. Alsof hij bij een oude kennis op bezoek was. Joe bleef staan.

'Je bent hier al mee bezig sinds die keer in de steeg,' zei hij.

'Absoluut.'

'Maar vertel me dan tenminste dat het voor een deel gewoon zakelijk was,' zei hij.

Joe schudde zijn hoofd. 'Allemaal volkomen persoonlijk.'

Albert liet dat tot zich doordringen, en knikte. 'Wou je iets over haar vragen?'

Joe voelde Graciela's ogen op zich gericht, en die van Dion.

Hij zei: 'Niet speciaal, nee. Jij neukte haar, ik hield van haar, en toen heb jij haar vermoord. Wat valt er verder nog over te zeggen?'

Albert haalde zijn schouders op. 'Ik hield wel van haar. Meer dan jij je kunt voorstellen.'

'Ik heb anders een fantastisch voorstellingsvermogen.'

'Toch niet goed genoeg,' zei hij.

Joe probeerde door Alberts façade heen te kijken en kreeg hetzelfde idee dat hij had in de kelder van Hotel Statler: dat Alberts gevoelens voor Emma niet onderdeden voor de zijne.

'Waarom heb je haar dan vermoord?'

'Dat heb ik niet gedaan,' zei Albert. 'Maar jij. Toen je zonodig je lul in haar moest steken. Duizenden meisjes lopen er rond in zo'n stad, maar jij, een mooie jongen op de koop toe, jij pakt mijn meisje. Zet een vent de hoorns op en hij kan twee dingen doen: zichzelf overhoop steken of die ander.'

'Alleen jij hebt mij niet overhoop gestoken, maar haar.'

Albert haalde zijn schouders op, maar Joe zag duidelijk aan hem dat hij er nog steeds verdriet van had. Jezus, dacht hij, ze heeft een stuk van ons allebei meegenomen.

Albert keek om zich heen in het café. 'Je baas heeft me Boston uit gejaagd. En nu jaag jij me weg uit Tampa. Spelen we 't zo?'

'Zo ongeveer.'

Albert wees naar Dion. 'Je weet toch dat hij je heeft verraden in Pittsfield? Dat je door hem twee jaar hebt gezeten?'

'Ja, weet ik. Hé, Dion.'

Dion had zijn ogen geen ogenblik van Bones en Loomis afgehouden. 'Ja?'

'Jaag Albert even een paar kogels door z'n hoofd.'

Alberts ogen werden groot, de eigenares van het café slaakte een kreet en Dion kwam met gestrekte arm aanlopen. Sal en Lefty haalden ieder een Thompson onder hun regenjas vandaan om Loomis en Bones onder schot te houden en Dion duwde het geweer tegen Alberts slaap. Albert kneep zijn ogen stijf dicht en stak zijn handen in de lucht.

'Stop,' zei Joe.

Dion deed niets.

Joe trok zijn broekspijpen op en ging op zijn hurken voor Albert zitten. 'Kijk mijn vriend in zijn ogen.'

Albert keek Dion aan.

'Zie je daar ook maar een sprankje liefde voor jou, Albert?'

'Nee.' Albert knipperde. 'Nee, niks.'

Joe knikte tegen Dion, waarop Dion het geweer van Alberts hoofd nam.

'Ben je met de auto?'

'Hè?'

'Of je met de auto bent.'

'Ja.'

'Mooi. Je loopt naar je auto en je rijdt naar het noorden. Ik stel voor richting Georgia, omdat ik vanaf nu Alabama, de kust van Mississippi en elke stad tussen hier en New Orleans onder me heb.' Hij glimlachte naar Albert. 'En volgende week heb ik een bijeenkomst over New Orleans.'

'Hoe weet ik dat je geen mannen op de weg hebt om mij op te wachten?'

'Godsamme, Albert, natuurlijk heb ik jongens op de weg. Sterker nog, ze rijden met je mee tot je ver genoeg bent. Heb ik gelijk of niet, Sal?'

'Alle auto's zijn getankt, meneer Coughlin.'

Albert keek naar Sal Thompson. 'Hoe weet ik dat ze ons niet onderweg zullen vermoorden?'

'Ja, dat blijft de vraag,' zei Joe. 'Maar als je niet nu je biezen pakt en voorgoed uit Tampa verdwijnt, krijg je van mij vandaag nog de garantie dat je morgen niet meer leeft. En ik weet dat morgen belangrijk voor je is, want dan begin jij met te zinnen op wraak.'

'Waarom zou me dan in leven laten?'

'Om iedereen te laten weten dat ik je alles heb afgepakt wat je had, en dat je de kloten niet had om me tegen te houden.' Joe kwam overeind uit zijn hurkzit. 'Je mag je leven houden, Albert, omdat ik geen hond kan verzinnen die het zou willen hebben.'

18

Niemands vriend

In de goede jaren zei Dion tegen Joe: 'Geluk is eindig.'

Hij zei het meer dan eens.

Joe's antwoord was altijd: 'Pech ook.'

'Het geluk heeft je gewoon zo lang toegelachen,' zei Dion, 'dat niemand zich jouw pech nog kan herinneren.'

Hij bouwde op de hoek van Ninth en Ninetheenth een huis voor Graciela en zichzelf. Hij werkte met Spaanse en Cubaanse timmerlui, met Italianen voor het marmerwerk en hij liet architecten overkomen uit New Orleans om ervoor te zorgen dat een veelvoud aan stijlen samensmolt tot een Frans huis met latino-elementen. Graciela en hij gingen een paar keer naar New Orleans om er in de Franse wijk inspiratie op te doen en ook maakten ze lange wandelingen door en rond Ybor. Ze kwamen uit op een ontwerp waarin Griekse renaissance en de Spaans koloniale stijl elkaar vonden. De voorgevel van het huis was van rode baksteen en had lichte betonnen balkons met smeedijzeren hekwerken. De luiken waren groen en altijd gesloten, zodat het huis er vanaf de straat bijna lelijk uitzag en het onduidelijk was of de bewoners er waren of niet.

Maar aan de achterkant keken grote kamers met hoge koperen plafonds en ruime bogen uit over een binnenplaats, een ondiepe vijver en een tuin waarin paardenmunt, viooltjes en meisjesogen groeiden, maar ook Europese waaierpalmen. De gestuukte muren waren allemaal begroeid met Algerijnse klimop. 's Winters bloeide de bougainville tegelijk met een onstuimige aanplant van gele jasmijn, die allebei in het voorjaar minder werden, om tegen die tijd opgevolgd te worden door de rankende trompetbloem, met bloemen zo donker als bloedsinaasappels. Een tegelpad slingerde zich om een fontein en voerde door de pergola naar een wenteltrap die langs een muur van matglanzende stenen het huis in leidde.

Alle deuren waren ten minste vijftien centimeter dik en voorzien van gekrulde smeedijzeren scharnieren en zwarte ijzeren grendels. Joe had geholpen met het ontwerp van de salon op de tweede verdieping, het koepelplafond en het dakterras, dat uitkeek op de steeg achter het huis. Het terras was een puur voor het plezier aangelegde buitenruimte, want er was al een balkon op de eerste verdieping dat de rest van het huis omspande, en een smeedijzeren gaanderij op de tweede, met een veranda die bijna zo breed was als de straat en waarvan Joe vaak vergat dat hij bestond.

Eenmaal op gang gekomen was Joe niet meer te stuiten. Gasten die de mazzel hadden te worden uitgenodigd op een van Graciela's liefdadigheidsbijeenkomsten konden niet heen om de salon of de grote centrale hal met de dubbele witte trap, de geïmporteerde zijden wandtapijten, de Italiaanse bisschopsstoelen, een Napoleon III paardenspiegel met vaste kandelaars, de marmeren schoorsteenmantels uit Florence of de schilderijen in vergulde lijsten uit een galerie in Parijs die Esteban had aanbevolen. Van hardgebakken bakstenen opgetrokken kale muren grensden aan muren die waren behangen met satijnpapier, papier met gestencilde patronen of voorzien van modieus stucwerk. Parketvloeren voor in het huis gingen over in stenen vloeren in het achterhuis – voor de koelte binnen. 's Zomers werd het meubilair bedekt met wit katoen terwijl de kandelaars in gaasdoek werden gewikkeld tegen insecten. Boven Joe en Graciela's bed hing een muskietennet, alsook boven de badkuip op pootjes in de badkamer, waar ze vaak tegen het eind van de dag samenkwamen om een fles wijn met elkaar te delen terwijl de geluiden van de straat naar hen opstegen.

Graciela raakte vrienden kwijt als gevolg van de overdaad. Dat waren vooral haar vriendinnen uit de fabriek en de meiden die samen met haar vrijwilligster waren geweest in de begintijd van de Circulo Cubano. Niet dat ze Graciela haar nieuw verworven welvaart en voorspoed misgunden (op een paar na), maar meer omdat ze bang waren dat ze iets kostbaars omver zouden lopen en kapot laten vallen op de stenen vloer. Ze konden niet gewoon stil in een stoel zitten, en algauw raakten ze door gemeenschappelijke interesses heen, zodat er niets te kletsen overbleef.

In Ybor noemden ze het huis *El Alcalde de la Mansión* – de villa van de burgemeester – maar het zou een jaar duren voordat Joe die bijnaam voor het eerst hoorde, want de stemmen op straat droegen nooit zo hoog dat hij ze duidelijk kon verstaan.

Ondertussen zorgde het Coughlin-Suarezpartnerschap voor benijdenswaardige stabiliteit in een branche die daar geenszins om bekendstond. Joe en Esteban vestigden een distilleerderij in het Landmark Theater op Seventh en een tweede achter de keuken van het Romero Hotel; de bedrijfsvoering was 'keurig' en de productie constant. Ze haalden alle achterkamerstokers binnen, zelfs degenen die voor Albert White hadden gewerkt, door ze een beter aandeel in de winst te geven en beter materiaal om mee te werken. Ze kochten snellere boten en vervingen alle motoren in hun trucks en transportwagens. Ze kochten een tweezitswatervliegtuig om dekking te verlenen aan de bevoorradingsboten die de Golf van Mexico overstaken. Het watervliegtuig werd bestuurd door Farruco Diaz, een voormalig Mexicaanse opstandeling die even geniaal als krankzinnig was. Farruco, zijn gezicht een chaos van pokkenlittekens zo diep als vingertoppen en zijn lange haar zo bleek en vlassig als natte pasta, kwam bij Joe pleiten voor een boordmitrailleur op de passagiersstoel: voor alle zekerheid. Toen Joe hem erop wees dat er, omdat hij alleen vloog, niemand zou zijn om het wapen te bemannen wanneer zich iets voordeed wat onder 'voor alle zekerheid' viel, stemde Farruco in met een compromis waarin hem werd toegestaan het onderstel te monteren, maar niet het wapen zelf.

Over land kochten ze zich in in routes door heel het zuiden en langs de oostkust, omdat Joe had bedacht dat als ze de verschillende zuidelijke bendes een vergoeding betaalden voor het gebruik van hun wegen, die bendes het plaatselijke gezag zouden afkopen met steekpenningen en het aantal arrestaties en verbeurde ladingen met dertig tot vijfendertig procent zou dalen.

Die daalden met zeventig procent.

In een mum van tijd hadden Joe en Esteban een onderneming met een jaaromzet van een miljoen dollar opgekrikt tot een moloch waarin jaarlijks zes miljoen omging.

En dit alles ondanks een wereldwijde economische crisis die alleen maar erger werd. Elke schokgolf werd gevolgd door een nog grotere – dag na dag, maand na maand. Wat de mensen nodig hadden was een baan, onderdak en hoop. En als die zich geen van drieën aandienden, namen ze genoegen met een borrel.

Menselijke zwaktes, besefte hij, waren depressiebestendig.

Maar verder was zo goed als niets dat. Hoewel het hemzelf niet raakte, was Joe net zo verbijsterd als iedereen door de vrije val die zijn land de laatste paar jaar had gemaakt. Sinds de beurskrach van 1929, waren tienduizend banken omgevallen en hadden dertien miljoen mensen hun baan verloren. In de aanloop naar zijn strijd om een tweede termijn als president, hamerde Hoover op het licht aan het eind van de tunnel, maar de meeste mensen zagen in dat licht slechts de koplampen van de trein die kwam aanstormen om over hen heen te denderen. Dus verhoogde Hoover in een laatste vertwijfelde gooi naar die tweede termijn het belastingtarief voor de allerrijksten van vijfentwintig naar drieënzestig procent, waardoor hij ook zijn laatst overgebleven aanhangers kwijtraakte.

In Tampa en omgeving zat de economie vreemd genoeg in de lift: scheepswerven en conservenfabrieken deden goede zaken. Maar tot Ybor drong dat niet door. Met de sigarenfabrieken ging het sneller bergafwaarts dan met de banken. Sigarenrolmachines kwamen in de plaats van mensen; radio's vervingen de voorlezers op de werkvloer. De spotgoedkope sigaret werd de nieuwe legale ondeugd van mensen in het hele land, zodat de verkoop van sigaren met meer dan de helft kelderde. De arbeiders van een tiental fabrieken begonnen een staking, maar die werd de kop ingedrukt door zware jongens van de bazen, de politie en de Ku Klux Klan. De Italianen verlieten Ybor massaal en ook de Spanjaarden begonnen weg te trekken.

Graciela raakte haar baan kwijt aan een machine. Joe vond het best, hij had haar al maanden eerder weg willen hebben uit La Trocha. Ze was te waardevol voor zijn eigen organisatie. Ze wachtte de Cubanen op die aan land kwamen en bracht ze naar de gezelligheidsvereniging, een ziekenhuis of een Cubaans hotel, afhankelijk van wat ze nodig hadden. Als ze iemand zag van wie ze dacht dat hij goed zou zijn in Joe's soort werk, beloofde ze hem een zelfs nog lucratievere baan.

Daarbij was het haar gevoel voor liefdadigheid, gepaard aan de noodzaak van Joe en Esteban om hun geld wit te wassen, die Joe ertoe bracht om ruwweg vijf procent van Ybor City op te kopen. Hij kocht twee failliete sigarenfabrieken en gaf alle werknemers een andere baan, bouwde een failliet warenhuis om tot een school en een failliete sanitairgroothandel tot een gratis dokterspost. In acht leegstaande gebouwen vestigde hij clandestiene kroegen, met behoud van de oorspronkelijke voorgevels, zodat ze er vanaf de straat uitzagen als een fournituurenzaak, een sigarenwinkel, twee bloemisten, drie slagers en een Grieks lunchcafé, dat tot ieders schrik – niet in de laatste plaats die van Joe zelf – zo'n succes werd dat ze de rest van de familie van de kok uit Athene moesten laten overkomen om zeven straten verderop een tweede lunchcafé te openen.

Maar Graciela miste de fabriek. Ze miste de grappen en de verhalen van de andere sigarenrollers, ze miste het voorlezen van haar lievelingsromans in het Spaans en ze miste het om hele dagen lang haar moedertaal te spreken.

Ook al bracht ze elke avond door in het huis dat Joe voor hen had laten bouwen, toch hield ze haar kamer boven het café aan, hoewel ze hem, voor zover Joe wist, alleen maar gebruikte om zich om te kleden. En dat niet eens zo vaak. Joe had thuis een hele kast vol met kleren die hij voor haar had gekocht.

'Dat zijn de kleren die jij voor me hebt aangeschaft,' zei ze, als hij haar vroeg waarom ze ze niet vaker droeg. 'Ik koop liever mijn eigen spullen.'

Waar ze nooit geld voor had omdat ze alles naar Cuba stuurde, hetzij naar de familie van haar klaploper van een man, hetzij naar haar vrienden in de anti-Machadobeweging. Soms, op zijn reizen terug naar Cuba, deed Esteban dingen voor haar en combineerde hij de opening van een nachtclub met een geldinzameling. Na zo'n reis kwam hij terug met berichten over nieuwe hoop in de beweging die, wist Joe inmiddels uit ervaring, bij zijn volgende bezoek vals zou blijken. Hij kwam ook terug met foto's – zijn fotografenblik werd steeds scherper en ondertussen hanteerde hij zijn camera als een groot violist zijn strijkstok. In de kringen van opstandig Latijns-Amerika was hij een bekendheid geworden, had hij een reputatie verworven die voor een niet gering deel berustte op zijn vernietiging van de USS Mercy.

'Je hebt de zorg voor een vrouw in grote verwarring,' zei hij na zijn laatste reis tegen Joe.

'Ik weet het,' zei Joe.

'Begrijp je waarom ze zo in verwarring is?'

Joe schonk voor hen allebei een glas Suarez Reserve in. 'Nee, geen idee. We kunnen alles kopen of doen wat we willen. Ze kan de mooiste kleren krijgen, haar haar laten doen bij de beste kappers, eten in de chicste restaurants...'

'Waar ze latino's toelaten.'

'Dat spreekt vanzelf.'

'Vind je?' Esteban boog zich voorover op zijn stoel, zette beide voeten op de vloer.

'Wat ik eigenlijk probeer te zeggen,' zei Joe, 'is dat we gewonnen hebben. We kunnen het rustig aan doen, zij en ik. Samen oud worden.'

'En denk je echt dat dat is wat ze wil – de vrouw van een rijk man zijn?'

'Willen de meeste vrouwen dat niet?'

Esteban reageerde met een vreemd glimlachje. 'Je hebt me eens verteld dat je niet zoals de meeste gangsters een arme jeugd hebt gehad.'

Joe knikte. 'We waren niet rijk, maar...'

'Maar jullie hadden een mooi huis, genoeg te eten en jullie konden naar school.'

'Ja.'

'En was je moeder gelukkig?'

Joe keek een tijdlang zwijgend voor zich uit.

'Dat zal ik maar als nee opvatten,' zei Esteban.

Ten slotte zei Joe: 'Mijn ouders waren meer als een verre neef en nicht voor elkaar. Graciela en ik? Wij zijn anders. We praten altijd. We...' hij begon zachter te praten, '... we neuken ons suf. We genieten oprecht van elkaars aanwezigheid.'

'En dus?'

'Dus waarom zou ze niet van me houden?'

Esteban lachte. 'Natuurlijk houdt ze van je.'

'Ze wil het maar niet zeggen.'

'Wie zou daar nou moeilijk over doen, of ze het zegt of niet?'

'Ik,' zei Joe. 'En ze wil maar niet scheiden van die eikel.'

'Daar kan ik niks verstandigs over zeggen,' zei Esteban. 'Al word ik duizend jaar, ik zal nooit begrijpen waarom die *pendejo* zo'n vat op haar heeft.'

'Heb je hem ooit ontmoet?'

'Elke keer als ik door het slechtste stuk van Havana loop zie ik hem daar in een of andere bar zitten, haar geld te verdrinken.'

Mijn geld, dacht Joe. Van mij.

'Wordt ze nog altijd gezocht daarginds?'

'Haar naam staat op een lijst,' zei Esteban.

Joe dacht hier even over na. 'Maar ik zou binnen twee weken valse papieren voor haar kunnen krijgen, toch?'

Esteban knikte. 'Natuurlijk. Misschien zelfs sneller.'

'Dan zou ik haar ernaartoe laten gaan, kon ze die klootzak daar op zijn barkruk zien hangen en dan zou ze... Wat zou ze dan doen, Esteban? Denk je dat dat voldoende voor haar zou zijn om bij hem weg te gaan?'

Hij haalde zijn schouders op. 'Joseph, luister naar me. Ze houdt van je. Ik ken haar al mijn hele leven en ik heb haar al wel eerder verliefd gezien. Maar zoals op jou? Man, ze is in vuur en vlam.' Hij sperde zijn ogen open, waaierde zijn gezicht met zijn hoed. 'Zoiets heeft ze nog nooit voor iemand gevoeld. Maar je moet niet vergeten dat ze zichzelf de laatste tien jaar heeft beschouwd als een revolutionair, en nu kijkt ze om zich heen en bedenkt dat het enige wat ze écht wil is dat alles van zich afschudden – haar overtuigingen, haar land, haar roeping en, inderdaad, haar waardeloze ouwe echtgenoot – voor een Amerikaanse gangster. Dacht je dat ze dat zomaar aan zichzelf zou toegeven?'

'Waarom niet?'

'Omdat ze dan moet erkennen dat ze een salonrevolutionair is: nep. En dat zal ze nooit doen. Ze zal haar toewijding aan de zaak verdubbelen en jou op een afstandje houden.' Hij schudde zijn hoofd terwijl hij peinzend naar het plafond staarde. 'Als je het zo hardop uitspreekt is het eigenlijk te gek voor woorden.'

Joe wreef zich in zijn gezicht. 'Dat kun je wel zeggen.'

Een aantal jaren liep alles gesmeerd – heel ongebruikelijk in hun branche – totdat Robert Drew Pruitt zich in de stad vestigde.

De maandag nadat Joe met Esteban had gesproken, kwam Dion

hem zeggen dat RD opnieuw een van hun clubs had overvallen. Robert Drew Pruitt, kortweg RD, had iedereen in Ybor hoofdpijn bezorgd sinds hij acht weken geleden was vrijgekomen en in de stad was verschenen om het te gaan maken in de wereld.

'Kunnen we die klootzak niet gewoon omleggen?'

'Dat zal de Ku Klux Klan hier niet leuk vinden.'

De KKK had de laatste tijd in Tampa veel aan macht gewonnen. Ze waren altijd fanatieke droogleggers geweest, niet omdat ze zelf niet dronken, want ze dronken aan één stuk door, maar omdat ze geloofden dat alcoholgebruik de onderklasse waanideeën over macht gaf, dat het leidde tot ontucht tussen de rassen en ook nog onderdeel vormde van een paapse samenzwering om de belijders van het ware geloof slappe knieën te bezorgen, zodat de katholieken uiteindelijk de wereld zouden kunnen overnemen.

De Klan had Ybor altijd met rust gelaten, tot de krach. Toen de economie eenmaal op z'n gat lag, vond hun boodschap van blanke macht zijn weg naar wanhopige gelovigen op de manier waarop ook de predikers van hel en verdoemenis hun kerken hadden zien vollopen. De mensen waren de weg kwijt. Ze waren bang, hun lynchtouwen reikten niet tot de bankiers en beurshandelaren, dus kozen ze hun slachtoffers dichter bij huis.

Die vonden ze onder de sigaarrollers, die een lange geschiedenis van arbeidsgeschillen en radicaal gedachtegoed kenden. De Klan had een einde gemaakt aan de laatste staking. Telkens wanneer de stakers bijeenkwamen, vielen KKK-leden schietend binnen en sloegen iedereen die ze raken konden met de kolf van hun pistool. Ze verbrandden een kruis op het gazon van een van de stakers, gooiden een molotovcocktail naar binnen bij iemand anders in Seventeenth Street en verkrachtten twee vrouwelijke stakers die lopend onderweg naar huis waren vanaf de Celistino Vega-fabriek.

De staking werd afgebroken.

RD Pruitt was lid geweest van de Klan tot hij vertrok om twee jaar te zitten in de State Prison Farm in Raiford, dus was het heel aannemelijk dat hij bij zijn vrijlating meteen weer lid was geworden. De eerste kroeg die hij beroofde, een sjofele huiskamertent achter een kruidenier in Twenty-Seventh Street, lag recht tegenover een oud huis aan de andere kant van het spoor dat naar werd gezegd het hoofdkwartier was van de plaatselijke Klan, onder voorzitterschap van Kelvin Beauregard. Terwijl RD zich bediende van de avondomzet uit de kassalade, wees hij naar de muur die het dichtst bij het spoor lag en zei: 'We houden jullie in de gaten, dus laat ons hier geen politie zien.'

Toen Joe dat hoorde wist hij dat hij met een achterlijke zak te maken had – want wie zou er goddomme de politie bij halen als zijn clandestiene kroeg was overvallen? Maar dat 'we' deed hem aarzelen, want de Klan zat gewoon te wachten tot iemand als Joe de kop opstak. Een katholieke yankee die samenwerkte met latino's, Italianen en negers, die hokte met een Cubaanse en die zijn geld verdiende met de handel in clandestiene rum – was er iets aan hem wat ze niet zouden haten?

In feite besefte hij heel snel dat dat precies was waar ze mee bezig waren. Ze daagden hem uit. De voetsoldaten van de Klan mochten een verzameling inteeltige idioten zijn met niet meer dan vier jaar onderwijs op een achterbuurtschool, maar hun leiders waren doorgaans een tikje slimmer. Naast Kelvin Beauregard, plaatselijk conservenfabrikant en raadslid, maakten ook rechter Franklin, een tiental agenten en zelfs Hopper Hewitt, uitgever van *The Tampa Examiner* deel uit van de groep, als je de geruchten mocht geloven.

De andere, veel belangrijker complicatie naar Joe's idee, was dat RD's zwager Irving Figgis was, ook wel bekend als Eagle Eye Irv, maar meer officieel als het hoofd van de politie in Tampa.

Sinds hun eerste kennismaking, destijds in 1929, had Figgis Joe een paar keer op laten halen voor verhoor, gewoon om de antagonistische aard van hun verhouding helder in beeld te houden. Bij zulke gelegenheden zat Joe bij hem op de kamer en soms liet Irv zijn secretaresse limonade brengen, terwijl Joe naar de foto's op zijn bureau keek: de knappe vrouw en de twee roodblonde kinderen, het jongetje, Caleb, het evenbeeld van zijn vader, en het meisje, Loretta, nog altijd zo mooi dat Joe ervan in de war raakte als hij naar haar keek. Ze was verkozen tot koningin van het bal op haar eerstejaarsreünie van Hillsborough High School en had sinds haar vroege jeugd allerlei prijzen gewonnen bij het plaatselijke toneel. Dus keek niemand er vreemd van op toen ze na haar eindexamen naar Hollywood vertrok. Net als iedereen verwachtte ook Joe haar binnen afzienbare tijd op het witte doek te zien. Ze droeg het soort licht om zich heen dat van alle mensen in haar nabijheid motten maakte.

Omringd door de afbeeldingen van zijn volmaakte bestaan had Irv Joe bij meerdere gelegenheden gewaarschuwd dat als zijn mensen ooit ook maar iets vonden wat hem aan de zaak met de Mercy linkte, ze hem 'verdomd als het niet waar is' voor de rest van zijn leven achter de tralies zouden krijgen. En wie weet hoe de federale overheid dan alsnog over hem zou beslissen – best kans dat ze hem een strop om zijn nek zouden leggen en naar de galg sturen. Maar voor de rest liet Irv Joe en Esteban en hun mensen met rust, zolang ze zich in blank Tampa maar niet lieten zien.

Maar nu was daar RD Pruitt die zijn vierde Pescatore-kroeg in een maand overviel en Joe als het ware smeekte om een vergeldingsactie.

'Alle vier die kasteleins zeiden hetzelfde over die knul,' zei Dion tegen Joe, 'namelijk dat hij ziekelijk vals is. Het druipt van hem af. Als hij de volgende keer niet iemand omlegt dan is het wel de keer daarop.'

Joe had in de gevangenis talloze van dat soort jongens leren kennen, en ze lieten je meestal slechts drie opties: neem ze in dienst, zorg dat ze je negeren of maak ze af. Dat Joe RD in dienst zou willen nemen was uitgesloten en het was net zo uitgesloten dat RD een katholiek of een Cubaan als zijn meerdere zou dulden, wat alleen de opties twee en drie overliet.

Op een februariochtend kwam hij Figgis tegen in de Tropicale. Het was een warme, droge dag. Joe wist inmiddels dat er geen beter klimaat denkbaar was dan dat van Tampa tussen eind oktober en eind april. Terwijl ze van hun met een scheut Suarez-reserve opgepepte koffie nipten, keek Figgis met iets onrustigs in zijn blik en druk gebarend uit over Seventh Avenue.

De laatste tijd was er iets in hem wat zijn best deed niet ten onder te gaan. Een tweede hart of zo, dat in zijn oren bonsde, in zijn keel bonsde en zo hard achter zijn ogen bonsde dat die er soms van uitpuilden.

Joe had geen idee wat er in zijn leven was misgegaan – misschien was zijn vrouw ervandoor of was hem een dierbare naaste ontvallen – maar het was duidelijk dat er iets aan hem vrat de laatste tijd, iets wat de kracht uit hem wegzoog, en zijn zekerheid.

Hij zei: 'Heb je gehoord dat de fabriek van Perez gaat sluiten?'

'Verdomme,' zei Joe. 'Daar werken, hoeveel zijn het er, vierhonderd mensen?'

'Vijfhonderd. Vijfhonderd mensen erbij zonder baan, vijfhonderd paar werkloze handen die wachten tot ze voor de duivel aan de slag kunnen. Maar jezus, zelfs de duivel neemt tegenwoordig niemand meer aan. Dus dat zal wel niet veel anders worden dan drinken, vechten en stelen. Mijn baan zal er niet makkelijker op worden, al mag ik blij zijn dat ik er een heb.'

Joe zei: 'Ik hoorde dat Jeb Paul zijn textielzaak sluit.'

'Heb ik ook gehoord. Die zaak was al in de familie toen deze stad zijn naam nog moest krijgen.'

'Doodzonde is het.'

'Inderdaad.'

Ze namen een slokje. En op dat moment kwam RD vanaf de straat naar binnen slenteren. Hij droeg een geelbruin jasje met brede revers, een bijpassende knickerbocker, een witte golfpet en een paar tweekleurige Oxford-schoenen, alsof hij ging golfen. Hij liet een tandenstoker over zijn onderlip rollen.

Zodra hij was gaan zitten zag Joe het helder als glas in zijn gezicht: angst. Angst die achter zijn ogen huisde, uit zijn poriën zweette. De meeste mensen zagen het niet omdat ze de publieke façade van angst – haat en humeurigheid – verwarden met woede. Maar Joe had er in Charlestown twee jaar lang studie van kunnen maken, en hij had ontdekt dat de ergste mannen daarbinnen ook de bangste waren – bang om ontmaskerd te worden als lafaard, of erger: als slachtoffer van andere verschrikkelijke en doodsbange mannen. Doodsbang dat iemand hen zou besmetten met nog meer gif en doodsbang dat er iemand zou komen om hun gif weer van hen af te pakken. Die angst schoot als kwikzilver door hun ogen en moest je bij de eerste ontmoeting opvallen, meteen in de eerste minuut, of anders zou je hem nooit meer terugzien. Maar tijdens dat allereerste contact waren ze nog bezig zichzelf voor jou vorm te geven, zodat je hun angstbeest kon betrappen voordat het zich ijlings terugtrok in zijn grot, en het speet Joe te moeten zien dat het beest van RD Pruitt zo groot was als een wild zwijn, hetgeen betekende dat hij dubbel gemeen en dubbel onredelijk was omdat hij dubbel zo bang was.

Terwijl RD plaatsnam stak Joe hem zijn hand toe.

RD schudde zijn hoofd. 'Een paapse geef ik geen hand.' Hij glimlachte en hield zijn handpalmen op naar Joe. 'Trek het je niet aan.'

'Best.' Joe hield zijn hand in de lucht. 'Zou het helpen als ik zeg dat ik al mijn halve leven niet meer in de kerk kom?'

RD grinnikte en schudde nogmaals zijn hoofd.

Joe liet zijn hand zakken en leunde achterover.

Figgis zei: 'RD, er wordt gefluisterd dat je je oude gewoonten weer hebt opgepakt, hier in Ybor.'

RD keek zijn zwager aan, zijn ogen groot en onschuldig. 'En wat moet ik me daarbij voorstellen?'

'Overvallen, zeggen ze,' zei Figgis.

'Waarop?'

'Kroegen.'

'O,' zei RD, zijn ogen plotseling donker en klein. 'Je bedoelt het soort gelegenheid dat in een gezagsgetrouwe stad als de onze helemaal niet bestaat?'

'Ja.'

'Tenten die clandestien zijn en daarom gewoon dicht zouden moeten, bedoel je die?'

'Zou best eens kunnen,' zei Figgis.

RD schudde zijn kleine hoofd, waarop zijn gezicht weer de uitdrukking van engelachtige onschuld kreeg. 'Daar weet ik niks van.'

Joe en Figgis keken elkaar aan, en Joe kreeg de indruk dat ze allebei hun best moesten doen om niet te zuchten.

'Ha ha,' zei RD. 'Ha ha.' Hij wees naar hen beiden. 'Ik zit jullie gewoon te dollen. En dat weten jullie best.'

Figgis maakte een gebaar met zijn hoofd naar Joe. 'RD, deze zakenman is naar hier gekomen om zaken te doen. Ik stel voor dat je dat samen met hem gaat doen.'

'Dat weet je toch?' vroeg RD aan Joe.

'Natuurlijk.'

'Waar ik mee bezig ben?' zei RD.

'Je bent gewoon een grappenmaker,' zei Joe.

'Ja. Jij hebt 'm door. Je hebt 'm door.' Hij trok een glimlach naar Figgis. 'Hij weet het.'

'Oké,' zei Figgis. 'Dan zijn we vrienden onder elkaar.'

RD rolde theatraal met zijn ogen. 'Dat zei ik nou ook weer niet.'

Figgis knipperde een paar keer. 'Hoe dan ook, we begrijpen elkaar.'

'Deze meneer,' RD wees met een vinger naar Joe's gezicht, 'is een clandestiene stoker en hij pleegt ontucht met negers. Met zo'n man ga je geen zaken doen, die geef je pek en veren.'

Joe glimlachte naar de uitgestoken vinger. Hij had zin om hem uit de lucht te plukken, op de tafel te rammen en bij de knokkel af te breken.

Voor hij er de kans toe kreeg trok RD zijn vinger terug en zei veel te hard: 'Gekheid natuurlijk! Je kunt wel tegen een grapje, toch?'

Joe zei niets.

RD stak zijn arm uit over de tafel en gaf Joe een por met zijn vuist tegen zijn schouder. 'Hé, kun je wel tegen een geintje? Hé?'

Joe keek recht in misschien wel het vriendelijkste gezicht dat hij ooit tegenover zich had gehad. Een gezicht dat niets dan het beste met je voorhad. En hij bleef kijken tot hij het angstbeest zag wegschieten in RD's zieke en vriendelijke ogen.

'Ik kan wel tegen een grapje.'

'Zolang je zelf maar niet voor schut staat, hè?' zei RD.

Joe knikte. 'Ik hoor van een paar vrienden van me dat je vaak in de Parisian komt.'

RD kneep zijn ogen half dicht alsof hij zich die gelegenheid voor de geest probeerde te halen.

Joe zei: 'Ik hoor dat je dol bent op de French 75 die ze er schenken.'

RD trok zijn broekspijp op. 'En wat als dat zo was?'

'Dan zou ik zeggen dat je meer dan een stamgast zou moeten worden.'

'Wat is meer dan een stamgast?'

'Een vennoot.'

'Wat schuift dat?'

'Ik geef je tien procent van de omzet.'

'Meen je dat?'

'Tuurlijk.'

'Waarom?'

'Laten we zeggen dat ik respect heb voor ambitie.'

'Dat is alles?'

'En ik herken talent als ik het zie.'

'Nou, dat zou meer waard moeten zijn dan tien procent.'

‘Hoeveel had je zelf in gedachten?’

RD’s gezicht kreeg de lege schoonheid van een tarweveld. ‘Ik dacht meer aan zestig.’

‘Je wou zestig procent van de omzet van een van de succesvolste clubs in de stad?’

RD knikte, monter en minzaam.

‘En wat precies dacht je daarvoor te doen?’

‘Als jij mij zestig procent geeft, zouden mijn vrienden wat minder onvriendelijk over jou gaan denken.’

‘Wie zijn die vrienden van je?’

‘Zestig procent,’ zei RD alsof hij het voor de eerste keer zei.

‘Hoor eens, vriend,’ zei Joe, ‘ik geef je geen zestig procent.’

‘Ik ben je vriend niet,’ zei RD vriendelijk. ‘Ik ben niemand z’n vriend.’

‘Daar kan ik inkomen.’

‘Wat?’

‘Vijftien procent,’ zei Joe.

‘Ik sla je dood,’ fluisterde RD.

Tenminste, dat was wat Joe dacht dat hij fluisterde. Hij zei: ‘Wat?’

RD streek zo hard over zijn kin dat Joe zijn stoppels hoorde raspen. Hij keek Joe recht aan met een paar ogen die tegelijkertijd leeg en te fel waren. ‘Nou ja, dat klinkt als een eerlijke deal.’

‘Wat?’

‘Vijftien procent. Tot twintig wou je niet gaan?’

Joe keek naar Figgis en terug naar RD. ‘Ik vind vijftien ruim betaald voor een baan waarvoor ik niet eens van je vraag dat je komt opdagen.’

RD wreef nog wat over zijn stoppels en staarde een tijdje naar het tafelblad. Toen hij ten slotte opkeek, glimlachte hij hen als een kleine jongen toe.

‘U hebt gelijk, meneer Coughlin. Dat is inderdaad een eerlijke deal. En ik ben zo blij als een aardbei dat ik ermee akkoord mag gaan.’

Figgis leunde achterover en legde zijn handen op zijn platte buik. ‘Dat is geweldig om te horen, Robert Drew. Ik wist gewoon dat jullie het eens zouden worden.’

‘Zo is het,’ zei RD. ‘Hoe zal ik mijn aandeel in ontvangst nemen?’

'Kom elke tweede dinsdagavond om een uur of zeven maar langs in de bar,' zei Joe. 'Vraag naar de manager, Sian McAlpin.'

'Schwan?'

'Bijna goed,' zei Joe.

'Is hij ook paaps?'

'Het is een zij, en ik heb het haar nooit gevraagd.'

'Sian McAlpin. De Parisian. Dinsdagavond.' RD sloeg zijn beide handen met een klap op tafel en stond op. 'Nou, dat was genieten, absoluut. Tot genoegen, meneer Coughlin. Irv.' Hij lichtte zijn hoed naar beide mannen en verliet half zwaaiend half groetend het vertrek.

De twee bleven een volle minuut zitten zonder iets te zeggen.

Ten slotte draaide Joe zich om en vroeg aan Figgis: 'Hoe stom is die knul?'

'Als het achtereind van een varken.'

'Daar was ik al bang voor. Denk je dat hij echt akkoord gaat met die deal?'

Figgis haalde zijn schouders op. 'De tijd zal het leren.'

Toen RD zich voor zijn eerste uitkering meldde in de Parisian, bedankte hij Sian McAlpin toen ze hem die overhandigde. Hij vroeg haar of ze haar naam voor hem wilde spellen en toen ze dat deed zei hij dat het een mooie naam was. Hij zei dat hij zich verheugde op hun langdurige samenwerking en nam een drankje aan de bar. Hij was aardig en voorkomend tegen iedereen die hij tegenkwam. Toen liep hij de deur uit, stapte in zijn auto en reed via de Vayo Cigar Factory naar Phyllis's Place, de eerste clandestiene kroeg in Ybor waar Joe iets had gedronken.

De bom die RD Pruitt er naar binnen gooide stelde als bom niet veel voor, maar dat was ook niet nodig. De gelagkamer was zo klein dat een flinke kerel er niet in zijn handen kon klappen zonder met zijn ellebogen tegen de muur te stoten.

Niemand werd gedood, maar een drummer die Cooey Cole heette, verloor zijn linkerduim en zou nooit meer kunnen spelen, en een meisje van zeventien dat haar vader was komen halen om hem naar huis te rijden, verloor een voet.

Joe stuurde drie teams van twee mannen op pad om de gestoorde klootzat op te sporen, maar RD Pruitt dook onder. Ze stroopten heel Ybor af, toen heel West Tampa, toen gewoon heel Tampa. Niemand die hem vinden kon.

Een week later wandelde RD een andere kroeg van Joe binnen, een tent die bijna uitsluitend werd bezocht door donkere Cubanen. De band speelde op volle toeren en de hele zaal stond te swingen toen hij binnenkwam. Hij kuierde naar het podium, schoot de bastrombonist in zijn knie en de zanger in zijn maag. Hij smeet een envelop op het podium en liep de achterdeur uit.

De envelop was geadresseerd aan DE HEER JOSEPH COUGHLIN, NEGERNEUKER. De envelop bevatte een briefje met twee woorden: ZESTIG PROCENT.

Joe ging in gezelschap van Dion en Sal Urso op bezoek bij Kelvin Beauregard in diens conservenfabriek. Ze ontmoetten elkaar in Beauregards kantoor achter in het gebouw. Het keek uit op de inpakafdeling. Enkele tientallen vrouwen gehuld in jurk, schort en bijpassende hoofdband stonden in de smorende hitte rond een slangachtig systeem van transportbanden. Beauregard hield ze door een kamerhoog raam in de gaten. Hij stond niet op toen Joe en zijn mannen binnenkwamen, deed zelfs een tijdje alsof ze er niet waren. Toen draaide hij zich om in zijn stoel, grijnsde en wees met zijn duim naar het glas.

'Ik heb mijn oog laten vallen op een nieuwe,' zei hij. 'Wat zeg je van die?'

Dion zei: 'Nieuw wordt oud zodra je er de parkeerplaats mee af rijdt.'

Kelvin Beauregard trok een wenkbrauw op. 'Daar zit wat in. Daar zit wat in. Heren, wat kan ik voor u doen?'

Hij nam een sigaar uit de doos op zijn bureau zonder de anderen een aan te bieden.

Joe sloeg zijn rechterbeen over zijn linker en trok de plooi recht bij zijn enkel. 'We zouden graag weten of u RD Pruitt een beetje tot rede zou kunnen brengen.'

Beauregard zei: 'Dat is maar bar weinig mensen gelukt in hun leven.'

'Dat kan zo zijn,' zei Joe, 'maar we zouden graag zien dat u het probeerde.'

Beauregard beet het puntje van zijn sigaar en spuwde dat in de prullenmand. 'RD is een volwassen man. Hij heeft me niet om advies gevraagd, dus zou het onfatsoenlijk zijn om het hem aan te bieden. Zelfs als ik me zou kunnen vinden in de reden van uw verzoek. Maar zegt u eens, want u brengt me in de war, wat is precies de reden van uw verzoek?'

Joe wachtte tot Kelvin zijn sigaar had aangestoken, staarde hem aan door achtereenvolgens een vlam en een rookwolk.

'In het belang van zijn eigen gezondheid,' zei Joe, 'zou het goed zijn als RD ophield met mijn clubs te beschieten en zich bij mij te melden, zodat we iets kunnen regelen.'

'Clubs? Wat voor clubs?'

Joe keek opzij naar Dion en Sal, maar zei niets.

'Bridgeclubs?' vroeg Kelvin. 'De Rotaryclub? Zelf ben ik lid van de Greater Tampa Rotary Club, maar ik kan me niet herinneren dat ik u daar ooit gezien...'

'Ik kom hier als een volwassene iets zakelijks met u bespreken,' zei Joe, 'maar u maakt er goddomme een spelletje van.'

Kelvin Beauregard legde zijn voeten op zijn bureau. 'Vindt u dat?'

'U hebt die jongen tegen ons opgestookt. U wist dat hij er geschift genoeg voor was. Maar waar het op uitdraait is dat het die jongen z'n leven gaat kosten.'

'En wie heb ik precies gestuurd dan?'

Joe haalde diep adem door zijn neus. 'U bent de grote tovenaar van de Klan in deze streken. Fantastisch, gefeliciteerd. Maar dacht u dat wij hebben bereikt wat we hebben bereikt door ons door een stel inteeltige inblikboeren als u en uw vrienden door de mangel te laten halen?'

'Ho, vader,' zei Beauregard met een vermoeid lachje, 'als je zo over ons denkt zit je er faliekant naast. We zijn griffiers en deurwaarders, gevangenisbewakers en bankiers. Politiefunctionarissen, hulpsheriffs en zelfs een rechter. En we hebben een besluit genomen, meneer Coughlin.' Hij haalde zijn voeten van het bureau. 'We hebben besloten dat we u en uw latino's en Italianen zullen fijnknijpen of anders jagen we jullie regelrecht de stad uit. Als u de euvele moed hebt om het gevecht met ons aan te gaan, zullen we hel en verdoemenis laten neerdalen over u en iedereen die u lief is.'

Joe zei: 'Dus waar u me mee dreigt is met een heel stel mensen die machtiger zijn dan uzelf?'

'Juist.'

'Maar wat zit ik hier dan met u te praten?' zei Joe met een knikje naar Dion.

Kelvin Beauregard had nog net tijd om 'Wat?' te zeggen voordat Dion een stap dichterbij deed en hem door zijn hoofd schoot, zodat zijn hersens over zijn manshoge raam spatten. Dion pakte de sigaar van Kelvin Beauregards borst en drukte hem in zijn mond. Hij schroefde de Maxi-demper van zijn pistool en siste terwijl hij hem in de zak van zijn regenjas liet glijden.

'Rotding is heet.'

Sal Urso zei: 'Je wordt zo'n watje de laatste tijd.'

Ze verlieten het kantoor en gingen de metalen trap af naar de werkvloer. Bij binnenkomst hadden ze zich, met hun hoed diep in het gezicht en de lichte regenjas over het strak gesneden maatpak, duidelijk aan het personeel doen kennen als de gangsters die ze waren, zodat niemand al te lang of goed naar hen zou willen kijken. Nu liepen ze langs dezelfde weg terug. Als iemand hen al herkende uit Ybor, zou die ook hun reputatie kennen, wat afdoende zou zijn om een collectieve bijziendheid op de inpakafdeling van wijlen Kelvin Beauregards conservenfabriek te waarborgen.

Joe zat op de veranda van Figgis' huis in Hyde Park en klapte afwezig het deksel van zijn vaders horloge open en dicht, open en dicht. Het huis was een klassieke bungalow met kunstzinnige details. Bruin, met matglanzend lijstwerk. De hoofdcommissaris had zijn veranda laten optrekken van brede notenhouten planken en voorzien van rotanmeubelen en een schommel in dezelfde matglans als het lijstwerk.

Figgis kwam aanrijden, stapte uit en liep over het roodbakstenen pad door het perfect gemillimeterde gazon.

'Zo, op huisbezoek?' zei hij tegen Joe.

'Ik dacht, ik bespaar je de moeite om me op te laten halen.'

'Waarom zou ik je laten ophalen?'

'Van een paar van mijn mannen hoorde ik dat je naar me op zoek was.'

'O ja, dat is waar ook.' Figgis bereikte de veranda en bleef een ogenblik staan met een voet op het trapje. 'Heb jij Kelvin Beauregard door zijn hoofd geschoten?'

Joe keek hem met half toegeknepen ogen aan. 'Wie is Kelvin Beauregard?'

'Dat was de enige vraag die ik had, dus,' zei Figgis. 'Wou je een biertje? Bijna bier dan, maar lang niet slecht.'

'Graag,' zei Joe.

Figgis ging naar binnen en kwam terug met twee bijna-biertjes en een hond. De biertjes waren koud en de hond was oud: een grijze bloedhond met zachte oren zo groot als bananenbladeren. Het beest vlijde zich op de vloer tussen Joe en de deur, waarna het met beide ogen open begon te snurken.

'Ik moet RD te pakken zien te krijgen,' zei Joe, nadat hij Figgis had bedankt voor het bier.

'Daar kan ik me iets bij voorstellen.'

'Je weet waar dit toe leidt als je me niet helpt,' zei Joe.

'Nee,' zei Figgis, 'geen idee.'

'Meer lijken, meer bloedvergieten, meer kranten die schrijven over "Slachtingen in Sigaarstad" en dat soort dingen. En ten slotte word jij aan de kant gezet.'

'Jij ook.'

Joe haalde zijn schouders op. 'Misschien.'

'Het verschil is alleen dat ze dat bij jou doen met een kogel achter je oor.'

'Als hij vertrekt,' zei Joe, 'is het einde oorlog. Vrede.'

Figgis schudde zijn hoofd. 'Ik kan de broer van mijn vrouw niet verlinken.'

Joe staarde naar de straat. Het was een mooie rode klinkerstraat met vrolijk geschilderde keurige bungalows, oude koloniale huizen met grote veranda's en helemaal aan het begin zelfs een paar bruinzandstenen patriciërshuizen. De eiken waren zonder uitzondering statig en hoog, en de lucht rook naar gardenia's.

'Ik wil dit niet hoeven doen,' zei Joe.

'Wat niet?'

'Waar jij me toe dwingt.'

'Ik dwing je helemaal nergens toe, Coughlin.'

'Jawel,' zei Joe zacht, 'dat doe je wel.'

Hij haalde de eerste foto uit de binnenzak van zijn colbert en legde die naast Figgis op de veranda. Figgis wist dat hij er niet naar zou moeten kijken. Hij wist het gewoon. En heel even hield hij zijn kin krampachtig tegen zijn rechterschouder gedrukt. Maar toen draaide hij toch zijn hoofd om om te kijken naar wat Joe daar – op twee passen van zijn voordeur – had neergelegd, en hij trok wit weg.

Hij keek op naar Joe, toen weer neer naar de foto en weer snel weg, waarop Joe zijn finale aanval inzette.

Hij legde een tweede foto naast de eerste. 'Ze heeft het niet gehaald tot Hollywood, Irv. Ze is niet verder gekomen dan Los Angeles.'

Irving Figgis wierp een snelle blik op de tweede foto, lang genoeg om zijn tranen te voelen branden. Hij sloot zijn ogen en fluisterde: 'Dat klopt niet, dat klopt niet,' steeds maar weer.

Hij begon te huilen. Barstte in snikken uit, liever gezegd. Handen voor zijn gezicht, hoofd omlaag, schokkende schouders.

Toen hij ophield bleef hij zitten met zijn hoofd in zijn handen. De hond kwam naar hem toe, ging naast hem op de vloer liggen, duwde zijn kop tegen Figgis' bovenbeen en rilde met klappende lippen.

'We hebben haar naar een speciale dokter gebracht,' zei Joe.

Figgis liet zijn handen zakken, keek Joe aan met haat in zijn rode ogen. 'Wat voor soort dokter?'

'Het soort dat mensen van de heroïne af helpt, Irv.'

Figgis hield een vinger naar hem op. 'Noem me nooit meer bij mijn voornaam. Voor jou is het voortaan hoofdcommissaris Figgis en niets dan hoofdcommissaris Figgis voor de rest van de dagen of jaren die wij nog met elkaar te maken hebben. Is dat duidelijk?'

'Wij hebben haar dit niet aangedaan,' zei Joe. 'We hebben haar alleen maar gevonden. En haar weggehaald waar ze zat, en dat was echt een rotplek.'

'En daarna pas bedacht je hoe je er je voordeel mee kon doen, zeker.' Figgis wees naar de foto van zijn dochter met de drie mannen en de metalen halsband en ketting. 'Jullie soort verkoopt die rommel. Of het nu aan mijn dochter is of aan die van iemand anders.'

'Ik niet,' zei Joe, wetend hoe zwak het klonk. 'Ik handel alleen in rum.'

Figgis veegde zijn ogen af met de muis van zijn handen en vervolgens met de rug van zijn handen. 'Met de winst van de rum koopt jullie organisatie andere dingen. Doe maar niet alsof dat niet zo is, meneer. Zeg het maar, wat is je prijs.'

'Hè?'

'Je prijs. Om me te vertellen waar mijn dochter is.' Hij keek Joe aan. 'Zeg het me. Zeg me waar ze is.'

'Ze is in handen van een prima dokter.'

Figgis gaf een stomp tegen de veranda.

'In een keurig nette kliniek,' zei Joe.

Figgis stampte op de vloer.

'Ik kan het je niet vertellen,' zei Joe.

'Totdat?'

Joe keek hem een tijdje zwijgend aan.

Uiteindelijk stonden Figgis en de hond samen op. Hij ging door de hordeur naar binnen, waarna Joe hem hoorde bellen. Toen hij in de hoorn praatte was zijn stem hoger en heser dan normaal. 'RD, je gaat nog een keer met die jongen praten, of je wilt of niet.'

Op de veranda stak Joe een sigaret op. Vanuit Howard, een paar straten verderop, drong vaag het geluid van claxons door.

'Ja,' zei Figgis in het apparaat, 'ik ben er ook bij.'

Joe plukte een draadje tabak van zijn tong en liet het los in het briesje.

'Er zal je niets gebeuren. Ik zweer het.'

Hij hing op en bleef een poosje bij de hordeur staan alvorens hem open te duwen en samen met de hond naar buiten te komen.

'Hij verwacht je om tien uur vanavond op Longboat Key, waar ze die Ritz gebouwd hebben. Hij zei dat je alleen moest komen.'

'Goed.'

'Wanneer hoor ik waar ze is?'

'Zodra ik levend en wel wegrijd van die afspraak met RD.'

Joe liep naar zijn auto.

'Doe het wel zelf.'

Hij keek achterom naar Figgis. 'Wat?'

'Als je hem doodschiet, wees dan een kerel en haal zelf de trekker over. Andere mensen laten opknappen waar je zelf de moed niet voor hebt, dat noem ik niet echt eervol.'

'De meeste dingen zijn weinig eervol,' zei Joe.

'Dat is niet waar. Elke ochtend als ik opsta kijk ik mezelf aan in de spiegel, en dan weet ik dat ik een rechtschapen leven leid. En jij...?' Figgis maakte zijn vraag niet af.

Joe opende het portier van zijn auto en wilde instappen.

'Wacht.'

Joe keek achterom naar de man op de veranda, die nu minder een man was dan voorheen omdat Joe hem een vitaal onderdeel had afgenomen en op het punt stond ermee weg te rijden.

Figgis liet zijn troebele ogen op de zak van Joe's jasje rusten. Zijn stem klonk onvast. 'Heb je er nog meer daar?'

Joe voelde ze in zijn zak zitten, zo weerzinwekkend als etterend tandvlees.

'Nee.' Hij stapte in en reed weg.

19

Vroeger was het niet beter

Nadat John Ringling, de circusimpresario en grote weldoener van Sarasota, in 1926 het Ritz-Carlton op Longboat Key had laten neerzetten, was hij onmiddellijk in financiële problemen geraakt en had hij zijn gebouw aan een baai, met de kont naar de Golf, aan zijn lot overgelaten – de kamers zonder meubelen, de muren zonder plafondlijsten.

Toen Joe pas in Tampa woonde had hij een tiental tochtjes langs de kust gemaakt op zoek naar geschikte plekken om smokkelwaar te lossen. Esteban en hij hadden een paar melasseboten die in de haven van Tampa losten; ze hadden de stad zo onder controle dat ze maar een op de tien ladingen verspeelden. Maar daarnaast huurden ze boten in om gebottelde rum, Spaanse *anís* en *orujo* rechtstreeks van Havana naar West Central Florida te laten brengen. Hierdoor konden ze het distilleerproces op Amerikaanse bodem overslaan en veel tijdwinst maken, al maakte het hun boten kwetsbaar voor een breder scala van drooglegingsfunctionarissen, onder wie mensen van de FBI, undercoveragenten en de kustwacht. Maar ondanks al zijn talent als piloot kon een man als Farruco Diaz uiteindelijk ook niet meer doen dan wethandhavers spotten en niet tegenhouden. (Wat precies de reden was waarom hij bleef pleiten voor een mitrailleur en een schutter voor bij zijn mitrailleurstatief.)

Maar tot de dag zou komen waarop Joe en Esteban besloten tot een openlijke oorlogsverklaring aan de kustwacht en de FBI-mannen van J. Edgar Hoover, waren de verspreid liggende kleine koraaleilanden voor dit stuk van de kust in de Golf – Longboat Key, Casey Key, Siesta Key en nog veel meer – ideale plekken om je te verbergen of tijdelijk een lading achter te laten.

Het waren ook ideale plekken om ingesloten te raken, want eenmaal aangekomen kon je diezelfde koraaleilanden maar op twee manieren weer verlaten: met de boot waarmee je gekomen was of via een brug. Eén brug. Dus als justitie je met galmende megafoons en zwaaiende zoeklichten op de hielen zat en je kon het eiland niet vliegend verlaten, dan, jawel meneer, ging je naar het gevang.

In de loop der jaren hadden ze een stuk of tien ladingen tijdelijk in de Ritz achtergelaten. Niet Joe persoonlijk, maar hij had wel de verhalen over het hotel gehoord. Ringling had het casco overeind gekregen, zelfs het loodgieterswerk en de vloeren laten doen, maar er toen zijn handen van afgetrokken. Hij had het gewoon in de steek gelaten, zijn Spaans mediterrane hotel, dat met zijn driehonderd kamers zo groot was dat het waarschijnlijk vanuit Havana te zien zou zijn geweest als ze de lichten hadden ontstoken.

Joe arriveerde een uur te vroeg. Hij had een zaklantaarn bij zich, had Dion gevraagd een degelijke voor hem uit te zoeken, en deze was niet slecht, al moest je hem wel om de zoveel tijd even uitdoen. De straal werd geleidelijk zwakker, begon te flikkeren en doofde ten slotte helemaal. Dan moest Joe hem een paar minuten uitschakelen en vervolgens weer aan, waarna het hele proces van voren af aan kon beginnen. Terwijl hij wachtte in het donker van een ruimte op de begane grond die naar hij vermoedde een van de restaurants had moeten worden, bedacht hij dat de mens ook een zaklantaarn was: je straalde, je doofde, je flikkerde en je ging dood. Het was een zwartgallige en kinderachtige observatie, maar tijdens de rit hierheen was hij zwartgallig geworden en misschien ook een tikje kinderachtig in zijn wrok tegen RD Pruitt, want hij wist dat RD Pruitt niet meer dan een van de velen was. Hij was geen uitzondering, hij was de regel. En als Joe er vanavond in slaagde om hem als probleem te elimineren, zou er al snel een volgende RD Pruitt opstaan.

Omdat zijn bedrijf illegaal was, was het noodzakelijkerwijs ook smerig. En smerige zaken trokken smerige mensen aan. Mensen met een kleine geest en een sadistisch gemoed.

Joe liep het witte kalkzandstenen bordes op om te luisteren naar de zee en de door Ringling geïmporteerde koningspalmen, die ruisten in de zwoele avondbries.

De geheelonthouders waren aan de verliezende hand; het land

kwam steeds meer in verzet tegen het achttiende amendement. De drooglegging had zijn langste tijd gehad. Het kon nog tien jaar duren, maar twee was evengoed mogelijk. Hoe dan ook, de grafrede lag klaar en hoefde alleen nog maar gepubliceerd te worden. Joe en Esteban hadden zich ingekocht in importbedrijven langs de Golf en de rest van de oostkust. Op dit ogenblik waren ze arm in contanten, maar de ochtend dat alcohol weer legaal werd konden ze een knop omdraaien en zou hun bedrijf stralend oprijzen in de heldere nieuwe dag. De distilleerderijen stonden klaar, de scheepsbevrachters waren bezig zich te specialiseren in glaswerk en de flessenindustrie bediende limonadefabrieken. Tegen de middag van die eerste ochtend zouden ze in vol bedrijf zijn, klaar voor het overnemen van wat zij dachten dat ruim binnen hun bereik lag: zestien tot achttien procent van de Amerikaanse rummarkt.

Joe sloot zijn ogen, zoog de zeelucht in zich op en vroeg zich af hoeveel RD Pruitts hij nog zou moeten aanpakken voor hij dat doel bereikt had. Om eerlijk te zijn begreep hij een man als RD niet, iemand die de wereld tegemoet trad als in een wedstrijd die alleen in zijn hoofd bestond, een strijd tot de dood, ongetwijfeld, omdat de dood de enige zegen was en de enige vrede die hij in dit leven ooit zou vinden. En misschien waren het niet slechts RD en zijn slag die Joe zo dwarszaten; misschien was het ook wat je moest doen om ze klein te krijgen. Je moest naast hen afdalen in het vuil. Je moest een goeie kerel als Irving Figgis foto's laten zien van zijn eerstgeborene met een pik in haar kont, een ketting rond haar nek en een sporenpatroon van injectienaalden over haar arm als een door de zon bros gebakken kousenbandslang.

Hij had die tweede foto niet voor Irving Figgis op de vloer hoeven leggen, maar hij had het gedaan omdat het sneller resultaat gaf. Wat hem steeds meer zorgen baarde over de bedrijfstak waaraan hij zijn lot verbonden had, was dat hoe vaker je uit naam van doelmatigheid een stukje van jezelf uitleverde, hoe makkelijker het werd.

Een tijdje geleden waren Graciela en hij 's avonds wat gaan drinken in de Riviera, waarna ze in het Columbia hadden gegeten en een band hadden gezien in de Satin Sky. Ze waren in gezelschap geweest van Sal Urso, nu fulltime Joe's chauffeur, en hun auto werd gevolgd door Lefty Downer, die over hen waakte als Dion met andere zaken bezig was. De barman in de Riviera was gestruikeld en op een knie gevallen in zijn haast om Graciela's stoel klaar te houden voor ze bij het tafeltje was. Toen de serveerster in het Columbia een paar druppels drank op het tafeltje en Joe's broek morste waren de manager en later zelfs de eigenaar naar hen toe gekomen om zich voor haar te verontschuldigen. Joe had er toen bij hen op moeten aandringen haar niet te ontslaan. Hij zei dat het een dom ongelukje van haar was geweest en dat ze haar werk in alle andere opzichten perfect had gedaan, net als al die andere keren dat ze naar alle tevredenheid door haar bediend waren ('bediend', Joe had de pest aan dat woord). De heren hadden zich vanzelfsprekend laten vermurwen, maar Graciela had hem er later, onderweg naar de Satin Sky, op gewezen dat ze Joe zo recht in zijn gezicht natuurlijk niets anders hadden kunnen zeggen. Kijk maar eens of ze daar volgende week nog steeds werkt, zei Graciela. In de Satin Sky waren alle tafeltjes bezet, maar voordat Joe en Graciela naar hun auto konden teruglopen, waar Sal bleef wachten, kwam de manager, Pepe, al aangesneld met de mededeling dat vier andere bezoekers zojuist hadden afgerekend. Joe en Graciela zagen twee mannen naar een tafeltje voor vier lopen, de twee stellen die er zaten iets toefluisteren en hun vertrek met handen om hun ellebogen bespoedigen.

Aan het tafeltje hadden Joe en Graciela eerst een poosje zitten zwijgen. Ze nipten van hun drankje, keken naar de band. Graciela keek om zich heen in de zaal en toen naar Sal, die buiten bij de auto stond en zijn ogen niet van hen af liet. Ze keek naar de andere bezoekers en de obers die net deden alsof ze niet op hen letten.

Ze zei: 'Ik ben net zo iemand geworden als de mensen voor wie mijn ouders werkten.'

Joe zei niets omdat elk antwoord dat hij verzinnen kon een leugen zou zijn.

Er was iets in hen wat verloren raakte, iets wat langzaamaan overdag begon te bestaan, daar waar de dandy's leefden, waar de verzekeringsagenten en bankiers leefden, waar de stedelijke politiek werd bedreven en waar met vlaggetjes werd gezwaaid naar de optochten in Main Street, waar je de waarheid omtrent jezelf inruilde tegen het verhaal over jezelf.

Maar op de schaars door gele lantaarns verlichte trottoirs, in stegen en op verlaten plekken bedelden mensen om eten en dekens. En als je hen voorbij was, kwam je langs hun kinderen die op de volgende straathoek hun best deden.

Joe kon er alleen niet omheen dat hij hield van zijn verhaal. Meer dan van de waarheid. In die waarheid omtrent hemzelf was hij tweederangs, groezelig en altijd uit de pas. Hij klonk nog steeds als iemand uit Boston, wist zich niet te kleden en koesterde te veel gedachten die de meeste mensen 'raar' zouden vinden. In zijn ware ik was hij een bang jongetje, zoekgemaakt door zijn ouders als een leesbril op zondagmiddag, onthaald op vriendelijkheid door oudere broers die onaangekondigd kwamen en zonder te waarschuwen weer vertrokken. Zijn waarheid was een eenzaam jongetje in een leeg huis dat wachtte tot er iemand op zijn slaapkamerdeur kwam kloppen om te vragen of alles goed was.

Zijn verhaal, daarentegen, was dat van een gangsterprins. Een man die een chauffeur en een lijfwacht in dienst had. Een man met rijkdom en status. Een man aan wie mensen hun stoel afstonden domweg omdat hij die verlangde.

Graciela had gelijk: ze waren de mensen geworden voor wie haar ouders hadden gewerkt. Maar ze waren er een verbeterde versie van. En haar ouders, hoe hongerig ze ook waren, zouden niet anders verwacht hebben. Tegen de bezittende klasse viel niet op te boksen. Het enige wat je kon doen was in zoverre net als hen worden dat ze bij jou aanklopten voor wat zij niet hadden.

Hij verliet het bordes en ging opnieuw het hotel binnen. Hij knipte zijn lantaarn weer aan, zag de weidse zaal waarin de hogere kringen hadden zullen drinken, eten, dansen en wat de hogere kringen nog meer deden.

Wat deden ze verder eigenlijk nog?

Hij kon niet meteen iets verzinnen.

Wat deden mensen in het algemeen verder nog?

Ze werkten. Als ze werk konden krijgen. En zelfs als ze geen werk vonden, stichtten ze een gezin en reden rond in hun auto als ze zich het onderhoud en de benzine konden veroorloven. Ze luisterden naar de radio, gingen naar de film of het theater. Ze rookten.

En de rijken...?

Die gokten.

Joe zag het plotseling voor zich als in een zee van licht. Terwijl de rest van het land in de rij stond voor soep en zijn hand ophield voor een aalmoes, bleven de rijken rijk. En lui. En verveeld.

Dit restaurant waar hij doorheen liep, dit restaurant dat nooit had bestaan, was helemaal geen restaurant. Het was een casino. Hij zag de roulette in het midden, de tafels voor het dobbelspel bij de zuidmuur, de kaarttafels langs de noordmuur. Hij zag een Perzisch tapijt en kristallen kroonluchters met robijnen en diamanten hangers.

Hij verliet de zaal en liep de centrale gang af. De vergaderzalen die hij passeerde werden concertzalen – big band in de ene, satirisch theater in de volgende, Cubaanse jazz in de derde en misschien zelfs een filmtheater in de vierde.

De kamers. Hij holde de trap op naar de eerste verdieping en nam een kijkje in de kamers met uitzicht op de Golf. Jezus, wat waren die ongelooflijk mooi. Elke verdieping zou een eigen butler hebben die voor je klaarstond als je uit de lift kwam. Hij zou alle gasten op zijn verdieping de klok rond ten dienste staan. Elke kamer zou, maar dat sprak vanzelf, radio hebben. En een ventilator aan het plafond. En misschien zo'n Frans toilet waarover hij had gehoord, dat water tegen je gat spoot. Ze zouden masseuses op afroep hebben, twaalf uur per dag roomservice, twee, nee drie, piccolo's. Hij liep terug naar beneden, naar de begane grond. De lantaarn was weer aan een pauze toe, dus die deed hij uit omdat hij de trap inmiddels wel kende. Op de begane grond vond hij de balzaal. Hij lag in het hart van het gebouw en was voorzien van een ruime, verhoogde omloop, waar je op warme voorjaarsavonden kon rondslenteren en neerkijken op de andere onmetelijke rijkaards terwijl ze dansten onder de op het koepelplafond aangebrachte sterren.

Wat hij zag, helderder dan in enig helder moment ooit, was dat de rijken hier zouden komen voor de pracht, de elegantie en de kans om alles te verliezen in een spelletje doorgestoken kaart, net zo doorgestoken als de spelletjes die zij eeuwenlang met de armen hadden gespeeld.

En hij zou ze verwennen. Hij zou ze aanmoedigen. En hij zou ervan profiteren.

Niemand – niet Rockefeller, niet Dupont of Carnegie of JP Morgan

– won het van de uitbater. Tenzij ze zelf de uitbater waren. En in dit casino, zou hij de enige uitbater zijn.

Hij schudde een paar keer met zijn lantaarn en knipte hem aan.

Om de een of andere reden was hij verbaasd ze al aan te treffen: RD Pruitt, samen met twee andere mannen. RD in een stijf bruin pak en een zwarte vlinderstrik. De omslagen van zijn broek hingen net boven zijn zwarte schoenen, zodat je zijn witte sokken zag. Hij had twee jongens bij zich – dranksmokkelaars zo te zien, met een lucht van maïs, zuur beslag en methanol om zich heen. Voor deze jongens geen pak maar gewoon een korte das op een overhemd met een lage boord, en een door bretels opgehouden wollen broek.

Ze richtten hun lantaarns op Joe, zodat hij zijn best moest doen om niet te knipperen.

RD zei: 'Je bent er.'

'Ja.'

'Waar is mijn zwager?'

'Die is thuis gebleven.'

'Maar beter ook.' Hij wees naar de jongen aan zijn rechterhand. 'Dit is Carver Pruitt, mijn neef.' Hij wees naar de jongen links. 'En zijn neef van moeders kant: Harold LaBute.' Hij richtte zich tot hen: 'Jongens, dit is de moordenaar van Kelvin. Dus pas op, voor hetzelfde geld legt hij jullie ook om.'

Carver Pruitt zette zijn geweer aan zijn schouder. 'Ik dacht het niet.'

'Die daar?' RD deed een stap opzij terwijl hij naar Joe wees. 'Is een geslepen rat. Verlies hem een seconde uit het oog en hij heeft een pistool in zijn hand.'

'Ach,' zei Joe, 'wat een onzin.'

'Ben jij een man van je woord?' vroeg RD aan Joe.

'Hangt ervan af aan wie ik het geef.'

'Dus je bent niet alleen gekomen, zoals ik je gezegd had.'

'Nee,' zei Joe, 'ik ben niet alleen.'

'Nou, waar zitten ze dan?'

'Jezus, RD, als ik dat vertel is de lol eraf.'

'We zagen je binnenkomen,' zei RD. 'We hebben hier drie uur gezeten. En jij komt een uur te vroeg en je dacht dat je ons te slim af was?' Hij grinnikte. 'Dus we weten gewoon dat je alleen bent. Wat zeg je daarvan?'

'Geloof me maar,' zei Joe, 'ik ben niet alleen.'

RD begon te lopen, de beide neven in zijn spoor, tot ze allemaal in het midden van de balzaal stonden.

De stiletto die Joe had bij zich had was al open, het uiteinde van het heft losjes onder het bandje van het polshorloge, dat hij uitsluitend voor deze gelegenheid had omgedaan. Hij hoefde zijn pols maar te buigen om het lemmet in zijn hand te laten glijden.

'Ik wil geen zestig procent.'

'Weet ik,' zei Joe.

'Wat denk jij dan wat ik wil?'

'Geen idee,' zei Joe. 'Maar als ik moest gokken? Dan zou ik zeggen terug naar, weet ik veel, zoals het vroeger was. Ben ik warm?'

'Met je kont op de kachel.'

'Maar zoals het vroeger was bestaat niet,' zei Joe. 'Dat is de ellende, RD. Ik heb twee jaar in de gevangenis gezeten en al die tijd heb ik niets anders gedaan dan lezen. Weet je wat ik ontdekt heb?'

'Nee. Maar dat wou je me wel vertellen, toch?'

'Ik heb ontdekt dat we altijd al niet deugden. Altijd maar elkaar afmaken en verkrachten en stelen en uitvreten. Zo zijn we gewoon, RD. Zoals het vroeger was bestaat niet. Vroeger was niet beter.'

RD zei: 'O.'

'Weet je wat dit hier zou kunnen zijn?' zei Joe. 'Enig idee wat we met deze tent zouden kunnen doen?'

'Nee.'

'Er het grootste casino van het land van maken.'

'Geen hond gaat dat goedvinden, gokken.'

'Dat kan ik niet met je eens zijn, RD. Het hele land ligt op z'n gat, banken vallen om, steden gaan bankroet, mensen zitten zonder werk.'

'Omdat de president een communist is.'

'Nee,' zei Joe, 'zelfs in de verste verte niet. Maar ik ben hier niet om met jou over politiek te discussiëren, RD. Ik ben gekomen om je uit te leggen waarom de drooglegging een aflopende zaak is...'

'De drooglegging loopt niet af, niet in een godvrezend land.'

'Jazeker wel. Omdat het land zit te springen om de miljoenen die het de afgelopen tien jaar is misgelopen aan accijns, aan invoerrechten en transportbelasting, jezus, aan alle soorten heffingen die je maar bedenken kunt – kon weleens in de miljarden lopen wat ze hebben weggegeven. En nu gaan ze mij en mensen zoals ik – jou, bijvoorbeeld – vragen om miljoenen te verdienen door legaal drank te verkopen, zodat wij het land voor hen kunnen redden. En dat is ook precies waarom ze, in de geest van de tijd, juist hier bij ons het gokken gaan legaliseren. Zolang we maar de juiste lui in de politiek omkopen. En dat zouden we best kunnen. En jij zou erbij kunnen horen, RD.'

'Met jou wil ik helemaal nergens bij horen.'

'Waarom ben je dan gekomen?'

'Om je recht in je gezicht te zeggen, mooie meneer, dat je een kankergezwel bent. Jij bent de kwaal die dit land naar de kloten helpt. Jij en die zwarte hoer van je, en je vuile latinovriendjes en je vuile bruine vrienden. Ik pak die Parisian. En geen zestig procent maar de hele tent. En daarna? Dan pak ik al je clubs. Ik pak alles wat je hebt. Misschien ga ik zelfs naar dat mooie huis van je voor een stukje van die zwarte meid voor ik haar de keel afsnij.' Hij keek om naar zijn neven en lachte. Hij wendde zich weer tot Joe. 'Je snapt het nog niet, geloof ik, maar je gaat de stad uit, jongen. Jammer alleen dat je vergeten bent je koffer te pakken.'

Joe keek RD recht in zijn heldere valse ogen. Hij keek er diep in, tot ver voorbij alles wat helder genoemd kon worden en waar alleen het valse overbleef. Het was alsof hij oog in oog stond met een hond die zo was geslagen, uitgehongerd en mishandeld dat het enige wat hij de wereld nog kon tonen zijn tanden waren.

Op dat moment had hij medelijden met hem.

RD Pruitt zag dat medelijden in Joe's ogen. En wat kwam bovendrijven in die van hem was een schreeuw van woede. En een mes. Joe zag het mes komen in die ogen, en tegen de tijd dat hij een blik omlaag wierp naar RD's hand, had hij het al diep in Joe's buik gestoken.

Joe greep RD bij zijn pols, zo stevig dat RD zijn mes niet naar rechts, links, boven of beneden kon bewegen. Joe's eigen mes viel kletterend op de vloer. RD verzette zich tegen Joe's greep; beiden klemden hun kiezen knarsend op elkaar.

'Ik heb je,' zei RD. 'Ik heb je.'

Joe liet zijn pols los, stootte de muizen van zijn handen in RD's middenrif en wierp hem naar achteren. Het mes gleed naar buiten, Joe viel op de vloer en RD en de neven begonnen te lachen.

'Ik heb je!' zei RD terwijl hij naar Joe toe liep.

Joe zag zijn bloed van het lemmet druppen. Hij hield zijn hand op. 'Wacht.'

RD bleef staan. 'Dat zeggen ze allemaal.'

'Ik had het niet tegen jou.' Joe keek omhoog naar het donker, zag de sterren op de koepel boven de omloop. 'Oké. Nu.'

'Tegen wie heb je het dan wel?' zei RD, een fractie te traag van begrip, altijd een fractie te traag, wat hem waarschijnlijk zo achterlijk vals maakte.

Dion en Sal Urso deden de schijnwerpers aan die ze die middag naar de omloop hadden gezeuld. Het was alsof de volle maan tevoorschijn kwam vanachter een pak donderwolken. De balzaal werd helwit.

Toen het kogels begon te regenen dansten RD Pruitt, neef Carver en diens neef Harold de knekelhuisfoxtrot alsof ze tegelijkertijd een hoestbui kregen en over hete kolen renden. Dion was de laatste tijd uitgegroeid tot een virtuoos op de Thompson en hij stikte een grote x dwars over RD's lichaam. Tegen de tijd dat ze ophielden met schieten lag de hele balzaal bezaaid met flarden van de drie mannen.

Joe hoorde hun voetstappen de trap af denderen.

Dion riep tegen Sal: 'Haal de dokter, haal de dokter.'

Sals voetstappen holden de andere kant op terwijl Dion naar Joe toe rende en zijn overhemd openscheurde.

'Sodeju.'

'Wat? Erg?'

Dion schudde zijn jas af, sjorde zijn overhemd over zijn hoofd, rolde het op en duwde het tegen de wond. 'Zo vasthouden.'

'Erg?' herhaalde Joe.

'Niet best,' zei Dion. 'Hoe voel je je?'

'Ik heb kouwe voeten. Mijn maag staat in brand. Ik wou wel schreeuwen.'

'Schreeuw maar,' zei Dion. 'Er is geen hond in de buurt.'

Joe schreeuwde. Hij schrok ervan. Zijn kreet galmde door het hele hotel.

'Voelt dat beter?'

'Weet je wat?' zei Joe. 'Nee.'

'Dan niet meer doen. Nou ja, de dokter komt eraan.'

'Had je die bij je dan?'

Dion knikte. 'Hij is op de boot. Sal heeft ondertussen het lichtsignaal al gegeven. Die komt nu als de bliksem deze kant op.'

'Dat is mooi.'

'Waarom maakte je niet een geluid of zo, toen hij je stak? We konden je godverdomme niet zien van daarboven. We bleven maar wachten op je signaal.'

'Weet ik niet,' zei Joe. 'Het leek me belangrijk om hem niet die voldoening te geven. O, jezus, dit voelt niet lekker.'

Dion stak hem zijn hand toe, die Joe vastkneep.

'Waarom liet je hem zo dicht bij je komen als je toch niet van plan was om hem neer te steken?'

'Waarom niet?'

'Zo dichtbij? Met dat mes? Jij had hém zullen steken.'

'Ik had hem die foto's niet moeten laten zien, D.'

'Heb je hem foto's laten zien dan?'

'Nee. Wat? Nee. Ik bedoel Figgis. Dat had ik niet moeten doen.'

'Christus. We hadden geen keus, anders konden we deze gestoorde gek nooit afknallen.'

'De prijs is te hoog.'

'Maar het is wel de prijs. Je laat je niet door dit stuk stront overhoop steken omdat dat nou eenmaal de prijs was.'

'Oké.'

'Hé. Wakker blijven.'

'Niet steeds in mijn gezicht slaan.'

'Niet steeds je ogen dichtdoen.'

'Dit gaat een mooi casino worden.'

'Wat?'

'Geloof me maar,' zei Joe.

20
Mi gran amor

Vijf weken.

Zo lang bracht hij door in een ziekenhuisbed. Eerst in de Gonzalez Clinic in Fourteenth, één straat ten noorden van de Circulo Cubano, en daarna, onder de schuilnaam Rodriguo Martinez, in het Centro Asturiano, twaalf straten verder naar het oosten. De Cubanen hadden dan gevochten tegen de Spanjaarden, en de zuidelijke Spanjaarden tegen die uit het noorden en allemaal hadden ze hun problemen met de Italianen en de Amerikaanse negers, maar als het op medische zorg aankwam was Ybor een en al onderlinge behulpzaamheid. In Ybor wist iedereen dat niemand in blank Tampa ook maar een vinger uit zou steken om een gat in hun hart te dichten zolang er nog een blanke met een ingescheurde teennagel in de wachtkamer zat.

Joe werd behandeld door een team dat door Graciela en Esteban bij elkaar was gezocht: een Cubaanse chirurg die de eerste buikoperatie uitvoerde, een Spaanse specialist in de thoraxgeneeskunde die toezicht hield op de buikwandreconstructie tijdens de tweede, derde en vierde operatie, en een Amerikaanse dokter met geavanceerde farmacologische kennis die toegang had tot het tetanus-toxoïde vaccin en de dosering van de morfine regelde.

Alle eerste verrichtingen aan Joe – het uitspoelen en schoonmaken, het onderzoek, de wondverzorging en hechting – hadden in het Gonzalez plaatsgevonden, maar toen lekte uit dat hij er lag. De tweede nacht verschenen er nachtruiters van de KKK die hun paarden in galop over Ninth joegen, waarbij de vettige stank van hun toortsen door de open ramen naar binnen drong. Joe was niet bij kennis en kreeg er niets van mee – hij zou nooit meer dan een flauwe herinnering hebben aan de eerste twee weken volgend op de steekpartij –

maar Graciela zou hem er tijdens de maanden van zijn herstel alles over vertellen.

Toen de ruiters denderend over Seventh Street uit Ybor wegreden en hun wapens afvuurden in de lucht, stuurde Dion zijn mannen achter hen aan: twee man voor elke ruiter. Net voor zonsopgang drongen onbekende overvallers de huizen binnen van acht plaatselijke Klanleden in de buitenwijken van Tampa/St. Petersburg en sloegen hen op een haar na dood, sommigen in het bijzijn van hun gezin. Toen een vrouw in Temple Terrace tussenbeide wilde komen, braken ze met een knuppel haar beide armen. Toen een zoon in Egypt Lake hen probeerde tegen te houden, bonden ze de jongen aan een boom en lieten hem over aan de mieren en de muskieten. De meest vooraanstaande onder de slachtoffers, tandarts Victor Toll, zou volgens de geruchten Kelvin Beauregard zijn opgevolgd als hoofd van de plaatselijke Klan. Tandarts Toll werd op de motorkap van zijn auto gebonden. Zo moest hij in een plas van zijn eigen bloed liggen en ruiken hoe achter hem zijn eigen huis tot de grond toe afbrandde.

Hierdoor zou het drie jaar lang gedaan zijn met de macht van de Ku Klux Klan in Tampa, maar de Pescatore-familie en de Coughlin-Suarezbende konden dit niet voorzien, dus namen ze het zekere voor het onzekere en brachten Joe over naar het Centro Asturiano. Daar werd een drain aangelegd ter bestrijding van een inwendige bloeding waarvan de oorzaak de eerste dokter voor een raadsel stelde, hetgeen aanleiding was om er een tweede dokter bij te halen: een vriendelijke Spanjaard met de mooiste vingers die Graciela ooit had gezien.

Joe liep ondertussen nauwelijks meer het risico dood te gaan aan die inwendige bloeding, de belangrijkste doodsoorzaak bij slachtoffers van messteken in de buik. De op een na belangrijkste was leverschade, maar zijn lever was op alle fronten gezond verklaard. Dit had hij te danken, vertelden de dokters hem later, aan zijn vaders horloge, dat een verse kras op het deksel vertoonde. De punt van het mes was licht afgeketst op het deksel, waardoor het enigszins van richting was veranderd.

De eerste dokter had Joe naar eer en geweten gecheckt op schade aan de twaalfvingerige darm, de endeldarm, de karteldarm, de galblaas, de milt en de kronkeldarm, maar de omstandigheden waren niet ideaal geweest. Joe was gestabiliseerd op de vuile vloer van een verlaten gebouw en vervolgens per boot de baai overgebracht. Tegen de tijd dat ze hem in een operatiekamer hadden, was er meer dan een uur verstreken.

Afgaand op de hoek waaronder het mes door het buikvlies was gegaan, vermoedde de tweede dokter die Joe onderzocht dat de milt beschadigd was, zodat ze Joe opnieuw opensneden. De Spaanse dokter had het bij het rechte eind. Hij hechtte de snee in Joe's milt en verwijderde de giftige gal die inmiddels begonnen was zijn buikwand aan te tasten. Om dat kwaad te herstellen moest Joe voor het einde van de maand nog twee operaties ondergaan.

Toen hij bijkwam uit de tweede operatie, zat er iemand aan het voeteneind van zijn bed. Zijn blik was zo troebel dat hij alles om hem heen zag als door een soort vitrage. Hij herkende een dikke kop en een lange onderkaak. En een staart. De staart sloeg op het laken dat over zijn been lag, waarna de panter duidelijk op zijn netvlies verscheen. Hij keek Joe met een paar hongerige gele ogen aan. Joe's keel trok samen en de huid in zijn hals werd glad van het zweet.

De panter likte zich rond bovenlip en neus.

Het dier gaapte. Joe wilde zijn ogen sluiten voor die angstaanjagende tanden, zo wit als elk been dat ze ooit hadden doorgebeten om er het vlees van af te rukken.

De bek ging dicht, waarna de gele ogen opnieuw de zijne kruisten, er een voorpoot op zijn maag werd gezet en de grote wilde kat over zijn lichaam naar zijn hoofd stapte.

Graciela vroeg: 'Welke kat?'

Hij staarde haar aan, knipperend tegen het zweet op zijn oogleden. Het was ochtend; de lucht die door het raam naar binnen kwam was koel en geurde naar camelia's.

Na alle operaties mocht hij drie maanden lang geen seks hebben. Ook alcohol, Cubaans eten, schaaldieren, noten en maïs waren verboden. Als hij al bang was dat een uitgesteld liefdesleven voor een verwijdering tussen Graciela en hem zou zorgen (hij was er bang voor, zij ook), dan bewees de werkelijkheid juist het tegendeel. Tegen het begin van de tweede maand ontdekte hij een andere manier om haar te bevredigen, met zijn mond, een manier waar hij in de loop der jaren een paar keer bij toeval was ingerold, maar die nu zijn enige methode werd om haar te plezieren. Op zijn knieën voor haar – zijn handen om haar billen, zijn mond op de poort naar haar baarmoeder, een poort die hij was gaan beschouwen als tegelijkertijd heilig, zondig en wellustig glad – bedacht hij dat hij eindelijk iets had gevonden wat het waard was om een knieval voor te doen. Als je alleen maar alle ingebakken ideeën hoefde in te leveren over wat je als man werd verondersteld een vrouw te geven en van haar terug te verlangen om je zo zuiver en nuttig te voelen als hij zich voelde met zijn hoofd tussen Graciela's dijen, dan had hij die ideeën het liefst al jaren eerder afgeschud. Haar aanvankelijke bezwaren – nee, geen sprake van; een man doet dat niet; ik wil me eerst wassen; het bestaat niet dat je dat lekker vindt – maakten plaats voor een bijna-verslaving. In de laatste maand voordat ze hem een wederdienst kon bereiden, besefte Joe dat hij op gemiddeld vijf keer per dag zat.

Toen de dokters hem ten slotte de vrije hand gaven, sloten Graciela en hij de luiken van hun huis in Ninth, vulden de ijskast op de eerste verdieping met proviand en champagne en beperkten hun leefruimte twee dagen lang tot het hemelbed en de badkuip op pootjes. Tegen het eind van de tweede dag, languit in het rode avondlicht, de luiken naar de straat opnieuw geopend, terwijl de plafondventilator het zweet van hun huid blies, zei Graciela: 'Ik wil nooit meer een ander.'

'Wat hoor ik nou?'

'Nee, echt.' Ze liet haar vlakke hand over zijn gehechte buik glijden. 'Jij bent mijn man tot de dood.'

'Ja?'

Ze drukte haar open mond in zijn hals en blies. 'Ja, ja en nog eens ja.'

'En Adan?'

Voor het eerst zag hij minachting in haar ogen bij het noemen van de naam van haar echtgenoot.

'Adan is geen man. Jij, *mi gran amor*, bent een man.'

'Jij bent zeker helemaal een vrouw,' zei hij. 'Hemellief, ik verlies me zo in jou.'

'En ik in jou.'

'Nou dan...' Hij keek om zich heen in de kamer. Hij had zo lang op deze dag gewacht dat hij niet goed wist hoe ermee om te gaan nu hij was gekomen. 'Op Cuba zal een scheiding nooit lukken, toch?'

Ze schudde haar hoofd. 'Zelfs niet als ik onder mijn eigen naam terug kon gaan. De kerk staat het niet toe.'

'Dus zul je altijd met hem getrouwd blijven.'

'In naam,' zei ze.

'Maar ach, *what's in a name?*' zei hij.

Ze lachte. 'Eens.'

Hij trok haar boven op zich en stuurde zijn ogen over haar bruine lichaam naar haar bruine ogen. '*Tú eres mi esposa.*'

Ze wreef met beide handen haar ogen uit, keek hem met een sniklachje aan en zei: 'En jij bent mijn man.'

'*Para siempre.*'

Ze zette haar warme handen op zijn borst en knikte. 'Voor altijd.'

21

Verlicht mijn pad

Met de zaken ging het onverminderd bergopwaarts.

Joe was begonnen zijn deal met de Ritz in de week te leggen. John Ringling leek bereid wel het gebouw maar niet de grond te verkopen. Dus zette Joe zijn advocaten met die van Ringling om de tafel om te zien of ze tot een regeling konden komen die beide partijen zou passen. Onlangs hadden partijen een huurovereenkomst voor de duur van negenennegentig jaar onderzocht, maar dat idee was blijven steken op het punt van de luchtrechten van de lokale overheid. Joe had een stel stromannen aan het werk gezet met de inspecteurs in Sarasota County, een paar anderen waren in Tallahassee bezig politici van heel Florida te bespelen en een derde groepje in Washington richtte zich op medewerkers van de fiscale recherche en senatoren die zich vertoonden in de bordelen, gokhuizen en opiumkitten waar de Pescatore-familie een aandeel in had.

Zijn eerste succes was de legalisering van het bingospel in Penellas County. Toen kreeg hij een wetsvoorstel tot legalisering van bingo in heel Florida op de agenda dat al in de herfst in hoogste instantie behandeld zou worden en mogelijk al in 1932 in stemming gebracht. Zijn vrienden in Miami, een veel makkelijker om te kopen stad, gaven nog een extra duwtje toen de gewesten Dade en Broward de toto legaliseerden. Joe en Esteban hadden hun nek ver uitgestoken door land op te kopen voor hun vrienden in Miami, en nu werden op dat land renbanen aangelegd.

Maso was overgevlogen om de Ritz te bekijken. Hij had kortgeleden een aanval van kanker overleefd, hoewel niemand behalve Maso en zijn doktoren wisten wat voor kanker. Hij beweerde dat hij er met vlag en wimpel doorheen gekomen was, al was hij er wel kaal en broos van geworden. Boze tongen beweerden zelfs dat zijn denken vertroebeld was, maar daar was Joe niets over opgevallen. Hij was enthousiast over het hotel en Joe's visie op de aankoop – als er één geschikt moment was om het taboe op gokken aan te pakken, dan wel nu, terwijl de drooglegging voor hun ogen op tragische wijze ten onder ging. Het geld dat ze door de legalisering van alcohol zouden verliezen zou rechtstreeks naar de schatkist vloeien, maar het geld dat ze zouden verspelen door de legalisering van casino's en renbaanafdrachten zou gecompenseerd worden door de winsten die ze binnenhaalden op de mensen die zo dom waren massaal in te zetten tegen het huis.

De stromannen begonnen nu ook terug te melden dat Joe goed zat met zijn ingeving. Het land was er rijp voor. Van de ene uithoek in Florida tot de andere uithoek van het land zaten gemeenten en steden op zwart zaad. Joe had zijn mannen eropuit gestuurd met beloften van doorlopende opbrengsten: de casinobelasting, de hotelbelasting, de voedsel- en drankenbelasting, de vermaakbelasting, de drankvergunningbelasting en tot slot – en dit was er een die alle politici liefdevol omarmden – de surplus omzetbelasting. Stel een casino toucheerde op een willekeurige dag meer dan achthonderdduizend dollar, dan zou dat casino daarvan twee procent aan de staat afdragen. Wat er in werkelijkheid gebeurde was dat een casino, telkens als het in de buurt van die acht ton kwam, de winst zwart afroomde. Maar dat hoefden de politici met hun grote ogen natuurlijk niet te weten.

Tegen het eind van 1931 had hij twee junior senatoren, negen leden van het Huis van Afgevaardigden, vier seniorsenatoren, dertien districtsbestuurders, elf gemeenteraadsleden en twee rechters in zijn zak. Ook had hij zijn oude rivaal van de KKK en uitgever van *The Tampa Examiner* Hopper Hewitt afgekocht. Hewitt publiceerde met regelmaat redactionele artikelen en harde nieuwsitems waarin hij vraagtekens zette bij de logica die zei dat het mogelijk was dat er zoveel mensen honger leden terwijl een eersteklas casino voor de kust hen allemaal aan werk zou kunnen helpen, zodat ze geld zouden verdienen om hun verbeurd verklaarde huizen terug te kopen, zodat de advocaten uit de rijen der werklozen zouden moeten stappen om de koopovereenkomsten naar behoren op te stellen, en die weer personeel nodig zouden hebben om het allemaal netjes af te handelen.

Toen Joe Maso naar zijn trein bracht voor de thuisreis, zei die: 'Doe wat je moet doen om dit door te zetten.'

'Dank je,' zei Joe, 'komt in orde.'

'Je hebt goed werk geleverd hier.' Maso gaf hem een klopje op zijn knie. 'Denk niet dat dat niet zal meewegen in je voordeel.'

Joe wist niet waar zijn werk voor zou kunnen 'meewegen'. Hij had hier iets vanuit de modder opgebouwd en Maso praatte tegen hem alsof hij een nieuw kruideniertje voor hem had gevonden om uit te kleden. Misschien school er toch enige waarheid in de recente geruchten over het denkvermogen van de oude man.

'O,' zei Maso terwijl ze Union Station naderden. 'Ik hoorde dat je hier nog altijd een bedrieger hebt rondlopen. Is dat waar?'

Joe wist niet meteen over wie hij het had. 'Bedoel je die stoker die weigert zijn afdrachten te betalen?'

'Ja,' zei Maso.

De stoker was Turner John Belkin. Hij en zijn drie zonen verkochten goedkope drank vanuit hun eigen distilleerderij in het niet-ingelijfde Palmetto. Turner John Belkin deed geen vlieg kwaad; het enige wat hij wilde was drank verkopen aan de mensen die al een generatie lang zijn klanten waren, een simpele speeltafel draaien in zijn achterkamer en een paar meisjes laten tippelen vanuit een huis verderop in de straat. Maar hij weigerde zich aan te sluiten, onder geen voorwaarde. Hij wilde geen afdracht betalen, wilde geen spullen van Pescatore verkopen, wilde alleen maar zijn zaak runnen zoals hij altijd had gedaan, en zijn vader en grootvaders voor hem, al vanaf de tijd dat Tampa nog Fort Brooke heette en de gele koorts drie keer zoveel slachtoffers eiste als de ouderdom.

'Ik ben met hem bezig,' zei Joe.

'Dat hoor ik nu al een half jaar.'

'Drie maanden,' gaf Joe toe.

'Zorg dan dat je van hem af komt.'

De auto kwam tot stilstand. Seppe Carbone, Maso's persoonlijke lijfwacht, deed het portier voor hem open en wachtte op hem in de brandende zon.

'Er zijn een paar jongens mee bezig,' zei Joe.

'Ik wil niet dat je er een paar jongens mee bezig hebt. Ik wil dat je er een eind aan maakt. Als het moet, eigenhandig.'

Maso stapte uit. Joe liep met hem mee naar de trein om hem uit te zwaaien, ook al zei Maso dat hij geen moeite moest doen. Maar in werkelijkheid wilde Joe Maso zien vertrekken, had hij het nodig om hem te zien vertrekken, om zeker te weten dat hij weer vrij kon ademhalen en zich ontspannen. Met Maso om je heen was het alsof je voor een paar dagen een oom over de vloer kreeg die dreigde nooit meer weg te gaan. Erger: de oom dacht dat hij je er een plezier mee deed.

Een paar dagen na Maso's vertrek stuurde Joe een paar jongens op Turner John af om hem een beetje schrik aan te jagen, maar dat pakte averechts uit: hij sloeg er een het ziekenhuis in, zonder de hulp van zijn zonen of een wapen.

Joe sprak Turner John een week later.

Hij liet Sal in de auto wachten. Midden op de zandweg bleef hij staan en keek naar Turner Johns keet met het koperen dak en de aan een kant doorzakkende veranda, waarop aan de andere kant een Coca Cola-koelbox stond die zo rood oplichtte dat Joe vermoedde dat hij elke dag gepoetst werd.

De zonen van Turner John, drie stevige jongens gehuld in weinig meer dan een lange katoenen onderbroek, niet eens schoenen (hoewel een van hen, god mocht weten waarom, een rode wollen trui met sneeuwvlokken droeg), fouilleerden Joe, namen hem zijn Savage .32 af en fouilleerden hem opnieuw.

Daarna ging Joe naar binnen en nam plaats tegenover Turner John aan een houten tafel met ongelijke poten. Hij deed een poging de tafel stabiel te krijgen, maar gaf het op en vroeg Turner John waarom hij zijn mannen had geslagen. Omdat, zei Turner John – een lange, magere en ernstig uitziende man met ogen en haar in hetzelfde bruin als zijn pak –, de dreiging in hun ogen zo duidelijk was geweest dat het geen zin had gehad te wachten tot die uit hun mond naar buiten kwam.

Joe vroeg hem of hij begreep dat hij hem nu moest doden om zijn gezicht te redden. Turner Joe zei dat hij zoiets al vermoedde.

'Dus,' zei Joe, 'waarom doet u het dan? Waarom zou u niet een klein beetje afdragen?'

'Meneer,' zei Turner John, 'is je vader nog onder ons?'

'Nee, die is overleden.'

'Maar je bent nog steeds zijn zoon, waar of niet?'

'Ja.'

'Al had je twintig achterkleinkinderen, dan was je nog altijd zijn zoon.'

Joe was niet voorbereid op de golf van emotie die op dat moment over hem heen spoelde. Hij moest zich van Turner John afwenden voor die golf zijn ogen zou bereiken. 'Ja, klopt.'

'Je wilt dat hij trots op je is, toch? Dat hij een man in je ziet?'

'Ja,' zei Joe. 'Natuurlijk.'

'Nou, ik ben precies zo. Ik had een goeie vader. Ik kreeg soms rake klappen, maar alleen als ik het ernaar had gemaakt, en nooit als hij dronk. Meestal was het gewoon een draai om mijn oren als ik snurkte. Ik ben een kampioensnurker, meneer, en als mijn vader moe was, dan kon hij er gewoon niet tegen. Maar voor de rest kon je je geen betere vader wensen. En een zoon wil dat zijn vader naar hem kijkt en ziet dat zijn lessen zijn aangeslagen. Nu, op dit moment, zit pa van daarboven naar me te kijken en hij zegt: "Turner John, ik heb je niet geleerd om geld af te dragen aan een man die niet naast jou in de modder heeft gestaan om de kost te verdienen."' Hij liet Joe zijn grote gehavende handpalmen zien. 'Wou je geld van me, meneer Coughlin? Goed, dan zou ik maar samen met mijn jongens en mij aan de slag gaan in de brouwerij en op het land: ploegen, zaaien, de koeien melken. Begrijp je?'

'Ik begrijp het.'

'En anders zijn we uitgepraat.'

Joe keek naar Turner John, toen omhoog naar het plafond. 'Denkt u echt dat hij kijkt?'

Turner John lachte een mondvol zilveren tanden bloot. 'Meneer, ik weet het zeker.'

Joe ritste zijn gulp open en pakte de Derringer die hij Manny Bustamente een paar jaar geleden had afgepakt. Hij richtte hem op Turner Johns borst.

Turner John slaakte een lange trage zucht.

Joe zei: 'Als een man ergens aan begint, dan moet hij het afmaken ook. Waar of niet?'

Turner John likte over zijn onderlip en verloor het wapen geen seconde uit het oog.

‘Weet u wat voor soort wapen dit is?’ vroeg Joe.

‘Een dames-Derringer.’

‘Nee,’ zei Joe, ‘het is een wat-had-kunnen-gebeuren.’ Hij stond op. ‘U doet maar wat u wilt, hier in Palmetto. Kunt u me volgen?’

Turner John knipperde ter bevestiging.

‘Maar in Hillsborough of Pinellas County wil ik uw label niet zien en uw drank niet proeven. En ook niet in Sarasota, Turner John. Zijn we het daarover eens?’

Turner John knipperde opnieuw.

‘Ik wil het u horen zeggen,’ zei Joe.

‘We zijn het eens,’ zei Turner John, ‘je hebt mijn woord.’

Joe knikte. ‘En wat zou uw vader nu denken?’

Turner John liet zijn blik langs de loop van het pistool gaan, en langs Joe’s arm tot recht in zijn ogen. ‘Dat het verdomme maar een haar had gescheeld of hij had weer met mijn gesnurk opgescheept gezeten.’

Terwijl Joe zich in bochten wrong om het gokken gelegaliseerd te krijgen en het hotel te kopen, opende Graciela haar eigen logement. Daar waar Joe uit was op het Waldorfsalade-publiek, bouwde Graciela een accommodatie voor wie het zonder vader of echtgenoot moest stellen. Het was een nationaal schandaal dat de mannen van tegenwoordig bij hun gezin weggingen alsof er een oorlog in volle gang was. Ze verlieten hun krottenwijk, huurkazerne of, in geval van Tampa, hun eenvoudige twee-kamers-achter-elkaarhuisje, dat door de plaatselijke bewoners een *casita* werd genoemd, gingen alleen even de deur uit om melk te halen, ergens een sigaret te bietsen of een gerucht over werk na te gaan, en kwamen nooit meer terug. Zonder een man om hen te beschermen kon een vrouw het slachtoffer van verkrachting worden of de laagste vorm van prostitutie in worden gedreven. De kinderen, plotseling zonder vader en mogelijk ook zonder moeder, kwamen op straat terecht en raakten aan het zwerven, en de berichten die je later over hen terug hoorde waren zelden positief.

Graciela kwam op een avond naar Joe toe terwijl hij in bad zat. Ze had twee kopjes koffie met rum bij zich. Ze deed haar kleren uit, liet zich tegenover hem in het water glijden en vroeg hem of ze zijn naam kon aannemen.

'Wou je met me trouwen?'
'Niet in de kerk. Dat gaat niet.'
'Oké...'
'Maar we zijn al getrouwd, toch?'
'Ja.'
'Dus daarom wilde ik graag jouw achternaam gebruiken.'
'Graciela Dominga Maela Rosario Maria Concetta Corrales Coughlin?'
Ze gaf hem een klap op zijn arm. 'Zoveel namen heb ik niet.'
Hij boog zich naar haar toe voor een kus, en liet zich weer terugzakken. 'Graciela Coughlin?'
'*Sí*.'
Hij zei: 'Ik zou me vereerd voelen.'
'Fijn,' zei ze, 'mooi. Ik heb een paar panden gekocht.'
'Je hebt een páár panden gekocht?'
Ze keek hem aan, haar bruine ogen zo onschuldig als die van een hert. 'Drie. Dat, eh, complex? Ja. Dat complex bij de oude fabriek van Perez.'
'In Palm Street?'
Ze knikte. 'En ik zou er graag onderdak geven aan verlaten vrouwen en kinderen.'
Joe was niet verbaasd. De laatste tijd had Graciela het over weinig anders gehad dan deze groep vrouwen en hun kinderen.
'Wat is er met de Latijns-Amerikaanse zaak gebeurd?'
'Ik werd verliefd op jou.'
'Dus?'
'Dus heb ik minder bewegingsvrijheid.'
Hij lachte. 'O ja?'
'Ja, behoorlijk.' Ze glimlachte. 'Het kan een succes worden. Misschien kunnen we er op een dag zelfs ons voordeel mee doen en zou het als voorbeeld voor de rest van de wereld kunnen gelden.'
Graciela droomde van landhervorming, de rechten van boeren en een eerlijke verdeling van de welvaart. Ze geloofde absoluut in eerlijkheid, een begrip dat naar Joe's overtuiging de wereld verlaten had zodra de wereld uit de luiers was.
'Dat over een voorbeeld voor de rest van de wereld weet ik niet zo.'
'Waarom zou het niet kunnen werken?' vroeg ze. 'Een rechtvaar-

dige wereld.' Ze spatte een dot schuim naar hem toe om te laten zien dat ze het maar half meende, maar zoveel 'halfs' was er niet aan.

'Bedoel je een wereld waarin iedereen niet meer neemt dan hij nodig heeft en rondhangt en liedjes zingt en godsamme de hele tijd maar loopt te glimlachen?'

Ze spatte zeepsop in zijn gezicht. 'Je weet best wat ik bedoel. Een goede wereld. Waarom zou dat niet kunnen?'

'Hebzucht,' zei hij. Hij maakte een zwaaiend gebaar om zich heen in de badkamer. 'Kijk hoe wij wonen.'

'Maar je geeft ook iets terug. Vorig jaar heb je een kwart van ons geld aan de Gonzalez Clinic geschonken.'

'Daar hadden ze mijn leven gered.'

'Het jaar daarvoor heb je de bibliotheek gebouwd.'

'Om ze de boeken in huis te laten halen die ik graag lees.'

'Maar alle boeken zijn in het Spaans.'

'Hoe denk je dat ik die taal geleerd heb?'

Ze legde haar voet op zijn schouder, schuurde een jeukplekje in de holte van haar voet aan zijn haar. Ze liet hem daar en hij drukte er een kus op en ervoer, zoals zo vaak op een moment als dit, zo'n totaal gevoel van rust dat hij zich geen hemel kon voorstellen die zich hiermee liet meten. Meten met haar stem in zijn oren, haar vriendschap in zijn binnenzak, haar voet op zijn schouder.

'We kunnen goeddoen,' zei ze, haar blik naar beneden.

'Doen we ook,' zei hij.

'Na zoveel slechts,' zei ze zacht.

Ze staarde naar het schuim onder haar borsten, verdween in zichzelf, maakte zich los uit dit bad. Ze kon nu elk moment naar een handdoek grijpen.

'Hé,' zei hij.

Ze sloeg haar ogen op.

'We zijn niet slecht. Misschien ook niet goed. Ik weet het niet. Ik weet alleen dat we allemaal bang zijn.'

'Wie is bang?' vroeg ze.

'Wie niet? De hele wereld. We houden onszelf voor dat we in deze god geloven of in die, in deze hemel of in een andere, en misschien is dat ook wel zo, maar ondertussen denken we allemaal hetzelfde: wat als het niet zo is? Wat als dit hier alles is? Nou, als dat zo is, jezus, dan kon ik maar beter maken dat ik een kast van een huis kreeg en een slee van een auto en een berg mooie dasspelden en een met parelmoer ingelegde wandelstok en een...'

Ze lachte.

'... een plee die mijn gat én mijn oksels wast. Want zo'n ding moet ik absoluut hebben.' Hij grinnikte ook, maar zijn gelach stierf weg in het zeepsop. 'Maar wacht, ik geloof in God. Voor de zekerheid. Maar in hebzucht geloof ik ook. Voor de zekerheid.'

'En dat is het enige – dat we bang zijn?'

'Ik weet niet of dat het enige is,' zei hij. 'Ik weet alleen dat we bang zijn.'

Ze drapeerde het badschuim als een sjaal om haar hals en knikte. 'Ik wil dat het ertoe doet dat we geleefd hebben.'

'Dat weet ik. Luister, jij wilt die vrouwen en hun kinderen redden? Prima. Daarom hou ik van je. Maar je hebt ook tuig dat zijn best zal doen te voorkomen dat sommige van die vrouwen zich losmaken uit hun greep.'

'Dat weet ik,' zei ze op een toon waaruit hij opmaakte dat het naïef van hem was te denken dat zij dat niet wist. 'En daarom zal ik een paar mannen van jou nodig hebben.'

'Een paar?'

'Ik dacht vier, om mee te beginnen. Maar, *mi amado?*' Ze glimlachte hem toe. 'Wel de hardste die je hebt.'

Dat was ook het jaar waarin de dochter van Irving Figgis, Loretta, naar Tampa terugkeerde.

Ze stapte arm in arm met haar vader uit de trein. Loretta was van top tot teen in het zwart, alsof ze in de rouw was, en te oordelen aan hoe stevig Irv haar arm vasthield was dat misschien ook zo.

Irv sloot haar op in zijn huis in Hyde Park, waarna ze het hele seizoen door niemand meer werden gezien. Nadat hij haar in Los Angeles had opgehaald had Irv verlof opgenomen dat hij vervolgens voor de duur van de herfst verlengde. Zijn vrouw vertrok en nam zijn zoon mee, en de buren zeiden dat het enige geluid dat soms vanuit het huis doordrong het geluid van bidden was – of van gezang. Over verdere bijzonderheden liepen de meningen uiteen.

Toen ze op een avond tegen eind oktober uit het huis tevoorschijn kwamen, was Loretta helemaal in het wit. Tijdens een bijeenkomst van de pinkstergemeente later diezelfde avond, verklaarde ze dat haar beslissing om wit te dragen helemaal niet van haarzelf was geweest, maar van Jezus Christus, met wiens leer ze nu in het huwelijk zou treden. Loretta betrad het podium in de tent in Fiddlers Cove en sprak over haar afdaling in de wereld van de ontucht, over de demonen alcohol, heroïne en marihuana die haar daarheen hadden geleid, over de ontucht die tot prostitutie leidde, die leidde tot meer heroïne en zodanig zondige, losbandige nachten dat ze wist dat Jezus die uit haar geheugen had gewist opdat ze zich niet van het leven zou beroven. En waarom wilde Hij nu zo graag dat juist zij in leven bleef? Omdat Hij wilde dat ze Zijn waarheid verspreidde onder de zondaars van Tampa, St. Petersburg, Sarasota en Bradenton. En als Hij het goedvond, zou zij die boodschap over heel Florida verspreiden en zelfs over de hele Verenigde Staten.

Waarin Loretta verschilde van talloze andere sprekers die voor de gelovigen het podium in de opstandingstenten beklommen, was dat ze sprak zonder hel en zonder verdoemenis. Ze verhief op geen enkel moment haar stem. Ze sprak zelfs zo zacht dat menig toeschouwer zich naar voren moest buigen. Terwijl ze af en toe een schuine blik op haar vader wierp, die sinds haar terugkeer nogal streng en onbenaderbaar was, legde ze haar klaaglijke getuigenis af van een zondige wereld. Ze beweerde niet de wil van God te kennen, maar eerder de teleurstelling en wanhoop van Christus over wat Zijn kinderen hadden aangericht. Zoveel goeds in deze wereld kon gered worden en zoveel deugd was er om te oogsten, als er om te beginnen maar deugd werd gezaaid.

'Ze zeggen dat dit land spoedig zal terugkeren naar de wanhoop door lichtzinnige alcoholconsumptie, naar een toestand waarin de rum een man zijn vrouw doet slaan, waarin hij door de whisky geslachtsziekten binnenbrengt, waarin hij door gin lui en werkloos wordt en de bank zelfs nog meer kinderen op straat zet. Maar wijt het niet aan de banken. Wijt het niet aan de banken,' fluisterde ze. 'Wijt het aan hen die verdienen aan de zonde, aan de handel in het vlees en de verzwakking van dat vlees door de alcohol. Wijt het aan de drankstokers en de bordeeleigenaren en allen die hun de kans geven hun vuil in onze mooie stad te verspreiden, onder Gods oog. Laten we voor hen bidden. En laten we dan God om leiding vragen.'

Kennelijk onder Gods leiding waren enkele brave burgers een paar Coughlin-Suarezclubs binnengedrongen om er met bijlen de rum- en biervaten te lijf te gaan. Toen Joe het hoorde, liet hij Dion contact opnemen met een vent in Valrico die metalen tonnen maakte. Ze plaatsten ze in alle kroegen, hesen er de houten vaten in en wachtten om te zien wie er nu nog binnen zou komen om een zwaai met een bijl te wagen en de heilige ellebogen van zijn heilige armen te breken.

Joe zat in het kantoor van zijn sigarenexportbedrijf – een honderd procent legale onderneming. Elk jaar verloren ze een klein vermogen met de export van superieure tabak naar landen als Ierland, Zweden en Frankrijk, waar de sigaar nooit echt was aangeslagen – toen Irv en zijn dochter binnenstapten.

Irv gaf Joe een knikje, maar vermeed zijn blik. In de jaren sinds Joe hem die foto's van zijn dochter had laten zien, had hij Joe niet eenmaal meer aangekeken, terwijl Joe schatte dat ze elkaar toch ten minste een keer of dertig waren tegengekomen op straat.

'Mijn Loretta wil je iets zeggen.'

Joe keek op naar de mooie jonge vrouw in haar witte jurk en lichte, waterige ogen. 'Natuurlijk, mevrouw. Neem plaats als u wilt.'

'Ik blijf liever staan, meneer.'

'Zoals u wilt.'

'Meneer Coughlin,' zei ze terwijl ze haar handen ineensloeg ter hoogte van haar bovenbenen, 'mijn vader zei dat er ooit een goed mens in u huisde.'

'Ik was me er niet van bewust dat die man vertrokken was.'

Loretta schraapte haar keel. 'We weten van uw liefdadigheid. En die van de vrouw met wie u verkiest samen te wonen.'

'De vrouw met wie ik verkies samen te wonen,' zei Joe, alleen om het uit te proberen.

'Ja ja. We hebben gehoord dat ze erg actief is in het welzijnswerk in de gemeenschap van Ybor en zelfs in heel Tampa.'

'Ze heeft gewoon een naam.'

'Maar de aard van haar goede werken is uitsluitend wereldlijk. Ze weigert elke kerkelijke binding en houdt elke uitnodiging om de enige ware God te omarmen af.'

'Ze heet Graciela. En ze is katholiek,' zei Joe.

'Maar zolang ze niet openlijk de hand van God erkent in het werk dat ze doet, staat ze – hoe goed ze het ook allemaal bedoelt – aan de kant van de duivel.'

'Tjonge,' zei Joe, 'nou bent u me toch echt kwijt.'

Ze zei: 'Maar gelukkig ben ík u niet kwijt. U doet veel goede daden, meneer Coughlin, maar we weten allebei dat ze geen verlichting brengen voor uw slechte daden en uw afstand tot de Heer.'

'Hoezo?'

'U profiteert van de verboden verslavingen van anderen. U maakt misbruik van de zwakheden van de mensen en van hun hang naar ledigheid, hebzucht en wellustig gedrag.' Ze schonk hem een droeve, maar vriendelijke glimlach. 'Maar u kunt zich daarvan losmaken.'

Joe zei: 'Dat wil ik helemaal niet.'

'Maar natuurlijk wel.'

'Juffrouw Loretta,' zei Joe, 'u lijkt me een liefdevol mens. En ik hoor dat pastoor Ingalls zijn schare heeft zien verdriedubbelen sinds u voor hen predikt.'

Irv hield vijf vingers op, zijn blik op de vloer gericht.

'O,' zei Joe, 'het spijt me. Dus het bezoek is vervijfvoudigd. Lieve help.'

Loretta's glimlach week geen seconde van haar gezicht. Het was een zacht en droevig gezicht. Het wist wat jij zou gaan zeggen nog voordat je het had gezegd en deed die woorden af als zinloos nog voor ze over je lippen waren gekomen.

'Loretta,' zei Joe, 'ik verkoop een product waar de mensen zo van houden dat de drooglegging binnen het jaar zal worden teruggedraaid.'

'Dat is niet waar,' zei Irv met een strak gezicht.

'Waar of niet waar,' zei Joe, 'de drooglegging is dood. De bedoeling was om er de armen mee in het gareel te houden, en dat is niet gelukt. De bedoeling was om er de middenklasse productiever mee te maken, maar de middenklasse werd nieuwsgierig. In de laatste tien jaar is er meer gedronken dan ooit tevoren, juist omdat de mensen het wilden en niet van iemand anders wilden horen dat het niet mocht.'

'Maar meneer Coughlin,' zei Loretta, 'hetzelfde zou je kunnen zeggen over ontucht. De mensen willen het, en ze willen niet te horen krijgen dat het niet mag.'

'En dat zou ook niet moeten.'

'Pardon?'

'En dat zou ook niet moeten,' zei Joe. 'Als de mensen seks willen zie ik geen dringende reden om ze tegen te houden, juffrouw Figgis.'

'En als ze het met dieren willen doen?'

'Is dat zo?'

'Wat?'

'Zijn er mensen die het met dieren willen doen?'

'Sommigen wel. En hun ziekte zal zich verspreiden, als u uw zin krijgt.'

'Ik zie het verband niet tussen drinken en seks met dieren, ben ik bang.'

'Maar dat wil niet zeggen dat zo'n verband niet bestaat.'

Ze ging zitten, haar handen nog steeds ineengevouwen in haar schoot.

'Zeker wel,' zei Joe. 'Dat is precies wat ik beweerde.'

'Maar dat is alleen maar uw mening.'

'Precies wat sommige mensen over uw geloof in God zouden zeggen.'

'Dus u gelooft niet in God?'

'Dat is het niet, Loretta. Ik geloof gewoon niet in jullie God.'

Joe keek naar Irv, want hij voelde diens kokende woede, maar zoals altijd meed Irv zijn blik; hij staarde naar zijn tot vuisten gebalde handen.

'Nou, maar Hij gelooft wel in u,' zei ze. 'Meneer Coughlin, u zult uw slechte pad afzweren. Dat weet ik gewoon. Ik zie het in uw ogen. U zult berouw krijgen en gedoopt worden in Jezus Christus. En u zult een groot profeet worden. Dat zie ik even scherp voor me als ik een zondevrije stad op een heuvel zie, hier in Tampa. En, ja, meneer Coughlin, om uw grappige opmerking voor te zijn, ik weet heus wel dat we in Tampa geen heuvels hebben.'

'Nou, geen heuvels die je op zouden vallen, zelfs als je heel hard rijdt.'

Ze glimlachte oprecht, de glimlach die hij zich herinnerde van een paar jaar geleden, als hij haar tegenkwam bij de limonadeautomaat of de tijdschriftenafdeling in de Morin.

Toen werd de glimlach weer droevig en star. Haar ogen werden feller. Ze stak Joe over het bureau haar gehandschoende hand toe, die hij denkend aan de naaldsporen die onder de handschoen schuilgingen aannam terwijl Loretta Figgis zei: 'Op een dag zal ik u plotseling van uw pad afbrengen, meneer Coughlin. Daar kunt u van op aan. Ik voel het in mijn botten.'

'Dat u het zo voelt, hoeft nog niet te betekenen dat het ook gebeurt.'

'Maar het hoeft er niet minder waar om te zijn.'

'Dat moet ik u toegeven.' Joe keek naar haar op. 'Maar waarom kunt u mijn meningen niet hetzelfde voordeel van de twijfel geven?'

Loretta's droevige glimlach klaarde op. 'Omdat ze verkeerd zijn.'

Jammer genoeg voor Joe, Esteban en de Pescatore-familie groeide met Loretta's populariteit ook haar geloofwaardigheid. Na een paar maanden begon haar gepredik een bedreiging te worden voor de casinoplannen. Zij die in het begin haar naam in gezelschap hadden laten vallen, hadden dat voornamelijk gedaan om haar belachelijk te maken of uit verbazing over de omstandigheden waaronder ze geworden was wie ze was: een doorsnee dochter van een Amerikaanse politiechef die naar Hollywood vertrekt en terugkomt als een dwepende dwaas met haar armen vol littekens van de naald, waarin onwetende provincialen stigmata zien. Maar de toon van de gesprekken over haar veranderde niet alleen doordat de straten verstopt raakten met auto's en voetgangers op avonden dat het gerucht ging dat Loretta op een bijeenkomst zou verschijnen, maar ook doordat meer mensen in de stad haar werkelijk te zien kregen. Loretta hield zich verre van afzijdig van de openbare aandacht, trok die juist naar zich toe. Niet alleen in Hyde Park, maar ook in West Tampa en Ybor, waar ze graag kwam om koffie in te kopen, haar enige zwakte.

Overdag praatte ze niet veel over het geloof. Ze was nooit onbeleefd en informeerde altijd attent naar iemands gezondheid of de gezondheid van zijn of haar naasten. Ze vergat nooit een naam. En ook al hadden de zware jaren van wat zij haar 'beproevingen' noemde haar ouder gemaakt, ze bleef een opvallend mooie vrouw. Mooi in typisch Amerikaanse zin, met volle lippen die even bordeauxrood waren als haar haar, eerlijke blauwe ogen en een huid zo glad en blank als de room in de hals van de fles melk die 's morgens op je stoep stond.

Haar toevallen begonnen tegen het eind van 1931, toen de Europese bankencrisis de rest van de wereld in zijn draaikolk had meegesleurd en een eind had gemaakt aan alle hoop op financieel herstel. Ze kwamen zonder waarschuwing en zonder veel misbaar. Terwijl ze sprak over de vloek van de drank, de wellust of (steeds meer de laatste tijd) het gokken – altijd met kalme, licht bevende stem – en de visioenen die God haar had ingegeven over een door eigen zonden zwartgeblakerd Tampa, een rokende woestenij van geschroeide aarde en smeulende houtstapels waar ooit huizen hadden gestaan, bracht ze iedereen de vrouw van Lot in herinnering en smeekte ze haar gehoor om toch vooral niet achterom te kijken, nooit achterom te kijken maar vooruit naar een schitterende stad vol witte huizen, witte kleding en witte mensen die verenigd waren in de liefde van Christus, in gebed en in het oprechte verlangen een wereld na te laten waarop hun kinderen trots konden zijn. Op een bepaald moment tijdens zo'n preek begonnen haar ogen naar links en dan naar rechts te rollen terwijl haar lichaam in hetzelfde ritme meedeinde, waarna ze op de vloer viel. Soms had ze stuiptrekkingen en soms liep er een beetje spuug over haar prachtige lippen, maar meestal leek het net of ze sliep. Er werd wel beweerd (maar alleen in de laagste kringen) dat een deel van haar sterk stijgende populariteit te maken had met hoe mooi ze eruitzag als ze languit op het podium lag in haar witte crêpe jurk, die zo dun en doorschijnend was dat je haar perfect gevormde kleine borsten en haar slanke, smetteloze benen kon zien.

Als Loretta zo op het podium lag, was ze het onomstotelijke bewijs van God, want alleen God kon iets maken wat zo mooi, teer en tegelijkertijd zo machtig was.

En dus vatte haar wassende schare volgelingen haar waarschuwingen heel persoonlijk op, nog wel het meest die over de pogingen van een plaatselijke gangster om hun gemeenschap te ontwrichten met de gesel van het gokken. Het duurde niet lang of de heren politici stuurden Joe's stromannen terug met een onomwonden 'nee' of 'we hebben meer tijd nodig om alle aspecten te bestuderen', hoewel het Joe wel opviel dat het enige wat ze niet terugstuurden zijn geld was.

De deur die op een kier gestaan had, ging snel verder dicht.

Als Loretta Figgis vroegtijdig aan haar eind zou komen – maar wel zo dat het geloofwaardig als gevolg van een ongeluk beschouwd kon worden – zou na een eerbiedige periode van rouw het casino-ideaal alsnog tot volle bloei komen. Ze hield zo van Jezus, hield Joe zichzelf voor, dat hij haar een gunst zou bewijzen door hen bij elkaar te brengen.

Hij wist wat hem te doen stond, maar moest er alleen nog opdracht toe geven.

Hij ging naar een van haar preken. Hij schoor zich een dag niet en kleedde zich als een handelaar in landbouwgereedschap of de eigenaar van een zaadhandel: schone werkbroek, wit overhemd, dun dasje, donker jasje van zwaar katoen en een strooien cowboyhoed die hij diep over zijn voorhoofd trok. Hij liet zich door Sal afzetten aan de rand van het evenemententerrein dat de eerwaarde Ingalls die avond gebruikte, waarna hij over een smal pad door een naaldbosje de uitlopers van de menigte bereikte.

Aan de rand van een vijver had iemand een klein podium van hout van kisten getimmerd. Loretta stond erop met aan haar linkerhand haar vader en aan haar rechter de eerwaarde, beiden met gebogen hoofd. Loretta sprak over een visioen dat ze pas had gehad, of een droom, Joe was te laat gekomen om te horen wat het was. Met haar rug naar de donkere vijver gekeerd, in haar witte jurk en met haar witte kaphoed op, stak ze af tegen de zwarte nacht als de volle maan tegen een sterrenloze hemel. Een gezin van drie personen, zei ze – moeder, vader en een pasgeboren baby – was in een vreemd land aangekomen. De vader, die door zijn bedrijf naar dit vreemde land was gezonden, had instructies gekregen in de stationshal op hun chauffeur te wachten en zich niet buiten te wagen. Maar het was warm binnen, ze hadden een lange reis achter de rug en waren benieuwd hoe hun nieuwe land eruitzag. Ze gingen naar buiten en werden onmiddellijk belaagd door een panter zo zwart als de binnenkant van een kolenkit. En voor het gezin wist wat er gebeurde had de panter hen alle drie de keel opengereten met zijn tanden. De man lag stervend op de grond toe te zien hoe de panter zich te goed deed aan het bloed van zijn vrouw, toen er een man aankwam die de zwarte panter doodschoot. Deze man zei tegen de stervende zakenman dat hij de chauffeur was die door zijn bedrijf was ingehuurd en dat hij alleen maar op hem had hoeven te wachten.

Maar ze hadden niet gewacht. Waarom hadden ze niet gewacht?

En zo is het ook met Jezus, zei Loretta. Kun je wachten? Slaag je erin om jezelf verre te houden van de aardse verlokkingen die je gezin zullen verscheuren? Kun je een manier vinden om je geliefden te beschermen tegen de wilde beesten tot onze Heer en Redder terugkeert?

'Of zijn jullie te zwak?' vroeg Loretta.

'Nee!'

'Omdat ik weet dat ikzelf in mijn somberste momenten te zwak ben.'

'Nee!'

'Ik wel,' riep Loretta. 'Maar Hij geeft me kracht.' Ze wees naar de hemel. 'Hij vult mijn hart. Maar ik heb jullie nodig om me te helpen Zijn wensen waar te maken. Ik heb jullie kracht nodig om Zijn woord te blijven verbreiden, Zijn werken te verrichten en ervoor te zorgen dat de zwarte panters onze kinderen niet verslinden of ons hart besmetten met eeuwige zonde. Zullen jullie mij helpen?'

De menigte riep 'ja' en 'amen' en 'o, ja'. Toen Loretta haar ogen sloot en begon te wiegen, sloeg de menigte de ogen op en drong naar voren. Toen Loretta zuchtte, kreunden de mensen. Toen ze op haar knieën zakte, hielden ze de adem in. En toen ze op haar zij viel, ademden ze als één man uit. Ze staken hun armen naar haar uit zonder een stap dichter naar het podium te doen, alsof er een onzichtbare muur tussen hen in stond. Ze reikten naar iets wat niet Loretta was. Riepen het aan en beloofden het alles.

Loretta was het medium, de poort waardoor ze een wereld zonder zonde, zonder duisternis en zonder angst binnengingen. Een wereld waarin je nooit eenzaam was. Want daar had je God. En daar had je Loretta.

'Vanavond,' zei Dion op de omloop op de tweede verdieping van Joe's huis tegen hem. 'Vanavond moet ze weg.'

'Je denkt toch niet dat ik niet ook met die gedachte heb gespeeld?' vroeg Joe.

'Denken, daar hebben we even niks aan,' zei Dion. 'Doen, daar gaat het om, baas.'

Joe stelde zich de Ritz voor. Uit de ramen stroomde licht uit over de donkere zee, muziek vulde de zuilengangen en dreef weg over de

Golf terwijl binnen de dobbelstenen over de tafels ratelden, het publiek een winnaar toejuichte en hij – in smoking – alles overzag.

Zoals zo vaak de afgelopen weken vroeg hij zich af: wat was nou één leven?

In de bouw of bij de aanleg van spoorrails in de hete zon kwamen altijd mensen om. Ze overleden aan de gevolgen van elektrocutie en andere bedrijfsongelukken, elke dag weer, overal ter wereld. En waarvoor? Voor de realisatie van iets goeds, iets wat hun landgenoten werk zou verschaffen, de mensheid brood op de plank zou geven.

Waarom zou het met Loretta's dood anders zijn?

'Het zou gewoon niet hetzelfde zijn,' zei hij.

'Wat?' Dion staarde hem aan.

Joe maakte een verontschuldigend gebaar met zijn hand. 'Ik kan het niet.'

'Maar ik wel,' zei Dion.

Joe zei: 'Als je een kaartje voor het bal koopt, dan weet je wat ervan komen kan, dat zou tenminste moeten. Maar de mensen die slapen terwijl wij op zijn? Die naar hun werk gaan en het gazon maaien? Die hebben geen kaartje gekocht. En die lopen dus niet tegen dezelfde schadelijke gevolgen van hun fouten aan als wij.'

Dion zuchtte. 'Ze brengt de hele zaak aan het wankelen.'

'Ik weet het.' Joe was blij dat de zon was ondergegaan, met het donker op de omloop. Als Dion hem goed in zijn ogen had kunnen kijken, zou hij geweten hebben hoe onzeker Joe was over zijn beslissing, hoe hij op het punt had gestaan een grens over te stappen en nooit meer achterom te kijken. Jezus, ze was maar één vrouw. 'Maar ik heb besloten. Niemand zal haar ook maar een haar krenken.'

'Dat zal je nog spijten,' zei Dion.

'Je meent het.'

Een week later, toen John Ringlings mannen om een bijeenkomst verzochten, wist Joe dat het afgelopen was. Zo niet definitief, dan toch zeker voor onbepaalde tijd uitgesteld. Het hele land ging weer aan de drank, met overgave, met passie en plezier, maar onder de invloed van Loretta Figgis ging het in Tampa diametraal de andere kant op. Als ze haar al niet de pas konden afsnijden vanwege de acceptatie van drank, die op een handtekening na gelegaliseerd was, dan hoefden ze aan het gokken niet eens meer te denken. De mannen van John Ringling zeiden tegen Joe en Esteban dat hun baas had besloten nog een poosje op de Ritz te willen blijven zitten, wachten tot de dip in de economie voorbij was en op een later tijdstip alles nog eens heroverwegen.

De bijeenkomst werd gehouden in Sarasota. Na afloop reden Joe en Esteban naar Longboat Key, om uit te staren over de schitteringen van wat ooit de Franse Riviera in de Golf van Mexico had zullen worden.

'Het zou een geweldig casino geworden zijn,' zei Joe.

'Jouw tijd komt nog wel. Kansen keren.'

Joe schudde zijn hoofd. 'Niet altijd.'

22

Doof de geest niet uit

De laatste keer dat Loretta Figgis en Joe elkaar in levenden lijve zagen was begin 1933. Het had al een week zwaar geregend. Die ochtend, de eerste wolkeloze dag sinds een tijdje, steeg er zo'n dichte mist op van de straten in Ybor dat het was alsof de aarde zichzelf had omgekeerd. Joe liep in gedachten verzonken over het trottoir langs Palm Avenue. Op het tegenovergelegen trottoir hield Sal Urso gelijke pas met hem, terwijl Lefty Downer in de auto tussen hen in reed – stapvoets over de as van de weg. Joe had juist het gerucht bevestigd gekregen dat Maso een nieuw reisje naar Tampa overwoog, zijn tweede binnen een jaar, en het feit dat Maso hem dat niet persoonlijk had verteld zat hem niet lekker. Daar kwam bij dat als je de ochtendkranten moest geloven president Roosevelt van plan was om de Cullen-Harrison Act te ondertekenen zodra iemand hem een pen in de hand drukte, waarmee het einde van de drooglegging een feit zou zijn. Joe wist al dat het niet lang kon duren, maar toch was hij er niet op voorbereid. En als hij er al niet op voorbereid was, kon hij er alleen maar naar raden hoe slecht de kleinere jongens in andere illegale drankhoofdsteden als Kansas City, Cincinatti, Chicago, New York en Detroit het nieuws zouden ontvangen. Hij had 's ochtends zittend op zijn bed een poging gedaan het artikel te lezen en erachter te komen in welke week of maand precies Roosevelt zijn krabbel met die meest aanbeden pen van het land zou zetten, maar werd afgeleid toen Graciela haar paella van de vorige avond met kracht weer uitkotste. Ze had gewoonlijk een maag van gewapend beton, maar de laatste tijd waren alle spanningen van het runnen van drie opvangtehuizen en acht verschillende liefdadigheidsclubjes haar spijsverteringssysteem te veel geworden.

'Joseph.' Ze stond in de deuropening en veegde haar mond af met de rug van haar hand. 'We moeten misschien iets onder ogen zien.'

'Wat dan, liefje?'

'Ik denk dat we een kind krijgen.'

Heel even dacht Joe dat ze een van haar straatkinderen had meegesmokkeld uit het opvangtehuis. Hij wierp zelfs nog een blik langs haar heup, toen het tot hem doordrong.

'Ben je...?'

Ze glimlachte. 'Zwanger.'

Hij kwam overeind van het bed, ging voor haar staan en wist niet goed of hij haar moest aanraken of niet, uit angst dat ze zou breken.

Ze sloeg haar armen om zijn nek. 'Niks aan de hand. Je wordt vader.' Ze kuste hem. Haar handen vonden hun weg naar zijn achterhoofd, daar waar zijn hoofdhuid tintelde. In feite tintelde alles, alsof hij wakker geworden was in een compleet nieuwe huid.

'Zeg eens iets.' Ze keek hem nieuwsgierig aan.

'Dank je,' zei hij, omdat niets anders hem inviel.

'Dank je?' Ze lachte, en kuste hem opnieuw, zijn lippen fijn persend met de hare. 'Dank je?'

'Jij wordt een fantastische moeder.'

Ze duwde haar voorhoofd tegen het zijne. 'En jij een geweldige vader.'

Als ik in leven blijf, dacht hij.

En hij wist dat zij hetzelfde dacht.

En zodoende was hij enigszins uit zijn doen, toen hij die ochtend zonder eerst door het raam te hebben gekeken Nino's Coffee Shop binnenstapte.

In Nino's waren maar drie tafeltjes – zo goed als een strafbaar feit voor een tent waar ze zulke goede koffie schonken –, waarvan er twee bezet waren door Klan-leden. Niet dat een buitenstaander ze als zodanig herkend zou hebben, maar Joe zag een puntmuts zelfs als hij niet gedragen werd: Clement Dover, Drew Altman en Brewster Engals aan het ene tafeltje, de oudere, slimme garde; en aan het andere Julius Stanton, Haley Lewis, Carl Joe Crewson en Charlie Bailey, stuk voor stuk achterlijke idioten die waarschijnlijk eerder zichzelf in de fik zouden steken dan het kruis dat ze probeerden te verbranden. Maar net als een hoop domme mensen die de diepte van hun eigen domheid niet kenden, waren ze vals en meedogenloos.

Op het moment dat hij over de drempel stapte wist Joe dat het geen hinderlaag was. Hij zag aan hun ogen dat ze niet verwacht hadden hem hier tegen te komen. Ze waren gewoon voor een kop koffie gekomen, en misschien om de eigenaar met hun intimiderende verschijning over te halen tot het betalen van wat beschermgeld. Sal stond op de stoep, maar dat was niet hetzelfde als binnen. Met zijn blik gericht op Engals, de leider van dit groepje en brandweerman op de nummer 9 in Lutz Junction, schoof Joe het rechterpand van zijn jasje naar achteren en liet zijn hand op zijn heup rusten, een centimeter van zijn pistool.

Engals knikte. Er gleed een dun glimlachje over zijn lippen terwijl hij met zijn ogen wees naar iets achter Joe's rug, aan het derde tafeltje, bij het raam. Joe keek om en zag Loretta Figgis, die het hele voorval registreerde. Joe haalde zijn hand van zijn heup en liet zijn jaspand terugvallen. Een vuurgevecht beginnen met de Madonna van Tampa Bay aan het volgende tafeltje, dat deed je niet.

Joe beantwoordde Engals knikje, waarop Engals zei: 'Een andere keer dan maar.'

Toen Joe tegen zijn hoed tikte en zich omdraaide om te vertrekken, zei Loretta: 'Meneer Coughlin, komt u even zitten. Alstublieft.'

Joe zei: 'Nee, nee, juffrouw Loretta. U zit van een vredige ochtend te genieten, daar moet ik niet tussenkomen.'

'Maar ik sta erop,' zei ze, terwijl Carmen Arenas, de vrouw van de eigenaar, naar het tafeltje kwam.

Joe haalde zijn schouders op en nam zijn hoed af. 'Hetzelfde als altijd, Carmen.'

'Ja, meneer Coughlin. Juffrouw Figgis?'

'Nog een koffie, graag.'

Joe ging zitten en legde zijn hoed op zijn knie.

'Die heren lijken me niet erg op u gesteld,' zei Loretta.

Het viel Joe op dat ze vandaag niet in het wit was. Haar jurk was meer licht perzikkleurig. Bij de meeste mensen zou zoiets niet opvallen, maar omdat Loretta Figgis volledig vereenzelvigd geworden was met zuiver wit, was het een beetje alsof je haar naakt zag zodra ze iets anders droeg.

‘Ik verwacht niet dat ze me binnenkort op zondag te eten zullen vragen, nee,’ zei Joe.

‘En hoe komt dat?’ Ze boog zich over het tafeltje naar hem toe terwijl Carmen met hun koffie aankwam.

‘Ik slaap met latino’s, ik werk met latino’s, ik ga vriendschappelijk om met latino’s.’ Hij keek over zijn schouder. ‘Was ik nog iets vergeten, Engals?’

‘Behalve dat je vier van ons hebt vermoord misschien?’

Joe knikte om hem te bedanken en wendde zich weer tot Loretta: ‘O ja, en ze denken dat ik vier vrienden van ze heb vermoord.’

‘En is dat zo?’

‘U bent vandaag niet in het wit,’ zei hij.

‘Het is bijna wit,’ zei ze.

‘Wat zullen uw...’ hij zocht naar het woord, maar kon niets beters verzinnen dan ‘... volgelingen daarvan vinden?’

‘Dat weet ik niet, meneer Coughlin,’ zei ze zonder enige valse opgewektheid in haar stem of vertwijfelde kalmte in haar ogen.

De mannen van de KKK stonden op van hun tafeltjes en liepen achter elkaar aan de zaak uit, waarbij ze het allemaal klaarspeelden om óf tegen Joe’s stoel te stoten óf even op zijn tenen te gaan staan.

‘Jou zien we nog wel,’ zei Dover tegen hem, waarna hij tegen zijn hoed tikte voor Loretta en zei: ‘Mevrouw.’

Toen ze buiten waren, bleven Joe en Loretta alleen achter met het geluid van de regen, die uit de dakgoot van de veranda nog nadrupte van de avond tevoren. Terwijl Loretta kleine slokjes van haar koffie nam, keek Joe haar aandachtig aan. Ze was het priemende licht kwijt dat in haar ogen had gelegen sinds de dag waarop ze twee jaar geleden uit haar vaders huis naar buiten was gekomen en de zwarte rouwkleren van haar dood had ingewisseld tegen de witte kleren van haar wedergeboorte.

‘Waarom heeft mijn vader zo’n hekel aan u?’

‘Ik ben misdadiger. Hij was politiechef.’

‘Maar toen was hij op u gesteld. Hij wees u zelfs een keer aan toen ik nog op school zat en zei: Daar heb je de burgemeester van Ybor. Die man brengt rust hier.’

‘Zei hij dat echt?’

‘Ja.’

Joe nam nog een slok van zijn koffie. 'Dat waren onschuldiger tijden, denk ik.'

Ook zij nam een slokje. 'Maar waaraan hebt u dan nu zijn haat te danken?'

Joe schudde zijn hoofd.

Nu was het haar beurt om hem aandachtig en ongemakkelijk lang te bestuderen. Hij liet haar blik niet los terwijl ze hem diep in zijn ogen keek, en bleef kijken, tot het haar begon te dagen.

'Door u wist hij waar hij me kon vinden.'

Joe zei niets, maar maakte een krampachtige beweging met zijn kaken.

'U was het.' Ze knikte en keek naar het tafelblad. 'Wat had u?'

Ze staarde hem opnieuw ongemakkelijk lang aan tot hij antwoord gaf.

'Foto's.'

'En die hebt u aan hem laten zien.'

'Twee. Ik heb hem er twee laten zien.'

'Hoeveel had u er?'

'Tientallen.'

Ze keek weg, naar het tafelblad, draaide haar kopje rond op het schoteltje. 'We gaan allemaal naar de hel.'

'Dat geloof ik niet.'

'Nee?' Ze draaide opnieuw met haar koffiekopje. 'Weet u wat ik geleerd heb tijdens deze laatste twee jaar preken, flauwvallen en mijn ziel naar God werpen?'

Hij schudde zijn hoofd.

'Dat dit hier de hemel is.' Ze wees naar de straat, het dak boven hun hoofd. 'We zitten er middenin.'

'Waarom voelt het dan alsof het de hel is?'

'Omdat we er een puinhoop van gemaakt hebben.' Haar lieve en kalme glimlach keerde terug. 'Dit is het paradijs. En het is verloren.'

Joe verbaasde zich over de omvang van zijn eigen rouw over haar geloofsverlies. Om redenen die hij niet kon verklaren had hij gedacht dat als iemand een rechtstreeks lijntje met de Almachtige zou hebben, dan wel Loretta.

'Maar toen u begon,' vroeg hij haar, 'toen geloofde u toch echt, of niet?'

Ze keek hem met een paar heldere ogen aan. 'Met zoveel zekerheid dat het alleen maar Gods werk kon zijn. Het was net alsof ik vuur in mijn aderen had in plaats van bloed. Geen brandend vuur, maar een constante warmte die nooit afnam. Zo had ik me als kind ook gevoeld, denk ik. Ik voelde me veilig en geliefd en ik was er absoluut van overtuigd dat het altijd zo zou blijven in het leven. Ik zou altijd mijn pappa en mijn mamma hebben en de hele wereld zou er precies zo uitzien als Tampa en iedereen zou mijn naam kennen en het allerbeste met me voorhebben. Maar ik werd volwassen en ging naar het westen. En toen al die overtuigingen leugens bleken? Toen ik besefte dat ik niet bijzonder was, of veilig?' Ze draaide haar armen zo dat hij de littekens kon zien. 'Daar kon ik slecht mee overweg.'

'Maar toen u eenmaal weer hier was, na uw...'

'Beproevingen?' zei ze.

'Ja.

'Toen ik terugkwam joeg mijn vader mijn moeder het huis uit. Daarna heeft hij de duivel uit me geslagen en me opnieuw leren bidden, op mijn knieën en zonder om dingen voor mezelf te vragen. Bidden als een smekeling. Bidden als een zondares. En de vlam kwam terug. Op mijn knieën, naast mijn oude kinderbed. Ik had de hele dag op mijn knieën gezeten. Ik had bijna een week niet geslapen. En de vlam vond mijn bloed, vond mijn hart en ik voelde me weer zeker. Weet u hoe erg ik dat gemist had? Meer dan drugs, liefde of voedsel in welke vorm ook en misschien zelfs meer dan de god aan wie ik het kennelijk allemaal te danken had. Zekerheid, meneer Coughlin. Zekerheid. Dat is de schitterendste leugen van allemaal.'

Een poosje zei geen van beiden iets, lang genoeg voor Carmen om nog eens langs te komen met verse koffie.

'Vorige week is mijn moeder overleden. Wist u dat?'

'Ik had het nog niet gehoord, Loretta, het spijt me.'

Ze wuifde zijn excuses weg en nam een slok van haar koffie. 'Het geloof van mijn vader en mij heeft haar het huis uit gedreven. Ze zei soms tegen hem: "Jij houdt niet van God. Waar jij van houdt is het idee dat je bijzonder bent voor Hem. Jij wilt geloven dat Hij jou ziet staan." Toen ik hoorde dat ze was overleden begreep ik wat ze bedoelde. Ik ontleende geen troost aan God. Ik kén God niet. Het enige wat ik wilde was mijn mamma terug.' Ze knikte een paar keer bij haar eigen woorden.

De bel boven de deur klingelde. Een echtpaar stapte de zaak binnen en Carmen kwam achter haar balie vandaan om ze een tafeltje te wijzen.

'Ik weet niet of God bestaat.' Ze liet haar vinger over het oortje van haar kopje glijden. 'Maar ik hoop het wel heel erg. En ik hoop dat Hij vriendelijk is. Zou dat niet fijn zijn, meneer Coughlin?'

'Zeker,' zei Joe.

'Ik geloof niet dat Hij mensen in het eeuwige vagevuur smijt vanwege seks, zoals u al zei. Of omdat je in een iets afwijkende versie van Hem gelooft. Ik geloof – of liever, ik wil geloven – dat Hij de zonden die we uit Zijn naam begaan de ergste vindt.'

Hij keek haar aandachtig aan. 'Of die we uit wanhoop tegen onszelf begaan.'

'O,' zei ze opgewekt, 'maar ik ben niet wanhopig. U wel?'

Hij schudde zijn hoofd. 'In de verste verte niet.'

'Wat is uw geheim?'

Hij grinnikte. 'Dat is een beetje erg intiem voor zo bij de koffie.'

'Ik wil het weten. U lijkt zo...' Ze keek om zich heen in het café en heel even flikkerde er een wild soort ongeremdheid in haar ogen. 'U lijkt zo ongeschonden.'

Hij glimlachte en schudde een paar keer achter elkaar zijn hoofd.

'Echt waar,' zei ze.

'Nee.'

'Toch wel. Wat is uw geheim?'

Hij liet zijn vingers over de rand van zijn schoteltje gaan, zonder iets te zeggen.

'Toe, meneer Coughlin.'

'Zij.'

'Pardon?'

'Zij,' zei Joe. 'Graciela. Mijn vrouw.' Hij keek haar aan over het tafeltje. 'Ik hoop ook dat God bestaat. Uit het diepst van mijn hart. Maar als dat niet zo is? Dan heb ik genoeg aan Graciela.'

'Maar wat als u haar kwijtraakt?'

'Ik was niet van plan om haar kwijt te raken.'

'Maar stel dat het toch gebeurt.' Ze boog zich over het tafeltje naar hem toe.

'Dan zou ik alleen nog een hoofd hebben, geen hart.'

Ze zaten zwijgend bij elkaar. Carmen kwam langs om bij te schenken. Joe deed nog een schepje suiker in zijn koffie, keek Loretta aan en voelde een overweldigende en onverklaarbare drang om haar stevig vast te houden en haar te vertellen dat alles goed zou komen.

'Wat gaat u nu doen?' vroeg hij.

'Hoe bedoelt u?'

'U bent een van de steunpilaren van deze stad. Mijn hemel, u kwam tegenover mij te staan toen ik op het toppunt van mijn macht was en u won. De Klan kreeg dat niet voor elkaar. Justitie niet. Maar u wel.'

'Ik heb ons niet van de alcohol afgeholpen.'

'Maar het casino is in de kiem gesmoord. En tot u kwam was dat een gelopen race.'

Ze glimlachte, maar sloeg meteen haar handen voor haar mond. 'Dat kwam inderdaad door mij, hè?'

Joe lachte met haar mee. 'Ja, dat kwam door u. Duizenden mensen hier zouden u blindelings volgen over de rand van een klif, Loretta.'

Ze snikte en lachte tegelijk, keek op naar het zinken plafond. 'Ik wil helemaal niet dat iemand mij volgt, nergens heen.'

'Hebt u dat tegen ze gezegd?'

'Hij wil niet luisteren.'

'Irv?'

Ze knikte.

'Geef hem de tijd.'

'Hij hield zielsveel van mijn moeder. Ik weet nog dat hij soms beefde als hij te dicht bij haar kwam, omdat hij haar zo graag wilde aanraken. Maar dat kon niet omdat wij, zijn kinderen, in de buurt waren en dat hoorde niet. Nu is ze dood en was hij niet eens op haar begrafenis. Omdat de god die hij voor ogen heeft dat niet goedgekeurd zou hebben. Zijn god deelt niet. Elke avond zit mijn vader in zijn stoel de Bijbel te lezen, blind van woede omdat andere mannen zijn dochter hebben mogen aanraken zoals hij ooit zijn vrouw aanraakte. En erger.' Ze leunde naar voren op het tafeltje en wreef een verdwaalde suikerkorrel fijn met haar wijsvinger. 'Hij loopt in het donker door het huis terwijl hij aan één stuk door hetzelfde woord fluistert.'

'Welk woord?'

'Berouw.' Ze keek hem aan. 'Berouw, berouw, berouw.'

'Geef hem de tijd,' zei Joe nogmaals, omdat hij niets anders wist te zeggen.

Binnen een paar weken liep Loretta weer in het wit. Ze pakte de menigte als vanouds in met haar preken. Ze had wel een paar nieuwe dingen – trucjes, zeiden sommige mensen schamper – toegevoegd: spreken in tongen, schuim op de lippen. En ze sprak dubbel zo fel en twee keer zo hard als voorheen.

Op een ochtend zag Joe een foto van haar in de krant. Ze stond te preken voor een menigte van de Verenigde Pinkster- en evangelische gemeenten in Lee County. Eerst herkende hij haar niet eens, ook al zag ze er precies uit als altijd.

Op de ochtend van 23 maart 1933 ondertekende president Roosevelt de Cullen-Harrison Act, waarmee de bereiding en verkoop van bier en wijn met een alcoholgehalte tot 3,2 procent werd toegestaan. Tegen het eind van het jaar, beloofde de president, zou de hele drooglegging voorbij zijn.

Joe had afgesproken met Esteban in de Tropicale. Tegen zijn gewoonte in was hij te laat, al overkwam hem dat de laatste tijd regelmatig doordat zijn vaders horloge begon achter te lopen. Vorige week verloor het heel consequent vijf minuten per dag. Nu gemiddeld tien en soms wel een kwartier. Joe bleef zich voornemen het te laten repareren, maar dan zou hij het voor de duur van zo'n reparatie moeten afstaan, en ook al was het absurd, die gedachte kon hij niet verdragen.

Toen Joe het kantoor achter in het gebouw binnenliep, was Esteban een zoveelste foto van zijn laatste trip naar Havana aan het inlijsten, deze was van de openingsavond van Zoot, zijn nieuwe danstent in het oude centrum. Hij liet Joe de foto zien. Hij leek erg op alle andere foto's: dronken, goedgeklede dandy's met hun goedgeklede vrouwen, vriendinnen of escortmeisjes, een of twee dansmeisjes op de achtergrond bij de band, iedereen glazig uit zijn ogen kijkend en vrolijk. Joe wierp er afwezig een blik op en liet zijn vereiste waarderende fluitje horen, waarop Esteban de foto met het beeld naar beneden op het op de glasplaat gereedliggende passe-partout vlijde. Hij schonk voor hen beiden een borrel in, zette die tussen de lijstonderdelen op tafel en ging aan de slag met het in elkaar zetten van de lijst. De lucht van de lijm was zo sterk dat die zelfs de geur van de tabak in zijn studeerkamer overstemde, iets wat Joe voor onmogelijk zou hebben gehouden.

'Lach eens,' zei hij op een gegeven ogenblik, terwijl hij zijn glas hief. 'We gaan schatrijk worden.'

Joe zei: 'Als Pescatore me laat gaan.'

'Als hij tegenstribbelt,' zei Esteban, 'zorgen we dat hij zich inkoopt in een legaal bedrijf.'

'En dan raken we hem daar nooit meer kwijt.'

'Hij is oud.'

'Hij heeft partners. Jezus, hij heeft zonen.'

'Die zonen weet ik alles van: de een is pedofiel, de tweede is aan de opium en nummer drie slaat zijn vrouw en al zijn vriendinnen omdat hij heimelijk op mannen valt.'

'Tuurlijk, maar ik geloof niet dat Maso gevoelig is voor afpersing. En trouwens, morgen komt hij aan met de trein.'

'Zo gauw al?'

'Heb ik gehoord.'

'Hé. Ik doe al mijn hele leven zaken met zijn soort lui. We regelen het wel.' Esteban hief opnieuw het glas. 'Je verdient het.'

'Dank je,' zei Joe, die nu wel een slok nam.

Esteban richtte zich weer op zijn lijst. 'Lach dan.'

'Ik doe mijn best.'

'Dan is het Graciela dus.'

'Ja.'

'Wat is er met haar?'

Ze hadden besloten het aan niemand te vertellen tot je het kon zien. Deze ochtend, voor ze naar haar werk vertrok, wees ze naar de bescheiden kanonskogel die onder haar jurk naar voren stak en zei tegen hem dat het haast niet anders kon of het geheim zou vandaag op de een of andere manier naar buiten komen.

Dus toen hij tegen Esteban zei: 'Ze is zwanger,' was het tot zijn eigen verrassing alsof er een molensteen van zijn nek viel.

Estebans ogen schoten vol. Hij klapte in zijn handen en schoot vanachter zijn bureau vandaan om Joe te omhelzen. Hij sloeg Joe verschillende keren achter elkaar op zijn rug, veel harder dan waartoe hij hem in staat had geacht.

'Nu ben je een man,' zei hij.

'O,' zei Joe, 'zo gaat dat dus.'

'Niet altijd, maar in jouw geval...' Esteban maakte een boksgebaar met zijn vuisten, waarop Joe spelenderwijs naar hem uithaalde en Esteban een stap dichterbij deed en hem opnieuw vastklemde. 'Kerel, ik ben dolblij voor je.'

'Dank je.'

'Loopt ze te stralen?'

'Nou je 't zegt, ja, dat doet ze. Het is vreemd. Ik kan het niet omschrijven. Maar inderdaad, ze straalt een heel ander soort energie uit.'

Ze dronken op het vaderschap. Achter Estebans luiken, achter zijn weelderige tuin en boomverlichting en stenen muur, kwam een vrijdagavond in Ybor tot leven.

'Bevalt het je hier?'

'Wat?' vroeg Joe.

'Toen je hier aankwam zag je zo bleek als wat. Je had nog dat akelige gevangeniskapsel en je praatte alsof je leven ervan afhing, zo snel.'

Joe lachte en Esteban lachte met hem mee.

'Maar mis je Boston?'

'Ja,' zei Joe, want soms miste hij het verschrikkelijk.

'Maar nu is dit je thuis.'

Joe knikte, al vond hij het zelf een verrassende constatering. 'Ik geloof het ook.'

'Ik weet hoe je je voelt. Ik ken de rest van Tampa niet. Zelfs na al die jaren hier. Maar Ybor ken ik als *Habana* en ik vraag me af wat ik zou doen als ik zou moeten kiezen.'

'Denk je dat Machado...?'

'Machado is geschiedenis. Het kan nog even duren. Maar die is uitgespeeld. De communisten denken dat ze hem kunnen opvolgen maar dat zou Amerika nooit toestaan. Mijn vrienden en ik hebben een prachtige oplossing, een uiterst gematigd man, maar ik twijfel of er tegenwoordig wel iemand zit te wachten op gematigdheid.' Hij trok een gezicht. 'Daar gaan ze maar van nadenken. Krijgen ze hoofdpijn van. De mensen houden van standpunten, niet van nuances.'

Hij legde de glasplaat in de lijst, legde een vel kurk op de achterkant en bracht meer lijm aan. Hij veegde de overtollige lijm weg met een doek en deed een stap naar achteren om zijn werk te bewonderen. Toen hij tevreden was nam hij hun lege glazen mee naar de bar en schonk nog eens in.

Hij bracht Joe zijn glas. 'Het je het gehoord van Loretta Figgis?'

Joe nam zijn glas aan. 'Nee, heeft iemand haar op de Hillsborough-rivier zien lopen?'

Esteban staarde hem aan zonder zijn hoofd te bewegen. 'Ze heeft zelfmoord gepleegd.'

Joe's glas bleef halverwege zijn mond hangen. 'Wanneer?'

'Gisteravond.'

'Hoe?'

Esteban schudde zijn hoofd een paar keer terwijl hij terugliep naar zijn bureau.

'Esteban, hoe?'

Hij keek uit over zijn tuin. 'We moeten aannemen dat ze weer aan de heroïne was.'

'Oké...'

'Want anders was het onmogelijk geweest.'

'Esteban,' zei Joe.

'Ze heeft haar geslachtsdelen afgesneden, Joseph. En daarna...'

'Godverdomme,' zei Joe. 'Godverdomme, nee.'

'Toen heeft ze haar eigen hals doorgesneden.'

Joe sloeg zijn hand voor zijn gezicht. Hij zag haar voor zich zoals ze een maand geleden in het café had gezeten, zag haar als het meisje dat de trap van het politiebureau op liep – geruit rokje, witte sokjes, tweekleurige schoenen – met een stapeltje boeken onder de arm. En vervolgens zag hij in zijn verbeelding, maar dubbel zo levendig, hoe ze zichzelf verminkte terwijl de badkuip zich vulde met haar bloed, haar mond open in een eeuwige kreet.

'Was het een badkuip?'

Esteban keek hem verbaasd fronsend aan. 'Was wat een badkuip?'

'Waarin ze zelfmoord heeft gepleegd.'

'Nee.' Hij schudde zijn hoofd. 'Ze heeft het in bed gedaan. Haar vaders bed.'

Joe sloeg opnieuw zijn hand voor zijn gezicht en hield hem daar.

'Zeg alsjeblieft dat je jezelf hier niet de schuld van geeft,' zei Esteban na een poosje.

Joe zei niets.

'Joseph, kijk me aan.'

Joe liet zijn handen zakken, slaakte een diepe zucht.

'Ze vertrok naar de westkust, en zoals dat gaat met zoveel meisjes die dat doen, viel ze in handen van een pooier. Jij hebt dat niet gedaan.'

'Maar collega's van ons wel.' Joe zette zijn glas op de punt van het bureau en begon heen en weer te lopen over het kleed, op zoek naar de juiste woorden. 'Weet je, elke sector van ons bedrijf levert aan de andere sectoren. Met de winsten van de drank worden meisjes gekocht, en die meisjes financieren de drugs die nodig zijn om weer andere meisjes zover te krijgen dat ze zich door vreemden laten neuken voor onze winst. En hoe vergaat het de meisjes die van die rommel proberen af te komen of vergeten dat ze volgzaam moeten zijn? Die worden geslagen, Esteban, dat weet je. Ze doen hun best om clean te worden en dan laten ze zich voor het karretje van een slimme smeris spannen. Dus snijdt iemand ze de keel af en dumpt ze in de rivier. En ondertussen zijn we al tien jaar bezig de concurrentie af te knallen, en elkaar. En waarvoor? Voor dat stinkende geld.'

'Dat is de keerzijde van onder en boven de wet leven.'

'Ach, onzin,' zei Joe. 'Niks onder of boven de wet, we zijn gewoon gangsters.'

Esteban keek hem een poosje aan en zei toen: 'Het heeft geen zin om met jou te praten als je zo bent.' Hij draaide de ingelijste foto om op zijn bureau en staarde er lang naar. 'Je bent niet je broeders hoeder, Joseph. Goed beschouwd is het een belediging voor je broeder als je ervan uitgaat dat die niet voor zichzelf kan zorgen.'

Loretta, dacht Joe. Loretta, Loretta. We ontnamen je steeds meer, steeds maar meer, in de verwachting dat je het op de een of andere manier wel zou volhouden zonder wat we je afpakten.

Esteban wees naar zijn foto. 'Kijk naar deze mensen. Ze dansen, ze drinken en ze léven. Omdat ze morgen dood kunnen zijn. Ook wij zouden morgen dood kunnen zijn, jij en ik. Als een van deze feestvierders, deze man bijvoorbeeld...'

Esteban wees naar een vent met een buldoggezicht in een witte smoking. Achter hem stond een groepje vrouwen zo opgesteld dat het leek alsof ze de vadsige hufter op hun schouders zouden gaan hijsen. De vrouwen waren een en al glitter, lovertjes en zilverdraad.

'... in zijn auto onderweg naar huis zou verongelukken omdat hij niet meer recht uit z'n ogen kon kijken van alle Suarez Reserve die hij ophad, is dat dan onze schuld?'

Joe keek langs de buldogman heen naar al die prachtige vrouwen, de meesten latino's met dezelfde kleur haar en ogen als Graciela.

'Is dat onze schuld?' vroeg Esteban.

Behalve één vrouw. Een kleinere vrouw die van de camera wegkeek naar iets buiten de foto, alsof er iemand binnen was gekomen die haar had geroepen terwijl de camera flitste. Een vrouw met zandkleurig haar en ogen zo bleek als de winter.

'Wat?' zei Joe.

'Is het onze schuld?' zei Esteban. 'Als de een of andere *mamon* besluit om...'

'Wanneer is deze genomen?' vroeg Joe.

'Wanneer?'

'Ja ja. Wanneer?'

'Dat was tijdens de openingsavond van Zoot.'

'En wanneer was dat?'

'Afgelopen maand.'

Joe keek hem over het bureau aan. 'Weet je dat zeker?'

Esteban lachte. 'Het is mijn eigen restaurant. Natuurlijk weet ik dat zeker.'

Joe sloeg zijn borrel achterover. 'En het is onmogelijk dat deze foto op een ander tijdstip genomen is en daarna verwisseld met deze van vorige maand?'

'Hè? Nee. En welk ander tijdstip dan?'

'Zeg zes jaar geleden.'

Esteban schudde zijn hoofd, nog steeds grinnikend, maar met een bezorgde blik in zijn ogen. 'Nee, nee, Joseph. Nee, deze is een maand geleden genomen. Hoezo?'

'Omdat deze vrouw hier,' Joe zette zijn vinger op Emma Gould, 'al sinds 1927 dood is.'

III

Alle gewelddadige kinderen

1933 – 1935

23

Een knipbeurt

'Weet je zeker dat zij het is?' vroeg Dion de volgende ochtend in Joe's kantoor.

Uit zijn binnenzak haalde Joe de foto die Esteban gisteravond weer uit de lijst had gehaald. Hij legde hem voor Dion op het bureau. 'Zeg jij het maar.'

Dion liet zijn blik over de foto gaan, focuste en zei stomverbaasd: 'O, ja, dat is 'r, geen twijfel aan.' Hij keek Joe van opzij aan. 'Heb je het Graciela al verteld?'

'Nee.'

'Waarom niet?'

'Zeg jij alles tegen je vriendinnen dan?'

'Ik vertel verdomme helemaal niks, maar jij bent een erger mietje dan ik. En bovendien is ze zwanger van je.'

'Dat is waar.' Hij keek omhoog naar het koperen plafond. 'Ik heb het haar nog niet verteld omdat ik niet zou weten hoe.'

'Er is niks aan,' zei Dion. 'Je zegt gewoon: "Schat, liefste van me, weet je nog dat meisje waar ik zo gek op was, vóór jou? Over wie ik je vertelde dat ze het loodje heeft gelegd? Nou, die leeft nog en ze woont in jouw geboortestad en is nog steeds om op te vreten. Trouwens, over eten gesproken, wat eten we vanavond?"'

Sal, die tegen de deurpost stond, keek naar de vloer om zijn grijns te verbergen.

'Jij hebt wel plezier, hoor ik,' zei Joe tegen Dion.

'Ik lach me te pletter,' zei Dion, die de stoel deed schudden met zijn dikke lijf.

'D,' zei Joe, 'we hebben het hier wel over zes jaar woede, zes jaar...' Joe wierp zijn handen in de lucht, niet in staat de juiste woorden te vinden. 'Uit naam van die woede heb ik Charlestown overleefd, heb ik goddomme Maso over de dakrand laten bungelen, Albert White uit Tampa verjaagd, jezus, een...'

'Een heel imperium opgebouwd.'

'Ja, ook dat.'

'Dus, als je haar ziet,' zei Dion, 'bedank haar dan nog even namens mij.'

Joe's mond stond open, maar hij kon niets verzinnen.

'Moet je horen,' zei Dion, 'ik heb het mokkel nooit gemogen. Dat weet je. Maar ze heeft je zeker geïnspireerd, baas. En de reden waarom ik vroeg of je het aan Graciela had verteld is dat ik haar wel mag. Heel erg zelfs.'

'Ik ook,' zei Sal, waarop ze allebei tegelijk naar hem keken. Hij hield zijn rechterhand op, de Thompson in zijn linker. 'Sorry.'

'Wij praten op een bepaalde manier met elkaar,' zei Dion, 'omdat we elkaar vroeger als kind verrot sloegen. Voor jou is hij nog altijd de baas.'

'Zal niet weer gebeuren.'

Dion wendde zich weer tot Joe.

'Wij sloegen elkaar niet verrot als kind,' zei Joe.

'Tuurlijk wel.'

'Nee,' zei Joe. 'Jij sloeg mij verrot.'

'Jij sloeg mij met een baksteen.'

'Om jou te laten ophouden met meppen.'

'O.' Dion zweeg een ogenblik. 'Maar ik had iets.'

'Wanneer?'

'Toen ik hier binnenkwam. O ja, we moeten het over het bezoek van Maso hebben. En heb je 't al gehoord over Irv Figgis?'

'Over Loretta, zul je bedoelen.'

Dion schudde zijn hoofd. 'Over Loretta, dat weet iedereen. Maar weet je ook wat er gisteravond is gebeurd? Dat Irv bij Arturo naar binnen liep? Naar het schijnt had Loretta daar eergisteravond haar laatste shot gescoord.'

'Oké...'

'Ja, nou, Irv heeft Arturo op een haar na doodgeslagen.'

'Nee.'

Dion knikte. 'Hij zei steeds maar: "Toon berouw, toon berouw," en ondertussen hamerde hij maar door als een diesel. Er is een kans dat Artur er een oog door kwijtraakt.'

'Jezus. En Irv?'

Dion maakte een draaiende beweging met zijn wijsvinger naast zijn slaap. 'Die houden ze zestig dagen onder observatie in dat gesticht bij Temple Terrace.'

'Godsamme,' zei Joe, 'wat hebben we die mensen aangedaan?'

Dions gezicht kleurde donkerrood. Hij draaide zich om naar Sal Urso. 'Dit heb jij godverdomme nooit gezien, begrepen?'

Sal zei: 'Wat, wat heb ik nooit gezien?' En op dat moment gaf Dion Joe een klap in zijn gezicht.

De klap kwam zo hard aan dat Joe tegen zijn bureau smakte. Hij veerde overeind met zijn .32 al in de hand en prikte de loop tussen de plooien in Dions onderkin.

Dion zei: 'Ik wil jou niet nog eens een afspraak op leven en dood binnen zien lopen, half hopend dat je de pijp uit gaat voor iets waar je geen zak mee te maken hebt. Wou je me hier afschieten?' Dion hield zijn armen wijd. 'Toe maar, haal maar over die trekker.'

'Dacht je dat ik het niet zou doen?'

'Doe maar,' zei Dion. 'Dan hoef ik er niet nog eens bij te staan als jij jezelf om zeep probeert te helpen. Jij bent mijn broer. Snap je dat, achterlijke Ier? Jij. Meer dan Seppi of Paolo, God hebbe hun ziel. Jij. En ik wil godverdomme niet nog een broer verliezen. Dat overleef ik niet.'

Dion greep Joe's pols, kromde zijn vinger om diens vinger om de trekker en duwde de loop dieper in de plooien van zijn hals. Hij sloot zijn ogen en trok zijn lippen strak tegen zijn tanden.

'Trouwens,' zei hij, 'wanneer ga je erheen?'

'Waarheen?'

'Cuba.'

'Wie zei dat ik daarheen ging?'

Dion fronste. 'Nou heb je net ontdekt dat het dooie meisje waar je stapelgek op was springlevend is en een kilometer of vijfhonderd verderop naar het zuiden zit, en dan blijf jij gewoon op je kont zitten?'

Joe trok zijn pistool terug en deed het weer in de holster. Hij zag dat Sal asgrauw zag en zo vochtig was als een warm kompres. 'Ik ga meteen na die bijeenkomst met Maso. En je weet hoe die ouwe kan kletsen.'

'Daarvoor kwam ik nou juist.' Dion sloeg het moleskin boekje open dat hij altijd bij zich droeg en begon te bladeren. 'Er zijn een paar dingen die me niet bevallen.'

'Zoals?'

'Hij en die jongens hadden een halve trein nodig om deze kant op te komen. Dat is wel een hele entourage, vind je ook niet?'

'Hij is oud – hij neemt zijn verpleegster overal mee naartoe, plus misschien een dokter, en dan zijn er altijd nog vier jongens met een pistool.'

Dion knikte. 'Zal wel, maar nu heeft hij ten minste twintig jongens bij zich. Dus geen twintig verpleegsters. Hij heeft het hele Romero Hotel in Eighth Street afgehuurd. Echt, dat hele hotel. Waarom doet-ie dat?'

'Veiligheid.'

'Maar hij zit altijd in het Tampa Bay Hotel. Dan heeft hij aan één verdieping genoeg. Veiligheid gegarandeerd. Waarom een heel hotel in beslag nemen in het centrum van Ybor?'

'Zijn paranoia zal wel steeds sterker worden,' zei Joe.

Hij vroeg zich af wat hij tegen haar zou zeggen als hij haar ontmoette. Ken je me nog? Of was dat te afgezaagd?

'Baas,' zei Dion, 'luister nou. Hij komt niet rechtstreeks met de Seaboard. Hij is vertrokken met de Illinois Central. En hij is onderweg gestopt in Detroit, Kansas City, Cincinnati en Chicago.'

'Juist. Waar al zijn whiskypartners zitten.'

'En ook waar alle bazen zitten. Alle lui die er buiten New York en Providence toe doen, en raad eens waar hij twee weken geleden is geweest?'

Joe keek zijn vriend aan over het bureau. 'New York en Providence.'

'Klopt.'

'En wat denk je dus?'

'Ik weet het niet.'

'Denk je dat hij op tournee is om overal toestemming te vragen om ons te wippen?'

'Misschien.'

Joe schudde zijn hoofd. 'Dat slaat nergens op, D. In vijf jaar tijd hebben we de winst van deze organisatie hier verviervoudigd. Dit was goddomme de rimboe voor wij hier kwamen. Hebben we vorig jaar niet alleen aan rum al – hoeveel was het – elf miljoen gedraaid?'

'Elf komma vijf,' zei Dion. 'En we doen zelfs meer dan vier keer zoveel.'

'Dus waarom zou je iets moois verpesten? Maso heeft altijd een behoorlijk nuchtere instelling gehad. En net zo goed als jij geef ik geen cent voor die onzin als: "Joseph, je bent als een zoon voor me." Maar hij heeft een heilig respect voor cijfers. En onze cijfers zijn top.'

Dion knikte. 'Ik ben met je eens dat het raar zou zijn om ons eruit te gooien. Maar de voortekenen zijn slecht. Het zit me gewoon niet lekker.'

'Dat is die paella van gisteravond.'

Dion lachte flauwtjes. 'Tuurlijk. Dat zal het zijn.'

Joe ging staan, deed de luiken open, keek uit over de fabrieksvloer. Dion maakte zich zorgen, maar hij werd betaald om zich zorgen te maken. Dus hij deed gewoon zijn werk. Uiteindelijk, wist Joe, deed iedereen in deze branche wat hij deed om maar zo veel mogelijk geld te verdienen. Zo simpel was het. En Joe verdiende geld. Zakkenvol geld, die samen met de flessen rum langs de kust naar het noorden reisden en de kluis in Maso's villa in Nahant vulden. Elk jaar had Joe meer verdiend dan het voorgaande jaar. Maso was meedogenloos, en met het afnemen van zijn gezondheid was hij iets minder voorspelbaar geworden. Maar zijn hebzucht stond fier overeind. En Joe voedde die hebzucht. Hield de maag ervan warm en gevuld. Hij kon geen logische reden bedenken waarom Maso opnieuw honger wilde riskeren door Joe te vervangen. En waarom hem vervangen? Hij had niets stoms gedaan. Hij had geen winsten afgeroomd. Hij vormde geen bedreiging voor Maso's macht.

Joe draaide zich van het raam af. 'Doe wat nodig is om mijn veiligheid op die bijeenkomst te garanderen.'

'Dat kan ik niet,' zei Dion. 'Dat is nou juist mijn probleem met die bijeenkomst. Hij laat jou een gebouw binnen lopen waarin elke kamer van hem is. Ik vermoed dat ze nu al bezig zijn de boel daar schoon te vegen, dus kan ik er geen soldaat naar binnen krijgen en geen wapen verstoppen of wat dan ook. Jij gaat daar blind naar binnen. En wij staan buiten, net zo blind. Als zij besluiten dat jij daar niet meer de deur uit loopt,' Dion tikte een paar keer met zijn wijsvinger op het bureaublad, 'dan loop jij daar de deur niet meer uit.'

Joe keek zijn vriend lang aan. 'Wat heb je toch?'

'Een voorgevoel.'

'Een voorgevoel is nog geen feit,' zei Joe. 'Wat wel een feit is, is dat er aan mijn dood geen winst te behalen valt. Niemand heeft er baat bij.'

'Voor zover jij weet.'

Het Romero Hotel was een tien verdiepingen tellend bakstenen gebouw op de hoek van Eighth Avenue en Seventeenth Street. Het werd bezocht door handelsreizigers die net niet belangrijk genoeg waren om zich door hun bedrijf in het Tampa Hotel te laten onderbrengen. Het was een prima hotel, maar zonder enige vorstelijke pretenties: elke kamer had een eigen badkamer, om de andere dag werden de lakens verschoond en iedere ochtend en op vrijdag- en zaterdagavond was er roomservice beschikbaar.

Joe, Sal en Lefty werden bij de voordeur opgewacht door Adamo en Gino Valocco, twee broers uit Calabrië. Joe kende Gino nog uit de gevangenis in Charlestown en ze praatten wat terwijl ze door de hal liepen.

'Waar woon je tegenwoordig?' vroeg Joe.

'Salem,' zei Gino. 'Lang niet slecht, eigenlijk.'

'Gezin en alles?'

Gino knikte. 'Ik ben een leuke Italiaanse tegengekomen. Twee kinderen inmiddels.'

'Twee?' zei Joe. 'Jij zit ook niet stil.'

'Ik hou van een groot gezin. Jij?'

Joe was niet van plan om een dommekracht, hoe aardig om mee te kletsen ook, over zijn aanstaande vaderschap te vertellen. 'Ik denk er nog over.'

'Ik zou niet te lang wachten,' zei Gino. 'Je hebt je energie nodig als ze jong zijn.'

Dit was een van de dingen aan zijn branche die Joe altijd zowel aardig als absurd had gevonden: vijf mannen die naar een lift lopen, vier van hen met een machinegeweer, allemaal voorzien van een handwapen en twee van hen die elkaar uitvragen over vrouw en kinderen.

Bij de lift hield Joe Gino nog even aan de praat over zijn kinderen terwijl hij zijn best deed een vleugje hinderlaaglucht op te vangen.

Als ze eenmaal in die lift stonden, zou het met elke illusie over een uitvalsroute gedaan zijn.

Maar meer dan illusies waren het niet. Zodra ze over de drempel van de voordeur waren gestapt, hadden ze afstand gedaan van hun vrijheid. Afstand gedaan van hun leven, als Maso, om welke mallotige en voor Joe onpeilbare reden ook, daar een eind aan wilde maken. De lift was niet meer dan een kleinere doos in een grotere. Maar over het feit dat ze in een doos zaten, viel niet te twisten.

Misschien had Dion gelijk.

En misschien had Dion ongelijk.

Er was maar één manier om erachter te komen.

Ze lieten de gebroeders Valocco achter en stapten in de lift. De liftman was Ilaro Nobile, eeuwig vel over been en geel van de hepatitis, maar een tovenaar met een pistool. Ze zeiden dat hij een vlo in zijn kont kon schieten bij een totale zonsverduistering, en dat hij met een Thompson zijn naam in een kozijn kon schrijven zonder zelfs maar een barst in de ruit te maken.

Tijdens de rit naar de bovenste verdieping kletste Joe even makkelijk met Ilario als daarnet met Gino Valocco. In het geval van Ilario was het de kunst om over zijn honden te beginnen. Hij fokte beagles, thuis in Revere, en stond erom bekend dat hij zachtaardige honden met de allerfluweligste oren afleverde.

Maar terwijl ze omhooggingen langs de verdiepingen, vroeg Joe zich opnieuw af of Dion niet toch iets op het spoor gekomen was. De gebroeders Valocco en Ilario Nobile stonden bekend om hun schietvaardigheid en niet om hun spierkracht of hun hersens. Het waren killers.

Maar in de hal van de tiende verdieping werden ze opgewacht door Fausto Scarfone, ook absoluut een kunstenaar met het pistool, maar het was alleen hij, zodat het een gelijke strijd op de gang zou zijn: twee jongens van Maso tegenover twee van Joe.

Maso opende persoonlijk de deuren van de Gasparilla Suite, de mooiste suite van het hotel. Hij omhelsde Joe en nam zijn gezicht tussen zijn handen toen hij zijn voorhoofd kuste. Hij omhelsde hem nogmaals en gaf hem een stevige klap op zijn rug.

'Hoe gaat het, jongen van me?'

'Heel erg goed, meneer Pescatore. Dank voor de belangstelling.'

'Fausto, vraag of zijn mannen iets nodig hebben.'

'Hun wapen pakken, meneer Pescatore?'

Maso fronste. 'Natuurlijk niet. Heren, maak het uzelf gemakkelijk. We zijn niet al te lang bezig.' Maso wees naar Fausto. 'Als er iemand een broodje wil of zo, gewoon even roomservice bellen. De jongens kunnen krijgen wat ze willen.'

Hij ging Joe voor de suite in en sloot de deuren achter hen. Een paar ramen keken uit op een steeg en het naastgelegen geelbakstenen gebouw van een pianobouwer die in 1929 op de fles was gegaan. Het enige wat ervan over was, was zijn naam, Horace R. Porter, langzaam vervagend op de muur en een aantal dichtgetimmerde ramen. Het uitzicht uit de overige ramen kon daarentegen bij de hotelgasten geen enkele associatie met de depressie oproepen. Ze keken uit over Ybor en de kanalen die naar Hillsborough Bay leidden.

Midden in het woongedeelte waren vier leunstoelen rondom een eikenhouten salontafel geschikt. Midden op de tafel stonden een zwaar zilveren koffiepot met een bijpassende melkkan en suikerpot. In dezelfde stijl stond er ook een fles anijslikeur met drie ingeschonken glaasjes. Maso's middelste zoon, Santo, zat al te wachten. Hij keek op naar Joe terwijl hij zich een kop koffie inschonk en zijn kopje naast een sinaasappel zette.

Santo Pescatore was eenendertig. Iedereen noemde hem Digger, hoewel niemand wist waarom dat was, zelfs Santo zelf niet.

'Dit is Joe, die ken je nog wel, Santo.'

'Weet ik niet. Misschien.' Hij kwam half overeind uit zijn stoel om Joe een klam, slap handje te geven. 'Zeg maar Digger.'

'Prettig om je weer te zien.' Joe ging tegenover hem zitten, waarop Maso om de tafel heen liep om naast zijn zoon plaats te nemen.

Digger pelde de sinaasappel. De schil gooide hij op de salontafel. Op zijn langwerpige gezicht lag een permanente frons van verwarde achterdocht, alsof hij zojuist een grap had gehoord waarvan hij de clou niet begreep. Hij had donker krullend haar dat op zijn voorhoofd dunner begon te worden, een vlezige kin en nek, en zijn vaders ogen: donker en klein als pasgeslepen potloodpunten. Maar hij had iets mats over zich. Hij beschikte niet over zijn vaders charme of sluwheid, domweg omdat hij het altijd zonder had kunnen stellen.

Maso schonk koffie in voor Joe en reikte hem het kopje aan over de tafel. 'Hoe is het je vergaan de laatste tijd?'

'Uitstekend. En u?'

Maso maakte een heen- en weergaande beweging met zijn hand. 'Ik heb goeie dagen en slechte.'

'Meer goeie dan slechte, hoop ik.'

Maso hief zijn glas anijslikeur. 'Tot nu toe mag ik niet mopperen. *Salud.*'

Ook Joe hief zijn glas. '*Salud.*'

Maso en Joe nipten van hun likeur. Digger stak een stukje sinaasappel in zijn mond en kauwde met zijn mond open.

Niet voor het eerst werd Joe eraan herinnerd dat er in zijn branche, ondanks al het geweld dat erbij te pas kwam, zo'n verrassend groot aantal doodgewone jongens rondliep: mannen die van hun vrouw hielden, op zaterdagmiddag met de kinderen op stap gingen, aan hun auto sleutelden, grappen vertelden in de buurtcafetaria, zich angstig afvroegen hoe hun moeder over hen dacht en die naar de kerk gingen om God om vergeving te vragen voor alle verschrikkelijke dingen die ze deden voor hun baas en voor brood op de plank.

Maar het was ook een branche waarin evenveel hufters rondliepen. Kwaadaardige sukkels met als belangrijkste talent dat ze niet meer voor hun medemens voelden dan voor een in de vensterbank tollend insect op een nazomerdag.

Digger Pescatore was van de laatste categorie. En als zovelen van het slag dat Joe had ontmoet, was hij de zoon van een van de grondleggers van de bezigheid waarmee ze allemaal vergroeid waren, waarin ze verenigd waren en waarvan ze de onderdanen waren.

In de loop der jaren had Joe alle drie de Maso-zonen leren kennen. Hij had Tim Hickeys enige zoon ontmoet: Buddy. Hij had kennisgemaakt met de zonen van Cianci in Miami, van Barrone in Chicago en van DiGiacomo in New Orleans. De vaders waren zonder uitzondering geduchte selfmade figuren. Mannen met een ijzeren wil, een sprankje visie en nog niet eens de vluchtigste relatie met enige vorm van mededogen. Maar kerels, dat wel.

En al hun zonen, dacht Joe terwijl het geluid van Diggers gesmak het vertrek vulde, waren een diepe belediging voor de menselijke soort.

Terwijl Digger zijn sinaasappel naar binnen werkte, en daarna een tweede, hadden Maso en Joe het over Maso's reis naar het zuiden, de hitte, Graciela en de toekomstige baby.

Toen die onderwerpen uitputtend waren behandeld, haalde Maso een krant tevoorschijn uit de zitting van zijn stoel. Hij nam de fles mee en ging naast Joe zitten. Na hun allebei nog eens te hebben ingeschonken, sloeg hij *The Tampa Tribune* open. Daarin keek Loretta Figgis hem aan vanonder de kop:

DOOD VAN EEN MADONNA

Hij zei tegen Joe: 'Is dit het mokkeltje dat ons al die ellende met ons casino heeft bezorgd?'

'Dat is 'r.'

'Waarom heb je haar dan niet even koud gemaakt?'

'Dat zou te veel terugslag hebben gegeven. Heel Florida keek toe.'

Maso trok een stukje sinaasappel los van de schil. 'Dat is waar, maar niet de reden.'

'Nee?'

Maso schudde zijn hoofd. 'Waarom heb je dat rumstokertje niet omgelegd, zoals ik je al in '32 had opgedragen?'

'Turner John?'

Maso knikte.

'Omdat we het eens werden.'

Maso schudde zijn hoofd. 'Je had niet de opdracht om "het eens te worden". Je had opdracht om hem af te maken, die klootzak. En de reden dat je dat niet gedaan hebt, is dezelfde als waarom je deze *puttana pazzo* niet hebt afgemaakt – omdat je geen killer bent, Joseph. En dat is een probleem.'

'O ja? Sinds wanneer?'

'Sinds nu. Jij bent geen gangster.'

'Wou je me kwetsen, Maso?'

'Jij bent een vogelvrije, een bandiet in een pak. En nu hoor ik dat je overweegt bovengronds te gaan?'

'Ik denk er nog over na.'

'Dus dan kan het je niet schelen als ik iemand anders zoek om het van je over te nemen hier?'

Joe glimlachte. Grinnikte. Hij tastte naar zijn sigaretten en stak er een op.

‘Toen ik hier begon, Maso, draaide de boel hier een miljoen per jaar.’

‘Weet ik.’

‘En sinds ik hier zit, draaien we gemiddeld zo’n elf miljoen.’

‘Maar dat is vooral dankzij de rum. Die tijd loopt op zijn eind. Je hebt de meisjes en de drugs laten sloffen.’

‘Onzin,’ zei Joe.

‘Pardon?’

‘Ik heb me op de rum geconcentreerd omdat, tja, omdat daar de meeste winst te halen viel. Maar onze drugsomzet is met vijfenzestig procent gestegen. En over die meisjes, we hebben vier bordelen toegevoegd sinds ik begon.’

‘Maar dat hadden er nog meer kunnen zijn. En van die hoeren hoor ik dat ze zelden geslagen worden.’

Joe merkte dat hij naar het tafelblad staarde, recht in Loretta’s gezicht. Hij keek op, en weer neer. Nu was het zijn beurt om diep te zuchten. ‘Maso, ik...’

‘Meneer Pescatore,’ zei Maso.

Joe zei niets.

‘Joseph,’ zei Maso, ‘onze vriend Charlie wil wat veranderingen aanbrengen in hoe we de boel runnen.’

Onze vriend Charlie was Lucky Luciano in New York. Koning, in wezen. Keizer voor het leven.

‘Wat voor veranderingen?’

‘In aanmerking genomen dat Lucky’s rechterhand een jood is, zijn die veranderingen wat aan de ironische kant en zelfs onredelijk. Daar zal ik niet om liegen.’

Joe schonk Maso een kil glimlachje en wachtte tot hij ter zake kwam.

‘Charlie wil Italianen, maar dan ook alleen Italianen, in de bovenste regionen.’

Maso maakte geen grapje, dit was het toppunt van ironie. Iedereen wist dat hoe slim Lucky ook was – en hij was reteslim – hij zonder Meyer Lansky niets voorstelde. Lansky, een jood van de Lower East Side, had meer werk dan wie ook verzet in hun operatie om van een verzameling kleine eenlingen een hecht bedrijf te maken.

Het punt was alleen dat Joe niet het verlangen had om door te stoten naar de top. Hij was tevreden met zijn kleine plaatselijke bedoening.

En dat zei hij in zoveel woorden tegen Maso.

'Je bent veel te bescheiden,' zei Maso.

'Nee hoor. Ik run Ybor. En de rum, tja, maar dat is voorbij, zoals je zelf al zei.'

'Jij runt wel wat meer dan Ybor en een hoop meer dan Tampa, Joseph. Dat weet iedereen. Jij runt de kust van de Golf van hier tot Biloxi. Je runt de uitgaande routes van hier tot Jacksonville en de helft van de noordelijke routes. Ik heb het eens nagekeken. Jij hebt ons sterk gemaakt hier.'

In plaats van dat hij zei *En dit is mijn dank?* zei Joe: 'Dus als ik de boel hier niet kan runnen omdat Charlie zegt "Ieren wordt niet gevraagd te solliciteren", wat kan ik dan wel doen?'

'Doen wat ik zeg.' Dit was Digger, die juist zijn tweede sinaasappel op had en zijn kleverige vingers afveegde aan de zijkant van zijn leunstoel.

Maso gaf Joe een let-maar-niet-op-hem blik en zei: '*Consigliere*. Jij blijft in de buurt van Digger om hem de kunst van het vak te leren. Je stelt hem voor aan iedereen in de stad, en misschien kun je hem leren golfen of vissen.'

Digger richtte zijn priemende oogjes op Joe. 'Scheren en veters strikken kan ik al.'

Joe wilde zeggen: maar je moet er nog wel bij nadenken, of niet?

Maso gaf Joe een klopje op zijn knie. 'Dat wordt wel even een kleine knipbeurt, financieel gezien. Maar maak je geen zorgen, deze zomer willen we de haven opkrikken, die hele zaak overnemen en dus zal er werk te over zijn, dat beloof ik je.'

Joe knikte. 'Wat voor knipbeurt had je in gedachten?'

Maso zei: 'Digger krijgt jouw aandeel. Jij haalt een team bij elkaar en houdt wat je binnenhaalt, min de afdracht.'

Joe keek naar de ramen. Hij wierp een blik door een raam dat uitkeek op de steeg. Toen door een dat uitzicht bood op de baai. Hij telde langzaam terug van tien. 'Dus je degradeert me tot ploegbaas?'

Maso gaf hem opnieuw een klopje op zijn knie. 'Het is een hervorming, Joseph. Op bevel van Charlie Luciano.

Charlie zei: "Vervang Joe Coughlin in Tampa."

Charlie zei: "Geen niet-Italianen in de top."' Hij klonk nog steeds glad, vriendelijk zelfs, maar Joe hoorde een spoor van irritatie in zijn stem sluipen.

Joe nam even de tijd om zijn eigen stem in bedwang te krijgen omdat hij wist hoe snel Maso zijn masker van hoffelijke oude heer kon laten vallen om het gezicht van de primitieve kannibaal te onthullen dat erachter zat.

'Maso, dat idee dat Digger hier de scepter zwaait lijkt me geweldig. Wij tweeën samen, dus? We nemen heel Florida over en in één moeite door Cuba. Ik heb er de contacten voor. Maar mijn aandeel zal in de buurt moeten blijven van wat het nu is. Als ik een stap omlaag doe naar ploegbaas verdien ik misschien maar een tiende van wat ik nu verdien. En dan zal ik mijn maandelijkse steekpenningen moeten ophalen door, ik zeg maar wat, de bond van havenwerkers en de sigaarfabrieksbazen af te persen. Maar daar ligt het grote geld niet.'

'Misschien is dat juist wel de bedoeling.' Nu verscheen er voor het eerst een glimlach op Diggers gezicht; er zat een stukje sinaasappel tussen zijn boventanden. 'Had je dat nog niet bedacht, slimmerd?'

Joe keek Maso aan.

Maso staarde terug.

Joe zei: 'Ik heb het hier opgebouwd.'

Maso knikte.

Joe zei: 'Ik haal goddomme een keer of tien, elf meer uit deze stad dan wat Lou Orsino er voor je uit sleepte.'

'Omdat ik je de ruimte gaf,' zei Maso.

'Omdat je me nodig had.'

'Hé, wijsneus,' zei Digger, 'niemand heeft jou nodig.'

Maso maakte een kalmerend gebaar tussen hemzelf en zijn zoon, alsof hij de lucht naar beneden wilde duwen, het soort gebaar dat je voor een hond zou gebruiken. Digger liet zich achterover zakken in zijn stoel en Maso richtte zich tot Joe: 'We zouden je kunnen gebruiken, Joseph. Echt. Maar ik bespeur wel een gebrek aan dankbaarheid.'

'Ik ook.'

Nu bleef Maso's hand op zijn knie liggen en gaf een kneepje. 'Jij werkt voor mij. Niet voor jezelf en niet voor de latino's of de negers waarmee je jezelf omringt. Als ik tegen jou zeg dat je de stront uit mijn plee moet boenen, mag jij raden wat je gaat doen.' Hij glimlachte, en zijn stem was fluwelig als altijd. 'Ik vermoord die trut van een vriendin van je en leg je huis in de as als ik daar zin in heb. En jij weet het, Joseph. Het enige is dat je ogen hier een beetje te groot zijn geworden voor je hoofd. Ik heb het eerder zien gebeuren.' Hij nam zijn hand van Joe's knie en gaf hem een vriendelijk klapje op zijn wang. 'Nou, wou je ploegbaas worden? Of toch liever de stront uit mijn plee boenen op diarreedag? Ik zie je sollicitatie voor een van de twee graag tegemoet.'

Als Joe akkoord ging, zou hij een paar dagen voorsprong hebben om met al zijn contactpersonen te praten, zijn strijdkrachten te bundelen, zijn schaakstukken goed op te stellen. Terwijl Maso en zijn schietvolk in de trein terug naar het noorden zaten zou Joe naar New York vliegen, een persoonlijk onderhoud met Luciano hebben, een jaaroverzicht op zijn bureau leggen en hem laten zien wat hij voor hem kon verdienen versus wat een achterlijke zak als Digger Pescatore hem zou kosten. Grote kans dat Lucky het licht zou zien en ze dit met een minimum aan bloedvergieten achter zich konden laten.

'Ploegbaas,' zei Joe.

'Aha,' zei Maso met een brede glimlach, 'mijn vent.' Hij kneep Joe in zijn wangen. 'Mijn vent.'

Toen Maso opstond, stond Joe ook op. Ze schudden elkaar de hand. Ze omhelsden elkaar. Maso kuste zijn beide wangen op de plekken waar hij zojuist geknepen had.

Joe gaf Digger een hand en zei dat hij er erg naar uitkeek om met hem te werken.

'Voor,' verbeterde Digger hem.

'Juist,' zei Joe. 'Voor jou.'

Hij liep naar de deur.

'Eten vanavond?' vroeg Maso.

Joe bleef bij de deur staan. 'Graag. Negen uur in de Tropicale, goed?'

'Klinkt prima.'

'Oké. Ik zal zorgen voor de beste tafel.'

'Fantastisch,' zei Maso. 'En zorg wel dat hij tegen die tijd dood is.'

'Wat?' Joe haalde zijn hand van de deurknop. 'Wie?'

'Je vriend.' Maso schonk zichzelf nog een koffie in. 'Die dikzak.'

'Dion?'

Maso knikte.

'Die heeft niks gedaan,' zei Joe.

Maso keek hem aan.

'Heb ik iets gemist of zo?' zei Joe. 'Dion brengt een hoop geld binnen en hij is een eersteklas schutter.'

'Hij is een verrader,' zei Maso. 'Zes jaar geleden heeft hij je verlinkt. Dat wil zeggen dat hij het nu over zes minuten, zes dagen, zes maanden opnieuw zal flikken. Een verrader die voor mijn zoon werkt, dat moet ik niet hebben.'

'Nee,' zei Joe.

'Nee?'

'Hij was het niet. Zijn broer heeft me verlinkt. Dat heb ik je al eens verteld.'

'Ik weet wat je me hebt verteld, Joseph. En ik weet ook dat je loog. Maar goed, één leugen krijg cadeau je van me.' Hij hield zijn wijsvinger op terwijl hij melk in zijn koffie goot. 'Die heb je dus opgebruikt. Voor het eten heb je dat stuk stront afgemaakt.'

'Maso,' zei Joe. 'Luister. Het was zijn broer. Ik weet het zeker.'

'O ja?'

'Ja.'

'Je liegt niet?'

'Ik lieg niet.'

'Want je weet wat dat betekent.'

Jezus, dacht Joe, je kwam hierheen om mijn organisatie te jatten voor dat nutteloze stuk vreten van een zoon van je. Jat het dan gewoon en hou op.

'Ik weet wat dat betekent,' zei Joe.

'Je blijft bij je verhaal.' Maso liet een suikerklontje in zijn koffie vallen.

'Ik blijf erbij want het is geen verhaal. Het is de waarheid.'

'De waarheid en niets dan de waarheid, hè?'

Joe knikte. 'De waarheid en niets dan de waarheid.'

Maso schudde traag en bedroefd zijn hoofd, waarop de deur achter Joe openging en Albert White de kamer binnenkwam.

24

Hoe je aan je eind komt

Het eerste wat Joe opviel aan Albert White was hoeveel ouder hij was geworden in drie jaar. Geen spoor van het wit en crèmekleurige pak of de kostbare slobkousen. Zijn schoenen waren maar een stap verwijderd van de bordkartonnen uitvoering die zwervers en daklozen in het hele land tegenwoordig droegen. De revers van zijn bruine pak waren rafelig en de ellebogen dun. Zijn kapsel was van het soort dat je thuis aangemeten kreeg door een echtgenote of dochter die met haar gedachten elders was.

Het tweede wat Joe opviel was dat hij Sal Urso's Thompson in zijn rechterhand had. Joe wist dat het die van Sal was door de slijtplekken op de kolf. Sal had de gewoonte er met zijn linkerhand over te wrijven zodra hij ergens zat met die Thompson op schoot. Hij droeg nog altijd zijn trouwring, ook al was zijn vrouw in 1923 aan de tyfus bezweken, niet lang voordat hij voor Lou Ormino was gaan werken in Tampa. Als Sal over zijn Thompson wreef, kraste de ring over het metaal. Nu, na jaren met dat wapen op schoot, was er bijna geen stukje blauw meer over.

Albert zette hem tegen zijn schouder terwijl hij naar Joe toe liep. Hij keek waarderend naar Joe's driedelige pak.

'Anderson en Sheppard?' vroeg hij.

Joe zei: 'H. Huntsman.'

Albert knikte. Hij sloeg het linkerpand van zijn eigen jasje open om Joe het label te laten bewonderen: Kresge's. 'Mijn voorspoed heeft een beetje een andere wending genomen sinds de laatste keer dat ik hier was.'

Joe zei niets. Er viel niets te zeggen.

'Ik ben terug in Boston. Ik kan je vertellen, het had niet veel gescheeld of ik had met een blikje op straat gelopen. Potloden verkopen, Joe. Maar toen kwam ik Beppe Nunnaro tegen in een kelderkroeg ergens in North End. Beppe en zijn vrienden van vroeger. Heel lang geleden, ver voor die ongelukkige reeks misverstanden met meneer Pescatore. En Beppe en ik, Joe, wij raakten aan de praat. Jouw naam kwam niet meteen ter sprake maar die van Dion wel. Want weet je, Beppe was vroeger krantenjongen samen met Dion en Dions domme broertje, Paolo. Wist je dat?'

Joe knikte.

'Dus je voelt al waar dit heen gaat. Beppe zei dat hij Paolo bijna zijn hele leven had gekend en dat het er bij hem niet in wilde dat Paolo iemand zou verlinken, laat staan zijn eigen broer en het zoontje van een politiechef, bezig met een bankklus.' Albert legde zijn arm om Joe's schouder. 'Waarop ík zei: "Paolo heeft niemand verlinkt. Dat was Dion." En ik kan het weten omdat ik de vent ben aan wie hij jullie heeft verlinkt.' Albert liep naar het raam dat uitzag op de steeg en Horace Porters onttakelde pianobedrijf. Joe kon niet anders dan met hem meelopen. 'Toen leek het Beppe een goed idee als ik eens met meneer Pescatore ging praten.' Bij het raam bleven ze staan. 'Zodat we nu zijn waar we zijn. Doe je handen omhoog.'

Joe deed het, waarop Albert hem fouilleerde. Maso en Digger kwamen naar hen toe en gingen bij het raam staan. Albert haalde de Savage .32 vanachter Joe's rug vandaan, de kleine Derringer vanboven zijn rechterenkel en de stiletto uit zijn linkerschoen.

'Nog meer?' vroeg Albert.

'Normaal gesproken is dat voldoende,' zei Joe.

'Bijdehand tot op het laatst.' Albert legde zijn arm weer om Joe's schouder.

Maso zei: 'Weet je wat het is met meneer White, Joe, en dat had je beter meteen door kunnen hebben...'

'Zeg het maar, Maso.'

'Hij kent Tampa.' Maso trok een borstelige wenkbrauw op naar Joe.

'Waardoor we jou een stuk minder hard nodig hebben,' zei Digger. 'Stomme zak.'

'Wat een taal,' zei Maso. 'Is dat echt nodig?'

Ze keerden zich allemaal weer naar het raam, als kinderen die wachtten tot het gordijn van de poppenkast opengaat.

Albert hield de Thompson op. 'Mooi ding. Ik begrijp dat je de eigenaar kent.'

'Ja.' Joe hoorde de droeve ondertoon in zijn eigen stem. 'Ja.'

Ze stonden een tijdje met hun gezicht naar het raam, toen Joe de schreeuw hoorde en langs de gele bakstenen muur tegenover hem een schim naar beneden suisde. Sals gezicht schoot langs het raam. Hij maaide met zijn armen wild om zich heen. En plotseling werd hij in zijn val gestopt. Zijn hoofd kwam met een schok rechtovereind en zijn voeten klapten in de richting van zijn kin toen de strop straktrok en zijn nek brak. Het lichaam zwaaide twee keer tegen het gebouw en tolde toen rond aan het touw. De bedoeling was kennelijk geweest, nam Joe aan, dat Sal recht voor hun ogen was blijven hangen, maar iemand had de lengte van het touw verkeerd geschat of het gewicht van de man die eraan hing. Zodat ze nu boven op zijn kruin keken terwijl zijn lichaam tussen de tiende en negende verdieping hing.

Lefty's touw hadden ze wel correct op maat gemaakt. Hij arriveerde zonder schreeuw, zijn handen vrij en om de lus geklemd. Hij had iets berustends in zijn blik, alsof iemand hem zojuist een geheim had verteld dat hij nooit had willen horen, maar altijd verwacht had te horen. Omdat hij zijn gewicht aan het touw met zijn handen had verlicht, brak zijn nek niet. Hij was als bij toverslag midden in hun blikveld verschenen. Na een paar keer stuiteren bleef hij bungelen. Hij schopte naar de ramen. Zijn bewegingen waren niet wanhopig of wild. Ze waren op een vreemde manier precies en atletisch en de blik op zijn gezicht veranderde geen seconde, zelfs niet toen hij hen zag kijken. Hij bleef aan het touw trekken, zelfs toen zijn strottenhoofd eroverheen puilde en zijn tong over zijn onderlip naar buiten kwam.

Joe zag het leven stukje bij beetje uit hem wegebben, en ineens helemaal. Het licht verliet Lefty als een aarzelende vogel. Maar eenmaal weg, nam het een hoge en snelle vlucht. De enige troost die Joe eraan ontleende was dat Lefty's ogen, helemaal aan het eind, knipperend dichtgingen.

Hij keek naar Lefty's slapende gezicht en Sals kruin, en vroeg hun in gedachten om vergeving.

Ik zal jullie gauw weerzien. Ik zal mijn vader gauw weerzien. Ik zal Paolo DeBartolo zien. Ik zal mijn moeder weerzien.

En vervolgens:

Ik ben hier niet moedig genoeg voor. Dat ben ik niet.

En daarna:

Alstublieft. God. Alstublieft, God. Ik wil niet naar het donker. Ik zal alles doen. Ik smeek U, heb meelij, alstublieft. Vandaag kan ik niet sterven. Ik hoor niet te sterven vandaag. Binnenkort word ik vader. En zij wordt moeder. We zullen goede ouders zijn. We zullen een goed kind grootbrengen.

Ik ben er niet klaar voor.

Toen ze hem naar het raam leidden dat uitkeek op Eighth Avenue, de straten van Ybor en de baai in de verte, hoorde hij zijn eigen ademhaling, en net voor ze er waren hoorde hij geweerschoten. Vanaf deze hoogte leken de mannen op straat die hun Thompsons, pistolen en machinegeweren leegschoten niet meer dan twee centimeter groot. Ze droegen hoeden, regenjassen en pakken. Sommigen waren in politie-uniform.

De politie stond aan de kant van de mannen van Pescatore. Sommige van Joe's mannen lagen languit op straat of hingen half uit hun auto terwijl anderen bleven vuren, maar die waren zich al aan het terugtrekken. Eduardo Arnaz kreeg een salvo dwars door zijn borstkas en smakte tegen de etalageruit van een kledingzaak. Noel Kenwood was in de rug geschoten en lag naar de klinkers klauwend op straat. De anderen kon Joe vanaf zijn hoogte niet onderscheiden en ondertussen verplaatste het gevecht zich in westelijke richting naar het volgende huizenblok en toen naar het daaropvolgende. Een van zijn mannen reed in zijn Plymouth Phaeton tegen een lantaarnpaal op de hoek van Sixteenth Street. Voor hij de tijd kreeg om uit te stappen werd de auto omsingeld door de politie en een stel Pescatore-mannen, die er hun Thompsons op leegschoten. Guisseppe Esposito had een Phaeton, maar Joe kon niet zien of hij de bestuurder was.

Rennen, jongens. Maak dat je wegkomt.

Alsof ze hem gehoord hadden, hielden zijn mannen op met vuren en verspreidden zich.

Maso legde zijn hand in Joe's nek. 'Het is afgelopen, jongen.'

Joe zei niets.

'Ik had het liever anders gezien.'

'O ja?' zei Joe.

Auto's van Pescatore en patrouillewagens van het politiekorps

Tampa vlogen over Eighth Street. Ook zag Joe er verschillende in noordelijke richting gaan, of zuidelijk over Seventeenth en vervolgens naar het oosten over Ninth of Sixth om zijn mannen met een omtrekkende beweging te pakken.

Maar zijn mannen verdwenen.

Het ene moment rende er een man over straat, het volgende was hij weg. De Pescatore-auto's kwamen elkaar tegen op de kruisingen, waarbij de schutters wanhopig richtten en hun jacht hervatten.

Ze maaiden iemand neer op de veranda van een casita in Sixth Street, maar dat was kennelijk de enige man uit het hele Coughlin-Suarezkamp die ze op dat moment konden vinden.

Een voor een verdwenen ze. Spoorloos. Een voor een bleken ze domweg niet meer ter plekke. De politie en de Pescatore-mannen liepen nu doelloos over straat, wijzend, naar elkaar roepend.

Maso zei tegen Albert: 'Waar zijn ze goddomme allemaal gebleven?'

Albert wierp zijn handen in de lucht, schudde zijn hoofd.

'Joseph,' zei Maso, 'vertel jij het.'

'Je moet me geen Joseph noemen,' zei Joe.

Maso gaf hem een klap in zijn gezicht. 'Wat is er met ze gebeurd?'

'Ze zijn verdwenen.' Joe keek de man recht in zijn ronde onbegrijpende ogen. 'Poef.'

'O ja?'

'Ja,' zei Joe.

Nu verhief Maso zijn stem. Tot brullens toe. Het was een huiveringwekkend geluid. 'Waar zijn ze godverdomme?'

'Jezus.' Albert knipte met zijn vingers. 'De tunnels. Ze zijn de tunnels in gegaan.'

Maso keek hem aan. 'Welke tunnels?'

'Die hier onder deze rotbuurt lopen. Zo halen ze de drank binnen.'

'Stuur dan mannen die tunnels in,' zei Digger.

'Niemand weet waar de meeste liggen.' Albert wees met zijn duim naar Joe. 'Dat hebben we te danken aan het genie van meneer hier. Is het niet, Joe?'

Joe knikte, eerst naar Albert en toen naar Maso. 'Dit is onze stad.'

'Ja, nou, nu niet meer,' zei Albert terwijl hij de kolf van de Thompson tegen Joe's achterhoofd beukte.

25

Een verdieping hoger

Joe kwam bij in volslagen duisternis.

Hij kon niet zien en hij kon niet spreken. Eerst was hij bang dat iemand het gepresteerd had zijn lippen aan elkaar te naaien maar na een tijdje vermoedde hij dat wat er tegen de onderkant van zijn neus duwde tape was. Hoe meer hij hiervan overtuigd raakte, hoe beter hij het kleverige gevoel rondom zijn lippen – alsof zijn huid met kauwgom was ingesmeerd – begreep.

Maar zijn ogen waren niet dichtgeplakt. Wat zich aanvankelijk als totale duisternis aan hem had voorgedaan week nu stukje bij beetje, om plaats te maken voor nu en dan opduikende vormen aan de andere kant van een dicht geweven kleed van wol of touw.

Het is een kap, zei een gevoel in zijn borst hem. Ze hebben een kap over je heen gegooid.

Zijn handen waren geboeid op zijn rug. Die boeien waren zeker niet van touw, maar solide metaal. Zijn benen leken vastgebonden, maar te oordelen naar de bewegingsruimte die hij had, niet heel strak: misschien een centimeter of twee voor hij weerstand voelde.

Hij lag op zijn rechterzij, met zijn gezicht op een houten ondergrond die warm aanvoelde. Hij rook de lucht van afgaand tij. Hij rook vis en vissenbloed. Nu realiseerde hij zich dat hij al een tijdje het geluid van een motor had gehoord, voor hij dat als zodanig had herkend. Hij was vaak genoeg op een boot geweest om te herkennen wat die motor aandreef. Op dat moment kwamen zijn andere gewaarwordingen samen en lieten zich verklaren: het geklots van de golven tegen de romp, het op- en neergaan van het hout waarop hij lag. Hij kon het amper met zekerheid zeggen, maar hij hoorde geen andere motoren, hoe hard hij zijn best ook deed de verschillende geluiden om hem heen van elkaar te onderscheiden. Hij hoorde mannenstemmen en over het dek heen en weer lopende voetstappen. Na een tijdje onderscheidde hij vlak bij zich het scherpe in- en onregelmatige uitademen van iemand die een sigaret rookte. Maar geen andere motoren, en de boot ging niet verschrikkelijk snel. Althans, zo voelde het niet. Hij klonk niet als iets wat op de vlucht was. Zodat hij rustig kon aannemen dat er niemand achter hen aan zat.

'Laat iemand Albert roepen, hij is wakker.'

Ze tilden hem op – een hand die hem door de kap bij zijn haren greep, twee andere handen onder zijn oksels. Hij werd achterwaarts over het dek gesleurd en op een stoel gekwakt. Hij voelde de hardhouten zitting onder zijn billen en de hardhouten latten tegen zijn rug. Er gleed een paar handen over zijn polsen en de boeien gingen los. Ze waren amper los of iemand sjorde zijn armen achter de rugleuning van de stoel, waarna de boeien met een snelle klik weer werden omgedaan. Zijn armen en borst werden aan de stoel vastgebonden, zo strak dat hij nog net kon ademhalen. Vervolgens deed iemand, misschien dezelfde persoon, misschien iemand anders, hetzelfde met zijn benen en knoopte ze zo strak vast aan de stoelpoten dat elke beweging uitgesloten was.

Toen ze de stoel achterover kantelden schreeuwde hij tegen de tape omdat ze hem overboord gingen duwen. Zelfs met de kap over zijn hoofd kneep hij zijn ogen stijf dicht, en hij hoorde zijn eigen adem wanhopig en stokkend uit zijn neusgaten stromen. Als adem kon smeken, dan was dat wat zijn adem deed.

De kanteling van de stoel eindigde tegen een wand. Joe zat nu in ruwweg een hoek van veertig graden. Hij vermoedde dat zijn voeten en de voorpoten van de stoel ongeveer een halve meter boven het dek hingen.

Iemand trok zijn schoenen uit, en toen zijn sokken, en verwijderde ten slotte de kap.

Hij knipperde hevig tegen het plotseling teruggekeerde licht. En niet het eerste het beste licht, maar het licht van Florida, onmetelijk intens ondanks het filter van voortjagende grijze wolkenvelden. De zon zag hij nergens, maar het licht speelde het klaar om terug te kaatsen van een egaal vernikkelde zee. Op de een of andere manier huisde al die helderheid in de grijstinten – in de wolken, in het water – niet krachtig genoeg om aan te wijzen, wel zo krachtig dat Joe het effect ervan kon voelen.

Toen hij weer scherp kon zien was het eerste wat in beeld kwam zijn horloge. Het hing voor zijn ogen. Toen zag hij Alberts gezicht erachter. Albert liet Joe meekijken terwijl hij het zakje in zijn goedkope vest opende en het horloge erin liet glijden. 'Ikzelf moest het doen met een Elgin,' zei hij, met zijn handen op zijn knieën vooroverleunend. Hij toonde Joe zijn dunne glimlach. Achter hem sleepten twee mannen iets zwaars over het dek hun kant op. Van een zwart soort metaal. Met zilveren handvatten. De mannen waren er bijna. Met een buiging en een zwierig gebaar deed Albert een stap terug, waarna de mannen het voorwerp onder Joe's blote voeten plaatsten.

Het was een waskuip. Van het soort dat je 's zomers op cocktailfeestjes zag. De gastheer liet het ding dan vullen met ijsblokjes, flessen witte wijn en goed bier. Maar nu zat er geen ijs in, of wijn, of goed bier.

Alleen nat cement.

Joe zette zich schrap tegen zijn touwen, maar dat was als je schrap zetten tegen een stenen huis dat op je viel.

Albert kwam achter hem staan en gaf een duw tegen de rugleuning, zodat de stoel naar voren kantelde en Joe's benen wegzakten in het cement.

Albert observeerde zijn verzet – of pogingen daartoe – met de afstandelijke nieuwsgierigheid van een wetenschapper. Zo ongeveer het enige wat Joe kon bewegen was zijn hoofd. Zodra zijn voeten in de kuip waren gezakt, was er geen weg terug. Zijn benen waren al vastgebonden, van zijn enkels tot zijn knieën, daar zat geen sprankje beweging meer in. Het cement was een tijdje eerder al gemengd, te oordelen naar hoe het aanvoelde. Het was niet soepachtig. Zijn voeten zakten erin weg alsof ze in de inkepingen van een spons zakten.

Albert ging voor hem op het dek zitten om naar Joe's ogen te kijken terwijl het cement begon te harden. Het sponsgevoel maakte plaats voor iets stevigers onder zijn voetzolen wat zich langzaam langs zijn enkels omhoog slingerde.

'Het duurt een poosje om uit te harden,' zei Albert. 'Langer dan sommige mensen zouden denken.'

Joe begreep weer een beetje waar hij zich bevond toen hij aan zijn linkerhand een klein koraaleiland zag dat verdacht veel weg had van Egmont Key. Voor de rest was er niets om hen heen dan water en lucht.

Ilario Nobile bracht Albert een canvas klapstoeltje. Hij vermeed oogcontact met Joe. Albert stond op van het dek. Hij zette het stoeltje zo dat de lichtweerkaatsing van de zee niet in zijn gezicht viel. Hij boog zich voorover en vouwde zijn handen samen tussen zijn knieën. Ze zaten op een sleepboot. Joe op zijn stoel leunde tegen de achterwand van de stuurhut en keek uit over het achterschip. Het was een prima gekozen vaartuig, dat moest Joe toegeven. Je zou het niet zeggen als je er een zag, maar sleepboten waren snel en verschrikkelijk wendbaar.

Albert liet Thomas Coughlins horloge nog even rondtollen aan zijn ketting, als een jongen met zijn jojo, sloeg het weg en ving het met een klapje weer op in zijn hand. Hij zei tegen Joe: 'Hij loopt achter. Wist je dat?'

Zelfs als hij had kunnen praten vroeg Joe zich af of hij het zou hebben gedaan.

'Zo'n joekel van een duur horloge, en dan loopt het rotding niet eens op tijd.' Hij haalde zijn schouders op. 'Kan je nog zo rijk zijn, heb ik gelijk of niet, Joe? Kan je nog zo rijk zijn, maar sommige dingen moeten gewoon hun beloop hebben.' Albert keek op naar de grijze lucht en uit over de grijze zee. 'Dit is geen wedstrijd waar je aan meedoet om tweede te worden. Iedereen kent de inzet. Verkloot het, en je bent er geweest. De verkeerde persoon vertrouwen? Op het verkeerde paard wedden?' Hij knipte met zijn vingers. 'Gaat het licht uit. Was je getrouwd? Kinderen? Jammer dan. Had je plannen om gezellig naar Engeland te gaan de volgende zomer? Plannen omgegooid. Je dacht dat je morgen nog zou ademhalen? Neuken, eten, in bad gaan? Nee dus.' Hij boog zich voorover en prikte zijn wijsvinger in Joe's borst. 'Want morgen lig jij op de bodem van de Golf van Mexico. En dan is de wereld afgesloten voor jou. Man, en als er twee vissen je neus in zwemmen en een paar sabbelen er aan je ogen dan kan jou dat helemaal niks meer schelen. Want jij bent bij God. Of de duivel. Of nergens. Maar weet je waar je niet bent, Joe?' Hij hief zijn handen naar de wolken. 'Hier. Dus kijk nog maar even goed om je heen. Haal een paar keer diep adem. Zuig in je op, die zuurstof.' Hij liet het horloge weer in zijn vest zakken, boog zich voorover, greep Joe's gezicht tussen zijn handen en kuste hem op zijn hoofd. 'Want zo meteen ga je dood.'

Het cement was hard geworden. Het kneep in Joe's tenen, hielen en enkels. Het knelde zo hard dat hij vermoedde dat een paar botjes in zijn voeten gebroken waren. Misschien wel allemaal.

Hij keek Albert recht aan en gebaarde toen met zijn ogen scherp naar beneden naar zijn linkerbinnenzak.

'Zet hem overeind.'

'Nee,' probeerde Joe te zeggen, 'kijk in mijn binnenzak.'

'Mmmm! Mmmm! Mmmm!' deed Albert hem na, met uitpuilende ogen. 'Coughlin, man, denk aan je waardigheid. Niet smeken.'

Ze sneden het touw over Joe's borst los. Gino Valocco kwam aanlopen met een beugelzaag. Hij liet zich op zijn knieën naast Joe zakken en begon vlak onder de zitting de voorste stoelpoten eraf te zagen.

'Albert,' zei hij door de tape heen, 'kijk in deze zak. Deze zak. Deze zak. Deze.'

Telkens als hij 'deze' zei, bewoog hij zijn hoofd en blik in de richting van de binnenzak.

Albert lachte en bleef hem nadoen en een paar mannen volgden zijn voorbeeld, waarbij Fausto Scarfone zover ging dat hij een aap nadeed. Hij riep luid 'hoe hoe hoe' en krabde zich onder zijn oksels. Telkens weer bewoog hij zijn hoofd naar links.

De linkerpoot was los van de zitting, waarna Gino aan de rechter begon.

'Dat zijn prima handboeien,' zei Albert tegen Ilario Nobile. 'Doe ze maar af. Hij kan toch nergens heen.'

Joe zag dat hij hem te pakken had. Hij wilde in Joe's binnenzak kijken, maar hij moest een manier zien te vinden om dat te doen zonder dat het leek alsof hij toegaf aan de wensen van zijn slachtoffer.

Ilario deed de handboeien af en smeet ze voor Alberts voeten op de grond omdat Albert kennelijk nog niet voldoende respect had verdiend om ze gewoon overhandigd te krijgen.

De rechterstoelpoot kwam los van de zitting, waarna ze de stoel van Joe lostrokken en hij rechtovereind in de kuip met cement stond.

Albert zei: 'Je mag één keer je hand gebruiken. Dus, of je trekt die tape van je mond of je laat me zien waar je je zielige kleine leventje mee probeert te redden. Beide gaat niet.'

Joe aarzelde niet. Hij voelde in zijn binnenzak, pakte de foto en smeet die voor Alberts voeten.

Albert raapte hem op van het dek en op dat moment verscheen er een stipje boven zijn linkerschouder, net voorbij Egmont Key. Albert bekeek de foto met een opgetrokken wenkbrauw en zijn dunne, zelfingenomen rotglimlachje, en zag er niets bijzonders aan. Opnieuw schoten zijn ogen helemaal naar links, om langzaam terug te glijden naar rechts, toen hij plotseling verstarde.

De stip werd een driehoek, een snel over de glazige grijze zee voortbewegende driehoek – een flink stuk sneller dan de sleepboot, snel als hij was, kon varen.

Albert keek Joe aan met een scherpe, van woede vertrokken blik. Joe zag duidelijk aan hem dat die woede niet veroorzaakt werd doordat Joe op zijn geheim was gestuit. Hij was woest omdat hij net zo in het ongewisse was geweest als Joe.

Al die tijd had ook hij gedacht dat ze dood was.

Jezus, Albert, wilde hij zeggen, hierin zijn we allebei haar erfgenamen.

En zelfs met tien centimeter tape over zijn mond, wist Joe dat Albert hem kon zien glimlachen.

De donkere driehoek was nu heel duidelijk een boot. Een klassieke speedboot aangepast voor extra passagiers of flessen in het vooronder. Ten koste van een derde van zijn snelheid, maar daarmee was hij nog steeds sneller dan wat je op het water verder tegenkwam. Een paar mannen aan dek wezen en knikten elkaar toe.

Albert rukte de tape van Joe's mond.

Het geluid van de boot bereikte hen. Een zoemtoon, als van een zwerm wespen in de verte.

Albert hield de foto voor Joe's gezicht. 'Ze is dood.'

'Dus jij vindt dat ze er dood uitziet?'

'Waar is ze?' De barst in Alberts stem deed een paar mannen omkijken.

'Op deze foto, Albert.'

'Vertel me waar hij genomen is.'

'Ja hoor,' zei Joe, 'dan weet ik meteen zeker dat me niks zal overkomen.'

Albert ramde zijn beide vuisten tegen Joe's oren en de hemel tolde boven zijn hoofd.

Gino Valocco riep iets in het Italiaans. Hij wees naar stuurboord.

Er was een tweede boot verschenen, ook een omgebouwde speedboot, met vier mannen erin. Deze boot kwam vanuit het niets vanachter een berg uitgegraven zand op vijfhonderd meter afstand.

'Waar is ze?'

Het tuiten in Joe's oren was als een slagwerksymfonie. Hij schudde herhaaldelijk zijn hoofd.

'Ik zou het je graag vertellen,' zei hij, 'maar ik zou nog liever niet verdrinken.'

Albert wees naar de eerste boot, toen naar de andere. 'Die zullen ons echt niet tegenhouden. Wat ben jij voor stomme idioot. Waar is ze?'

'Nou, laat me even goed nadenken,' zei Joe.

'Waar?'

'Op de verdomde foto.'

'Het is een oude foto. Je hebt gewoon een oude krant...'

'Ja, dat dacht ik eerst ook. Maar kijk naar die sufkop in jacquet. Die lange, helemaal rechts, die tegen de piano leunt. Kijk naar die krant. Die bij zijn elleboog, Albert. Kijk verdomme naar die kop.'

PRESIDENT ROOSEVELT OVERLEEFT
MOORDAANSLAG IN MIAMI

'Dat was vorige maand, Albert.'

Inmiddels waren de beide boten hen tot op driehonderd meter genaderd.

Albert keek naar de boten, keek naar Maso's mannen en keek weer naar Joe. Hij tuitte zijn lippen en zuchtte diep. 'Dacht je dat ze je gingen redden? Ze zijn half zo groot als wij en wij zitten een verdieping hoger. Al stuurde je zes boten op ons af, dan nog zouden we ze allemaal aan flarden schieten.' Hij richtte zich tot de mannen. 'Maak ze af.'

Ze stelden zich op langs de dolboorden. Ze knielden. Joe telde er twaalf. Vijf aan stuurboord, vijf aan bakboord, terwijl Ilaro en Fausto in de cabine verdwenen om iets te halen. De meeste mannen aan dek droegen machinegeweren en een paar pistolen, maar geen van hen had een wapen voor de lange afstand.

Ilaro en Fausto losten dat probleem op toen ze een krat de cabine uit sleepten. Joe zag nu dat er bij het dolboord een bronzen driepoot op het dek geschroefd was en dat er een gereedschapskist naast stond. Hij besefte dat het niet gewoon een driepoot was, maar een onderstel. Voor een mitrailleur. Een joekel van een ding. Ilario boog zich voorover in de kist en haalde er twee riemen ammunitie voor een .30-06 uit, die hij naast de driepoot legde. Daarop doken hij en Fausto samen in de kist en kwamen boven met een tienloops Gatling uit 1903. Ze zetten hem op de driepoot en begonnen hem vast te schroeven.

Het lawaai van de naderende speedboten werd luider. Ze waren nu een meter of tweehonderd van hen verwijderd, zodat ze nog ongeveer honderd meter buiten het bereik van elk wapen waren – behalve van de Gatling. Maar als dat monster eenmaal stevig op zijn driepoot stond kon het negenhonderd kogels per minuut afvuren. Eén aangehouden salvo afgevuurd op een van beide boten en er zou niets van over zijn dan voer voor de haaien.

Albert zei: 'Zeg me waar ze is, dan zal ik het snel doen. Eén schot. Je zult er niks van voelen. Maar als ik het uit je moet trekken, zal ik nog tot lang nadat je het hebt verteld de stukken van je af rukken. En die stapel ik dan op het dek, net zo lang tot de boel omvalt.'

De mannen riepen tegen elkaar, veranderden van positie nu de speedboten slingerend begonnen te koersen, de ene aan bakboord volgens een soort kronkelpatroon, terwijl de aanvaller aan stuurboord met brullende motor een scherpe zigzaglijn volgde.

Albert zei: 'Zeg het nou gewoon.'

Joe schudde zijn hoofd.

'Alsjeblieft,' zei Albert, zo zacht dat niemand anders het kon horen. Bij al het motorlawaai en de montage van de Gatling kon zelfs Joe het nauwelijks horen. 'Ik hou van haar.'

'Ik hield ook van haar.'

'Nee,' zei Albert. 'Ik hou echt van haar.'

Ze waren klaar met de Gatling. Ilario schoof de munitiegordel in de invoerlade en blies er wat denkbeeldige stofjes uit.

Albert boog zich voorover naar Joe. Hij keek om zich heen. 'Ik wil dit niet. Wie zou dit wel willen? Ik wil me gewoon weer zo voelen als toen ik haar aan het lachen maakte, of toen ze me een asbak naar m'n hoofd smeet. Zelfs het neuken hoeft niet voor mij. Ik wil haar gewoon koffie zien drinken in de ochtendjas van een of ander hotel. En jij hebt dat al, hoor ik. Met die latinovrouw van je.'

'Ja,' zei Joe, 'dat heb ik.'

'Wat is ze trouwens? Negerin of latino?'

'Allebei,' zei Joe.

'En daar zit je niet mee?'

'Albert,' zei Joe, 'waarom zou ik daar in vredesnaam mee zitten?'

Ilario Nobile, die in de Spaans-Amerikaanse oorlog had gevochten, bediende de hendel van de Gatling terwijl Fausto aan de voet van het geschut ging zitten met de eerste munitiegordel op schoot als de plaid op de schoot van een oud vrouwtje.

Albert trok zijn lange .38 en zette die tegen Joe's voorhoofd. 'Zeg het.'

Niemand had de vierde motor opgemerkt tot het te laat was.

Joe keek dieper in Alberts ogen dan hij ooit gedaan had en zag daar iemand die net zo schijtebenauwd was als ieder ander die hij kende.

'Nee.'

Uit de wolken in het westen kwam Farruco Diaz' vliegtuig tevoorschijn. Hij zat hoog, maar dook snel. Dion stond rechtovereind op de duostoel, zijn mitrailleur op het onderstel waarover Farruco Diaz Joe net zolang om z'n kop had gezeurd tot die hem het ding uiteindelijk had laten installeren. Achter zijn zware vliegeniersbril, leek het, stond Dion breed te grijnzen.

Het eerste waar Dion en zijn mitrailleur zich op richtten, was op de Gatling.

Op het moment dat Ilario een blik naar links wierp namen Dions kogels zijn oor mee en maaiden als een zeis door zijn nek, en de kogels ketsten terug vanaf de mitrailleur, het onderstel en de deklampen en troffen Fausto Scarfone. Fausto's armen schoten wild dansend omhoog langs zijn hoofd, waarna hij rood om zich heen spuwend voorover viel.

Ook het dek spuwde: hout, metaal en vonken. De mannen doken, kropen weg en rolden zich op. Ze schreeuwden en morrelden aan hun wapen. Twee vielen overboord.

Toen Farruco Diaz' vliegtuig sterk overhellend een draai maakte en naar de wolken klom, herpakten de schutters zich. Ze kwamen overeind en vuurden erop los. Hoe steiler het vliegtuig klom, hoe hoger ze richtten.

Sommige van die kogels kwamen weer neer.

Albert kreeg er een in zijn schouder. Een ander greep naar zijn nek en viel neer op het dek.

De kleinere boten waren nu zo dichtbij dat erop geschoten kon worden. Maar de schutters van Albert hadden zich allemaal omgedraaid om op Farruco's vliegtuig te schieten. Joe's mannen – in hun deinende en stampende boten – waren niet de allerbeste schutters, maar dat hoefde ook niet. Ze slaagden er wel in heupen, knieën en buiken te raken, en een derde van de bemanning op de boot zakte ineen op het dek en maakte de geluiden die mannen maken wanneer ze in de heup, de knie en de buik geraakt worden.

Het vliegtuig kwam terug voor een tweede duikvlucht. De mannen vuurden vanaf de boten en Dion bediende zijn mitrailleur alsof het een brandslang was en hijzelf de brandweercommandant. Op het moment dat Albert overeind kwam om zijn .32 op Joe te richten, veranderde het achterschip in een tornado van stof, houtsplinters en mannen die zich lieten vallen om aan een massa-executie door lood te ontkomen, en Joe verloor Albert uit het oog.

Joe werd door een kogelsplinter in zijn arm geraakt en door een vliegend stuk dekhout ter grootte van een flessendop tegen zijn hoofd. Het nam een deel van zijn linkerwenkbrauw mee, kartelde de bovenkant van zijn linkeroor en vervolgde zijn weg naar de Golf. Aan de voet van de tobbe viel een Colt .45 op het dek. Joe raapte hem op, liet het magazijn in zijn hand glijden, stelde vast dat er nog ten minste zes kogels in zaten en ramde het ding weer op z'n plek.

Tegen de tijd dat Carmine Parone hem bereikte, deed de stroom bloed langs de linkerkant van zijn hoofd erger vermoeden dan nodig was. Carmine gaf Joe een handdoek, waarna hij en een van de nieuwe jongens, Peter Wallace, met bijlen het cement te lijf gingen. Joe had gedacht dat het al was uitgehard, maar dat bleek niet het geval, zodat ze hem al na een keer of vijftien meppen met de bijl en de schep die

Carmine in de kombuis had aangetroffen bevrijd hadden.

Farruco Diaz landde op het water en zette de motor af. Het vliegtuig kwam naar hen toe glijden. Dion klom aan boord, waarna de mannen overgingen tot het doden van de gewonden.

'Hoe is het?' vroeg Dion aan Joe.

Ricardo Comarto zag een jonge jongen die bezig was zichzelf naar het achterschip te slepen. Zij benen waren geen feest om te zien, maar voor de rest zag hij er in zijn beige pak, crèmekleurige overhemd en over zijn schouder gewaaide mangorode das uit alsof hij ergens een kom kreeftensoep wilde gaan eten. Comarto joeg een salvo in zijn ruggengraat. De jongen slaakte een verontwaardigde zucht, zodat Comarto een tweede salvo afschoot op zijn hoofd.

Joe keek om zich heen naar de over elkaar heen liggende lijken op het dek en zei tegen Wallace: 'Als hij daartussen nog ergens in leven is, breng hem dan bij me.'

'Komt in orde, meneer,' zei Wallace.

Hij probeerde zijn enkels te bewegen, maar dat was te pijnlijk. Hij zocht steun tegen het trapje onder de stuurhut en zei tegen Dion: 'Wat vroeg je ook weer?'

'Hoe is het?'

'O,' zei Joe, 'nou ja.'

Een vent aan het dolboord smeekte in het Italiaans om zijn leven, maar Carmine Parone schoot hem in zijn borst, waarna hij hem in zee schopte.

Fasani draaide Gino Valocco op zijn rug. Gino hield zijn handen voor zijn gezicht terwijl het bloed uit zijn zij stroomde. Joe herinnerde zich hun gesprek over het ouderschap, over dat het nooit helemaal het goede moment was om een kind te krijgen.

Gino zei wat ze allemaal zeiden. Hij zei: 'Wacht.' Hij zei: 'Hou...'

Maar Fasani schoot Gino recht door zijn hart en schopte hem in de Golf.

Joe wendde zijn hoofd af, maar trof de blik van Dion, die hem onbewogen en onderzoekend aankeek. 'Zij zouden ons tot de laatste man hebben afgemaakt. Een voor een. Dat weet je.'

Joe knipperde met zijn ogen bij wijze van bevestiging.

'En waarom?'

Joe gaf geen antwoord.

'Vooruit, Joe. Waarom?'

Joe volhardde in zijn zwijgen.

'Hebzucht,' zei Dion. 'Geen verstandige hebzucht, niet eens gezonde hebzucht, maar genadeloze hebzucht. Omdat het nooit genoeg is voor die lui.' Dions gezicht liep paars aan van woede terwijl hij zich zo ver naar Joe vooroverboog dat hun neuzen elkaar raakten. 'Het is verdomme nooit genoeg.'

Dion rechtte zich. Joe staarde zijn vriend lange tijd aan, en terwijl hij dat deed hoorde hij iemand zeggen dat er niemand meer over was om dood te schieten.

'Het is nooit genoeg, maar dat geldt voor ons allemaal,' zei Joe. 'Voor jou, voor mij en voor Pescatore. Het bevalt te goed.'

'Wat?'

'De nacht,' zei Joe. 'Het bevalt te goed. Leef overdag, en je volgt hun regels. Dus leven wij 's nachts en volgen we die van ons. Maar, weet je, D. Eigenlijk hebben we helemaal geen regels.'

Dion dacht daar even over na. 'Niet overdreven veel, nee.'

'En ik begin er moe van te worden.'

'Ik weet het,' zei Dion. 'Ik kan het aan je zien.'

Fasani en Wallace sleepten Albert White over het dek en lieten hem voor Joe liggen.

Zijn achterhoofd was weg en de plek waar zijn hart had moeten zitten was één grote klodder zwart bloed. Joe hurkte naast het lichaam neer en viste zijn vaders horloge uit Alberts vestzak. Hij controleerde het op beschadigingen, vond er geen en stak het weer in zijn eigen zak. Hij ging op het dek zitten.

'Ik had hem recht in zijn ogen moeten kijken.'

'Wat bedoel je?' vroeg Dion.

'Ik had hem recht in zijn ogen moeten kijken en zeggen: Je dacht dat je me te pakken had, maar ik heb jou.'

'Die kans had je vier jaar geleden.' Dion stak Joe zijn hand toe.

'Ik wilde hem nog eens.' Joe pakte de hand.

'Jezus,' zei Dion terwijl hij hem overeind trok, 'geen mens krijgt zo'n kans een tweede keer.'

26

Terug op zwart

De tunnel die naar het Romero Hotel leidde, begon bij Pier 12. Vandaar liep hij acht huizenblokken onder Ybor City door, en als hij niet blank stond bij hoogwater of krioelde van de ratten 's nachts, kon je hem in een kwartier te voet afleggen. Gelukkig voor Joe en zijn mannen was het midden op de dag en laagwater toen ze bij de pier aankwamen. Ze legden de afstand af in tien minuten. Ze waren verbrand door de zon, uitgedroogd en – in Joe's geval – gewond, maar tijdens de tocht terug van Egmont Key had Joe iedereen ervan doordrongen dat als Maso ook maar half zo slim was als Joe wist dat hij was, hij een deadline zou hebben bepaald waarbinnen hij van Albert gehoord zou moeten hebben. Zodra hij vermoedde dat het allemaal was misgelopen, zou hij geen tijd verliezen en er meteen vandoor gaan.

De tunnel eindigde bij een ladder. De ladder leidde naar de deur van de ketelruimte. Achter de ketelruimte lag de keuken. Na de keuken kwam het kantoor van de manager en daar weer achter had je de ontvangstbalie. In elk van de laatste drie vertrekken konden ze zien of horen wat hun voorbij de volgende deur wachtte, maar tussen de bovenste sport van de ladder en de ketelruimte hing een groot vraagteken. De stalen deur was altijd gesloten omdat hij normaal gesproken alleen op afroep van een codewoord werd geopend. Het Romero was nog nooit overvallen omdat Esteban en Joe de eigenaren betaalden om de juiste mensen te betalen om de andere kant op te kijken en ook omdat het hotel zelf niet al te opvallend zaken deed. Het hotel exploiteerde geen actieve clandestiene kroeg; er werd slechts gestookt en gedistribueerd.

Na enig heen en weer praten over hoe door een stalen deur te komen met drie grendels en het verkeerde eind van een cilinderslot aan hun kant, werd besloten dat de beste schutter onder hen – in dit geval Carmine Parone – van boven aan de ladder de boel onder schot zou houden terwijl Dion het slot forceerde met zijn geweer.

'Als er iemand aan de andere kant van die deur is, zitten we hier als ratten in de val,' zei Joe.

'Nee,' zei Dion, 'die ratten zijn Carmine en ik. Man, ik moet nog zien of we de afketsende kogels overleven. En de rest van jullie mietjes? Tja.' Hij glimlachte naar Joe. 'Zoek dekking.'

Joe en de andere mannen gingen de ladder weer af en toen ze in de tunnel stonden hoorden ze Dion 'Laatste kans', zeggen tegen Carmine, waarop hij de eerste kogel tegen het scharnier joeg. De knal was enorm: metaal op metaal in een dichte ruimte van metaal en beton. Dion liet er geen gras over groeien. Nog voor het tinkelende geluid van rondspringende splinters daarboven verstomd was, vuurde hij een tweede en een derde keer, zodat Joe aannam dat als er nog iemand in het hotel aanwezig was, die op dit moment hun kant op kwam. Jezus, als alleen de lui op de tiende verdieping er nog waren, dan wisten die nu verdomme zeker dat ze hier zaten.

'Vooruit, we gaan,' riep Dion.

Carmine had het niet overleefd. Dion tilde zijn lichaam aan de kant en zette hem half overeind tegen de muur terwijl de rest de ladder beklom. Een stuk metaal – wie weet waarvan – was via Carmines oog zijn hersenen binnengedrongen. Hij staarde de mannen aan met zijn goede oog en had nog een niet aangestoken sigaret aan zijn onderlip hangen.

Ze wrongen de deur uit zijn scharnieren, gingen de ketelruimte in, en door de ketelruimte naar de distilleerderij en de achterliggende keuken. De deur tussen de keuken en het kantoor van de manager was voorzien van een rond raampje in het midden dat uitkeek op een gangetje met een rubberen vloer. De deur van de manager stond halfopen en het kantoor vertoonde alle sporen van een recent overwinningsfeestje: vetvrij papier met kruimels, koffiekopjes, een lege whiskyfles en overvolle asbakken.

Dion keek rond en zei tegen Joe: 'Ik had nooit gedacht dat ik zelf nog eens bejaard zou worden.'

Joe blies uit door zijn mond en liep de deur door. Ze passeerden het kantoor van de manager en kwamen vanachter de balie de hal in, en op dat moment wisten ze dat het hotel leeg was. Het deed niet aan als leeg in de zin van 'hinderlaagleeg', maar was gewoon leeg. De uitgelezen plek voor een hinderlaag zou de ketelruimte zijn geweest. Als ze hen een stukje verder naar binnen hadden willen lokken om er zeker van te zijn dat ze ook de achterblijvers zouden pakken, was de keuken de aangewezen plek geweest. Maar de hal was een logistieke nachtmerrie: veel te veel plekken om weg te kruipen, veel te makkelijk om zich te verspreiden en het was maar tien stappen van de straat.

Ze stuurden een paar mannen met de lift omhoog naar de tiende en een stel anderen via de trap, voor het geval Maso toch nog een hinderlaag had verzonnen die zelfs Joe niet had kunnen bedenken. Ze kwamen terug met de mededeling dat de tiende verlaten was, hoewel ze zowel Sal als Emil hadden aangetroffen op een bed in respectievelijk kamer 1009 en kamer 1010.

'Haal ze naar beneden,' zei Joe.

'Ja, meneer.'

'En laat ook iemand Carmine ophalen van bij die ladder.'

Dion stak een sigaar op. 'Ik kan niet geloven dat ik Carmine in zijn gezicht geschoten heb.'

'Dat heb jij niet gedaan,' zei Joe. 'Afketsende kogels.'

'Dat is precies hetzelfde,' zei Dion.

Joe stak een sigaret op en stond toe dat Pozzetta, die hospik was geweest in Panama, nog eens naar zijn arm keek.

Pozzetta zei: 'Dat moet u laten behandelen, baas. U hebt medicijnen nodig.'

'Medicijn hebben we wel,' zei Dion.

'Een ander soort medicijn,' zei Pozzetta.

'Neem de achteruitgang,' zei Joe. 'Ga halen wat ik nodig heb, of haal onze dokter.'

'Komt in orde,' zei Pozzetta.

Ze belden een stuk of zes agenten van het korps in Tampa die bij hen op de loonlijst stonden. Die kwamen met een auto die dienst kon doen als lijkwagen, en Joe nam afscheid van Sal, Emil en Carmine Parone, die Joe nog maar een kleine anderhalf uur geleden uit een kuip cement had gehakt. Maar Sal was degene die hem het meest raakte; nu, terugkijkend, drong de volle omvang van hun vijf jaar samen pas goed tot hem door. Hij had hem talloze keren thuis te eten gehad en soms 's avonds een sandwich in zijn auto gebracht. Hij had hem zijn leven toevertrouwd, en dat van Graciela.

Dion legde een hand op zijn rug. 'Dit is een zwaar verlies.'

'We hebben hem te hard aangepakt.'

'Hè?'

'Vanmorgen in mijn kantoor. Jij en ik. We hebben hem te hard aangepakt, Dion.'

'Is zo.' Dion knikte een paar keer, waarna hij een kruisje sloeg. 'Waarom was dat ook weer?'

'Ik weet het niet eens meer,' zei Joe.

'Er moet toch een reden voor zijn geweest.'

'Ik wou dat het iets betekende,' zei Joe terwijl hij een stap terugdeed zodat zijn mannen hen in de lijkwagen konden leggen.

'Het betekent ook iets,' zei Dion. 'Het betekent afrekenen met de hufters die hem afgemaakt hebben.'

Toen ze terugkwamen van de goedereningang stond de dokter te wachten bij de balie. Hij reinigde en hechtte Joe's wond terwijl Joe luisterde naar het verslag van de agenten die hij had laten komen.

'De mannen die hij vandaag voor zich aan het werk had,' vroeg Joe aan brigadier Bick van het derde district, 'staan die vast op zijn loonlijst?'

'Nee, meneer Coughlin.'

'Wisten ze dat ze mijn mannen door de straten joegen?'

Brigadier Bick keek naar de vloer. 'Dat moet ik aannemen.'

'Ik ook, dacht ik,' zei Joe.

'We kunnen geen agenten overhoop gaan schieten,' zei Dion.

Joe keek Bick recht in zijn ogen toen hij vroeg: 'Waarom niet?'

'Dat valt niet goed,' zei Dion.

Joe zei tegen Bick: 'Weet jij of er nu nog politiemensen bij Pescatore zijn?'

'Van iedereen die vandaag meedeed, meneer? Daarvan weet ik dat ze op dit moment hun verslagen zitten te schrijven. De burgemeester is niet blij. De Kamer van Koophandel is ziedend.'

'O, dus de burgemeester is niet blij,' zei Joe. 'En hoezo, de Kamer van Koophandel?' Joe maaide Bick de pet van zijn hoofd. 'Ik ben verdomme niet blij! De hele rest kan doodvallen! Ik ben hier niet blij!'

Er viel een vreemde stilte in het vertrek, niemand wist waar hij kijken moest. Voor zover iemand zich kon herinneren, Dion incluis, was Joe nooit eerder zo uitgevallen.

Toen hij zich opnieuw tot Bick richtte had zijn stem zijn normale toon herkregen. 'Pescatore vliegt niet. Van boten houdt hij ook niet. Dat betekent dat hij maar twee manieren heeft om de stad uit te komen. Hij rijdt nu ergens in een colonne auto's op Route 41 naar het noorden. Of hij zit in de trein. Dus, brigadier Bick, ik zou zeggen, pak die pet van je en zorg dat je hem te pakken krijgt.'

Een paar minuten later belde Joe Graciela vanuit het kantoor van de manager.

'Hoe is het?'

'Dat kind van jou is een woesteling,' zei ze.

'O, dus daarom is het mijn kind, wou je zeggen?'

'Schop, schop, schop, hij doet niet anders.'

'Van de positieve kant bekeken,' zei Joe, 'zijn er nog maar vier maanden voor de boeg.'

'Je bent een grapjas,' zei ze. 'Volgende keer word jij maar zwanger. Ik zou jou weleens willen horen over de hele tijd je maag in je keel hebben. En vaker moeten plassen dan je met je ogen knippert.'

'Doen we.' Joe doofde zijn sigaret en stak een nieuwe op.

'Er was een vuurgevecht op Eighth Avenue vandaag, hoorde ik.' Haar stem klonk nu veel dunner en harder.

'Ja.'

'Is het voorbij?'

'Nee,' zei Joe.

'Zijn jullie in oorlog?'

'We zijn in oorlog,' zei Joe. 'Ja.'

'Wanneer is het afgelopen?'

'Geen idee.'

'Is het ooit afgelopen?'

'Weet ik niet.'

Ze zwegen allebei een poosje. Hij hoorde haar roken, zij hoorde hem. Hij keek op zijn vaders horloge en zag dat het nu precies een halfuur achterliep, ook al had hij het op de boot nog gelijk gezet.

'Je beseft het zelf niet,' zei ze.

'Wat niet?'

'Dat je al in oorlog bent sinds de dag dat we elkaar voor het eerst zagen. En waarvoor?'

'Voor ons levensonderhoud.'

'Is doodgaan een vorm van levensonderhoud?'

'Ik ben niet dood,' zei hij.

'Maar wie weet aan het eind van de dag wel, Joseph. Kan zijn. Zelfs als je vandaag de slag wint, en de volgende en die daarna: er komt zoveel geweld kijken bij wat jij doet, dat het niet anders kan of het slaat een keer op je terug. Het komt een keer bij je terug.'

Precies wat zijn vader hem had verteld.

Joe inhaleerde, blies een rookwolk uit naar het plafond en keek hoe die oploste. Hij kon niet ontkennen dat er waarheid school in haar woorden, net zoals er waarheid in die van zijn vader gelegen kon hebben. Maar op dit moment had hij even geen tijd voor de waarheid.

Hij zei: 'Ik weet niet wat ik hierop zou moeten zeggen.'

'Ik ook niet,' zei ze.

'Hé,' zei hij.

'Ja?'

'Hoe weet je dat het een jongetje is?'

'Omdat hij de hele tijd tegen van alles aan schopt,' zei ze. 'Net als jij.'

'O.'

'Joseph?' Ze nam een trek van haar sigaret. 'Laat me niet alleen achter om hem groot te brengen.'

De enige trein die die middag uit Tampa zou vertrekken was de Orange Blossom Special. De twee gewone treinen waren al vertrokken en pas de volgende dag zouden er meer rijden. De Orange Blossom Special was een luxueuze passagierstrein die alleen 's winters naar Tampa reed. Het probleem voor Maso en Digger en hun club was alleen dat hij helemaal volgeboekt was.

Terwijl zijn mannen bezig waren de conducteur om te kopen, verscheen de politie. En niet de agenten die op hun loonlijst stonden.

Maso en Digger zaten op de achterbank van een kastanjekleurige personenwagen ergens in het open veld ten westen van Union Station, van waaruit ze vrij zicht hadden op het rode bakstenen gebouw met de witfondanten daklijsten en de vijf sporen die aan de achterkant naar buiten kwamen: grijs glanzende rails van heet gegoten ijzer die zich vanuit dit bescheiden bakstenen gebouw uitstrekten over eindeloze vlakten naar bestemmingen in het noorden, oosten en westen, zich als aderen vertakkend over het land.

'We hadden in spoorwegen moeten gaan,' zei Maso. 'Toen dat nog kon, destijds in de jaren tien.'

'We hebben vrachtwagens,' zei Digger. 'Veel beter.'

'Maar een vrachtwagen gaat ons hier niet uit krijgen.'

'Laten we gewoon gaan rijden,' zei Digger.

'Jij dacht dat valt niet op, een paar Italianen, zwarte hoeden op, in chique auto's tussen de sinaasappelboomgaarden?'

'We rijden 's nachts.'

Maso schudde zijn hoofd. 'Wegversperringen. Die zullen er inmiddels al wel zijn. Die Ierse klootzak laat ze opwerpen op elke weg van hier tot Jacksonville.'

'Nou, een trein lijkt me ook niet de manier, pa.'

'Jawel,' zei Maso, 'toch wel.'

'Ik regel zo een vliegtuig voor ons uit Jacksonville, geen enk...'

'Ga jij vooral in zo'n vliegende doodskist, maar ik hoef niet.'

'Pa, ze zijn veilig. Ze zijn veiliger dan...'

'Dan een trein?' Maso wees. En terwijl hij dat deed trilde er een echo als een paukenslag door de lucht en steeg er rook op van een akker ongeveer een kilometer verderop.

'Eendenjacht?' zei Digger.

Maso keek naar zijn zoon en bedacht hoe verdrietig het was dat een man aan wie zoveel domheid kleefde de slimste van zijn drie kinderen moest zijn.

'Heb jij eenden gezien hier, dan?'

'En dus...?' Digger kneep zijn ogen samen. Hij kon het echt niet bedenken.

'Hij heeft zojuist het spoor opgeblazen,' zei Maso. Hij keek zijn zoon van opzij aan. 'Die achterlijkheid heb je trouwens van je moeder. Het mens kon verdomme nog geen potje dammen winnen van een kom soep.'

Maso en zijn mannen wachtten bij een openbare telefoon in Platt Street terwijl Anthony Servidone met een koffer vol contanten vooruitging naar het Tampa Bay Hotel. Hij belde een uur later om te zeggen dat de kamers geregeld waren. Er was geen politie en er waren geen plaatselijke gangsters, voor zover hij kon vaststellen. Laat de veiligheidsjongens maar komen.

Dat deden ze. Niet dat er zoveel over waren na wat het ook was wat er op de sleepboot was gebeurd. Ze hadden twaalf jongens meegestuurd op die boot, dertien, als je die gladde joodse lul van een Albert White meetelde. Zodat er nu nog zeven man over was, plus Maso's persoonlijke lijfwacht, Seppe Carbone. Seppe kwam uit dezelfde stad als waar Maso was opgegroeid, Alcarno, aan de noordwestkust van Sicilië, hoewel Seppe een stuk jonger was en hij en Maso er dus in verschillende tijden opgegroeid waren. Maar toch, Seppe was een man uit die stad: meedogenloos, onverschrokken en trouw tot in de dood.

Nadat Anthony Servidone had teruggebeld om te laten weten dat de beveiligers de verdieping en de hal schoon en leeg hadden, zette Seppe Maso en Digger af bij de achteringang van het Tampa Bay Hotel, waarna ze de dienstlift naar de zevende namen.

'Hoe lang?' vroeg Digger.

'Overmorgen,' zei Maso. 'Tot die tijd houden we ons gedeisd. Zelfs die Ierse klootzak krijgt het niet klaar om zo lang een wegversperring overeind te laten houden. Dan rijden we naar Miami en pakken daar de trein.'

'Ik wil een meisje,' zei Digger.

Maso gaf zijn zoon een harde klap tegen zijn achterhoofd. 'Welk deel van "gedeisd houden" had je niet begrepen? Een meisje, zei je? Een meisje, godverdomme? Waarom vraag je d'r niet of ze een paar vriendjes meebrengt, met een paar geweren als het kan, achterlijk stuk vreten.'

Digger wreef over zijn achterhoofd. 'Een man heeft behoeften.'

'Kijk om je heen,' zei Maso, 'zie jij ergens een man?'

Ze kwamen aan op de zevende, waar Anthony Servidone hen opving bij de lift. Hij gaf Maso en Digger ieder hun kamersleutel.

'Heb je de kamers gecheckt?'

Anthony knikte. 'Ze zijn veilig. Allemaal. De hele verdieping.'

Maso had Anthony leren kennen in Charlestown, waar iedereen een Maso-getrouwe was omdat het enige alternatief de dood was. Seppe, daarentegen, was uit Alcarno gearriveerd met een brief van Todo Bassina, de plaatselijke maffiabaas, en had zich vaker onderscheiden dan Maso kon tellen.

'Seppe,' zei hij nu, 'loop mijn kamer nog eens door.'

'*Subito, capo. Subito.*' Seppe haalde zijn Thompson onder zijn regenjas vandaan, hij liep tussen de mannen door die zich voor Maso's suite verzameld hadden en ging naar binnen.

Anthony Servidore deed een stap naar Maso toe. 'Ze zijn gesignaleerd in het Romero.'

'Wie?'

'Coughlin, DiBartolo en een paar Cubanen en Italianen uit hun kamp.'

'Coughlin, weet je 't zeker?'

Anthony knikte. 'Geen twijfel aan.'

Maso sloot heel even zijn ogen. 'En hij mankeert helemaal niks, geen schrammetje?'

'O jawel,' zei Anthony snel, blij om wat goed nieuws te kunnen brengen. 'Een grote snee in zijn hoofd en een kogel in zijn rechterarm.'

Maso zei: 'Nou, dan moeten we maar wachten tot hij doodgaat aan bloedvergiftiging.'

Digger zei: 'Zoveel tijd hebben we denk ik niet.'

Maso sloot opnieuw zijn ogen.

Digger liep met een man aan elke zijde naar zijn kamer terwijl Seppe uit Maso's suite naar buiten kwam.

'Alles veilig, baas.'

Maso zei: 'Ik wil jou en Servidone bij de deur. En de rest gedraagt zich als centurions aan de grens met de Hunnen. *Capice?*'

'Capice.'

Maso ging zijn kamer binnen, deed zijn regenjas uit en zette zijn hoed af. Hij schonk zichzelf een borrel in uit de fles anijslikeur die ze naar boven hadden gestuurd. Sterke drank mocht weer. Althans voor het grootste deel. En wat nog niet legaal was, zou het binnenkort weer worden. Het land was bij zinnen gekomen.

Het was een schande, geen woorden voor.

'Schenk mij ook eens in, als je wilt.'

Maso keek om en zag Joe op de bank bij het raam zitten. Zijn Savage .32 rustte op zijn knie, een Maxim-demper op de loop.

Maso was niet verbaasd. Zelfs geen klein beetje. Alleen benieuwd naar één ding.

'Waar had je je verstopt?' Hij schonk Joe een glas in en bracht het hem.

'Verstopt?' Joe nam het glas aan.

'Toen Seppe de kamer doorzocht?'

Joe gebaarde Maso met zijn .32 te gaan zitten. 'Ik had me niet verstopt. Ik zat op het bed daar. Hij kwam binnen en ik vroeg hem of hij niet voor iemand wilde werken die morgen ook nog leefde.'

'Dat was alles?' vroeg Maso.

'Alles? Nee, alles was dat jij zonodig een debiel als Digger aan de macht wilde hebben. We hadden het prachtig voor elkaar hier. Schitterend. En dan kom jij het in één dag naar de klote helpen.'

'Dat is de aard van de mens, toch?'

'Maken wat niet kapot is, bedoel je?'

Maso knikte.

'Wat een onzin,' zei Joe, 'dat hoeft helemaal niet zo te zijn.'

'Nee,' zei Maso, 'maar over het algemeen wel.'

'Weet je hoeveel mensen er vandaag zijn omgekomen door jou en die verdomde hebzucht van je? Jij, die "eenvoudige Italo van Endicott Street?" Nou, dat ben je niet.'

'Als je ooit misschien zelf een zoon hebt zul je het begrijpen.'

'O ja?' zei Joe. 'En wat zal ik dan begrijpen?'

Maso haalde zijn schouders op, alsof woorden het alleen maar zouden vertroebelen. 'Hoe gaat het met mijn zoon?'

'Ondertussen?' Joe schudde zijn hoofd. 'Dood.'

Maso stelde zich Digger voor met zijn gezicht op de vloer in de kamer naast hem, een kogel in zijn achterhoofd, in een traag aanzwellende plas bloed. Het verraste hem hoe diep en plotseling het verdriet zich van hem meester maakte. Het was inktzwart – inktzwart, hopeloos en afschuwelijk.

'Ik heb altijd jou als zoon gewild,' zei hij tegen Joe terwijl hij zijn stem hoorde breken. Hij staarde in zijn drankje.

'Grappig,' zei Joe, 'ik jou nooit als vader.'

De kogel ging Maso's keel binnen. Het laatste wat hij zag op deze wereld was de druppel eigen bloed die in zijn glas anijslikeur viel.

Toen ging alles terug op zwart.

Maso liet het glas uit zijn handen glijden, zakte voorover en landde op zijn knieën, met zijn hoofd op de salontafel. Het rustte op zijn rechterwang, het lege oog starend naar de muur links van hem. Joe stond op en keek naar de demper die hij die middag voor drie dollar had aangeschaft in een ijzerwinkel. Het gerucht ging dat het Congres de prijs van zo'n ding wilde verhogen tot tweehonderd dollar, om ze uiteindelijk te verbieden.

Jammer.

Joe schoot Maso nog eens boven in zijn hoofd, voor alle zekerheid.

Op de gang hadden ze de jongens van Pescatore ontwapend zonder dat ze verzet boden, zoals Joe al had verwacht. Die jongens vochten niet graag voor een man die zo weinig om hun leven gaf dat hij een idioot als Digger de leiding zou geven. Joe trok de dubbele deur van Maso's suite achter zich dicht en keek naar de jongens die om hem heen stonden, onzeker over wat er nu zou gebeuren. Dion kwam Diggers kamer uit, waarna ze allemaal even stil bij elkaar stonden, dertien mannen en een paar mitrailleurs.

'Ik wil niet nog meer doden,' zei Joe. Hij keek Anthony Servidone aan. 'Wou jij dood?'

'Nee, meneer Coughlin, ik wil niet dood.'

'Iemand anders?' Joe keek om zich heen en oogstte niets dan plechtig hoofdschudden. 'Wie terug wil naar Boston, mijn zegen heb je. Wie hier wil blijven, wat zon pakken en een paar mooie dames tegenkomen, kan een baan krijgen. Die liggen niet meer voor het oprapen tegenwoordig, dus wie interesse heeft moet het maar laten weten.'

Meer wist Joe niet te zeggen. Hij haalde zijn schouders op en Dion en hij namen de lift naar de hal.

Een week later stapten Joe en Dion in New York een kamer binnen achter in een verzekeringskantoor in Midtown Manhattan, en namen plaats tegenover Lucky Luciano.

Joe's theorie dat de meest angstaanjagende mannen zelf ook de angstigste waren, kon meteen het raam uit. Luciano was een man zonder angst. Er was in feite nauwelijks iets aan hem merkbaar dat op emotie leek, behalve een zweem eindeloze, donkere woede in de verste uithoek van zijn diepzeedode blik.

Het enige wat deze man wist over angst, was hoe het bij anderen op te roepen.

Hij was onberispelijk gekleed en zou een knappe man zijn geweest als zijn huid niet een tot malsheid geklopte lap kalfsvlees had geleken. Zijn rechteroog hing halfstok als gevolg van een aanslag op zijn leven in 1929, en zijn handen waren groot en zagen eruit alsof ze een schedel konden uitknijpen als een tomaat.

'Jullie twee hopen hier straks lopend de deur weer uit te gaan?' vroeg hij toen ze plaatsnamen.

'Jawel, meneer.'

'Leg dan maar eens uit waarom ik de top van mijn Boston-groep zou moeten vervangen.'

Dat deden ze, en terwijl ze spraken keek Joe aan één stuk door in die donkere ogen, op zoek naar een aanwijzing dat hij het met hen eens was, of niet, maar het was alsof ze tegen een marmeren muur praatten: het enige wat er terugkwam, als het licht goed viel, was je eigen spiegelbeeld.

Toen ze klaar waren ging Lucky staan. Hij keek uit het raam naar Sixth Avenue. 'Jullie hebben een hoop stennis gemaakt daar. Wat is het verhaal over die halve heilige die dood is? Was haar vader niet de chef van politie?'

'Die is met vervroegd pensioen gestuurd,' zei Joe. 'Het laatste wat ik over hem hoorde was dat hij in een of ander sanatorium zit. Van hem zullen we geen last meer hebben.'

'Maar van zijn dochter had je wel een hoop last. En je hebt dat mens haar gang laten gaan. Vandaar dat bij ons het verhaal gaat dat je slap bent. Geen lafaard. Dat zei ik niet. Iedereen weet dat je op een haar na die sukkel hebt omgebracht, destijds in 1930, en voor die overval op dat schip had je ook een paar koperen kloten. Maar die rumstoker toen in 1931 heb je laten lopen, en je hebt een wijf – een wijf, godbetert, Coughlin – je casino laten versjteren.'

'Dat is waar,' zei Joe. 'Daar heb ik geen excuus voor.'

'Inderdaad,' zei Luciano. Hij keek over zijn bureau naar Dion. 'Wat zou jij met die stoker gedaan hebben?'

Dion wierp een aarzelende blik op Joe.

'Nee, nou hem niet aankijken,' zei Luciano. 'Kijk naar mij en zeg het zoals het is.'

Maar Dion bleef naar Joe kijken, tot die zei: 'Vertel hem de waarheid, Dion.'

Dion wendde zich tot Lucky. 'Ik had hem het licht uit z'n ogen geknald, meneer Luciano. Die man z'n zonen ook.' Hij knipte met zijn vingers. 'Ik had die hele familie omgelegd.'

'En dat half heilige wijf?'

'Dat had ik laten verdwijnen, zeg maar.'

'Waarom?'

'Dan konden de lui om haar heen een hele heilige van haar maken, door zichzelf wijs te maken dat ze onbevlekt ontvangen was in de hemel, of wat dan ook. Maar ondertussen zouden ze verrekte goed geweten hebben dat wij haar in stukjes aan de krokodillen hadden gevoerd, zodat ze ons nooit meer in de weg zouden lopen, maar de hele tijd in haar naam bij elkaar zouden komen en haar lof toezingen.'

Luciano zei: 'Jij bent die vent over wie Pescatore zei dat hij een verrader was.'

'Ja.'

'Dat hebben we hier nooit begrepen,' zei hij tegen Joe. 'Waarom je willens en wetens een verrader zou vertrouwen die jou twee jaar achter de tralies heeft gebracht.'

Joe zei: 'Dat zou ik ook niet.'

Luciano knikte. 'Dat dachten we al toen we die ouwe van die aanslag af probeerden te praten.'

'Maar u hebt toestemming gegeven.'

'Ja, maar alleen als je zou weigeren onze trucks en onze bonden te gebruiken in die nieuwe drankhandel van je.'

'Daar heeft Maso niks over gezegd.'

'Nee?'

'Nee, meneer. Hij zei alleen dat ik voortaan onder zijn zoon zou staan en dat ik mijn vriend moest ombrengen.'

Luciano keek hem lange tijd aan.

'Goed,' zei hij uiteindelijk, 'wat is je voorstel?'

'Maak hem baas.' Joe wees met zijn duim naar Dion.

Dion zei: 'Wat?'

Nu verscheen er voor het eerst een glimlachje op Luciano's gezicht. 'En dan word jij zijn *consigliere*?'

'Ja.'

Dion zei: 'Wacht eens even. Wacht, wacht.'

Luciano keek hem aan, de glimlach stierf op zijn gezicht.

Dion begreep meteen hoe de kaarten lagen. 'Het zou me een eer zijn.'

Luciano vroeg: 'Waar kom je vandaan?'

'Uit een stadje dat Manganaro heet, op Sicilië.'

Luciano trok zijn wenkbrauwen op. 'Ik kom uit Lercara Friddi.'

'O,' zei Dion. 'De grote stad.'

Luciano liep om zijn bureau heen. 'Je moet uit een rotgat als Manganaro komen om Lercara Friddi "de grote stad" te noemen.'

Dion knikte. 'Daarom zijn we ook weggegaan.'

'Wanneer was dat? Sta eens op.'

Dion ging staan. 'Ik was acht.'

'Nog terug geweest?'

'Waarom zou ik teruggaan?' zei Dion.

'Omdat het je zal herinneren aan wie je bent. Niet wie je voorgeeft te zijn. Aan wie je echt bént.' Hij sloeg zijn arm om Dions schouder. 'En jij bent een baas.' Hij wees naar Joe. 'En hij is de man met de hersens. Maar goed, tijd om te gaan lunchen. Hier vlakbij is een geweldige tent. De beste jus in de stad.'

Zodra ze het kantoor uit stapten kwamen er vier mannen om hen heen meelopen naar de lift.

'Joe,' zei Lucky, 'ik wil je voorstellen aan mijn vriend, Meyer. Hij heeft een paar geweldige ideeën voor casino's in Florida en op Cuba.' Nu legde Luciano zijn arm om Joe heen. 'Ben je een beetje thuis op Cuba?'

27

Hereboer in Pinar del Río

Toen Joe Coughlin Emma Gould weerzag in Havana, was het eind voorjaar 1935, negen jaar na de overval op de kroeg in South Boston. Hij herinnerde zich hoe kalm ze was geweest die ochtend, hoe onverstoorbaar en hoezeer dat gedrag hem in de war had gebracht. Zijn verwarring had hij toen voor verliefdheid gehouden en die verliefdheid voor liefde.

Graciela en hij waren al bijna een jaar op Cuba, waar ze aanvankelijk gelogeerd hadden in het gastenverblijf van een van Estebans koffieplantages, hoog in de heuvels van Las Terrazas, ongeveer tachtig kilometer ten westen van Havana. 's Morgens werden ze gewekt door de geur van koffiebonen en cacaobladeren, terwijl de nevel tikkend van de bomen drupte. 's Avonds wandelden ze door de heuvels, met het laatste beetje vervagend zonlicht nog in de boomtoppen.

In een weekend kwamen Graciela's moeder en zus op bezoek, om nooit meer te vertrekken. Tomas, die nog niet eens kon kruipen toen ze kwamen, zette zijn eerste pasjes toen hij tien maanden was. De vrouwen verwenden hem schaamteloos en gaven hem zoveel te eten dat hij in een soort bal met dikke rimpelige bovenbeentjes veranderde. Maar niet lang nadat hij begon te lopen, begon hij ook te rennen. Hij rende door de velden en hij rende heuvel op en heuvel af, met de vrouwen achter hem aan, zodat hij al snel geen bal meer was, maar een tenger jongetje met zijn vaders lichte haar, zijn moeders donkere ogen en een huidskleur die een cacaobotermelange van die van hen beiden was.

Joe maakte een paar reisjes terug naar Tampa in een Ford vliegtuigje bijgenaamd de Tin Goose, dat rammelde in de wind en grillig kon zwenken en onverwachte duikvluchtjes maakte. Een paar keer kwam hij eruit met zulke verstopte oren dat hij de rest van de dag niets meer kon horen. De stewardessen gaven hem kauwgom om op te kauwen en watten om in zijn oren te stoppen, maar het bleef een primitieve manier van reizen, waar Graciela niets van moest hebben. Dus maakte hij de overtocht zonder haar en merkte dat hij haar en Tomas zo miste dat hij het lijfelijk voelde. Soms werd hij midden in de nacht wakker in hun huis in Ybor met zulke hevige steken in zijn maag dat het hem de adem benam.

Zodra hij zijn zaken gedaan had nam hij dan het eerste het beste vliegtuig naar Miami en vandaar het eerstvolgende terug naar Cuba.

Het was niet zo dat Graciela niet naar Tampa terug wilde – dat wilde ze wel. Ze had alleen geen zin in de vliegreis erheen. En ze wilde er niet nu meteen heen. (Wat, vermoedde Joe, betekende dat ze eigenlijk helemaal niet terug wilde.) Dus bleven ze plakken in de heuvels van Las Terrazas, waar ook een tweede zus, Ines, zich bij haar moeder en zus Benita voegde. Wat er ook aan onmin geweest mocht zijn tussen Graciela, haar moeder, Benita en Ines, alles leek te zijn geheeld door de tijd en de aanwezigheid van Tomas. Op een paar wat minder gelukkige momenten kwam Joe af op het geluid van hun gelach en betrapte hen op een verkleedpartij met Tomas als meisje.

Op een ochtend vroeg Graciela of ze niet een huis konden kopen hier.

'Hier?'

'Nou ja, het hoeft niet precies hier te zijn. Maar op Cuba,' zei ze. 'Gewoon een plek om af en toe op bezoek te komen.'

'Op bezoek te komen?' zei Joe met een glimlach.

'Ja,' zei ze. 'Ik moet binnenkort echt weer aan het werk.'

Dat was niet echt zo. Tijdens zijn reisjes naar Ybor was Joe langsgegaan bij de mensen aan wie ze de zorg voor haar verschillende liefdadigheidsprojecten had toevertrouwd, en dat waren allemaal betrouwbare mannen en vrouwen gebleken. Zelfs als ze tien jaar wegbleef uit Ybor zouden al haar organisaties nog steeds overeind staan en bloeien als nooit tevoren wanneer ze terugkwam.

'Tuurlijk, liefje. Wat je maar wilt.'

'Het zou niks groots hoeven te zijn. En ook niet chic of zo. Gewoon...'

'Graciela,' zei Joe, 'kies maar wat je bevalt. En als je iets ziet wat niet te koop is, dan bied je ze gewoon twee keer de waarde.'

Dat kwam wel meer voor in die dagen. Cuba, dat erger dan de meeste landen was getroffen door de financiële crisis, maakte een geweldige opleving door. De misstanden onder het regime van Machado waren ingeruild voor de hoop op betere tijden onder de nieuwe president, generaal Fulgencio Batista, die zozeer in trek was bij de Amerikaanse regering dat die al vijf minuten na zijn inhuldiging geld in het land begon te pompen. Geld voor ziekenhuizen, wegen, musea, scholen en een nieuw handelscentrum aan de Malecon. Batista, op zijn beurt, hield niet alleen van de Amerikaanse regering, hij hield ook van de Amerikaanse gokker, zodat Joe, Dion, Meyer Lansky en Esteban Suarez en ook anderen onbelemmerd toegang hadden tot de hoogste regeringsinstanties. Ze waren inmiddels in het bezit van huurcontracten voor de duur van negenennegentig jaar van enkele van de beste terreinen aan het Parque Central en rondom Tacon Market.

Torenhoge winsten lagen in het vooruitzicht.

Graciela zei dat Batista een marionet was; hij zou de schatkist plunderen en het land kaalplukken terwijl de Verenigde Staten hem in het zadel zouden houden omdat Amerika geloofde dat kwaad geld op de een of andere manier toch goede werken kon voortbrengen.

Joe ging er niet tegenin. Hij wees haar er evenmin op dat zijzelf ook met hun kwade geld goede werken had verricht. In plaats daarvan vroeg hij haar naar het huis dat ze gevonden had.

Het ging om een failliete tabaksplantage, vlak bij het dorp Arcenas, tachtig kilometer verder naar het westen in de provincie Pinar del Río. Er was een gastenverblijf voor haar familieleden en Tomas kon er vrij rondrennen over de uitgestrekte vruchtbare velden. Op de dag dat Joe en Graciela het kochten van de weduwe Domenica Gomez, stelde zij hen op de stoep voor het notariskantoor voor aan Ilario Bacigalupi. Ilario, legde ze uit, zou hun alles bijbrengen wat er te weten viel over de verbouw van tabak, als ze dat wilden.

Terwijl de chauffeur van de weduwe er met haar in een tweekleurige Detroit Electric vandoor zoefde, nam Joe de kleine ronde man met zijn bandietensnor van top tot teen op. Hij had Ilario al een paar keer bij de weduwe Gomez thuis opgemerkt, altijd ergens op de achtergrond, en had toen aangenomen dat hij een lijfwacht was, in een streek – tenslotte – waar ontvoeringen geen onbekend verschijnsel waren. Maar nu vielen hem zijn gehavende, te grote en uitzonderlijk knokige handen op.

Hij had er nooit bij stilgestaan wat hij met al dat land zou moeten doen.

Ilario Bacigalupi daarentegen, had er uitgebreid bij stilgestaan.

Om te beginnen, verklaarde hij tegen Joe en Graciela, noemde niemand hem Ilario; ze noemden hem Ciggy, wat niets te maken had met de sigaar of de tabak. Maar als kind had hij zijn achternaam niet goed kunnen uitspreken en zich altijd verslikt in de laatste lettergreep.

Ciggy vertelde dat twintig procent van de bewoners van het dorp Arcenas tot kortgeleden van de Gomez-plantage afhankelijk was geweest voor werk. Maar sinds señor herenboer Gomez aan de drank was geraakt, daarna van zijn paard was gevallen en ten slotte in de schoot van ziekte en waanzin, was er geen werk meer geweest. Drie oogsten lang nu al, zei Ciggy, zaten ze zonder werk. Dat was de reden waarom je in het dorp zoveel kinderen zonder broek zag rondlopen. Een blouse, als er zuinig mee werd omgesprongen, kon een leven lang mee, maar een broek sleet vroeg of laat door op de kont of op de knieën.

Tijdens zijn ritjes door Arcenas had Joe inderdaad nogal wat kinderen in hun blote kont gezien. En erger ook, als ze niet slechts broekloos waren, hadden ze soms helemaal niets aan. Arcenas, gelegen in de lage heuvels van Pinar del Río, was meer de hoopvolle verwachting van een dorp dan een feitelijk dorp. Het was een verzameling scheefgezakte palmbladhutjes. Menselijke uitwerpselen werden geloosd in drie slootjes die uitkwamen in de rivier waaruit de bewoners ook hun drinkwater haalden. Een burgemeester of gezaghebbende dorpsoudste was er niet. De straten waren sporen in de modder.

'We weten helemaal niets van landbouw,' zei Graciela.

Ondertussen waren ze in een café in Pinar del Río City beland.

'Maar ik wel,' zei Ciggy. 'Ik weet er zoveel van, señorita, dat de paar dingen die ik misschien vergeten ben de moeite van het doorgeven niet waard zijn.'

Joe keek Ciggy in zijn terughoudende, slimme ogen en stelde zijn idee over de relatie tussen de voorman en de weduwe bij. Hij had gedacht dat de weduwe Ciggy had aangehouden voor haar veiligheid, maar nu besefte hij dat Ciggy het proces van de verkoop op de voet had gevolgd met het oog op zijn eigen broodwinning en ervoor had gezorgd dat de weduwe Gomez wist wat er van haar verwacht werd.

'Waar zou jij mee beginnen?' vroeg Joe hem, terwijl hij hun glazen nog eens bijschonk met rum.

'Eerst moeten de zaaibedden klaar, dus er moet geploegd worden. En wel meteen, *patrón*. Meteen. Volgende maand begint het groeiseizoen.'

'Kun je mijn vrouw met rust laten terwijl zij het huis opknapt?'

Hij knikte een paar keer in de richting van Graciela. 'Natuurlijk, natuurlijk.'

'Hoeveel mensen heb je daarvoor nodig?' vroeg ze.

Ciggy legde uit dat ze mannen en kinderen nodig zouden hebben voor het zaaiwerk en mannen om de zaaibedden gereed te maken. En daarna waren er mannen of kinderen nodig om de bedden te controleren op ziekten en schimmels. Er zouden mannen en kinderen nodig zijn voor het uitplanten en om te schoffelen en nog wat extra te ploegen, en om de aardrupsen, veenmollen en wantsen te bestrijden. En dan een piloot die niet al te veel dronk om het gewas te besproeien.

'Jezus,' zei Joe. 'Houdt het nog eens op met dat werk?'

'En dan hebben we het nog niet eens gehad over het plukken van de bloemen, dieven of oogsten,' zei Ciggy. 'Vervolgens krijg je het binden, ophangen, drogen en iemand die het vuur in de schuur verzorgt.' Hij maakte een gebaar met zijn grote hand waarmee hij de hele hoeveelheid arbeid omvatte.

'En aan het eind van de rit,' zei Graciela, 'hoeveel hebben we dan verdiend?'

Ciggy schoof de berekeningen over tafel naar hen toe.

Joe nipte van zijn rum terwijl hij ze bestudeerde. 'Dus in een goed jaar, zonder penseelschimmel, sprinkhanen of hagelbuien, en als God Pinar del Río zonder onderbreking goed gezind is, maken we vier procent winst op onze investering.' Hij keek Ciggy aan. 'Klopt dat?'

'Ja. Omdat u maar een kwart van uw land gebruikt. Maar als u ook in de andere akkers investeert en ze terugbrengt in de staat waarin ze ooit, zeg vijftien jaar geleden, verkeerden, dan bent u over vijf jaar rijk.'

'We zijn al rijk,' zei Graciela.

'Nog rijker.'

'En als nog rijker worden ons niets kan schelen?'

'Bekijkt u het dan van deze kant,' zei Ciggy, 'als u de dorpelingen laat omkomen van de honger, zult u ze op een ochtend misschien met z'n allen slapend op uw land aantreffen.'

Joe ging recht in zijn stoel zitten. 'Is dat een dreigement?'

Ciggy schudde zijn hoofd. 'We weten allemaal wie u bent, meneer Coughlin. Een beroemde yankeegangster. U bent bevriend met de generaal. Het is veiliger voor iemand om naar het midden van de oceaan te zwemmen en zijn eigen keel door te snijden dan om u bedreigen.' Ciggy sloeg plechtig een kruisje. 'Maar als mensen omkomen van de honger en geen uitweg hebben, waar zou u dan willen dat ze een heenkomen zochten?'

'Niet op mijn land,' zei Joe.

'Maar het is niet uw land. Het land is van God. U hebt het in bruikleen van God. Deze rum? Dit leven?' Hij klopte zich op zijn borst. 'We hebben alles slechts in bruikleen van God.'

Het woonhuis gaf bijna net zoveel werk als de boerderij.

Terwijl buiten het plantseizoen begon, stond binnen alles in het teken van de nesteldrift. Graciela liet alle muren opnieuw stuken en verven, en de vloeren in de helft van het huis verwijderen en opnieuw leggen. Er was maar één toilet, maar tegen de tijd dat Ciggy begon met het toppen van de planten, waren er vier.

Ondertussen stonden de rijen tabak ruim een meter hoog. Joe werd op een ochtend wakker van zulke zoete en aangename geuren dat de welving in Graciela's hals meteen zijn begeerte opwekte. Tomas lag nog te slapen in zijn bedje toen Graciela en Joe naar het balkon gingen om naar de velden te kijken. Toen Joe naar bed ging waren ze nog bruin geweest, maar nu lag er een groen tapijt te pronken met roze en witte bloemen die glansden in het zachte ochtendlicht. Joe en Graciela keken uit over de volle lengte van hun land, vanaf het balkon van hun huis tot aan de uitlopers van de Sierra del Rosario, en tot zo ver het oog reikte glinsterde de bloesem.

Graciela, die voor hem stond, reikte naar achteren en legde haar hand in zijn nek. Hij legde zijn armen om haar buik en zijn kin in de holte van haar hals.

'En jij gelooft niet in God,' zei ze.

Hij snoof haar geur diep in zich op. 'En jij gelooft niet dat kwaad geld goede werken kan voortbrengen.'

Ze grinnikte; hij voelde het aan zijn handen en tegen zijn kin.

Later die ochtend kwamen de arbeiders en hun kinderen om plant voor plant de bloesem te plukken. De planten spreidden hun bladeren alsof ze grote vogels waren, zodat Joe de volgende ochtend vanaf zijn balkon geen stukje aarde meer kon zien, noch enige bloesem. Onder Ciggy's leiding verliep het werk op de plantage vlekkeloos. Voor de volgende klus haalde hij zelfs nog meer dorpskinderen op, tientallen, en af en toe begon Tomas verschrikkelijk te lachen omdat hij hun gelach in het veld hoorde. Als Joe soms 's avonds nog wat op de veranda zat, luisterde hij naar de jongens die honkbal speelden op een van de braakliggende akkers. Ze speelden tot het laatste licht uit de hemel was weggetrokken, met alleen maar een bezemsteel en wat er over was van een officiële wedstrijdhonkbal die ze ergens gevonden hadden. Van de leren buitenkant en de wollen draad was al lang niets meer te bekennen, maar de kern van kurk hield zich goed.

Terwijl hij luisterde naar hun geschreeuw en het tikken van de bezemsteel tegen de bal, dacht hij aan iets wat Graciela pasgeleden had gezegd over dat ze Tomas over niet al te lange tijd een broertje of zusje moesten geven.

En hij dacht: waarom ophouden bij één?

Het huis in goede staat herstellen verliep minder snel dan de boerderij weer op poten krijgen. Op een dag vertrok Joe naar het oude centrum van Havana voor een bezoek aan Diego Alvarez, een kunstenaar die zich had gespecialiseerd in de restauratie van gebrandschilderd glas. Hij ontmoette señor Alvarez: ze werden het eens over een prijs en over de termijn van een week voor hem om de reis van honderdvijftig kilometer naar Arcenas te ondernemen en de ramen die Graciela had weten te redden te herstellen.

Na het gesprek ging Joe naar een juwelier in de Avenida de las Misiones die Meyer hem had aanbevolen. Zijn vaders horloge, dat al langer dan een jaar gestaag achterliep, was er een maand geleden helemaal mee opgehouden. De juwelier, een man van middelbare leeftijd met scherpe trekken en een constant samengeknepen blik, pakte het horloge aan, opende de achterkant en zei tegen Joe dat hij dan wel een zeer uitgelezen horloge bezat, maar dat het toch meer dan eens in de tien jaar een beurt moest hebben. De onderdelen, zei hij tegen Joe, al die delicate radertjes, ziet u die? Die moeten opnieuw gesmeerd worden.

'Hoe lang gaat dat duren?' vroeg Joe.

'Dat kan ik zo niet zeggen,' zei de man. 'Ik moet het horloge uit elkaar halen en elk onderdeel apart bekijken.'

'Dat begrijp ik,' zei Joe. 'Dus hoe lang?'

'Als de onderdelen gesmeerd moeten worden en verder niets? Vier dagen.'

'Vier dagen,' zei Joe en voelde iets fladderen in zijn borst alsof er zojuist een heel klein vogeltje door zijn ziel gevlogen was. 'En sneller gaat echt niet?'

De man schudde zijn hoofd. 'En, señor? Als er iets kapot is, al is het maar één onderdeeltje – en ziet u hoe klein ze zijn?'

'Ja, ja, ja.'

'Dan zal ik uw horloge moeten opsturen naar Zwitserland.'

Joe keek een ogenblik uit het stoffige raam naar de stoffige straat. Hij nam zijn portefeuille uit de binnenzak van zijn jasje, haalde er honderd Amerikaanse dollars uit en legde de biljetten op de toonbank. 'Over twee uur ben ik terug. Zorg dat u dan een diagnose hebt.'

'Een wat?'

'Dat u me dan laat weten of het naar Zwitserland moet of niet.'

'Ja, señor. Goed.'

Hij verliet de winkel en voor hij het wist zwierf hij rond door het zinnelijke verval van het oude Havana. Havana, had hij vastgesteld tijdens zijn vele reisjes naar hier in het afgelopen jaar, was niet zomaar een stad, maar de droom van een stad. Een in de zon slaperig geworden droom, vervagend in zijn eigen onstilbare honger naar loomheid, verliefd op het seksuele ritme van zijn eigen doodskrampen.

Hij sloeg een hoek om, en toen nog een, en na een derde stond hij in de straat waar het bordeel van Emma Gould was.

Esteban had hem het adres nu al meer dan een jaar geleden gegeven, op de avond voorafgaand aan die bloedige dag met Albert White, Maso, Digger en de arme Sal, Lefty en Carmine. Hij besefte dat hij eigenlijk al sinds hij gisteren van huis was vertrokken wist dat hij hierheen zou gaan, al had hij het zichzelf niet willen toegeven omdat het een dwaze en lichtzinnige actie leek, en er nog maar weinig lichtzinnigs in hem was.

Op de stoep was een vrouw bezig de glasscherven van de vorige avond weg te spuiten. Ze stuurde het glas en vuil de goot in, waar het langs de kinderkopjes de hellende straat naar beneden spoelde. Toen ze opkeek en hem zag liet ze haar hand met de slang zakken, zonder de slang te laten vallen.

De tijd had haar niet verschrikkelijk te pakken gehad, maar evenmin gekoesterd. Ze zag eruit als een mooie vrouw die van haar zonden geen liefde had terugontvangen, die te veel gerookt en gedronken had, waarbij het beide slechte gewoonten gelukt was om zich kenbaar te maken in kraaienpootjes en rimpels bij haar mondhoeken en onder haar lip. Ze had wallen onder haar ogen en haar haar was bros, ondanks de hoge luchtvochtigheid.

Ze richtte de slang opnieuw en ging weer aan het werk. 'Zeg wat je op je hart hebt.'

'Wou je me niet aankijken?'

Ze draaide zijn kant op maar hield haar blik op het trottoir gericht. Hij moest een stap opzij doen om droge voeten te houden.

'Dus jij kreeg dat ongeluk en je dacht: daar ga ik gebruik van maken?'

Ze schudde haar hoofd.

'Nee?'

Ze schudde opnieuw haar hoofd.

'Wat dan wel?'

'Toen de politie eenmaal achter ons aan zat, zei ik tegen de chauffeur dat er maar één manier was om te ontsnappen, en dat was door van de brug af te rijden. Maar hij wilde niet luisteren.'

Joe stapte uit de baan van haar waterstraal. 'En dus?'

'En dus schoot ik hem in zijn achterhoofd. We vlogen het water in en ik zwom naar de kant, waar Michael me opwachtte.'

'Wie is Michael?'

'Dat is de andere jongen die ik aan het lijntje hield. Hij had de hele avond voor het hotel staan wachten.'

'Waarom?'

Ze fronste haar wenkbrauwen. 'Wat kon een meisje als ik anders doen toen jij en Albert allebei op de toer gingen van: "O, Emma, zonder jou kan ik niet leven. Emma, jij bent alles voor me." Ik wist dat ik vroeg of laat onder jullie uit moest. Mijn god, zoals jullie je konden aanstellen.'

'Sorry,' zei Joe, 'dat ik van je hield.'

'Je hield niet van me.' Ze concentreerde zich op een koppig stukje glas dat zich in de voeg tussen twee tegels had genesteld. 'Je wilde me alleen maar bezitten. Net als een of andere stomme Griekse vaas of een duur pak. Je wilde me aan je vrienden showen en zeggen: "Wat een lekker ding, hè?"' Nu keek ze hem aan. 'Ik ben geen lekker ding. En ik wil niet dat iemand mij heeft. Ik wil zelf dingen hebben.'

Joe zei: 'Ik heb om je gerouwd.'

'Dat is schattig van je, liefje.'

'Jarenlang.'

'Hoe heb je dat kruis gedragen? Jeetje, wat een kerel ben jij.'

Hij deed nog een stap achteruit, ook al richtte ze de slang ondertussen de andere kant op, en plotseling doorzag hij het hele spel voor het eerst, als een sukkel die al zo vaak te pakken was genomen, dat zijn vrouw hem het huis niet meer uitliet als hij niet eerst zijn horloge en zijn geld aan haar afgaf.

'Jij hebt het geld uit die kluis in het busstation gehaald, waar of niet?'

Ze wachtte gespannen op de kogel waarvan ze vreesde dat die achter die vraag vandaan zou komen, maar hij hief zijn handen om haar te laten zien dat ze leeg waren en dat zouden blijven ook.

Ze zei: 'Je had me zelf het sleuteltje gegeven, weet je nog?'

Als je van eerlijkheid onder dieven kon spreken, had ze gelijk. Hij had haar inderdaad het sleuteltje gegeven en vanaf dat moment mocht ze er naar eigen believen over beschikken.

'En het dode meisje? Van wie ze maar stukjes bleven opvissen?'

Ze deed de kraan dicht en leunde tegen de gepleisterde muur van haar bordeel. 'Weet je nog dat Albert het had over dat nieuwe vriendinnetje van hem?'

'Niet echt.'

'Nou ja, dat vertelde hij wel. Ze zat ook in de auto. Hoe ze heette heb ik nooit gehoord.'

'Heb je haar ook vermoord?'

Ze schudde van nee, tikte op haar voorhoofd. 'Tijdens de botsing klapte ze met haar hoofd tegen de leuning van de stoel voor haar. Ik weet niet of ze toen op slag dood was of later pas, maar ik ben niet blijven plakken om erachter te komen.'

Hij stond midden op straat en voelde zich een idioot. Een verschrikkelijk stomme idioot.

'Heb je ooit wel van me gehouden?' vroeg hij.

Ze keek hem met groeiende ergernis aan. 'Tuurlijk. Misschien een paar keer, eventjes. We hadden wel lol samen, Joe. Als je lang genoeg ophield met over me te dagdromen om me fatsoenlijk te neuken, was het echt goed. Maar jij moest er zonodig iets van maken wat het niet was.'

'En dat was?'

'Weet ik het... iets bloemerigs. Iets was je niet vast kunt pakken. We zijn geen kinderen van God, we zijn geen sprookjesfiguren in een boek over de ware liefde. We leven 's nachts en dansen snel om geen gras onder onze voeten te laten opschieten. Zo zijn wij.' Ze stak een sigaret op, plukte een draadje tabak van haar tong en liet het los in de wind. 'Je dacht toch niet dat ik niet wist wie je nu bent? Je dacht toch niet dat ik me niet heb lopen afvragen wanneer je hier zou opdagen, onder ons. We zijn vrij. Geen broers, geen zussen, geen vaders. Geen Albert Whites. Alleen wijzelf. Wou je langskomen? De deur staat voor je open.' Ze liep over het trottoir naar hem toe. 'We hebben altijd veel plezier gehad samen. Dat zou nu ook weer kunnen. Hier in de tropen wonen en ons geld tellen op satijnen lakens. Vrij als vogels in de lucht.'

'Jezus,' zei Joe, 'ik wil niet vrij zijn.'

Ze keek hem met een schuin hoofd aan, verbijsterd, op het randje van oprecht bezorgd. 'Maar dat is het enige wat we altijd wilden.'

'Wat jij altijd wilde,' zei hij. 'En moet je zien, nu heb je het. Tot ziens, Emma.'

Ze klemde haar kaken op elkaar en kreeg geen 'tot ziens' over haar lippen, alsof ze door te zwijgen iets van haar macht behield.

Het was als de koppige, vijandige trots van een stokoude ezel of een door en door verwend kind.

'Tot ziens,' zei hij nogmaals, waarna hij zonder om te kijken wegliep, zonder een spoortje spijt en zonder dat er nog iets te zeggen viel.

Terug bij de juwelier kreeg hij – behoedzaam en met de grootst mogelijke voorzichtigheid – te horen dat het horloge de reis naar Zwitserland zou moeten maken.

Joe tekende het vrijwaringsformulier en de reparatieopdracht. Hij nam het nauwkeurig uitgeschreven ontvangstbewijs van de juwelier in ontvangst, stak het in zijn binnenzak en verliet de winkel.

Hij stond op de oude straat, in de oude stad, en heel even had hij geen idee waar nu naartoe te gaan.

28

Hoe het achterliep

Alle jongens die op de plantage werkten speelden honkbal, maar voor sommigen ging de liefde heel ver. Toen de oogsttijd naderde, viel het Joe op dat verschillende jongens hun vingers hadden ingepakt in hechtpleister.

Hij vroeg aan Ciggy: 'Waar hebben ze die pleisters vandaan?'

'Man, schei uit, daar hebben we dozenvol van,' zei Ciggy. 'In de tijd van Machado stuurden ze een medisch team hierheen, samen met een paar verslaggevers van de krant. Om aan iedereen te laten zien hoeveel Machado van zijn boeren hield. Maar die verslaggevers waren nog niet weg of de dokters vertrokken ook. Ze namen al hun spullen weer mee, maar we hielden een partij van die pleisters achter voor de kleintjes.'

'Waarom?'

'Man, heb je ooit tabak te drogen gehangen?'

'Nee.'

'Als ik 't je laat zien, hou je dan op met domme vragen stellen?'

'Waarschijnlijk niet,' zei Joe.

De planten waren inmiddels meer dan manshoog, hun bladeren langer dan Joe's arm. Hij liet Tomas niet langer de tabaksvelden in rennen uit angst hem kwijt te raken. De oogstkrachten – voor het merendeel oudere jongens – kwamen op een goede ochtend aan om de bladeren van de rijpste stammen te plukken. De bladeren werden op houten sleden gestapeld, waarna de volle sleden losgekoppeld werden van de ezels en achter een tractor gehaakt. De tractoren trokken de vracht naar de droogschuur aan de westgrens van de plantage, wat een klusje voor de jongste jongens was. Toen Joe op een ochtend uit het grote huis de veranda betrad, kwam er een jongen van hoogstens een jaar of zes langs op een tractor, een hoog met tabaksbladeren beladen slee achter hem aan. De jongen lachte Joe vrolijk toe, zwaaide en hobbelde rustig verder.

Bij de droogschuur werden de bladeren van de slee getrokken en op de bindtafels in de schaduw onder de bomen gelegd. Op de bindtafels stonden rekken. De binders en de dragers – al die honkbaljongens met de hechtpleister om hun vingers – legden een stok in het rek en bonden de bladeren met paktouw aan de stok, net zo lang tot zo'n stok van begin tot eind vol hing met gebundelde bladeren. Dit deden die kinderen van zes uur 's morgens tot acht uur 's avonds, en gedurende de weken waarin dit gebeurde werd er niet gehonkbald. Het paktouw moest strak getrokken worden terwijl je druk op de stok hield, zodat schroeiwonden van het touw aan handen en vingers heel gewoon waren. Vandaar, legde Ciggy uit, die hechtpleister.

'Zodra dit klaar is, patrón, en al deze tabak in de schuur hangt, van het ene eind tot het andere, wachten we vijf dagen tot het gedroogd is. Alleen de man die het vuur in de schuur aan de praat houdt en de man die oplet of het daarbinnen niet te vochtig of te droog wordt, die hebben nog werk. En de jongens? Die gaan honkballen.' Hij legde een snelle hand op Joe's arm. 'Als u het goedvindt.'

Joe stond voor de schuur naar het bindwerk van de jongens te kijken. Ook al was er het rek, ze moesten nog steeds hun armen optillen en strekken om de bladeren af te binden – een slordige veertien uur achter elkaar je armen optillen en strekken. Hij keek Ciggy vuil aan. 'Natuurlijk vind ik dat goed. Dat is goddomme slavenarbeid.'

'Ik heb het zes jaar gedaan.'

'Waarom?'

'Ik hou niet van hongerlijden. U wel?'

Joe liet zijn ogen rollen.

'Mmm. Nummer zoveel,' zei Ciggy, 'die liever niet van de honger omkomt. Het enige waar de hele wereld het over eens is: verhongeren is geen pretje.'

De volgende ochtend trof Joe Ciggy aan in de droogschuur, waar hij bezig was te kijken of de hangers voor het blad de juiste tussenruimte hadden aangehouden. Joe vroeg hem zich even los te weken, waarop ze de velden overstaken tot aan de oostgrens en bleven staan bij de slechtste akker die Joe bezat. De bodem was er rotsachtig en het veld lag de hele dag in de schaduw van de heuvels en rotspunten: een paradijs voor rupsen en onkruid.

Joe vroeg of Herodes, hun beste chauffeur, het erg druk had tijdens het drogen.

'Hij is nog in de oogst aan het werk,' zei Ciggy, 'maar minder dan de jongens.'

'Mooi,' zei Joe. 'Laat hem deze akker omploegen.'

'Maar hier groeit helemaal niks,' zei Ciggy.

'Je meent het,' zei Joe.

'Waarom ploegen dan?'

'Omdat een honkbalveld aanleggen op een egaal stuk grond makkelijker is, denk je ook niet?"

De dag waarop ze de werpheuvel aanlegden, liep Joe met Tomas langs de schuur en zag dat een van zijn arbeiders, Perez, zijn zoontje sloeg, gewoon op het hoofd van het joch losmepte alsof het een hond was die met zijn snuit in zijn avondmaal had gezeten. Het kind kon niet ouder zijn geweest dan een jaar of acht. Joe zei: 'Hé,' en liep zijn kant op, maar Ciggy versperde hem de weg.

Perez en diens zoon keken hem even verstoord aan, waarop Perez de jongen nog een draai om de oren verkocht en toen nog een paar klappen op zijn billen.

'Moet dat nou?' zei Joe tegen Ciggy.

Tomas, die er niets van meegekregen had, wriemelde zich los en stak zijn armen uit naar Ciggy, op wie hij de laatste tijd erg dol was geworden.

Ciggy nam Tomas van Joe over, tilde hem hoog boven zijn hoofd en zei boven het gekraai van Tomas uit: 'Dacht u dat Perez het leuk vindt om zijn zoon te slaan? Dacht u dat hij vanmorgen opstond en dacht: laat ik eens een rotzak zijn en ervoor zorgen dat mijn jongen een hekel aan me krijgt? Nee, nee, nee, patrón. Hij stond op en zei bij zichzelf: ik moet zorgen dat er brood op de plank komt, ik moet ze warm en droog houden, het lek in het dak dichten, de ratten in hun slaapkamer doodmaken, het goede voorbeeld geven, mijn vrouw laten merken dat ik van haar hou, vijf rottige minuten voor mezelf zien te vinden en dan vier uur slaap voor ik weer opsta om naar het land te gaan. En als ik naar het land ga, hoor ik de kleintjes roepen: "Papa, ik heb honger. Papa, er is geen melk. Papa, ik heb buikpijn." En elke dag opnieuw komt hij daarin thuis, en elke dag opnieuw gaat hij de deur uit met hetzelfde gejengel, en dan geef je je zoon een baantje, patrón, en dan is het alsof je zijn leven hebt gered. En misschien is dat ook zo. Maar wat als zijn zoon zijn werk vervolgens niet goed doet? *Cono.* Dan krijgt hij klappen. Liever klappen dan honger.'

'Wat heeft die jongen niet goed gedaan?'

'Hij moest op het droogvuur passen. Hij is in slaap gevallen. Had de hele oogst kunnen laten verbranden.' Hij gaf Tomas weer over aan Joe. 'En zichzelf erbij.'

Joe keek opnieuw naar vader en zoon. Perez had zijn arm om de jongen heen geslagen, die stond te knikken terwijl zijn vader hem op zachte toon toesprak en hem, na de gegeven les, kuste op zijn slaap. Maar de jongen leek onaangedaan door de vaderlijke liefkozingen, dus duwde de vader zijn hoofd weg, waarna ze allebei weer aan het werk gingen.

Het honkbalveld kwam af op de dag dat ze de tabak van de schuur naar het pakhuis overbrachten. De bladeren klaarmaken voor de verkoop werd voornamelijk overgelaten aan de vrouwen, die 's morgens met even grimmige blik en even eeltige handen als de mannen de heuvel naar de plantage op liepen. Terwijl zij de tabak sorteerden en naar kwaliteit op stapels legden, riep Joe de jongens bij elkaar op het veld om de handschoenen, nieuwe ballen en knuppels uit te delen die twee dagen eerder waren bezorgd. Hij legde de drie honken en de thuisplaat op hun plek.

Het was alsof hij ze had laten zien hoe je moest vliegen.

In het begin van de avond nam hij Tomas vaak mee om naar het spel te kijken. Soms sloot Graciela zich aan, maar haar aanwezigheid bleek vaak een te grote afleiding voor een paar vroeg puberende jongens.

Tomas was zo'n kind dat nooit stilzat, maar aan de rand van het veld ging hij volledig op in het spel. Hij zat doodstil, handen tussen zijn knieën geklemd, te kijken naar iets wat hij onmogelijk al kon begrijpen, maar wat op hem inwerkte als muziek of een warm bad.

Op een avond zei Joe tegen Graciela: 'Naast ons is honkbal de enige hoop voor dit dorp. Ze vinden het prachtig.'

'Dat is dan goed, toch?'

'Ja, dat is geweldig. Je kunt afgeven op Amerika zoveel je wilt, liefje, maar we exporteren ook een paar goeie dingen.'

Ze keek hem aan met een ironische schittering in haar bruine ogen. 'En dan komt de rekening.'

Wie stuurde er geen rekening? Wat hield de wereld gaande, behalve de vrije handel? Wij geven iets aan jullie, en jullie geven er iets voor terug.

Joe hield van zijn vrouw maar ze scheen nog altijd niet te willen inzien dat haar eigen land, terwijl het overduidelijk al bij het zijne in het krijt stond, veel meer baat had bij de overeenkomst. Voor Amerika de Cubanen de huid had gered, had Spanje ze kwijnend achtergelaten in een beerput van malaria, slechte wegen en een totaal gebrek aan gezondheidszorg. Machado had geen verbetering gebracht. Maar nu, onder generaal Batista, ontstond er een heuse infrastructuur. Ze hadden waterleiding en elektriciteit in een derde van het land en half Havana. Ze hadden goede scholen en een paar fatsoenlijke ziekenhuizen. De levensverwachting was hoger geworden. Ze hadden tandartsen.

Toegegeven, Amerika had een deel van zijn goodwill met geweld opgedrongen. Maar alle grote naties die in de loop van de geschiedenis de beschaving op een hoger plan hadden gebracht, hadden dat zo gedaan.

En als je keek naar Ybor City, had hij dat niet ook gedaan? En zij? Ze hadden ziekenhuizen gebouwd met bloedgeld. Vrouwen en kinderen van de straat gehaald met rumwinsten.

Sinds het begin der tijden had kwaad geld goede werken opgeleverd.

En nu hadden ze in het honkbalverdwaasde Cuba, in een gebied waar ze het anders gespeeld zouden hebben met stokken en blote handen, handschoenen gekregen, zo nieuw dat het leer kraakte en knuppels zo blank als een pasgeschild appeltje. En elke avond als het werk klaar was, als het restje van de groene stelen van de bladeren was getrokken, de oogst gestapeld en verpakt en de lucht rook naar het bevochtigde tabaksblad en teer, nam hij plaats op een stoel naast Ciggy en keek naar het lengen van de schaduwen op het veld. En dan hadden ze het erover waar ze het graszaad voor het buitenveld moesten bestellen, zodat het daar niet langer een modderige en gruizige bende zou zijn. Ciggy had geruchten opgevangen over een competitie in de buurt, en Joe vroeg hem er verder naar te informeren, vooral met het oog op de herfst, wanneer het werk op de plantage zo goed als stilstond.

Op de dag van de veiling ging hun tabak voor de een na hoogste prijs van de hand. Vierhonderd balen tabak van gemiddeld honderdvijftig kilo gingen naar een en dezelfde koper: de Robert Burns Tobacco Company, producent van de Panatela, de nieuwe Amerikaanse sigarensensatie.

Om dat te vieren keerde Joe aan alle mannen en vrouwen een bonus uit. Het dorp deed hij twee kratten Coughlin-Suarez rum cadeau. En op aanraden van Ciggy huurde hij een bus waarin hij en Ciggy het hele honkbalteam meenamen naar hun eerste film in de Bijou in Vinales.

De nieuwsflitsen in het voorprogramma gingen allemaal over het ingaan van de Neurenberger rassenwetten in Duitsland: beelden van joden die met angst in hun ogen hun spullen pakten, hun nog volledig ingerichte huizen achterlatend om de eerste de beste trein het land uit te nemen. Joe had gelezen dat kanselier Hitler een heuse bedreiging vormde voor de kwetsbare vrede die in Europa heerste sinds 1918, maar hij betwijfelde of dat raar uitziende mannetje erg ver zou komen met zijn waanzin nu het tot de wereld doorgedrongen was; daar was domweg geen winst mee te behalen.

De korte filmpjes die volgden waren niet erg de moeite waard, al moesten de jongens van het team er hartelijk om lachen, met ogen zo groot als de honkplaten die hij voor ze gekocht had, en het duurde even voordat Joe in de gaten had dat ze zo onbekend waren met het verschijnsel 'film' dat ze dachten dat de nieuwsflitsen over Duitsland het hoofdprogramma waren.

Toen kwam de speelfilm: een doorsnee western die *Riders of the Eastern Ridge* heette, met Tex Moran en Estelle Summers in de hoofdrollen. De titelrol flitste snel over het witte doek en Joe, zelf ook geen groot bioscoopbezoeker, kon het geen moer schelen wie de makers van de film waren. En hij keek net naar beneden om te controleren of zijn rechterveter wel vastzat, toen een naam die op het scherm kwam hem deed opkijken:

Joe keek naar Ciggy en de jongens, maar die hadden niets in de gaten.

Mijn broer, wilde hij tegen iemand zeggen. Dat is mijn broer.

In de bus terug naar Arcenas liet de film hem niet los. Een western, zeker, met vuurgevechten in overvloed, een mooie vrouw in nood en een postkoetsachtervolging langs een afbrokkelende afgrond – maar ook nog iets anders, als je Danny kende. Het personage dat Tex Moran speelde was een eerlijke sheriff in een stad die corrupt bleek. Een stad waarin op een avond de voornaamste burgers bij elkaar kwamen om de moord te beramen op een donkere seizoensarbeider die, beweerde een van hen, naar zijn dochter had gelonkt. Aan het eind kwam de film terug op zijn eigen radicale uitgangspunt – de goede stedelingen zagen het foute van hun handelwijze in – maar pas nadat de donkere seizoensarbeider om het leven was gebracht door een groep mannen met zwarte hoeden op, van buiten het stadje. De boodschap van de film, voor zover Joe kon bedenken, was dus dat dreiging van buiten de dreiging van binnen zou schoonwassen. Hetgeen in Joe's ervaring, en in die van Danny, pure onzin was.

Maar hoe dan ook, het bioscoopbezoek was een groot succes geweest. De jongens waren uit hun dak gegaan. De hele rit naar huis in de bus hadden ze het gehad over het kopen van een revolver en een holster als ze groot waren.

Tegen het eind van de zomer kwam zijn horloge per post terug uit Genève. Het zat in een prachtig mahoniehouten kistje met een fluwelen voering en het glom als nieuw.

Joe was er zo mee in de wolken dat hij bij zichzelf pas na een paar dagen durfde toe te geven dat het nog steeds iets achterliep.

In september ontving Graciela een brief met de mededeling dat de Raad van Toezichthouders van Greater Ybor haar wegens haar inzet voor de minderbedeelden in de Spaanstalige wijk tot Vrouw van het Jaar had verkozen. De Raad was een losse verzameling Cubaanse, Spaanse en Italiaanse mannen en vrouwen die een keer per maand bij elkaar kwamen om het over hun gezamenlijke belangen te hebben. In het eerste jaar was de groep drie keer ontbonden, terwijl de meeste vergaderingen uitliepen in ruzies die zo escaleerden dat ze buiten het gastrestaurant verder werden uitgevochten. Gewoonlijk ging het tussen de Spanjaarden en de Cubanen, maar af en toe mengden ook de Italianen zich erin met een paar rake klappen, om zich niet buitengesloten te voelen. Toen het onderlinge ongenoegen voldoende de vrije loop had gehad, slaagden de leden erin een gemeenschappelijke noemer te vinden in hun gezamenlijke verbanning uit het gewone bestaan in Tampa en werden ze in minder dan geen tijd een tamelijk machtige belangengroep. Als Graciela akkoord ging, schreef de Raad, zouden ze haar graag het eerste weekend van oktober haar onderscheiding uitreiken tijdens een galadiner in het Don Ce-Sar Hotel aan St. Petersburg Beach.

'Wat vind jij?' vroeg Graciela aan de ontbijttafel.

Joe was nog wat suf. De laatste tijd had hij terugkerende variaties van dezelfde nachtmerrie. Hij was samen met zijn gezin ergens in het buitenland, Afrika, dacht hij, maar waarom precies wist hij niet. Hij wist alleen dat ze omringd waren door hoog gras en dat het er snikheet was. Aan de grens van zijn blikveld, aan de uiterste rand van de velden, verscheen zijn vader. Hij zei niets. Hij stond daar alleen maar te kijken, terwijl de panters uit het hoge gras tevoorschijn slopen, met hun gele ogen en lenige lijven. Ze hadden dezelfde geelbruine kleur als het gras en dus zag je ze pas als het al te laat was. Toen Joe de eerste zag, wilde hij roepen om Graciela en Tomas te waarschuwen, maar zijn keel was al weggekrabd door de panter die op zijn borst zat. Het viel hem op hoe rood zijn bloed afstak tegen het wit van de grote tanden, waarna hij zijn ogen sloot terwijl de panter een tweede prooi ging zoeken.

Hij schonk nog een keer koffie bij en bande de droom uit zijn gedachten.

'Ik vind,' zei hij tegen Graciela, 'dat het tijd wordt dat je weer eens naar Ybor gaat.'

De restauratie van hun huis was, tot hun eigen verbazing, zo goed als klaar. En de afgelopen week hadden Joe en Ciggy de zoden voor het buitenveld gelegd. Er was vooralsnog niets wat hen vasthield op Cuba, behalve Cuba.

Ze vertrokken tegen het eind van september, toen het regenseizoen bijna afgelopen was. Ze gingen scheep in Havana Harbor, staken de Florida Straits over, koersten recht naar het noorden langs de westkust van Florida en arriveerden in de namiddag van 29 september in de haven van Tampa.

Seppe Carbone en Enrico Pozzetta, allebei snel rijzende sterren in Dions organisatie, wachtten hen op in de aankomsthal en Seppe vertelde dat het nieuws van hun komst zich al had verspreid. Hij liet Joe pagina vijf van de *Tribune* zien:

VERMEENDE MAFFIABAAS KEERT TERUG NAAR YBOR

In het artikel werd beweerd dat de Ku Klux Klan opnieuw bedreigingen uitte en dat de FBI een aanklacht overwoog.

'Jezus,' zei Joe,'waar halen ze die onzin vandaan?'

'Zal ik uw jas aannemen, meneer Coughlin?'

Over zijn pak droeg Joe een zijden regenjas die hij in Havana had gekocht. Het ding was gemaakt in Lissabon en zo licht als een veertje, maar de regen kreeg er geen vat op. Tijdens het laatste uur van de boottocht had Joe gezien hoe de wolken zich samenpakten, wat niet verwonderlijk was – Cuba's regenseizoen mocht een stuk erger zijn, dat van Tampa was evenmin om mee te spotten en, naar de wolken te oordelen, nog niet voorbij.

'Ik hou hem wel aan,' zei Joe. 'Ga mijn vrouw maar helpen met haar koffers.'

'Natuurlijk.'

Met z'n vieren verlieten ze de aankomsthal en liepen naar de parkeerplaats, Seppe rechts van Joe, Enrico links van Graciela. Tomas op Joe's heup, armen rond zijn nek. Op het moment dat Joe op zijn horloge keek hoorden ze het eerste schot.

Seppe stierf nog staande – Joe had het vaak genoeg gezien. Hij bleef Graciela's koffers vasthouden terwijl de kogel recht door zijn voorhoofd ging. Toen Seppe viel draaide Joe zich om, en terwijl het tweede schot klonk hoorde hij de schutter op kalme, droge toon iets zeggen. Joe klemde Tomas dicht tegen zijn schouder en wierp zich op Graciela, zodat ze met z'n allen op de grond vielen.

Tomas huilde, meer van de schrik dan van de pijn, voor zover Joe kon nagaan, en Graciela kreunde. Joe hoorde Enrico zijn pistool afschieten. Hij keek, zag dat Enrico in zijn hals getroffen was en dat er veel te veel en veel te donker bloed uit hem gutste, maar hij bleef met zijn 17 inch Colt .45 laag naar de dichtstbijzijnde auto schieten.

Nu hoorde Joe wat de schutter zei.

'Toon berouw. Toon berouw.'

Tomas jammerde. Niet van de pijn maar uit angst, Joe kende het verschil. Hij zei tegen Graciela: 'Alles goed? Is het goed met je?'

'Ja,' zei ze. 'Geen lucht. Ga maar.'

Joe rolde van hen af, trok zijn .32 en voegde zich bij Enrico.

'Toon berouw.'

Ze vuurden onder de auto door op een paar bruine laarzen en broekspijpen.

'Toon berouw.'

Bij Joe's vijfde poging raakten Enrico en hij tegelijkertijd doel. Het schot van Enrico doorboorde de linkerlaars van de schutter terwijl dat van Joe zijn linkerenkel versplinterde.

Joe keek nog net op tijd opzij naar Enrico om hem te zien hoesten en sterven. Zo snel was het met hem gedaan; het pistool in zijn hand rookte nog. Joe sprong over de motorkap van de auto tussen hem en de schutter, en landde op de grond voor Irving Figgis.

Hij had een bruin pak aan en een verwassen wit overhemd. Hij droeg een strooien cowboyhoed en gebruikte zijn pistool, een Colt met een lange loop, om zichzelf op zijn goede voet overeind te duwen. Daar stond hij, op het grind, in zijn bruine pak, zijn verbrijzelde voet bungelend aan zijn enkelstompje zoals zijn pistool aan zijn vinger bungelde.

Hij keek Joe recht aan. 'Toon berouw.'

Joe hield zijn eigen pistool recht op Irv's brede borst gericht. 'Ik kan je niet volgen.'

'Toon berouw.'

'Prima,' zei Joe. 'Aan wie?'

'God.'

'Wie zegt dat ik dat niet al doe?' Joe deed een stap dichterbij. 'Het enige wat ik niet zal doen, Irv, is berouw tonen aan jou.'

'Doe het dan aan God,' zei Irv, oppervlakkig en gehaast ademhalend, 'in mijn aanwezigheid.'

'Nee,' zei Joe. 'Want dan gaat het nog steeds om jou, en niet om God, toch?'

Irv's gezicht schrompelde ineen en hij rilde een paar keer. 'Ze was mijn lieve kleine meid.'

Joe knikte. 'Maar ik heb haar niet van je afgenomen, Irv.'

'Jouw soort.' Irv opende zijn ogen en keek naar Joe, naar iets in de buurt van zijn middel.

Joe wierp een blik omlaag maar zag niets.

'Jouw soort,' herhaalde Irv. 'Jouw soort.'

'Wat is mijn soort?' vroeg Joe terwijl hij nogmaals snel een blik langs zijn borst omlaag waagde, maar nog steeds niets zag.

'Zonder God in hun hart.'

'Ik heb God wel in mijn hart,' zei Joe. 'Alleen niet jouw God. Waarom heeft ze zichzelf eigenlijk in jouw bed van kant gemaakt, denk je?'

'Wat?' Irv huilde nu.

'Drie slaapkamers in dat huis van je,' zei Joe. 'Waarom moest ze zich in die van jou van kant maken?'

'Jij verziekte en eenzame man. Jij verziekte en eenzame...'

Irv keek naar iets over Joe's schouder en toen weer naar zijn middel.

En toen kon Joe zich niet langer inhouden. Hij keek aandachtig naar zijn middel en zag iets wat daar niet had gezeten toen hij van de boot kwam. En het zat niet op zijn middel, het zat op zijn jas. In zijn jas.

Een gat. Een volmaakt rond gat in het rechterpand, ter hoogte van zijn heup.

Irv keek hem aan en er lag een wereld van schaamte in zijn ogen.

'Het spijt me,' zei Irv, 'het spijt me verschrikkelijk.'

Joe was nog steeds bezig alles uit te puzzelen toen Irv zag waarop hij had gewacht. Met twee hupjes op zijn goede been wist hij de weg te bereiken en zich voor de wielen van een tegemoetkomende kolentruck te werpen.

Bij de eerste klap ging de chauffeur op de rem staan, wat slechts een slip over de rode klinkers tot gevolg had. Irv werd gegrepen en de truck veerde op terwijl het gevaarte Irv's botten versplinterde en over hem heen walste.

Joe keerde zich af van de weg, en terwijl hij de truck nog hoorde remmen, keek hij naar het gat in zijn regenjas en begreep dat de kogel er van achteren doorheen was gegaan. Zonder iets te raken, zijn heup op een haar na. Zijn jaspand moest juist zijn opgewaaid in de wind terwijl hij zijn gezin beschermde. Terwijl hij...

Hij keek over de auto heen en zag dat Graciela probeerde te gaan staan en hij zag het bloed dat uit haar middel stroomde, uit haar hele buik. Hij dook over de motorkap van de auto en kwam op handen en voeten voor haar terecht.

Ze zei: 'Joseph?'

Hij hoorde de angst in haar stem. Hij hoorde de bewustwording in haar stem. Hij rukte zijn jas uit. Hij vond de wond net boven haar onderbuik en duwde de opgerolde jas tegen haar middel en zei: 'Nee, nee, nee, nee, nee, nee, nee, nee.'

Ze deed geen pogingen meer zich te bewegen. Ze kon het waarschijnlijk niet.

Toen een jonge vrouw de moed opbracht haar hoofd om de deur van de aankomsthal te steken riep Joe haar toe: 'Bel een dokter! Een dokter!'

De vrouw ging weer naar binnen. Joe zag dat Tomas hem met open mond aanstaarde, zonder een geluid te maken.

'Ik hou van je,' zei Graciela. 'Ik heb altijd van je gehouden.'

'Nee,' zei Joe, en hij legde zijn voorhoofd op het hare. Hij duwde de jas zo hard hij kon tegen de wond. 'Nee, nee, nee. Je bent mijn... je bent mijn... Nee.'

'Sst,' zei ze, 'sst.'

Hij tilde zijn hoofd van het hare terwijl zij wegdreef en verder wegdreef.

'Alles,' zei hij.

29

Iemand met zijn beroep

Hij bleef een groot vriend van Ybor, hoewel maar weinigen hem kenden. En niemand kende hem meer zoals hij bekendstond toen zij nog leefde. Destijds was hij een vriendelijke en verrassend openhartige man geweest voor iemand met zijn beroep. Nu was hij gewoon vriendelijk.

Hij werd snel oud, zeiden sommigen. Hij liep aarzelend, alsof hij mank was, maar dat was niet zo.

Soms nam hij zijn zoon mee uit vissen. Gewoonlijk tegen zonsondergang, wanneer de kans dat snoek en zalm zouden bijten het grootst was. Dan zaten ze op de pier waar hij hem had geleerd hoe je je lijn moest aanleggen, en af en toe legde hij zijn arm om de schouder van de jongen, zei zacht iets in zijn oor en wees naar Cuba.

Dankwoord

Mijn innige dank gaat uit naar:

Tom Bernardo, Mike Eigen, Mal Ellenburg, Michael Koryta, Gerry Lehane, Theresa Milewski en Sterling Watson voor hun leeswerk en opmerkingen.

De medewerkers van het Henry B. Plant Museum en de Don Vicente De Ybor Inn, in Tampa.

Dominic Amenta van de Regan Communications Group voor het beantwoorden van mijn vragen over Hotel Statler in Boston.

En in het bijzonder Scott Deitche voor zijn 'maffiarondleiding' door Ybor City, de sigaarstad.